当代金融文学

精选

长篇小说卷（一）

主编 —— 阎雪君

湖南大学出版社

图书在版编目（CIP）数据

当代金融文学精选.长篇小说卷.一/阎雪君主编.— 长沙：
湖南大学出版社，2019.11

ISBN 978-7-5667-1815-0

Ⅰ.①当… Ⅱ.①阎… Ⅲ.①中国文学 – 当代文学 –
作品综合集 ②长篇小说 – 小说集 – 中国 – 当代 Ⅳ.① I217.1

中国版本图书馆 CIP 数据核字（2019）第 264019 号

当代金融文学精选·长篇小说卷（一）

DANGDAI JINRONG WENXUE JINGXUAN ·CHANGPIAN XIAOSHUO JUAN（YI）

主　　编：阎雪君
责任编辑：全　健　饶红霞　郭　蔚　李　婷
责任校对：尚楠欣　周文娟
装帧设计：秦　丽
出版发行：湖南大学出版社　　　　　　　责任印制：陈　燕
社　　址：湖南·长沙·岳麓山　　　　　　邮　　编：410082
电　　话：0731-88822559（发行部）88820008（编辑室）88821006（出版部）
传　　真：0731-88649312（发行部）88822264（总编室）
电子邮箱：presszb@hnu.cn
网　　址：http://www.hnupress.com
印　　装：长沙鸿发印务实业有限公司
开　　本：710mm×1000mm　16 开　　印张：301.75　　　　字数：4481 千字
版　　次：2019 年 11 月第 1 版　　印次：2019 年 11 月第 1 次印刷
书　　号：ISBN 978-7-5667-1815-0
定　　价：1980.00 元（全 12 册）

故事感动历史 文学照亮人生
——记载和讴歌壮丽的中国金融事业

中国金融文学艺术界联合会主席　梅志翔

古人云："盖文章，经国之大业，不朽之盛事。""文章千古事，得失寸心知。""江山留后世，文章著千秋。"由此可见，文章是经国济民的大事，是记录时代的大事，是讴歌时代的大事。

文脉与国脉相同，文运与国运相连。2019 年是中华人民共和国成立七十周年，七十年风雨沧桑，七十载山河巨变。七十个春秋，发生了多少震撼人心的故事，承载了多少金融人的热血情感。在过去的七十年中，中国金融事业伴随着新中国的成长不断地发展和壮大，取得了举世瞩目的成就。这些成就的取得不仅得益于新中国的好国情、好形势，更得益于数以千万计的金融职工筚路蓝缕、开拓创新，继往开来、一往无前的无私奉献。

新中国的金融事业无论在理论领域，还是实践领域，取得的成就都是翻天覆地、亘古未有的，中国金融人在专业领域创造了一个又一个奇迹，我们用几十年的时间追赶上西方人上百年甚至几百年金融发展的步伐。金融发展过程中涌现出了很多可歌可泣的故事，这些故事都是由千千万万顶天立地、敢作敢为的中国金融人用行动书写出来的锦绣篇章。中国金融已经成为支撑和推动经济发展的核心动力和促进时代繁荣的重要表征，为金融文学的创作提供了源源不绝的营养，金融文学像中国金融事业一样，是一片值得深耕的沃土，是一个内含价值极高的宝藏。

文章合为时而著。文学就应该为时代鼓与呼，金融文学就应记录和讴歌壮丽的中国金融事业。可长期以来，由于种种原因，中国金融文学创作未能与中国的金融事业取得同步的发展，金融文学作品创作落后于金融事业发展，在全国林林总总的文学橱窗和文艺殿堂里，金融文学常常缺席，在文学领域难闻金融之声，在文章海洋难觅金融浪花，在文化磁场里难以感知到金融文化的力量。2011年11月，在中国金融工会的大力支持下，中国金融作家协会正式成立；2013年5月，中国金融作家协会光荣地成为中国作家协会的团体会员。这是中国金融文学史上的一件大事和盛事，因为它不仅实现了金融作家组织的"零"的突破，而且让全体金融作家找到了心灵慰藉的"家"，它让所有金融作家找到了归属感和荣誉感。此后，金融文学创作不再是"不务正业"的闲事，而是可以为之终生奋斗的正事。过去许多金融作家在涉足文学创作上，"温温恭人，如集于木。惴惴小心，如临于谷。战战兢兢，如履薄冰"。如今在文学的康庄大道上，金融作家不用再羞羞答答地迈着碎步，而是可以昂首阔步地勇往直前。在中国金融工会、中国金融文联、中国作家协会的关怀指导下，七年间，中国金融作家协会延伸机构已经达到23家，其中先后成立省（自治区、直辖市、计划单列市）金融作家协会13家、总行（会司）作家协会10家。截至2018年底，中国金融作家协会已发展会员942人（其中，中国作家协会会员76人）。中国金融作家协会从无到有、从小到大、由弱到强，让写作变成了与金融工作一样充满阳光的事业。

执一支笔，写万千事。是啊，文学就这样不经意嵌入了金融人的生活，像春雨滋润着金融人，让金融人感恩生命的厚爱，让金融人的每一天、每一刻都充满激情、蓬勃向上；像疾风提示着金融人，生活和工作是坚守，也是搏击。文学之美让金融人心生愉悦，让日子有奔头，生活有笑声，奔跑有动力；文学之美让金融人涨满风帆，努力创造和实现自我价值、社会价值。值得肯定的是，一大批以金融人物为塑造对象的文学作品，都具有鲜明的时代特色，催人奋进。金融生活中无数可歌可泣的故事，不仅反映了金融系统广大员工投身改革、勇于奉献的精神，而且传播金融理念、倡导金融精神，展现了金融现实生活与人文关怀，成为千万金融员工启发心灵的精神力量。

在互联网金融时代，中国金融作家协会充分认识到平台对于会员发展的巨大推动和促进作用。金融作家协会是全体金融作家的"创作之家"，长期致力于为金融作家搭台子，为全体金融作家提供广阔的施展空间，为全体会员搭建了三大平台：《中国金融文学》杂志、《金融作家》公众号和中国金融作家网（内部）。《中国金融文学》杂志为季刊，设置了中篇小说、短篇小说、散文、诗歌、诗词、金融报告文学、金融作家随笔、金融作家艺术家、金融作家作品评析、金融文坛风景线、史海沉钩、学习与借鉴、金融文学剧本等18个栏目，每期发行3.2万册，年刊登作品数量近300篇（首）近100万字。目前，《中国金融文学》杂志不仅成为中国作家协会直属的行业作协重要会刊，为作家们提供施展才华的舞台，也是弘扬时代精神、传播金融文化和连接全国金融员工的重要文学桥梁，成为金融系统内外大众喜爱的读物。《金融作家》公众号，年发表300多位金融作家400多篇优秀作品。为了搭建多形式、多渠道的平台，中国金融作家协会还协同《中国金融》《金融时报》《金融博览》《中国金融文化》《银行家》《金融文坛》《金融文化》等报刊，为金融系统作家文学爱好者提供了更加广阔的文学舞台。

自中国金融作家协会成立以来，以"中国金融文学奖"为支撑点，着力创建金融文学品牌。自2011年至今已经成功举办了三届中国金融文学奖的评选，累计有200余部（首）作品获奖。中国作家协会领导及著名作家、评论家李敬泽、阎晶明、李一鸣、彭学明、梁鸿鹰、邱华栋、孙德全、何振邦、冯德华等人担任终审评委，体现了获奖质量和评奖的权威性。中国金融文学奖评奖活动范围广、层次高、影响大，评奖后正式发文通报全国金融系统，新华社、《人民日报》《光明日报》《文艺报》《金融时报》等多家媒体都进行了宣传报道，在全国引起了较大反响。

"千淘万漉虽辛苦，吹尽狂沙始到金。"这些文学成就充分证明广大金融作家具备了胸怀国家、胸怀金融的视野，金融扶贫、绿色金融的理念已经扎根于他们的作品中。如反映农村金融扶贫的《天是爹来地是娘》，带领乡亲脱贫致富的电影《毛丰美》，讴歌金融体制改革的长篇小说《新银行行长》《贷款》《高溪镇》《催收》，反映金融服务实体经济的《银圈子》《希望银行》

《海天佛国的中行人》《驼背银行》，反映促进多层次资本市场健康发展的《资本的血》《中国金融风云》，健全金融监管体系的《一眼看穿金钱骗术》，记录金融历史的《大汉钱潮》，等等。创作题材涉及金融改革发展的方方面面，创作类别也涵盖了长篇小说、中篇小说、短篇小说、散文、诗歌、评论、影视剧本、报告文学等。一部部作品记录的是金融事业的一个个生动场面，一串串诗行呈现的是金融人的一幅幅鲜活画卷。这是中国金融事业的春天，更是中国金融文学的春天。

成绩的取得主要归功于三个方面：一是经过新中国七十年的大发展，中国金融事业取得了令世界瞩目的成绩，它为文学创作积蓄了肥沃的土壤；二是中国金融作家协会励精图治、奋发有为，以快马加鞭的节奏为会员创作提供了绝佳的环境，为金融作家创作提供了一流的服务；三是中国金融战线上涌现了一批有思想、有情怀、有理想、有能力的作家，他们快乐地奋战在金融第一线，幸福地记录着身边优秀的人、精彩的事。这三个方面因素凝聚了"天时地利人和"的精华，而精华的基石还是中国金融事业的波澜壮阔和发展壮大。

如何让金融文学为中国文学大家庭发光发热，并成为指引全体金融文学人前行的光亮，这是中国金融作家协会重点研究的课题。经中国金融文联批准，中国金融作家协会与湖南大学出版社通力合作，决定由中国金融作家协会征集、选编，湖南大学出版社出版《当代金融文学精选》一套，系统地展现新中国成立七十周年以来，中国金融题材小说、散文、诗歌、报告文学、剧本、文学评论等创作成果，弥补当代中国文学丛林金融文学丛书的空白和缺憾，以推举和激励优秀金融文学艺术工作者，繁荣中国金融文学事业，为新中国成立七十周年献上一份金融人的文学厚礼。

《当代金融文学精选》堪称鸿篇巨制。本套丛书以讴歌金融人的精神为己任，根据文学自身的规律和金融文学的特征，秉承"金融人写金融事"为主要特征的文学理念，确定基本框架，精心策划，精心遴选，精心编排。为了确保作品的质量，中国金融作家协会成立了以中国金融文联领导、专家和杂志编辑为编委的作品编辑委员会。按专业特长分工，从金融机构和作家申报的作品中，经过长达数月的辛勤工作，最终组稿成12卷本的中国当代金融文学精选丛书一套：长篇小说4卷、中篇小说1卷、短篇小说2卷、散文

1卷、诗歌1卷、报告文学1卷、影视戏剧文学1卷、文学理论与评论1卷。选取了长篇小说23篇，中篇小说15篇，短篇小说45篇，散文45篇，诗歌近400首，报告文学31篇，影视戏剧文学10篇，文学理论与评论37篇。硕果累累，气势恢宏。

这些入选作品是新中国成立以来，尤其是改革开放四十年来壮丽的金融事业发展记录，更是中国金融事业取得巨大成就的见证。中国金融作家协会在中国金融文联和中国作家协会的正确领导和大力支持下，以记录和讴歌壮丽的中国金融事业为使命，带领全体作家深入学习贯彻习近平总书记有关文艺和金融工作重要讲话精神，以深化金融作家组织建设为基础，以宣传介绍金融行业先进的人物和事迹为重心，以鼓励和扶持金融作家创作优秀作品为己任，以推广金融作协和金融作家的影响力为追求，以文学的名义用精品力作为中国的金融事业鼓与呼。

从"养在深闺无人识"到"万人瞩目任端详"，《当代金融文学精选》能在这么一个值得纪念的年份出版，这是全体金融作家的幸事，更是金融文学的幸事！广大金融作家适应行业需要，兼顾写作的实用性、文体的多样性、参与的广泛性，初步形成中国金融文学的特色，那就是"写人叙事，不拘文体。信札公文，亦可荟萃。百花竞放，满园春色。开锦绣文章之先，为中国金融存史"。作为一名金融作家，最荣耀的不过是将自己最精彩的作品奉献给国家、社会和人民，让自己的作品与祖国同寿，与天地齐辉。这是一名金融作家对新时代最好的表达，也是一名金融工作者最无上的光荣。祝贺所有入选丛书的金融作家，也衷心感谢那些为金融文学默默奉献的金融作家和广大的金融工作者！

寄语金融文坛好，明年春色倍还人！

是为序。

2019 年 9 月 7 日

北京金融街

目录
Contents

长篇小说卷（一）

NO.1

天是爹来地是娘（压缩版）

■阎雪君

‖ 作者简介

　　阎雪君，1968 年生，山西省大同人；现任中国金融作家协会主席、中国金融文联副主席、中国作家协会全国委员会委员，兼任团中央青年志愿者协会宣传工作委员会副主任。1990 年参加工作，先后在阳高县制药厂、农业银行和信用社，及中国人民银行总行、华夏银行总行、中国金融工会文联任职。18 岁开始发表文学作品，已在中央、省部级报刊发表作品 360 多万字，其中发表和出版长篇小说《原上草》《今年村里唱大戏》《桃花红杏花白》《面对面还想你》《性命攸关》《天是爹来地是娘》6 部，中短篇小说 50 多篇，长篇报告文学 30 多篇；主编《中国金融文学》杂志和《中国金融作家作品选》《中国金融文学奖获奖作品集》等多部文集。作品多次获得"中国金融文学奖"等全国性大奖。新华社、《人民日报》《金融时报》等多种媒体对其作品进行了研究和评论，称其作品具有浓郁的乡土气息、深厚的传统文化情结和鲜明的金融特色。

作品简介

《天是爹来地是娘》以金融扶贫为主线，以从北京来到清河县挂职的副县长金炜明的故事为切入点，通过一个乡村、一群乡人、一个弃儿的故事，讲述了一段鲜为人知的传奇故事。小说在灵与肉的交织中，深刻揭示了社会转型时期的美丽与丑陋、迷失与救赎、激情与颓废等诸多碰撞；在精准扶贫的现实语境下，塑造了一心为了乡村发展、为了百姓脱贫的基层金融干部形象。作品深刻反映了人类与土地的生存关系，欲望与人性的博弈，生存与信仰的纠结。作者的自然观既蕴含传统价值伦理取向，又同时具有超越现代性的重构自由精神乌托邦的新探索和新追求，在"原乡神话"的背后，不断探寻精神家园与现实人生的某种契合。书中的清河县香水沟就是作者的故乡，有了这样的生活积淀，才能为读者打造出自然生存状态下的这样一部"原乡神话"。当代文学伦理关注的是个体生命在历史长河中的生存故事和心灵的激荡，作为小说作者的"讲故事人"，其道德倾向既可以是明确的，也可以是模糊的。《天是爹来地是娘》再次引发了我们对叙事伦理的考量。文本打造的现实版的原乡神话，在百花齐放的当今文坛，显示出作者独特的审美取向和伦理立场。正是基于对人性、对生命的感悟，作品没有停留在人间的道德、是非评判之中，而是巧妙地探寻叙事伦理，看似是对个体伦理的表达，本质却是对民族、对国家的命运的思考，从而以自己独特的方式，找到了文学伦理的支点。

一

　　阳光很暖，静静地照着，起伏的黄土丘陵铺满了黄绿色的庄稼。面包车一路颠簸，黄土路上腾起一溜烟尘。

　　金炜明坐在副驾位子，看着远处山坡上飘过一群白云似的绵羊，听得一声沙哑的山曲顺着沟壑悠过来。他摇下车窗，外面空气极好，伸手去搂一把，使劲儿一攥，竟湿漉漉的，贴到鼻前一嗅，不由感叹一声：香。

　　作为清河县挂职副县长，金炜明此行目的地是扶贫试点村香水沟村。面包车里塞得满满当当，挤在后面的是县扶贫办和农行、人行的一班人马。有人在颠簸中喘着粗气感叹，还是陆正那家伙鬼精啊。陆正是县农村信用联社主任，临上车忽然肚子疼，只好请假不来这穷山沟了。

　　车里的人表面上说说笑笑，但对副驾位子的金炜明还是有几分忌惮。他们知道，金副县长从首都来，此次在清河县挂职，专管金融扶贫。首都在他们眼里，总有几分神秘和高贵。但他们不知道，金炜明其实也算本地人。出生不久，金炜明就被送到了北京，养父弥留之际告诉他，他的根在清河县香水沟村，但亲生父母是谁，养父也不知道。随着年龄的增长，金炜明越来越想搞清自己身世的谜团。这次听说单位扶贫点在他家乡，就自告奋勇来了。这种远离首都、离妻别子、一走就是几年的营生，也少有人跟他争。

　　金炜明一路沉默，内心却波澜起伏。

　　突然，山路拐弯处冲出来一辆拖拉机，车厢里挤满手拿白色小旗的农民，拖拉机车头上方拉了条横幅：信用社造假被贷款，还我血汗钱！

　　拖拉机后面还跟着一辆黑色悍马。在乡土小路上，竟然颠簸着悍马，金炜明有点惊讶。透过车窗，他看清开悍马的是个胖子，肥头大耳，叼着雪茄。

坐在后面的扶贫办主任告诉他，那胖子是当地富豪郝利仁。

会车时悍马没有减速，横冲直撞地把面包车逼出了主路，然后扬尘而去。一股股尘雾从面包车缝隙里钻进来，呛得人直咳嗽。

金炜明想下车弄清举白旗的农民是怎么回事。县金融监管办杜主任一把拉住他，说千万招惹不得，这伙人已经闹腾好几次了，他们是去县政府闹事的。金炜明问，因为什么事？杜主任叹息一声解释说，世风日下啊，贷不上款的农民骂银行嫌贫爱富，贷上款的有很多又还不了，甚至根本不打算还，好像那钱是国家白给的，不花白不花。还有就是最近确实发现个别信用社有问题，比如借用或偷用某人的身份证，给另一个人登记发放贷款。后来在核查贷款时，有人发现自己被贷款了还蒙在鼓里，就去告信用社，说自己莫名其妙被贷款，真是天大的冤枉。这当然冤枉，但许多正常的贷户也跟着起哄，说他们也是"被贷款"了，要求减免，一时间闹得沸沸扬扬。

望着绝尘而去的拖拉机，金炜明不由紧皱起了眉头。

人行高行长插话说，最近听说这一带农民都疯了似的，一窝蜂地吵闹钱的事儿，憋着劲儿到处借钱贷款，甚至高利贷，大有全民搞金融的架势。许多农民把自家的老底儿都翻出来了，也不知道他们拿钱都干什么去了，神神道道的。他忧心忡忡地说，听说县里的几个基金公司和二龙沟煤矿的集资入股都快疯了，利息高得吓人。还有人鼓动农民用土地使用证和山林证作抵押贷款，套取农民的土地证和山林证，来剥夺农民土地和山林的使用权，牟取暴利。谣言蛊惑，暗流涌动，潜伏的风险让金融监管部门感觉坐在了随时可能喷发的火山口上啊。

金炜明听了顿感惆怅，没想到基层金融环境存在这么多问题，简直到了触目惊心的程度。自己又偏偏是金融扶贫，这样的信用环境和信贷关系，怎样才能把工作做好？

众人见金炜明闷闷不乐，便都不再言语，只听得车轮摩擦山路的沙沙声。

快到村口时，金炜明一行下了车。香水沟乡乡长吴志和香水沟村支书贾英才已在路口等候多时。众人见面握手寒暄，一起向村里走去。

这时，一阵高亢的乐曲传来。众人看到，路旁田埂上有一辆老式红旗自行车，大梁用红色塑料布缠绕，辐丝上也缠有毛茸茸的彩条。车把子前面托有一幅毛主席的大幅画像，画像中毛主席正微笑着向他们挥手，左右车把子上各插着一面迎风招展的红旗，车把子中间还有一个小喇叭，正播放着《大海航行靠舵手》的旋律。

自行车旁边佝偻着一个六七十岁的老汉，穿一身褪色的绿军装，胸前挂满各式毛主席像章，软塌塌的军帽上红五星熠熠闪光。他挥舞着佩戴红袖章的手臂，正对着庄稼地摇头晃脑地演讲：

"该治理整顿了！你们这些谷子，包括你们那些瘪谷子，回答我：土地是啥？告诉你们，土地就是妈，就是爹。你们都知道，粮食是土地种出来的。可是你们知道吗？人也是土地种出来的。"

说着，他"啪啪啪"地为自己鼓起掌来。

村支书贾英才有点尴尬，想上前阻拦。乡长吴志却摆摆手说，这就是我们香水沟村大名鼎鼎的"整顿专家"李胜利，让领导们看看这位活宝的风采，也蛮有意思，权当乐呵了。

"整顿专家"李胜利威严地扫了他们一眼，又回过头去一手叉腰一手挥舞，继续对大片谷子地训话。

众人说笑着向村里走去，村支书贾英才一路上饶有兴趣地向他们介绍李胜利的奇闻异事。贾英才说，李胜利原来是村级信用站的代办员，曾因成绩出众，出席过省级农村信用社表彰大会，后来还差一点转正。

金炜明对李胜利留下了深刻的印象，后来听说了许多关于李胜利的事情。

二

李胜利家是方圆几十里最穷的，他爹李亮解放前在县里做事，后来在一起骚乱中被闷棍击中脑袋，瞎了眼睛，后来常给人算命，据说极准。他妈是位缠着小脚的旧时妇女。李胜利家土屋破烂，兄妹八个躺在一铺炕上，合盖一张破烂被子，风刮一夜之后，只有人躺的地方还算干净。

上世纪五十年代，李胜利在生产队干活儿，因脑瓜灵活被选为队里的会计，负责计算工分，年轻的李胜利就有点莫名的兴奋，打心底感谢党感谢毛主席。那年，李胜利还参加了县城组织的万人庆祝游行，第一次看见了满天的焰火。望着火光映红的天空，李胜利一遍又一遍高喊着"毛主席万岁"，直到喉咙沙哑。

参加完庆祝活动回村后，李胜利的积极性空前高涨。每晚收工后，小队里六十多个年轻劳动力，都要聚集在村头龙王庙街的一间小屋里开会。煤油灯下，人们面对着墙壁上贴着的毛主席画像，在队长的带领下学习中央精神和毛主席语录。那时候有的庄稼汉因不识字觉得麻烦，有人学习时竟睡着了，李胜利却始终是最严肃最认真的一个，毛主席语录背得滚瓜烂熟，邻居到他家串门，会发觉四面墙壁都挂着毛主席画像和语录。也是从那时起，他的胸前一直佩戴着毛主席像章。

后来，兄弟姐妹们结婚，分了家，母亲去世，李胜利就一直单身，与父亲相依为命。李胜利坚持做好事，特别是每天义务扫大街，一直到现在。当年有人给他介绍了个邻村姑娘，没想到李胜利连面都不见就推掉了。李胜利说："以后生活好了，可以娶个知青嘛。别的生产队就有人娶了城里来的知青。"

一天傍晚，相距八里地的邻村唱戏，村里的年轻人领着插队知青步行去看戏，当时在村里放羊的李胜利和知青上官云也在其中。等他们赶到戏场，场内早已挤满了三里五村的人，李胜利他们便把上官云等知青扶上戏场的墙头，骑在墙上看。李胜利他们卷起一根旱烟炮，轮着抽，夜色中，远远望去，便只见有一个亮点在墙上游来游去。

县剧团级别不高，在村里人心目中却是最高水平，戏演到半截，忽然舞台一阵骚乱，戏暂停了，原来是拉手风琴的人晕倒了。那可了不得，整个剧团就靠手风琴撑着，这下可冷场了。消息传到墙上，只见上官云略一犹豫，就从墙上跳下来，朝舞台后场挤去。不一会，只听台上手风琴又响起来，戏也接着往下演，原来是上官云自告奋勇替那手风琴手补台了。台子下，村里人和知青一顿狂热的鼓掌。李胜利远远望着台上优雅的上官云，一股从未有过的冲动在体内升腾起来。

半夜时分，戏演完了，上官云跑下台来，有个中年男子送了又送，后来才知那是剧团团长。

在回村路上，天下起了大雨。上官云受了冷，肚子疼得厉害，李胜利主动背起她，一直背回村，感动得上官云泪水涟涟。当时，人们可不大敢太接近她，因为她父亲是走资派，那年头她被人称作狗崽子。一路上，李胜利的汗水和上官云的泪水相互交织，滚落在一起。

上官云有双灵巧的手，钢琴、手风琴、小提琴样样精通。插队到村里，巧手没处用，便被安排给村里男女老少理发。那时，李胜利已高中毕业正在村里放羊。有一天，当带着满身羊腥气的李胜利走进理发屋时，别人都嫌他脏，捂着鼻子躲着他。李胜利想想自己身上难闻的气味，他不想在上官云面前留下邋遢的印象，正准备转身离去，上官云看见他了，认出是那天在雨夜里背她回家的小伙子，便一把拉住他，将他轻轻地按在椅子上，给他披上一块白白的理发布。洗头时，上官云的纤指轻柔地抓挠着他的头皮，一阵麻酥酥的感觉在他浑身弥漫开来，每个毛孔都舒服地敞开了眼儿。上官云手拿剃头刀，小拇指头微微翘起，很是耐看，他的心开始骚动不安起来，只觉得浑身发软，世上什么东西也没有了。

从此，他就更爱这个比他大六七岁的女人。有人称上官云是"冷美人"，他却有事没事爱往上官云那儿跑，上官云也常借书给他看，也喜欢上了这个小她几岁的年轻人。

一个除夕的夜晚，知青们都回城过年了，剩下上官云一人在孤独地拉琴，李胜利给她送去了香喷喷的羊肉馅饺子。隆冬的夜，朔风凛冽。上官云把门往紧掩了掩，又往旺捅了捅土炉，便和李胜利面对面地坐在炉前一张小书桌边，两人相让着吃着饺子，喝着李胜利带来的酒。生活的清苦使上官云心绪低落，她一边喝着闷酒一边向李胜利倾诉着心中的忧愤。不知不觉，两人都有了醉意，李胜利猛地捉住了上官云的手，久久凝视着她那俊美的面容，上官云被他盯得脸上沁出了微汗，却又被他那滚烫的目光融化了……

然而好景不长，县剧团派人来了他们村，上官云被县剧团挑中，调进了县城，不久就跟剧团团长结了婚。刚刚燃起的火苗被无情浇灭了，李胜利只能把爱的火种埋在心里，并且一埋就是一辈子。

三

金炜明一行入驻香水沟乡政府。

乡政府坐落在香水沟村里最繁华的一条街上，村民们戏称是村里的"王府井大街"。信用社、农行营业所、邮电所、邮政储蓄银行、供销社、派出所、医院、粮站、理发店、肉铺、豆腐店、天主教堂、花圈寿衣店，几乎都集中在这里。特别是响当当的富豪煤老板郝利仁的小洋楼，矗立在老街中央，显得鹤立鸡群。

金炜明没有住在乡政府，而是住在乡政府旁边的一个古老的大院里。这个老院子有了些年头，据说始建于明代，古砖古瓦，飞檐翘脊，虽然历经风雨沧桑，斑驳不堪，但古风仍在。特别是门楼上依稀可见的"明登天府"几个大字，使人仍感受到当年的繁荣与富贵。这座深宅大院以前拥有两进两出的规模，院里的房屋雕梁画柱，富丽堂皇，足以见证当年宅院主人的富庶与高贵。宅院的主人几经更换，已经说不清是哪个地主或是富商了。后来宅院归公，成了村里大集体时期的铁匠铺、木匠铺、榨油坊、村会议室。后来又分给了几户贫下中农。实行联产承包责任制后，宅院里的一些村民嫌弃院子里的房间阴暗破旧，特别是有人说这里还经常闹鬼，就陆续搬离或变卖了。直到现在，有的房间已经白给都没人愿意住了，只剩下不多几户人家在此蜗居。

院子里最大的住户是田守义一家。他和老婆刘樱花有三女一子，都已成家，三个女儿依次叫改梅、改兰、改竹，儿子叫田耿。田守义的妹妹田春燕是四十多岁的老姑娘了，也随哥哥住在这院里，她是村里的妇女主任。

金炜明久久地端详这处宅院，他凭直觉感到，这里大有文章可做。

事实上几年后，在金炜明一行的努力下，这座古老的大院，与村外历经风雨沧桑的明代古长城，还有弯弯曲曲的黄河，成了小有名气的旅游景点。这是后话。

眼下这座老宅子连着隔壁的乡政府，不远处是乡信用社和农行营业所，一溜的老房，斑驳的墙面，像老太太的脸。门前几棵小柳，摇晃着绿里带黄的枝条，倒是那两块信用社和营业所黄里嵌绿的金色招牌，在砖墙的灰色和柳树的绿意中点缀出一点醒目的光亮。

这天，匆匆赶来的县联社主任陆正，领着金炜明一行人来到了信用社的院子里。听到声响，信用社主任石头从门里蹦了出来，老远就招呼说，乡里巩书记、吴乡长和农行营业所钱主任早就恭候多时了。

"好啦，谈正题吧。"金炜明一坐定便向众人和盘托出了扶贫的事。

乡干部们一听县联社要在他们乡包点扶贫，都高兴得拍起手来，都说这下子可靠住了财神这棵大树了。巩书记伸出手掌问金炜明："金县长你说说看，扶贫准备给多少款？"

"一分也没有。"金炜明说。

"啥？不给钱款怎扶贫？"

"我们准备选个好项目，农金部门联合投资扶持，但资金我们自己发放，贷款落实到农民个人头上，乡政府只给予政策上的优惠和方便就行了。"

"说了半天，钱不落乡政府手里……"吴乡长还要嚷什么，被巩书记一眼瞥了回去，"老吴，话不能这样说，只要人家是来扶贫的，采取啥方法乡政府都支持，就是不知你们准备上啥项目？"

陆正说："石主任，咱有啥法宝，亮出来吧。"

金炜明一听，便把头扭向了石头，石头却笑着建议去实地考察考察。

"走，咱实地去转转。"说着，金炜明站了起来。

众人便跟着他出门，沿着黄河岸上的一条土路前行。

"哗哗"的流水声传来。金炜明抬头望着河面，河水浊浪翻滚，河中有一摆渡的小船，船上的老头正扯着嗓子吼《走西口》。

岸边走来一溜驮水的毛驴，巩书记难过地摇了摇头，面对金炜明问询的目光，实在难以启口却又不得不说道，那是从村外八里地的山上驮下的水。紧靠着黄河，过去还能驮水，等泥沙净化后，供人畜喝，如今黄河水污染严重，特别是郝利仁他们在上游搞的几个小煤窑、造纸厂、化工厂排放有毒废水，已使黄河浊浪泛白沫了，连牲畜喝了都得病，人还敢喝吗？香水沟人愤愤不平，可又奈何不了人家，只眼巴巴地望着河水从脚下流走，赶上毛驴驮水喝了。

大家相互看了看，神情都凝重起来。

四

刚住进老宅，金炜明就注意到角落里有间豆腐房。

那天金炜明整理了一上午扶贫计划，有点头脑发胀，就走出门来。太阳暖洋洋地照着，村里在阳光的抚慰下，显得安静、祥和。空气极好，金炜明敞开心扉呼吸着，心情也被染上了阳光，浑身显得通气亮堂。初来村里几天，村里除了偶尔传来几声羊叫狗吠，很少有大的噪音困扰。尤其是到了晚上那满天的星斗，密密麻麻，亮亮晶晶，仿佛能把窑洞压塌。躺在炕上，仰望着银河里的亮点，他的肺腑好像被清水洗过一般，通体舒畅，想想城市的夜空，总是在昏暗灯光的遮掩下，隐隐约约、半明半暗的，让人看不清摸不透。

金炜明出了房门，就看到了大院里的豆腐房。屋檐墙角布满了蜘蛛网，一只硕大的蜘蛛不知疲倦地爬上爬下。几只山雀从屋檐下窜出，落在枝头上吱吱乱叫。门头上不知猴年马月书了两个隶书大字：豆腐。虽已部分剥落褪色，模糊不清，但古色韵味犹存。

金炜明来到豆腐房门前，听到里面有"叮叮当当"的剐锅声，也听见屋里人声嘈杂。

看金炜明进了屋，唐麦穗忙拨开众人迎上前，招呼金县长快进屋，说着把在一把破椅上坐着的村民拉起来，让金炜明坐。金炜明见状，忙说不坐了，都坐一上午了。

稍停一会儿，金炜明才看清，这一间小屋足足挤了十几个人。一条大土炕上，一边晾着黄豆，一边铺了半张席子。席子上人坐不下，有几个人干脆就坐到了黄豆堆里，嘴里叼着纸烟，眯缝着眼盯着手里的纸牌。耳根上别着几支香烟，输了给人，赢了再夹在耳根上，原本白白的纸烟卷儿成了一根根黑色的接力棒。旁边还围了几个人观战，不时还抢上一支战利品，叼在嘴里吸着。几个女人手里拿着针线活儿，挤在另一边炕上，手上一分嘴上一分忙乎着，不时还推搡几下，笑得胸脯乱颤。地上有两村民蹲着，每人手里端着半碗散白酒，面前小凳上一只小碗，里面放着几片小豆腐干。

众人并不避讳这位陌生的扶贫干部，一个劲儿地催促唐麦穗接着讲荦段子。众人被唐麦穗逗得东倒西歪，眼泪汪汪。有人瞄一眼金炜明，警告唐麦穗赶紧闭嘴吧，再讲黄段子，小心李胜利来整顿你。

众人笑着，炕上一位妇女说，听说李胜利最近准备去整顿郝利仁了，胆子不小哇，可别让郝利仁的狼狗给吃了。唐麦穗说，老李才不怕他呢，老李有毛主席撑腰，牛鬼蛇神都不怕，还怕条看家犬？

众人又大笑。

金炜明听着看着，好天气引来的好心情荡然无存，心里莫名纠结起来。

五

金炜明在短短几天，便摸清了老宅子几位住户的情况。

田守义一家是老宅里最大的住户了，田守义三女儿田改竹最近离了婚，她前夫贺富贵也是香水沟村人，前些年做小本生意挣了些钱，在社会上闯荡结识的人杂，染得恶习也多了，成了"瘾君子"，整天狂嫖豪赌，把过去的积蓄几乎挥霍殆尽。但他还装出腰缠万贯的派头，自认识城关信用社主任凌志，他好像抓住了救命稻草。他先是跟凌志贷了几笔小款，每笔都按时结息还贷，赢得凌志信任，同时还暗地给凌志塞了几个红包，凌志高兴得拍他肩膀夸他讲义气守信誉，是条干大事业的汉子。

今年，贺富贵又成立了亚龙贸易公司，就全指望凌志支持了。

凌志是家里独苗，父亲原是县农行行长，他父亲当了一辈子干部，对谁都能从严要求，唯独对儿子没招数，从小娇生惯养。凌志在县城长大，打心眼里瞧不起土眉混眼的乡下人，他觉得自己从事农村金融工作，简直就是洋珍珠掉进了烂泥地。他担任城关信用社主任以来，大笔一挥就能批贷款，下巴一指就有人给报费用。他瞧不起信用社传统的信贷模式，贷款金额少，笔数反而太多，除了繁琐和辛苦，哪能挣钱。他决心要干大项目，让所有瞧不起他的人，包括他爸，看看他的胆识和才干。

经熟人引见，贺富贵和凌志搭上了线，他打算以腾飞基金公司的名义，让凌志帮忙贷一百万。他向凌志夸海口，说公司最大的股东就是香水沟村大名鼎鼎的郝利仁。

老宅子西厢房，住着一位叫魏仁的老知青。

魏仁是早年北京的老知青，从踏进香水沟村的第一天起，按他的话说，他的灵魂就被扣留在这里的山山水水间了，这里成了他的第二故乡了，他成了香水沟村的一员了。后来他虽然返城，但退休后，每年在香水沟村生活的日子要远远多于在北京的天数，他为这里的父老乡亲做了不少好事儿，算得上村民眼里德高望重的"乡绅"。有人说他已经离不开这片黄土地，也有人说他是离不开老宅里的那个女人。不管别人说什么，他都是微微一笑，不解释，不反驳，不承认也不否定，好像什么事也难以激起他心头的波澜。

其实，魏仁第一次协助孩子家长把村里因饥饿而养不活的孩子介绍送给北京的养父母时，心里还蛮有成就感的，觉得自己是做了好事，挽救了一条生命，既帮助孩子找了个好人家，能够活下去，又成全了城里不能生育的家庭，圆了他们拥有孩子的梦，真是积德行善啊。

包括魏仁自己与田春燕的私生子，当时都是他从村里送到京城抚养长大的。他万万没想到，后来村里人纷纷把超生的孩子送到城里，引起了田春燕的极力反对和愤怒，也弄得魏仁措手不及，使得田春燕对他因爱生恨，恨上加恨。

魏仁根本没想到这个世界上，有人会因为钱而舍得把自己的孩子卖掉，这与当时他介绍孩子送人是为了生存的初衷相悖。如果说第一次将孩子送人是因为穷养不起，第二次送人是因为超生不敢养，那么第三次呢？只能说是因为赚钱划得来。不管怎么说，这条路径毕竟是由他引发和打通的，因此魏仁每想起来便愧疚万分。

让他倍感痛心的是，他和田春燕的私生子华正茂长大后，也参与到这个输送链条当中来谋利，田春燕得知后几乎精神崩溃了。魏仁也深深体会到了什么叫后悔莫及和痛心不已，以前他不太相信报应，现在他深信不疑了。他不知道如何来阻止和处理这类事情，只能把咬碎的牙伴着血水默默地往肚里咽。

看看金炜明再看看华正茂，两个同样是从香水沟村送出去的孩子，现在一个回来报恩，一个却回来报怨了。魏仁还听说金炜明这次回村里是专门扶贫的。他隐隐觉得，金炜明除了扶贫，对真实身世是不是也要进行探究？

这几天金炜明和魏仁在老院里相见了，也聊了很多。金炜明急于了解村里每个人的情况，魏仁在聊天时也特意观察金炜明，他担心有人只要稍稍留意点，就会看出来，金炜明长得跟那人太像了。好在这个秘密只有他知道，别人是不会把那么远那么大的北京跟这么小这么偏的香水沟联系在一起的。

金炜明对这里的熟知程度却超出了魏仁的预料。尽管金炜明对他人情感方面的事情不感兴趣，然而田春燕和魏仁的故事，还是让他心生感慨。

田春燕在村里负责计划生育工作，同时又是义务接生员，这就非常难办了，但她做得还是不错，计划生育年年完成任务，接生员干得有板有眼，这就不易了。

田春燕年轻时跟英俊有文化的魏仁相爱了，以哥哥田守义为代表的家里人却坚决反对，说这桩婚事不现实。魏仁家里也怕他永远被拴在穷山沟里，坚决不同意。结果两人未婚先育，只能悄悄将孩子送人。后来魏仁返城工作，结婚生子，又因性格不合离婚，田春燕却是终身未嫁。有人说是魏仁害了她，可她却从来都没有埋怨过魏仁一句。魏仁退休后经常回村里居住，田春燕知道他无非就是想经常看到自己，可就是不跟他来往。她整天忙着做绝育手术或接生孩子，晚上在青灯下焚香拜佛。

田春燕一辈子在村里跌打滚爬，搞计划生育和接生多年，明白一个人的身体是最复杂最精致的。她对土地和生死、土地和女人积累了丰富的经验，有着自己独特的了解与认识。她觉得土地就像一个母亲，人的生死都跟土地有关，人都是土里生土里埋，庄稼是土地种出来的，其实人也是土地种出来的。

在村民心目中，田春燕是一个非常复杂的女人。她是村委会妇联主任，负责计划生育工作。尽管村里每年都有大肚子的女人在街上溜达，可就是从来没有超生现象，年年得先进受表扬，这很让人惊奇，也让其他村的同行嫉妒。他们想从她嘴里套出点什么秘诀，可田春燕守口如瓶。

许多人认为，接生与计划生育工作相矛盾。其实不然，在田春燕心目中，人的生命是第一位的。村里哪个女人不孕不育被她发现了，她会主动带人家到医院检查。对应该做结扎手术的，她一定会严格按政策执行，绝不徇私情。如果出现意外情况，她不像别的计生员，非得把违反计划生育的女人拉进医院刮宫流产。她是坚决反对人为流产的，因为她是佛教徒，认为那样罪孽深重，相反她还会帮助接生，然后督促把孩子户口挂在外地亲戚名下，或干脆送人。不能扼杀生命，也不能超生，她做到了。

做妇女工作多年，田春燕领悟到，女人的地如同农民的田，播种生长符合自然规律，但荒废田地，就是浪费。

六

经过实地考察和一番研究后，金炜明和扶贫工作组决定，首先应扩大香水沟村的蔬菜种植规模，成立绿色种植基地。

这天，金炜明和香水沟乡党委书记巩凡成一行再次来到村庄的大棚跟前，发现这里有几户农民都在大棚旁盖了小房，全住到这里来了。原来，有一次村信用社主任石头到外地出差，发现当地的农民靠大棚种菜发了财，便也想引导乡亲们走这条致富路。可大多数村民不敢侍弄，庄稼人胆小，树上掉下条毛毛虫也怕砸破了头，怕弄不好把小命都赔进去，石头只好先扶持了少数几家，思谋着等这几家成功了，做个领头羊，别人也会自动跟着走。这几户人家很慎重，干脆就住在大棚这了，好早晚照应。

耳听得女人们嘻嘻哈哈的笑声，石头领着大家走到一间小房前，猛地推开了门，屋里的妇女们被吓了一跳，认出一群人里有本村的石头，便马上笑着欢迎"财神爷"一行。一位胖乎乎的大嫂早张开双臂向石主任迎来，石头赶忙躲闪。

跟着那大嫂，金炜明一行弯腰从小洞进了大棚，登时，两眼溢满了绿意，各种蔬菜鲜活翠绿，娇嫩欲滴。绿莹莹的青椒、紫生生的蕃茄、拐溜把弯的黄瓜、圆溜溜的白菜……令人眼花缭乱。

金炜明正在沉思，忽听见胖大嫂喊，姐妹们，石头上次答应给咱们进城捎买种菜的书没买来，你们说，该怎样儿罚他？几个妇女便拥进来，笑着说，脱了他这没记性的裤子，让他长点记性，看下次他敢不敢忘了。石主任双手护着裤带，连连告饶。金炜明一伙人也被逗乐了，他被石头与菜农妇女们那种粗犷融洽的友谊和浓浓的乡情深深地打动了。

金炜明环视周围，发现有一男青年在大棚深处忙碌着，仿佛这里的热闹与他无关似的，便问旁边的一个妇女："那是谁呀？"

"噢，他呀，是田改竹雇来的一个下岗工人，原先是县林场的正式工，叫赵壮，可有技术哩，到底是文化人。"那妇女一口气把小伙子说了个底儿掉。

金炜明跟巩书记走到赵壮跟前，看了看赵壮说："听说你很有技术，科学种菜很重要的呀。"

"技术倒不好，也就是爱捣鼓。"赵壮搓着手上的泥土，挺腼腆。

"你来这里也有段时间了，能谈谈你的想法吗？有啥好想法我可以支持你。"

"是吗？"赵壮眼睛亮了一下。

"来，坐下，谈谈大棚和日光温室这玩意……"金炜明拉赵壮坐在土埂上，递了支香烟，边吸边谈起来。

赵壮说："咱西北黄土高原气候寒冷，日夜温差大，无霜期短，所以，利用塑料大棚和日光温室来改变一年只种一茬田、半年忙活半年闲的传统习惯，引导农民脱贫致富，是目前一条最理想、最科学的路子。我们北方的蔬菜大棚和日光温室基本上都是拱圆形。按骨架材料不同可分为竹木骨架、钢筋和钢管骨架等类型。不论哪种骨架大棚都必须进行优型设计。采光、保温性能好，抗风压、雪压能力强，其共同特点是有坚固的骨架和基础，棚面有合理的弧度，采用透光、保温性能好的塑料薄膜等。其中常用的有两种，一种是钢筋桁架大棚……"

金炜明听着，不停地点头，他为能遇到一位有头脑有知识的技术能手而感到高兴，并对这项扶贫项目充满了信心。

赵壮见金县长很感兴趣，便又接着介绍说："还有一种短后坡高后墙式日光温室，也是竹木骨架温室。"说着，赵壮又熟练地画出了一个草图……

"那资金使用方面有啥差别呢？"金炜明又问。

"资金缺的就筑大棚，资金充足的最好建日光温室，这就看菜农的经济状况了。"

"好小伙，确实有两下子，好好干，还有啥想法，我支持你。"

"好，好！"赵壮知道遇到了知音，忙向他道出了准备试验立体套种蔬菜、花卉的想法……

谈了半天，赵壮又提出一个种菜中最致命的问题，那就是缺水。说这里种菜全靠小三轮车拉水浇菜，费车费工，成本太大，要想挣钱形成规模，必须解决水的问题。

"是呀，缺水可是个大问题呀，"巩书记不由得长叹一口气，"缺了水，啥都成了死的，灰的。"

"缺水是个大困难，但缺水并不可怕，可怕的是农民缺精神。"金炜明很有信心，"常言说，一枝独秀难为春。仅靠石头支持的少数几家大棚难以形成规模，还得带动大多数农民搞大棚才行呀。"

金炜明与巩书记从老乡家出来，就来到了巩书记办公室，两人合计了好一会儿，扶贫思路越来越清晰了……

七

在老院里住了一段时间，金炜明对李亮和李胜利父子有了越来越多的了解。

李亮虽说是个瞎子，却心眼亮堂。说起香水沟，他常常叹气，五行齐运行顺，可咱香水沟村现在为了金，伐了木，缺了水，失了火，毁了土，风水坏了啊！他的一席话，说得众人毛骨悚然。但也有人满不在乎，说有了金就啥都有了。

李胜利从来不相信"牛鬼蛇神"那一套，也对父亲的做法治理整顿过。虽说在感情上父子情深，但在理想信念上，道不同不相为谋，各行其是。李亮给人占卜或者看病，都是在儿子李胜利不在家的时候进行。李胜利也是眼不见心不烦。但是据有些人说，李胜利经常在半路上把到他家占卜和看病的人们截住，进行治理整顿，说服教育，所以他父亲的事业越来越冷清了。

有时许多好心人让李亮劝劝李胜利，说他太不正常了。李亮也是淡淡一笑说，一切皆有天命，随他去吧。

在村里人的眼里，李胜利就像被斩断了根的树，生命的时钟永远停滞在记忆中的年代。他坚持每天义务扫大街，就是想告诉大家，人是要为大家和集体做事的。

李胜利其实是香水沟村里的一个菜农，背诵着毛主席语录，操持着两亩菜田。当他推着小车走进清河县城，发觉自己成了清河县城里不合时宜的守旧者与游荡者，他便羞于与人讲价，遇见孤寡老人还免费赠送，这让他仅能勉强维持温饱；干农活之余，他游走于县城与香水沟之间的大街小巷，收集毛主席像章，最终像章装满了一个小布袋。

他穿上军装，戴上毛主席像章，成了方圆百里人人皆知精力充沛、爱管闲事的"整顿专家"。他经常说："要使几亿人生活得好，要把我们国家建设成为富裕的、强盛的、具有高度文化的国家，这是一个很艰巨的任务。所以我们要整风，现在整，将来还要整，要不断把我们身上的错误东西整掉。"

于是，人们就记住了他那最有名的一句口头禅："该治理整顿了！"

香水沟村，乃至清河县城的人们能轻易地给他画一幅肖像：五短身材，大眼粗眉，大檐帽永远端正，墨绿军衣颜色早褪，全身满缀几十枚明晃晃的毛主席像章。他总是推着一辆吱呀作响的红旗牌二八自行车，车后贴着三块每日更换毛主席语录的纸板，车前挂着一张脸盆大小的毛主席画像。后来他还专门在车把子上面安装了一个电灯，不过，从不用电灯直接照路，而是用电灯照亮毛主席像。

他的声音洪亮亢奋。激动时，他会咧开干裂的大嘴，露出两排蛮横而不齐整的黄牙。三十年来，李胜利如布道师一般，不厌其烦地寻觅着人群密集处，好开启他激昂而冗长的演讲。田畔地头，他热情鼓励田里的农民：发展经济，自给自足。深挖洞广集粮，备战备荒为人民！在政府大院前，他对着来来往往的公务员高呼：只有落后的领导，没有落后的群众！世界是进步的，前途是光明的！在空旷的学校操场上，他骑着自行车，稳稳当当、正气凛然地沿着跑道绕圈。人和车都是全副武装，俨然舞台上扎着护背旗、扬鞭驰骋的武将，又像那个时代游街游村的宣传卡车。他跑着步，一遍遍地大喊：发展体育运动，增强人民体质！在车辆拥堵的马路边上，李胜利对着几个正没收小贩推车的城管大喊着："你们是要为人民服务的，不是来给人民添乱的！"

看到车辆违章行驶，他立刻掏出口哨，吹着哨子，站在拥堵的车流中，挥舞着手臂，指挥交通。他的旧军帽旧军装从颜色、质地甚至来历上都可判断是山寨版的，但这并不妨碍他穿出仪仗兵的风采来。

在香水沟村里，以前每次电影开演之前，李胜利都要主动进行演讲，主题往往是紧扣电影的主要内容，并且结合毛主席语录进行动员教育。一开始村民们还不乐意，许多人往他身上扔土坷垃和石子，有几次他被砸得鼻青脸肿，但是李胜利目不斜视，依然岿然不动，滔滔不绝。后来人们发现他的演讲非常有意思，看不懂的电影，通过他的演讲就很容易看懂了。后来人们都习惯他的影前演讲了，如果哪一天他到县城"治理整顿"没有及时回村里，电影就不开演，都等着他回来演讲完毕才开演。有几次他为了赶回村里发表"影前演讲"，急匆匆赶路，差一点冲到沟里，跌个人仰车翻。

李胜利的理想，大概是"干一行爱一行，用革命的热情，影响更多人"。

八

金炜明来到香水沟不久，就收到了一封告状信，告状人署名：刘告状。

信里状告信用社主任石头与村妇田改梅通奸，暗害田改梅男人，以贷谋私、贪污腐败等等恶劣问题。田改梅是田守义的大女儿。金炜明找到县农村信用联社主任陆正了解情况，因为陆正也是香水沟人。陆正听了笑笑说，他也收到了同样的告状信，并且县里纪委和市联社也转来了同样的信件。他们也找到了刘告状落实情况，刘告状根本就不承认是他告的状。他还谩骂那些老是假他的名告状的恶人，利用他爱告状的赖名声，冒名告恶状。

接着，陆正向金炜明讲述了石头与田改梅曲折的情感历程。

石头、陆正和田改梅三人从小就是形影不离的伙伴。他们一起玩耍，一起念书。后来，陆正随着父亲进了城，就只剩下石头和改梅两人了。那时，他们在离村十里远的乡中学读初中。每天清早两人披着星宿往学校赶，晚上又戴着月儿往回返，在那条乡间小路上，他们拉着手风里行雨中蹚雪上滚。随着年龄的增长，两人的感情也如树上的青苹果，酸涩里透出成熟的清香。

后来，田改梅为了给哥哥田耿换亲，嫁了个下煤窑的男人，几年前因为塌方男人被砸伤了腰，成了残废。石头一直未娶，帮衬着他们一家过生活，也就是当地人所说的"拉边套"。

几年前，乡里学习别的地方拍卖"四荒"（荒山、荒坡、荒沟、荒地）经验，在全乡掀起了承包"四荒"的热浪。石头和改梅两人合计了一番，为挣钱养家糊口，也为攒钱给改梅男人治病，决定承包荒山五十亩。石头用自己的工资为改梅交了承包费，又自己担保给她贷款五千元，买回了果树苗、仔猪和羊羔。改梅一家就在山坡上搭了两间屋，栽了二十亩果树，养起了二十多只羊，就地挖坑盖膜养了五头猪，一家人忙乎起来。后来，全乡大棚种菜兴起时，还在向阳靠坡的背风处支起近八分地的塑料大棚，种起了蔬菜和花卉。改梅整天忙得不可开交，光景一天天好转起来。

不料郝利仁搞煤窑要扩大规模，不想让他们承包荒山了，说什么优化资源配置。石头一听就怒了，责问他们凭啥，就凭有几个黑心钱？石头知道他们暗里的鬼把戏，名义上是承包荒山，其实就是为了在荒山里私自偷挖小煤窑。石头放出话来，他们敢来欺负人，就跟他们拼命！

金炜明叹息一声，告状信八成与这事有关。

金炜明吃完晚饭，在村里转悠，遇到了刘告状。尽管他从陆正那里了解了其中的原委，但他对刘告状这个人还是充满了好奇和疑惑，也想通过接触，进一步了解真实情况。

金炜明到村里的这些日子，刘告状其实也一直在暗中观察。他发现金炜明确实跟过去下来蹲点镀金的干部不一样，便有意识地接近他，想找机会诉说自己的苦衷。他看见金炜明从老宅里出来，便装着偶遇的样子，陪他在村里转转，顺便介绍一下村里的风土人情和奇闻异事。

九

通过与刘告状交谈，金炜明了解了田守义一家更多的情况。

田守义的儿子田耿是大妹田改梅用自己的彩礼钱给他娶的媳妇，媳妇叫郝月娥。在村里种地，现金收入少，田耿就跟村里人一起外出打工，郝月娥留在村里种地；唐麦穗在村里做豆腐，媳妇贺果枝跟村里人一起外出打工，在建筑工地上做饭。

由于田耿和贺果枝是同村人，不免相互关心照顾，他给她买一些小衣服，她给他洗洗衣服。特别是一次雨夜贺果枝生急病，田耿半夜里拦车把她送到医院急救，连续几天陪同她在病房，同房病友以为他们两个是夫妻呢。

不久，两人过起了工棚"临时夫妻"生活。

在一起打工的同村人，很快就把消息传到了村里，传入了田耿的媳妇郝月娥和贺果枝的男人唐麦穗的耳朵里。

一天，郝月娥到唐麦穗豆腐坊端豆腐，唐麦穗指着墙角的腌菜缸说，又有白沫扑出来了，我忙得顾不上，你帮我用那个高粱刷子好好搅一搅！郝月娥红着脸替他搅动着腌菜缸，心里明白唐麦穗的暗示，这个人，挺坏的。想着，郝月娥就不由得笑了。

唐麦穗看见郝月娥明白了他的想法，就进一步开导她说，我有水，你有地。水不放憋得难受，地不浇旱得焦渴。我放放水，你也浇浇地，一举两得，多好。

就瞎说哇。郝月娥轻轻打了唐麦穗一把。

不瞎说，唐麦穗笑笑，扔掉了手里的豆腐勺子，把郝月娥抱进了里面的豆料库房。郝月娥当时就晕了，尤其是唐麦穗那句"别人都做了，咱俩也不能亏了"，一下子就让她下定了决心。

于是，当天的豆腐就有了不同的味道。

事后，这件事传到了在城里打工的田耿和贺果枝耳朵里，两人相互看看，都没有说话。

十

村里人都知道，田守义老汉一辈子就爱做两件事儿：种地和唱戏。

过去，因为天旱缺雨，几个村子的人就组织起祈雨的队伍，先举行祈雨仪式，紧接着唱戏，守义就成了红人了。后来，为了这活命的水，村民们在毛主席"人定胜天"的思想鼓舞下，依靠村集体的力量，大力发展水利事业。村民们自己打井，当时用的是"大锅锥"，十几个人围成圈，一圈十几根杆，每杆三四个人，隆起结实的胸肌，一步一步地推，一米二米地往下钻。尤其是在寒风刺骨的隆冬里，村民们穿着破衣烂衫，里面是渗透的汗水，外面是滴水成冰的寒气，不少人为打井落下了一辈子的病根，有的腰疼，有的腿疼，有的哮喘，还有摔断腿造成终身残疾的。

就是这十几眼机井，结束了香水沟人祖祖辈辈靠天吃饭的历史，滋润得小日子有了甘甜，有了盼头。守义老汉也靠着几亩地赚钱，硬是养活了一大堆儿女。

最近，田守义跟三女儿田改竹差一点伤了父女感情。事情的起因就是家里的土地。田守义老汉一辈子跟土地打交道，用他自己的话说，土地就在那里摆着，你可以天天看见它，强盗不能把它抢跑，人死了地还在。地是活的家产，钱全部用光，地却取之不尽。

实行联产承包责任制，田守义主动承包了五十亩土地，准备大干一场。当时村里人大都不敢承包太多，因为承包多任务就大，负担就重。可田守义成竹在胸，不为所动，成了村里承包地最多的农民。后来随着时间推移，证明了守义当时的决策是有远见的。尤其是近年来随着土地承包政策五十年不变，农业提留税的取消，农业贴补政策的实行，土地自由出让流转的放开，田守义的大片土地就成了众人眼里的生财宝地了。

但人们万万没想到，就是这么一个土地的挚爱者和守护者，后来却成了农业发展的阻挠者。

那是一个傍晚，田改竹来到老院里找父亲，说了自己想占用父亲几亩地搞大棚种植蔬菜的想法，不成想当下就碰了父亲的钉子。

田改竹知道父亲田守义一辈子就爱种地，也瞧不起种菜啊做生意啊这种人。他认为把地种好是农民的本分，其他的都是歪门邪道。有人说现在农民不种地也完全可以，只要发展乡镇企业，占了土地也不要紧，但是田守义却不认同这种观点。他说作为一个农民，吃粮永远不能靠别人，连李胜利成天都在宣传毛主席发展生产、自给自足的思想，一个农民如果地荒了再去买粮吃，那就是不务正业的废物；当农民丢失了土地，你就是改良了种子，培育了树苗，也成了良种无田、种树无山。

实行联产承包责任制后，田守义承包的五十多亩土地其实也是村里村外东南西北都有，他每年这里种一片玉米，那里种一片高粱，西边种一块谷子，东边种一片土豆，特别是他每年坚持种产量少成本高的当地传统庄稼如莜面和苦荞，就是高粱也分别种植白高粱和红高粱。所以全村人都知道田守义家里的粮仓几乎什么粮食都有，都笑田守义老汉是家有余粮，心里不慌，自给自足，无上荣光。

如今田改竹要分他的地去种菜，这就好比割他的心头肉啊，他当然一万个不乐意。后来，田改竹没办法，请父亲的老伙计李亮出面求情，并搬动信用社石头主任来做动员说服工作，田守义才勉强答应暂时让田改竹借用二亩土地搞大棚蔬菜。

这件事刚刚落停，没想到田守义又遇到了更大的难题，这就让他不由得发怒了。

前些天，金炜明和石头都上门，动员田守义进行土地流转，说准备在村南边的一千亩地里，开展大规模的日光温室蔬菜种植。还说这是金融系统的精准扶贫项目，要帮助全村人乃至全县人脱贫致富。这就让田守义着急了，脱贫致富当然是好事，可要他让出土地，等于要他老命啊，他当下一口回绝了。后来村支书和乡长、书记都出面做工作，说要顾大局识大体，有人还夸奖田守义家祖祖辈辈就是知书达理的乡绅，田守义也是人人尊敬的老一辈楷模，可田守义就是紧咬牙关不松口。

田守义的拒绝，让金炜明和石头感觉遇到了难题。因为在这片规划一千亩的田地里，田守义的土地就在正中央，建设日光温室不可能避开。再说了田守义在村里的威望很高，影响力很大，如果这个头开不好，以后的工作就更不好做了。

十一

　　田改竹是信用社主任石头首批选作日光温室蔬菜种植的示范户，费了九牛二虎之力才从父亲田守义那里借来二亩地，又从信用社贷了扶贫款，才闹腾起来。当时，田改竹随着附近菜棚的几位大嫂走进车马大店时，马上被几个四川民工围了上来，问询营生和工钱，并不停地推销自己，可田改竹没有挑中他们。其实，她一进门就注意到了独自吹笛的文静小伙子赵壮。

　　赵壮高中毕后考进省农技校，学的是农牧技术。他是个有耐心有追求的人，喜欢钻研技术，一心想毕业后到农村干番事业。可他父母看不起农村，硬是找关系把他分配到县林业站当了技术员。工作两年后，同本单位女工吴丽娜结婚成家。去年，夫妻双双下岗。赵壮倒是能坦然面对，其实他早已厌倦了一天三班倒像钟摆一样的生活。他早已准备到农村去，干点自己喜欢干的事情。而妻子吴丽娜却经受不起这个打击，听赵壮说要下农村打工，气得一蹦三尺高，死活不同意，并以离婚相威胁。赵壮到农村后不久，听家人捎话说吴丽娜找到份好工作，在县城新开的亚龙贸易有限责任公司做公关部主任，据说凭着年轻漂亮，干得风生水起。

　　赵壮住进了田改竹蔬菜大棚东端的小屋，改竹住在大棚西端的小屋，这样，既方便食宿又便于看棚护院。没过几天，改竹就发现雇对了人，赵壮这小伙对蔬菜的栽培确实有一套理论，他勤快、憨厚，又一心一意帮东家，比起那些整天贼眉溜眼、朝三暮四的外地人强多了。

　　赵壮也发现田改竹虽文化低，但种菜很有经验，两人常相互点拨，配合得很默契。近些日子，村里要建水塔，许多村民也相继从信用社贷了款，陆正主任又多次来大棚，向他征求发展大棚种菜的意见。村里原先不敢待弄大棚的农民也都建起了大棚。好多乡亲们初次干这营生，没经验，都来向他请教，称他是赵技术员，从未把他当打工的看待，他的处境逐渐好起来了。

十二

为解决农民吃水难的问题，金炜明带领县农村信用联社迅速动手干了起来，扶贫第一项工作——打机井建水塔，就在香水沟村拉开了序幕。

可没料到，技术勘察人员不偏不倚把位置选在了楼隐寺院。这一下，本来欢呼雀跃的农民目瞪口呆了，感恩戴德的热言热语也变成说三道四的冷言冷语了。

香水沟村本来就是中间高四周低，楼隐寺在中轴地带，是建水塔最科学最理想的场所。不过勘察人员不清楚楼隐寺是村民们心中的"风水宝地"，更不了解在寺院内破土动工给村民们带来的恐慌和惧怕。

楼隐寺建于唐代，后来寺庙毁了，只剩下几座空庙房，被生产队做了粮仓，偌大的庙院断壁残垣，空空荡荡。村里人便推几个识文断字的老者由村里有名的佛教徒陈仙领头，来乡里找金炜明、巩书记和石主任。因为他们也知道，此次建水塔打井是由信用社出资乡政府组织施工的。几位老者忽闪着缺骨短牙的嘴，向巩书记、石主任讲述了不能在寺院内施工的道理。陈仙代表村人说："在庙院这风水宝地上破土打井，就好像劈腹刨心一样，如果惹恼了神圣，村里会坏了风水，不吉利的……"

农闲时节，招工报名开始了，村里的许多青年都报了名。陈仙的儿子也要去报名，却被陈仙挡在屋内。儿子倔得像头牛，左冲右突总算跑出了家门，一溜烟去了。

陈仙气得嘴角哆嗦，咬牙切齿地骂道："在佛门净地上破土，简直是找死！"

开工那天，金炜明、巩书记、陆正和石头他们隆重地剪了彩奠了基，锣鼓鞭炮也亮亮地响了一气。有人说为图吉利，也有人说为避邪，不管怎说，总算正式挖下了第一锹土。

谁料想，水塔刚垒了一人高，次日清早就发现塔身上洒了好多血，鲜红鲜红的，触目惊心，直骇得民工们半天没人敢上前干活。于是，陈仙一伙人就在人群中嘀咕："是菩萨怪罪了，显灵了，再不停止怕就要出人命了……"

石头闻听后急忙赶来，他不慌不忙地用手指在砖墙的血迹上蘸了蘸，举到鼻前一嗅，嘿嘿笑了："这是鸡血，是谁把鸡血洒在这里可惜了。"他环视一下人群，见无人再言语，便招呼民工们继续干活，说着自己带头搬着砖登上了木架。

水塔像个粗大的烟囱，一个劲地拔高。就在这节骨眼上，陈仙的儿子在脚手架上递砖，一不小心，一脚蹬空，从高高的塔上摔下来，当时就断了气。这下可惹了大麻烦。

陈仙趴在儿子身上哭得死去活来，巩书记和石头气吁吁跑来，忙劝阻陈仙。陈仙猛地一头将巩书记撞倒在一堆钢筋上，一根朝天的钢筋棍头就不偏不倚地刺进了巩书记的腰。顿时，血流如注。

巩书记住了院，陈仙每天闹腾着让工程队赔人命，金炜明他们一边打井建水塔一边打起了官司。

经过几个月的加紧施工，水塔终于建起来了，水管也铺到了农民家门口。

石头按照巩书记在医院的嘱咐，积极忙碌着家家能通自来水的任务，在做通了另外几个老者的工作后，又推开了陈仙的院门。

"老嫂子，把自来水接进家吧，"一进门石头就恳切地说，"您老年纪大了，手压抽水泵费劲，别伤着了身子骨。"

"你们把俺的心都伤了，还在乎这一文不值的身子骨？"陈仙说着给了石头个后脑勺。

陈仙望着村中高高的水塔，就有一口气噎在嗓子眼里，上不得上，下不得下，嘴上又唠叨开了："几辈人不吃自来水，不照样活过来了？哪个不是精精神神？凭啥在风水宝地伤筋动骨，简直是造孽！"

石头一听她把信用社职工捐款和贷款修水塔说成是造孽，气就不打一处来。但他不想与这个老顽固计较，便忍了忍气，接着动员陈仙把剩余的钱存在信用社。他倒不完全是为拉储蓄，他是为陈仙着想。

不出所料，石头还没把意思说完，就被陈仙一顿臭骂顶了回来："俺就是喂了老鼠，也不把钱存进你信用社。"

后来陈仙用塑料布包着填入闲房炕洞的几千块钱，果真被老鼠啃了个缺胳膊少腿。石头听说后忙主动跑到陈仙家里，帮助她整理剩余的钱币，并亲自跑了趟县城，为陈仙兑换回了百分之五十的人民币，感动得陈仙拉住石头哭个不停。但她还是不肯吃水塔的水，只是对石头说："咱啥归啥，俺欠你的情，以后肯定还。"

自来水正式开闸那一天，金炜明、石头领着乡亲们一道去医院看望了巩书记。巩书记提醒金县长，这次村民们寺院闹事，除了头脑受封建迷信影响，据有人反映，还受到了一些居心不良的人挑拨。这些人就是那些地下放高利贷的不法分子，因为他们惧怕这个扶贫项目搞成了农民富了，就没人跟他们贷高利贷了，断了他们的财路。他拜托金炜明，一定要加紧追查，挖出这股阻止农民致富的恶势力。

十三

经济上扶贫渐渐有了眉目，但金炜明并未松口气，他知道扶贫最根本的是要改变农民落后的思想观念，比如田改兰一家子的情况就令他头疼。

田守义的二女儿田改兰生孩子富了，这在香水沟村里已经不是什么秘密。

田改兰年轻，身体也好。她跟何耿红结婚后，几乎是两年一个孩子，用何耿红的话说，不生儿子不罢休。没想到的是孩子多了负担重了养不起了，孩子们吃奶粉上学都需要钱，还有最后生的这个儿子得了脑瘤，需要一大笔钱来治疗。田改兰和何耿红就把第四个孩子托魏仁的儿子华正茂送给了城里的一个富人家庭收养了，并收取了一笔不菲的"营养费"。从此，田改兰就尝到了甜头，发现和打通了一条与众不同的"致富通道"，并且得到了村里一些女人们的效仿。

据说华正茂在城里也下岗了，整天游出来摆进去的，魏仁就看不惯，父子关系就紧张。魏仁时常来香水沟村里走走，住上个一段时间，华正茂也经常跟着过来看看，一来二去就跟村里的脾气相投的人们熟悉了，特别是跟郝利仁走得近。

李胜利听说了华正茂贩卖婴儿的事，几次上门对他进行了治理整顿。华正茂有几次就跟李胜利吵起来了，如果不是魏仁过来呵斥他，差一点就动起手来了。华正茂还发出话来，一定要弄死李胜利这个狗拿耗子的神经病。

田改兰从小学习不用功，让她种地嫌累，各种手艺又不会，就会生孩子。对于她来说，生孩子好比苹果树结苹果，一年一茬，开花结果，果熟蒂落，非常自然，一点也不费劲儿。姑姑田春燕对侄女田改兰的做法相当不满，但她也奈何不了，因为孩子生下来也不会在当地派出所上户口，不会出现超生现象，田春燕负责的计划生育依旧达标。

真是没有廉耻了，田春燕很是鄙视这个侄女。

有了钱的田改兰，家里日子宽裕了，孩子们的生活条件改善了，生病的小儿子也到北京天坛医院做了手术。日子一天天好起来，田改兰的心情也愈发快活起来。女人嘛，营养好，穿戴好，加上年轻，就像一朵盛开的花，在激情中摇曳陶醉。

田改兰的男人何耿红，生性懦弱，身体也单薄。这几年种地生孩儿，确实累得够呛。如今生活好了，却变得懒惰了，几乎所有的田地营生都雇人干，自己像个地主一样，在田间地头溜溜达达。其实何耿红这些年的身体一直不太好，就像一只被掏空的公狗，走路风大了身子都晃。

他父亲何百世是个既传统又迷信的老人，对儿子的身体很是担忧，经常在家里旁敲侧击地提醒田改兰，日子好了，要对自己的男人好一点，多吃好饭少折腾。

可田改兰对此很不屑，鼻子一哼说，这个家能有今天的好日子，凭什么？还不是凭老娘卖命换来的。

十四

金炜明最近几乎天天要去看看李胜利，因为李胜利整顿郝利仁出事了。

李胜利的家里后墙正中央，几十年来一直供着毛主席的大幅相片。年轻时，李胜利经常在相片前向毛主席汇报治理整顿的情况。毛主席每次听完他的汇报，都是笑眯眯的，仿佛是对他工作的肯定，鼓励他再接再厉继续坚持下去。李胜利就非常高兴，于是飞身上车，出门继续寻找治理整顿的线索。

有人对李胜利的治理整顿很头疼，因为他只要掌握了你的毛病，那肯定会口无遮拦，竹筒子倒黑豆，干干净净、利利索索、无遮无拦。也有人会通过给他家门口塞纸条或者写信，悄悄地给他提供线索，一般不敢直接告诉他，怕他以表扬的方式，直接告诉被治理整顿的是谁提供的材料。

当今社会，许多人都不愿意或不敢管闲事，李胜利从来不怕麻烦，总是像外国那个唐吉诃德一样，挺着一只矛，到处戳别人的痛处。

有人对他表达不满，就把他自行车上的红旗标志偷偷拔掉了。李胜利呵呵一笑，自己又用铁皮做了个更大的，并且用红油漆染得更加红彤彤更加鲜艳。

后来信用社的石头动员他做了首批大棚种菜的试点户，他种菜也有了点收入，有人建议他买一辆大摩托车吧，更加威风和省劲。可是他不同意，说摩托车不节俭，速度也太快灵魂跟不上，容易脱离人民群众，我们就是要跟广大人民群众在一起，慢慢交谈，一起进步。

这些年，村里人经济上确实收入多了，但人们的文化思想却有点混乱，甚至是后退了，至少李胜利是这么认为的。

许多村民都信佛、信基督教和天主教，前些年还有被蒙蔽的村民参加了邪教。李胜利也对那些唯利是图的邪教进行了治理整顿，还得到了县里的表扬。李胜利觉得别人的信奉都是有目的的，而信仰应该是没有要求的、无私奉献的。比如有的人信奉观音菩萨是为了求子的，有的人信奉关公是为了发财的，有的人信奉佛祖是为了升官的，有的人信奉耶稣是为了做了不好的事求心安的，这就让李胜利瞧不起。

原来李胜利还是信用社的一名村级服务站的代办员。当时他的业务在全县成绩是最好的。

在香水沟村里，经他手吸收的存款，起存和到期日期，他会记得具体到天。每当存款快到期时，他一定会上门通知村民，是取出来呢还是继续存呢，一定问清楚办利落，利息清清楚楚一分不少。经他发放的贷款，他会定期催收本金和利息，一分不能少，一天不能超。由于他工作认真，业绩突出，县联社准备给他转成信用社正式工。可后来不幸发生了他跟贷款村民打架的事情。原因是几个村民贷款后，做生意也赚了钱，他们想扩大规模，除了一直不交本金和利息，还要求再继续贷款。李胜利则要求他们按制度办理，先按期交利息、到期归还本金，然后再办理贷款。几个村民不知是嫌麻烦还是想骗取贷款，反正就是不还，他们还把一个装有现金的红包悄悄塞给李胜利，求他网开一面。没想到，李胜利认为这是侮辱自己，让自己跟他们同流合污，很是愤怒，每天紧追几个村民不放。有几次竟然追到家里不还贷款就不走，惹得村民很生气，言语不合就动手打了李胜利。接着他们反咬一口，说李胜利为了要贷款挣业绩转正，把人往死里逼，还动手打人。

李胜利转成信用社正式工的事就此泡汤，还失去了信用社村级代办员这份工作，在村里继续种地种菜维持生活。

李胜利经常说，毛主席教育我们要学会"弹钢琴"。李胜利尽管不是党员，但由于他善于"弹钢琴"，懂得统筹兼顾，擅长"两手抓"，后来村里就把他当作"救火队"，哪里工作不好做，就让他去做。最后大都因他太认真，太死板，太能得罪人而以失败收场。过去大集体时期，因为饥饿人人自危，大队就派他看守粮仓，开展计划生育动员女人们做手术请他去做工作，看护山林让他去，看护农田庄稼让他去；乃至后来维护稳定阻止村民上访，也派他去。他还跟上访的村民承诺，不用去告状，有啥问题跟他讲，他亲自治理整顿，帮助他们解决问题。最近他去治理整顿郝利仁小煤窑乱采乱伐污染环境的问题，被恶狗咬伤，差一点把命搭进去。

李胜利听说郝利仁承包了村里一座荒山，按照合同应该是植树和养殖。可人们谁也没想到，郝利仁表面上装模作样种植了几棵树，稀稀拉拉的，像老太太的头发，骗取了县里许多的林业补贴，实际上却在荒山里私自开采煤炭。原来他早就提前找人勘探好了，这座荒山下面是储量丰富的煤炭。他在自己承包的荒山里私自开采，既逃避了矿山管理部门的审批和监督，又偷税漏税，把村集体的资产和老祖宗留下的宝藏据为己有，大发横财。老百姓敢怒不敢言。

有人就把这个所谓的秘密专门跟李胜利说了。李胜利得知这一情况后，觉得郝利仁掠夺人民群众财产，欺骗政府，实在可恨，就不顾众人劝阻，独自骑车来到郝利仁承包的荒山煤矿门口进行治理整顿。他在门前运用毛主席语录，历数郝利仁条条罪状。保安拎着警棍过来劈头就打。李胜利用自行车进行抵挡。正当保安节节败退时，郝利仁领着大狼狗回来了。他咬牙切齿谩骂着，放出大狼狗朝李胜利扑来，一瞬间尘土飞扬，鲜血四溅。

事后，郝利仁反而诬赖李胜利私闯民宅、诬告诽谤。众人硬是看不过，让李胜利去打狂犬疫苗，他坚决不去，说他就不信郝利仁的狗毒邪气能够战胜他那无往而不胜的一身正气。他坚信这个世界上，正义永远会战胜邪恶。

这件事让金炜明很是震惊，他决定要去县里一趟，把香水沟的复杂情况向县里做个汇报。

十五

这天，金炜明从县政府汇报工作出来，一路上感慨不已。快到县联社时，只见县联社主任陆正急匆匆赶来气喘吁吁地说：今儿早上，不知从哪里集聚了一伙人，也不知从哪里打听到城关信用社主任凌志被人举报了，正在接受审查，城关信用社的存款被贷出去了，都收不回了，都来取存款；还有人趁机散布谣言说信用社存款都被骗光了，快要塌业了，有存款就赶快取吧，不然的话，别说拿利息，存款本金也会鸡飞蛋打。

金炜明初步判断，这是有人利用一些储户不明真相兴起的挤兑风波。他深知面对的困难和挑战的分量，心情异常沉重。要知道，挤兑风潮最易引发社会不稳定因素，处理不好，会严重损害信用社的形象。

金炜明一行人赶紧走进城关信用社营业室，只见营业室柜台的玻璃被打碎，玻璃渣散落满地，几个经警正荷枪实弹守护着柜台。室内堆满了人，大都手里捏个存折，有的蹲着，有的站着，有的坐着，或交头接耳，或冷眼观望，柜台外挤满了取存款的人，柜台里营业员们极不情愿地办理着取款手续。县金融监管办杜主任是个爱说敢干的急性子，一看这情景，一下子就站在了室内一把椅子上，尽量通俗易懂地向储户们讲解："在座的各位储户，也许大家不太了解，我们金融单位都有一套保护储户合法权益的保障机制。

比方说，你们来取存款，那绝对是存取自由的，有人怕钱被别人取完，自己取不上，那就多虑了。退一万步说，假如信用社现在没存款了，还可以申请动用存款备付金，那可是按存款比例提取存放人行的。假如这还不行，我们就搞同业拆借。再退一万步说，如果备付金也用完了，拆借不来资金了，我们还可以向人行申请再贷款，也能把你们的存款支付的。"

一席话，直说得众人纷纷点头，但也有人仍不相信，叫嚷着说她在花言巧语哄蒙人。有个领头的储户，煽动着众人："不给取存款，就到县委县政府门前告他们去。"说着一伙人要冲出营业室。金炜明伸手在门口一拦，声音洪亮地说："大家不要乱来，你们要相信我们信用社的实力和信誉，今天，咱们也不用退一万步说话，咱就前进一万步说，从今天起，咱营业室再加一个取款台，大家想取就使足了劲取。"

金炜明的一席话，把大多数人打动了，他们都说："这样红火的信用社，哪有塌业的迹象，分明是谎言。"有的就把存折揣进怀里，笑着走了，但还有人疑心重重。

金炜明和高行长、杜主任等人马上在信用社开了个小会，根据信用社员工及几个村民储户反映的情况，大家初步判断这是一次有组织、有预谋的冲击信用社的活动。据说有的村民已经把取出来的存款转移到了几个小额信贷公司了，还有的说要入股到二龙沟煤矿去。还有凌志这个人生活腐化，不守规矩，有人反映他整天跟贺富贵和郝利仁这些人混在一起，需要查明情况，防止出现问题。目前全县金融情况比较复杂，如果这种局面继续下去的话，形势比较危险。金炜明让金融监管办杜主任准备共同研究处理这件事情的方案……

十六

话分两头，香水沟村下一步的扶贫工作有条不紊地展开了。

清晨，香水沟村外的土路上扬起一溜尘土，三四辆小轿车颠颠蹦蹦地开进了村。里面有县委办的、县水利局的、县农业局的、市拍卖公司的，还有司法局公证处的。他们全都是来参加香水沟村机井拍卖的，因为这次活动是全县机井拍卖的试点，因此各部门都高度重视，派来精兵强将，以确保拍卖活动顺利进行。

吴乡长领着乡、村两级干部，早已迎候在门口。下了车，大伙直拍身上的尘，嘴里还嚷嚷这讨厌的土。吴乡长一脸的歉意，好像这土是他扬起来的，就忙着端水递毛巾，让大伙洗尘。

客人们洗漱完毕，吴乡长领着大家到田地里实地察看机井。田野上埂大坑深，小汽车底盘低不好走，有人干脆建议步行。于是，一行人便朝村外走去。

出了村，一行人便兵分两路，一路村西，一路村东。村西路由吴乡长陪同，村东路由贾英才陪同。因为村东机井多，贾英才又熟悉情况。

每到一井，几个人便趴在井沿探头朝下望望，量量井管的尺度，询问一下打井的年代、浇地的面积等等。贾英才一一作答，但在场的村干部心里都明白，他把打井的年代、受损程度都夸大了，把出水量、浇地面积缩小了。这样，就有利于拍卖价的起价往下压。但村干部们都默不作声，任凭支书大人巧舌如簧。

察看完机井，两路人马一先一后回到乡政府大院。这时，有村民跑来报告说，村里会开车的狗栓被派出所叫去审查了，据说派出所怀疑他参与了割井管、砸机器的破坏活动，要他老实交代，特别是让他交代谁是幕后策划者。

也有人说，狗栓在派出所拒不承认，还说要告派出所无故抓人，侵犯他人身自由权，双方闹得挺僵。派出所人说这个案件到了关键时刻，通知村民近日不要随便出远门，要随时接受讯问，一时间，闹得人心惶惶，大有一种山雨欲来风满楼的感觉。

香水沟热闹起来了，用村民的话说，比过大年还红火。香水沟村民正经历着几十年、几百年从未经历过的事。全村的男女老少几乎是倾巢出动，陆陆续续聚集到了村委会大院。青壮年们聚在大院内，占好地势，正三三两两地谈论着；老年人怕挤，趁早倚了墙根，瘪着缺骨短牙的嘴巴，东一句西一句地家长里短；小孩们趁着人多，便在人群中捉开了迷藏，大人们屁股后、两胯间都成了他们藏身的好去处。

陆占春站在人群中，兴奋地观察着乡亲们的情绪，心里涌动着一种说不出的激情。

陆占春退伍回村后，乡里几次想提他当村干部，贾英才都死不同意。贾英才处处设卡，事事为难，怕占春坐大，危及自己的地位。好在陆占春也并不计较，很坦然地走自己的路，干自己的事，贾英才也奈何不了他。

他看不惯贾英才的做派，尤其是贾家兄弟承包了全村的电和水后更加狂妄。这次村里要拍卖机井，贾英才原以为没人敢参与竞争，没想到陆占春参加了竞争，使贾英才原准备内定价格的计划几乎泡汤了。贾英才暗中派人找他商量合作。陆占春打心眼里不愿意，他实在不愿与贾英才同流合污。

这时，他媳妇韩翠莲急匆匆挤进人群里，把他拉出，颤着嗓音说："开会前，你最好先躲一躲。"

"为什么？"

"刚才我听见贾英龙他们悄悄打电话，"说着，她四下望了望，"说派出所要找你的麻烦。"

"找我的麻烦？"占春禁不住笑了，"我又没犯法，找啥麻烦？"

"哎呀，"韩翠莲急了，"他们还不是找茬儿，想干扰你参加竞拍嘛。"

"那更不能躲了，"占春并不惊慌，"有麻烦就不能躲，越躲越麻烦，总得去面对去解决。"

陆占春刚和韩翠莲说完话，就见派出所徐建国所长领着两个民警走进了大院，径直朝占春走来。占春静静地迎着派出所所长，想看看他究竟要耍什么花招。

"占春，正巧要找你。"大老远，徐建国所长就打招呼。

"有事请讲。"

"事倒是没啥大事，就是想请你到乡派出所去一趟，有些问题想找你了解点情况。"说着，所长扔掉烟头，用脚在地上拧了拧。

"现在？"占春回头看看主席台，"现在恐怕不行，你看，竞拍马上就要开始了，有什么事，会后再说吧。"

"那不行，"徐所长似乎早料到占春这样说，"我们也是例行公事。

不是就审问了狗栓了吗？"

"怎么，是狗栓供出我做什么了吗？"

"那倒也不全是，"徐所长话有点含糊，"主要是有人揭发你参与策划了破坏机井一案，我们得进行审查，你协助我们执行公务。"

"什么？"陆占春睁大了双眼，"我策划了破坏机井？有啥证据？"

徐所长摆摆手，说："参与没参与，现在还不能肯定。证据嘛，正在找，所以我们要进行调查，请跟我们走一趟吧。"

"不行，你们这简直就是非法拘役，破坏'竞拍'！"占春大声争辩。

"对，这简直是专门捣乱。"乡亲们也被激怒了。

这时，村委会办公室里面的人们也听到了外面的争吵声，一行人鱼贯而出，站在门口朝这边观看，有人还抬手看表，离开拍的时间不远了。

徐所长面对愤怒的人群，半闭着眼睛不吭声，他的任务只是把占春带走，其他的事以后再说。

就在这僵持不下的关键时刻，刘告状唰地站在了主席台上，只见他高举起手臂，朝台下的徐所长一伙一指说："徐所长，你就不要诬蔑好人了，俺明确告诉你，割机井管子的，就是俺刘告状。"

此话一出，整个大院反倒安静下来了，人们惊异地盯着刘告状，人们还是第一次看见有人主动承认违法自投罗网的。

看着人们目瞪口呆的模样，刘告状反倒哈哈大笑起来。

"你说你作案，有啥证据？"徐所长似乎不愿让刘告状当嫌疑犯。

"证据？你们真是开国际玩笑。"刘告状大声呵斥，"你们抓占春，人家问你们有啥证据，你们答不上来。俺投案自首，你们反而问俺有啥证据，大伙说说，可不可笑？"

"太可笑了。"众人嚷嚷。

"刘告状，你别太张狂了。"徐所长恼了。

"俺告诉你，"刘告状拍拍胸脯，"俺好汉做事好汉当，水管是俺割的，证据都在俺手里，割管的刀子，砸机器的石头几块俺都记得，总共八块，不信就去核对。不过，俺割管子，俺不丢人，俺割的是自己的管子，俺们出力出汗，那机井有俺的一份，俺割的就是属于俺自己的那一小截儿。

话又说回来，俺割管子是有罪的，可霸占管子的人却成了管子的主人。老祖宗说过窃钩者诛、窃国者为诸侯，这公平吗？这合理吗？"

徐所长叫手下人把刘告状带回所里。刘告状甩甩手说："不用带，俺自己走。"

主席台上的人依次坐定，在主席台前又单独摆了张桌子，上面放着一块木板样的东西，还有一个大槌子。负责拍卖的拍卖师是个挺胖的人，正摩拳擦掌地站在桌后，准备一试身手。

坐在前排竞拍的只有两个人，一个是贾英才的弟弟贾英龙，一个是陆占春，而村民们大多坐到了占春的身后。贾英才一看就明白了，不觉心里一沉，脑海里冒出种不祥的预感。

拍卖的第一项，是县里提议另加的内容：竞拍人演讲。主要是听一听竞拍人的动机和措施，因为这拍卖机井，不仅是经济上的大事，也是政治上的大事。

首先，贾英龙站起来演讲，他把准备好的稿子熟练地背了一遍，主要讲了买机井是为了统一管理，方便村民，造福村里，牺牲个人的利益，保护集体财产等。待他讲完，会场上只有零零星星的掌声。

当轮到陆占春演讲时，占春并没有大讲特讲，只说了两句话，那就是"农民的财产农民管，自己的事情自己办"，反而赢得了热烈的鼓掌。

拍卖开始了。

"十二万。"贾英龙率先报价。

"十五万。"陆占春报价。

"二十八万……"

"四十万。"当贾英龙喊出这个数字时，不由得回头看了一眼贾英才，这是大哥交代的最高价，因为超过这个价，就无利可图了，也买不起了。

"四十五万。"陆占春反而拉大了距离，喊出了天价。

"四十六万。"贾英龙不甘心，他也不再看大哥的眼色，一咬牙又举了一次牌。

"五十万。"陆占春一下子把贾英龙逼到了绝路，贾英龙再也不敢举牌了。

"五十万，五十万。还有没有？"拍卖师兴奋地高声催促。

这时，贾英才看出了陆占春今天是势在必得了，他要趁机给陆占春哄抬价码。想到这，他快步走到贾英龙身旁，把牌子从弟弟手里抽出来，又稳稳地举了起来："五十五万。"

"五十六万。"陆占春喊。

"五十七万。"贾英才喊。

陆占春看透了贾英才的恶作剧。于是就放慢了举牌的速度与节奏，装出底气不足的样子。这样，反而给贾英才增加了压力。他生怕价格到了如此之高时，自己喊出价牌，而陆占春不再举牌，那这超重的包袱就会落在自己肩上，那他就会倾家荡产。所以当占春喊出"七十万"的高价时，贾英才再也没了举牌的勇气了。

"七十万，七十万。"拍卖师更加兴奋地喊。

"七十万一次！"

"七十万二次！"

"啪！"随着木槌落下，"拍卖成功。"一槌定音。

"请陆先生到办公室里交款办理手续。"拍卖师说。

"不，就在这里办。"陆占春说着，从包里掏出一沓钞票，交到主席台上。这时，坐在他后面的村民依次把款交到主席台上。

贾英才他们没想到有这么多人站了出来，加入了陆占春的队伍里，他止不住一阵心惊肉跳。

过了一会，统计员报出款数："四十万整，还差三十万元。"

这时，贾英才又流露出幸灾乐祸的笑意，心想："牛皮吹大了，看你们怎么收场。"

这时，人群中走出了信用社主任石头，他手里捧着两张支票，当场宣布："这是香水沟村八十二户村民联户担保，并用机井抵押的贷款：三十万元整。"全场上爆发出震耳欲聋的掌声。

十七

拍卖结束后的下午,陆占春和池连泉几位村民从乡政府出来,边走边聊,脸上流露出掩饰不住的喜悦。

走到离村外不远的路上,忽有村民急急跑来说:贾英才不服气,想自己打深井,还要以村集体的名义修水渠。

占春淡淡地笑了,说我早就料到了。

原来,占春担心贾英才会利用水渠做文章,卡他们的脖子,因此,他们一大早就赶到乡政府,当着县水利局、农业局的两位局长及吴乡长的面,陈述了理由和要求,几位领导觉得有理。为使这个全县的试点不出差错,领导们当场拍板,让占春他们以承租的方式,拿到了水渠的使用权、维修权和保管权,解除了后顾之忧。

村民们不禁舒了一口气,边聊边向村外的防渗渠走去。

"你说,贾英才要打深井,那咱们的井就会断水,成了枯井,怎么办?"有人担心地问。

"这不碍事。"占春说,"水法上明文规定,在每口正在使用的机井五百米之内,不准再打第二眼井。咱们村外的机井,井与井相隔都不足五百米,他是无法插进去的。"

众人这才放心了。

在快到防渗渠时,他们远远望见田守义老汉正扶着一棵树,不知在想什么。

此时的田守义老汉,眼望着这万米防渗渠,心潮起伏。对这条大渠,他太熟悉了,可以说,他就是这条大渠从无到有、从新到旧的见证人。

这条渠是香水沟村与邻村的分界线。多年来,一直划分不明,导致每年两个村子都发生抢水事件。"农业学大寨"那年,县里出面,替两村划清了界线,在两村交界的大沟里,筑起一个分水岭。洪水来时各分一半引进各自村庄的田地。为了充分利用这股救命水,当时村里决定把这条沟建成一个万米防渗渠,发动全村男女老少齐参战,到山上拉石头,出资买水泥,开展了轰轰烈烈的造渠运动。每天天不亮,村民们就排着队上山采石。一时间炮声轰隆，村民们用马车拉，拿筐子抬，用肩膀扛，举着火把，扛着红旗，唱着革命歌曲，把一块块石头拉到了水渠旁。村里的工匠们就拉起水平线，一块一块往上垒，水渠就一米一米延伸开来。

经过全村人的辛勤劳动，历时两年时间，村民们在水沟里建立了一条长龙。整个水渠分一条主渠，两条辅渠。建桥洞六座。同时在渠内外种植了八行钻天杨树。每逢夏秋时节，渠道里水流潺潺，渠两旁绿树参天，浓荫匝地。

看见占春和连泉两人过来，守义老汉忙从沉思中回过神来。当他听说已把水渠的承租合同签订后，高兴地咧开嘴"嘿嘿"笑个不停，还问何时开始修渠。

望着这残缺不全的水渠，陆占春也陷入了沉思……

贾家兄弟承包机井后，只用渠不修渠，就连修水利的义务工也被他当做劳务券，用在了别处。村民们每到洪水来临时，就各自在渠内打顶头，拦小坎，随意劈开渠道，把水引入各自的地里。一时间，防渗渠被割开了几百个口子，水流不畅，淤泥沉积，涵洞堵塞，渠下游的村民见不到水。特别令人心疼的是水渠边的参天树木，被人乱砍滥伐，残根断枝满地。

村里人看着心疼，但没有办法。这渠这树是集体的，集体的又被演化成个体的，集体穷得无法修缮，个体却只刮金不投入。只能眼睁睁地看着渠一段段坍塌，树一棵棵消失。

"占春，占春！"忽听远处有人喊，占春抬头一看，原来是吴乡长领着几个人朝他走来。

走到跟前，占春看清那是邻村的几个村干部。吴乡长介绍说，他们几个村干部一来取经，二来想跟占春商量并购邻村机井和水渠的事儿。

原来，邻村的机井和水渠由于年久失修，有的机井塌方，有的机井配不了套，水渠也都破旧不堪，村集体无钱维持，想学香水沟村把机井拍卖了。可村里又没有有钱的大户，村民们拿不出钱，就想让占春兼并收购邻村的机井，统一修理，统一管理，能让农民浇地，或者干脆让邻村的农民用香水沟的机井浇地，合理收费。

占春听后，笑笑说："这得让我跟股东们商量，因为这不是我一个人的事儿，也不是一个人能说了算的。等商量好了再答复你们，行不行？"

来人忙说："不忙，不忙，你们商量好了再议。"

一伙人站在地头，望着这残渠，吴乡长问占春："这破渠，你打算怎么投资修理？难道你还有富余的资金？"

"没有，一分也没有。"

"那怎办？"

"我想好了，还是老办法，让全村的父老乡亲们入股，有钱的出钱，有力的出力，大家修，大家用，大家管。"占春和盘托出自己早已想好的招儿。

"你可以呀。"吴乡长感慨地说，"你要把大伙都绑在你这条战车上呀。"

"意思对，但话不对。"占春真诚地说，"我们就是要把乡亲们团结到一块，自己干事，干自己的事。"

"是啊，我当了这么多年的乡干部，深知凝聚人心的不容易呀！"吴乡长望着茫茫田野，感慨万分。

沉默了一会儿，吴乡长又问："你说，这么大的难事，你为啥能办成？"

"因为大伙支持我。"

"那为啥就支持你呢？"

"很简单，就说这批机井吧，别人是要自己独占，而我是让大家占。"

十八

转眼就到了仲夏。

为解决土地分散，不利于大棚征集占用的问题，金炜明和石头支持陆占春等村民采取代耕代种、联耕联种、土地托管、股份合作等多种形式自发流转土地，种植绿色大棚，形成规模优势；对田守义等一些始终愿意坚守传统农业的农民进行引导，对传统农业和特色产业的土地进行相互流转和整合。同时通过新旧机井及灌渠的规划整合，合理配置水力资源，形成了传统杂粮农业和特色蔬菜产业"二龙戏珠"的格局。

在信用社的大力支持下，菜农们的资金、土地和用水问题都得到了解决。

于是，更多的农民加入到大棚种菜的行列，特别应该提到的是李胜利这个老菜农，也正式加入了新菜农的团队。

蔬菜基地以香水沟为中心，很快向四周辐射，登高远望，一片片白色大棚宛如无数朵浪花起伏在绿海中，甚是壮观。菜农们大都住进了大棚旁的小屋。这里，便又成了一个新的村庄和院落。每到夜晚，到处是锅碗瓢盆的嘈杂声。但近日菜农们的心情并不好，如同这闷热的天气一样，烦躁憋气。因蔬菜销路不畅，人们急得坐卧不安，可除了干摇扇子外，一点主意也没有。

真是应了老人们常讲的那句老话：种菜难，卖菜更难。

今年的菜长得十分旺盛，菜贩又压价极低，贱卖吧干赔钱，不卖吧有的菜搁得时长都快烂掉了。许多菜农心里就搁不住，蹲在大棚里洒几掬眼泪。

尤其是离县城较远的香水沟乡，蔬菜积压尤为严重。金炜明、陆正心里着急，多次找县政府、农副产品收购部门商讨此事，并向朱县长建议尽快出面为乡亲们找销路，但一时没有着落。

金炜明还专门去了几趟县里的保险公司，特别是几家涉农的保险公司，探讨商量农业保险的问题。

石头主任和村干部商量时，便端出了自己想外出卖菜的地方：首都。把几个村干部吓了一跳，他们估摸着县城就差不多了，几个泥腿子竟要上北京？石主任便讲了上北京的道理，北京人多，吃菜也多，自己直接找买主，岂不多挣？

供销社得知他们要上京，也挤着要参加，说找找老关系，兴许还能做笔贩菜的买卖。石主任觉得供销社按理就是做这个的正宗行当，多一个伙伴多一分力量，便同意了。

事情进展顺利，第一批蔬菜由供销社牵头运到了北京，菜民们便整日眼巴巴等着回款。谁料想半路杀出个程咬金，让供销社一棍搅糊了满锅汤。

原来供销系统由于经营不景气，便掀起了一股转产养猪风。供销社拿到一部分县社拨来的养猪款，买来了仔猪，却缺少购买饲料的款，就挪用了菜款。原打算等向信用社申请贷款后周转开再还，不料，消息没捂严，被菜民们打听清楚了。菜民们都非常气愤，成群结队来找供销社要钱，供销社一时实在无法偿还，菜民们便动手抢猪仔抵债。

事后，供销社也从信用社申请贷上了款，抢猪仔事件也进行了处理，但供销社运菜的事却再也得不到信任，运菜就被迫中断。

就在人们一筹莫展的时候，离家出走达五年之久的罗山桃回来了。

罗山桃坐着辆顺路的小四轮，突突突地颠簸在山路上。外出五年，罗山桃已出落得丰满挺拔。不再是过去那个憔悴、疲惫、任人宰割的羔羊，眼睛里闪烁的不再是胆怯、惊恐，而是放射着泼辣、大胆，灵活中也掺杂着狡黠。当年，她从小镇出逃，先后流落到北京、珠江，最后在深圳打工四年，做过保姆、钟点工、送报的，但做得最长的是卖菜。一次她在菜市上偶然碰到一位在北京结识的菜贩，攀谈中他们沟通了信息，北京菜贩鼓励她回去自己搞贩运，他可以帮忙批发。终于，她下定决心，千里迢迢回来了。

这次回乡的罗山桃与五年前出逃的罗山桃可不一样了，五年前是因为家贫，主宰不了自己的命运而出逃，今天是满怀信心靠致富来改变自己的命运来了。

山桃回村不久，就着手张罗运菜的事情。她先到各大棚走了走，发现这里的菜产量大，质量好，价格又便宜，确实是件好买卖。乡亲们正愁着出不了手，见山桃准备运菜，就积极支持，都说："山桃这几年可算不白出去，开了眼界长了见识能干大事了。"

可山桃并不轻松，她外出打工只带回来两万块钱，要买辆半成新的卡车也得六七万块钱，钱从哪儿来？最后，山桃还是把目标瞅在了信用社主任石头身上。石头比山桃大几岁，可按村里辈分，应是山桃长辈了。其实，石头早看出山桃是个人才，正想支持她运菜，乡亲们手里的菜出售不了，贷款也偿还不了，他正着急呢。最后石头提议，让所有种菜户联名担保，把担保款数分摊到各户头上，山桃运菜时，优先照顾担保户，共放贷四万多元，帮助山桃买回辆半成新的"东风140"。

狗栓是村里唯一会开车的人，便顺理成章地当上了司机。一切准备妥当，山桃便正式搞起了蔬菜贩运。石主任也帮衬着山桃收菜、装车。山桃常用一种温情的目光注视着他。

不过，据菜农们反映，现在大棚用地、用水解决了，可又出现了一个新的问题，那就是用电的问题。以前大棚就是个照明用电，现在大棚里增添了增温保温设备，原有的线路、变压器、电量来源都成了大问题。金炜明他们得知这个消息，责怪自己想问题没有统筹兼顾，着急想办法替乡亲们解决。据说难度很大，人们都忧心忡忡。

十九

田改竹的蔬菜大棚火起来了。

下岗职工赵壮脑子灵、技术好，在改竹手把手的精心传授下，很快就掌握了大棚菜的基本管理和经营方法，并且凭着他在技校学的知识，不长时间就超过了周围种大棚菜的农民，成了方圆几十里有名的技术人才。于是，改竹的大棚就热闹起来，人们有了难题就纷纷来找赵壮。什么病虫害啦，新品种的科学栽培方法等等，每当人们围着赵壮叽叽喳喳问个不休、赵壮嘴手并用忙乎着给乡亲们讲解时，改竹总是不由得用种怜爱的眼神望着他。想着他心灵手巧，待人体贴，勤劳憨厚，改竹脑海里就禁不住闪现过一种令人兴奋又羞涩的念头。但一想到这些，她就不由得双手遮面，摸一摸自己发烫的脸颊，心跳得像小兔在蹦，再加上赵壮总是抽空儿从众人的包围中探过目光，用含情带笑的眼波向她会心地打招呼，改竹就越发心慌意乱起来。

赵壮从进大棚的第一天起，就意识到自己选对了。女主人改竹从不把他拿打工的看待，而是当作弟弟一般的呵护。

夜深人静，赵壮竹笛的声音随着皎洁的月光，潺潺流进了改竹的小屋。听着这熟悉的曲儿，改竹听出是本地山曲《隔墙的哥哥难捞探》，就顺着竹笛的音律，在心里默默地哼唱起来。

那次，金炜明副县长、县联社陆正主任来到大棚考察，当他问赵壮有何好的想法时，他就把自己思谋了很长时间的想法大胆地讲了出来。原来，赵壮发现钢筋支柱的大棚有两米多高，而一般蔬菜中高秆菜种得却很少，也就是说，大棚的上半部空间的光和热都浪费掉了。于是他设想着做个立体种养的试验，大棚的地面立体套种蔬菜，上部养花卉。这一想法立即就得到陆主任和石主任的支持，因为这样既避免了浪费空间，同时花卉的价格，要比蔬菜的价格高得多，能成倍地增加农民的收入。

改竹听了赵壮的想法，没说什么，只是高兴地笑了，然后抿住白白的牙齿，使劲儿点了点头。按照陆主任的安排，石头又给改竹追加了五千块贷款，赵壮从县城里亲自买回各种名贵花卉籽以及设备，投入到紧张的试育工作中。就这样他先后试验成功了黄瓜间作韭菜、葱头复种芹菜、秋黄瓜间作平菇、豆角间作辣椒等立体套种方法。

在金县长、陆主任、巩书记和石头等人的支持下，立体套种很快在菜农中推广开来，巩书记还亲自在乡政府会议室组织开办了大棚种菜培训班。附近的农民都抽时间来听赵壮讲科学种菜的课。一时间，掀起了科学种菜的热潮，赵壮也成了人人尊敬的名人。

赵壮培育的各种花卉相继开放。进入大棚，下部是层次分明、绿茵茵的各种蔬菜，上部吊着五颜六色的花卉，景致特别好看。在金炜明的帮助下，这些花运进县城不到半天就被抢购一空。回来一算账，收入是去年同期的三倍。这一下可不得了，改竹和赵壮在方圆百里成了能人。乡里、县里还组织全县的大棚专业户来香水沟开现场会，改竹和赵壮两人忙得都快晕了。

改竹的女儿回村度假，一推门，见妈妈跟一个叔叔正商量着什么。她就注意地看了几眼，猛发现这个叔叔好面熟，又一时想不起来，就眨巴着眼睛努力回忆。改竹见女儿一副若有所思的模样，忍不住爱怜地拍拍她小脑袋，问："想什么哪？"

"我觉得这叔叔好面熟，不知在哪里见过？"

改竹和赵壮都笑了，改竹弯下腰对她说："说梦话哩，你们今天是第一次见面，怎就面熟呢？"

"噢，我想起来啦，"女儿跳着脚说："是在吴阿姨家里墙上挂的大照片上看见过。"

"吴阿姨？"赵壮和改竹都愣住了。

"是呀，她叫吴丽娜，是爸爸的秘书。"

两人什么都明白了，天底下竟有这样巧的事情。

赵壮啥也没说，默默地垂下头干活去了。

夜晚，天有点闷热，大棚里就更显得燥热。赵壮索性光了膀子，只穿了短裤、二股筋背心，闷头干活。改竹望着他那结实隆起的肌肉，细细密密的汗珠闪着亮光，心里便有一种莫名的躁动，这时，棚外又有人闲着无聊在唱山歌……

改竹听着，心里一阵抽搐，她再也忍不住了，一甩头发，扑上去就从背后搂住了赵壮。

二十

清晨，县人行高行长领着稽核股股长来到了县联社。一进门，高行长就拍拍陆正肩头说："我找你了解点情况。"

陆正一听就明白了八九分，他知道，那件事迟早会被察觉的。落了座，陆正边给两人沏了茶，琢磨着如何把那件事说明白。

果然，不等陆正开口，高行长就开门见山地说："最近行里收到一封揭发信，揭发香水沟信用社乱发储蓄纪念品，搞不正当竞争，有这回事吗？"

"有。"陆正很干脆地回答。

"有？"高行长倒被陆正的直率愣住了，缓过神来说，"有，你为啥不阻止？这明显是违规的嘛。"

陆正并没有正面回答，好像下了什么决心说："行长，其实这件事早就想跟你报告，更重要的是报告一下这件事背后的事情。"

高行长静静地听陆正汇报，才发现还有比这件事更为严重的事情。

那是一天下午，陆正在办公室忽然接到石头打来的电话，电话里石头焦急地反映了一个重要情况。原来县里为达到"户户有棚，村村有车，乡乡办厂"的目标，下硬命令，要求各村配备十辆运菜卡车。村里的部分人见罗山桃等人买车贩菜挣钱，来钱又快又省力，本来就想买车，还有一部分人是被村里指定为运菜专业户的，可这些人手里都缺资金，到信用社来贷款。石头因为联社下达的贷款规模已满，不能放贷，却遭到了这些人的指责："你们信用社不是专门支持种菜、运菜、加工菜的吗？为啥俺们急需贷款，却又不给贷了，这不是说着一套，做的又一套吗？"

石头耐心地向他们说明信用社内部管理制度和信贷规定，但他们听不懂什么规定不规定的，也不管这些规定，闹得不欢而散。

后来，石头打听到有的人不得已借了高利贷，利息是信用社的三倍。他又气又急，打电话请示陆正，想要些规模缓解一下运输户的困难，同时狠狠打击一下那些放高利贷的人，不能让他们的阴谋得逞。

陆正听说后，心里也是又气又急，恨那些猖獗的放高利贷的家伙们，乘人之危吸老百姓的血汗，扰乱了金融秩序，诋毁和损害信用社的声誉和利益。

石头见陆正沉思，忍不住又说："实在不行就再放几个贷款超点规模咱以后再弥补吧。"

陆正下意识地点点头说："但关键还得有抵押的手续，信用贷款是无论如何也不能再放了。"

"拿什么抵押呢？存折？国库券？"石头着急得大声嚷嚷，"农民有存折还用贷款吗？这也太不实际了。"

"那不行，购车贷款不是一般的小额贷款，少则几千，多则几万，不抵押坚决不行。"陆正语气非常坚定。

电话沉默了一会儿，忽然，石头又惊喜地喊了起来："有了，就叫他们拿供销社给他们打的绿豆白条抵押吧，等变了现那可是跟现金一模一样的，跟吸收存款也没啥两样，真是一举两得呀！"

"好是好，可供销社啥时能变现？变不了现怎么办？"陆正提出了自己的疑问。

"不会的，每年都变现挺快的。"

"可以考虑，但一定得抵押。"陆正又一次强调。

就这样，为解运输户们的燃眉之急，石头又放出去了二百万元贷款，同时也抵押了二百万元的绿豆白条，心想，这可是百分之百的抵押了。没想到，供销社早把绿豆运销到外地，却就是迟迟不兑现收购农民的绿豆白条。据有人透露，是供销社听说农民把大多数绿豆白条抵押在了信用社，便故意不兑现，只给那些没有抵押的白条兑现。急得石头像热锅上的蚂蚁，能不急吗？那么多的绿豆白条放在库里，几乎跟白条顶库没啥两样呀，这可是严重违规的呀！石头、陆正多次找乡供销社和县供销联社交涉，都推诿不给答复，最后才提出要求把抵押在信用社的那些白条欠款变成给供销社的贷款。这可把两人气坏了，这不是乘人之危，无理取闹吗？双方僵持不下。

由于信用社抵押绿豆白条贷款投放有点猛，资金一下子显得紧张起来。为吸收资金，确保支付，支持蔬菜生产，石头不得已采取了有奖吸储活动，没想到却被人告发到县人行。

高行长听完事情的原委，微微叹了口气，说："石头同志的做法，其出发点是好的，也是为了保护农民和信用社的利益，同时也狠狠地打击了那些高利贷。对于那些扰乱金融秩序，损害农民的高利贷，我们人行也负有清查不力的责任。但石头搞有奖吸储，确实是不对的，我们得坚持原则，功过分清，该罚还得罚。经我们初步研究，决定给石头同志记过处分，并罚金2000元。"

"高行长，该罚的我们也认了，并且我们联社特别是我应负主要责任，"陆正诚恳地望着行长说，"但是，那笔坑人的绿豆白条，咱人行可得出面帮助清收啊，因为据调查那些绿豆款是从农发行贷款收购的，现在，也只有人行出面，才能让农发行协助截收。"

"行，这本来就是我们的职责。"说着高行长拨通了县农发行的电话，从行长不停满意点头的表情看，这件事有了解决的希望。

当高行长放下电话，陆正激动地握住行长的手说："关键时候，还是咱人行主持公道有权威呀，有这棵大树，还怕咱信用社不好乘凉吗？"

"滑头，少说恭维话，事情还有点复杂。不过我已正告农发行，维护农民利益，不向农民打白条是咱们的责任，要求他们先实行'清贷挂钩'的办法，就是供销社不还贷款不能再贷款给他们，万一不行，就强行从银行截留扣除。"

高行长笑着点了陆正一指头，随即脸色又严肃起来："但是还得给你们部署件重要任务，那就是你们信用社熟悉农村，要协助人行查清那些放高利贷的人员和资金来源。从我们掌握的情况看，这伙恶势力越来越猖獗了，已严重威胁到我们农村金融秩序的正常运转，如处理不好，会出大乱子的。"

陆正痛快地接受了这件任务，其实，这也正合他的心意。他早已视那伙恶势力为眼中钉了，有了人行的支持，他决心要铲除这颗危害社会的毒瘤。陆正就把郝利仁如何忽悠村民们非法集资的套路跟高行长汇报了一下。

据说郝利仁的豪言壮语是："心胸有多大舞台就有多大，胸怀有多大事业就有多大，包容有多少收获就有多少。"他给内部员工开会的内容是：员工谁有钱，放在银行和信用社又没多少利息，放在咱们单位，给你们利息，让你们得点利，把你们都扶持起来。据了解，他对员工说的给利息，10万元以下的每月给2分利息，10万元以上的是3分，比银行利率高出好几倍，也就是老百姓常说的高利贷。他们为了鼓励公司员工集资，实行的是利滚利的方式循环计算利息。而事实上，二龙沟煤矿的员工们将资金投放进去之后，基本上就没有取出来过，按照利滚利的方式在里面升值。在巨大的利益面前，二龙沟的集资范围很快就突破了内部的限制，越来越多的员工带着亲朋好友投资入股，对此郝利仁是来者不拒。

陆正他们经常组织员工深入村里普及金融知识，提醒村民们民间借贷者与非法集资者之间的借贷关系是高利贷，是不受法律保护的。但前期高额的利息，巨大的诱惑和暴利，更让人们觉得有利可图，不顾一切，铤而走险了。其实县里也有一些涉嫌非法集资的公司，并非一开始就想诈骗，而是公司在经营过程中，确实碰到了缺少资金的难题，申请不到银行贷款，只能铤而走险转向民间借贷，以高额利息筹集民间资金。

"是啊，我也听说了一些情况。不过，我得提醒你，"高行长又不无担忧地告诫他，"咱们也绝不能小瞧了那股势力，形势复杂得很，尤其是你们信用社，正处在前沿阵地上，可得做好打硬仗的准备呀。"

二十一

陆正这几天心情很不好。

香水沟二龙沟煤矿的郝利仁非法集资风险爆发，郝利仁连夜跑路不知去向。

许多投资入股的城乡居民砸了郝利仁的别墅和煤矿，举着白色条幅堵在县委县政府门前上访，黑压压的人群水泄不通，"讨还血债"的口号此起彼伏。有的甚至站在县委办公楼楼顶，威胁要跳楼自杀，要求尽快抓住郝利仁，讨回血汗钱。有的扶老携幼，手举着被骗后倾家荡产、无法生存的状子，恳求政府为民做主。县委书记、县长在大院门口被包围，上不了班，也出不了门，后来在公安武警的帮助下才突出重围，在公安局直拍桌子，要求县里公安执法部门尽快破案解决问题。

郝利仁非法集资案件涉及了贺富贵和城关信用社主任凌志，两人被抓，案件正在调查。案件的执法人员进驻城关信用社，进一步调查凌志的犯罪事实。陆正作为亲戚，采取了回避政策。市信合处和县人行、银监办也派了稽核、监察人员参加调查工作，这无疑更加重了他的思想负担。他心里憋着一肚子气，窝着一腔怒火，放也没法放，诉又没处诉，连家也不能回。一回家老婆凌兰就哭就闹，搞得他身心疲惫不堪，心乱如麻。

二十二

有人说，李胜利真是个神经病，种菜也跟人不一样。别人种菜，几乎全部都上化肥、打农药、喷除草剂。李胜利不，不上化肥，全部农家肥；也不喷农药和除草剂，导致菜虫出没。李胜利要坚持传统的种菜手法，培育纯粹的绿色蔬菜，绝不靠染色素和催熟剂害人。他的绿色蔬菜出了名，附近的许多人都来预订，价格反而比其他的菜农还低，惹得一些菜农对他很有意见。

更让人发笑的是，李胜利在日光温室里种菜，竟然还给蔬菜听音乐，并且放的是《大海航行靠舵手》：瓜儿离不开秧，鱼儿离不开水，革命群众离不开共产党，干革命靠的是毛泽东思想！有时候李胜利还专门给蔬菜朗诵毛主席诗词：风雨送春归，飞雪迎春到。待到山花烂漫时，她在丛中笑。

事情也真是奇怪，也许是蔬菜心情舒畅，尽管不用化肥农药催熟剂，却长得茁壮茂盛，销量大增。跟他一起种菜的村民们销路不畅，就想沾沾他的绿色蔬菜名气，跟他商量，把大伙儿的蔬菜都以李胜利的名义出售，给他提成，被李胜利一口拒绝。

有一天，李胜利卖菜回来，发现自己温室里的蔬菜都打蔫了，后来才发现，原来有人趁他外出，故意给他的蔬菜上打了除草剂。气得李胜利在大棚附近治理整顿了好半天。大棚邻居赵壮跑来帮忙，建议李胜利赶紧给蔬菜打一种抵消除草剂的农药，可以让蔬菜重新焕发生机。李胜利也断然拒绝了，自己连夜把蔬菜砍掉倒进了沟里。这一次，足以让李胜利半年的心血和汗水付之东流，损失惨重。

赵壮也替他惋惜，他对李胜利是又佩服又可惜。他终于明白了别的菜农富得流油，而李胜利穷得流血的原因了。

这天阳光很好，大棚里一片葱绿。田改竹和赵壮正在往钢筋架上吊花盆。

忽然，大棚口门帘一撩，钻进个蓬头污面的男人。改竹伸长脖子细瞅了瞅，愣住了，手一软，"咚"，花盆掉在了菜地上。

赵壮不认识来人，只是奇怪地看着改竹。改竹低着眉头把手在衣襟上擦了擦，低声对赵壮说："他，他回来了，俺、俺得去打点一下。"说着手忙脚乱地去了。

赵壮这才明白，原来是贺富贵回来了。

原来，贺富贵的皮包公司被查封后，法院没收了他的所有财产。他被行政拘留，还被罚款处理。吴丽娜也被拘留起来。这次回家，就是凑钱交罚款的。

傍晚，改竹趁空儿跑进了赵壮的房间，跟他说了贺富贵的来意。

"你不能给他钱，那可是你的血汗钱。"

"可他也正在难处，他说俺要是不帮他，他就上吊去死。"改竹手搓着衣襟说。

"你们不是离婚了吗，再说，他那种人会上吊？"赵壮气愤地指着那边小屋说。

"离婚是口头说的，也没真离，怎说，他也还是孩子他爹。"

"那你准备把钱给他？那还不是肉包子打狗？！"

"他说，交了罚款，他就能回村里住，安安分分做庄稼人。"改竹说着，不安地望着赵壮。

“那你，还打算跟他过？”赵壮紧盯着她问。

“你容俺再想想。”改竹作难得眼泪汪汪。

赵壮心一酸，不再说什么，只是冲她摆摆手，让她回去。改竹用手抹了抹眼泪，低着头匆匆走了。

晚上，村里几个本家亲戚来看贺富贵，改竹就炒了几个菜，让大伙一块喝酒，还专门来叫赵壮过去一块喝几盅。赵壮说啥也不过去。

赵壮走出小屋，清楚地听到贺富贵在炕头上吆五喝六地喝酒，还说什么：“那个打工的不过来，就算啦，别叫啦，说到底，他也是个扛长工的。”

赵壮的心猛地被刺痛了，转身回到小屋，拿出竹笛，来到离大棚不远的树林里，吹起了哀怨的曲调。

村人传说：贺富贵本家同姓同族的人往赵壮小屋里扔了石块，砸碎了玻璃，还传话让他滚出这个村。也有人说贺富贵听到了什么风声，眼见富贵揪住改竹的头发按倒狠命地打，赵壮见了上前拦阻，两男人又厮打在一起，听说是贺富贵吃了亏，因为他长期吸洋烟，虚了身子没力气。改竹谁也没偏向，只是蹲在地上捂着脸哭。

还有人证实，根本没这回事，是赵壮提出要走的，改竹苦拦都拦不住。

不管怎样说，反正赵壮要走，倒是确切消息。

乡亲们听说赵技术员要走，都赶来挽留，赵壮被乡亲们的淳朴的友情感动得流了泪。

赵壮离村的那天，半村子人都来送行，只是没看见改竹的身影。此时，她不知正躲在哪里流泪呢。石头帮他捆了行李，放在牛轱辘车上，要送到山那边的村子去。

返乡后的贺富贵，开始还真有点金盆洗手的决心，还帮着改竹料理了几天大棚。可没过几天发现割了一茬菜才卖几百块钱，还不够他过去的一瓶酒钱，二茬菜还不知等到啥时才能再长成，心里烦闷，在大棚里憋得转来转去像囚笼里耷拉着尾巴乱窜的狼。过去灯红酒绿的生活，如今却是粗茶淡饭，每天在大棚里憋一身臭汗，再加上欠外面的债催得紧，他又一次咬咬牙偷偷地重操起了“老本行”。他每天晚上召集三里五村的赌徒们狂赌，自己则在旁边及时"放红"牟取暴利。改竹的大棚小屋在村外旷野上，正好成了赌徒们偷赌的理想场所。每天棚里屋外出出进进尽是些贼眉溜眼的货色，大口喝酒，随地吐痰，哈欠连天，脏话连篇，整个大棚被折腾得乌烟瘴气。改竹拦了几次也没拦住，气得整日以泪洗面，心中更加思念出走的赵壮。

一天夜晚，乡派出所得知赌徒们又在大棚里赌，便组织了几个民警来捉赌。当民警冲进大棚外面的小屋时，赌徒们惊得四处逃窜。有几个慌乱中窜进大棚里，没命地躲藏，把大棚里的花卉蔬菜践踏得遍地狼藉，花盆也被砸了，西红柿烂了，黄瓜也断了，甚至有几处塑料棚面也被捅破了。事后，有人怀疑是改竹告的密，可又一想，改竹那么软弱根本做不出来。后来人们才弄明白，原来是罗山桃卖菜回来发现赌徒，悄悄报的案，替改竹出了口恶气。

二十三

接到县委宣传部通知，说这天上午，省委扶贫办组织的记者采访团到清水县采访，总结清河县联社扶贫经验，推广清河县委、县政府在香水沟乡兴建蔬菜基地的做法。

在去县委的路上，金炜明心情沉重。他意识到自己的许多想法和做法被扭曲了，盲目地扩大生产，却忽视了销售这一重要的市场环节。尤其是今年入秋以来，由于蔬菜销路不畅，加上脱水蔬菜加工厂遍地开花，菜农们大量的蔬菜被以先收购后付钱的方式收购进各个加工厂。更没想到，外贸政策突然有变，脱水蔬菜出口受限，国内也仅有几家方便面调料厂订购了些货，其余绝大多数产品被积压在厂内。全县各脱水蔬菜加工厂由于没有统一的组织领导，各自为政，在一些个体客商面前相互诋毁，竞相压价。形成了内讧，加上产品质量低劣，多数厂家产品滞销，堆在仓库里发了霉，更严重的是，收购农民的白条子兑不了现，使农民们致富的希望成了泡影。

进了县委宣传部会议厅，省扶贫办的记者们已摆好了录像机，摊开了采访本，正在听朱县长大谈建设蔬菜基地、富裕一方农民的经验。只见朱县长打着手势，介绍着本县依据耕地少、天气寒的实际，实施了"户户搭棚、村村买车、乡乡办厂"的战略措施，据统计全县已建大棚1004个，购进运菜车223辆，兴建脱水蔬菜加工厂25个，初步形成了产、加、销一条龙，菜、工、商一体化发展的新格局，农民的人均收入由3800元提高到18000元，有15个乡镇提前脱贫，迈入了小康行列……

金炜明听着觉得浑身不自在，心里倒佩服朱县长镇静自若的才干。据人们传言，县委书记要调到市里任职，朱县长马上就要升为一把手。

正讲着，忽然门外一阵吵闹，会议厅里的人都禁不住侧目注视着门外，只见玻璃门外人影晃动，像是工作人员在阻拦什么人。

不一会儿，工作人员登上主席台，趴在朱县长耳边嘀咕了几句。朱县长脸色一下子严峻起来，忙对坐在旁边的宣传部长交代了几句，便匆匆离开主席台向门外走去。路过金炜明座位时，朱县长向他伸手挥了挥，金炜明觉得又像打招呼又像让他出来一下，略一思考，他也起身跟了出去。

一出门，金炜明便看见门外堆满了黑压压的人群，有几个领头的喊一定要见朱县长。朱县长忙向农民们招招手，示意大家安静一下。几个领头的见朱县长出来，便当场提出了要求。原来这些都是来自各乡的菜农代表，他们手握着一沓沓白条，要求县政府出面，督促各脱水蔬菜厂兑现。朱县长忙向农民们解释今年国际国内脱水蔬菜市场的困境，请求菜农们宽限一段时间，以大局为重，克服一下暂时的困难，待政府和各厂想办法后，一定及早兑现处理。

金炜明站在台阶上，望着菜农们捏着白条的手指，裂茧遍布，有的还缠着胶布，渗出斑斑血迹，黑瘦的脸上皱纹纵横，饱经了风霜，辛苦了一年，不知流了多少汗水，得到的却是几张白条。他的心不由得一阵抽搐。

朴实善良的菜农们听了朱县长的解释和承诺，便再也说不出什么，只是默默地对视了几眼。他们相信朱县长的话，因为朱县长是代表县政府，每个人心里都怀着兑现的希望，把那些白条小心翼翼地重新放进贴身的衣袋里，慢慢地转身走了。

为避开那些省里的记者，朱县长没再回会议厅，而是回到小会议室休息处。他又让刘秘书召集了县乡镇企业局局长，还有几位在会场的蔬菜脱水厂厂长，共同研究如何处理这件事。

众人一时无语。朱县长让几位厂长发言，他们也只是一味地抱怨市场，埋怨政策，人人诉苦、发牢骚，简直是一副束手无策的样子。

朱县长不高兴了，猛地站起来，指着厂长们呵斥："都闭嘴！你们只知道抱怨，牢骚满腹，有困难才需要你们解决，啥问题也没有还用你们干啥？现在是问你如何解决这棘手的问题，主要是如何办？"

众人面面相觑，一时连话也没有了。

朱县长把探询的目光向金炜明射来，金炜明便把自己这几天来的全部想法讲了出来："我觉得，现在关键问题不是国家政策的问题，而是我们存在的土法上马，技术设备差，产品质量低劣，同时缺乏统一的销售渠道等问题。一哄而起缺乏规模优势，各自为政小打小闹，一遇风吹草动当然难以承受市场的冲击。我建议，关闭一些作坊式的小企业，把几个技术设备好的企业兼并，成立集团公司，形成船大抗风浪的优势，再由县政府牵头，全县统一组织销售公司，拓宽销售渠道，占领市场。"

朱县长听了不住地点头赞同，而其他小厂的厂长们听了都龇牙咧嘴不同意。他们每人都有一个小算盘，现在他们都好不容易熬成了一厂之长，兼并了，谁管谁？谁说了算？

会上确定，现在当务之急是各厂派骨干力量，赶紧外出找销路，催回款，解决农民的白条兑现问题。

对于金炜明提出的建议，朱县长说要把意见带到县委会上研究后再作决定。

二十四

县委会议室里，各银行一把手陆续到齐，他们都是被通知来参加共商振兴全县经济大计会议的，分管工业的王副县长和主管金融的金炜明出席。王副县长向大家通报了全县工业形势，并列出了一批需要贷款支持的企业名单，供各银行选择支持。行长们一看名单，都愣住了：这些企业分明都是已停产或面临破产的企业。而且谁都清楚，这些企业根本没有起死回生的希望，可为啥偏要给这些企业贷款呢？银行家们一时摸不清头脑。

过一会儿，朱县长笑盈盈地走进会场，并抱拳向在座的财神爷们作了一揖，他很坦白地向大家交了个家底：全县财政吃紧，党政事业单位已有八个月未发一分工资了，老干部们告状，教师们罢课，原因在哪里？是税收不起来啊。今年底，县委要求各有关单位要把税收当作一项既是经济的更是政治的任务来完成，力争税收有新突破，能使全县过一个团结稳定的新年。大伙这才明白，原来，让银行给这些快要关停的企业贷款，并不是为企业搞活注入资金，而是为了收税。行长们都不禁相视苦笑了一下，摇摇头表示不可理解。

接着，朱县长让各银行一把手逐个当场表态。表态前，朱县长特意表扬了县联社扶贫项目选得好，带动了全县大棚蔬菜及相关产业齐发展，为支持本县乡镇企业做出了贡献。目的是为大伙树立榜样，却招致了行长们的目光不住地朝陆正身上扫射，目光里有赞许，也有不屑，还有指责。陆正心里暗暗叫苦，在这个环境里表扬他无异于给同行们树了个攻击的靶子。

行长们大都是老资格的银行人了，表态时，有几个行长当场表示：现在信贷管理制度改革了，为了防范风险，贷款规模控得很紧，贷款审批权限很严格，要放贷款得上级行批准；同时，也一语双关地希望党政部门在收贷结息问题上也要像支持税收那样支持一下银行。

朱县长便有点不悦，把脸拉得老长。他特意点名让陆正表态，陆正很策略地表示：在力所能及的情况下，尽最大努力来支持。但他也没说支持多少。同行们嫉妒他，其实陆正心里也很苦涩。就拿今年出席全省先进单位评比活动来说吧，信用社扶贫支农成绩最突出，却未能达标，因为跟同业相比，信用社亏损不少，而亏损就亏在了储蓄保值贴补上，信用社为国家支农筹资还得自行消化贴补。

这时，会场内行长的手机此起彼伏，弄得县长很恼火，但他也不便训斥这些财大气粗的财神们，只好草草讲了几句希望见行动的话，便匆匆宣布散会。

二十五

郝利仁跑路后，县里的法院对他的企业和财产进行了判决及拍卖处理，尽力为上当受骗的人们把损失降到最低。其中通过资产评估，对二龙沟煤矿进行了拍卖，富民煤矿的矿长罗亮收购了煤矿。香水沟乡政府对此持不同意见，因为按照收购协议，主要是优先偿还信用社的贷款和当地村民的集资资金，原属二龙沟煤矿的主管单位乡政府却得不到补偿。

县里专门成立了"打非吸办"（打击非法吸收民间资金办公室简称）。朱县长和金炜明组织研究，要求公安和金融单位严厉打击非法集资活动，但也不能一刀切。对具有一定实力、有土地等资产而暂时资金周转困难的企业，在政府积极协调下，贷款银行要争取不抽资、不压贷、不上浮利率，并通过转贷、展期等办法，帮助其渡过难关，促进当地经济稳定健康发展。

金炜明还通过法律程序，协助村民把郝利仁过去非法抵押村民的土地证和林产证重新返还给了村民。

昨夜一场暴雨，清晨的空气显得有点清冷，微风吹来，树叶上还"沙沙"地往下滴水。法院的两名法官、县联社的田副主任、信用社的石主任按规定如期赶到二龙沟煤矿搞移交。

当法院和联社的人赶到煤矿门口时，发现门里门外已站满了人，石头记得这大多数是原煤矿的职工。他心里纳闷：职工们怎会知道今天移交？又怎一下子来了这么多人，连过去一直不上班的老弱病残都支撑着来了。看来，有人已事先做了手脚。

人群呼地朝门口涌来，法官和老头被人们挤倒在门前的泥水里。"打狗日的，他们不让咱活，跟他们拼啦！"

"砰砰！"汽车玻璃被砸碎了。

"不能这样，这样做是违法的。"另一名法官和田副主任、石主任喊着冲进人群往外拉法官。

"谁说信用社要夺大伙的饭碗？"陆正高声问道。

"这是和尚头上的虱子，明摆着嘛。煤矿是一直停产，可它就算是只空碗也还有只碗，有个指望。如今，你们把它卖了，那简直就成寡妇死了儿子，没指望了。"

"你错了，"陆正拉着那位一块来的中年人登上一个水泥台阶，激动地说："乡亲们，咱们煤矿关门已经挺长时间了，它每停一天就会加剧亏损，只有让它转起来它才会变成一只会生蛋的鸡，所以，只有通过信用社把它收回来，再转卖出去，它才有希望转起来。"

"收回去当然对信用社有好处，你们只考虑信用社的利益，跟咱农民有啥关系？"不知谁在人群中嘟囔。

"这话说得实在。"陆正笑了，"我们是在考虑信用社的利益，因为信用社只有办好了壮大了，才能更好地支持农村经济，但是，我们更多的还是考虑到企业和农民的利益。现在我向大家介绍一位全市出名的农民企业家罗亮同志，从今天起，他就是这个煤矿的新领导。"

大伙一下子都把目光集中在罗亮身上。罗亮望了望大家，声音颤抖着说："乡亲们，我罗亮搞了这么多年企业，像陆主任他们这样一心一意支持企业、关心农民职工的银行干部还真是见得不多。大家也许想不到，我在向信用社购买这座煤矿时，他向我提出三个条件。啥条件呢？"大伙相视一下等着罗亮的下文。

"一是规定购买煤矿的款可以分期付，为啥要分期付呢？这样就使我有充足的资金来尽快地启动恢复生产；第二，必须在原有农民职工中择优上岗，这样就使大家又获得了重新上岗的机会；第三，企业赢利时必须给原入股农民分红，让大家增加收入。大家说，这样的政策咱拥不拥护？这样的财神好不好？"

"好，好！拥护，拥护！"众人激动地嚷成一片。

"好，我宣布，本矿从明天起正式生产！"罗亮郑重宣告。

"啪啪啪——"人群中掌声响成一片。

这时，天放晴了，暖暖的阳光透过雨后清新的空气，把大地照得一片亮堂。

二十六

今年雨涝。香水沟乡一带遭受了几十年不遇的涝灾。金炜明和当地的农村金融机构一起忙着抗灾救灾，发放贷款，帮助村民购买抗灾救灾物资，渡过难关。

凌晨，陆正的房门被猛地推开，只见田晓华泪流满面地闯了进来，泣不成声地说："快……快……石头被杀害了……"

"啊？"陆正惊呆了。

等陆正和公安局刑警队的人赶到现场，现场周围已围了不少人。

香水沟派出所的干警正忙着保护勘察现场。陆正同刑警队长一起走近石头的尸体旁。只见石头斜躺在小河的冰面上，肚子上一个血窟窿，流出的血把河面染了一大片。一夜风雨，虽冲淡了不少，但仍渗出一种深红，阳光下显得十分刺眼，触目惊心。

一辆旧摩托陷在冰河里，已被砸得斑驳不堪。陆正仿佛看到了石头受伤后痛苦挣扎的情景。他流着泪水，想上前抚摸一下石头，被派出所所长拦住了。所长说："据现场查看分析，凶手很可能是本地人，并且相当了解石头的行踪。据法医判断，石主任是负重伤后，由于失血过多冻死在冰面上的。可以说，凶手并不想置他于死地，而是以抢钱为主要目的。"

一阵摩托车声响，信用社的小马飞奔而来，扑倒在现场旁，泣不成声。他是早晨才听说石主任被害的，他边哭边向公安人员讲述。昨天下午，他跟石主任转了两个村，及时发放救灾贷款九千多块。这几天救灾，信用社资金挺紧张，石主任和他又连夜到大棚菜农们那里收回了一万五千块贷款。这几天下雨，石主任就让他先回家。为安全起见，石主任自己想连夜将钱送回信用社，谁料想会发生这等惨事。

一名刑警补充说：石头手上满是油污，地上还有拆卸的摩托车零件，看来是摩托陷在冰水里熄了火，他修理摩托时遭受的袭击。

随后赶到现场的公安局长立即布置任务，成立专案小组，尽快破案擒拿凶犯，追回钱款。

几天过后，公安人员抓获了杀害石头的凶手，并当即进行了审讯。在强大的攻势下，凶手不得不低头认罪。

原来，在村里放高利贷的头目就是郝利仁，幕后操纵策划者是贺富贵。他们放高利贷的资金来源，主要是从城关信用社凌志那里骗取的贷款，还有从乡镇居民那里骗取的非法集资。

据罪犯交待说，他们因赌博输得一塌糊涂，就借了高利贷又赌，又栽了进去，被放高利贷的人逼得走投无路，得知石头连夜收贷的消息，就埋伏在石头回信用社的必经之路进行抢劫。他们趁他半路修车时，从背后用木棍打昏了他，抢到提包一看，没钱，就又搜石头的身体，发现他把钱都藏在了内衣的大口袋里。几个人就手慌脚乱地扯石头的衣服。石头醒过来，拼命反抗。其中一名歹徒用匕首划他衣服时，由于他死不松手，就在他肚子上扎了一刀，趁石头不省人事，才把钱抢走。

后来据公安人员讲，起先，贺富贵百般抵赖，只交待放高利贷一事，死不承认参与杀人一事。关键时刻，恰恰是因修水塔而死了儿子的陈仙出来作了证。

原来，陈仙死了儿子之后，整个空荡荡的大院就剩下她孤身一人，每到夜里就害怕得瑟瑟发抖。后来，贺富贵一伙因在大棚赌博被抓过，就把目光瞅准了陈仙的独院，几次登门求租那几间空房，都被拒绝，陈仙不愿与他们这样的人交往。贺富贵就心生一计，派人半夜里装神弄鬼，吓得陈仙吱哇乱叫，无奈中，陈仙点了头。贺富贵一伙就常在夜里来这里偷赌。陈仙劝过几次，可每次贺富贵都扔几张钞票给她，说是房租红利，弄得她赶也不敢，住也不是。

那天夜里下着雨，她半夜想大便，便披衣出门。走到院中，却发现贺富贵租的房间人影晃动，耳听贺富贵说："弄了半天，才搞来一万五千块，太少了，那剩下的钱怎还？"声音虽低，但夜深人静，她仍听得清楚。

案发后，她又念起石头曾为她兑换残币，她才有了后半辈子养老金的好处，当她听说贺富贵死不认罪时，就大胆主动地到派出所作证。贺富贵做梦也没想到，自己在江湖闯荡了大半辈子，竟栽在了一个孤寡老人的身上。

二十七

塞外的深秋，一片枯黄。

在信用社的支持下，一排排整齐的大棚像硕大的蘑菇一样鼓起来挡住了外面的风寒，创造了一片绿色，农民们真正体验到勤劳与富裕的关系。一些专家来此考察后称赞道：这是一次北方农业的革命，它创造出寒冬里有春天的奇迹，彻底打破了夏忙冬闲的传统，延长了劳动时间，增加了农民收入。尽管农民们嘴上笑着说，"咱是方四姐的命，十二个月的忙"，可当一茬茬蔬菜换来一沓沓钞票时，心里就乐开了花，就常念叨陆正和石头他们的好处。

对于石头的牺牲，多数人认为他是个英雄，是为了保护集体财产而英勇献身，但也有人颇有微词。上级来的调查组中就有人认为：罪犯中有他的"大兄哥"田耿，这就说明石头在家里有"泄密"之嫌；同时，他独自一人押钞，违反了双人押运的安全保卫条例；另外，不少人反映他的生活作风有问题。鉴于此，上报石头为"金融卫士"的请示迟迟没有得到批复。有意思的是，香水沟信用社一下子同时来了两个工作组，一个是整理石头先进事迹的宣传报道组，一个是调查石头工作失误和生活作风的监察组。

可石头的尸体总不能一直停在家里呀，于是，陆正决定先下葬，追悼会待上级批复下来再开。

老百姓听了可不干，纷纷来找陆正，责问他为啥不给英雄开追悼会，盖棺了还不能论定？陆正眼含热泪向乡亲们做了解释。乡亲们听了，头摇得像拨浪鼓，嚷嚷说："你们公家嫌这怕那，俺们老百姓不怕，俺们就给石主任盖棺论定：英雄！开追悼会，你们管不着！"

陆正不便说什么，只是紧握住乡亲们的双手，任凭眼泪流个不停。

开追悼会的这天，老天也仿佛知人意，飘起了连阴雨，田野、村庄灰茫茫一片，洒落的雨点像满天的白纸花，阵风卷过，天地间霎时飘起硕大的白纸幌，在天空中荡来荡去。

灵棚前，摆满了各式各样的花圈，其中最精美最别致的一个大花圈是改竹等菜民们制作的。人们从花圈上花的颜色和香气就不难发现，这个花圈所有的花都是真正的鲜花，也就是大棚里立体种植的鲜花。

灵桌上陈列着各种供菜，有许多都是未加工的新鲜蔬菜，有的菜上还沾着露水，在棚内电灯的映照下，一闪一闪地发着荧光，像颗颗饱含深情的泪珠。

供销社送来了乡下人没见过的供品：烤整乳猪。据说，这是他们专门从县城定做的，乳猪通体白色，上面浇了白糖，闪闪发亮，猪身两侧刻了两行大字：清正廉洁，无私奉献。

金炜明和陆正以私人朋友的身份参加了追悼会。

开追悼会前，煤矿矿长罗亮拉了一车砖赶来，说这砖是专门用煤换来的，要给石头垒一个结结实实的坟。

李胜利来了，他推着红旗自行车，径直站在石头的灵前，大声朗诵，用一段毛主席语录纪念他："以中国最广大人民的最大利益为出发点的中国共产党人，相信自己的事业是完全合乎正义的，不惜牺牲自己个人的一切，随时准备拿出自己的生命去殉我们的事业……"

改梅领着一男一女两个孩子，披麻戴孝，跪在灵前呜呜咽咽哭起来。

众人正抹眼泪，忽见田守义身穿白羊皮袄，头扎白手巾，手拿快板，也哭着唱起来：

> 小山雀飞在圪针上，
> 你病疼在俺心上。
> 泪蛋蛋是那心中的油，
> 俺不难活它不流。
> 苦菜开花黄腊腊，
> 你走了俺心灰塌塌……

二十八

庄户人啥苦都能吃下去，可一遇到文化技术活儿就烦恼。自赵壮被逼离开香水沟，这里菜农们的景况就一天不如一天，遇到几场病虫害，如蕃茄早疫病、菜豆枯病、油菜霜霉病等，损失了不少。有人虽去山那边的饮马河乡请教过赵壮，但毕竟没有过去那种方便了，蔬菜的质量和产量也明显不如过去。据说赵壮在饮马河乡又发展起来一大批温室，除了沿用香水沟的上种名花下种菜的做法外，还在大棚内加了大暖器，彻底改变了过去北方因温度不够而不能生产开花蔬菜的传统，同时引进了大量的开花作物品种，蔬菜品种比过去翻了一番，产量也比过去增加了两倍。

山桃和狗栓从北京回来也说，人家饮马河的蔬菜无论是品种还是质量在北京都很受欢迎，而香水沟的生意越来越不好做了。于是，村民们就萌生了再把赵壮抢回来的念头。起先想让改竹出面说说情，可改竹不肯，她感到自己对不起赵壮，跟他见面惭愧得很，尽管自赵壮走的那一天起，她无时不在想念他盼望他能早点回来。

没办法，村民们只好推荐了五六个代表，前去饮马河请回赵壮。

在饮马河的温室里，他们找到了正在忙碌的赵壮。赵壮见到乡亲们，很是高兴，也愈发勾起他对香水沟改竹的挂念，可他觉得自己一时还不能回去。一来自己在饮马河开辟的事业刚刚开始，而且正在走向兴旺，不能半途而废；二来自己又从城里领来了二十多名下岗工人，他们还需要自己照顾；更主要的是改竹还没有表态，他就不能回去，因为他实在忍受不了那种爱的煎熬和折磨。饮马河乡的菜农们摸清了香水沟菜农的来意后，很是气愤，他们觉得香水沟人在危难时期抛弃了赵技术员不够义气，更意识到赵技术员被抢走将面临的损失，便对香水沟来人怒目相向。

香水沟人认为赵壮是他们培养出来的技术员，因特殊情况才离开香水沟的，现在情况不一样了，就应该回去，觉得有理走遍天下，便也不甘示弱。最后，赵壮劝也劝不住，双方差点动起手来。

几个代表回到香水沟，乡亲们一看他们气恨恨的模样，就知道事情没办成。情急之下，乡亲们不得不把目光对准了改竹。

其实，改竹也很焦急。自从贺富贵回来，自己花钱替他还了债，也就觉得自己尽了作为夫妻一场的责任，从道义和良心上得到了一些安慰。尤其是贺富贵回来后仍恶习难改，参与杀害石头兄弟，被判无期徒刑，就更觉得这辈子与他的缘分走到了尽头，心里对赵壮的思念就如大棚里的青苗，一天胜一天高，一日比一日浓。但他了解赵壮的性格，她不开口，他是不会自己回来的，赵壮也不会无缘无故丢下饮马河的乡亲们，怎么办？她在苦苦琢磨着。

村里贺富贵家族的人也有许多是菜农，他们认为贺富贵已是另一个世界上的人了，也就不再庇护他了，而且他们也认识到过去对待改竹和赵壮的不公平，也来劝改竹，让她把赵壮接回来，自己好好过日子，也为乡亲们造造福。

思来想去，改竹决定还是悄悄去见赵壮一面。乡亲们听说，都高兴得不得了。

到了饮马河村，找到赵壮的住处，当改竹突然出现在赵壮面前时，两人什么话也没说，一下子就拥抱在一起，把委屈和思念都化成了泪水，尽情地流淌。

赵壮抚摸着改竹的头发安慰她说："不要着急，咱们慢慢想个两全其美的办法，总得让双方的乡亲都满意才行嘛！"

后来，香水沟和饮马河乡的政府都出了面，但也协商不成，谁也不愿放弃赵壮这个乡亲们脱贫致富的"宝贝"。最后，还是山桃在外闯荡有经验，她亲自找到了金炜明副县长。

开始，金炜明也没个好主意，他手托腮帮想了半天，忽然茅塞顿开。他想，过量生产蔬菜积压，价低，运费高，菜农竞相低价出售，相互恶性竞争，加上运输车祸人祸，菜农损失惨重，蔬菜商贩渔翁得利。为解决这个难题，要指导当地金融单位发放专项贷款，积极支持菜农和当地企业及外出务工农民返乡兴办企业，进行脱水蔬菜加工，发展蔬菜系列小商品，开展蔬菜深加工，促进蔬菜的就地加工增值转化；利用农金团贷，引进生产设备，招聘大批技术员，鼓励农民工返乡创业，解决农民工夫妻两地生活及留守儿童老人独孤生活等问题。如果由县政府出面把两个乡的菜农们组织联合起来，统一经营管理，信用社再贷款支持扩大经营生产，形成规模经营优势，岂不两全其美？他高兴得一拍桌子马上站起来去找朱县长。

朱县长听了金炜明的设想，非常支持，当即两人拍板定夺。

经过几天的筹建，香水沟和饮马河两家成立了"香饮蔬菜责任有限公司"，并选举产生了董事会。下设两大部，生产技术部由赵壮担任经理，负责两个乡的蔬菜生产技术指导，运销部经理由山桃担任，并在北京成立销售办事处，负责蔬菜的销售和运输。县联社及时发放贷款一百万元，支持购进大型运输卡车五台、地秤一台，并在两乡交界处盖起一溜十间平房，作为公司办公地点，形成了"农户＋基地＋企业"的产业结构模式，实现了产、加、销一条龙发展。

公司正式开业那天，热闹非凡，县、乡两级政府领导，北京蔬菜批发公司负责人，信用社代表全部参加了开业典礼。一时间会场内锣鼓喧天，彩旗招展，公司还特邀了县有名的鼓匠艺术团前来助兴。

典礼完毕，朱县长在金炜明和陆正的陪同下，特意见了赵壮，鼓励他继续为乡亲们的科技兴农多作贡献。陆正趁机笑盈盈地问："啥时吃你和改竹的喜糖呢？这件大事也该提到日程上了吧？"

赵壮使劲儿点了点头。

其实，赵壮早有此意，只不过他和吴丽娜的婚约还没正式解除。他想抽空进城找到她尽快办理离婚手续。

香饮蔬菜责任有限公司成立后，实力倍添，名声大震。据山桃从北京回来说，公司的蔬菜品种要啥有啥，数量要多少有多少，质量要多硬有多硬，啥时要货啥时就能送到，北京方面的公司非常满意，已挤跑了外省的几家蔬菜批发商，买卖越做越兴隆。就是北京办事处的人手太少，忙不过来，想从公司派个有能力有经验的人做伴，可一时又找不出来，只好说等有了合适的人再说吧。

一天黄昏，赵壮正在大棚里观察温度计，一个工人走进大棚说：赵哥，嫂子来了。

赵壮头也没回，仍在观察，说："哟，你不是刚回家嘛，这么快就喊我吃晚饭了。"

原来他以为是改竹来了，现在虽说他跟改竹还没登记，但人们都承认了他们的关系。

"不……是丽娜……"这个下岗工不知该如何说好了。

"啥？"赵壮一回头，看见吴丽娜面容憔悴，披头散发，满身灰尘，双手提个提包垂头站在门口。他愣住了，他没想到吴丽娜会来找他。

"赵壮，饭好了，快回家吃饭吧。"说着，改竹一撩门帘走了进来。她看到眼前的情景，惊呆了，她不知那女人是谁，这是为什么？

赵壮一扭头，大步走出门外。吴丽娜哭着喊："赵壮，你打我骂我一顿吧，我吴丽娜对不起你呀，我没脸活下去了。"

天哪，改竹这才明白，原来这个女人就是吴丽娜呀。她瞧着吴丽娜从地上爬起来，跌跌撞撞跑出门外。

听到摔门的响声，改竹猛地惊醒过来。她想天已黑了，这女人人生地不熟的，出点事情可就不好了，忙跑出门外，拉住了要寻死觅活的吴丽娜。

吴丽娜拉着她的手抽泣着说："好心的大姐呀……"

"不要叫俺大姐，"改竹平静地说，"俺就是贺富贵原来的老婆田改竹。"

吴丽娜一听，羞得挣脱手又往外跑，正好碰在从外面进来的罗山桃身上。改竹忙叫山桃拦住她。山桃一边拦住吴丽娜一边问改竹这是谁呀？

当山桃得知眼前这女人就是赵壮的妻子、贺富贵的姘头时，气愤得拳头握得叭叭响。她猛地一摔吴丽娜，吼道："让她走，让她去死，她还有啥颜面活在世上。"说完，一转头也不回地走了。

改竹一看山桃倔脾气又上来了，就知道指望不上了，只好自己拉住吴丽娜，把她带到屋里。

整整一夜，改竹的屋里灯一直没熄，她和吴丽娜静静地坐着。人们也不知道她们在说些什么，赵壮在院子里转悠了半夜，几次想进去，可又一直没有进去，他也不清楚，这两个女人在说些什么。

第二早上，改竹从屋里出来，径直来找山桃，山桃仍在生她的气，不愿搭理她。

改竹不计较，笑笑说："你不是说北京办事处缺帮手，缺个见过世面能说能干的人吗？"

"你想去？"山桃笑了，"那太好了。"

"看，你又取笑俺，"改竹一戳山桃脑袋，"俺连家门也没出过，拙嘴笨舌的，种菜还行，哪敢上北京耍嘴皮子，别让人贩子拐走就不错了。说正经的，俺给你推荐个人。"

"谁呀？"

"吴丽娜。"改竹平静地说。

"啥？"山桃瞪大了眼睛，"你神经病啊。"

"山桃，她也是个女人，一个苦命人，现在她走投无路，咱不收留她，她会出事的。再说，她能说会道，能打会算，见过大世面，是块做买卖的料，你就收下她吧。"

"不，俺怎能跟她这种女人共事？"

"这就由不得你了，"改竹一边说一边走，"俺找董事会去说。"

事后，吴丽娜真的被派到北京办事处当销售员去了，赵壮为此事还跟改竹吵了一架。当赵壮问起改竹啥时准备婚事时，改竹叹口气，悠悠地说："等等看吧。"很多人都没想到，吴丽娜这个曾在浊流中挣扎过的女子，确实练就了一套过人的公关本领。在后来的业务中，她带领打工返乡的人，深入北京各大菜市场、饭店、建筑工地、居民区等等，帮助乡亲们占领了首都好几个大市场。尤其是几次买主故意赖债拖延菜款时，是吴丽娜挺身而出帮乡亲们追回了菜款，据说也付出了艰辛的代价。但吴丽娜觉得很淡然，因为她心里明白，她是在用行动向赵壮和乡亲们赎罪，面对听到的一些风凉话，她都能坦然对之。

当有人问她何时与赵壮破镜重圆时，她却很坚定地告诉人们：她要主动跟赵壮离婚。

二十九

这天清晨，金炜明和巩书记刚刚从乡政府出来，就看见乡派出所所长徐建国骑着摩托飞驰而来。

他一见巩书记就说，村里寺庙院里的水塔出人命了，经常在寺庙院里拜佛的陈仙死在了水塔下面，现场初步勘查好像是服毒自杀，还有遗书。奇怪的是水塔井盖钥匙，却卡在她的嗓子眼。

县里公安局刑警队的专家已经到了。当案件的真相大白时，全村人禁不住魂飞魄散。原来凶手就是郝利仁，谁也没想到，他竟然要置全村人于死地。

案件的起因还是郝利仁的非法集资。

郝利仁非法集资被公安部门破获后，仓皇携款出逃，在邻省的一个林场里，惶惶不可终日。每天心惊肉跳噩梦惊扰，一有风吹草动就感觉魂飞魄散，精神几乎到了崩溃的边缘。

他听说附近的集资受骗的村民，一看找不到郝利仁，追讨的次数就逐渐少了，香水沟的村民们反而追讨得越来越凶，特别是在神经病李胜利的鼓动下，每天都在郝利仁的别墅前治理整顿。这就让郝利仁恨得心里磨刀霍霍。心想你们不让我活，我就不让你们活，咱们干脆就来个鱼死网破同归于尽，临死拉个垫背的。或许村里人死光了，就没人跟他追讨债务了。

想好了作案手段，郝利仁就在一个月黑风高的深夜，潜伏到了寺庙院里。他见四下无人，就敲碎了机井房的玻璃，钻进去找到了水塔上面铁皮盖锁子的钥匙链，抓住铁梯就往上爬。

没想到，他刚刚爬到第一个格子，就被刚出庙门的陈仙看到了。她大声喊道，是谁？要干啥？

郝利仁不理会，就想赶紧往上爬。陈仙快步跑来一把就抓住了他的脚脖子，使劲儿往下一拽，就把郝利仁扯下来，摔倒在地。同时把他身上背的大塑料袋抓到了手里。

陈仙一看是村里失踪多时的郝利仁，也吓了一跳。灯光下，陈仙看见了郝利仁手里的钥匙链，她认得这是水塔上面蓄水池铁皮盖锁子的钥匙。

陈仙问他，大半夜的，你想干啥？

郝利仁竟然嘿嘿一笑说，村里水塔的水不干净，想撒点漂白粉，消消毒杀杀菌。

陈仙迟疑了一下，把手里的塑料袋举到鼻子前闻了闻，觉得特别呛鼻子，难闻，好像是杀老鼠的毒药。陈仙一下子警觉起来。

就在陈仙一愣神儿的时候，郝利仁突然猛扑过来，把陈仙死死压倒在地。

陈仙拼命挣扎，大喊大叫。混乱中，陈仙用手指抠破了郝利仁的脸，扯下了郝利仁手里的钥匙链，猛地塞进嘴里，一口就吞下去了。

郝利仁一看恼羞成怒，抢过陈仙手里装着毒药的塑料袋，撕开，一下子连毒药带塑料袋都捂到了陈仙的嘴巴上，一直捂到陈仙中毒咽气。然后跑到机井房里，找到一张废纸，伪造了陈仙的自杀遗书，说是控诉石头和村委会把水塔建在了寺庙院里，破坏了风水，因果报应等等。

随后郝利仁连夜潜逃。

事发不久，公安人员抓到了郝利仁。通过陈仙指甲缝里血迹的DNA比对，认定他就是杀害陈仙的凶手。得知案件真相的村民们后怕不已，都在心里感谢佛教徒陈仙。

三十

冬日的阳光，很温和地罩在山坡上，改梅正在菜园里忙着修剪果树，儿子铁蛋腿夹树枝当马骑着遍地乱跑。石头牺牲后，改梅失去了精神上的支柱，缺少了生活上的依靠，她整日沉湎在对石头的思念之中，显得郁郁寡欢。乡亲们让她说明铁蛋是石头儿子的真相，希望县联社能够照顾一下。陆正也有这个意思，可石头那个"卫士"还没批下来，县里就不好定夺，再说，铁蛋是谁的亲生儿子，石头不在了，现在也很难说清了。

改梅一边修剪一边眯着眼凝视苗壮的枝条，心里掠过一丝欣慰。去年果树全部开花挂果了，而且硕果累累；地膜坑养的猪鸡兔都成群了，塑料大棚每年收入也不少。想着以后全家就指望这承包的几十亩荒山，改梅心中又是欢喜又是担忧。前几天，村里干部上山通知她回村委会商量如何续签承包合同，究竟怎么包，她心里可一点儿底也没有。其实，久居荒山里的改梅已很少知道村里的事儿了，她也不清楚村里正在搞土地二轮承包。按国家规定，土地承包三十年不变，部分需调整的承包合同正在调整。

以前郝利仁一伙老惦记她的荒山果园。好在他已经完蛋了，改梅想着禁不住松了口气。可是她做梦也没想到，还是有人盯上了她承包的那绿树满坡的荒山，因为荒山下面是滚滚的乌金哪。

贾英才的亲戚们见改梅的荒山日渐变绿，树也结果了，猪也出槽了，羊也肥壮了，心里就堵得慌。他们四处放出风声，说改梅的荒山实际上是石头承包的，如今，石头已经死了，就应重新承包。再说，山是国家的山，要承包也得轮着来，怎能让一人独占？

李胜利在村里听说，心里很是气愤，骑着自行车来到荒山，找到了正在果园里忙碌的改梅。他把听到的消息告诉改梅，改梅一下子又惊又气，半天说不出话来。改梅男人正从坡上下来，改梅便跟他商量怎办，他却说："咋办？那咋办？人家可都是村干部的亲戚哩，你，你说咋办？"

改梅男人嗫嚅了半天也没说出个子丑寅卯，改梅气得不再搭理他，他就又低着头干别的营生去了。

这时，从坡下冲来一伙人，改梅和李胜利一看，正是想夺改梅荒山的村干部贾家的几个亲戚。他们一上坡，就咋咋呼呼地嚷嚷："改梅，这荒山原来是石头承包的吧？既然他不在了，就应充公了，就该重新承包，你不该一人霸占集体财产，是吧？"

"啥！荒山本是俺承包的，凭啥说是石头包的？"改梅愤怒了。

"你凭啥说是你承包的？"来人不甘示弱。

"凭啥？俺有合同，是俺签的字，"说着她转身冲进窝棚拿出了合同书，往他们面前一展，"睁大眼看看，白纸黑字红印，哪一点是假的？"

来人一时哑语。

"就算你承包的，可也不能只由你一人包吧，这风水轮着转，好处大家沾，山是公家的山，坡是集体的坡，凭啥只准你一人包，就不准别人包？"

"包？你们咋原先不包？现在眼红了？"改梅的眼泪哗地流了下来，透过泪帘，她仿佛又看到了她跟石头跑亲串友借钱筹集资金忙承包，也好像看到了自己一家人在荒山秃岭上栽树浇水开荒地垒猪舍，还看到了石头与自己扛石块被磨得血迹斑斑的肩头和烈日下耕作被太阳晒得通红的脸。如今，刚见点收成，就有人来抢夺自己的果实，她怎能不气愤？怎能不伤心？

这时来人又继续刁难："你有合同算啥？过去的合同不算数，早作废了，你没听说，现在上头让搞土地二轮承包。二轮承包，你懂吗？就是进行第二次重新承包。既然是重新承包，那过去的东西不就算没用了吧。"

"咋是这回事儿呢？"改梅一下子拿不准政策，因为山外的世界她早已陌生了，她把探询的目光转向李胜利。

李胜利大声回击："简直是胡扯，二轮承包是啥意思，你们懂不懂？二轮承包是继续承包的意思，谁敢说作废原先的合同那他就是违法。"

老李一席话，震得一伙人面面相觑，一时没了言语。

忽然其中一个膀大腰圆的汉子又跳出来叫嚷："你个神经病懂个啥政策，尽是一派胡言。咱们别信他那一套，问她改梅答不答应，不答应咱们就来硬的。"

"啥硬的？你们还想吃人不成？"老李怒目相向，"俺看你们无法无天，该治理整顿了！"

"嗬，你个神经病，抬出毛爷爷吓唬俺们，还怕你不成？怎？石头走了，你想接址？哈哈……"人们哄笑起来。

"给他们点颜色瞧瞧。"几个人说着就从腰间拔出砍刀，朝改梅的苹果树扑去。手起刀落，几棵小苹果树就被拦腰砍断应声倒地了。改梅心疼得一下子竟瘫倒在地上。老李怒吼一声，推着自行车就朝砍树人猛扑过去，几下就把砍树人撞得满地乱滚。

几个人恼羞成怒，一起朝老李围攻起来，其中一人还骂着：你他妈的，不是动口不动手吗？怎么还动起了车子？你他妈的说话不算话啊。趁老李不备，一拥而上摁倒他狠揍，改梅吓得一下子昏死过去。

这时，一辆吉普车开足马力，冲上山坡。车还未停稳，就从车上跳下几个人来，人们一看呆了，巩书记、陆正和乡派出所所长，从车上走下来。

原来是田改竹和赵壮在村里听人议论说，几个村干部的亲戚上山逼改梅转包果园去了，忙跑到乡政府找领导出面阻拦，正遇上巩书记和陆正下乡，众人忙跑上山来。

这时，派出所所长已把几个砍树打人的村民带到了巩书记面前。

"简直是胡闹！"巩书记额上的青筋蹦起，"你们究竟想干什么？"

"俺们，俺们也想承包荒山……致富……"其中一人还想狡辩。

"想致富？就靠掠抢别人的劳动果实？简直是土匪作风！"巩书记大声呵斥。

"荒山那么多，你们可以通过自己辛勤劳动来承包，来致富嘛，缺资金，信用社可以支持你们嘛。"陆正也不无生气地告诫他们。

"别跟他们啰嗦了，"派出所所长怒气冲冲地说，"你们知道犯了什么罪吗？"

"犯罪？不至于吧？"几个人你看看我，我看看你，"俺们只是想吓唬吓唬她……"

"吓唬？你们已经犯了侵犯别人财产罪和故意伤害罪，二罪归一，你们已经够蹲监狱了。"

"扑通！"几个人就给领导们跪下了："俺们该死，俺们该死，饶了俺们这一次吧，树，俺们赔，俺们赔。"

改梅也忙跟巩书记给他们求情："都是乡里乡亲，拖家带口的，不容易呀，树俺也不用赔，要是他们想承包别的荒坡栽树，俺还可以送他们树苗。"

"改梅呀，"巩书记紧紧握了握她的手，"你可真是太善良了。"说着，他抱过铁蛋儿，疼爱地用胡子拉碴的脸挨挨铁蛋的小脸，"石头可真是农民的好财神呀，可惜呀，可惜呀，他走得太早了。"望着远处排排整齐洁白的大棚，巩书记沉浸在对石头的怀念之中。

三十一

冬天的塞北，灰蒙蒙黄秃秃的一片，没有什么色彩，除了能在各村的大棚里见到浓郁的绿色外，其他的地方，只是一种单调的灰黄色。

经历了不少的风风雨雨，眼看着快要步入年关了，陆正思谋着过几天轻松的日子，没想到，平地传来一声闷雷，岳父凌致远被拘留审查了。这多少有点出乎他的意外，他首先想到的是岳母，她连续两次遭受如此沉重的打击，一个人孤独无助，怕有什么闪失。他忙亲自驾车，把岳母接到了自己的家，希望老人家能过个不太冷清的年。

谁料没过几天，陆正家忽然来了几个县法院的执法人员，他们进屋察看了看，就亮出了查封房子的封条。原来，法院已查明，这所岳父给的房子和凌志住的房子，全是当年皮毛厂厂长雇人建的，两处房子共造价六万元，算是厂长送给凌致远的一份礼物。凌致远当时也推辞过，但实在推辞不了，房本的户主都办成了自己一儿一女的名字，再一想，自己马上就退休了，给儿女们留点家财，也算是一种最后的补偿吧，也就半推半就地接受了。

凌兰倒是好像早有准备似的，神色平静地打包东西，准备离开。这时，一名法官又拿出一张搜查证，要搜查这所房子，原来有人状告陆正的事情也有了眉目。凌志为了有立功表现，主动提供了陆正受贿的线索。据凌志交待，包工头到陆正办公室送礼被拒绝，想到陆正家又不认识，便请凌志带路，是他悄悄地领着包工头子去认的陆正家门，自己却没进去，但他知道包工头送了一尊金佛像。今大，是两桩案子一块办了。

凌兰蜷缩在沙发角里，她的精神世界已坍塌了，她天天担心的事情终于发生了。法官在屋里搜了搜，就转到供佛像的地方。一名法官静静地观察了一下，就上前用双手慢慢捧起了佛像，顿时一尊金光闪闪的佛像出现在众人面前。这时，凌兰忽然从沙发上跳起来，冲上去抓起"真佛"像狠狠地摔到了地上，嘴里还念叨着：我每日供奉膜拜你，可你这真佛也不灵验，不保护我们一家，我白供奉你了。说着，搂住母亲，娘俩哭成了泪人。

一名法官走过来，蹲下身子，轻轻把金佛捧在手里，很小心地用手拭了拭它身上的土，站起身来，对凌兰语重心长地说："它确实是真佛，你每天烧香念佛，知道佛的旨意是什么？佛也是主张惩恶扬善的，人做了善事，佛会保佑的。但人如果做了错事恶事，它也来保佑，那它真的就不是佛了。你应该知道，佛是不会受贿的。"

一席话，说得凌兰似乎有所领悟，她不由得点点头，又把"真佛"像从法官手里拿过来，说："我再拜它一次，行吗？"

法官很大度地点点头。

凌兰就把佛又摆在了香案上，毕恭毕敬地拜了三拜，然后她很镇静地对法官说："现在，我在佛祖面前发誓，我收金佛的事，陆正一点也不知道，全是我自己干的。还有一点，我想说明白，当时我确实以为是镀金做的工艺佛，请你们明察。"

"我们会查清的，我们不会冤枉一个好人，但也决不会放掉一个坏人。"

这时，陆正推门进来，看到这种场面，他愣住了。

当他弄清事情的原委后，呆呆地说："怎么会是这样，怎么会是这样……"

凌兰和母亲又搬回母亲家，陆正不愿去岳父家住，就独自回到了联社宿舍住，他就想单独处一处，静静地想一想。

一时间，这件事在县城传得沸沸扬扬，陆正家被查封，搜出金佛像的事也越传越神了，这对面临规范联社民主选举的陆正来说可真是当头一棒。

三十二

最近，县里召开两会。许多人大代表都提议案，发现问题解决问题，李胜利也参与其中。有人告诉他你不是人大代表，不能提什么议案。李胜利不吃这一套，说第一，我从始到终都是代表人民，所以我的人大代表不需要选举，我就是天生的人大代表，随时随地可以提意见，只要意见都是为人民服务的，就行。第二，我也不提什么书面议案，我的议案就在心里，当众说出来更痛快。

他说："我们应当相信群众，我们应当相信党，这是两条根本的原则。如果怀疑这两条原理，那就什么事情也做不成了。我们应该走到群众中间去，向群众学习，把他们的经验综合起来，成为更好的有条理的道理和办法，然后再告诉群众（宣传），并号召群众实行起来，解决群众的问题，使群众得到解放和幸福。"

李胜利把治理整顿的重点放在了香水沟村里退耕还林农业补贴问题和郝利仁无手续承包荒山乱采乱伐背后的腐败问题上。他在治理整顿这两个问题的演讲中，把许多事情的内幕和细节都说得很清楚，这就让许多人感到恐慌。人们都不知道一个精神病，是怎么知道这些内幕的。其实事情的真相是有人专门给他提供了一份秘密材料，从他家的门缝里塞进去的，当然是匿名。也许这个人是想揭露这些问题，自己又没有胆量，就透露给李胜利，让他出面揭发。

有人说李胜利就是被人当枪使了，可是李胜利不这么想。

他觉得这是人民群众对他的极度信任，觉得自己重任在肩，就是要给人民群众当枪使，一定不能辜负群众的期望。他还按照材料提供的信息，重点去实地核实，结果还真是差不多，这就更加增添了他的信心。

村里一些村民们还表示，要跟李胜利一起并肩作战，关键时刻需要他们出面作证或者一起上街治理整顿，他们都去。他非常高兴人民群众觉悟的提高和进步，拍拍胸脯表示自己抓革命促生产，你们的事情我都管了！但是他根本没想到，他抛出来的不是两个苹果，而是两个重磅炸弹啊！

事情的进展出人意料。原来许多答应跟他一起到县城人大会场治理整顿的村民，那天都没有跟他一起去，后来有的村民喝醉了酒吐露了真相。原来是有人深夜到他们家里，一手拿着钞票一手拎着铁棍，问他们是吃罚酒呢，还是吃敬酒？大家当然都愿意吃敬酒，何况是送上门的敬酒。只有李胜利没有收到敬酒，罚酒也没有，因为人家知道他敬酒罚酒都不会吃，那就给他吃"棒棒酒"。

那天的天气有点阴沉。李胜利刚刚走到半路上，就被一伙泼皮拦住了去路。他们恶狠狠地盯着李胜利说，你奶奶的不是经常治理整顿吗？今天爷爷们也治理整顿一下你这个老刺儿头。说着，挥舞铁棒就把李胜利打倒在地。棍棒齐下，霎时间，李胜利就成了一个血人儿，滚落到了道旁的沟里。

一伙人把李胜利自行车上的毛主席像章一股脑抢走，把红旗拔下扔在地上，然后把自行车用铁棍砸成了麻花饼。

有人看见躺在沟里的李胜利，到派出所报案。派出所民警闻讯赶来时，李胜利已经气息奄奄，昏死过去了。

后来，李胜利被送到了县医院住院治疗。金炜明回县城开会，在街上正好遇到了魏仁。魏仁是专门到医院看望李胜利的，两人就一起到了医院。

进了病房，看见李胜利躺在床上，李亮正急得打转转。原来李胜利需要输血，医院缺血，正让家属自己找人献血呢。

几个人一问，金炜明说，正好跟他的血型一致，就跟着护士去抽血去了。

有人说，这下子李胜利该聪明点了，县太爷的血都给他了，呵呵。

许多人觉得这件事也许就这么过去了。可是谁也没想到，李胜利的伤病刚刚好一点，能够勉强走路了，就自己把自行车又修好了，准备再次出征县城人大会场。有人告诉他，县里的人大会议早已结束了，人大代表们全部回去上班了。李胜利说，不管那个，自己就在人大会场外面进行广场治理整顿。

然而，就在李胜利准备出发的头天晚上，有几个人闯进了他的家里。

这伙人好像不是上次打他的那伙流氓泼皮，而是非常文绉绉的，看上去好像很有文化。他们提出要收购李胜利收藏的所有的毛主席像章。几十年来，李胜利收集了近两百个款式各异的毛主席像章，这些像章被他视作珍宝，用毛巾擦拭得发亮。一部分他小心地装在一个布袋里收藏。这些红色纪念品曾在几十年前被人随意丢弃，却在最近几年成为了利润丰厚的文物。据古玩店的老板们说，一个质量较好的毛泽东像章，如今可以卖到几千元，如果成套，价格更高。一些外地人想要购买李胜利的像章，却被他用"斗私批修"狠狠顶回。他只会偶尔挑选一两个，送给为他看病的医生，或曾帮助他的人。

对于这伙人的无理要求，李胜利当然不会答应，而且他还用毛主席的语录教育批评他们。

可是这伙人似乎对他的谆谆教诲不太感兴趣。既然给钱你不要，那我们就"拿"了。几个人翻箱倒柜，把李胜利收藏多年的毛主席像章几乎全部搜了出来，装进了他们带来的箱子里。李胜利眼睁睁地看着像章被人抢走了，愤怒无比，挣扎着要跟这伙人拼命。奈何他人老体弱，根本就不是这伙人的对手。

这伙人一拥而上，抱住他的手，让他把他家里供奉在书桌上的毛主席大瓷像抱在怀里，然后几个人又要把他的手强行掰开，想让毛主席的大瓷像从他的手中脱落。李胜利明白了他们恶毒的意图，就拼命抵抗。只见他怒目圆睁，双手颤抖，青筋暴起，想死死护住毛主席瓷像。

"嘎巴"一声，李胜利的双手被生生掰断，随着"砰"的一声巨响，毛主席的瓷像摔在了地上，碎片四溅。

就是这一声巨响，把李胜利的神经砸碎了。是他亲自把自己的偶像砸碎了啊！他的大脑轰然坍塌成为一片废墟，瓦砾遍地。他的灵魂像一缕青烟被飓风吹散。他大叫一声，真的疯了。

这伙人一看他们的目的达到，不慌不忙地撤了。只留下李胜利一个人跪在地上，手已经捧不着东西了，他把脸埋在毛主席瓷像的碎片里哀嚎。

碎片划破了他的手指和脸庞，鲜血在碎片中浸漫开来。

次日早晨，菜农们发现李胜利没有按照约定交蔬菜，就到他家找他。一进门，却看见李胜利在自家种满苦菜的菜地里，用一根红裤带将自己挂在了两米高的大棚支架上。大伙赶紧把他解下来，却发现他的尸体已经僵硬了。

人们发现，在这个十余平米的阴暗小屋里，李胜利给这个世界留下的全部遗产是：地上一堆瓷像的碎片，五本泛黄起皱的毛泽东选集，一本贴了百余幅毛主席照片的影集，以及六幅装有相框的毛主席画像。

李亮听说儿子李胜利的事情后，却是出奇地平静。

有人说得赶紧督促公安部门破案，把凶手绳之以法。李亮长叹一口气，幽幽地说，那些人没有直接杀人。他们杀死的是李胜利的灵魂，这才是他们想要的，杀人不见血，抓住他们又能如何，顶多就是个抢劫。

对于李胜利的死，人们开始唏嘘感叹，慢慢地偶尔谈起，现在已逐渐淡忘，如蚁般的生活也从未因此缓顿片刻。失去了李胜利，香水沟仿佛少了一角风景。而风景可以再造，但李胜利那一身戎装，骑着挂满毛主席像章和红旗飘飘的自行车的形象恐怕永不会再看到了……

李胜利家人没有给他开什么追悼会。就在李胜利出殡的前一天，按照当地的习俗，家里人也没请什么鼓匠和流行歌舞，就是用大喇叭反复播放《太阳最红毛主席最亲》《东方红》《北京的金山上》《山丹丹开花红艳艳》《学习雷锋好榜样》《三大纪律八项注意》等歌曲。

这天的香水沟村里好热闹，村外村里的路上车来车往，人喊马叫的，好像是赶集或是过节。原来除了亲朋好友来祭拜李胜利，村里几乎是全村人出动，都来祭拜他。特别是还有许多来自县城的人，都自发来祭拜李胜利，这可让许多人没想到。这些人里，有的是听过李胜利演讲茅塞顿开受到教育的，有的是在李胜利治理整顿有些单位和个人得到益处的，有的是在街上被人欺负得到李胜利及时解救的。

村里的一些老人也来了，田守义搀扶着李亮。魏仁也从北京赶回来，他特意把金炜明叫上，一起来祭拜李胜利。

金炜明一边走一边回忆起，他刚刚住到明登天府大院里时，一天他在院里遇到了李胜利，李胜利也不管他是什么副县长，拦住他教导说："我们共产党人好比种子，人民好比土地。我们到了一个地方，就要同那里的人民结合起来，在人民中间生根开花……"

祭拜时，金炜明在李胜利的灵前跪下，实实在在地磕了三个头……

三十三

冬日的香水沟，原本颜色单调的黄土地，如今又增添了色彩。一种是白色大棚里的绿色，一种是黄色山坡上的蓝色。

经过几个月的奔波，金炜明跟北京一家光伏发电公司联系，引进了光伏发电产业。过去光秃秃灰溜溜的山坡荒地上，铺满了蓝格莹莹的太阳能采光板，在太阳下熠熠生辉。广大菜农们的大棚用电问题解决了。

村里村外，人们还经常看到香水沟村山上的明代土长城上，原野上连绵起伏的古汉墓群旁，楼隐寺的古松树下，还有田改竹大棚绿色蔬菜花卉采摘园里，田守义的农业示范园区内，以及明登天府的大院里，人来人往。从全国各地来香水沟旅游采风的人们逐渐增多，金炜明协助当地村民建起的红色旅游加绿色采摘的农家乐红红火火发展起来了。

在县金融监管办的会议室里，金炜明和当地人民银行、银监办、农业银行、农村信用联社、邮储银行、农业发展银行、村镇银行，还有保险和证券业等金融单位负责人经过讨论研究，决定采取联合贷款和相互担保的方法，实施银团贷款，支持引导菜农及企业组建集团经营，支持以蔬菜生产、加工、运输、销售及农超对接为主的绿色蔬菜基地，形成占领清河县周边及京津冀蔬菜市场的规模优势。金炜明还跟各保险公司的负责人协商好，为全县的农业和蔬菜产业投保入险，保驾护航，替农民们防化风险，为村民们旱涝保收创造条件。

这次会议，金炜明还特意把市里的证券部门领导请来了。他详细地介绍了以香水沟乡为中心、辐射全县的绿色蔬菜产业发展经过及其远景。证券部门的领导听了也很感兴趣，表示今后密切关注蔬菜集团公司的发展，支持做强做大，经过股份制改造，申请上市发展。

会上，金炜明还专门说起了前一段时间民间非法集资的事情。他说：农村普惠金融发展，就是要惠及农村金融及各种农民合作社，协调农村金融资金互助。特别是要处理好二龙沟煤矿非法集资的遗留问题，重点要帮助原来靠投机入股破产的村民，农金部门要想方设法大力扶持这部分村民，重新投入到农业和蔬菜的生产中去。目前许多外出打工的农民都纷纷返乡创业，这些都是好的现象。这些村民在外打工多年，见过世面，也积攒了许多经验，要发挥他们的作用，实现大家共同富裕的目标。精准扶贫的目标，就是一个也不能少，一个也不能落下。

会后，参会人员一起又驱车来到了香水沟村实地考察。

天蓝莹莹的，太阳暖洋洋的，山野一片安静。

到了村里，乡政府和村委会干部一起来迎接，陪同大家走走看看。

村里原来的许多破旧危险的土窑洞都被拆掉了，一排排新房也盖起来了，村里村外的几条马路也硬化和拓宽了。金炜明组织发动金融职工捐赠的"乡村书屋"也建立起来了，书架上满满登登的全是农业科技、乡土文学等等书籍。还有电子书屋也同时开通，农业市场信息网络为村民们打开和联通了外面的世界。村里的文化广场也建起来了，还安置了不少的健身器材，许多村里的男男女女早晚还跳广场舞，据说村里有几个哑巴和失明的村民也常跟着跳。大伙儿就都乐了。

金炜明一行人想到村民的新房子里去看看，到了几家，却发现根本就没有人。几个在街头晒太阳的老人笑呵呵地告诉他们，村民们都在大棚里忙乎着呢。那里面枝繁叶茂的，满眼都是绿呢。

巩书记说，现在的村民们确实忙得很。乡政府还专门从县里请来老师给村民讲温室大棚的种植知识，怎样防治病虫害。人们白天干活忙，就晚上加班学。一时间忙得手脚不停，脑子也忙起来：今天琢磨着怎样种好菜，明天思量着如何卖个好价钱。嘴上喊着忙死了，手脚却不肯停下来。有的一家就盖了好几个大棚。还有的村民靠着过去冬闲练就的好嘴皮，竟然坐火车、乘飞机，走出去搞推销了。

巩书记介绍说，乡里成立了蔬菜集贸市场，还在市场旁边建起了脱水蔬菜厂和蔬菜罐头加工厂。村里原来种地的许多人，因为土地流转后，都是发展大农业了，统一规划，规模经营，原来许多手工活也被大型的播种机、收割机等替代了，地里用不了那么多的人，就纷纷进厂当了职工，整日里穿着干净的工作装，用过去那双沾满泥土的手按在了印满洋字码的按钮上，指挥着一条条的流水线。一个人就赚了种地和做工两份的钱，心里美滋滋得不行。

有时村里孩子吃着方便面，忽然大叫起来："爹、娘，你们看，这小袋里的干菜叶上面写着咱村脱水蔬菜厂的名字啊！"于是就自豪得不行，吃得更香了，嘴巴咂得声音更响了。娘便上来拍一下孩子的脑门说，吃饭声音别太大，不文明。

占春兴冲冲地领着大家指指点点，不停地说："看，俺们香水沟变了样，变了样！"

县里金融办的主任看了，有些感慨，说："我以前一说起新农村建设，马上就想到的是让农民进城，住高楼建工厂。现在我也琢磨，逐渐明白了，其实社会主义新农村建设，不是逼着农民离开土地家园上城，而是从根本上建设适合农民自己的新农村，同时还要吸引城市居民到乡村就业和生活。农民将成为农业工人，或者是职业农民。也不知我的感觉对不对？"

陆正笑笑说："不管是啥事儿，只要你感觉好，就对了。"众人也乐了。

大家又往前走，要到日光温室去看看。

人民银行的高行长望着村外那一排排宛如朵朵白云的大棚和厂房林立的蔬菜加工厂，兴奋地说："看来，咱们的金融扶贫路子是对头的，效果不错呀。"

金炜明听了，说："什么话也不能说早了，更不能说满了。扶贫仅仅是开始，乡亲们的致富还需要时间啊……"

这时，山上放羊老汉沙哑的歌声，又跳过深沟，越过山岗，忽忽悠悠地飘了过来：

> 深不过那个黄土地，高不过个天，
> 吼一嗓子信天游，唱唱咱庄稼汉。
> 水格灵灵的女子，虎格生生的汉，
> 人尖尖就出在这九曲黄河边。

山沟沟里那个熬日月，磨道道里那个转，

苦水水那个煮人人，泪蛋蛋漂起个船。

山丹丹那个可沟沟里，兰花花开满山，

庄稼汉的那信天游，唱也是唱不完。

东去的那个黄河呀，北飞的那个雁，

走西口的那个哥哥啊，梦见可瞭不见。

山涧涧那个流水呀，两条条那个线，

死活咋的那个好上呀，死活就咋的那个断。

山丹丹那个可沟沟里，兰花花开满山，

庄稼汉的那信天游，唱也是唱不完。

……

（2017 年 5 月由中国金融出版社出版发行）

长篇小说卷（一）

NO.2

金融白领（节选）

■徐建华

作者简介

徐建华，四川人，笔名蜀蛇，中国作家协会会员，中国金融作家协会理事，江苏金融作家协会主席，交通银行作家协会常务副主席，中国金融作家协会首届"德艺双馨会员"。2009 年出版金融探索小说三部曲：《金钱人生》《银行风暴》《保险战争》。其中《金钱人生》获第一届中国金融文学奖长篇小说一等奖。2015 年出版长篇小说《真的不重要》，被列入"全民阅读精品文库"。2018 年，其长篇小说《资本的血》，获得第二届中国金融文学新作奖。现供职于交通银行常州分行。

作品简介

《金融白领》（原名《保险战争》），讲述一位刚刚大学毕业的金融白领的一天。一天中她的足迹从苏州到常州，从银行到企业，接触的人包括银行信贷员、科长、监狱武警、诈骗团伙、锔缸师傅、保险公司总经理……刚刚工作压力太大，诱惑又太多，良知、情感、操守都在经受严峻考验，对面是天堂这头就可能是地狱。小说从头到尾让人提心吊胆，眼睁睁看着一个可爱的苏州姑娘走向犯罪、走向毁灭。幸而人心向善，骗局被揭穿，她得到拯救。深刻之处在于，被人从犯罪边缘拉回来后，她并不心存感激，反而感到挽救她才是真正地毁灭她。她如同走进荒漠深处，悬崖下才有一潭清水，跳下去可能粉身碎骨，但也可能绝处逢生。被人拉回沙漠中，虽然暂时可保无虞，然而荒漠中她何以为生？

一

吴上说：一直生活在城市旮旯，就算家门口没有苏州监狱高大围墙阻隔曙光，住在如此幽暗、低洼的古巷深处，庭院那株百年玉兰树照样遮天蔽日。

好在不需要日出而作，也不像之前大早就要起来上学，我已从苏州大学保险精算专业毕业，获得金融白领资格。

这资格令我扬眉吐气。祖祖辈辈锔缸为业，虽说也算手艺活儿，毕竟只是修补坛坛罐罐。

传到我父亲每况愈下，起早贪黑走街串巷几天揽不到一个活儿，他越来越忧愁，又患上肺病。幸而中年得子，虽说只是个女儿，照样满怀期待，给我取名吴上，期盼我成为人上人，至少不要像他锔大缸。

苏州的夏天四点多就天亮，看窗外灰蒙蒙一片，我想再睡，却听到父母叽叽咕咕商量：脚踏三轮车又坏了，要不要还是请江北人来修一修？

母亲的意思：还是请江北人来修吧，去修理店起码多花好几块钱，弄不好还遭宰一刀。

可父亲担心：唉，为啥就是提不成干部呢？今天站最后一班岗，明天就要走人。

母亲带着哭音问：他跟你讲过，今天最后一班岗？

他战友讲的，本来轮不上他站岗了，他还要站，说是实在舍不得走，还哭兮乃呆呢……

我蹦下床朝窗外嚷：好吵呀。

父亲"嘘——"一声，将声音进一步压低。

他们说的江北人是家门口苏州监狱一位武警，满口北方口音，大家都习惯叫他江北人。

三年前父亲去监狱食堂锔大缸，突然肺病犯了，吐血不止。图省钱他不肯去医院，监狱卫生所又束手无策。有人提醒：旁边的苏州丝绸工学院有个老师有祖传偏方，"偏方气死名医"，说不定管用。监狱领导立即安排江北人，背我父亲去求助。

父亲说那时江北人刚刚入伍，不熟悉苏州的街道，又听不懂苏州话，人家也听不懂他浓重的北方话，他就盲人瞎马乱撞。本来应该朝东过相门桥，他却朝西一口气把我父亲差点背到双塔院，完全南辕北辙。直到他累瘫了，才招呼出租车。

父亲阅尽人间沧桑，见过的人多了，仅从这点就看出江北人心眼不坏。他完全可以出门就叫出租，又不要他付车钱。即便一时没想到，他也不必飞跑呀，可他像背着自己的父亲。看他着急惊慌的样子，听他"呼哧呼哧"粗重喘息，父亲咯血说不出话，只是老泪纵横，泪水把江北人肩膀都淋湿了。

过后一家人都喜欢江北人，他的憨厚朴实让我们感到安全可靠。江北人也喜欢我们家，得空就来不停地做事，粗活重活都揽下，休假时跟随我父亲走街串巷锔大缸。

父母差不多把他当儿子，天天都盼望他来，他来就感到安全。他高大强壮，让人感到顶天立地。父母甚至希望他永远不要退伍，如果提拔成干部，我也大学毕业，倒是无比美满。

可江北人一直不能提干，只在监狱站岗。而且听他吞吞吐吐的意思，这一批退伍名单中就有他。一旦退伍，他将回到北方乡下种田，至多像千万民工四处颠沛流离，好不容易找个工作，还有可能拿不到工钱。

清晨天空像高挂一盏巨大的节能灯，由灰白暗淡逐渐明亮。父母决定自己修理三轮车，不再麻烦江北人。

听着窗外"叮叮当当"的敲打声，我同样不知道该不该疏远江北人。我翻身起来，慵懒无力倚坐在临窗的椅子上。窗下是京杭大运河的一条支流，随着船桨打水的"噼波噼波"声，照例响起悠长的吆喝："豆——浆——，卖豆浆哩——"

我打开窗户，熟练地吊下竹篮，准确落在小船上。船家跟我熟悉，嘻嘻哈哈逗笑：又不要上学堂了，姑娘起介早弄啥，想姑爷想得不困觉了啵？

我提上吊篮，关闭窗户，隔断外面的嘻嘻哈哈。

八月天十分闷热，我趿着拖鞋走出后门，不远处是仓街的一口水井，舍不得用自来水，我洗漱都来水井边。

打桶井水倒进雪白的搪瓷脸盆，我将整个脸埋在水中，清凉惬意，"咕咕"吹出一串水泡，禁不住格格欢笑。在我记忆里，父母从不给我买玩具，我从小就习惯因陋就简自娱自乐。连香皂都少用，更不可能用化妆品，清水浸泡后我用一条雪白毛巾揩干脸，再提一桶清水回卧室。

享受不起淋浴，我就早晚擦身。睡裙是妈妈用旧床单绗缝的，十分方便，解开束腰双肩一耸睡裙就滑落。看着自己雪白光洁的肌肤，我很愉快，除了姿容出色和学习成绩优秀，我没什么自豪的，而学习成绩已成过去。

我将一身淋湿，浑身上下使劲揉搓。每天擦身不可能有多少积垢，这是我习惯成自然。冬天也这样，没有空调，没有热气蒸腾的淋浴，冻得我磕牙打战，就快速搓热皮肤，像是火烧水激。

没有橱柜，没有箱笼，衣服叠码在床头纸箱里。青石板地面，瓦房屋檐低矮，屋子阴暗潮湿。好在没几套衣服，几天就轮换一遍，不必担心受潮发霉。

擦干身子，乌黑的披肩发稍微一拢就十分熨帖，又不失飞扬，我穿上那条还算穿得出的连衣裙。之所以穿得出，是式样别致：上身收得很紧，类似绣花马夹，把鲜亮脖颈和圆润双臂展现出来，洁白酥胸若隐若现；下截裙子对襟开衩，缀一排鲜艳的镶边布扣，从胸口一线贯穿到下摆，还不失飞动飘逸。我身材无可挑剔，再穿这样一条裙子，不戴任何佩饰也看不出苦寒。

这一收拾花去好多时间，墙上那个历尽沧桑的挂钟"当——当——"提醒已过七点，我囫囵吃过早饭。

出门看见父母还在玉兰树下修理三轮车。他们不得要领，摊开满地零件不会装配，反而把三轮车越修越坏。

父亲有些难为情地解释：不晓得这车子样样都坏，弄半天弄成傻婆娘补衣裳——剪下裤裆补袖口。

我翘起嘴巴埋怨：病弄翻了，看你省钱还是赔钱。

出院门就是幽深小巷，石板路面，两边灰墙壁立，仅够两人擦肩而过。我每次经过都情不自禁想起徐志摩的《石虎胡同七号》：

> 我们的小园庭，
>
> 有时轻喟着一声奈何：
>
> 奈何在暴雨时，
>
> 雨槌下捣烂鲜红无数；
>
> 奈何在新秋时，
>
> 未凋的青叶惆怅地辞树
>
> ……

默默吟诵这些美妙诗句，我会自我陶醉，还会感叹：人世间还有徐志摩那样纯粹的人吗？

大学里几个同学策划一出话剧《徐志摩》，我十分踊跃地参加，还主动要求扮演徐志摩的妻子陆小曼。在我看来常州人陆小曼是最幸福的女子，获得了一个只为情生只为情死的纯粹人的美名，我十分向往这种纯粹。

有一天去学校排演话剧，正好江北人晚饭后来我家，在巷道迎面碰上。江北人太高太大，把逼仄的巷道堵住大半，从他腋下挤过去怕灰墙擦脏裙子，就调皮地要他举我过去。他张开粗壮胳膊，像演杂技把我高举空中。我忽然不想下来，几乎骑跨在江北人脖子上，心头涌动说不出的感觉。感觉到江北人在颤抖，我同样一阵酥麻，羞得满脸滚烫也不松手……

从此只要经过这条巷道，我就满怀期待。可江北人像闯下大祸，从此就躲避我，不敢迎接我激情四射的目光。

如今巷子拆去大半，整个仓街和前面的干将路都在拓宽，到处拆得七零八落。我"囊囊"踩在仅有的一段石板路上，心头掠过一缕忧伤，停下来怔了怔。

为了节省费用，大学四年里我都是走读，差不多每天经过朝东的相门桥，江北人经常站在相门桥堍的监狱岗楼。现在我已去保险公司上班，应该朝西行方向乘坐公交车。

我犹豫片刻，还是朝东绕道，这样就必须路过相门桥堍的监狱岗楼。

江北人只是普通士兵，没有单独的宿舍，我又不肯暴露在众目睽睽下，每次见他都在他站岗的时候。

我站在桥堍仰望，高高的岗楼上一张陌生面孔，看不见江北人。我一阵心惊：难道昨天就是他最后一班岗？

他曾悲伤地表示，如果必须退伍，他一定请求退伍前每天站岗。不然就再也没机会站在岗楼目送我每天蹦蹦跳跳上学下课，目送我父亲"嘎吱嘎吱"蹬着三轮车经过。他说他要把这一切美好记忆尽可能多地收藏在心头，像珍藏的日记，往后无论在田间地头劳作，还是站在山岗遥望南来北往雁阵，实在想哭了就翻开记忆。

我掉头返回仓街，去监狱的大门口，有时他也在那里站岗。果然就看见他，不再肩挎步枪：难道他没资格挎枪了？

但还在站岗，他一动不动平视前方，像一尊雕像。我想靠上去，又怕连累他违反纪律，就把自己半遮半掩在扇形摆开的几盆花木盆景后面，小声问：真是最后一班岗了吗？

岗哨不能随便跟人搭讪，这是纪律，江北人没摇头也没点头。或者他在把所有器官封闭，害怕洞开一口就感情喷发。

三轮车又坏了……我继续说。

脸一热我有些害羞，赶紧走开，害怕我同样感情喷发。走几步回头看，不知是站岗必须纹丝不动，还是他希望给我看见，他心如止水，始终平视前方，甚至没瞟我一眼。

我必须赶紧上班，想到上班所有神经都绷紧了。路面正在开挖，我走得飞快，跌跌撞撞走向公共汽车站台。

挤上车就听到"嘿——"一声，一位躯体庞大的年轻人起身让座。一时没想起他是谁，正在惊疑，他自我介绍：我大哥，忘记啦？

我脸上一热说：噢……却不知接下来说什么好。

大哥比我高一年级，专业也不同，并不熟悉。仅仅一起排练过话剧《徐志摩》，他演徐志摩，我演徐志摩的妻子陆小曼，必须接触才有些接触。

仅仅有些接触而已，那话剧排练一阵就不欢而散，主要是不断遭到文学院那些人冷嘲热讽，甚至当着我们的面捂上鼻子齐声喊：臭！臭！

臭！……好多人就没信心了，我也将此事淡忘。

没想到大哥还记得我，我坐上大哥让出来的位子，仰起热乎乎脸蛋，像学生面对老师。

他本来叫肖潇潇，不知是身高体壮还是因为高一年级，都叫他大哥。那时他确实像大哥，满腔热情，对我们低年级师妹很关心，也很照顾。那时他没发福，现在更加粗壮了，以至于认不出他。看样子他油水不少，毕业才一年就今非昔比。

他同样兴奋，一手撑在我椅背，弓着腰，庞大的身躯几乎把我笼罩在怀，急切地打听：你坐公交上班啊？我是昨晚喝酒太多，摩托车落在饭店。你工作了吗？

我点点头说：在保险公司做业务员。

没让你坐机关或者搞理赔？

好像他也懂保险，至少知道坐机关、搞理赔才是保险公司的美差。我不无沮丧地回答：轮不上我，要我从业务员做起。

你能做业务员？

我不知怎么回答。业务员就是拉保费，根据保费计提奖金。我一个锔缸师傅的女儿，无权无势，我知道自己很难拉到保费。可做业务员不是我的选择，正是我十分忧愁的事。

"哐当"一声急刹车，大哥差点扑在我身上，那根令人羞窘的孽根硬邦邦地戳过来。我十分警惕地背过身子，望着窗外不说话，以少女的敏感感觉到大哥很冲动。

他好像浑然不知，进一步贴近我，孽根差不多顶在我背心。我羞愤难当，又不便发作，站起来冷冰冰地说：还是你坐吧。

却被旁边一个妇女抢先坐上。过道挤满人，都在为自己撑出一个空间，把我挤压得不得不更加贴近大哥。我尽力给自己挣扎出空间，同时一脸冰霜表明神圣不可侵犯。

大哥觉察到了我的反感，他同样一脸羞窘，可能他也是被人挤压，才不得不紧靠我。为了表明他被误会，他竭尽全力顶住三面压力，尽力给我撑出开阔空间。

碰巧同时下车，大哥长长地吁口气说：我就在那银行的三楼信贷科上班，说不定可以帮你拉笔保费。

信贷科？

我在心头默念一遍。听洪姐姐说，所有做保险的人都希望跟银行的信贷科接触，所有信贷员背后都跟着不止一个两个保险业务员，就像老虎吃肉蚂蚁啃骨头，银行与保险在同一条食物链上。我尽量挤出笑容，转身"囊囊"走开。

百川保险公司简称BC，成立时间不长，人员大多从国有保险公司跳槽来。敢于跳槽的人都脾气不小，脾气不小的人齐聚一堂，如同猛兽成群。

公司门口横七竖八停满争奇斗妍的私家车，明星级能人都开私家车上班。

这里保费决定一切。拉来保费不仅获得高额奖金，还能授予明星称号，还登报上电视。那才是牛人，总经理对他们都很客气，不然又要跳槽，能拉保费就是跳槽的资本。

我本来亭亭玉立，行走时步态轻盈目不斜视，始终保持必要的矜持。经过这里却油然而生压迫感，不期然地勾下头。我想迅速穿过，却又不得不提防左右，指不定哪扇车门就盛气凌人推开，遭人家撞一击自认倒霉。我不敢招惹开车上班的明星级牛人，想买辆自行车还要等发薪以后，就算不承认矮人家一头，在这些明星级牛人面前我还是提心吊胆。

蜿蜒曲折穿过杂乱无章的停车场——应该是进出通道，我迅速恢复一贯的昂首挺胸，"囊囊"穿过宽大敞亮的门厅。

电梯口一阵喧哗，好多目光齐刷刷地转向我。上班不到一个月，好多人不熟悉，我面无表情漠然面对。那些人却近似挑衅，大声议论：

怎么又穿这一身，好像她只有一条裙子？

她穿什么都好看，天姿娇容。

真的吗？我看她什么都不穿更好看。

"轰"的一声，那些人笑得前仰后合。我愤怒地瞪她们一眼，不跟她们同乘一班电梯，转身步行上楼。背后响起更加肆无忌惮的调笑：

哟，还有脾气。先进庙门一日大，这才来的学生也傲气？

人家有本钱，正宗学精算的。

屁用，念大学就能拉保费，我读一辈子大学。

话没说完呢，人家不光有学历，喏喏喏，看见了吗，屁股翘得多高啊……

我一口气跑进办公室，坐上自己椅子一言不发。业务二部经理洪萍是我顶头上司，她大概问了情况轻描淡写地说：这点委屈算什么，去外面拉保费，还有动手动脚的呢。遇到这伙人你要凶，日妈操娘一通臭骂，下回就没人欺负你啦。

我说：姑娘家，脏话野话怎么骂得出口。

洪姐姐不爱看我矫情，她心急火燎呵斥：少废话，赶紧站好队，开晨会。

业务二部十多人集中在一间宽大的办公室，没有橱柜沙发案几一类，包括洪姐姐都只有一张桌子一把椅子。

我们的工作已简化到不需要展纸动笔，不需要相互配合，甚至不需要领导，洪姐姐作为部门经理，她的职权仅仅是召集开会。

拖拖拉拉站好队后，首先面向洪姐姐举起右手，举行每天必需的宣誓。洪姐姐领读誓言：

> 我，
>
> 百川公司忠实员工，
>
> 永远维护公司利益，
>
> 不计个人得失，
>
> 不计个人荣辱。
>
> 如果需要，
>
> 甘愿牺牲自己的一切。
>
> 永不反悔！
>
> 永不背叛！
>
> 立誓人洪萍，
>
> 立誓人吴上，
>
> 立誓人……

接下来唱歌，歌声不算整齐，倒还嘹亮：

> 客户是我母亲，
>
> 给我生命哺育我成长。

永远只有感激，

不图索取回报。

我的勤劳和坚忍不拔，

只为百川公司更加强大。

伟大的 BC、BC、BC，

你是人类共同的襁褓。

　　然后洪姐姐振臂高呼：勇往直前，嗨——

　　都跟上呼应：永往直前，嗨

　　晨会结束"呼啦啦"散开，办公室只剩我孤零零一人。没有现成的客户分给我，我也不知道去哪里找客户。

二

　　坐在椅子上发呆，瞥见门口一团庞大的黑影闪过，如同黑熊经过羊圈，吓得我一哆嗦。

　　那人倒头回来，冲到我身边秋风黑脸问：坐在办公室就等来保费啦？

　　他是总经理，叫光明，满脸络腮胡，双眼通红，像是永远都在喝酒，也可能一直熬夜。他行走如风，好像时刻都有鞭子抽他，或者已火烧屁股。

　　见我差不多瘪嘴，光明总经理目光温和了些，一手搭在我肩头，黑色西装随意敞开，几乎能感受到他热烘烘的体温。他弯下腰小声说：一定要出门，放开手脚，利用你的招人爱讨人怜；那些企业老总也是人嘛，不要怕，随便打发你两笔业务，就完成一年的任务。

　　我羞得满脸滚烫，但不是生气，总经理能把话说得如此透明，应该是怜惜，不然谁给我讲这些。可我还是摇头，我想说：那些企业老总一个不认识，怎么攀附得上？

　　光明总经理以为我的摇头是抗拒，他无限失望地说：等吧等吧，你就等吧。

　　他离开不久"嘀嘀"电话响，居然是大哥打来。说是通过他的科长，再通过洪萍，才找到我的电话，要我立即去一趟。

我走出办公室，经过业务三部、四部的门口，透过一览无余的玻璃窗，看见跟我一起招来的大学生，大多愁眉苦脸待在办公室。我又兴奋起来，好歹有个去的地方，不像他们还在苦苦等待。

可我需要的是保费，不是听人聊天，如果只是叫我去叙旧闲聊，不知道该不该转身就走。我没心情听人闲聊，塞满脑子的只有保费、保费、保费。

银行门口没有随便停放的车辆，看不见张牙舞爪的明星级能人，我还是战战兢兢。我小心翼翼望了望威严的警卫，尽量避免东张西望，怕人家说我"贼头鬼脑"。

沿着楼梯"橐橐"上去，我后悔穿了高跟鞋。楼道寂静无声，高跟鞋"橐橐"声格外响亮，怕惊扰人家轰我出来。

办公室门扇大多虚掩，说话轻言细语，让人觉得行为诡异。瞥见左边一间办公室两人推推搡搡，好像一个塞给另外一个用报纸包裹的香烟。我假装没看见，蹑手蹑脚推开右边的门扇打听：请问，肖潇潇在吗？

面前这人西装笔挺，皮肤洁白，正低头看杂志。抬头看见我，他一愣怔，随即就微微脸红，慌忙起身拖过椅子说：先请坐吧，肖潇潇刚被行长叫去。

我从对方的眼神和手忙脚乱的样子觉察到，至少面前这个人不可怕。我问：不影响你吧？

他好像害羞，不敢对视我眼睛，慌慌张张沏上茶低着头说：请喝水。

空调温度偏低，透心凉爽，有种说不出的愉快。我快速恢复那份矜持，微笑着问：尊姓？

别客气，我叫孔令文。

我正好看过《孔子》，饶有兴致问：令字辈，孔圣人后裔？

孔令文喜出望外问：你还知道这些？

可能他以为漂亮姑娘都不学无术，我不无骄傲地说：我跟肖潇潇苏州大学同学，我叫吴上。

噢，同学，还是表妹？

他有些诧异，好像他听说过我。可我是谁的表妹？我没反问，怀疑大哥在他面前撒了谎，怕戳穿了。

办公室不算宽敞，只有两张桌子，靠窗一张沙发。我坐上大哥那把椅子，轻轻喝口茶，透过杯沿睃对方一眼，暗暗感叹：好英俊。

怕对方发现我走神，我带着一分调皮问：你们每天，就待在空调房间喝茶看杂志？

孔令文轻轻摇头，甜甜地一笑，像姑娘家。这不奇怪，苏州男子大多

男生女相。我反而大胆些，盯住孔令文问：像你们，有任务吗？

有，还蛮多。

你们有什么任务？

比如拉存款，跟你们拉保费一样，到处求人。

唉——呀——

我稍微仰靠在椅背，放松四肢说：还以为就我们命苦呢。

孔令文起身给我续茶，一边说：不见得苦，倒是很锻炼人。一生要经历多少事啊，哪样不求人，有人给我们发工资，工作就是学习求人，学会了都自己本事，有什么不好吗？

我盯着茶杯，尽量不看孔令文眼睛，怕看得他不好意思又没话说。果然他就一口气说了这么多，我仰望他赞叹：听你这一说，还真是这回事。

他从我目光中得到鼓舞，不再那么局促，也不急于回到自己座位，抄起双手半边屁股挂在桌沿，离我更近了。我闻到他身上散发缕缕清香，同时留意到他皮鞋一尘不染，西装笔挺而柔软，一看就知道相当高档。

女人既善于制造喧嚣也善于营造宁静，完全取决于跟谁在一起。我现在感到安宁温馨，就自然而然降低音调，听上去像燕语呢喃，我说：可是我们，不像你们。

孔令文看着我侧面，听我声音如此轻柔，语气中透着一分可怜，他也自然而然降低音调，像温柔地安慰：不要紧，不难……

响起急促的脚步声，随即就感到热风扑面而来，竟是洪姐姐。她大汗淋漓，看见我她瞠目结舌：你，怎么……

我欢天喜地缠在她身上问：洪姐姐你怎么来了？

洪姐姐一把推开我，没心思理睬我，难以置信地问孔令文：你们，嫌回扣低？

孔令文显得很为难，侧身看着我说：都不容易。

洪姐姐并指戳向我，惊讶地问：给她了？

孔令文说：她是肖潇潇的表妹。

我别过脸掩饰尴尬。洪姐姐眼泪夺眶而出，横过手背抹一把说：还好，还好，还好不是给其他保险公司抢去。

她一步一步拖着沉重的脚步，缓缓离开。我嗫嚅嘴唇问：你们，这是？

有笔保险，本来一直跟洪萍联系。今天一早肖潇潇给我说，要给他表妹做。

我摇摇头说：这成什么了，我怎么能跟洪姐姐争抢。

孔令文十分着急地说：你可别推让，这笔业务必须今天做完全部手续。稍微漏出风声，其他保险公司就会铺天盖地找行长，我就帮不上你了。

我别过脸，走到窗台喃喃自语：洪姐姐一样地难啊。

我像第三者插入，怔怔俯视楼下，看见洪姐姐像遭到五雷轰顶，摇摇晃晃扑向她那辆矮小得不能再矮小的夏利车。我问：值得吗？

背后的孔令文说：上千万呢，还按百分之三收。

上千万？我猛然回头：简直是……

如果按百分之三计收，这一笔就三十多万保费，是我一年的任务。而且，剔除返给银行的百分之十回扣，我能拿六万奖金。六万呀，我连一万都没见过，不能想象六万是多大一堆钱。但能想象到，父母不用再镏大缸，不用再修理破旧三轮车，我也能马上买辆漂亮自行车，再买两套衣服，还需要一个手包……

我再次俯瞰楼下，洪姐姐趴在方向盘上，双肩剧烈抽动，像在失声痛哭。

一阵喧哗声由远而近，拥进来好几个人，看样子是银行的客户。我看孔令文招呼应酬忙不过来，主动帮忙沏茶。一位老头子粗声大气问：这小姐怎么称呼？

我瞟向孔令文，不知这样的场合应该坦诚还是应该有所掩盖。正好孔令文也回眸，四目相对他倏然脸红，慌忙说：吴上，肖潇潇的表妹。

好像他很希望我是肖潇潇的表妹，而且仅仅是表妹。他又介绍那老头子：童老板，专门做工程车辆买卖。

童老板看着我大加赞赏：喂呀，走南闯北，头一次看到这么好看的姑娘，长得好，气质好。

孔令文像自己得到夸赞，有些难为情地睃向我。我含着羞涩递上茶说：童老板，请。

其实跟随童老板进来的一个女子，未必输给我。一副甜甜蜜蜜的样子，像是永远不会生气。不过能看出她不是少女，即便猜不出年龄，单看她目光勾魂摄魄，毫不掩饰她情欲饱满，随时都可能激情四射，就知道她已跨过羞羞答答阶段。也可能她表里如一，内在渴求通过艳丽姿容一览无余地表露在外。

她一身华丽套装，但不觉得珠光宝气，只是让人感到富有。她无拘无束，将就大哥的茶杯就喝口水，似乎她与大哥不分彼此。

她过来勾住我肩膀，像老朋友那样制止我说：别忙了，喝茶自己动手。

她抢过我手中水瓶，将我按在椅子上，大大方方自我介绍：我叫单茸。单就是孤单的单，茸就是松茸的茸，童老板的会计。

一下子拥进九个人，没这么多凳子，我揽过单茸挤靠在一起。单茸浓香熏人，香水用得很重，我不经意地蹙了眉，马上就听到：太挤，去会客室吧。

蹙眉都被他看出来了？

斜对面的孔令文一边跟童老板支吾，一边拿眼睛余光小心翼翼瞟我，我感到像被温柔地拥抱。

走廊鸦雀无声，像幽深莫测的洞穴，似乎隐藏无数秘密。孔令文"嘘"一声，示意童老板等人不要高声喧哗。

会客室在走廊尽头，当中盥洗间，斜对门挂了块醒目的行长门牌。房门虚掩，突然从里面传出近似咆哮的嘶吼：

存款存款存款，你拉的存款呢？干一年才拉两三百万存款，还想转正，还想取得贷款签字权，你休想！限你三个月，弄五百万存款来，否则肖潇潇，你给我走人！

随即传出一声：去哪里弄存款呀……

声音微弱得像哀鸟啼鸣，显得十分无助：这就是大哥，这就是大哥吗？

我也近似绝望地问过洪姐姐：去哪里拉保费呀？

没想到大哥也是如此，似乎比我还难："否则……走人！"这就是说他已面临下岗威胁，还在尽力帮我拉保费。我鼻孔一酸，赶紧拐进盥洗间，如果这时大哥在身边，我可能会哭：怎么都这样难啊？

洗了手擦了眼睛，我也进入会客室。面前的人好像更加相信我是肖潇潇表妹，不然肖潇潇挨训我何至于如此尴尬，何至于一副毛骨悚然的样子。

我尽力装得若无其事。无意间瞥见单茸眼圈通红，我暗暗吃惊：她又是为什么？

我靠近孔令文坐下，孔令文侧身看着我说：这就办贷款手续吧。

我第一次独立操作业务，又是很不熟悉的贷款保证保险，不知道如何入手。我望着孔令文，孔令文马上就明白了，详细介绍：你才接手，恐怕洪萍还没跟你交接清楚。

孔令文拿出一份草拟的合同书，指着对面七位跟随童老板来的人，指指点点说：

他们七位从常州来，专门筑路修桥的，叫路桥人。七个人合伙开了家七巧路桥公司，问童老板购买二十台大型工程车。一千多万，一下子拿不出，如果用公司名义申请贷款，手续更加复杂，所以用他们七个人的名义，向我们申请个人贷款。个人贷款简单，只要保险公司愿意为他们做贷款保证保险，我们就发放。事先洪萍已经请示过了，你们BC公司可以做贷款保证保险，现在只要办手续。

我拿过合同看，贷款保证保险就是为贷款做担保。都是格式合同，大量工作是借款人、经销商与银行之间办手续，我只需要做三样：

把合同拿回去，请光明总经理签字盖章；

向公司内勤申请，开具保单；

凭保单把保险费收到手，一分不少地交给公司财务。

竟然如此简单，我露出了笑容。孔令文也笑了，满脸满眼都是喜悦，似乎他所做的一切都在讨我喜欢。

他们要制作大摞凭证和各式文件，我插不上手，又不愿意像个女秘乖乖地待在旁边。我起身出门，想听听行长门缝的愤怒嘶吼是否消失了。

这会儿我特别想见大哥，我的业务眼看就要做成，我对大哥感激不尽，没他介绍我不可能获得这机会。

站在走廊凝神静听，行长门缝不再传出声音。我"橐橐"走向那间已经熟悉的办公室，一团庞大身躯蜷缩在沙发。可能觉察到了什么，他猛然回转身，蠕动身体差不多滚下沙发，兴高采烈地说：以为你不来呢，这么大块肥肉，以为你不吃呢。

我柔柔地一笑说：都在办手续了。

大哥大概问了情况，得意洋洋说：怎么样，肥厚吧？孔令文是我铁杆兄弟，说帮忙就帮忙。

我不知说什么好，刚才还想表达的感激一句也说不出。我是忽然意识到，大哥不会愿意给人知道他在银行根本不被领导器重，看他十分夸张的表情就知道他心情沉重，他在掩盖忧愁。

我绕到大哥那把椅子坐下，沙发正对门口太显眼，孔令文那把椅子也很显露，此时此刻我很怕见人，尤其怕那愤怒的嘶吼冲来这里。

大哥光有一副强壮身体，同样是小人物。如果那愤怒嘶吼冲来，我完全能想象，大哥将是老鼠见到猫，肯定很可怜。说不定还哭丧着脸哀求，给他点面子吧，不要让他在女同学面前丢脸。

大哥这把椅子背靠墙角，稍微隐蔽些，不容易被经过走廊的人看见。如果不是还要等合同，唉——

大哥看我默不作声，一脸疑惑问：这究竟……还有什么不满意嘛？

仍不知道怎么回答，我不善于直接表达思想和感情。犹豫一阵我含含糊糊说：心情不好。从小就孤单，没有任何依靠，养成很不好的性格，一点小事就可能让我伤心很久。有时根本就没什么事，也莫名其妙伤心。

哎，情绪波动很正常。我这号人，梆梆硬汉，还烦恼呢。

"梆梆硬汉"，我特别喜欢他这句话，多少让我感到一丝力量，多少感到一丝振奋。

大哥在我对面的孔令文的椅子上坐下，一时也没话说，只是翻看孔令文摊在桌面的杂志。

还是我打破沉寂，我试探着问：像你们，怎样才能拉到存款？

钱。

什么钱？

请客送礼的钱，不然谁给我存款。

见我一脸迷惑，大哥进一步道破：这些话你千万别出去讲，我们的秘密。比如孔令文，是我们科长，需要他做的买卖太多了，为什么还使劲卖力做这种小买卖——工程车辆贷款？就是拿保险回扣。这笔业务做成了，你们回扣百分之十，他就三万多，把这钱用在存款户身上，还怕拉不到存款吗？

科长？

我像闯进了殿宇神庙，距离诸神菩萨如此之近，随便一个白面小生也科长。我问：你为什么不学他？

我没贷款签字权。没贷款签字权就搞不到费用，没费用就弄不到存款，没存款就不能转为正式信贷员，不是正式信贷员就没有贷款签字权……他妈的，这是个魔圈。

他怎么突破这魔圈？

他父母有钱。先花父母的钱启动，启动了就越有权越有钱，越有钱越有权。我父母下岗工人，还在等我拿钱回去养家糊口呢，没本钱启动，就越没钱越没权，越没权越没钱。

唉——呀——！我把这声感叹拖得很长很长，郁积在心头的忧闷忽然释放出来。我问：当真有钱就有存款？

当然。我铁杆兄弟多啦，路路都有熟人。只是还没掌权，还在给领导拎包跑腿，必须花钱打点他们领导。只要花点小钱，就能帮我疏通关节，打开一条通道，我就前程似锦。

看大哥眉飞色舞的样子，我相信他一定能打开通道。我带着一分调皮说：求我呀。要是这笔业务做成，不用操心钱，我至少拿到六万奖金。

大哥"咚"的一拳砸在桌上，豪情满怀承诺：你这个投资，肯定得到丰厚回报！

三

我发现合同比华丽服饰、珍贵手包、高级皮鞋还要迷人，尽管只是几张白纸黑字、几枚鲜艳图章、几个并不漂亮的签名，但我拿在手里竟然微微发抖。

只等保险公司签字盖章。只要光明总经理"刷刷"签名，再把公司合同章"啪啪"敲上，我就可以向公司内勤申请保单，就可以凭保单向路桥人收取三十多万保费，就可以返给孔令文三万多回扣，然后我心安理得拿到六万多奖金……

看我高兴得捏紧拳头轻轻捶胸口，像是心脏要蹦跳出来，孔令文说：快点回去签字盖章吧，我们都在等，中午童老板还要请客呢。

我"嗯"一声快步下楼，意识到姑娘家应该"裙裾轻摇、行不动尘"，又放慢脚步款款而行。

跟我一起招来的大学生，好多还在办公室发呆，又忧愁又着急又无奈的样子，而我一年的任务马上就要完成。从此我尽可以喜笑颜开，尽可以跟人海阔天空闲聊，还可以哼唱几段古戏。

我心情好就想唱戏，评弹、昆剧、越剧都能唱几段。现在就禁不住小声哼唱《莫愁女》：

> 一见倾心在三年前。
>
> 车如水，
>
> 客如云，
>
> 嘉宾满园。
>
> 偶遇见，
>
> 凭栏女青春娇艳。
>
> 惊喜间欲攀谈，
>
> 忙回避，
>
> 又回首，
>
> 神情慌乱……

我甩动双手推开业务二部办公室，空无一人，不知要不要等洪姐姐回来。

按照 BC 公司操作流程，业务员完全独立操作，汇报工作直接找总经理，不用经过部门经理上传下达。之所以还想先给洪姐姐汇报，是想表明我尊重洪姐姐。

可是，这笔业务本该属于洪姐姐，我差不多算拦路抢劫。凑上去给洪姐姐汇报这笔业务马上就要做成，洪姐姐怎么想，会把我的喜悦当成得意洋洋吗？会再次搅动她的悲伤和难堪吗？……想来想去还是觉得应该闭口不谈，毕竟不太光彩。

我"橐橐"回到狭长曲折楼道，必须经过业务一部、理赔部、资产保全部、人力资源部……再往前才是总经理办公室。

我凭少女的敏感有一种直觉，光明总经理并不讨厌我。但并不表明我已经得宠，见到仰之弥高的光明总经理我照样紧张。

这回算得上给他报喜，我想直接撞进他办公室，又步履沉重，瞥见楼道两边的办公室不少人透过玻璃窗朝着兴冲冲的我怪模怪样窃笑。

这样的窃笑我很熟悉。有时在电梯口或楼道碰见光明总经理，只要我稍微主动一点，冲着光明总经理甜甜蜜蜜笑笑，马上就有怪模怪样的目光转向我，甚至招来一通夹枪带棒的嘻嘻哈哈。我又不能见了总经理也不打招呼，按照BC公司《员工行为守则》，见了领导和重要客户不仅要主动招呼，还必须侧身面对或者肃立，不能屁股朝向领导和重要客户。

怪模怪样的窃笑让我如芒在身，我尽可能视若无睹，继续昂首挺胸"橐橐"穿过楼道。鞋跟像鼓杆敲打在光亮可鉴的大理石上格外刺耳，有人探头出来张望：呵呵，怎么来楼道走猫步？

马上一通哈哈大笑。终于把我激怒，我轻蔑地乜斜眼看那些人，反而大摇大摆。

秘书小姐是苏州大学法学院毕业，跟我算师姐妹，有种天然的亲密。她朝我眨眨眼，用手指向机密会议室，示意我小声。我十分着急地说：这合同必须马上签字盖章，好多人等着呢。

秘书小姐起身说：不是你小师妹的事，我才不去讨骂呢，老总火气大得很嘞。

她小心翼翼推开机密会议室，一股浓重的香烟味飘出。就在这刹那间听到里面激烈争吵。

光明总经理挟带一身烟味出来，双眼通红怒容满面，像发怒的雄狮，让人感到他随时可能发起攻击。然而他像被牛皮筋牵住，掉头又冲进机密会议室，愤怒吼叫：我决不辞职！贷款保证保险，我请示过多少次啦？你们既不答复可以开展，也不答复不可以开展，现在说我擅自开展。开展一年了，你们眼睛遭裤裆蒙住啦！为什么一直不纠正？这会儿秋后算总账，休想！

他再次冲出来，"砰"的一声摔上门，用力太猛脚下一趔趄，差点跟我撞个满怀。他怔了怔问：什么事？

我慌忙递上合同，随即就眼泪簌簌流淌。显然这种贷款保证保险不能再做了，有人正在为此追究光明总经理的责任。

为什么不能再做呢？我一时蒙了，无法判断光明总经理将为此承担多大责任，只是尽力通过眼泪恳求：让我做完这一笔吧。即使属于擅自开办的违规业务，也让我这笔通过才关门刹车呀，我还一笔都没做呢。

光明总经理肯定看出我饱含泪水的哀求，好不容易才弄到的业务，还是这么大一笔业务，多需要他网开一面呀。

他可能被我的眼泪软化了，粗重地叹口气牵了我一把，大步进入那间整洁明亮的办公室。

我急忙尾随跟上，他反手扣上门问：这笔业务，公司里还有谁知道？

洪姐姐。

除她以外呢？

没有了。

噢，还好，她不会多嘴。

光明总经理缓缓坐下，冷峻地凝视我，似乎要看透我的五脏六腑。显然他在判断：这姑娘可靠吗？

我没回避他的目光，泪眼涟涟望着他，差不多想说：让我做成这一笔吧，求您啦。

话却噎在喉咙，一句也说不出，憋得眼泪像成串的珠子晶莹地挂在腮帮。

光明总经理轻声说：别哭了，哭肿眼睛还当什么事呢。

他十分熟练地打开电脑，随着"噼噼啪啪"一通键盘响，旁边激光打印机"唰唰"吐出一张保单。他从保险柜拿出三枚印章"啪啪啪"分别盖在保单和合同上，稍微迟疑却又毅然决然地说：你要把我的话，每个字都记在心头。只要有丝毫差错，坐牢。

怎么会坐牢？

没等我开口问，光明总经理已将盖好印章的合同和保单，双手递给我，像是交出他的身家性命。

他十分严厉地叮嘱：不要在上面落下你的任何笔迹。今后要我们承担担保责任，一口咬定从没给过对方保单，也没签过什么合同。现在就凭这个去把保费收到手，一定要现金，绝对不要转账。把该给的回扣给清楚，剩下的你全部留在身边，用这个钱做活动经费，去争取合规业务。还有，拿到钱不要给对方发票，就说凭保单代替发票，私人老板不会坚持要发票。你听明白了吗？

我恍然大悟，这是在做一笔虚假的贷款保证保险，大学里老师介绍过类似案例，叫账外操作。

这是犯罪，我想说不愿意，可我除非放弃。而且这样做未必一定暴露，只要这笔贷款银行能如期收回，我们的担保责任就随之解除，一切合同、保单都成废纸。

反正今后也是废纸，与现在就出具废纸一样的虚假合同、保单有什么两样？

除非这笔贷款出现风险。按照光明总经理的设计，如果贷款出现风险，银行要我们承担担保责任，就否认合同、保单是我们出具。都是打印的格式文件，没有任何笔迹，印章又是伪造，银行凭什么向保险公司追索？

光明总经理缓缓站起，心事重重地说：我还要开会，你快去办完手续，不要胡思乱想。规规矩矩走正道，这样错那样错，这样不能做那样不能做，我每天睡五六个小时，废寝忘食地干，还是这样错了那样错了。错就错吧，个人弄点钱花，也算对自己有个交代。

光明总经理背转身面向窗户，几乎遮挡阳光。我发自内心说：谢谢……

我知道不该说谢谢，这是犯罪，怎么能言谢。但我确实饱含感激，这感激还不是一声谢谢能言尽。如此一来我就能三十多万保费据为己有，而不仅仅是六万奖金，即使不少孔令文的回扣，即使再酬谢光明总经理一些，我也将获得丰厚回报。

我"囊囊"返回楼道，两边办公室的目光再次纷纷投向我。我不想理睬那些目光，不想在意她们的指指点点。可又有种说不出的好心情，一种近似丰收的喜悦。不知我想掩饰沉重，还是想掩饰喜悦，我想跟所有人示好，不想跟任何人斗气闹别扭。我主动点头问候：你好。

可能那些人不是非要跟我过不去，而是我太孤傲，让人觉得我"非我族类"。现在我一声"你好"，那些人也友善地报以一声又一声：你好、你好……

我眼中的世界顿时变得十分美好。我喜出望外地发现：大哥、孔令文、洪姐姐、光明总经理……好人，好人，我遇到的都是好人。有那么几声尖酸刻薄，嘿，完全可以忽略不计。

假如这时有人攀谈，我肯定十分乐意，我太需要释放心头的沉重，太需要有人分享我的喜悦。

业务二部仍旧空无一人，我不由得想：他们，她们，整天在外面做些什么？

油然而生一个念头：都有瑕疵才好……马上意识到这念头充满邪恶，我坐上椅子想：怎么啦，我也这么阴暗？

我喜欢阳光，讨厌阴暗龌龊。这时特别需要倾诉，需要指引：是不是利令智昏啦？这是适应还是堕落？是在走向成功还是走向毁灭？

意识到不能给人看出我神情异常，不能发呆犯傻，应该马上离开办公室。

下楼更加彷徨：如果现在就把合同、保单交给孔令文，将覆水难收，不得不将错就错。能有多大的错？

虽然没落下自己笔迹，连印章都是伪造，但孔令文、大哥、童老板、单茸和那七个常州来的路桥人都是证人，我能矢口否认吗？如果不得不承认，又是什么后果？能推脱说这是光明总经理的安排吗？

想起光明总经理暴跳如雷的样子，显然他跟上面翻脸了。如果光明总经理被迫辞职……我油然而生一丝兴奋：这倒正好，更加方便我否认。我一个刚招来的学生，不可能签出合同、开出保单，人家会更加相信我的否认。如果光明总经理没有辞职，我就是奉命行事，一切都有光明总经理周旋，我至多算胁从。

但我还是心有余悸，一切的关键在于这笔贷款有没有风险。

只要这笔贷款没风险，那些担心就是庸人自扰，我完全可以将三十多万保费据为己有，公司内部没有登记这笔台账，除了光明总经理，谁知道我做过这么一笔业务。

如果这笔贷款一定存在风险，一定会追究到保险公司承担担保责任，就需要重新考虑，万一没法抵赖，万一不得不承认，就可能锒铛入狱。

我渐渐理出头绪：暂时不交出合同、保单，首先弄明白这笔贷款有没有风险。

这会儿的银行三楼不再那么寂静，走廊里有人拉扯，有人推让，像是请去吃午饭。

我推开熟悉的办公室，一团庞大身影蜷缩在靠窗沙发，一动不动望着窗外。我将装有合同、保单的挎包下意识扯到胸前，像是怕人抢夺，其实是怕不当心露出来。

大哥被突然进入的我吓了一跳，他悚然回头问：手续办好啦？

我微微脸红，当面撒谎实在难为情。我硬着头皮说：我们总经理的意思，先要调查清楚，这笔贷款究竟有没有风险……

中午童老板请客，童老板以为大功告成了。

后来单茸告诉我，饭桌上童老板不断地跟单茸对视，又扫向七个路桥人，用眼神警告他们沉住气，不要欣喜若狂的样子，免得乐极生悲露出马脚。

但实在令人兴奋，童老板兴奋得红光满面，兴奋得并拢巴掌使劲搓脸。他皱纹密布的厚皮老脸像干瘪气球灌进滚烫热气迅速鼓胀，还有水珠儿，汗津津油光发亮。

他一手去厂家买回工程车辆，一手卖出去，从中赚取进销差价。生产工程车辆的企业常州就好几家，常州距离苏州只有两小时路程，客户直接去厂家买车很方便，为什么通过他转手，给他赚去一道差价？

主要靠他精于算计。比如，银行刚刚出台一项政策，个人购买工程车辆也能申请贷款，手续跟住房按揭贷款差不多，区别仅仅在于：工程车辆贷款必须有保险公司担保。

保险公司怎么肯担保？当中原因非常复杂，可能每笔担保后面都有故事，可能给沉重的保费任务逼迫的。这保费可高啦，收取百分之三算便宜。

童老板仔细研究这种贷款买车方式，发现存在很大的漏洞：住房不能移动，工程车辆满世界跑。借款人都是自然人，拿到车逃之夭夭，银行收不回贷款必定要求保险公司代偿，保险公司追不到车辆不会轻易代偿，肯定就翻脸。他们都翻脸了，不会有二次、三次合作，这种生意只能做一笔算一笔。

按照生意场通行的规则，做一笔算一笔叫一锤子买卖，就该逮住机会狠狠地捞一把。趁银行、保险公司的这项贷款还不完善，正是狠狠捞一把的大好时机。

童老板找来单茸商量：怎样才能狠狠地捞一把？

童老板对单茸深信不疑，整个公司的财务都交给单茸掌管，单茸几乎顶替老板娘的角色。

她洒脱随意，看上去有些玩世不恭，实际上处处设防小心翼翼。她劝童老板不要因小失大，银行、保险公司多少高人能人呀，凭你童老板怎么跟他们玩猫鼠游戏？

童老板偏偏不信。他认为无论银行还是保险公司都犯下一个致命错误，所有制度的设计都以违法必究为前提。实际上不可能违法必究，最难的是执行，执行不力相当于违法不究，违法不究或者慢吞吞追究，看上去完美无缺的制度设计就千疮百孔。

单茸取得童老板信任的法宝之一是只提醒不阻拦，过后童老板成功，证明他人老成精确实比单茸高明；如果失误，他只能自责，后悔没听单茸的劝告，更加觉得单茸知心。

单茸已经提醒就不固执己见，虽不十分情愿，还是帮助童老板出谋划策。

他们发现一个更加简便又可以狠狠捞一把的途径，就是做成虚假销售，再凭虚假的工程车辆买卖合同骗取银行贷款。如同根本没有买房，而是开发商找几个人，凭虚假的购房合同联手骗取按揭贷款。

正好童老板在常州那边雇了一群既负责销售又负责售后服务的业务员，十分可靠。童老板给其中的七个人购买了假身份证，假冒成路桥人来苏州申请贷款。

当中最担心的是：没有实际发生买卖，保险公司要求车辆抵押怎么办？

童老板已摸清底细，车管所不受理工程车辆抵押登记，但可以去工商局申请动产抵押。工商局受理动产抵押必须查验实物，童老板已托熟人疏通好，到时他们睁只眼闭只眼。

这会儿的饭桌上，孔令文说他已经办过几笔，连动产抵押都不需要，保险公司只要一纸抵押承诺就作为反担保。

这种抵押承诺也有一定约束力，但七个假冒的路桥人连名字都假的，写下承诺有什么用，哪里找他们去？

童老板不动声色，仍然汗水直冒，不停地用餐巾揩面，他兴奋得难以置信。做成这笔他就一千多万到手，并且风险不大，他不是借款人，只是介绍人，只要把七个路桥人隐藏好，就严丝合缝。

实在倒霉透了，保险公司通过公安抓住这七个路桥人，也可以调解：如果坐牢，就不还贷款；还贷款，就不能坐牢。

通常只会要求还钱，说不定还同意打折归还，就当这笔买卖白做了，也不亏什么呀。

何况他们敢报公安吗？保险公司收到三十多万保费，一旦报案就必须退出，舍得退出啊？

银行也拿了回扣，这种回扣见不得光，如果公安顺藤摸瓜一查到底，说不定拔出萝卜带出泥，保险公司和银行就一定不怕？

说不定更加心虚。区区一千多万，保险公司把它理赔了，或者银行把它核销了，也不是太难的事。当中的利弊得失，就算吴上、孔令文不清楚，他们的总经理和行长不可能不清楚。

童老板满怀丰收的喜悦。带着这种喜悦心情，看饭桌对面的单茸跟肖潇潇拉拉扯扯，他也不生气，爱闹就闹一阵吧，只要做成生意。

他跟单茸相差三十多岁，不可能把单茸明媒正娶，也不可能一直据为己有。

单茸也吃准了童老板的容忍边界。通常认为单茸在出卖色相，她却不这样看，童老板付给她很高的薪酬，还纵容她在公司颐指气使。除了有时感到羞涩，她从不拷问自己，也就没有那么多自找的耻辱感、堕落感、罪恶感。

包括与肖潇潇的交往。第一次接触她就对肖潇潇满怀好感，甚至一见倾心。肖潇潇跟她一样不爱怨天尤人，再有多少艰难困苦都掩盖起来，始终乐呵呵地与人相处。

肖潇潇没有贷款签字权，贷款必须找科长孔令文。单茸经常借口找孔令文，跟肖潇潇眉来眼去，早已心知肚明，只是不敢贸然跨出一步。

跨出一步不是谈婚论嫁，单茸不敢也不想轻易嫁人，而是不能确定：肖潇潇敢不敢接受这种纯粹欢情？仅仅是欢情，单茸仍旧需要童老板，肖潇潇不能替代童老板……

看时候不早了，大哥给孔令文耳语：吴上的总经理要求……孔令文心花怒放说：好呀好呀，都是为了工作，你也去。

孔令文提议散席，他对童老板说：还要去常州实地调查，保险公司有这个要求。

童老板有些慌张，左右看看说：哎呀呀，我看不用吧。

必须实地调查，人家总经理有这个要求，缺了这道程序不就吴上失职啦？

孔令文语气十分强硬，显然他很愿意陪同吴上去实地调查。

童老板迟疑着招呼单茸出门，叽咕几句回来说：好的，好的。那就单茸陪你们先上路，我的车速度快，先去办点事，跟手追赶你们。

四

出饭店登上一辆豪华小客车，单茸、大哥并排窝在前头第二排，高靠背座椅几乎遮挡住我的视线，只能看见那两人头顶。从另外一个角度说，那两人也只能看见我头顶，即使同在一辆车上，不是专门窥探相互都不影响，甚至听不清前头两人的窃窃私语。

我反而感到紧张，如同一个人待在电梯，分明知道有个男人随后就要进来。孔令文最后一个上车，到处都是空位，他像不知哪里落座好。我别过脸不看他，猜想他应该知道。果然他就来到我身边，一股男人气息扑面而来，我"怦怦"心跳。

高靠背座椅很舒适，但两人间没有扶手隔阻，不得不肩靠肩窝在一起，差不多肌肤相亲。我本能地侧向车窗，略微背过身子，尽量挺直腰身。这么笔挺身子很累，而且有些困倦，我起身去前头，要大哥跟我调换座位。

单茸抬手勾住我肩膀，我顺势歪靠过去。也许刚从饭店出来，不再觉得单茸浓香熏人，反而觉得香水味特别好闻。我放松整个身体，柔柔软软地依靠在单茸肩膀，感觉很舒服。单茸却皱起眉头，嗅了嗅我，轻轻一拍我说：头发有味道。

忙乎半天难免沾带汗味，我窘得脸皮发烧，最怕人家说我有体味。我坚决否定：怎么可能，每天早晚都洗。

单茸凑近我身子，再次闻了闻说：就嘴巴香，身上一点儿不香。你用的什么洗发香波？洗澡液呢，用的什么牌子？

她的直率让我更加羞窘，我轻轻摇头。单茸马上就明白了，她说：原先我也只好用香皂……我打断话：不说这些好吗，难为情死了。单茸却还要问：你很难吗？

我不想给人知道家境贫寒，单茸却一眼就看出来了。尽管我裙子式样别致，但触摸就知道面料低档。再看皮鞋太硬，还没有坤包，没有任何佩饰……我像被人戳穿伪装无地自容，把脸埋在单茸胸口，额头冒汗。我再次想到：不要调查了，立即把合同、保单交出去，把保费收到手，马上购置一套单茸这样的华丽装束。

可是，这时候说不需要实地调查，显得我在撒谎。不想给人知道总经理并未要求实地调查，不想给人知道是因为我把握不定才弄出这节外生枝。

单茸可能感受到胸前热乎乎一片，失声惊叫：唉呀，衣服给你汗湿一摊。

不过她满心欢喜，扳动我坐直，招呼司机：弯一趟，顺便回家换身衣服。

我满怀歉疚：你这么讲究呀？单茸喜滋滋地说：正好带你认个路，回头你要愿意，来我家玩。

其实她是正好找到借口。后来她给我说，童老板在饭店跟她叽叽咕咕，就是要她拖延时间，天黑才到常州，到时黑灯瞎火好蒙蔽。童老板已抢在前头赶去常州，跟七个假冒的路桥人商量一出"八卦阵"。

汽车无声无息平稳停下，单茸招呼都去她家喝茶。走几步我四顾张望：这什么地方呀，苏州还有这种地方？

虽然我知道，我家老房子是贫民窟，有点能耐的人都住进花园小区了，可我看见的花园小区无非楼房鳞次栉比，当中有些绿化，并无特别之处。面前这个小区简直是移山缩水的园林，没有高楼，到处绿树成荫、花团锦簇，还有池塘、溪流、假山，甚至还有仙鹤不惊不诧交颈嬉戏。

没等我看够满眼景色，已进入一个大厅，很像宾馆的接待大厅，只是没有吧台、没有侍从而已。大理石地面光亮可鉴，墙面砖雕姑苏美景，四角盆栽绿叶植物。一圈椅子十分别致，像是巨大的树根宛然天成，实际是水泥浇铸。

楼梯宽敞通风，不像一般楼道阴暗狭窄。监控探头晶亮耀眼，让人感到时刻都有人保卫。单茸住在二楼，开门进去明光晃眼，黄色地板，黄色墙面，黄色真皮沙发，都是暖色但不显火爆，巨大落地窗户外面正好是树梢的浓枝密叶，青翠欲滴满眼清凉。这是吸收苏州园林的特点，室内布局、装饰与室外景色浑然一体。

单茸开启大功率空调，不消几分钟就感到丝丝寒意，而窗外烈日炎炎。一时不知道说什么好，我想赞扬，我想说羡慕，却油然而生一丝心酸，人家才是住在天堂。我也在苏州，可那幽深古巷里歪歪斜斜的瓦房肯定不算天堂，还在用竹篮吊豆浆，还在用井水，还在卧室擦澡，还在用纸箱装衣服……反差太大了，只好什么也不说。

单茸吩咐大哥、孔令文：自己泡茶，自己去冰箱拿水果、饮料。

她把我牵引去卧室。卧室大得不可思议，光衣柜就有八开门。单茸让我随便挑选一套喜欢的衣服，作为姐姐送的见面礼。

我暗暗想：等这笔业务做成，拿到保费，还她人情就是。

我没推让，我太需要衣服。就在触摸衣柜的刹那，仿佛触摸到婴儿皮肤，竟是那样的细腻光滑。我不禁问：什么家具呀？

单茸问：想长见识？

我说：别再翻出什么眼馋我。单茸却非要眼馋我，她说：反正时间还早，去体验我的浴室。我喜不自禁拍手说：这才正好呢。

从卧室边门进去，眼前金碧辉煌，墙面五颜六色陶瓷花砖，仅看色泽光洁如玉就知道价格不菲。一间透明冲淋房，旁边还有宽大的涡旋桑拿橡木盆，单茸说：按照SPA会所设计的。

"什么 SPA 会所？"单茸懒得解释："你不知道的太多了。"

我再次感到羞窘，不再多问，只是环顾浴室：窗户大开，外面正好一株塔松遮蔽，再远处碧波荡漾的池塘，不用担心遭窥视。阳光从塔松顶上倾泻进来，满屋亮堂，还能感到凉风习习。两把雪白藤条躺椅正对窗外，晚上能看见星星、月亮。不知月光如水的夜晚，一个人披件浴袍躺在这里是怎样的感受，是寂寞惆怅还是怡然自得？

单茸说：最重要的是浴室。卧室、客厅弄不出什么花样，浴室才能体现生活质量。

我没有随声附和，我也想有间浴室，至少有个冲淋龙头。单茸打开水龙头，"汩汩"冒出清泉，我惊叫一声：嘿——

涡旋桑拿橡木盆竟然波浪翻滚，我不再掩饰自己的孤陋寡闻，感到单茸十分友好，不需要在这样的人面前过分掩饰。我伸手一摸水温正好，一丝不挂欢天喜地躺下，背心一股涌泉冲浪般刺激得我周身酥麻。太惬意了，我像第一次下水的孩子欢笑不止，还扑腾扑腾打出水花。

洗过热水澡神清气爽，单茸帮我吹干头发，又扑香水，顺便告诫我：像你这么漂亮，一定要用上好香水。妆容也很重要，打点粉底，描点睫毛膏，抹点腮红、唇膏，会更加媚人，不然光是漂亮。

我轻轻摇头说：得花多少钱呀，舍不得。

单茸笑而不答。等到把我收拾整齐了，她啧啧称赞：凭这天姿娇容，还怕没钱吗？

我马上想到出卖色相，转身捅她一把嗔怪：还姐姐呢，净乱说。

单茸换上一件红色紧身 T 恤，几乎露出肚脐；下身白色 N 分裤，裤管只及腿肚。刚洗过澡容光焕发，看上去跟青春少女没什么两样。我把她扳来扳去，上下左右端详，禁不住感慨：姐姐真会打扮，这么简单一身也光彩照人。

什么，简单？单茸拍我一把说，好没眼力，不看什么牌子，这一身三千多。

哎哟，三千多？金缕玉衣啊。

我再次触摸单茸的衣服，确实非比寻常。手感光滑柔软，富有弹性但不紧绷在身上，突出应该突出的胸、臀，收紧应该收紧的腰身，愈是显得蜂腰纤细而不松软，乳房硕大而饱满。臀围滚圆，双腿修长匀称，还显得很有力。

我不敢自信，央求单茸：姐姐帮我挑一套吧，在你面前我像"乡窝宁"。单茸火辣辣地说：你以为呢，不就城里的乡巴佬吗。

她挑出一套欧迪芬内衣，又挑一身雪白的彬伊奴套装，把我从里到外替换了，还正好合身。

我对着衣镜旋转几圈，忐忑不安等待单茸下结论。单茸稍微一皱眉说：太素净。

她翻出一个金边匣子，抖出一串绿莹莹翡翠项链，颗颗都有鸽蛋大小，往我脖子一挂，颔首称赞：正好，正好。你比我年轻得多，端庄些好。

我十分不安地问：太贵了吧？

好啰嗦，管什么价钱。等把这笔贷款做完，我陪你去商场，再给你买两身。

这笔贷款对你很重要？

单茸不回答，翻出一双新皮鞋，又送给我一个酷奇坤包。我想拒绝，单看皮鞋、坤包的包装就知道不会便宜。可我确实需要，而且确实漂亮极了，我像发誓那样保证：姐姐，一定帮你做成这笔贷款……

太阳落在树梢，我和孔令文先一步下楼，等了好久也不见大哥、单茸出来。

我问孔令文要过他皮包里杂志，一边当扇子，一边随意翻看。孔令文单手撑在车门问：怎么还不下来？

我不吱声，先一步上车，一目十行浏览杂志，竟然刊登了一首孔令文的小诗：

> 横竖钱堆砌，
> 层层官盖顶，
> 情生五颜六色，
> 冷门重重。
> 都说银行好大楼，
> 进去出来人，
> 几个堪回首？

　　　　　"呜咽"一声笛箫怨，

　　　　　锦绣浮华，笼罩湘妃竹，

　　　　　斑斑点点无数……

　　我抿嘴笑，难怪他一直带着这本杂志，好像就是要在我面前炫耀，他会写诗。

　　感觉到孔令文也上车了，我别过脸看窗外，看他哪里落座。他好像无可奈何，好像只能跟我并排坐在第二排。

　　等到大哥、单茸终于下楼，他们去最后一排，故意远离我们。

　　我有些困倦，半睁半闭眼睛。孔令文也真是好性子，就不来烦扰我，静悄悄地窝椅子里一动不动。

　　两个多小时后，下了沪宁高速公路进入常州新区。暮霭沉沉中路灯亮了，但不是我想象的五光十色，而是灯影朦胧。

　　我转过身，轻轻捅了孔令文一把问：哎，下来怎么调查，怎么知道那些路桥人有没有偿还能力？

　　孔令文胸有成竹说：不用你担心，贷款风险的实地调查是我们信贷员的专长，我知道怎么做。

　　汽车七拐八绕到了一家工厂门口，童老板等人已等候在此。一眼望去工厂很大，影影绰绰看不清全貌。门卫没盘问就放我们进入，出来一位中年人，一身工作服把他完全掩盖。童老板介绍：这是销售经理。

　　销售经理点头哈腰说：童老板是我们最大的代理商。

　　路灯光线昏暗，看不清任何人的面孔。跌跌撞撞摸索到一个广场，密密麻麻停满各式各样工程车辆。孔令文问：都是存货？

　　销售经理在黑暗中回答：不不不，都开了票的，就等提货。

　　靠近工程车辆，销售经理好像有点生气，问路桥人：你们的二十台车哪天提走呀？

　　一位叫恽侙的路桥人，童老板叫他恽总，他抢上回答：就这两天。童老板煞有介事说：我已卖给你们，占用人家场地，该恽总你们出停车费。销售经理说：小钱小钱，再给你们免费停放三天。最多三天啊，不然我很为难。

　　恽总连忙表态：三天够了，明天拿到贷款，就跟童老板提货。你大方我也不小气，请你喝酒，再弄两条香烟吃。

他们"哈哈"笑起来。孔令文不听那些人对话，绕着工程车辆看得十分仔细。突然问：哪点看出这二十辆车已卖给你们？

没人回答，好像个个都张口结舌。沉默片刻，销售经理很不耐烦地说：我们有数，我们还不知道吗？去外头停车场看看，几十上百辆车都没记号，也没说就混淆不清。

童老板圆场：认真认真，银行的人做事就讲认真。

销售经理似乎余怒未消，"啪啪"拍打身上灰尘说：都看好了吧？一辆不少，我不陪了，还有客户等呢。

童老板殷勤备至说：你忙你忙，我们也走。

将要出厂门，单茸问：考察就结束了？孔令文坚决地摇摇头说：路桥人不是还有他们的公司吗？去公司看看。单茸叽叽咕咕：好烦人呀，简单点嘛。

走出厂门孔令文还频频回头，好像疑窦不散。我感觉他像侦探，表面漫不经心，眼睛一直在逡巡，不放过任何蛛丝马迹。好像他非常专业，不相信任何解释，只相信亲眼所见。

童老板落在后面，迟迟不出厂门，单茸继续抱怨：哎呀，怎么都这么烦呀。

她笑眯眯地打童老板手机说：老板啊，没办法嘞，他们非要去看路桥人的公司……

仍旧坐上那辆豪华高靠背小客车，我和孔令文仍旧坐前头，单茸和大哥仍旧静悄悄地窝在最后。

汽车向南穿城而过，外面越来越黑，车内伸手不见五指。我低声问：怎么出城了？

黑暗中孔令文慢悠悠地解释：这是常州的特点，差不多一个集镇一个产业群。像我们现在去的卜弋，筑路修桥的路桥公司就非常集中。

前面越来越明亮，车内被路灯照得忽明忽暗，我十分惬意地舒展四肢问：到了吗？我都饿了。

孔令文喜气洋洋逗我：不是为了你，我也不挨这顿饿。

我问：怎么是为我？

孔令文说：怕你上当呀，怕你担保失误呀。我又没风险，收不回贷款找你们保险公司代偿。

我心头一咯噔：你蠢，那合同、保单都假的，你找得着吗？顿时一阵内疚：太对不起他，干吗骗他呢？

我大声说：嗨，别说你的我的，收不回贷款都不好过。用心查个底朝天，只要有风险就别做。

孔令文一副成竹在胸的样子，略微凑近我耳朵说：放心吧，只要我说有风险，你就不要担保。我说没风险，你只管收保费。

我忽然想到：要他们现金支付保费，难吗？

不难。童老板先垫付，再由他跟路桥人清算。只要今晚查不出可疑，明天就把三十几万现金捧给你。

明天？

是，明天，高兴吧？

我又害怕了：真的不会有事吗？哎，想这么多干吗，反正一推了之，操作风险推给光明总经理，贷款风险推给孔令文，横竖跟我不相干。

汽车终于停下，围墙里黑乎乎一片，看上去好大一块地方。几个人恭候在门口，背对灯光。汽车径直开进不锈钢栅栏大门，面前耸立一幢楼，漆黑一团，只有门厅亮着微弱的灯光。借助那点灯光映照，我瞟了孔令文一眼，留心他怎么调查。只见他一脸严肃地问：

占地多大？

恽总上来回答：五十六亩。

这地方土地批租价多少？

起码四十万一亩。

那就是说，光土地也值两千万？

是的是的，算上那些楼房、车间，这里面几千万资产。

你们路桥公司拿车间做什么？

浇铸预制件，还有好多配套，都自己做。

……

说话间进入门厅，有人抢步上前开灯，等到都上楼了"噼啪"将灯熄灭。一位路桥人解释：恽总教育我们，再有多少钱也不浪费一度电一滴水，不开无人灯，不留滴水管。

童老板对单茸说：回头也要教育我们员工，"食黍当念农夫之苦，衣帛不忘织女尚寒"，学习恽总的节俭。

我左右张望，黑洞洞走廊没有灯光，借助楼道灯光辉映仍能依稀看出装潢奢华。我越看越高兴，仅凭拥有这么大个公司，就不用担心路桥人的偿债能力。工程车辆可以满世界跑，这么大个公司往哪里躲藏，果然不还贷款，查封这块地皮就足够抵偿了。

进入总经理办公室，两个多小时没喝水，有些口渴。可这总经理办公室开水都没一杯，恽总解释：不知道要来看公司，事先什么都没准备。

他要打电话唤人来添茶倒水，童老板制止他说：不用啦，看看就走，不要多少时间。

恽总也不坚持，顺水推舟说：也好，那就快点看了去饭店。饭店又来电话催，河豚都杀好了。现在的野生河豚涨成天价，还不好找，这是专门给我们准备的。

我轻轻咂嘴，听到饭店就饥肠辘辘，我低声问孔令文：河豚好吃吗？

孔令文正在全神贯注看手中报表，竟然听到一声"河豚好吃吗"，他扮个鬼脸说：有毒，敢吃吗？

我被他笑得不好意思，使劲捅他一把。单茸催促孔令文：好了吧，还看什么呀？都饿了，走吧走吧。

似乎单茸有些慌张。可孔令文还要看，孔令文仰望墙上的营业执照小声咕哝：企业名称，七巧路桥公司，哦，就是七个人合伙。法人代表恽侂，注册资金三千万，唔，这可不少……单茸再次催促：唉呀，营业执照也要看半天。你一个人看吧，我们先走。

我也觉得孔令文过分细心，我上去扯过孔令文说：又渴又饿，走了吧。

孔令文紧皱眉头，似乎还有疑虑。无奈我一再紧催，他只好挪步出门。

下楼我贴近孔令文，急不可耐地问：发现了什么？

好像确实有实力。

什么意思？

不用担心了呗。

那就是说我可以担保？

应该没问题。

那就是说做成了？

成了。

真的做成了？

真的做成了。

真的做成了？

哎，哄你干吗。

一时不知怎么表达我此时此刻的感受。我猫身钻进汽车，临窗眺望，小镇灯影阑珊，千言万语涌上心头，却一句也说不出。

孔令文一副功德圆满的样子问：怎么不言不语呢？

我回转身，真想扑在这肩头哭一场。太高兴了，这一来就不必担心承担担保责任，三十多万保费就可以毫无顾忌地收入腰包。还不祸害孔令文，孔令文的贷款也安全。也对得起单茸，总算帮单茸做成这笔贷款，童老板的生意也就做成了。

五

汽车再次停下，饭店灯火通明，巨大玻璃窗映照出我的影子。我大概瞥一眼，玻璃映照我一袭雪白的彬伊奴套装，脖颈一圈绿莹莹项链光彩夺目，斜挎酷奇坤包。我高昂起头，凛然扫了一圈，单茸也没我神采飞扬，也没我风光耀眼。

进入包厢，眼前闪闪发光，富丽堂皇极尽奢华。颠簸半天有些疲乏，踩在绿色长绒地毯上空气清凉干爽，马上精神一振。特大餐桌足以容纳二十人，餐桌当中一尊仿制的青玉雕琢观世音菩萨，仿制得逼真，光泽温润通体透亮。

恽伲总经理入了当中主人位子，童老板落座副宾，我一把将孔令文推去主宾，紧靠他坐下。加上司机也非常宽松，我意识到靠孔令文太近，急忙挪开一些。旁边的单茸伸手把我顶住调笑：隔远了，他怎么帮你搛菜？

四位服务小姐身着旗袍，容貌清丽笑意盈盈，说她们是模特也没人怀疑，不仅姿容出色，举手投足都显得训练有素。她们熟练地收下多余餐具，其中一位将我坤包讨去挂在衣架，又在我面前铺上鲜红餐巾，退后几步毕恭毕敬侍立。

恽总"啪啪"甩出香烟，一人一包。我想说家里没人抽烟，可话没出口。路上听孔令义介绍，常州人发烟不是一人一根，是一人一包，乡下人都抽中华。

我仍不好意思，轻轻将面前香烟推开，孔令文马上起身将香烟放进我坤包。我假装没看见，扭头问：餐桌上供尊菩萨什么讲究？

背后小姐上来，深深弯下腰介绍：有的客人喜欢饭前许个心愿，满桌酒菜就当供给菩萨的进献，专门备份三牲贡品未必比这丰盛。还有的客人不忍杀生，要祷告几句。比如吃鸡的时候，默默念：公鸡母鸡都莫怨，不吃你的肉，就吃你的蛋。

都哈哈大笑。单茸问：那要吃鱼呢，怎么念？

大鱼小鱼都命苦，不做盘中餐，就遭禽兽捕。

吃猪肉呢？吃牛肉呢？……喊喊喳喳争先恐后发问，小姐一一回答：

除了吃喝就睡眠，不图吃猪肉，谁肯供养俺。

拉犁挤奶都是苦，不如给人吃，早死早超度。

……

似乎都是些谶语，不过也能激起一阵又一阵笑语欢声。童老板尤其高兴，大声说：恽总请客，我来招呼。吃鱼就要上白酒。

我有点怕，从没喝过白酒，怕醉了。孔令文鼓励我：没事，先尝一盅。

我扭头看单茸是不是上白酒，正好与单茸四目相对，发现她神情怪异。似乎很害怕，又像满含内疚，还像十分着急，可她又慌忙别过脸，不跟我对视，似乎怕泄露她内心的秘密。

其实单茸早就神情异常。从苏州出来她就很少说话，像小猫蜷缩在后排座椅，肖潇潇讨好她，想伸手搭在她肩膀，遭她轻轻推开，显得心事重重。

肖潇潇以为是自己的冲动把她冒犯了，以为她在懊悔呢。

过后单茸给我说，在她家将要出门时，肖潇潇发现刚刚洗了澡的单茸异常兴奋，"眉目流转，隐含荡意"。就没急于下楼，仅仅静默片刻就放任自流，"两人登榻，于飞甚乐"……过后单茸快乐极了，她没看错，肖潇潇确实很棒，还体贴人，不仅给予单茸极大的满足，还让单茸感到水乳交融密不可分，分开了她就断头去尾残缺不全。却又分明意识到，肖潇潇很快就要离她远去。她以为我当真是肖潇潇的表妹，只要这笔贷款诈骗成功，我就必定遭到祸害，肖潇潇就必定把她当童老板的帮凶，一个女骗子，一个诈骗犯，从此就只有仇恨。

单茸不知道该不该阻止。只要她稍微暗示，以孔令文的精细必定警觉，或许就能粉碎童老板的诈骗图谋。然而这是对童老板的背叛，对不起童老板。她这些苦恼无法对肖潇潇说，只能默默祈祷，但愿孔令文识破骗局，而不是她揭穿骗局。

路上听到孔令文跟我叽叽咕咕，好像非常老练、非常专业，单茸渐渐眉头舒展，也许真的骗不过孔令文。一旦被孔令文揭穿把戏，虽然不免尴尬，但不至于从此反目成仇。

然而到了工厂，到了公司，单茸的心又揪紧了。那些伪装太巧妙，把孔令文蒙骗了。单茸十分着急，假装厌烦，假装不停地催促，其实是暗示孔令文：她很心虚，很慌张。为什么心虚？为什么慌张？孔令文应该警觉，但孔令文没有警觉。单茸甚至说到"营业执照也要看半天"，孔令文还没明白，这是在提醒他，可得把营业执照看仔细了。

唉，唉，蠢啊，蠢啊，还是经验不足。只要更加细心点，不是不能发现破绽，营业执照明显是彩色复印机伪造的，为什么车间也黑咕隆咚不开灯……就怪该死的吴上，催催催，催命啊催，不看你是肖潇潇的表妹，骗死你活该。还不就是怕你上当受骗，还不都是因为你……

童老板豪情满怀大声吆喝干杯，孔令文、大哥都满饮一杯，我也欢天喜地举杯舔了舔。以为万事大吉，都放松了，都尽兴喝酒庆祝。

单茸暗暗叫苦，再喝几杯个个热血沸腾，就什么暗示也觉察不到了。等到明天，贷款到手就无可挽回。即使有所觉察，难道劳师动众再来核查？

看孔令文自信满满的样子，现在都不能觉察，他明天怎么觉察。

不行啊，不行。

单茸挣扎着说服自己：孔令文还好问保险公司追讨，吴上怎么办？做女人都不容易，何况她是肖潇潇的表妹，祸害她肖潇潇恨死我啦。

单茸行事决不冒失，但也不是优柔寡断，打定主意她就毫不迟疑。她假装上洗手间，径直走出饭店。旁边一个杂货店，标明公用电话，她递上一百元小费，低声吩咐：不用找，过五分钟帮我拨打这个手机号，拨通后说"你上当了"，马上就挂断。

杂货店老板接过小费连声说：好佬，好佬，小姐放心，我个老老头，不多嘴……随即就记下手机号码。

再回包厢单茸眉飞色舞招呼：满桌酒菜供菩萨，不是贪嘴是心诚。添酒添酒，庆祝我们首次合作就十分顺利，全靠菩萨保佑。

都欢欢喜喜起立，都觉得单茸这话说得特别好，仿佛真有菩萨保佑，一切都顺风顺水。于是先敬菩萨，再"乒乒乓乓"碰杯。

孔令文手机响，他接听后不言不语。果然这人聪明，立刻就意识到什么，他说：唉呀，刚接到个电话，有个常州的朋友要我去一趟。不好意思，必须先走一步。

单茸假装生气：就你事多。

童老板制止单茸抱怨：难免，难免，谁还没个急事。他吩咐司机：那就送过去，办完事接过来。又招呼餐厅小姐：通知厨房，下来河豚不忙出菜。

孔令文急走几步又掉头回来说：不用等我，可能时间很长。司机也不用了，就几步路，出租车更方便。

他一边说一边盯着我，单茸哈哈大笑问：是不是要吴上陪去啊？我瞪了单茸一眼，不过也看出孔令文确实希望我一起去。我霍然起身说：好吧，陪你去。

出门我问：玩什么玄虚？

孔令文不吱声，上了出租车就急切催赶：去卜弋，快快快。

卜弋？我们不是刚从那边回来吗？

孔令文不说他接到个奇怪电话。可能他担心，假如有人恶作剧，就显得他特别可笑，一个莫名其妙的电话也当真。

这时的小镇行人稀少，路灯也昏暗，一时找不到刚才去过的七巧路桥公司。出租车司机停车打听，竟然打听不到七巧路桥公司。

我惊呆了：那么大个公司，怎么没人知道？

我紧紧扯住孔令文衣袖，再去一个饭店打听。饭店老板肯定地说：卜弋的大老板，我们都知道，没有叫恽侂的。路桥公司，也没有叫七巧的。

孔令文向他描述：地方蛮大，不临街，有幢楼好像是琉璃瓦盖顶。

饭店老板说：瞎说八道，那是预制件厂，老板是我饭店的常客。怎么叫恽侂？瞎扯，不信你自己去看，从那边绕，有个菜场，再钻进去。

按照饭店老板的指引，很快就找到，连门卫都熄灯了，透着森森寒意。借助车灯照射，分明看见预制件厂招牌。为什么先前没看见这招牌？

哦——孔令文恍然大悟，原来是用两朵硕大绸花将招牌遮住了，过后揭去红绸就原形毕露。孔令文冷笑一声说：难怪不开灯，难怪那营业执照，我看着就不对劲。

"怎么办呐？"我声音都颤抖了，依然不相信这是骗局。

回到出租车上，孔令文翻出皮包里一沓资料，抽出七个借款人的身份证复印件说：去他们家，估量一下他们的家境。虽然公司可能有假，毕竟是个人借款，如果七个人住址确定、住房也不错，也就还好。

他吩咐出租车司机：你的车我包了。从现在起，按照这身份证地址，带我们一家一家寻找。

再回市区，七拐八绕到了一个住宅小区。按照身份证地址，这小区的八十八幢住了两个借款人。可找来找去都没八十八幢，整个新村才五十幢房子。难道身份证也假的？

孔令文断定一定是骗局。可我还不甘心，孔令文说：那就再去找他们总经理恽侂的家。

我已分辨不清东南西北，晕晕乎乎望着窗外想：怎么可能身份证都是假的？

孔令文还是不讲他接到的神秘电话，只是掏出手机回拨过去问：这是哪里电话？对方回答：公用电话。

再看区号，0519，确实是常州的区号。那会是谁呢？很可能是恽偌的手下，一个相当知情的人，因为跟恽偌结了怨，所以"拆烂污"戳穿底细……

没办法进一步了解，孔令文只能这样推断。不管怎么推断，仅凭身份证有假，就足以认定这是诈骗。

童老板知情吗？孔令文将整个事情的来龙去脉梳理一遍，似乎童老板也被蒙在鼓里，然而又觉得童老板不可能不知情。

孔令文说：这种事不能戳穿，更不能刨根问底。确实是诈骗就有不少人参与，揭穿底细就可能图穷匕见。只能回避，明天找个借口，说这笔贷款领导又不同意了。至于为什么不同意，不用多解释，他们做贼心虚就会知难而退，大家都不尴尬。

出租车在一个工厂宿舍停下，我抢步下车，几乎跟跟跄跄，多希望这一切是真的啊。我近乎惶恐地扑向一扇大门，门牌号与恽偌身份证的地址一模一样。出来一对老年夫妇，说他们在这里住了二十多年，从没住过叫恽偌的人。

我感到天旋地转，偶尔一个人的住址与身份证地址不符，可能因为搬家。几个借款人都不在身份证地址居住，而且身份证地址明显属于伪造，一切都昭然若揭了。

我不知自己怎么上的车，仿佛孔令文在劝我吃碗面条，我不加理睬，只想回家，回到那三间歪歪斜斜的瓦房。

孔令文不停地安慰我，说是不幸中的万幸，如果不是他及时识破骗局，保险公司将为此承担上千万的赔偿。我不接他的话，不想跟他说话，孔令文还要叽叽呱呱，我厌烦透了，厉声呵斥他：闭嘴吧。

出租车急速奔驰，我望着窗外脑子里一团乱麻，仍想理出点头绪：还有什么办法挽救吗？

如果继续坚持担保，明知是骗局也担保，以孔令文的精细，肯定怀疑合同、保单的真实性、有效性。万一他去保险公司核实，将暴露我也是骗子，还将戳穿光明总经理账外操作的把戏。

我痛心疾首，一切都怪自己：干吗来实地调查，下来怎么给光明总经理解释？明明关照我："你要把我的话，每个字都记在心头……"

这下可好，三十多万保费化为乌有，还没法给光明总经理解释。也对不起单茸，单茸待我多好，送我那么多贵重礼物，我信誓旦旦，一定帮她做成这笔贷款。我以为她渴望这笔贷款的原因，仅仅为了销售工程车辆，获得销售利润。现在孔令文不肯贷款，路桥人就不会找童老板进货，童老板就要怪单茸没跟银行、保险公司疏通好。

我越想越懊恼，越想越觉得孔令文太诡诈。都开席了，酒也喝两杯了，他又忽然想到什么问题。你想那么多干什么，非要戳穿显你能耐？你的能耐就是让大家不好过，你的能耐就是把我伤心到死！

我真想一头撞向车窗，心头像生吞蜈蚣——百爪抓心，翻涌一阵又一阵悲哀、凄凉：三十多万没有了，父母就要顶风冒雨，继续沿街吆喝"锔大缸"；这一身服饰也只好还给单茸，继续忍受同事的奚落，"她好像只有一条裙子"；还有光明总经理的训斥，洪姐姐的惋惜……

出租车风驰电掣，没觉得时间飞快已回到苏州。我想立即下车，不想听孔令文低沉的叹息。

叹息有什么用，我要的是保费保费保费，谁稀罕你叹息。可又意识到身上不到五十块钱，这么夜深坐公交车害怕，而要另外叫出租车，起码十几元。我在心头呜咽：每一分钱都要节约……

苏州的通衢大道干将路夜间也施工，出租车七拐八绕。直到出现我熟悉的街道：古老梧桐树，歪歪斜斜房子，黑洞洞巷道……我急忙喊：停车——

不想给孔令文知道我住在如此破旧的幽深古巷，我不需要同情，不需要怜悯，不稀罕这三十多万保费。

孔令文低声下气央求：送到家门口吧，这么夜深，不放心呐。

我下车就昂首阔步，维持我一贯的矜持。走进仓街，看见熟悉的苏州监狱，我打个寒噤。这地方不知走过多少趟，从没觉得监狱可怕，在我看来监狱与其他机关、企业一样，不过一群建筑物。至于里面的事，跟我没关系，即使听到江北人讲，也跟我毫不相干。然而现在，竟然心生莫名的恐惧。

我停下脚步，抬眼望去，监狱与苏州大学的本部，当中只隔一条正在拓宽的干将路，不知仅仅是巧合，还是另有寓意？

门口岗哨跟我面熟，看见我突然停步，他举手行礼。我想问一声：江北人呢？

　　又把话咽回。幽深古巷已大部分拆除，我还是觉得好长好长。脚步越来越沉重，感到很累，我伸手扶着灰墙。再往前漆黑，我有些害怕，挣扎着一阵小跑，直到隐隐传出低沉歌谣。歌声太熟悉了：

　　　　镉缸镉缸镉大缸，

　　　　大缸里有个好姑娘。

　　　　多大啦？

　　　　十五了，

　　　　明年就该出嫁啦……

　　父母看见我，急忙围上来，有问不完的话，有道不尽的担心。我只是摇头，什么也不想说。

　　妈妈端出饭菜，热气腾腾，我终于禁不住，眼泪夺眶而出。却还是什么也不说，我直勾勾盯着桌上一碗泡饭，一碟青菜，一盅漂着蛋花的豆腐汤，这已算奢侈。我很饿，本来想等河豚，上桌只吃了几口凉菜。现在饿得吃不消，我连饭带菜和着泪水吞咽，一样吃得津津有味。

　　忽然想起餐桌上分发的香烟，我拉开坤包，竟然两包。我很生气：谁稀罕你那包香烟。

　　我掏出香烟扔给爸爸，爸爸惊了一跳问：介好的香烟，哪来的？

　　一听人家白给的，爸爸眉开眼笑说：喂呀，拿去门口小店，起码卖一百块钱。

　　妈妈喜滋滋地告诉我：三轮车修好了，还是江北人来修的。江北人一直等到天黑才走，本来想等你回来见个面。可惜，明天就送他们退伍。

　　妈妈问：要不要明天请个假，去火车站说句话？

　　墙上那口漆迹斑驳的挂钟，正好"当当"敲响十二点，不知是在提醒一切都已结束，还是说一切都将重新开始。

（2009 年时代文艺出版社出版）

长篇小说卷（一）

NO.3

黑白蝶（节选）

■王炜炜

作者简介

王炜炜：女，生长于福建，祖籍山东海阳。中国作家协会会员，中国金融文联全国委员会委员，中国金融作家协会副秘书长，福建省作家协会全委会委员，泉州市作家协会副主席，鲁迅文学院第 22 期中青年作家高研班学员。中国金融作家协会首届"德艺双馨会员"。作品散见于《福建文学》《山花》《作品》《安徽文学》《厦门文学》《金融文坛》《中国金融文学》《泉州文学》《文艺报》等全国各级报刊；出版长篇小说《漂亮不等式》《黑白蝶》，短篇小说集《第三只眼睛》，散文集《橙色的天空》《素简清欢》等，累计出版发表作品 200 多万字。作品入选各类散文、小说选本，获第二届、第三届中国金融文学奖、刺桐文艺奖等奖项。在电视台播出微电影作品数个，微电影《拾相思》获得第三届"绍林杯"全国微电影大赛二等奖。现就职于中国农业发展银行泉州市分行。

作品简介

　　作品分明暗两条线索进行叙事。明线是寻找失踪的女富豪赵梦蝶，暗线是两代人的情感纠葛及近几十年社会经济的发展变迁。小说创作背景宏大，从金融视角对当前中国正试图突破的金融体制改革进行了深层次的思考与探讨。作者以丰富的银行工作历练，十二年的小说创作积累，深刻描绘了中国沿海发达城市经济社会中各个阶层的人物脸谱，及由金钱、权力、美色、智慧、阴谋与罪恶构建的浮华世界。小说笔触细腻，手法娴熟，故事情节丝丝入扣，跌宕起伏，并适时地融入了经济发达的闽南文化聚集区的民俗风情，让整个小说更接地气。本作品为泉州市文联 2016 年重点扶持作品，荣获第三届中国金融文学奖长篇小说奖。

寻找赵梦蝶

谁能想到，那样一个鸟语花香的早晨，竟然是一个不幸事件的开始。很久以后，云海市的许多人仍然记得 2011 年 3 月那个黑色的星期一，网上一条短短的消息不仅引起了云海市商界的巨大反响，也引起了云海市金融界甚至政界的巨大震动。随后这条消息引发了多米诺骨牌效应，似乎有一只看不见的手把事情推入不可收拾的境地，令人扼腕！

在网上看到赵梦蝶失踪的消息，阳光心急火燎从家里出来，一路快车直奔云宇集团总部。正是早晨上班的高峰期，闹市区人潮如鲫，红灯闪过，绿灯亮起，汹涌如流的车辆将街道淹没，汽车、摩托车的鸣笛声嘈杂地响成一片。阳光闯了好几处红灯，一向遵守交规的他不想停下来，他心里只有一个念头，找到赵梦蝶！

急速行驶的路上，他不停地给赵梦蝶打电话，每一次拨打电话，他心里都燃着希望，希望电话的那一端能响起赵梦蝶如同清水击石般清澈透亮的声音，对他来说将是天籁之音，胜过世间顶级乐队的演奏，那也是他救命的声音，能把他从此时的呼吸困难中解救出来。自从得知赵梦蝶失踪的消息，他感觉自己的呼吸道被卡住了，让他不能顺畅地喘气。可是电话里传来的声音总是那么不近人情，不解人意，或是不停息的"嘟嘟"声，或是那程序化的冰冷的"您所拨打的电话暂时无人接听"，像一盆盆冷水把他心中的希望之火一次次浇灭。

车子经过江滨路时，车辆渐稀，他开始在手机上查找通讯录，突然他看到李雪的电话。他拍拍自己的脑袋，自言自语道："昏头了，居然忘了给李雪打电话，李雪是赵梦蝶的行政助理，梦蝶有什么事，她最该知道的呀！"他赶紧拨打李雪的电话。电话那头李雪也很着急，她说，她也正忙着找赵总。

听了李雪的话，阳光心里不祥的感觉越来越重，网上的消息难道是真的？不会，不会，云宇集团实力那么强，与云海市各家银行关系都不错，即使一时资金周转不开，融资也不会是什么大问题，他极力说服自己。可是，他又怎么能保证事情不是真的？他在国外生活的这些年，故乡云海早已不再是他记忆中的样子。早先的云海旧城区，建筑多是两三层高的骑楼，红砖白石双坡曲，出砖入石燕尾脊，雕梁画栋，极具闽南特色。那时，街上行驶的汽车很少，多数人还是以摩托车、自行车代步，城区宁静安详。孩子们自己上学，穿街走巷，家长也不用担心。如今整个城区都被现代化的摩天大楼所占据，建筑森林已延伸到了郊区，原本偏僻的稻田都成了新的城市中心，街上川流不息的汽车时常让他精神恍惚，误认为自己是在大都市纽约或是上海。家乡富裕了，却让他有了疏离感，就像质朴慈祥的母亲突然装扮成了时尚前卫的女郎，他不知如何亲近她了。当然让他最为吃惊的是他的初恋女友赵梦蝶的变化。当初那个清纯质朴的小家碧玉，摇身一变成了云海市最有名的青年女企业家，号称"亿万女富豪"。云海市的报刊电视隔三差五地就有关于她及云宇集团的新闻。有时看到赵梦蝶的报道，他问自己是不是在做梦。也许是自己太想梦蝶了，在做一个虚妄的梦，梦醒了，一切都回归原位了。他们又可以回到校园那个清纯、甜蜜的梦境中，梦蝶还是那个纯情娇憨的女孩儿。然而，这不是梦，是真实的存在！记忆中的梦蝶是清纯秀丽、羞怯安静，不喜热闹的，现在的她是光彩夺目、乐于交际、善于周旋的；从前的赵梦蝶如清晨的百合花，现在的赵梦蝶妖娆多姿，如夜里的曼陀罗，让他迷茫不解。然而，她依然可以牵动他的喜怒哀乐！

他反复翻看通讯录，想到了中学同学蒋伟杰。他记得蒋伟杰的文化传播公司与云宇集团有业务往来，他急忙给蒋伟杰打了一个电话。

蒋伟杰电话响了很久才接通，阳光听到电话那头一声低沉的回声，他的问话就像机关枪开了火："伟杰，你最近有看到梦蝶吗？知道她去了哪里吗？"

前一晚上，蒋伟杰有应酬，陪客户吃饭唱歌，到了下半夜才回家，此时还在睡梦中，被阳光一连串的问话问蒙了。他嘀咕着反问道："喂，你说啥，我怎么听不懂，赵梦蝶去哪儿我怎么会知道？我还要睡觉，你别吵了！"

"梦蝶失踪了！"阳光一听蒋伟杰要挂电话，急了！

蒋伟杰被这消息惊醒了，他一下子从床上跳了起来："哪里来的消息啊，周四我和她还在一起吃饭！"

阳光语气沉重地说："周五晚上不见的，据说是云宇集团资金链断裂，梦蝶携款跑路了！最近云海有几个老板跑了，大家都风声鹤唳的。你认为她会跑路吗？"

"天大的笑话，云宇集团在云海的固定资产少说有十个亿，她会放下这么大的产业跑路？跑哪去？"蒋伟杰毋庸置疑地说。

蒋伟杰肯定的语气让阳光心里踏实了一点，心情一放松，他卡在喉咙的那股气彻底地放了出去，浑身上下都松弛了。他声音亮了起来："有你这话，我就放心了。"

"从周六到现在，也有两三天了呀！"蒋伟杰不安地说："该不是被绑架了吧？"

是啊，蒋伟杰的话提醒了他，绑架！其实从一开始，这两个字就在他的心里盘旋，他听说梦蝶曾遭受过一次绑架，差点丧了命！只是网上一早传出的消息是跑路，他还没认真想过绑架这事。现在想到，阳光刚吐出去的那口浊气又回到了他的咽喉中，直窜他的脑部，让他感到太阳穴那里"突突"地跳得厉害，头部一阵剧痛，他的心却缩得像石头一样硬，是另一种痛！

阳光着急地说："我还是先到云宇公司去看一下，你一起来吧。"

"好的，一会见！"

云海的3月是一年中最湿冷的月份，时常是阴雨连绵，寒气逼人。今天的天气却是出奇地晴好，太阳亮晃晃地照着，空气中弥漫着一层半透明的薄雾，散发着燥热与不安。阳光回到银行处理了一些事务，他到云宇大厦时，已是上午十点左右。

云宇大厦位于云海市金融街东部地段，是一幢三十六层的现代化办公大楼。巍然矗立的楼体像一艘巨型的帆船，外墙都是蔚蓝色的玻璃，远远望去，那蓝色的帆船正扬帆起航，很是壮观，"云宇大厦"四个巨型的金色大字在阳光下熠熠生辉。云宇大厦的前面是一个宽阔的广场，广场中间有一个玫瑰花瓣式的音乐喷泉，四周是造型优美的花圃，分层次地种植着红色的三角梅、白色的葱兰、黄色的报春花。时值春季，花草争奇斗艳。

平日，云宇广场是幽雅安静的，路过的游客时常会驻足观赏花草与喷泉。此时，云宇广场却是喧闹杂乱的，一眼望去，黑压压的都是人，让人心里发堵。

阳光一看那场面，眉头就皱了起来，情形比他想象的要严重得多！他估算了一下，此时在云宇广场上示威静坐的，有数百人。许多人手上都举着方的、长的、黑的、白的，各式各样大小不一的牌子。他走近一看，那些人手中的牌子与条幅字体、大小都不一样，内容却是大同小异。

"还我血汗钱！"

"欠债还钱，天经地义！"

"赵梦蝶，滚出来！"

"黑心老板，不得好死！"

阳光把车停在边上。他看到广场边上有个小帐篷，有个白胖腆着圆肚子的中年人坐在门口埋头吃着快熟面，旁边的空地上丢着许多空酒瓶和废纸屑。他那不雅的吃相像一头肥胖的猪正在拱食，发出难听的声音。

"请问一下，这么多人是怎么回事？"阳光装成过路人问道。

"讨债！我们都是来讨债的。"白胖的男子一边回答一边稀里呼噜地吃着面，说话有些含含糊糊的。

"这么多人都讨债啊？"阳光好奇地问："你讨什么债？"

白胖的男人把快熟面放在地板上，用手抹了一把嘴说："我们是力宏公司钢材厂，与云宇合作好多年了，都是先放货后收款，一直好好的，谁会想到发生这种事？我在这里等了两天了，宾馆不敢去住，生怕一走，云宇的钱别人抢先拿走了！"白胖男人油腻腻的脸上都是汗，他用手摸了一把，在脸上画出了两道黑痕，像戏台上的丑角一样滑稽。

阳光抬眼望了望周围还在不断涌进的人说："这么多人全是讨债的？"

"都是讨债的，但多数是来讨集资款的。人人都知道这东西害人，还不管不顾往前扑，钱这东西，诱惑太大！"那胖子显然不适应这艰苦的讨债生活，他皱着眉头，十分不满地说："赵梦蝶自己拿着钱去享福了，把我们可害苦了！"

"人为财死，鸟为食亡。昨天来一个老太太，有七十多岁了吧，头发全白了，一进广场，拉着人就哭开了，说是把一辈子存的养老钱都投进来了。这个赵梦蝶再不出来，早晚得出人命！"一个光头的壮汉大声嚷嚷，太阳把他的黑皮肤照得光亮亮的。

旁边的人看到壮汉冲着阳光叫喊，以为他是来调查的政府工作人员，纷纷围了上来，七嘴八舌地说开了。

"我是准备买婚房的钱，听同事说把钱投这家公司，来钱快，我想赚点装修钱，现在连本钱都打水漂了！"一个矮胖的青年男子扯着沙哑的嗓子诉苦道，"我还不敢把实情告诉我女朋友。"

一个瘦小的男子说："别怪别人，就怪自己贪心，去年年底收手就赚大发了。"

"见能赚钱，谁愿意把钱拿回去，都是把利息再放进去滚的。"那位黑脸壮汉说，"世上就是没有后悔药啊，本来我是去年年底要取出来的，贪恋利息高就是想再多赚点，这下全完蛋了！"

"现在房价这么高，凭工资哪能买得起房？不就想多赚点买个婚房？"矮胖的青年男子嘀咕道。

"好歹你们是自己的钱啊，我惨啊，上百万的钱都是从老家借来的，几十户人家，一家家地收上来的，我要讨不回去，哪还有脸回家！"黑脸壮汉哭丧着脸。

"我真把肠子都悔青了，去年年底女儿劝我收手，唉，万万没想到会出事！"一个烫着满头卷、穿着棉麻布衫的中年妇女抓住阳光的手说道，"政府可得给我们做主啊，如果不是电视台、报社天天报道她这儿捐款那儿助学的，什么明星慈善家的，我们怎么会上当啊！"

"就是，新闻媒体是帮凶！"矮胖的青年男子像发现了新大陆，非常兴奋地说，"对，我们去找报社、电视台，都是他们瞎吹这个云宇集团有多好，赵梦蝶有多厉害，否则，我们怎么会上当！"

"就是啊，我们都上当受骗了！"旁边的人义愤填膺地应声附和："我们去找报社、电视台！他们必须给我们一个说法！"

那大姐拽着阳光的手不放，阳光想抽出手都费劲。他只得好言相劝："事情没到那地步，云宇集团会给你们一个交代的，天气这么热，大家还是先回去吧！"

阳光这一说更让众人觉得他是政府工作人员或是云宇集团的人，蜂拥而上地把他围个水泄不通，外围的人还像潮水一样向他涌来，把他围得里三层外三层的。他心中暗暗叫苦，又无可奈何，他想寻找机会从人群里钻出去。

"政府要给我们做主啊！我们工薪阶层赚点钱不容易，就这样没了，让我们怎么活！我老伴天天在家骂我，说我是败家子！这赵梦蝶就是破坏安定团结的坏分子！"一个上了年纪的老伯愤怒地声讨着。

被一群失去了理智的人包围着，阳光后悔莫及。太阳越来越亮，汗水从每个毛孔里渗出，衣服湿透了，贴在身上。开始他还想劝说这些人，后来他发现，他越说，他们越激动，好像欠钱的是他，他沉默了。那些人也觉得和他说没多大的意义，就慢慢地把目标转移了。他趁机挤出了人群的中心。

好不容易逃出人群的阳光，一边擦汗一边向外走去。

"不要怪人家了，我们也是被贪字蒙住了眼，哪个行业能有那么高的利润？我来就是看看，能拿回多少算多少！"看似知识分子模样的老年人说，旁边有人喊他莫老师。

阳光一听心想，总算还有一个明白事理的人，把老人叫到一边说："莫老师，我们能否谈谈？"

莫老师警惕地看了他一眼说："你是什么人？"

"莫老师，你别紧张。我们到边上的茶厅坐一下？"阳光轻轻拍拍莫老师的肩说："放心，我不是坏人，就是想了解一些具体情况，或许我对你有帮助。"

莫老师想了想，说："你是政府派来的？你想了解什么？"边说着，脚步就随着阳光走了出去。

两人挤出了疯狂的人群，走到了云宇大厦对面的一家叫"水云间"的茶馆，坐了下来。阳光点了一壶铁观音，给莫老师和自己各倒了一杯，边喝边问。

"莫老师在哪所学校高就？"阳光问道。

"什么高就啊，当了一辈子的孩子王，明年就退休了。本来，计划退休后带着老伴到处走走。同事告诉我，把钱投到云宇集团利息高，学校好多老师都从中赚到钱了，我想赚点钱，带着老伴潇洒走一回。现在，别说周游全国，整天在家里蹲还窝火！"莫老师在外面晒了半天了，连续喝了几杯茶。

莫老师是个爱说话的人，不等阳光多问，自己就说开了。

"叫我说，这事要一分为二，首先是我们自己想赚钱。现在物价像坐高铁似的，在岗工资还高点，等退休日子怎么过？年轻教师都在外面小班，办补习班的老师个个都发了财。苦的就是我们这些老教师。这么些年手上也有了一点积蓄，不说增值吧，总得让它保值。"

莫老师说着从边上拿起一个黑色的男式公文包，公文包磨出了毛边，露出了斑斑点点的白色。他小心地拿出了一叠材料说："刚才有人说报社、电视台要负责，话虽说有些过了，但我看，他们是得负一部分责任，我就是看了报纸才相信他们的。像我这样上年纪的人，就是相信党报党刊。你看，这是报上宣传的云宇集团的房地产。"他抽出一张彩色的，其余的又放了进去，压好，拉上拉链。

阳光拿过来，打开一看，是一张两年前的报纸，一整版的彩色广告。

首先映入眼帘的是几条鼓动人心的宣传语："瑰丽人生从加入'阳光海岸'开始！"宣传画面是一片无边无际的蓝色大海旁，一座别墅门前一家三口的幸福图景：一个五六岁的小女孩指着玫瑰花掩映的白色小楼问："妈妈，那是哪里啊？"妈妈回答说："那就是我们的海岸新家啊！"爸爸在一边幸福地看着妻女。画面色彩明朗，温馨感人。

阳光反复看了几次，不解地问："这不就是普通的房产广告吗？"

莫老师又从那个皮包里找出了小册子，愤慨地说："我的上线告诉我们就是投资这个房地产的。我们看这公司的钱投向有具体的项目，而且这个项目是政府招标的，靠谱，所以放心地投了钱。"

阳光吃惊道："这只是一个普通的房产广告，你们怎么就信了呢？好像这个理由说不通啊！"

"同事把报纸给我看后不久，就是'阳光海岸'开盘庆典，云宇集团用车来接我们去参加了隆重的庆典，说是让我们体会一下云宇集团的实力。活动是在五星级的海滨酒店召开，广告牌上写着，主办单位是云海市市政府招商办、云宇房地产开发有限公司，协办单位是云海电视台、云海日报社、华杰文化传播有限公司。大会的口号是'富裕、文明、奉献'。由电视台主持新闻的那个漂亮的主持人主持的，云海市分管经济的副市长、市政府招商办领导纷纷上台致贺词，接着是云宇集团法人代表、董事长赵梦蝶讲话，最后电视台领导、云海市商会会长致词。会后是一场规格很高的酒会，到会的客人千余人，酒会穿插歌舞、魔术表演，最后进行了抽奖活动。最激动人心的是特等奖，一部奔驰轿车。开奖时，全场气氛达到了沸点，在酒会即将结束的时候，赵梦蝶亲自上台宣布云宇房地产捐助 200 万元给希望工程，那气魄令人不信不成啊！那么有实力的公司，让我们全折服了！"

莫老师停下来喝了几口水接着说：

"那个赵梦蝶的发言，非常具有鼓动性。她的发言的结束语给我留下了深刻的印象：'每个人对幸福都有自己的见解，但有一点是可以肯定的，那就是生活的保障、人格的尊重、价值的实现，'阳光海岸'就是给所有支持她的人提供这样的机会，相信我，选择'阳光海岸'会是你今生最正确的决定！'说得我们都热血沸腾，恨不得把所有的钱都投进去，与他们共创伟业，共享幸福生活！"

"活动结束后，你就投钱了？"阳光问。

"没有。我还是比较慎重的。不久后，我又听说了这样一个真实的故事。会后，一位老奶奶向云宇集团投 10 万块。老奶奶回家对孩子说了投资的事，遭到全家一致反对。老奶奶急火攻心，突发脑血栓生病住院了。云宇集团听说这事，当即就退了老奶奶的 10 万元，还派人带着水果与红包亲自到医院看望老奶奶。老奶奶出院后又来到了公司，要求投资，这次她还带来了众多的亲朋好友。云宇集团并不接受散户的钱，我们学校是投在一个教导处主任那里，他统一收钱。我听说参与投钱的有政府工作人员，有教师、退休人员，甚至有原住地农民把拆迁补偿款拿来，一般人没有关系也投不进去。所以能投进去的人，更觉得机会难得，自己特别有身份有面子。"

阳光心上像压上了大石头，直往下拽，拽得他心头又沉又痛。他又追问了一句："莫老师，您一共投了多少钱了？"

"先是投了几万，看到每个月账上的利息后，我心活了。我想我这辈子都过得紧巴巴的，从来没有机会发财，看来人真是无横财不富啊，现在终于有机会让我也能发点小财了。我越想越开心，我就动员老伴把家里的房子抵出去了，借了三十万元，前前后后投了近五十万元。已经收回了十来万元的利息，还差个三十万左右吧。昨天老伴知道这事，吃不下睡不着，我也急，但在她面前还得装着没事。不这样也不行啊，如果一家人都垮下了，怎么办呢？"莫老师说着眼睛都红了，他不好意思让阳光看到，低头喝了几口茶。

阳光知道像他这样的知识分子都是自尊心很强、很要面子的人，就把脸转向窗外，等他情绪稳定了一会，握了握他的手说："莫老师，也许情况并没有那么糟，我看你还是先回去听消息吧，不要再去广场了。你想事情都闹开了，政府肯定会介入，早晚会给你们个说法的。"

莫老师紧握着阳光的手说："同志，我看得出你不是一般人，如果你是政府的人，一定要为我们想想办法，政府再不出面，要出人命了！"

阳光望着老教师憔悴的脸，心里一紧，本想说自己并不是政府派来的人，又改口说："莫老师，如有可能，我一定会尽力的！"

阳光想但愿自己这善意的谎言能给莫老师一些宽慰，然而他自己心里却越发急了，他在心里喊道："梦蝶，你到底在哪里，快出来啊！"

走出茶馆，蒋伟杰满头大汗地迎面走了过来。他看到阳光，担忧地说："人这么多，而且越来越多了！"

阳光走上前，一把拽住他的衣领，拖到一边，严肃地说："你看到了，这么多的人都是来向梦蝶讨债的，你老实告诉我，你是不是参与了赵梦蝶的民间集资？"

蒋伟杰想挣脱，却被阳光更紧地拽住，他咧了嘴说："阳光，你做什么呀，有话好好说！"

阳光使劲按住他，不让他挣脱，厉声道："我再问你一句，到底是怎么回事，你要和我说清楚！"

蒋伟杰沮丧地说："我……我就是她的一名中间人吧，那是万般无奈之举啊！再不集资，云宇集团走投无路了！当时，她哥负责的工程出事，她哥嫂携款跑路了。公司到处贷不到款，她找到我，我又不是开银行的，只能帮她借钱，你也知道民间借钱肯定是高利的，否则，谁肯借给你啊？后来，还真是有越来越多的人愿意借钱给她，开始我们并不想搞这么大的规模，可是收不住，人家硬要把钱塞给你！"

还真被他猜中了，这个蒋伟杰真是狗头军师！阳光挥起手真想好好地揍他一顿，可是事已至此，揍他一顿又能怎样？他把扬得高高的手轻轻地放下了，点着蒋伟杰的脑袋恨恨地说："你真是糊涂，这是不归路啊！你这不是把赵梦蝶害死了吗？"

"那不是没办法的事嘛！再说，我们并没有……"

阳光不想听他诡辩，打断了他的话："这些事以后再说吧，有没有梦蝶的消息？"

蒋伟杰一脸苦相地说："我到处打听了，没有任何消息。赵梦蝶就好像人间蒸发了。"

阳光无奈地说："我还是不相信梦蝶会跑路。"

"我也不相信梦蝶会跑路，云宇集团经营状况很正常，说到借款，现在哪家大企业没有借款呢。难道真是……天哪！不会吧，什么人会这么做？我们报警吧！"

"这些人把动静搞得这么大，公安局早知道了，正要找她呢。唉，再说现在说什么都没有用，我们只有耐心等待。"阳光感到自己的头还在抽痛，他用力敲了敲脑袋。

蒋伟杰自告奋勇地说："我有认识一个公安局的朋友，我去打听吧！"

"有什么消息及时通知我，我也该回行去上班了，刚才行长还打我的电话。"

时间已近中午，云宇广场像一个不断加热的铁锅，不停地向着地面散发着热气。广场上涌动的人群像在热锅上的蚂蚁，毫无头绪地东窜西窜，谁都不知道赵梦蝶什么时候会出来，也不知道他们是该回家去，还是继续等下去。

金牌掮客

赵梦蝶的失踪对于城市银行分管信贷的副行长周凯而言，犹如晴天霹雳！

3月12日早上，天边突然亮了，太阳难得地露出了笑脸，谢琳招呼周凯帮忙把被子、褥子都拿出去见见太阳。周凯正忙着完成妻子交代的任务时，手机"嘀"地响了一声，是短信。给他发短信的是信贷科副科长孙聪明。

孙聪明大学毕业来到城市银行的时候，刚好分在周凯负责的信贷科。孙聪明是云海本地人，头脑活络，懂得看领导眼神，手脚又勤快。当周凯升为副行长时，帮助孙聪明当上了信贷科副科长，为此，孙聪明对周凯言听计从。周凯打开短信，这一看，把他给惊住了。手机上的短信写着："周行长，网上消息，云宇集团的赵梦蝶跑路了！"

周凯立刻拨打了孙聪明的电话："你这是从哪里来的消息？赵梦蝶怎么可能跑路？"

孙聪明语气很急："周行长，这么大的事，我怎么敢骗你！据说她在3月8号晚参加了市里的三八节庆祝活动后失踪了。这两天，云宇大厦门前聚集了许多讨债的人，各种传闻都有，谁也搞不清。"

"网络上的传闻能信吗？上周我还见到赵总，说是有新项目正在与政府洽谈中，这才几天，怎么会？"周凯故作镇定，其实他心里也是没有谱的。

孙聪明听出周凯的不悦，结结巴巴地说："网络总是捕风捉影的，也许是谣言？"

"先去上班吧，有什么消息再说！"周凯挂断电话后，马上拨了赵梦蝶的电话，电话那头传来了冰冷的声音："你所拨打的电话已关机。"周凯心里一沉，开始冒汗。

谢琳从他的对话中听出了名堂。

"老公，哪个失踪了，赵梦蝶吗？天哪，如果赵梦蝶把我们的钱都卷走了，怎么办？这个挨千刀的小娼妇，这下可把我害死了呀，我的钱啊！"

周凯烦躁的心绪给搅得更乱了："这事情还没搞清楚，你瞎嚷嚷什么？"看到妻子紧张的样子，他又心软了，走上前抱住了她，在她耳边放低了声音说："我先去上班，探探情况。你千万要保密，别对你那些七大姑八大姨说什么，要是真有什么事，他们还不把你给剥了皮？一定记住了！"

谢琳被这消息惊得六神无主，脸色煞白，连忙点头说："你快去吧，有什么消息及时通气！"

在这之前，周凯一直认为遇见赵梦蝶是他这一生中幸运的一件事。

几年前，周凯正准备和谈了多年恋爱的女友谢琳结婚，丈母娘却要求先买房子再结婚，那时周凯大学毕业没几年，哪来的钱买房呢。

一天傍晚下班后，大学同学蒋伟杰打电话来请周凯去喝酒。大学毕业后，蒋伟杰创建了华杰文化传播有限公司。在时任云海市人行行长的父亲的扶持下，蒋伟杰的公司发展迅速，毕业没几年就进入了富裕阶层。蒋伟杰约在云海市最高档的餐厅——国贸大厦三十六层的云顶美食会所。

国贸大厦位于市中心繁华热闹的商贸圈，踏上观景电梯直达三十六楼，芸芸众生渐渐隐到脚下，让人产生了腾云驾雾之感。云顶餐厅像个巨大花园，四周种着各式各样的奇花异草，每一间餐厅都是一个独立的童话般的玻璃房。时值金桂盛开，暗香浮动、夜色撩人。周凯报上锦云厅，服务生引着周凯上了一条鲜花夹道的小径，到了一间宽敞的玻璃房。抬眼望去，蒋伟杰正与一位年轻貌美的女子聊得起劲，看到周凯进来，热情地招呼周凯入座。桌上已摆了几样精致的菜，红酒也已经开启。走近那女子，瞬间周凯呆住了，套用一句时尚的网络语言，见过美丽的，却没见过美得如此动人心魄的！那女子二十五六岁，白净的肤色配上一双清亮俏丽的眼睛，嘴角微微上翘，挂着清浅的笑意，身着一袭式样简洁的白色裙衫，中式的小立领绣了一只飞翔的金凤蝶，浓密乌黑的头发不经意地挽在脑后。全身的装饰就是一副祖母绿的蝶状耳坠。当她转动她那小巧的脑袋时，绿莹莹的小蝴蝶轻轻地飞啊飞，衬得她更加清雅妩媚。

看到这女子，周凯莫名地心慌了。蒋伟杰拉周凯坐下，热情地向那女子介绍说："这是我的死党周凯，云海有名的诗人，也是未来的银行家。他呀，最擅长的就是给女孩子写情诗。在大学时就鼎鼎有名了，从老师到同学再到扫地的，只要是女的，都收到过他的爱情诗，哈哈！"

那女子抿着嘴，笑吟吟地伸出手，轻启红唇："赵梦蝶。"大大的眼睛望着周凯，似乎在问，真的吗？那会说话的眼睛让周凯更加心慌意乱，手脚不知如何摆放为好。

周凯回头瞪了蒋伟杰一眼说："那是猴年马月的事了，老同学就会拿我开涮。现在说谁是诗人，就是在骂他呢！"

女子眼里波光一闪道："现在满大街的都是董事长、经理，诗人倒是稀罕得很呢！"

"这时代人们需要的是金钱和权力，不需要诗人，没听人说写诗的都是疯子、傻子！"周凯自嘲地说。

"说这话的肯定没文化。我记得书上是这样说的：'诗人，就是指导人们对于生活有着高贵的观念，抱着高贵感觉方式的领袖。'我个人认为诗歌是艺术皇冠上最璀璨的明珠。"

见赵梦蝶引用的是俄国作家车尔尼雪夫斯基的话，周凯不由得对她刮目相看："您对诗歌也有兴趣？"

赵梦蝶笑着说："不是有这样一句话嘛：'每个年轻人都是诗人。'"

蒋伟杰说："原话是'恋爱中的年轻人都是诗人'。赵总，恋爱了？结婚，可别忘了请我们喝喜酒啊！"

赵梦蝶大方地说："少不了向你们讨红包的。周先生，你结婚了吗？"

周凯愁眉苦脸地说："现在房价高涨不下，丈母娘那关过不了，结婚难啊！"

蒋伟杰说："我这同学就是个老实人，靠他那点工资买房结婚确实有难度。赵总，你可得见义勇为，出手相助。"

赵梦蝶大方地说："诗人要是看上了我们云宇开发的房子，我肯定给最低折扣。"

"那我先谢谢赵总了！"周凯心想，若是真能这样，今天这餐饭可没有白吃！

三个人七扯八聊的，那女子的手机响了，她接起电话，对两人示意了一下，指了指外面，走了出去。

赵梦蝶出去后，周凯不满地对蒋伟杰说："你泡妞拉我来当电灯泡？"

蒋伟杰瞪大眼睛像看外星人一样望着周凯说："你真是高看我了，她是云海市大名鼎鼎的富姐赵梦蝶，亏你还在金融界混，这么个人物你都不认识！"

"我认识她做什么，我现在需要的是钱，再没钱买房，我的老婆就要飞了！"周凯有些酸味地说，"哪像你，家里红旗不倒，外面彩旗飘飘的！"

"哈哈哈！"蒋伟杰笑了，"云海生意场上谁不知道亿万富姐赵梦蝶，就算你没听说过赵梦蝶，总听说过云宇房地产公司吧？听说过云宇融典担保公司吧？听说过蝶飞女子会所吧？云海市哪条路、哪张报纸没有他们的广告？"

周凯暗暗吸了口气，这个女人年纪轻轻居然有这么大的本事！

蒋伟杰瞪了周凯一眼："你以为我找你来陪美女喝酒，你不是老喊没钱结婚么，她可以让你在短时间致富。你啊，是守着金饭碗叫没饭吃呢！"

周凯脱口而出："我哪有什么金饭碗？谢琳她妈说了，靠那点工资猴年马月才能买得起房子，没房结婚？门都没有！"

蒋伟杰说："谢琳她妈明智，人家辛辛苦苦养大的女儿，凭什么要和你一块受苦！"

周凯叹了口气说："老婆是自己找的，我也心疼她，想让她吃香的喝辣的，想让她住别墅开宝马，可我一个小职员能有那本事？你没听说，早起的是银行和收破烂的，晚睡的是银行和按摩院的；24小时接客的是银行和天上人间的，不能出丝毫差错的是银行和发射火箭的，别人睡着你站着是银行和看守八宝山的；入了行就难以退出的是银行和黑社会的，入了行就发誓再也不让下辈子沾的是银行和贩卖白粉的。老兄，银行若不苦，你这个银行行长的儿子为什么不入行啊？"

"我是散漫的人，过不惯早九晚五的日子。你有没有听说这样一句话，金钱愿意为懂得运用它的人工作。将金钱放在稳当的生利投资上，让钱滚钱，利滚利，将源源不断创造财富。你想办法贷些钱出来，赵总给你的利息让你轻轻松松赚大钱！"

"这事我干不了！"周凯当然知道这是个赚钱的方法，但他断然拒绝，他可不想做违规的事。

蒋伟杰说："你啊，就是书生气，与赵总合作的银行的高管多的是。你们银行每季都要完成'存贷比'指标吧？每季末求赵总帮忙的银行可不止一家两家的。我是出于好心，想帮你一把。你要清高，当我没说，喝酒！"

周凯当然明白，有的银行为了完成任务，每季度末，高息向企业或担保公司吸储，完成"存贷比"指标，下季度初再由对方取出存款。作为交换，银行向对方提供低息贷款。有些银行员工利用工作便利，掌握了大量的客户信息。他们知道哪些客户有富余的钱，介绍他们给投资担保公司，给予客户远远高于银行的基准利率的利息，他们从中抽取一部分利息；他们也给投资担保公司介绍急需要用钱又没有条件从银行贷到款的小企业，他们又可以从中赚一把。可这是违规的事，周凯知道自己与蒋伟杰的身份不同，蒋伟杰出身就是锦衣玉食的，生活的路都有父母帮他铺好，他想工作就有好工作等着他，他想做生意，父母有办法帮他找关系，即使出了事，也有人帮忙兜着，所以他可以任性地选择做什么或不做什么。

周凯出生在普通农家，他能上大学，又能考进银行工作，是全家人的骄傲与希望。他为人谦卑谨慎，他宁可苦自己也不想走偏路。

蒋伟杰却把他的沉默当成他心动了，于是又说：

"赵总产业这么多，你怕什么？给你5分利息如何？"

周凯不由得吸了一口气，周凯知道高利贷的资金价格都是指1元钱一个月的月息，5分相当于年利率60%。周凯若能贷款500万元一年，明年就有800万元，还掉本钱及银行利息，周凯还有很大的一个空间可赚呢。只听蒋伟杰又说："我们是铁哥们我才告诉你，你自己想想看，哪有这么好赚的钱啊？"

周凯意识到蒋伟杰就是赵梦蝶的一个捐客，真是生财有道。周凯心里还是对他们有些疑虑，随口问道："赵总是什么来头啊，那么年轻有这大能耐？是富二代还是官二代啊？"

"我不是富二代也不是官二代，我是在城乡接合部长大的农民工二代！"

不知什么时候赵梦蝶出现在周凯的身后，周凯吓了一跳，很不好意思地站起来说："赵总，您这么年轻就有如此成就，简直无法想象！"

赵梦蝶身材高挑，体态婀娜，眼神却是坚定的，你听着她说的是一句很有力量的话，脸上却是轻巧的笑。她端起酒杯说："每个人来到这世上都是平等的。然而为什么有的人成功了，拥有了世人瞩目的荣耀与财富，而有的人碌碌一生，无所建树，一无所获？梦想与折腾就是重要的决定因素了，要想当个成功的人就要有梦想会折腾。你说呢，周诗人？"

周凯没接赵梦蝶的话，蒋伟杰却借机说："赵总，我刚才和周凯说，让他有机会与云宇集团合作。"

赵梦蝶的脸上露出了灿烂的笑容："真的吗，周诗人，发财要趁早，一个人在年轻的时候，感到世界上一切都生气勃勃、趣味无穷，是最需要钱财的，等到人老得吃不动、跑不动的时候，有钱有什么用呢？"

周凯有些尴尬地说："赵总，我这人天生胆小怕事，恐怕……"

赵梦蝶依然笑盈盈地说："生意不成友情在，今天能有机会认识大诗人就是最大的收获了，我先干为敬！"

蒋伟杰用恨铁不成钢的表情望着周凯说："也是，你是体制内的人，旱涝保收，不像我们个体户，不拼不行啊！"

"得了吧你，大学同学数你赚得最好！老同学，赚那么多钱做什么？"

蒋伟杰对着周凯说话眼睛却看着赵梦蝶说："你问问赵总，她钱赚那么多做什么。呵呵，兄弟，人家说人在江湖身不由己，就得不停地向前冲，否则你就会被淘汰出局！"他像教师开导小学生一样语重心长地对周凯说："有人总是不理解当官的为什么拼命地要当官，这就是因为那些人没有当过官，不知道当官的感觉，那种指点江山、前呼后拥的气派。当你是个百姓时，办点屁大的事，还要求爷爷告奶奶，有了一定的职位，别人奋斗一辈子的事你一个电话就解决了，这就是当官的好处！老同学，听我一句劝，你多赚点钱，花钱早点混个一官半职的，赵总会全力支持你的。"

当官？周凯可没敢想，如果他有蒋伟杰那样的爸，他会做一下当官的梦；若没后台，家里有钱也行，据说云海市重要部门的副科级得花上个几十万了。他最大的梦想就是早点把谢琳娶回家，再生个胖小子，对老周家有个交代，就心满意足了。

听了周凯的想法，蒋伟杰笑他没出息。

周凯说："出息是要有底气的，我就做个普通人的梦吧！"

赵梦蝶看着他们两个大学同学贫嘴逗乐，笑眼里写满温柔。那一刻，在周凯心中，她就是观音娘娘！

赵梦蝶举起杯对周凯说："别泄气，梦还是可以做的。我赵梦蝶能有今天还不是靠大家帮衬，只要用得上我的地方，尽管开口。"

周凯说："来我敬二位，祝你们生意兴隆，财源滚滚！"

随着一声脆响，三个人的酒杯碰在一起了，虽然周凯婉拒了赵梦蝶合作的要求，周凯的生活还是从此翻开了新的一页。

每个阶层都有自己的社交圈子。从那次见面后，蒋伟杰时不时地拉着周凯参加云宇集团公司的各种活动。云宇集团业务范围很广，公司的各种庆典和活动，赵梦蝶都喜欢把它做得有声有色，每次她都能把市委市政府的主要领导邀请到场，云海市社会各界的名流更是少不了，许多人以有机会参加云宇集团的活动为荣。

原本有些书生气的周凯并不以结识权贵为荣耀，蒋伟杰语重心长地对他说："我们是可以活得很清高，'躲进小楼成一统，任尔东西南北风'，这当然是一种境界，那要看是什么人。你一个小百姓圈在自己的角落里自我欣赏，有什么意义呢？人根本就是社会性的动物，我们必须在与他人的交往中意识到自己存在的价值。你接纳这个世界，这个世界才能拥抱你！"

周凯不以为然地说："与人交往必须能有东西与人交换，否则谁愿意与你交往呢？"

蒋伟杰拍手称道："这就对了，你现在最重要的是要让别人认为你有值得交往的价值！"

"我一个银行的小职员有什么价值？"

蒋伟杰说："你有没有听说，在云海，一个人违反了交通规则，要罚200块钱。他非要托人找交警免了这200块钱，然后再花2000元请一桌答谢办事的朋友。这下托人与被托的人都很有面子。都说云海市人情味重，其实整个中国都是人情社会。所谓的人情社会，其后面本质也是利益，人情不过是利益交换的特殊形式。你千万别小看了赵总的这个圈子，好好利用，你在云海就是小老大！"

不久，周凯果真尝到了这个圈子给他带来的甜头。

他的一个远房亲戚来城里看病，到了市里的几家大医院，都说没有病床了。找到了周凯，周凯没有认识的朋友在医院上班，只能跟着干着急。急中生智，他灵机一动想到了在赵梦蝶宴会上认识的一个朋友，他记得那个人是卫生局的。他急忙找出人家给的名片，抱着试一试的想法给他打了一个电话，说是赵总的朋友，想请他帮个忙找个床位。没多久就接到了回话，让他们直接到市立医院找住院部的张主任。周凯带着亲戚找到了张主任，张主任不仅热情地接待了他们还给安排了一个单间，此后整个住院过程，病人和病人家属都备受关心与体贴。

周凯同事的孩子想入云海第一实验小学，那是云海市条件最好的小学，不仅师资力量强，而且入重点中学的机会很大。招生那段时间，校长都得躲起来，否则找的人实在太多了。周凯的同事花了不少钱，托了好几层关系，才拿到了一个大领导写的条子。

9月1日，开学的日子，他兴冲冲地领着孩子去报名，看着领导批的条子，学校负责人冷若冰霜地说："我们学校从来不走后门，条子也没用。"后来他才知道，由于托领导开条子的人太多，领导又不好意思拒绝，只好采用了暗语的方式。如果条子是用黑色的水笔写的，而且签名下面有日期说明有效；如果是其他笔写的或是没有写日期的，那就是无效条子。周凯的同事不知听了谁的话，拎着一大堆的礼物找到了周凯。

周凯诧异地问道："我不认识教育局、学校的领导，找我没用啊！"

周凯的同事苦着一张脸，差点给他跪下了："听说第一医院的床位您都能解决，上个实小对您来说，还不是小菜一碟？"

周凯哭笑不得地说："那是朋友帮忙的，我自己哪有那本事。"

那位同事继续求他："你就试试，需要多少钱，我们拿。"

周凯把收到的名片翻来覆去地找，是有个教育界的，打电话过去说是调到省里了，他只好硬着头皮给赵梦蝶发了一个短信。过了一会，赵梦蝶的秘书打来电话说，让他们报一下家长与孩子的姓名，又过了半个小时，打来电话说让明天直接去学校报名。

周凯的同事千谢万谢地走了。周凯陷入了沉思，对百姓来说登天的事，赵梦蝶就像吃一块糖那么简单，她这个关系得好好维护，请她吃个饭表示一下感谢？

他把自己的意思编辑了一下，发了一个短信给蒋伟杰，让他给安排一下。

蒋伟杰给他回了一个电话，电话的背景声音像是保龄球馆，听得到打球与喝彩的声音。

"老同学啊，你总算想起我们了。赵总说是有一阵子没见到大诗人了。这个周六吧，你把谢琳带上，我们四个人去泡温泉。"

云海市西郊的碧波苑度假村是远近闻名的温泉度假山庄。那里自然天成的山地景观与人工雕凿的植被景观浑然一体，几十处温泉星罗棋布地坐落在绿树成荫的西山上。每座温泉都各具特色，其中中药泉与花草泉最受欢迎。

谢琳说了好几回要去那里度假，周凯都找各种原因推托了，主要原因还是消费太高，他想省钱买房子。

周六，周凯带着谢琳坐着蒋伟杰的车到了度假村时，赵梦蝶已经到了，正在贵宾室喝茶。

一路上兴奋得叽叽喳喳的谢琳看到赵梦蝶时，顿时沉静了下来，瞪着一双大眼直盯着她看。女人在遇到比自己更漂亮更有气质的女人时，本能地会产生敌意。此刻，谢琳就是怀着羡慕与嫉妒交织后产生的敌意望着赵梦蝶。来之前，周凯已经告诉她今天一起度假的四个人，蒋伟杰，是他们的老朋友了，还有一位是云宇集团的女老总赵梦蝶。云宇集团她是知道的，她不止一次去看过云宇集团开发的楼盘，她想借机认识一下这位大老板，看看能否打个折。潜意识里，她认为云宇集团董事长一定是位德高望重的阿姨或是奶奶级人物，她万万没想到出现在她面前的赵梦蝶比她还年轻，且美貌如花，她有点后悔来到这里了。

赵梦蝶身着一套白色休闲装，脚踏蓝色的运动鞋，头发用一个蝴蝶结束在脑后，青春靓丽。看到他们，她高兴地站了起来。她用眼神给两位男士打了一个招呼，然后很亲热地对谢琳说："谢琳吧，早听周先生说起过你！"然后转向周凯："周先生好福气啊，女朋友这么漂亮！"

谢琳听了赵梦蝶的夸奖，原本绷着的脸上露出了一丝笑容。她伸出手说："您好，赵总！没想到您这么年轻漂亮！"

蒋伟杰说："两位美女就不要相互吹捧了，分别去换衣服吧，一会泡泉时再聊。"

周凯与谢琳都是旱鸭子，就在水浅的地方泡泡水，看着赵梦蝶与蒋伟杰游泳。

那天气温不高，太阳却很亮，天上没有一丝云。四周阔叶植物郁郁葱葱、生机勃勃，五颜六色的小花竞相开放，空气中弥漫着干净的香气。池子里的水很清冽，水波荡漾，映着满池的蓝天白云。蒋伟杰身着一条蓝色的泳裤，露出了匀称有力的四肢及古铜色健康的肤色，看得出他是擅长游泳的。只见他一会儿蛙泳，一会儿仰泳，一会儿浮在水面，一会儿潜入水底；赵梦蝶身着一件黑色的泳装，腰上绣着一只金色的大蝴蝶，她花样没有蒋伟杰多，但她的每个动作都很优美灵动，像一条鲜活的美人鱼。

谢琳望着赵梦蝶说："这个女人真美啊，就是太妖了，你看蒋公子那欢喜劲，不知他老婆看了这情景，会有什么想法？"

周凯不以为然地说："蒋伟杰的公司一直仰仗云宇集团的关照，对赵总当然得巴结点。"

谢琳又说："听说现在做生意都要用色相交换，她这么漂亮可真是有资本啊！"

周凯诧异中带着愠怒对谢琳说："你过分了啊，云宇集团生意那么大，想结交她的人很多。上回你家那个亲戚住院的事，就是赵总帮忙的。"

谢琳不好意思地小声嘀咕道："凶啥，我又没说什么，他们在招呼我们了，过去吧！"

"大家在的时候，你最好管好你的嘴！"周凯不放心地追着她交代了一句。

四人各自取了饮料后就到了一个玫瑰花泡的汤池里，边泡边聊。

蒋伟杰说："你们出来还腻在一起秀恩爱，也不和我们一起游泳！"

谢琳开玩笑地说："你们游得那么好，我们是给你们施展才艺留空间呢！"

赵梦蝶把身体浸到水下，只留着头浮在飘满玫瑰花的水面上幽幽地说：

"伟杰游得好，我游得一般。"

蒋伟杰说："赵总，你游得好不好都不要紧，你在游泳池边上就是给大家养眼的！"

赵梦蝶一声不吭地从水下抓住蒋伟杰的腿往下拖，蒋伟杰意外地失去了重心，吓得直叫："水鬼啊！"

赵梦蝶却从另一处浮上了水面学着蒋伟杰叫："水鬼啊！"然后开心大笑："水鬼就是专门对付色鬼的！"

蒋伟杰这会也狼狈地浮上了水面。四个人都大笑起来。

闹腾了半天，蒋伟杰喘着气说："我回去写一篇'调皮捣蛋的赵梦蝶'，投给《云海日报》，肯定能赚一把稿费。"

"好啊，免费的广告，多多益善！"赵梦蝶转向周凯他们说："平时都被工作压榨成机器人了，出来玩就放开点，你们两位不要见怪哦！"

周凯赶紧说："哪能呢，赵总。"

谢琳也说："这里条件太好了，早就想来，一直没有时间。"

"我听说你们快结婚了，有明确的计划了没有，可别忘了请我！"

周凯说："肯定要请赵总的，等我们买了房子就结婚。唉，现在房价这么高，买房子对我们工薪阶层来说压力太大了！"

蒋伟杰说："你们就买云宇集团开发的绿馨家园嘛，是学区房，让赵总给个优惠价！"

这正是谢琳想说却没好意思说出口的话，她兴奋地接着说："绿馨家园的房子我去看过好几回了，户型好，绿化好，配套设施好，在那里安居可是我的一个梦想呢！"

周凯犹豫不决地说："绿馨家园都是大户型，我们买不起。"

蒋伟杰说："房子还是要大，将来还有孩子，还有老人。"

"可是……"

"绿馨家园是为中高端客户服务的，周先生是银行白领，至少得住这种房子，否则也太给银行丢面子了。你们尽管去看，看中哪套，我给你们最低价。"

"太感谢了，赵总！"谢琳往赵梦蝶身边挪了一下说："我从早上看到赵总就在想，这世上居然有这么美的人，真是让我开眼界。"

蒋伟杰摆了摆手说："谢琳，你是夸房子还是夸赵总啊，我怎么听着鸡皮疙瘩都起来了？"

赵梦蝶却很陶醉的样子说："蒋公子，别吃醋，我就喜欢听这样的好话。谢琳，别理他们，一会我们去休息厅睡一个美容觉。"

周凯和大学同窗谢琳谈了五年的恋爱了。谢琳认为自己一个地道的云海人，与周凯这个一穷二白的外地人在一起吃大亏了。谢琳她妈妈经常在她面前提到与谢琳同岁的一个街坊，说她嫁给了一个年过半百的香港人，那个港客在云海买了两套房，一套给岳父母住，一套给老婆孩子住，看看人家是怎么嫁的！谢琳当然不认同母亲唯富就嫁的理论，但她明确地告诉周凯她是裸婚的反对者。对周凯这样一个出身农村的外地人，在云海结婚成本实在太高了。2005年云海市区的新房均价每平米已达5000多元，一套100平米的房子要近半百（万），首付至少要15万，每个月还要一大笔按揭；加上一部车十几万，加上结婚各种费用，没有二十万元做底，不敢说结婚。

现在，谢琳居然提出要绿馨家园的大户型。周凯真是后悔带她去度假村了。

谢琳从度假村回来就兴奋地给她妈妈打电话："妈，你猜我们今天去了哪里？碧波苑度假村，是啊，一张票好几百。是云宇集团老总请我们的，中午吃海鲜大餐。她说我们要是在绿馨家园买房子，她给最大优惠呢！那个蒋公子介绍的，蒋伟杰嘛，他爸是行长的那个。周凯下决心了，说要买就买大的，一步到位，省得将来折腾，好，明天我们就去看房子。"

周凯在一边听得心惊肉跳，他对谢琳说："八字还没一撇的事，你就告诉你妈？那么大的房子，我们哪有钱买啊？"

"赵梦蝶不是答应给我们打折吗？"谢琳不以为然地说。

"我的姑奶奶啊，你以为这房子打折像你买衣服啊，可以对半折？房子打折一般是98折，至多是95折，就算9折，我们一样买不起！"

"啊？真的吗！"谢琳像泄了气的皮球一样，瘫坐在椅子上："这可怎么办，我约我妈明天去看房，这下牛皮吹破了！"

"别急，我再问一下云宇有没有小点的房子，我们多贷点款，尽快把你娶回家。"

周凯万万没想到的是，过了两天，赵梦蝶就让人主动打电话给他，让他带家人去看房子。那是一套150平米的三室二厅的电梯房，户型、结构都十分理想，特别是美式田园风的装修风格让谢琳十分满意，她围着各个房间转来转去，不时地发出惊喜的欢叫声："哇，太棒了！这装修、这家具都是我喜欢的啊，能住这种房子，做梦都要笑醒了！"

彬彬有礼的售楼小姐微笑地说："谢小姐，这房子原本是样板房，按我们原来的做法，装修家具电器折价卖给业主，赵总说了，就不收你们的钱了。"

谢琳吃惊地张大了嘴："这不太好吧，我们怎么能收这么大的礼呢？"

"赵总说算她送你们的结婚礼物，你们就不要推辞了。"售楼小姐彬彬有礼地说。

谢琳笑得嘴合不上了："谢谢，我们改天亲自去谢赵总。请问，这房子打几折呢？"

售楼小姐说："一般来说，我们最多打个95折，赵总特意交代给你们打8折，这真是从来没有过的事。你们知道绿馨家园的楼很好卖的，这么低的折扣，买下来转手出去就赚一笔了。如果你们满意，我们就把合同签了吧？"

"好啊，马上签。"谢琳笑容可掬。

银行卡上只有十几万的周凯直冒冷汗。他在心里算着房价，绿馨家园目前是云海市最贵的楼盘，均价6000元一平米，一层楼加50，十楼就6500元一平米，150平米就是97.5万元，打个8折，还得78万元。他选择付首付20万元，贷款至少要贷58万元，以他的工资，不吃不喝还贷款也不够。那售楼小姐似乎看出了他的心思，另外拿出一张补充合同，上面写着云宇集团可每月代缴按揭，业主可以选择自己方便的时候归还云宇集团代缴的钱。谢琳更是在一边欢呼雀跃，那情形不容他再推了。

他的脑袋一片混乱，售楼小姐说什么他就做什么，叫他在哪签字他就在哪签。等所有表格签完之后，他感到整个人都虚脱了。

谢琳很快就把租的房子退了，找了一个周末，两个人就搬了进去。

搬进新房后，谢琳整天催着周凯去办结婚登记。她习惯河东狮吼的嘴像是抹上蜜了，催着周凯说："老公，不管你有钱没钱，我都是爱你的。我们还是早早地把事办了吧，对双方老人也算有个交代，你妈不是也急着抱孙子吗！"先前极力反对他们在一起的准岳母时不时地找点借口光顾他们的新家，每次都带来她老人家煲的营养汤。她循循善诱地对周凯说："早点成个家，生个孩子，趁我和你爸身体还壮实，帮你们把孩子带大。"

周凯与谢琳的婚礼在云海市"海之滨"休假山庄举行。赵梦蝶花了巨款把海之滨的屋顶花园包下给周凯作婚礼场所，蒋伟杰从上海请来了婚礼设计师，婚礼主题是"大海作证，天长地久"，主色调是蓝色与白色，桌开九十九桌，取意天长地久。婚礼用的鲜花都是前一天鲜花店从昆明空运过来的，谢琳的婚纱是在上海定制的。接新娘的十辆车也是蒋伟杰帮助张罗的，全是世界顶级好车：玛莎拉蒂、法拉利、兰博基尼、保时捷、宾利。一路引来人们的围观。客人除了两家的父母亲朋好友、双方的同学，大多都是云海市响当当的人物，有政府机关要员、有影响的商人、新闻界的朋友。周凯的婚礼的奢华程度让双方的亲友都叹为观止，特别是周凯父母更是被亲戚们的恭维话捧晕了。

那年年底，谢琳给周凯生了一个大胖小子，周凯荣升做了父亲。

好日子总是过得很快，这些年，在赵梦蝶、蒋伟杰的关照下，周凯可谓心想事成，事事顺心。在赵梦蝶引见下，周凯认识了越来越多对他仕途有决定性作用的人物，与业界许多关键人物交上了朋友。周凯对他们出手大方，他们也给予周凯很高的回报。在仕途上，周凯大踏步地前进，短短几年就从一个普通的信贷员提为副科长，再升为正科长，直到现在的副行长。

赵梦蝶花在周凯身上的钱也得到了极大的回报。随着周凯地位的提高，他手中的权力能为云宇集团做的事越来越多。

周凯与蒋伟杰、赵梦蝶的关系越来越密切。时不时地在一起吃个饭，喝个茶。那年，他提拔为副行长后，决定重谢他们两个。他打电话让蒋伟杰约赵梦蝶，不久，蒋伟杰回了短信："晚上8点，海之滨。"

他给蒋伟杰准备了大红包。给赵梦蝶钱就太俗了，思来想去还是买点像样的礼物较为妥当。到了国贸商城，他又纠结了，买什么能既合她的心意又不俗呢？他突然想到了赵梦蝶耳边飞着的那两只小蝴蝶，径直走向首饰柜，选中了一只钻石镶嵌的蝴蝶。这是一支钻石发饰，在灯光下，熠熠生辉，他想只有它才配得上赵梦蝶那浓密乌黑的亮发。他一边欣赏一边随口问道："多少钱？""5万！""什么？这么贵！""先生，一分钱一分货，你看上面镶嵌的都是上等的南非钻石，你不要看走眼啊！"经过讨价还价，最后以三万八成交。他感慨万千，三万八，就换成这么一个小小的装饰品，人也许生来是没有高低贵贱的，但人生的境遇却是实实在在地有高低贵贱的！

海之滨离市区有一个小时的车程。新修的海滨大道宽敞笔直，车行驶在新铺的柏油路上悄然无声，视野越加开阔。随着空气海水的味道加重，大海逐渐出现在眼前，路两边大大小小经营海鲜为主的酒店渐次出现。这些海鲜馆多数是附近渔民开的，海鲜都是他们自己打捞的，非常新鲜，价格也公道。周凯一边开着车一边数着：南海海鲜坊、梦岛、椰海风情……数不胜数，有几十家吧。远远地望见前面一个灯火辉煌的水晶宫，那就是海之滨。海之滨占地面积约3000平米，设有户外游泳池及按摩池，别具特色的下沉水中酒吧，异国情调的户外餐厅及多功能房。

周凯坐着电梯到了屋顶花园，那里设有屋顶休息平台，随处可见的座椅、雕塑小品，四季常青的亚热带植物构成一个海边风情场所。在这里可以远眺高尔夫球场景色与碧波荡漾的大海。坐在这里品着红酒，尽享海风的爱抚，这就是有钱人的生活，以前他根本不敢想象自己有一天也能像个人物一样到这种地方大模大样地看看大海，听听音乐！

"Hello！在发什么呆啊？"不知什么时候，蒋伟杰已经坐在他的身边了。周凯看只有他一个人，急忙把准备好的红包给了他。蒋伟杰拿在手中扬了扬，说了声"谢了！"就塞进包里。

"老同学，你现在是有钱又有身份了！"

"多亏了你们的帮忙，赵总真是个人物！"

蒋伟杰靠近周凯压低声音说："女人自有女人的本事，不是她能耐，是她干爹厉害，她干爹安振宇创建了云宇集团，那可是个响当当的人物，可惜命短。这么庞大的一个商业王国落入了这个小女子手里。"

原来是这样！

他们正聊着，赵梦蝶款款走来。她身着一件吊带长裙，粉白的底子上飞满了各式各样的蝴蝶。她的脸干净素雅，只点了淡淡的唇彩，长长的头发烫成大波浪垂至腰际。待她坐定后，服务生很快地就端上菜来，赵梦蝶举起红酒说："周行长现在是重权在握的人了，我们云宇集团将来就靠你了！"

周凯连忙端起酒："赵总，没有你，哪有我今天，希望以后赵总还要多多关照！"

干了杯中酒，周凯把准备好的礼物拿了出来："小玩意略表谢意。"

打开礼盒，那只钻石蝴蝶在灯光下光彩夺目，赵梦蝶眼里流露出意外的惊喜。她拿在手里欣赏很久："很精巧，谢谢了！"然后用略带命令的口吻对周凯说："给我戴上！"随即把头一侧转向他。

周凯受宠若惊地起身帮她别在头发上，她身上的香气直面扑来，周凯紧张得手有些发抖，费了一些周折才把那只蝴蝶戴好。当周凯回到座位上，她像个小女孩等着表扬似的歪着头问他们："好看吗？"

蒋伟杰频频点头对周凯说："好看，士别三日当刮目相看，你小子什么时候学会讨女孩子欢心了，哈哈哈！"

赵梦蝶说："周行长，今天我还有事找你商量，不知你肯不肯帮我这个忙？"

"从赵总做事的气魄，看到了云宇房地产辉煌的明天，你一直在帮我，今后只要你用得上的地方，尽管开口。"

蒋伟杰说："云宇集团要在星月岛开发'阳光海岸'项目，现在缺资金啊！"

赵梦蝶忧心忡忡地说："你可能也知道，我那个不争气的哥嫂尽给我惹事，出了事居然还携款逃之夭夭了！因为他们，绿馨三期不好卖，资金无法回笼。现在云宇很困难！"

周凯有些为难地说："云宇在我们行的授信都用完了，目前这个形势，要追加授信基本没有可能啊！"

蒋伟杰说："周行长，你没搞明白赵总的意思，她是想让你个人帮她筹集一些资金。自从云宇公司出了事，原本有贷款意向的几家银行对云宇集团产生了怀疑，贷款越来越难了。迫于无奈，赵总决定走民间借贷这条路了。借高利贷不如我们自己到民间去集资。只要我们不把集资来的钱乱花，切实用在公司发展上，而且在资金的筹措与使用上制定一套严格的管理制度。现在很多朋友都参与了，利润空间很大，是双方都得益的好事。"

周凯一听又是让他帮忙集资，本能就想拒绝，可是想到赵梦蝶为自己做了那么多的事，他开不了这个口。当然那高额的利息也诱惑着他，他想了一会说："我试试吧！"

赵梦蝶那张忧郁的脸马上笑靥如花，那张笑脸让周凯下定决心帮她这个忙。

周凯回家把赵梦蝶的意思给谢琳说了一下，他原以为谢琳会反对，没想到谢琳眼珠子一转，马上说："真的假的？真有这么好赚的钱，真是天上下钞票啦！"

周凯还是不放心地说："老婆，这可是违法的事，国家规定利息超过人行基准利率的四倍就不受国家法律的保护，可得想清楚啊！"

"云宇集团不是在你们行贷款吗？你最了解他们状况，有什么风吹草动我们及早撤出来，再说你还有老蒋这条线，这年头，饿死胆小的，撑死胆大的。"谢琳说："我们现在虽然比上不足比下有余，但靠那点死工资想过好日子，难啊！"

周凯觉得老婆说的也有道理："那我就试一下？"

"我们把股票基金卖了，我叫我爸我妈还有亲戚朋友多动员一些人来，我们赚个中间差。"谢琳激动得手舞足蹈的："老公，我这就打电话。"

周凯没有谢琳那么乐观，但看到她那么开心，不忍心扫她的兴。

从那以后，谢琳成了周凯家投资生意的说客与财务。她每天打电话给认识的人，劝他们把钱拿过来投资。谢琳的特长就是能言善辩，有那种可以把芝麻说成西瓜、黑的说成白的本事。

"亲爱的，最近忙什么呢，你的宝贝上哪个幼儿园啊？那怎么行，一定要上私立的，贵是贵点，值得啊，不能让孩子输在起跑线上。我朋友公司最近发展太快了，资金一时转不过来，如果你手头上有富余的钱可以先帮助他一下，人家给3分利，我都是土生土长的本地人，跑得了和尚跑不了庙，你不用怕！"

"刘阿姨啊，最近身体好吧，我知道你教子有方，儿子最孝顺啦，不过现在年轻人又要养房又要养车还要养老婆孩子，太辛苦了。我朋友公司资金一时转不过来，如果你有钱可以先帮助他们一下，给3分利。你什么时候要用钱提前几天说就可以取了，很方便的，多少都可以的。那我就先替我朋友谢谢刘阿姨了！"

"小张，最近在哪发财啊，最近我朋友公司资金一时转不过来，想向你求助呢。当然亲兄弟明算账，我们打欠条，3分利，怎么样？我老公是公职人员呢，你怕什么啊？好，那我们说定了，谢谢啊！"

周凯以谢琳的名字在银行开了一个户头，谢琳把亲朋好友集资来的钱投到云宇集团，每个月，云宇财务会把利息打到谢琳的账户，她按每个人投资份额的多少分到每个人的账户。也可以选择不取出来，利息再放进去滚利息。虽然这项工作很烦琐，可是每个月算账的那几天，谢琳情绪特别好。短短几个月内，他们筹集到的钱达2000多万元，他们每个月的利差就赚得喜笑颜开，而且找他们投钱的人越来越多。每一个投资人都会带动自己的亲朋好友进来。他们把赚到的钱又重新投进去让它利滚利。

随着经济的发展，大大小小城市都像摊面饼一样，越摊越大。周凯家所在的县城由于发展迅速，人口急剧增多，前几年升级为县级市了。那座新兴的城市在地图上的形状像一只肥胖的羊，而周凯从小生活的那个村像这只肥羊的一只角。前两年，有一个企业家找专家在那探测到铁矿，建了一个钢铁厂。当地农民除了补偿到统一建成的住房，还可以获得一笔钱，周凯的爸妈想用这笔钱来赚钱。周凯当然愿意帮助家里人多赚钱，前一阵子，谢琳父母也提出同样的要求，他们甚至还想把家里的祖屋和店面卖了投到云宇公司。周凯想投资都是有风险的，高回报就有高风险，赚了钱大家笑哈哈，有什么闪失，他就是天大的罪人了！可是，望着爸妈企盼的目光，周凯无法拒绝他们的要求。

周凯和谢琳说好，只帮父母兄弟姐妹，这样两家老人及兄弟姐妹集资近 200 万元。每个月分红的日子就是他们家的节日，拿到钱的都兴高采烈，有的打电话过来道谢，有的买水果上门致谢，还有请客吃饭的。有了钱，大家花钱就大手大脚了，买车的买车，换房的换房，小日子越过小康直奔富裕。

有一天，周凯正在吃晚饭，门铃响了。门开后，一个中年汉子站在门外。这男人又黑又壮，嘴阔眉毛粗，穿着一件辨不出颜色的衬衫，一条暗蓝色的裤子，脚底下放着一个麻袋。周凯疑惑地问："请问，你找谁？"

"凯哥，我是李二，你小学同学啊，坐你后面的。我老了，是吧，我们吃苦力的，哪像你坐办公室的，还是那么面嫩。"

周凯竭力地回想这个叫李二的同学，记忆中的那个李二是个脸蛋圆圆的、眼睛大大的男孩子，无论如何与眼前这个苍老黝黑的汉子搭不上。

"快进来坐！"周凯招呼着他进屋。李二站在门口探头向屋里看了看，又看看自己的脚，原来他穿着一双拖鞋，脚上沾有泥土。看见客厅里干净如镜的地板，他眼里露出了怯意。周凯上前拉了一把，他才脱了鞋进来了。周凯倒茶招待他，他却不肯坐，把那个刚才在脚下的麻袋递给了他："一点土产，给弟妹补身子！"谢琳一听说有土鸡土蛋，连忙从饭桌边走了过来，利索地接过麻袋一边笑容可掬地说："来就来吧，还带什么东西，现在这土东西可稀罕了。大哥，吃饭没，一起吃吧！"

"吃了，吃了！"李二连声说。

周凯硬把他拉上桌，叫谢琳煮了一些面条，他推让一会儿，三下两下就吃光了。

李二初中毕业后就回家务农了。看到村里年轻人都外出打工赚到钱，回家盖了房子，他心动了，跟着同村的堂哥来到了城里。在建筑工地上做事，有一天加班多了，太累了，做工时就从脚手架上跌了下来，跌伤了腿。幸好遇上了一个好心的老板，给他治好了伤，补了一笔钱。脚好了后，他就回家娶了老婆，生了一男一女两个孩子。在家种种地，农闲时打点零工赚点花销，日子也还过得去。去年，他家的地被地产商征用了，补了一笔钱，没了土地，他没事做，那些补偿款撑不了多久。这阵子听村里人说周凯在城里赚大了，就找上门来叫周凯帮他。

周凯连忙说："李二，外面传的话不能信。钱存银行比较保险。"

"我自从伤腿，干不了重活。将来孩子就靠着这笔征地补偿金了，可是坐吃山空啊。你就帮大哥一把吧，算我替两个孩子求你了！"

谢琳端着水果出来了，她说："大哥，亲不亲故乡人哪，周凯不帮家乡人帮谁，我替他答应你了。"

这谢琳搞什么鬼，周凯不解地望着她，谢琳却说："大哥想投多少钱啊？"听谢琳答应他了，李二高兴得直搓手，赶紧回答谢琳的问话："原来有三十万，还掉前几年拖欠的债，还有二十来万。"

"这样吧，你拿二十万来，我们给你打借条，2分利，一个月利息4000给你，这样你一家人生活就解决了，你看行吗？"

"啊？"李二一听高兴坏了，两眼放着光，抓住谢琳的手直摇晃："弟妹，你真是观音娘娘转世，以后家里，这鸡啊、蛋啊，就不用买了，我送过来！"

周凯听了直冒冷汗，这种事能随便答应人家吗！

"村里人有多少家得了拆迁款，他们都用来做什么？"谢琳不理会周凯给她使的眼色，继续问。

"我估算有五六十户。嘻，他们能做什么啊，有的家赔得多，都不想出去干活了，整天就是聚在一起玩牌打麻将。胆小的就一毛两毛地玩，也有玩大的。"

"那你说让他们把钱放我们这，他们愿意不？"谢琳试探地问。李二一下子明白了谢琳的用意："这等好事，他们哪有不愿意的，回头我就去问问。"说完，李二就告辞了，说是迟了怕坐不上车。

周凯与谢琳越做胆越大，当然钱也赚大了！

周凯在绿馨家园买的房子只交了那二十万元，其余的钱，赵梦蝶都给免了。去年，周凯把那房子卖了，换了别墅，谢琳换了一辆白色的奥迪A6，儿子进了全托的贵族学校。谢琳的生活基本上就是在健身房、美容院、商场、麻将桌边度过的。周凯呢，每天上班，晚上基本上都在酒桌、卡拉OK厅，身边也有过几个年轻貌美的女朋友。

在外人看来，周凯成功、富有，而内心深处，周凯有一种不踏实的感觉。周凯总觉得自己在云层上飘着，说不准哪天就坠落到了地上。云宇集团产业铺得太大了，周凯担心哪天资金链断了，云宇这座大厦就倒了，而云宇一倒，从周凯手上过的贷款能收回多少就只有天知道了。周凯也想过收回部分资金，可是这赚钱就像吸毒一样会上瘾的。周凯已经习惯花钱如流水的奢侈生活，他无法想象如果没有了钱这日子还有什么意思。今朝有酒今朝醉，明天的事明天再说吧。

现在，报应终于来了！周凯一边开着车，一边想，认识赵梦蝶到底是幸运还是倒霉？如果没有认识赵梦蝶，周凯和谢琳现在是否过得不那么富有却很安宁？凭着自己的努力是不是也能拥有一份小康的生活？云宇的事件一出，上级行肯定会组织审计，当初违规操作给云宇集团的贷款就会暴露，周凯从此众叛亲离、身败名裂，不是死罪也将老死于狱中。还有他们私下为云宇集团集资的款项，足以让上百个家庭倾家荡产。许多人也是借钱投进来的，还有人是用自己的住房抵押贷款放进来的。一个普通的中国家庭要买一套房要大半辈子的积蓄，有的甚至是几代人的积累，转眼他们都成了一无所有的人了。父母、谢琳他们都会成为债主追债、咒骂的对象。近几年追讨债务动用黑社会的不在少数，制造车祸、砍手抽筋、活埋灌辣椒水的事时有耳闻。想到这些，周凯思维混乱、浑身冰凉。周凯在心里骂自己，周凯，你真是利欲熏心！贪得无厌！罪该万死！你放着好好的日子不过，明知前面是个坑，却不顾一切地往里跳，什么豪宅、名车、美女，犹如黄粱美梦，转眼成空！周凯的心一阵绞痛，两眼发黑，脚不由自主地向前滑了一下，踩到了油门，汽车顿时像箭一样向前冲去。远远地周凯望见交警向他挥动手臂，周围喇叭声此起彼伏。他很想刹车，却怎么也停不下来，汽车仍然如脱缰的野马向前狂奔。不知跑了多久，听到"轰"的一声巨响，眼前火光一闪，他整个人向空中抛起。他感到自己的身体膨胀成一个巨大饱满的气球，又在瞬间破裂成无数的碎片，那些碎片变成了无数的蝴蝶向高空飞去……

风云突变

当众人因赵梦蝶失踪而闹得鸡飞狗跳时，赵梦蝶自己也不知道她此时身在何处。

3月8日，云海市女企业家协会举办庆祝国际三八妇女节的联欢会。联欢会安排在城郊一家以"农耕文化"为主题的会所，那天晚饭后又举行了露天烛光晚会，女企业家们都很开心。晚会结束时，已是晚上11点多。

　　赵梦蝶的专职司机的孩子那些天生病了，赵梦蝶好心让他先打的回去。10点左右，司机还打电话说要过来接她，她玩得正在兴头上，对司机说："不用，一会我自己开车回去。"这个晚上赵梦蝶见到了许多很久不见的姐妹，很是尽兴。回家的路上她一路哼着小曲。夜深了，路上很安静，只有偶尔路过的车辆发出行驶的声音。赵梦蝶住的别墅是小区最里面的一幢。到门口时，她发现大门口有一块黑乎乎的东西把车堵了，她担心是什么动物，不假思索就下车查看。与此同时，她的头被人从后面使劲地敲了一下，她没有任何挣扎就失去了知觉。

　　等她醒过来的时候，天色已亮，她的头有些疼，全身酸麻。她想动，却发现自己的手被反绑坐在一张木椅上，她的手被绳子绑得很紧，根本无法动弹。她扭着头，环顾了一下四周。这是一间装修简陋的房间，大约有十几个平方米，进门右手有一张单人床，上面堆着一条破旧的棉被。床的边上有一张桌子，油漆已经脱落，上面有一台老款小电视。桌子上地上到处堆满了各种破旧的生活用品、空的酒瓶及可乐瓶。

　　赵梦蝶有些蒙，这是什么地方，她又是如何来到这里的呢？三八节活动——回家——家门口的黑色的东西……她想起来了，这么说她又被绑架了！有了一次被绑架的经历，她没有第一次那么恐慌，她知道这些人想要的是她的钱，在钱没拿到之前，她相对是安全的。

　　透过窗帘的缝隙，她看到院子里有人走动。于是，她大声地喊："有人吗，放开我！"

　　随着一阵沉重的脚步声，一个高大的男人一摇一摆地走了进来。梦蝶一眼认出他是安振国，自从安振国那次大闹公司后，他们再没见过面。安振国明显地老了，头发白了一半，背也驼了一些，两个眼袋异军突起，像两颗大蚕豆藏在松弛的脸皮底下，显得老相十足。

　　"安叔，你这是做什么？"赵梦蝶没想到绑架她的居然是安振国，她不明白安振国为什么要这么做。当年他无理取闹，在云宇集团最需要资金的情况下，撤走了股份，一度让云宇陷入了困顿，但赵梦蝶还是把该给他的钱都算给他了，现在他又想做什么？

安振国背着手围着赵梦蝶转了几圈，无来由地大笑起来："哈哈，赵梦蝶，你没想到有一天会落在我的手里吧？人啊，得意失意都是时间耍的把戏，你说是不是？堂堂的云宇集团的董事长，现在也是我掌心里蚂蚁，如果我愿意，分分秒秒就能捏死你！"

安振国停下来，站在赵梦蝶的面前一脸嘲笑："你怕了？不用怕，我不要你的命，你那贱命对我来说没用。我只想要回属于我们安家的财产，我们安家所有的财产！"

赵梦蝶搞清楚了安振国的意图，心里反而踏实了，她说："安叔，你松开我，有什么事我们好商量！"

安振国托起赵梦蝶的脸，恶狠狠地低吼道："你早去哪里了？现在老子没心思与你商量，等会律师来了，你把安家的财产都转到安小虎的名下，我就放你走，否则，我就把你关在这里，慢慢地饿死你！"

原来是这样，赵梦蝶心想，周一上午公司有例会，公司的人发现她不在肯定会找她。对了，手机呢，只要手机在，就能定位。她开始用眼睛寻找她的手包。

安振国很快地看出了她的想法，不屑地说："你不用东张西望，你随身物品都留在车上了。"他像变魔术一样拿出几张银行卡在梦蝶面前晃了晃："当然这些我们笑纳了，现在你把这些银行卡的密码告诉我，算是赵总给我们的见面礼吧！"

梦蝶包里的银行卡大约有七八张，合起来有几十万元。她想，如果公司报警了，那她的这些银行卡的动态就会进入警方的视线，她就有救了。于是，她主动地说："安叔，那些卡上的钱不多，只有建设银行与中国银行那两张合起来有五十万左右。我把所有的密码都告诉你，都是自家人，有什么事，我会尽力的。"

安振国点着头啧啧称赞："赵总真是财大气粗！开口就是几十万元，我哥这个冤大头，前半辈子被你那个狐狸精的妈妈陷害，在牢里一待十年。出来好不容易挣了点钱，居然被你这个小狐狸精夺了去！所以今天，我要主持正义，把安家的财产拿回来，否则，我怎么对得起我死去的哥！"

"哟，安老师，这是和谁在谈天理啊，正义啊！"门帘一响，肖芳芳一身香气地闪进屋来。看到赵梦蝶一脸吃惊的样子，她上前抱住安振国的胳膊嗲嗲地说："亲爱的，你们叔侄这是唱得哪一出啊，也没早点告诉我来看戏！"

"我是想让你多睡会，再说，一个贱人有什么好看的！"

"那你就错了，贱人演的戏才有看头！你没告诉她，我们俩现在是什么关系啊？"说着，她亲了亲安振国的脸，对赵梦蝶说："我来说吧，梦蝶，你现在要叫我姊姊了，我和你安叔半年前正式登记结婚了。"她抚摸了一下自己的肚子："而且呢，你很快也会有一个小妹妹了，等孩子生下来，我们准备在云宇酒楼举行一个盛大庆典。咦，振宇哥送你的那条天价钻石项链呢，你可以转送给你妹妹做贺礼，哈哈哈！"

听了肖芳芳的话，赵梦蝶注意到她今天穿的是一件宽松的孕妇袍，微隆起的肚子在袍子底下时隐时现，她鼻翼两侧已有了蝴蝶状的斑痕，面部有些浮肿。梦蝶吃惊之余，心想，这么说，安振国从云宇集团分走的几千万元，让他交了桃花运，精于算计的厉娜终究还是没有算计过眼前这个艳俗的女人？而肖芳芳总算实现了自己嫁给有钱人的梦想，她终于可以在她前男友面前趾高气扬了！

赵梦蝶心想，肖芳芳就要为人母了，应该不会做得太过分吧。于是她说："我先祝贺你们了！你们为了孩子也该放了我，绑架是犯法的事，你们不想让你们的孩子一出生就有犯法的父母吧？"

"赵梦蝶，我们好歹是受过高等教育的人，哪会做犯法的事。我们聘请了法律顾问，一会律师会送来一些具有法律效力的合同文本，你只要在合同文本上签上你的大名，就可以平安地回家了！"安振国假作亲切地说："我们要求的不多，就是请你把安家的财产还给我们。"

肖芳芳把安振国拉到一边，恶狠狠地说："我是永远不可能和这个贱货成为一家人的！赵梦蝶，你早该死了，可惜那次车祸撞死的人不是你，安振宇真是上辈子欠你的，一把年纪了还给你当了替死鬼！"

听了肖芳芳的话，赵梦蝶十分震惊："肖芳芳，这么说安总的死不是意外，是人为！车祸与你有关？"赵梦蝶愤怒地说："你为什么要这么做？安总虽说没有娶你，但一直待你不薄啊，你好狠心啊！"

"赵梦蝶，这话你可别乱说。安总死于车祸吗？关我屁事？赵梦蝶，今天你只有乖乖地听我们的，你才有可能活着出去！"肖芳芳发现自己说漏了嘴，急忙改口，转移话题。

"就算我签了字，没有公司的印章，也不具备法律效力，还不如放了我，以后你们确实需要什么帮忙，我义不容辞！"赵梦蝶试图说服他们。

"赵梦蝶，你死到临头了，还这么居高临下地与我说话！"安振国用脚踢了一下赵梦蝶的椅子。

"亲爱的，你别生气，我们的人已经把云宇集团的营业执照及公章拿到手了，很快就会送过来的。"肖芳芳安慰安振国，转身又对赵梦蝶说："有钱能使鬼推磨，这句话呢，放在哪个时代都不过时，我刚才已经说了，我们不会做犯法的事，我们拿到钱还要合法地消费呢！"

赵梦蝶大吃一惊，看来这是一场精心策划的阴谋。她愤怒地喊道："安振国，你这个卑鄙无耻的小人，居然派人去偷云宇集团的营业执照及公章！"

安振国走上前来左右开弓扇了赵梦蝶几个耳光："你他妈的，死到临头了还那么嚣张！我们不用偷，只要花几个小钱，云宇集团内部自然有人愿意做这个事。卑鄙？你用美色迷惑安振宇，霸占了安家的财产，算不算卑鄙？我不过是以其人之道还治其人之身罢了！"

肖芳芳假意地上前劝了一下："安老师，文明点，赵总是聪明人，肯定知道'识时务者为俊杰'这个道理。我们现在就安心地等着律师过来吧。"

安振国下手很重，赵梦蝶的脸随着他的手的方向，不由自主地左右摇摆，随后像火烧一样，麻辣辣地生疼。更疼的是她的心，安振国居然花钱收买云宇集团的人出卖公章，而集团里居然也有人为了钱出卖公司！她愤恨地盯着安振国与肖芳芳一会儿，就闭上了眼睛，她不想再看到那两张丑陋的脸！

安振国与肖芳芳暂时离开了那间屋子。

赵梦蝶闭上眼睛心里是波涛汹涌。她想，他们想要云宇集团的股份还是她现有的不动产，如果她将来没有什么方式证明这些文本是在胁迫下签署的，那就得生效。现在她该怎么办？公司家里又怎样了？她万般着急又无奈。

她在心里算着时间，看窗外透过的光线越来越强烈，她推测现在应该是近中午的时间了。她肚子"咕咕"地叫，她饿了，她不想把自己饿死在这里，她要保存体力，与这些人周旋。于是她大声喊："我饿了，给我点吃的！"

然而外面静悄悄的，一点声音也没有！

整个下午，安振国与肖芳芳要等的人一直没来，赵梦蝶又累又饿，就歪在椅子上睡着了。

等她醒过来时，夜色已经降临，房间亮着一盏白炽灯，发出幽幽的光，四周很静，偶尔听得见一两声狗叫。赵梦蝶猜测这里应是郊区。她大喊了几声，还是没有人应答。她想安振国的目的很明确，就是想要云宇集团的资产。她更担心她失踪的消息会让云宇集团名誉受损，对今后的发展带来负面影响。她还担心父母，眼见着儿子儿媳妇都逃走了，今生也不知能否再见上一面，如果她再出事，两个老人怎么活得下去？她想得最多的还是阳光，那个她今生唯一用生命爱过的人，他是否知道她有多爱他？"阳光海岸"地产是以他的名字命名的，她想用这种方式来纪念那段刻骨铭心的爱情。如果时光能够倒流，她一定拉着他的手，永远不松开！但事到如今，一切都成为泡影了！她又想到了安振宇，那个改变了她一生命运的人，她辜负了他的重托，把云宇集团做到了今天这个样子！

不知过了多久，安振国带着一个男人进来了。赵梦蝶认出这个人是云宇集团的法律顾问司志明，这个出生于上世纪六十年代末的中年人，是她借贷资金的一个中间人。三年前他们在一次酒会上经朋友介绍认识的，他是华东政法学院的高材生，人很健谈，有办事能力。当时介绍人说司律师希望有机会与云宇集团合作，恰巧前一任的法律顾问要移民，赵梦蝶就高薪聘用了他。

赵梦蝶开始做民间借贷时，司志明很主动地参与进来，当时他们还就法律层面对云宇的借贷做了些规定，以保障借贷行为的合法性。这两年，赵梦蝶通过他陆续借了三千多万元的资金，给了他最高的利息。去年年底，司志明突然提出辞职，并让赵梦蝶把钱全部还给他。公司的钱都在工程里，一时转不出那么多钱，赵梦蝶想办法归还他本金一千二百多万元，他却很不高兴，追款追得紧。今年年初，他曾放出狠话，说赵梦蝶若不把所有的钱还给她，一定会让赵梦蝶死得很难看。没想到他是与安振国勾搭到一起了。

司志明穿着一套浅灰色便西装，头发一如既往地梳得很亮，一双名牌的休闲皮鞋，手里一个鹿皮的公文包，公事公办地对赵梦蝶说："赵总，好久不见了。今天，我受安总之托，来请你签署一些法律文书，当然也顺便请你把贵公司欠我的钱还了。"说着他打开公文包，拿出了一本已经盖好云宇集团公章及会计私章的空白支票，大量的房产转让文本及云宇集团股权转让文本。

安振国在一边说："只要你在上面签字，你回去后，我们把这些财产理一理，我们之间的恩怨就完结了。今后，我们井水不犯河水！"

赵梦蝶盯着司志明看了很久："司律师，我们不仅是合作伙伴也是多年朋友了，你怎么可以做这种事？绑架是犯法的，你是律师，知法犯法，罪加一等的！"

司志明开始还诡辩说，他没有参与绑架，最后垂头丧气地说："赵总，你要理解，可是我已是走投无路了！我手上的钱是从下面十几个人手里集资过来的。我远房堂哥帮我借了好大部分的钱，他的钱又是从好几个亲戚那凑来的，有一家还是把镇上的房子卖了，凑了三十万元，一家人借住在别人家里，就是为了挣点利息钱。年初，我堂哥的爸得了肺癌，他下面那些人怕在他手上的钱收不回来，纷纷找他要钱，他又找我要，我只能向你要。上个月，堂哥那闹出大事了，卖房子的那家见堂弟拿不出钱来，把他刚上高中的女儿绑了去，找了几个人给轮奸了。堂嫂受不了这个打击，一气之下喝了农药。你说，事到这份上，我怎么办？家里整天都是一群讨债的，我爸妈都气病住院了，再拿不到钱，我也要跳楼了！"

安振国不耐烦地说："够了，你他妈别叽叽歪歪地像个娘们，你帮我办成这件事，我把钱给你不就得了！赵梦蝶，你签字吧，否则你就死在这里！"

赵梦蝶把头歪向一边表示拒绝："你们用这种下三滥的手段是不会达到目的的！"

安振国上前就是一脚，把赵梦蝶坐那张椅子踢倒在地，对着已经倒地的赵梦蝶就是一脚。赵梦蝶发出痛苦的呻吟声，司志明连忙上前劝阻："安总，这样解决不了问题的，出了人命就不好了！"他把赵梦蝶的椅子扶了起来说："赵总，你不签是走不出这个房间的，人要是没了命，要财还有什么用？你还是签了吧！"

赵梦蝶忍住痛说："你们先给我水喝，让我吃点东西，我要是死了，你们什么也得不到！"

司志明连忙说："好的，我去拿吃的，你好好想想。"他转身对安振国说："安总，有话好好说，赵总是明白事理的人！"

安振国愤愤地又踢了椅子一脚，恨恨地说："臭婊子，不签我踢死你！"

司志明泡了一碗面给赵梦蝶，赵梦蝶借吃饭的时机，好好松了一口气。

赵梦蝶吃完饭后，安振国随后又开始了新一轮的紧逼！

赵梦蝶看了那些材料，除了几十张的空白支票，多是云宇集团公司房产转让赠与的意向书，云宇集团股份转让书等文件。如果这些文件都产生法律效应，那么云宇集团就是安振国与肖芳芳的了。赵梦蝶当然不能答应。安振国多次对赵梦蝶进行武力攻击，到了晚上十点左右，又一阵拳打脚踢之后，赵梦蝶昏了过去。

司志明强制把安振国推出门外，把赵梦蝶抱到了床上，给她喂了一些水。那一夜，他就守在她边上，他不是心疼赵梦蝶，他真怕她死了，他的钱就打水漂了！

连续三天，他们逼赵梦蝶签署文件，赵梦蝶坚持，你们打死我吧，我是不会签的。

到了第四天，安振国再也没耐心了，对着赵梦蝶劈头盖脸地一阵打，司志明紧紧地抱住了他："你疯啦，你打死她有什么用啊？命案必查，出了命案，公安局是不会放过我们的，你有再多钱又有什么用？"

正在这时，肖芳芳拿着手机兴冲冲地进来了："快看，网上又有新消息了！我念给你们听听：3月12日晚，有人在网上发帖声称，云海市云宇集团公司董事长、'云海市第一美女董事长'赵梦蝶失联。云宇集团欠债至少10亿元，涉及多家银行和民间借贷的公司与个人。昨日下午，云海市市委宣传部、市公安局联合召开新闻通报会。通报中称，3月8日晚，云海市云宇集团公司董事长赵梦蝶失踪，警方已介入调查。"肖芳芳很得意地说："怎么样，这下云宇集团出大事喽！赵梦蝶，你再不签字，那些讨债的人就会把你公司给抢光了！"她转身对着安振国说："亲爱的，这可是我的杰作，呵呵，这消息够劲爆吧！"

被折磨得奄奄一息的赵梦蝶恍惚中听了这消息，气得全身发抖："肖芳芳，你我有什么深仇大恨，你要这样地害我？云宇集团是利用了民间资金，但我们是用于生产经营的，你这样造谣，不是把云宇逼上死路吗？"

肖芳芳冷笑道："你逼别人上死路的时候怎么不说啊！我和安振国恋爱好好的，你出来插一杠子，安家人好好的呢，你也能把云宇集团抢过去！赵梦蝶，你这个妖孽，早该死了！你去死吧，我一定大方地送你一个花圈！"

司志明从肖芳芳手里抢过手机，把那新闻看了一遍又一遍，脸色苍白道："你们这是做什么，现在警方已经介入调查，我们在这里不安全了。而且，绑架罪是重罪啊！我看还是想办法善后吧！"

"可是，她还没给我们签啊！没有钱，我们去哪去？将来孩子生下来，我们用什么养？"肖芳芳叉着腰在那里叫嚣。

司志明急切地说："顾不了那么多了，我们还是走吧。公安局很快就会查出最早的消息出处，现在公安部门的侦察手段都是运用了高科技，可以精确到我们所在的具体位置。"

"放屁，他们怎么会知道她和我们在一起？不能走！"安振国气急败坏地说："我们不能前功尽弃！"

司志明苦口婆心："公安部门一旦介入调查，所有亲朋好友、商业往来对象都会成为他们监控对象。要想人不知，除非己莫为。我们躲不过的，快走吧！命比什么都重要！"

肖芳芳一听有些怕了："老公，那我们还是先走吧。"

安振国见司志明给赵梦蝶松绑，气吼吼地说："让这个三八婆死在这里好了！"又转身骂肖芳芳："警方很快就会通过取款监控追查我们的去向，头发长见识短，成事不足，败事有余！"

肖芳芳顾不上还嘴，挺着肚子，就急匆匆地向外走。

不一会，赵梦蝶就听到院子里有汽车启动的声音，她全身无力地趴在地上，嚎啕大哭！

当赵梦蝶从噩梦般的绑架中侥幸地逃出来,云宇集团的噩梦才刚刚开始!

从 2011 年 3 月 10 日,云海市官网发出第一条赵梦蝶"失踪"的消息后,各种版本的消息不停地在博客、网站四处冒泡。各路记者将云宇集团的发家史及赵梦蝶的个人情况当作面团,加上了自己的想象作酵母,让这一消息不停地发酵膨胀,滋生出来的各色小道消息像长了翅膀的氢气球,到处飘散。与云宇集团相关的社会各个阶层的人都如同被电击了,迅速做出了不同的反应。云宇集团内部人心惶惶,高层管理人员有的还抱着一丝希望在等待观望,有的已做好了辞职的准备;普通员工紧盯着上一级的主管,他们的心理就是只要还能拿到工资就待下来,毕竟云宇集团是大公司,工资福利远远高于小公司。这些人虽然人留下了,心已经涣散。

3 月 12 日下午,云海市银监局组织各家银行行长召开了紧急会议。会议上,人民银行行长做了一个通报。早在半年前,中国人民银行云海市分行在反洗钱运动中就把云宇集团列入关注对象,对云宇集团实行了金融监控。云海市工作人员发现,常有巨额资金从云海各地转到云宇集团公司的账户上,觉得十分可疑。在掌握初步证据后,他们马上向上级部门作了汇报,中国人民银行云海市分行又马上向省里汇报。随即,一场针对赵梦蝶和云宇集团的金融调查悄悄拉开帷幕。中国人民银行反洗钱部门在经过秘密调查后,发现赵梦蝶洗钱行为不成立,但是她涉嫌更为严重的金融犯罪——非法集资。会议要求有贷款给云宇集团的银行,采取有效措施及时收回贷款,保障国家资金安全,

当天晚上,"云海经侦"官方微博接连发了两条:"再次提醒公众谨慎选择民间融资,风险性很大,近日这方面的警情足以表明:民间融资有风险,投资要谨慎!"

赵梦蝶死里逃生回来首先面对的是各家银行陆续发来了催款通知,当时,云宇集团在多家银行共有贷款余额 5.2 亿。被绑架期间,赵梦蝶已经被折磨得身心疲惫,回来又为资金链的事着急上火,经常彻夜失眠,原本乌黑靓丽的一头秀发,大把地往下掉。她没有时间回家,吃住都在办公室内,事实上她也没有心情睡觉吃饭了,送来的盒饭堆在那里,有的都没打开过。每天 24 小时,她办公室的三部电话两部手机的铃声此起彼伏,像是电话铃

声的五重唱，大多是讨债要钱的，银行要还贷款的，供应商要求付货款的，施工方要求付工资的；还有的就是谩骂、威胁。这些人还算是文明的，许多讨债人聚集在云宇大厦门前，像云海春天的雨一样，一阵接一阵，没完没了。那些白底黑字的条幅"还我血汗钱！""赵梦蝶滚出来！"像是机关枪射出的子弹，每一发都直击梦蝶的心脏，让她喘不过气来。从办公室窗口向下望去，那黑压压的人群看不清面目，像蚁群觅食一样一会向东一会向西，多数时候他们静坐在那里。有些人已在下面搭起了帐篷，准备好了持久战。

　　赵梦蝶像一只困兽在那间豪华的办公室里独自哀嚎。她打了无数的电话，向有可能借款给她的企业打电话，接电话的一听是她就开始打太极了。有的说深表同情，但是爱莫能助。有的说自己的企业都困难，没有能力。有人装着一副什么都不知道的天真状："赵总，你真会开玩笑，云宇是云海市数一数二的大集团啊，各家银行抢着给你贷款，你怎么会缺钱，你逗我玩吧，哈哈哈！"有的人没等她开口就说："赵总啊，按理说，一两千万，对我们公司也不算什么，但公司刚投资一个新能源的项目，实在对不住了！"有的人干脆不接她的电话，连废话都舍不得说。赵梦蝶的自尊一次次地被踩踏，她心底里的火一点点地被燃起、煽大，她感到自己快要爆炸了。那些被她的钱喂肥喂壮的人，当初那些靠着和云宇合作发展壮大的商家们，用她的钱铺垫向上爬的政府官员们，那些依赖云宇集团的工资养活全家的人，那些拿着云宇资助的钱顺利读完大学的人，他们都是去了哪里，难道我养的都是一群狼？不是说这个世界充满爱吗？亲情、友情、爱情，什么狗屁情的，都跟着钱跑了吗？她感到自己的胸腔里被人浇进了硫酸，有被烧灼腐蚀的痛感，又有一股火像火山爆发前的熔浆不停地翻滚外涌。她必须找到一个喷发口，否则会窒息而亡。她使劲地抓起办公桌上磁化水杯就往地上砸，"哐当"一声，杯子没碎，在地上打了一个转滚到沙发边上去了。她觉得不解气，又抓起她从荷兰带回来的瓷鞋子向地上砸了下去。"哗啦"一声，碎片四溅，跑得满屋子都是，一种快感让她很放松。她越砸越上瘾，物件破碎的声音在她听来有了音乐的质感，让她暂时忘记了现实的痛，她终于找到了发泄的方式。她开心地笑着："哈哈哈，都砸了吧，不干了，不是说世界末日要来了吗，那就早点来吧！地震、海啸、瘟疫，让所有的最恐怖的都来吧，毁了这一切！拼死拼活地做这一切为了什么呀，五一劳动奖章啊，人大代表啊，让人羡慕得快掉出眼珠子的东西，都是他妈的狗屁！一切都是虚幻的表象，在虚幻的背后都是钱堆起来的啊！你见过没有金钱堆积的权力、地位、荣誉吗？没有，绝对没有！再光鲜的东西啊，撕开一角，只要一角，就会发现表象的内幕是多么污秽不堪，臭不可闻！"她像疯了一样在办公室里东走西窜，放声大笑，一会儿又唱又跳，秘书李雪在她办公室门口守着，不停流泪！

赵梦蝶摇摇晃晃地又拿起一尊观音瓷像，正想向下砸，仿佛听到有人说："别砸！"这是阳光送给她的生日礼物，是一尊德化白瓷观音像，线条深秀洗练，柔媚流畅，圆劲有力，形神兼备，独具风格神韵，显得格外慈祥、温柔、娴淑、善良和圣洁。望着这尊观音像，想到了阳光，她的心渐渐地沉静了下来，她蹲在了地上，抱着观音像大声痛哭。她哭得撕心裂肺，地动山摇，好像要把这辈子的眼泪都流完……不知什么时候，有一只手放在了她的头上，那只手很轻很柔。赵梦蝶停止了哭泣。她扬起泪脸，向后回望。这一望，她傻掉了，呆呆地，许久说不出话来。

站在赵梦蝶身后的正是阳光！当阳光知道，云宇集团高息融资是无法改变的事实，他想能帮助梦蝶的就是迅速融到足够的钱，让公司正常运行，让借款的人对云宇重新树立信心，下一步就是陆续从民间集资这条路上退出来。

当他听说赵梦蝶回来了，第一时间就赶到了她的办公室。

可是赵梦蝶的秘书李雪却拦住了他："对不起，阳行长，赵总刚回来，事情太多，暂不见客！"阳光不顾一切地冲到了赵梦蝶的办公室，使劲地敲她的门："梦蝶，我是阳光，你让我进去，我有话对你说！"他听到办公室里面有东西碰撞碎裂的声音，却不见开门。他再次恳求李雪："李秘书，我知道你是尽职尽责，但是我是赵总的好朋友。你也知道，现在没有人敢帮助她，我愿意帮她，你帮我把门打开吧，让我劝劝她！将来赵总怪罪，我担着。"

李雪知道阳光说的是实情，现在愿意帮助云宇集团的只有他了吧，于是她把门打开了。

门开了后，阳光看到的是一地狼藉，台面上的东西都被扔在地上砸碎了，赵梦蝶披头散发地坐在地上，怀里抱着一尊洁白的观音像。

阳光上前从身后把她抱了起来，放在沙发上，把她怀里的观音像取下来，安放在桌子上。又去卫生间打来了热水，给她洗脸，梳头。

当阳光做这些事时，赵梦蝶面无表情，木然地任他做着。阳光轻轻地揩着她的脸与手，他看到她的脸上还有乌青的痕迹，心里揪着疼。

做完这一切，阳光轻轻握着她的手坐着。过了不很久，赵梦蝶仿佛从梦中醒来："你怎么来的？"

"在网上看到你失踪的消息后，我一直在找你。人没事，回来就好！"阳光疼爱地望着梦蝶说："梦蝶，你自己不能垮下，你要是没信心，你让公司那么多人怎么办？"

赵梦蝶的泪像雨一样，突然倾泻而下："我已经承受不了！"

阳光握着她的手说："我会和你站在一起，我们共同面对！现在，你告诉我，到底谁绑架了你，我们去报警吧！"

"肖芳芳与安振国，安振国一直认为是我抢走了他的云宇集团，他认为这个公司是他哥创立的，理所当然由他们安家继承。现在，公司利用民间资金的事已经暴露，各家银行都发来了催债通知，公司门口那些人都是讨债的，他们的目的达到了，公司资金链已经断了！"

"我们还是得先报案，才有主动权！"阳光说："既来之，则安之！"

"不行！我们报案，安振国就会被捕，绑架案是重罪。我今天的一切都是安总给我的，无论安家的人对我做了什么，我都不能报案！"赵梦蝶说：他们肯放我回来，就说明良心没有完全泯灭！"

"梦蝶，人家都要把你逼到死路上了，你还这么心慈手软的！"

赵梦蝶咬咬嘴唇，坚定地说："无论如何我不会报案的！"

"好吧，听你的。"阳光无奈地摊摊手说："钱里有乾坤，借贷就是江湖。民间借贷是把双刃剑啊，梦蝶，这是在刀尖上跳舞的活，你一个女孩子，不该去蹚这混水！"

"我知道，我也是没有办法才选择了这条路。当时，赵世昌负责的工程出事了，他们卷走了大笔的钱，阳光海岸工程已经开工，银行贷款迟迟不能到位。我认为只要我本着对投资人负责的态度，把钱用在公司的经营与发展上，不会出问题的。没想到，后果会是这样！在五光十色、光怪陆离的金钱世界里，是最能看清人性与人情的。"

"事已至此，你也别太悲观。现在许多中小企业融资难，利用民间资金的企业不是一家两家，政府基本上也是采取睁一只眼闭一只眼的态度。日前，云海也有多家小额贷款公司成立了，说明金融政策宽松了。云宇集团是采用民间集资形式筹措资金，但并未用于个人消费。如果你们每一笔账都很清楚，至少说明你们初衷是要还钱的，就排除了诈骗。赵世昌一伙携款潜逃，但他们并没有出入境的任何记录，可能还在境内，短时期也不可能挥霍掉全部资金，只要能找到他们就有可能追回大部分资金。以云宇集团的实力，只要公司能正常运转，亏空是可能补上的。"

"可是，公司高息集资成了社会关注的焦点，今后很难向银行再贷到款了！"赵梦蝶眉头紧锁。

"车到山前必有路，我们一起想办法吧！对了，你公司利用民间集资的账本你要收藏好，这些都是将来对你有利的证据。"

"有的，都在财务总监的保险柜里，每笔的来龙去脉都有清清楚楚的记录。我现在就打电话给会计，让她把账本送过来。"

打过电话后，一个瘦小的女孩敲门进来，手里拿着一个大信封："赵总，林总监说如果您找他，让我把这封信交给您！"

赵梦蝶把信看完后，脸色突变，破口大骂："王八蛋！一年几十万元的薪金居然养出了一个家贼！"

阳光一看，脸也吓白了。信上说，半年前，赵世昌的妻子陈新珠时常找她打麻将，她觉得要想在云宇做下去，与赵家搞好关系很重要，乐于与陈新珠交往。没想到，陈新珠他们一伙设局让她输了很多的钱，她根本还不起。陈新珠她们提出要她把公司的一些账目交给他们，赵梦蝶失踪后，她觉得事情闹大了，怕连累自己，就不辞而别了。

赵梦蝶完全崩溃了，她无力地摆摆手说："我就是一个穷命，却无意踏进了富贵的门，没这个命，我没有力气与他们斗了，随它去吧！"

阳光抱住她："梦蝶，这不是天意，是人为的阴谋，而且是蓄意已久的阴谋，你要振作起来，云宇集团几千人靠你吃饭啊！"

梦蝶泪如雨下："阳光，我到底错在哪里，我只不过是想把云宇做强做大，我们每年也合法交税，积极做公益事业，我错在哪里啊？老天要这样惩罚我？"说着，她控制不住地全身颤抖，嚎啕大哭！

阳光紧紧抱着她："梦蝶，人的一生充满各种变数，每个人都有可能遇到各种各样的事，高兴的，悲伤的，苦难的，这是上苍在考验我们呢！如果我们害怕了，退缩了，我们就被它打败了；如果我们不怕，勇敢面对，我们就赢。相信自己，一定能赢！"

他更紧地抱住她，经过多天折腾疲惫不堪的梦蝶在他的安抚下，在他的怀里渐渐入睡了。

夜色一点点地落了下来，五颜六色的霓虹灯光透过窗户照在他们相拥的身体上，远远传来钟楼的敲钟声……夜深了！

2011年8月4日下午4点左右，事先没有任何征兆，云宇集团在云海市的所有门店，在短短几分钟内，全部被警方控制。当晚，云海市政府发布公告，宣布赵梦蝶已被当地公安机关刑事拘留，理由是涉嫌非法吸收公众存款，云宇集团同时被立案调查，与云宇集团有关的债权债务，开始登记。

8月9日，云海市委宣传部、市公安局联合召开新闻通报会，通报中称8月4日，云海市云宇集团公司法人代表赵梦蝶因涉嫌经济犯罪被刑事拘留。

……

台风来袭

这年云海的夏天特别长，从5月开始都是令人难耐的酷热天气，备受酷暑折磨的人们渴望急风骤雨送来几分清凉。终于起风了，从台风预告开始，大风开始呼呼地叫，像汽笛声一样在高空回旋。街上的落叶、纸屑被风吹起，在高空中飞舞着，气温开始下降。然而，狂风咆哮几日，飘过几滴雨，就改变方向走远了，天气更加闷热难挨。2012年7月，天气预报名为"蝴蝶"的台风将在云海附近海面登陆，各级部门严阵以待，做好了抗台风的准备工作。这天，从中午开始，乌云像烧焦的破棉絮似的在天边翻滚，风一阵紧一阵地嚎叫着，雷声在人们头上轰然作响，暴雨像瀑布似的倾泻而下。风夹杂着雨水像密集的子弹，"噼噼啪啪"打在人的脸上，像针刺一般痛，路两边的树木，在暴风中慌乱地抵抗着。

阳光家一院子的花草树木在疾风中东倒西歪，没有关好的窗"啪啪"直响，阳光急冲冲地从外面跑进家门。自从赵梦蝶被捕后，阳光的生活就进入了非正常状态，除了上班，他所有的时间都用于跑赵梦蝶的事。他的行为举止让妻子李欣怡十分痛恨。俗话说，爱之深，恨之切，当初她有多爱阳光，现在就有多恨阳光，她使出了各种手段阻止阳光的所作所为。然而，阳光始终只有一句话，只要赵梦蝶没事了，他从此不再与她有任何纠葛。但现在赵梦蝶处境困难，甚至有生命的危险，他不能不管，希望李欣怡理解。李欣怡怀着对爱情的绝望与对夺爱者的怨恨，带着儿子远走美国。

施惠对儿子的行为非常生气，她之所以让儿子回到云海，本想让儿子在云海做出点成绩，将来回到总部求得更大的发展。云海都市银行的一把手许常发马上就要退二线了，许常发与阳卓成是几十年的朋友，他有心要帮助阳光走上新的台阶。然而阳光自己却不珍惜机会，整天与赵梦蝶扯不清，许常发找他谈过话也多次提醒了施惠，要她好好劝劝儿子，别再做自毁前程的事。施惠对儿子的所作所为又生气又着急，她费尽心思地为他的前程铺路，儿子心里却只有那个妖精赵梦蝶。她对阳光的担心化作对赵梦蝶的恨，如果没有赵梦蝶的蛊惑，当初阳光怎么可能得忧郁症？现在怎么可能置前程于不顾，为她奔跑？她不明白阳家到底欠了赵梦蝶这对母女什么，怎么就绕不开她们呢？

那天，施惠听到儿子回家的声音，急忙地走下楼来。本来她是想先发制人地教训儿子几句，然而当她看到儿子一脸憔悴，身心疲惫的样子，心里对儿子的怨气早就消失得无影无踪了，赶紧招呼他坐下："光儿，今晚是十二级台风，你就不要再出去了。"

施惠给儿子沏了一杯铁观音说："妈有一阵子没看到你了，你瘦了！看来，欣怡不在你身边还是不行。唉，欣怡也是从小被宠坏了，受不得一点委屈，夫妻之间得懂得退让，都揣尖要强的，这日子怎么过得下去！"

"妈，我这阵子比较忙，你还好吧？"望着母亲担心的目光，阳光心里有些内疚。母亲从小生活条件优越，父亲生前对她一直很呵护，作为儿子，他却让她为自己操心。他在心里对自己说，等这些事过去了，他一定好好孝顺母亲。

"妈都这个年纪，好不好无所谓。我担心的是你们，欣怡出去后一直也没来个电话，你最近有没有给欣怡打电话？娘俩在外面过得怎么样？"

阳光现在的注意力都在赵梦蝶案子上，对母亲的问话，他兴致索然，简单地回答："我美国的朋友把他们母子都安顿好了，阳睿下周就可以在附近的学校上学，你放心吧，妈！"

"光儿，不管怎么说，他们是你的妻儿，照顾好他们是你的责任，男人在这世上最重要的责任之一就是把家照顾好。"

"我知道，妈，如果没事，你早点休息吧。"阳光害怕妈妈以此为话题，没完没了地给他做思想工作，于是他起身就要离开。

施惠用眼神制止住了儿子的离开，语重心长地对他说："光儿，事情都到这份上了，我们就把话挑开了说。首先我要检讨，在你与赵梦蝶感情上，妈妈处理过于简单。现在，你已经与李欣怡结婚了，还有了阳睿，你有责任做个好丈夫好爸爸，维护好你们共同的家。虽然现在男人在外面有二奶三奶的很多，但我们家不允许有这样的事发生。这辈子，妈只认欣怡一个儿媳，赵梦蝶要进这个家门，除非是我死了！"

"妈，我没这想法。你放心，我只是想帮梦蝶渡过难关。等她平安了，我就不再与她来往了。"妈妈终于把话题转到了赵梦蝶的身上，阳光有点心慌脸红，"不管怎么说，当初是我们对不起她，我这样做，算是一点点的补偿吧。"

"光儿，你已经不是小孩子了，说话办事不能太任性。你不能为了一个赵梦蝶，置自己的家庭和事业于不顾！你这样做，对得起爸爸妈妈对你的培养，还是对得起一心一意爱你的妻子？"施惠说得有些激动，从沙发上站了起来，挥动着双手，脸上泛起了红色："我真不明白赵梦蝶给你灌了什么迷魂汤，让你这么死心踏地为她卖命。难怪欣怡要咒她，谁受得了你们这样闹腾！"

阳光怕母亲过于激动有伤身体，他连忙帮母亲倒了一杯白开水，拍拍她的背安抚地说："妈，你想哪去了，我当然会对这个家负责，我依然爱着家里的每一个人。"

阳光诚恳的态度让施惠的态度悄悄缓和了点，她重新坐下来，喝了口水说："我比你更了解云宇集团的事，事情没有你想象的那么简单。你有没有想过，赵梦蝶被绑架本身就是一个案件，她却不报案，那些绑架她的人到底是谁，他们的目的是什么？云海市中小企业靠民间资金维持运转的很多，比云宇集团规模大的也不少，为什么赵梦蝶被捕了？妈妈希望你理性一点，不要再参与云宇集团的任何事，这个坑太深，怕你自己都掉下去上不来！"

听了母亲的话，阳光心里一亮，母亲在云海生活了一辈子，在政府部门工作了近二十年，对云海方方面面的事远比他看得清，拿得准，阳光真心希望母亲能出手帮他一把。于是他恳切地说："妈，我劝过梦蝶去报案，她心太软了，说她今天的一切都是安振宇给的，她不愿做对安氏家族不利的事。梦蝶外表柔弱，内心却是一个很要强的人，她不想辜负安振宇的重托，一心想把云宇集团做强做大，是有些操之过急，甚至采取了一些违规的做法，但她的出发点不是害人。她与非法集资的诈骗犯不一样，我求你帮帮她，好吗？只要她平安了，我就和欣怡好好过下去，如果你们愿意，我也可以到国外定居。"

施惠望着执迷不悟的儿子深深叹了口气说："我的傻儿子啊，我想帮她也没有这个能力，你妈已经不在副市长那个位子上了，人走茶凉，这是亘古不变的道理。我承认，抛开各种成见，赵梦蝶不是坏人。但刚才你也说了，赵梦蝶违规了，更准确地说是违法了，也许她的初衷不是想诈骗，但结果是一样的。你还在为她辩护，你就是被感情迷昏了头，黑白是非都分不清了！"

"妈，如果没有这次的绑架事件，梦蝶是可以还清那些利息的，那些人就不会因此自杀与破产了，这事有因有果，不能全怪到梦蝶头上。妈，你在位时认识了那么多的领导，帮助了不少的人，总有些人是会念旧的。"

"光儿，你应该明白，法律在面对种种利益选择时，首先要绝对维护国家的利益。就算赵梦蝶主观意识上不是诈骗，但她的行为对社会所产生的破坏性与社会上普通的非法集资案是一样的，所以她一点都不冤，是罪有应得！我再提醒你一句，你别忘记自己的身份，你现在还是云海都市银行的副行长，党委成员，却整天为了一个私营企业的女老板东奔西跑的，别人会怎么想？许行长明年就要退二线了，他已经向上级行推荐了你，这是一个绝好的机会。光儿，为了一个赵梦蝶，毁了自己的家庭与事业，不值得的。"

"妈，如果梦蝶真的犯了法，她该受什么惩罚，确实是她罪有应得。但如果这后面有什么阴谋，导致了她受到过度的惩罚，是不公平的！"

"不管怎么说，赵梦蝶高息集资是违反了法律，她该判什么刑，有司法机关去裁定，你不要再跟着瞎胡闹了！回到欣怡的身边，回到你的工作岗位上去，这是妈妈对你的唯一的要求。光儿，你可怜一下妈妈，妈妈都六十多岁的人了，在这个世上唯一的念想就是你好好的。这些日子，我整天为你担惊受怕的，没睡一个安稳觉。"

在阳光印象中，母亲一向是很强硬的样子，遇到任何事，她都很镇定而且很乐观，从没有说过软话。阳光的心被触动了，他握住妈妈的手，恳切地说："妈，请你一定要理解我，只要梦蝶没事了，我一定与她一刀两断。但，现在不行，她处境危险，我必须帮她渡过这一关，否则我一辈子都不会心安的。"

听了儿子的话，施惠的心像被泼进了一盆冰水，寒到了后背，她知道她所有的规劝在儿子那里都是耳边风。于是，她愤然而起，转身向楼上走去！

阳光喊了几声妈，可是母亲头也没回，他难过地跌坐在沙发上，头疼欲裂。外面传来了狂风暴雨的声音，台风终于来了！

经过一年多的取证调查，云海市中级人民法院一审认定，被告人赵梦蝶于 2008 年 5 月至 2011 年 2 月间，采用虚构事实、隐瞒真相、以高额利息为诱饵等手段，向社会公众非法集资人民币 5.8 亿元。案发时尚有 3.8 亿元没归还。法院认为，被告人赵梦蝶的行为不仅侵犯了他人的财产所有权，而且破坏了国家的金融管理秩序，已构成集资诈骗罪。鉴于被告人赵梦蝶集资诈骗数额巨大，给国家和人民利益造成了重大损失，犯罪情节特别严重，应依法予以严惩。为保护公民的财产不受非法侵犯，维护国家正常的金融管理秩序，依照《中华人民共和国刑法》第一百九十二条、第一百九十九条、第五十七条第一款、第六十四条之规定，作出判决：以集资诈骗罪判处赵梦蝶死刑，剥夺政治权利终身。

离云海市东北方向八十公里有一座山，叫凤凰山，因山体似凤凰形状而得名。凤凰山气势雄浑，四周峰峦叠翠，树木葱郁，花丛馨香，泉水清澈，置身其中，让人有远离尘世、逍遥为仙的感觉。山脚下有一个小村庄，住着几十户农人。近几年，山里的青壮年大多进城打工了，赚来的钱回村盖起了小洋楼。远远地望去，青山绿水间坐落着小楼，别有一番景致；走近一看，楼里是空荡荡的，留守在山中的都是年迈的老人和未到学龄的孩子。

外界传说逃到国外的蒋伟杰就躲在这个村里的一幢楼里。这里是蒋伟杰母亲的老家的祖宅，蒋伟杰发达后，在旧址上重新建了一幢三层小楼。以往，每逢节假日，他都会带着母亲及妻子孩子回来住几日，平时就让亲戚帮忙照看。

外表看这是一幢普通的乡村民房，走进院子，别有洞天，院落里种满了高大的树木，有香樟、桔树、桃树、桂树。走进大门，一条青石板铺就的路直通大厅。客厅正对门是一整面墙的山水瓷画，客厅四周博古架上有序地摆放着一些木雕、石雕及造型独特的古玩器具。右边一套厚实红木沙发，上面垫着厚厚的刺绣靠垫，沙发的中间放着一个玉石镶嵌的长方形的茶几，上面摆着一套白瓷茶具及一些茶点。

此时，客厅里，坐着阳光与蒋伟杰。两人面前的烟头堆放成了一个小山的形状。

"一审出来了，死刑，剥夺政治权利终身。"满脸憔悴、胡子拉碴的阳光说："公安部门对债权人进行债权申报登记，目前登记的一共有892人。云宇集团直接面对的有12位债权人，小债权人是合伙挂在一个大债权人名下。这些参与集资的债权者有相当一部分是党政公务人员和企事业人员。以高额利息集资，违反了国家相关规定，赵梦蝶有错，但罪不当死啊！从梦蝶被绑架到被判死刑，我总觉得这里面有鬼，仿佛有一只看不见的手在操纵着这一切，到底谁在操纵这一切？老同学，我求你帮我，救救梦蝶！"

这些消息，蒋伟杰早知道了，他无奈地摊摊手说："我现在是泥菩萨过河，自身难保。赵梦蝶通过民间筹集资金的事，我比谁都清楚，我见证了整个过程，说是蓄意诈骗，完全不是事实。我个人资产有几百万在里面，难道我会自己骗自己？作为中间人，我的数额最大，如果被抓捕，少说也要判个十年八年的，我得出去避避风头。"

"所以说，救她也是救你自己。我给梦蝶请的律师是北京天平律师事务所的陶亮，是一名很有正义感又有着丰富经验的律师。我约了律师，你把你知道的都告诉他吧，也许他能从中找到线索。"

蒋伟杰像被火烧了屁股，整个人弹跳起来："你带律师过来，你疯了！我是出于信任你，才告诉你这个地址，这下全完了！"

阳光向他摆摆手说："没征得你同意，我怎么会带人过来，我只是想和你商量一下，接下去我该做什么。"

蒋伟杰紧张地看了看四周说："这里不安全了。我怕有人会跟踪你。我觉得是有人盯上了云宇集团的资产，而且这个人或是自己或是背景相当强大，我们肯定不是他们的对手。我会把我知道的都写下来，到时想办法托人带给你。"

蒋伟杰把话都说到这个份上了，阳光不好再说什么，他站起来说："好吧，我等你的消息。那我怎么联系你？"

"我会主动联系你！对不起，阳光！真高兴有你这样的朋友，仁义！"

阳光上前拥抱了一下蒋伟杰，在他耳边说了声："保重，兄弟！"就快步地离开了那里。

几天以后，阳光收到了一个电子邮件，他查了一下地址，发件地是云南边境的一个小城镇。

以下是蒋伟杰给阳光的信件。

阳光你好！

当你收到这个邮件时，我已经离开这块土地了。现在你是最需要朋友的，而我只能选择离开，对不起！

我始终不认为赵梦蝶和我这些中间人有罪，但以我个人的力量我无法与他们对抗，我只能离开。

说起云宇集团与赵梦蝶，我有的只是感激。

在我上初二时，我父亲蒋世才，当时他是一家商业银行的科长，恋上了一个刚毕业的大学生，回家就与我的母亲吵架，逼着我母亲在离婚协议书上签字。我母亲为了保住家庭的完整，死活都不肯离婚，我父亲就三天两头回家吵闹。我实在受不了他们没完没了的折腾，对母亲说："妈，你离开他吧，将来我赚很多很多钱养你，不然你会被他折磨死的。"

离婚后，我父亲很快地就与那位女大学生结了婚，婚后生了一个女儿。重男轻女的父亲又想把我的抚养权要回去。我母亲坚决不同意，我也坚持与母亲在一起，父亲才作罢。

我对父亲抛弃母亲的事一直耿耿于怀，我暗暗发誓要让母亲过上好日子，让父亲和他小老婆好好瞧瞧。

大学毕业后，我拒绝了父亲安排在银行的工作，与朋友成立了一家广告公司，每天走街串巷地去拜访客户，拉业务。当时我真是豪情满怀地想大干一番事业。但由于我公司小，没有钱请大牌的设计师，接的业务都是一些小企业的，赚不到什么钱，公司很快就经营不下去了。为了维持公司正常经营，我偷着把家里住房作为抵押，向银行贷了一笔钱，公司总算也接了一家银行的广告业务赚了一笔钱。我想总算能把银行钱还上，剩下的钱够维持第二年公司基本开支。我刚松了一口气，就传来一个消息，公司的会计挪用了公司的钱去炒股，把公司仅有的钱全败光了。那时，那个消息对我来说，真是晴天霹雳，可是我又放不下母亲，每天都喝酒，企图用酒精麻醉自己。

我那要强的母亲，离婚十几年，再苦都咬牙扛着，这次，她背着我去找我的父亲，恳求他帮助我渡过难关。

我父亲不仅拿出了一笔钱给我作为周转金，还帮我介绍了许多的银行及大公司的业务。吃尽苦头的我那时已经知道靠自己单打独斗，想在这个世界上打下一片天地是很难的，于是我接受了父亲的帮助。

　　我是随父亲参加云宇集团的年会时，认识云宇的老总安振宇的。当时，云宇集团在云海已经有了一定的名气了。云宇的年会很隆重，请了市歌舞剧院的演员来演出，年会还安排了抽奖的节目，中奖率为百分百，最大的奖是彩色电视机，现在看来很普通，但在当时是很轰动的。

　　安振宇做人很义气，很快就把一个新楼盘的广告交给了我，那一单，我就赚了个金银满钵。以后，我的事业就顺了，我承包了云海多家报刊的广告版面，与多家大企业签订了合同，利润直线上升。没几年，我就为母亲买了一套大房子，后来我结了婚当了爸爸，思想成熟了，也能理性地看待父亲当年的选择。

　　我非常清楚地记得我第一次见到赵梦蝶的时候，我觉得她好像不是这个时代的人，也不是过去什么时代的人。如果宇宙真的另外有什么高于人类星球的存在，那赵梦蝶一定来自那个星球。赵梦蝶是一个很单纯的人，没有一般商人的虚伪狡诈，虽然她学会用种种手段应付社会各界三教九流的人物，比如不惜代价地行贿，甚至花大钱在官场培养自己人，那是不得已而为之的。在生意场上，她懂得分享利益，因此许多企业愿意与她合作。

　　在我看来，云宇集团发展可分为两个阶段，一个是安振宇时代，一个是赵梦蝶时代。

　　安振宇的成功，很大程度上是官商结合的成功。云宇集团的起步阶段，恰逢国家经济大发展的好时机。安振宇得到了你父亲阳卓成的支持，短短几年就在云海商界站稳了。没想到，安振宇意外车祸身亡。他把企业交到了赵梦蝶的手上，引起了弟弟安振国的不满，他要求撤股，与此同时，原本支持云宇集团的银行纷纷要收回贷款。赵梦蝶付出了很大的代价，重新获得了银行的贷款支持。她的努力得到了回报，她成为云海商界的一颗最亮的新星，她趁势而上，积极参与慈善事业，扩大云宇集团的影响力，各种荣誉纷至沓来。

　　然而随着事业的大发展，云宇集团的资金需求量越来越大。那年，赵梦蝶的哥哥赵世昌负责云宇集团的绿馨家园工程发生了楼房坍塌事件，赵世昌不敢面对，卷了大量的资金逃走了。加上当时银行规模缩紧，房价下跌，公司财务吃紧，再筹不到款，资金链就要断了。在这种情况下，赵梦蝶决定走民间集资这条路。云海市经济活跃，民间资金在国家金融体系之外进行体外循环的状况有很长的历史。市民当手里有闲钱，就找地方投资赚钱。借贷双方默认这种借款方式：借方是以归还为义务的取得，贷方是以收回为条件的付出。赵梦蝶为此还严格制定了一系列的管理办法，每笔钱的来龙去脉，账目十分清楚，公司支付利息十分及时。我从一开始就与她合作，后来外界愿意给她投资的人也越来越多。

我们不得不承认，在现实经济生活中，民间资金对企业起到了积极的作用。民间经济活动自有一套约定俗成的评价体系，在民间借贷中，借贷双方都自觉地遵守合同的约定和彼此应尽的责任与义务。云海众多的企业最早的起步资金大多来自民间资本，你比我更为清楚，小企业是很难从银行贷到款的。说到底，我们现在还没有融资的自由，在我们国家，获得融资还是一种特权，所以拥有这种特权的银行高层以各种方式出卖他们手中的权力，这种情况滋长了民间借贷的发展。如果我们的融资环境是良好的，谁愿意冒着犯法的风险去搞什么民间融资？据调查，我国地下钱庄的规模至少也有10000亿人民币以上，这样庞大的资金借贷规模，怎么可能完全禁止呢？

我总觉得从赵梦蝶被捕到被判死刑，好像有一只无形的手在操纵这一切。梦蝶上诉到二审还会有一段时间，希望你能帮她找到有利的证据，证明她是无罪的。那时，我也能正大光明地回家了！

拜托了，兄弟！

蒋伟杰于云南边境小镇

云海市云宇集团董事长赵梦蝶集资诈骗案二审将于2012年7月29日在云海市中级法院开庭审理。阳光有一种不好的预感，特别当他想到母亲对他说的那些话，心里慌乱得很，他深感自己无能为力，内心更加痛苦。赵梦蝶的律师陶亮成了阳光唯一能求助的对象，开庭前他又一次约见了陶律师。

陶亮是个四十多岁的中年人，中等的个头，方圆脸，目光坚定有力，让人一见就有种能依靠的踏实感。陶亮早年是一名法官，后到法制报社待过几年，前几年出来与朋友合开了一家律师事务所。调查赵梦蝶案后，陶亮感觉这件案子确实不是一般的非法集资案，内幕很复杂，存在着案中案，但目前他所能做的就是把赵梦蝶集资案的真相调查清楚，并尽可能为她争取最大的利益。陶亮告诉阳光，此次二审，赵梦蝶借资的行为是否为"集资诈骗"会是庭审争议焦点，他仍将为赵梦蝶做无罪辩护。

陶亮说："《刑法》第一百九十二条规定了集资诈骗罪的构成要件是，吸收公众资金后，根本没有合理经营活动，而是将资金肆意挥霍、滥用资金，主观上不想归还，客观上也根本不可能归还吸收的资金，行为人必须具有非法占有的目的，才构成此罪。赵梦蝶借钱只是朋友间的民间借贷行为，并没有使用欺诈手段，也没有要非法占有的想法。赵梦蝶还让会计部门制定相关的管理制度并有完整的记账，所筹到的资金除了支付利息，绝大部份用于新项目的开发建设了，并没有用于个人挥霍。所以我认为赵梦蝶的行为不构成集资诈骗罪，只能算民事纠纷。"

陶亮的说法让阳光的心安定了一些，他握着陶亮的手说："陶律师，一切都拜托你了！"

陶亮说："我很佩服你，阳先生，真是性情中人。你放心，我会尽力而为的。"

2012年7月29日上午9点，庭审正式开始。经过严格的安检后，阳光进入了法庭。由于法院特意控制，二审到庭旁听的人数并不是很多，庭上三分之一的座位是空的。

两名女法警押着赵梦蝶站在了被告席上。赵梦蝶一身黑色的衣服，外罩看守所的黄马甲，面容清秀苍白，然而神态平静。

庭审开始，首先由公诉人宣读起诉书，起诉书详细列举了赵梦蝶非法集资案中12名中间人非法集资的数目、归还的本金、实际诈骗的金额。最后提出公诉，请法院依法判处。接着，审判长向赵梦蝶发问：被告人赵梦蝶，刚才公诉人宣读的起诉书你听清楚了没有？

赵梦蝶：听清楚了。

审判长：你对起诉书指控的犯罪事实有没有异议？

赵梦蝶：有。

审判长：你可以讲异议。

赵梦蝶：我借钱的目的是为了云宇集团的发展，不是想非法占有，也没有采取欺骗的手段，所有借款对象都是我的朋友和公司员工，并非面对广大的公众。所借款项除了支付利息，都用于公司的经营与发展，每笔资金都有账可查。

接下来是检察官对赵梦蝶的问话，资深的检察官表现出很强的控场能力，所提的问题尖锐而犀利。律师陶亮为梦蝶做了辩护，罪与非罪的争论主要集中在构成非法集资诈骗罪的三大法律要素上：

其一，有没有以非法占有为目的。

云宇集团旗下产业是否具有偿还高息借贷的能力，成为赵梦蝶是否具有非法占有目的的争论焦点。

检察机关认为，赵梦蝶借贷利息年利率高达30%甚至60%，而世界金融行业最高盈利率也不过17.5%，因此云宇集团不可能具有还贷能力。

陶律师称，根据法律规定，是否具有非法占有目的，要满足是否明知没有归还能力而大量骗取资金、肆意挥霍骗取资金等条件。而从云宇集团近些年的经营效益来看是有能力还清这些借款及利息的。云宇集团近些年都是云海市的纳税大户，而且每年还做了大量的公益活动，对于新的投资项目，赵梦蝶是不可能知道自己的经营就一定会失败，不属于"明知没有归还能力而大量骗取资金"。

其二，有没有使用诈骗方法。

检察官称，赵梦蝶明知云宇集团的经营状况不可能负担如此高额利息，仍向债权人大量借贷用于偿还利息，明显属于诈骗。云宇集团旗下产业不过是赵梦蝶非法集资的工具。

陶律师辩解，司法解释中关于诈骗方法的定义是，行为人采取虚构集资用途，以虚假的证明文件和高回报率为诱饵，骗取集资款的手段，赵梦蝶将集资款用于云宇集团的发展及归还云宇集团经营所欠债务，并没有虚构集资用途，也没有编造虚假证明文件，不构成使用诈骗方法。

第三，有没有非法集资。

最高法院的司法解释认为，所谓非法集资，是未经批准向社会公众募集资金的行为。赵梦蝶的集资对象是否属于"社会公众"的范畴，检察官认为，赵梦蝶与大部分集资对象之前并不认识，应该归入"社会公众"的范畴。陶律师认为：目前起诉书认定的赵梦蝶的集资对象只有蒋伟杰等12人，这些人有些是赵梦蝶的亲朋好友，有些还是云宇集团高管，属于特定人员，不属于"社会公众"。

本来律师对此案是有十足的把握的，然而那天在法庭上他们才发现，本案有一样最重要的证据丢失了，云宇集团民间集资的账本不见了，这样就无法证明这些钱的正确投向与使用。这让赵梦蝶的律师十分被动。

最后，二审判决认定被告人赵梦蝶犯集资诈骗罪的事实清楚，证据确实、充分。赵梦蝶集资诈骗数额巨大，给国家和人民利益造成了重大损失，犯罪情节特别严重，应依法严惩。一审判决定罪准确，量刑适当，审判程序合法。遂做出维持原判的二审裁定。

还是死刑！阳光觉得一股凉气从脚底直窜头顶，他整个人都成了木头呆立在那里，他甚至不记得去关注赵梦蝶的情况。等他回过神来，法庭里的人都走光了！

空荡荡的法庭，只有风吹过时拍打门窗发出的声音……

希望之光

二审结束后，赵梦蝶的案件进入命悬一线的死刑复核阶段。

几近绝望的阳光决定孤注一掷！他在新浪注册了一个名为"赵梦蝶罪不当死"的微博，对赵梦蝶案进行了舆论呼吁。此举是他万般无奈之下的最后一搏。他没想到，他投下的这粒小石子，在网上掀起了千层浪，他的粉丝每天几千、几万地在增加。在他微博里留言的很多，意见各不相同，有人甚至展开了针锋相对的大辩论，这个事件甚至引起了官方媒体的关注，他无意中成了网络红人。他的生活一下子忙碌了起来，每天都有报纸杂志的记者联系他，要采访他，要给他做专访。作为云海市都市银行的副行长，他的行为引起了都市银行高层的不满。上级领导找他谈话，明确地告诉他，目前他只有两种选择，一是彻底退出赵梦蝶案，专心于本职工作；二是主动提出辞职，以后他的行为与都市银行无关，自负其责。他二话没说，当天就写了辞职信，义无反顾地离开了前途光明的职业。

没有了身份约束的阳光，全身心地投入了赵梦蝶案的有关工作中，他注意收集整理网络上专家们的意见，希望能对梦蝶改判有所帮助。"赵梦蝶案"引发了一场网上大讨论，舆论焦点已不只停留在案件的本身，而是集中在当前中国正试图突破、但困难重重的金融体制改革上。

经济学家李明义给阳光留言说："赵梦蝶案很有代表性，值得经济学家、法学家甚至社会学专家共同研究。赵梦蝶的犯罪行为背后有着深刻的制度原因。计划经济时代不会有'赵梦蝶案'，完善的市场经济时代也不会有'赵梦蝶案'。'赵梦蝶案'是当前改革过渡期的产物，需要在改革中给予足够的重视并加以解决。我认为在现行的经济制度下，赵梦蝶们是违反了国家的相关规定，要承担她的行为给相关受害人造成的损失，但罪不当死。"

法学家洪伟峰在留言中说："这是特定历史条件下的判决，就像早年中国的投机倒把案，现在回头看是个笑话，在当时却是重案。也许有一天，我们再看'赵梦蝶案'会觉得莫名其妙、不可思议，然而中国因非法集资诈骗而获死刑的已不止一例两例。2008 年，浙江已有 5 人因此罪名被判处死刑，但大都没有引起太多社会关注。这起案件之所以突然引起如此关注，一个重要的背景就是，随着中国死刑改革的推进，非暴力犯罪废除死刑日益成为共识。当前，主要对主观恶性极大、严重暴力犯罪的杀人、抢劫等案犯，才判处死刑。赵梦蝶只是经济犯罪，即使罪名成立，对于这种不见血的犯罪，法院处以极刑，也属于量刑过重。希望最高法院在死刑复核程序中，严格审查把关，避免量刑不当的错误。"

云海市政协委员、云海大学金融学院杜云鹏副院长面对《云海日报》记者的采访时说："人们对一个集资罪犯的同情，很大一部分是出自对现有金融制度的不满。在现有的资金供给制度下，民间融资必然存在。因为银行的资金供给里面，它的对象就锁定了，会有一大批人拿不到银行资金。但拿不到资金不等于不发展、不做生意、不投资。金融垄断的结果，一方面是企业从正规渠道不能以市场价格借到钱，另一方面是地下金融市场极度活跃但也极度危险。企业对资本的渴求和现有资金供给体制的矛盾已经成为当前经济领域的主要矛盾之一。民间金融借贷市场，其根源在于民间的富余资本要寻找出路，以及企业从正规金融借贷市场获得资金的困难程度。加强监管和疏导才是解决问题的最好办法，否则，在目前国内游资涌动，借贷越来越难的情况下，类似的赵梦蝶案恐怕屡禁不止。存在本身一定有其存在的道理，如何改革现行金融制度的弊端，是值得大家思考的问题。"

相对专家们专业性、理论性都达到一定水准的点评，网友的评论虽然不是那么严密，但内容的广度也很开阔。他们不单谈论案件的本身，而是对现行法律制度、金融制度改革和社会公平进行全方位的分析与探讨。或是举例说明，或是三言两语的点评，都显示了公众对这个案件的关注度有别于一般看热闹的心态，而是把关注度投向我们国家未来金融体制的改革与发展方向。阳光看了网友的评论，虽然有不理性的谩骂，但多数的网友的评论还是很客观很中肯的。

2012年11月23日，阳光接到陶亮的电话："阳光，你看到昨天的新闻了没有？温州市出台了《浙江省温州市金融综合改革试验区实施方案》，中央电视台新闻直播间记者评述说：'这个方案最大的亮点就是民间资本终于可以设立银行了，让庞大的民间资金从地下走到地上，正式进入了我国的金融行业。'"

阳光赶紧打开网络查找了相关的报道，久锁的眉舒展开了，这样的政策，对赵梦蝶案件的处理是利好消息，赵梦蝶不至于死罪了，这真是绝处逢生的喜讯！他激动得在屋子里转了好几圈，才想起给陶亮回个电话："太好了，陶律师！我们终于看到希望了，你赶紧把这好消息告诉梦蝶，让她有信心。只要她活着，一切皆有可能！"

陶亮非常理解阳光的欣喜若狂，自从接了这个案件以来，今天是他最开心的日子。律师的职责就是尽一切努力，依法维护当事人的权利。经过这段时间与赵梦蝶的接触，他真切地感受到了这个年轻的女子有做大事业的抱负、宽以待人的胸襟，甚至有女侠客的义气。抛开案件，他很愿意交她这个朋友。在了解整个案件的来龙去脉后，他认为赵梦蝶利用民间资金出发点是好的，并不存在恶意的诈骗，在运作过程中出现了一些偏差，造成不良后果与影响，必须承担一定的法律责任，但罪不当死。他同情赵梦蝶的境遇，希望能通过自己的努力最大程度地帮助她减轻处罚。在得到这个利好消息时，他想办法在第一时间告诉了赵梦蝶，他希望赵梦蝶能有更大的信心面对未来。

他对阳光说："放心吧，我去看过赵总了，她很乐观，很坚强！她相信云宇不会倒，有信心出来后重振云宇。差点忘了，还有一个好消息要告诉你，云宇集团先前丢失的有关民间集资的账本找到了，有人用快递寄给我的。我猜是云宇的财务总监寄的，这个云宇的背叛者算是有良心。这些账本是最有力的物证，可以证实赵梦蝶不是诈骗，对改判非常有利。"

听到这个消息，阳光像在大热天喝了一碗冰镇的绿豆汤，太爽快了。他想大笑几声发泄一下自己郁闷许久的心情，却发现自己的笑是没有声音的。

三个月后，最高人民法院将赵梦蝶案件发回云海中级人民法院重审，经过云海市中级人民法院的重审，赵梦蝶最终被改判为无期徒刑。

宣判那天，阳光没有勇气到现场，这次是赵梦蝶最后的希望，他期待这一天早日到来，又害怕看到更惨烈的结果。他交代陶亮，如果维持原判，打电话给他，他不接电话铃响三声挂掉；如果改判，让铃声多响一会，他再接电话。前一天晚上，阳光睁着眼看着天光一点点地亮起来。那天上午，他待在自己的书房里，泡了一壶浓茶，不停地喝。他记不清他换了几泡茶，也不知道自己到底喝了多少的茶水……电话铃声响的时候，他的心提到了嗓子眼，他心里数着，一声……两声……三声……四声……他果断地接起了电话，听到了陶亮兴奋的声音："改、改判了，无期！我们赢了！"瞬间，阳光的泪水如决堤的潮水，奔涌而出……他想说点什么，却什么也说不出！梦蝶的命保住了，这比什么都重要！

在陶亮的帮助下，阳光与赵梦蝶见了一面。

经过了烦琐的检查，过了安检门，通过一条长长的通道，阳光看到了坐在第二列右边窗口玻璃墙后面的赵梦蝶。赵梦蝶瘦了很多，两颊都瘪了进去，眼睛显得更大了，原本的长发剪成了短发，精神状态还好。她看到阳光，眼里有了光彩，嘴角浮上了笑意。

阳光拿起对讲机，刚开口就哽咽了，他把脸贴在玻璃上，泪水顺着玻璃流了下去。赵梦蝶眼睛红了，但她忍着没让泪水流下来，隔着玻璃抚摸着他的脸，随后把脸贴在玻璃上，两双眼睛对视了许久。

梦蝶先开口："你瘦多了，要多吃点，下次见我时，要把自己养胖。"

阳光点点头，止住了泪，用手拍拍玻璃："梦蝶，你还好吗？"

赵梦蝶后退了一步，示意给阳光看："你看，我一切都好好的，别为我担心。听陶律师说为了我，你把工作都辞了，多大的人了，还这么任性啊。阳光，我宁愿我们从来不认识，你也不会因为我受这么多的苦！对不起！"

"傻瓜，我们两人之间还说什么对得起对不起的。不就是一份工作嘛，凭我的本事，你还怕我找不到工作？"

"阳大博士当然不愁没工作，我只是心里过意不去。"

"千金万金难买一个愿意。梦蝶，这段时间发生了很多的事。赵世昌夫妇在云南边境被围堵时，赵世昌坠崖身亡，陈新珠被警方逮捕；周凯的车撞到了一棵树上，人被压在车下，昏迷了好几天，人是救活了，可是他的腿受伤过重，下半辈子只能在轮椅上度过了。"

听到这些消息，赵梦蝶像被人突然打了一个耳光，身子抖了一下，悔恨地说："是我害了他们，如果当初我的心不要那么大，做事的速度慢一点，稳一点，这一切都是可以避免的。进来的这些日子，我想了很多，对自己过去所做的一切反省了一下，悟出些道理。以前，我每天只有一个念头，就是如何把公司做大做强，赚很多的钱，好像钱越多就越能证明什么。现在我想明白了，金钱固然能做很多事，但它不能做一切事。可惜，我知道得太晚了！刚开始集资时，我想他们支持云宇的同时也给自己创造了财富，我觉得自己是在做好事，我忽略了盲目扩张的风险。虽然我的出发点是好的，但现在给许多人和家庭造成了不可挽回的后果，对他们，我是有罪的！"

阳光疼惜地望着赵梦蝶说："梦蝶，人不是神，难免要犯错的。没有谁的人生是一帆风顺的。而且，我相信以云宇集团的基础与实力，这个坎一定能过，你保重好身体，一切都会好起来的！"

梦蝶望着阳光真诚的眼睛说："一审下来后，我心灰意冷，根本不想上诉，只求早点解脱。可是陶律师对我说，很多人都在关心着我，为我的事东奔西跑，我又觉得自己并没有完全失败，生活中还是有让我活下去的理由。阳光，我很感激你，感激那些为我的事奔波的人，为了他们，我要好好地活下去，将来若有机会，我会努力回报社会的。"

每个人在漫长的一生中会遇到很多的难题，面对很多艰难的选择，有些选择是没人可请教的，难免会陷入泥潭，走入歧路，然而成功也好，失败也好，一切都终将远去，挫折与磨难会让人懂得，人世间还是有些美好可以坚守的。只要有爱持续地慰藉着我们充满变数的人生，那么，我们余生还是值得期待的！

阳光疼爱地望着梦蝶苍白的脸说："只要活着，一切都还有希望。你不倒，云宇就不会倒！"

梦蝶笑着点点头，转移了一个话题："阳光，听说欣怡去了美国，你赶紧去把他们母子接回来，一家人团聚。我已经愧对很多人了，不能再愧对你们，否则，我真是难以心安。"

两个人兜兜转转的感情走到了今天的模样，他们都感慨万千，梦蝶今天的处境已不能给阳光带来幸福，她希望阳光有美满的生活。

阳光理解梦蝶此时的心境，当初他承诺李欣怡，只要梦蝶安全了，他一定会回到她的身边。现在，他该回到家人的身边，承担自己应尽的责任与义务了。

"梦蝶，我会的。现在云宇集团面对的就是彻底理清债务，进行资产重组。法律上的程序，陶律师会想办法解决。首先要尽快把集资款项还清，我已经向我海外同学会请求援助，多家大公司愿意伸出援手，他们有一个想法，云宇集团经营情况及市场前景都不错，他们以适当的价格收购云宇集团的债务，然后将借款转为云宇集团的股权投资，这样云宇集团还可以继续经营发展，我想这是云宇最好的结局。你看呢？如果可以，这项工作我来协调。"

这是真正帮助云宇集团解决了根本的问题，梦蝶使劲地点头说："阳光，你的恩，梦蝶不知如何报答，也许要下辈子了！"说着，她流下了泪水。

阳光轻轻地拍拍玻璃说："傻丫头，别哭。你一定要保重身体，我们等你出来！"

探视的时间到了，梦蝶交代说："阳光，等会让狱警把那只玉蝴蝶拿给你，你帮我收好。"

阳光依依不舍："好，保重！我会常来看你。"

2013年春节过后，阳光从美国探亲回到云海，刚下飞机不久，就接到了陶亮的电话，赵梦蝶于除夕夜在狱中自杀身亡。

阳光头皮发麻，浑身发冷："陶律师，现在还是春节期间，不兴开这样的玩笑。"

陶亮声音很低沉："阳光，这不是玩笑，这是事实。我知道你无法接受，我最初听到也不敢相信。在最艰难的时间，我所看到的赵梦蝶都是乐观的，上回她还和我谈了许多对公司未来的设想，对公司的前景充满信心。现在一切都向好的方向发展，她怎么可能在这个时候自杀呢？可是他们所提供的所有证据都是无懈可击的，我得知消息的时候，遗体已经火化。还有一个更令人震惊的消息，云宇集团大部分的股份及赵梦蝶名下的多处房产已由赵梦蝶亲自签字转到安振国及肖芳芳名下，现在云宇集团的董事长是肖芳芳。"

"阴谋！是针对云宇集团的财产设下的一个特大阴谋，从赵梦蝶被绑架到非法集资案再到财产转移，像一幕剧，一步一步地向下演。谁是导演？而且有这么大的本事，把所有的人玩于手掌中？表面上看最大的受益者是安振国与肖芳芳，但他们一个是辞职的教师，一个是电视台的主持人，凭他们，没有能耐做这样的事，到底谁是他们背后的靠山？"阳光吃惊得几乎是喊了出来："这是活生生的巧取豪夺！陶律师，我们该怎么办？"

"这就是金钱的魅力，马卡连柯曾经说过，金钱是人类所有发明中近似恶魔的一种发明。再没有其他东西比在金钱上有更多的卑鄙和欺骗，因而也没有其他方面能为培植伪善提供这么丰腴的土地。阳光，对不起，我无能为力了，我准备离开云海。今天下午3点，云海大学望海酒楼106室，我们再见一面吧。"

当天下午，阳光提前了半小时到达了望海酒楼，这是他与赵梦蝶第一次相见的地方。

这是一个阴天，云层在天边弥漫着，海岸边没有一丝的风，大海像一只昏睡的巨兽，慵懒地躺在那里，泛着惨淡的光。厚厚的泥沙像喝醉了酒一样，瘫倒在海岸上，岸边有许多的泡沫，被海浪轻轻推揉着，海风夹杂着海水的腥气扑鼻而来。

就是在这里，阳光与梦蝶因"英雄救美"这么平凡的桥段而相遇相知，然而他们的爱是那么真，那么深……可是，他们最终还是没有敌过世俗与命运的捉弄……回忆像潮水一样将阳光淹没，他情不自禁地哼起了赵梦蝶唱过的《一生有你》：

> 因为梦见你离开
>
> 我从哭泣中醒来
>
> 看夜风吹过窗台
>
> 你能否感受我的爱
>
> 等到老去那一天
>
> 你是否还在我身边
>
> 看那些誓言谎言
>
> 随往事慢慢飘散
>
> 多少人曾爱慕你年轻时的容颜
>
> 可知谁愿承受岁月无情的变迁
>
> 多少人曾在你生命中来了又还
>
> 可知一生有你我都陪在你身边……

歌声把阳光的思绪带到过去，想到他们最初相遇，相爱的快乐与痛苦，分手与复合。他不知道为什么他们要相遇又不能相守，这是怎样的一种缘分，让他们像被魔鬼诅咒过一样，在尘世中痴情纠缠一阵，然后在无尽的岁月中痛苦至死？梦蝶的生命犹如昙花一现，那么灿烂又那样短暂，一切都像是一场梦。这梦好像有过又似乎从来没有过，只是在他的心里留下了一个永远无法治愈的伤口。

3点整，陶亮到了，他进来先紧紧握了一下阳光的手，然后沉沉地坐在他的对面，一脸凝重地说："对不起，阳先生，我……"

阳光摆摆手说："陶律师，你尽力了，我和梦蝶都很感激你，谢谢！"

陶亮深深叹了口气说："面对不可知的强大力量，我必须承认自己输了，但我要把赵总交代的最后一件事办好。几年前，你回国与赵总相遇后，好过一段，她又消失了一段时间，对吗？"

阳光点点头："事到如今我也没有什么好隐瞒的了。我们重逢后，无法抑制地再坠情网。当时，我打算离开李欣怡，与赵梦蝶结婚。可是，我母亲与欣怡反应都很强烈，一边是我的亲人，一边是我的爱人，无论伤害谁，我都不愿意。在极端痛苦矛盾、难以抉择的时候，梦蝶自己提出要离开我。我想这样也好，毕竟我是有家庭的，不能给梦蝶什么保障，梦蝶趁年轻去选择自己的幸福。"

陶亮说："赵总离开你是有苦衷的，你母亲与妻子都找过她，逼她与你分手。更重要的是，她怀孕了！她想生下你们的孩子，又怕孩子受到伤害，所以……"

"我的天哪！"阳光吃惊地望着陶亮，喃喃自语道："我一点都不知道，孩子现在在哪，我可不可见她？"

"你别急，赵总出事后，特别交代我的就是在适当的时候，让你们父女相认。你的女儿叫阳朵儿，是个聪明可爱的孩子。赵总说，她出生的那天，正值春光明媚，产房外花开朵朵，梦蝶就给她取了这个名字。一会，李大强会把她带来，你看，他们来了。"

阳光抬眼看去，李大强手牵着一个小女孩走了进来。那女孩三四岁，红润得像苹果一样的脸上一双清亮的眼睛扑闪着活泼的光。她停在那里，歪着小脑袋，看了阳光一会，笑容像花一样绽开了，脆生生地说："我认识你！你是爸爸，我家里有好多你的相片，我每天都可以看到你。妈妈说你出差了，昨天李叔叔说你回来了。爸爸，你真的回来了！可是妈妈又出差了。"她说着深深地叹了一口气："唉，大人为什么总是要出差啊！"

看着女儿令人心疼的小样子，阳光颤抖地蹲下来，把朵儿抱在怀里，泪流满面："朵儿，朵儿，我的女儿！爸爸回来了，爸爸再也不出差了，天天守着你！"

"爸爸，好孩子要勇敢，不可以哭的。噢，我知道了，你是想妈妈了。"朵儿用她的小手给阳光擦眼泪。阳朵儿的柔软小手，把阳光的心都抚化了。他止住泪，从怀中把梦蝶交给他的玉蝴蝶取了下来，挂在女儿的脖子上，然后抱着孩子站了起来。

陶亮伸出手，对阳光说："我的任务完成了。我订了今晚的飞机，多保重！时代在发展，社会在不停地变化，我相信这并不是最后的结局，如有需要，我会回来。"

阳光紧紧握住他的手说："谢谢你，陶律师。只要有一线的希望，我还会继续努力。一路平安！"

……

2015 年 5 月，阳光带着朵儿在三亚度假。自从接回朵儿后，每年朵儿生日的时候，阳光都会带她来三亚，这里是他与梦蝶热恋的地方。和两年前相比，阳朵儿变高变瘦了，眉眼越发像梦蝶了。

今天是朵儿 5 岁的生日，阳光搂着女儿坐在沙滩上，等待日出。天色还没有大亮，四周静谧安详，平时活泼好动的阳朵儿，此时静静地依偎在爸爸的怀里。天边先是一片很浅的蓝白色，沙滩一望无际、宏伟壮观，脚下的沙滩让海水磨洗得绵细均匀，层层的水波荡漾，还留下海水退去的印迹。

过了一会儿，天水相接的地方出现了一道红色的霞光，霞光慢慢扩大变亮。过了一会儿，太阳露出了一小半，红红的，挂在天边。

朵儿激动得直拍手，口里喊着："爸爸，你看，太阳出来了！"

"是的，朵儿，太阳出来了！"

太阳像背负着很沉重的负担，一点一点地向上跳……

这时，阳光的手机响了："你好，陶律师。好久没联系了。什么？肖芳芳和安振国被警方带走协助调查？我知道的，原来的市委的朱副秘书长，后来调到省里去了。啊，他被双规了！原来他就是肖芳芳与安振国的后台，那云宇公司的事有转机了？好的，太感谢你！"

听说梦蝶案有了新线索，阳光激动得不知要做什么了，他一直不相信赵梦蝶会自杀，果然后面有玄机。贪者必败，恶者必亡，他终于看到了希望！

阳光面对着无尽开阔的天地大喊："老天有眼啊！梦蝶，你听见了吗？"

朵儿仰着头学着爸爸的样子喊："妈妈，你回来吧，朵儿想你！"

阳光拉着朵儿的手说："朵儿，我们回家，妈妈的公司有希望了！"

"妈妈出差要回来了？"朵朵天真地问："我们可以看到妈妈了？"

　　"不可以，但妈妈可以看到我们，她一直都在看着我们！"

　　父女俩向前跑去。身后，一轮太阳正越过重重的黑云，跳出水面，出现在高高的天空中，沙滩、海水、天空、大地，一派光明！

194　　（2016年合肥工业大学出版社出版，获第三届中国金融文学奖长篇小说奖，为泉州市文联2016年重点扶持作品）

长篇小说卷（一）

NO.4

大山惊梦（节选）

■张奎

作者简介

张奎，1962年生，重庆奉节县人。大学文化，高级经济师。中国作家协会会员、重庆市作家协会会员、中国金融作家协会会员，重庆市报告文学研究会理事。1989年开始文学创作，作品散见于各报纸杂志。出版诗集《雄性的三峡》，出版和发表中长篇小说《成龙》《雪漫巴山》《大山惊梦》《盐都》《捎信》《破山大师》。在《中国报告文学》杂志发表长篇报告文学《感恩女孩》，入围第六届鲁迅文学奖；小说《雪漫巴山》获第三届中国金融文学奖，《大山惊梦》入围第九届茅盾文学奖。现供职于中国农业银行重庆市分行。

作品简介

　　长篇小说《大山惊梦》，以我们国家 1958 年开始的大办钢铁和接下来的三年困难时期为背景，客观地描述了那个狂热而又悲情的岁月里，生活在大山深处的人民群众万般无助与深怀期盼的饥荒情景。小说讲述的故事简单质朴又惊梦震撼。各种人物无不烙上那个时代的印记，其言行无不反映出那个岁月凸现出来的盲从、轻率、无情，以及近乎癫狂的追随与折腾。不失为一部客观反映那段难忘岁月的"报告文学"。那段给大自然和人民群众带来伤透元气的疼痛的岁月，已过去五十多年了，经历过那段风霜雨雪岁月的人现在也不是很多了。我们有责任去面对他们沧桑的回首与叹息，去感受那曾经的严酷与辛酸，去捡拾那可能被人们遗忘的伤痛与震颤。只有这样，我们才能把过去那些灾难性的教训向后世、后人作一个必要的警示，以避免"后人哀之而不鉴之"的悲剧在某个历史时刻去轮回重演。列宁说过："忘记过去就意味着背叛。"小说中描写的那段历史虽然伤怀，但不可回避；虽然悲情，但不能忘记。

引子

在一次家宴上，耄耋之年的大伯张辉耀听说我想写部爱情小说，他忙搁下酒杯对我说："爱情小说你还有的是时间写，我的小说可不是你能等得起的哩！赶快写我的小说吧！"

我有些迷惑不解地问："您能有什么故事写小说？能有多大的看点？"

大伯摇了摇头说："唉！本来是没什么好写的，就是网上有的人为一段陈年旧事争论不休，才让我有这个想法。我的意思是让他们别争了，历史的本来面目不是以争论定输赢的。"

我瞪大眼睛问："是啥子事的本来面目还想在争论不休中定输赢呢？"

大伯把我斟上的一杯酒一饮而尽后就滔滔不绝地说："就是大办钢铁后的那个'三年自然灾害'，有的说饿死了三千多万人，有的说又没有那么多人；有的说饿死人是天灾大于人祸，有的又说是人祸大于天灾。他们公说公有理，婆说婆有理，纸上谈兵把那段历史搅来搞去地瞎折腾，真是让人不可理解。"

听大伯这么一说，我认为真还有故事。至于价值多大，就要看他继续说出些什么东西来。于是我就接着问："您能不能把事情说得更清楚点呢？"

大伯惊诧地望着我说："这还不清楚吗？等我给你看。"他拿出手机划了一下。哎！真不凑巧，手机没电了。上不去网的他只好抬头凭口而讲了。"我就先说天灾和人祸的事吧！1958年开始大办钢铁，不多大工夫，山林就砍光了。这山林砍光了，水土就扎不住。下雨就会山洪暴发，滑坡泥石流就要发生；天晴后，太阳出不了几个，损伤了抗旱能力的土地就经不住干。你说，经不住干的土地，那庄稼还能怎样？"

"是的！那不遭天灾才怪。"我二伯插嘴说，"就像一个人，突然把身上的衣服脱光了，你看他得不得感冒？"

我感到多么好笑。他们不是哲学家和气象学家，但说起话来还很辩证和合乎情理哩！

大伯看到我想答腔，忙伸出手掌止住说："我不敢妄对天灾下个什么结论，也不敢去做个什么数学比例。但这个事实是存在的，不需要去搞什么推论。关于人祸的问题，'大跃进'，浮夸风，伙食团（公共食堂），都是我经历了的。作为干部，我疯狂过，冒进过，浮夸过。也曾整过人，也曾被人整。也解决过问题，也制造过灾难。也痛苦地失去过亲人，也悲泪过饿死的群众和同志。这人祸也是不可回避的。"

停住话题的大伯，把自个斟满的一杯酒一饮而尽后又接着说："我就不明白，现在有的专家学者为什么只喜欢坐而论道。如对这些问题感兴趣，为什么不趁我们这些人还健在，深入下来实地进行调查呢？经历过那个岁月的老人不是很多了，去问他们是怎么个情况，哪怕是些零碎的记忆，都是非常有警示意义的。我建议他们不要去为一个什么结果或什么'三分天灾，七分人祸'比例争得面红耳赤，而是应该客观地去记住那段岁月，再不可让那个疼痛在某段历史岁月里去轮回重演。"

这是我平生第一次听大伯发表这样的高论，他让我突然想起《阿房宫赋》里"秦人不暇自哀，而后人哀之；后人哀之而不鉴之，亦使后人而复哀后人也"的警示话语来。我深怀感慨道："您的小说真还有内容，那就从头到尾地给我讲讲吧！"

同席的其他叔伯都打凑合要他快讲，说把他讲漏了的还做个补充。

默然片刻的大伯叹口气后，就用低沉的语调，娓娓地讲述着他记忆轮回里的那度惊梦穿越。

走马上任拉帷幕

入夏不久的后半夜，"哗哗"地落过来一场暴雨。临近黎明的时候，闷声闷气滚动的响雷，才把雨脚喝停了下来。见雨停住的张辉耀伸手把头上的斗笠摘下来甩了两下，残留在斗笠上的雨水，瞬间就变成断线的珠子，全"嗖嗖"地滚落到了地上。

背好斗笠的张辉耀，把打湿的双手往身上擦了两下后，才又放开脚步，任激情不减的那双破旧草鞋，去雨水洗涤过的山道上，继续地触摸岁月的沧桑。

蜿蜒起伏的山道两旁，茂密的森林遮天蔽日。虽然天还没全亮透，但鸟儿已开始在林间竞放歌喉。听着嘹亮晨曲的张辉耀，翻过一道陡峭的山脊，再转过两个大弯，就上到一个叫凉风台的高崖处。收住脚步的他，站在高崖边深吸过一口长气后，才向远方放目了出去。

在左前方那道刀削斧砍的大峡谷开口处，峻耸的高百多公尺、底部直径三十多公尺、通体形如宝塔的天生石笋，正把一练瀑布从屏风岩的岩壁上捅了出来，在飞泻近百公尺坠入石笋底部的那个巨大深潭后，摇身变成游龙就向峡谷外蜿蜒了出去。当七星山横亘在十五六公里的地方欲阻断去路的时候，游龙扭头就钻进弯回的龙门深处，再也没见探身出来。这游龙因石笋的缘故，自古以来，人们就把它亲切地叫做石笋河。石笋河水量算不上很大，但在向连串深潭的湍急贯涌中，发出来的雷霆般轰鸣，颇惊心动魄！

倾落暴雨的乌云全已散去。远处如洗的天幕上，镶嵌的透迤群山像惊涛、像奔马、像巨龙，可谓气象万千，巍然沉雄。这道山里人屡见不鲜的看点，张辉耀没感到有何特别。倒是从七星山东边半山腰呈水平线延展开去的茫茫云海，却让他有些惊奇。那云海一动不动，白如柔棉，洁如润玉，浓如奶酪，显得轻盈而又厚重。他以为这是为他展示的一个好兆头。

向东走过颇长一段山道，再下过两道陡坡，钻进云海里的张辉耀，猛然察觉云海瞬间就变成了浓浓的迷雾，恰如一幅巨大帷幕，把天地遮了个严严实实。不知太阳是什么时候才升腾起来，悄无声息中，就把帷幕徐徐打开，人间的大舞台上，由此就上演出一场闹剧。不，还可以说是悲剧！

这个时日，正是公元 1958 年。

两天前的中午，以新安乡乡长身份参加区两干会的张辉耀，正在为传达毛主席和党中央关于成立人民公社、大办公共食堂，跑步进入共产主义的英明决定欢欣鼓舞的时候，区委书记陈德林就把他叫到办公室谈话，要他去担任龙祥公社的党委书记。自去冬以来，他就在"大跃进"旗帜指引下，引领人民群众大搞改田开荒。希望用空前的劳动热情，在芬芳的田野里描绘出绚丽图景，从而把农业生产的"大跃进"快速推向高潮。此时，得到陈书记的这个任命，高兴中的张辉耀，对未来更是充满雄心壮志。

一起参会的新安乡原总支部书记（现为公社书记）李得全得知这个任命，本想请张辉耀到龙祥街上的人民饭店去喝二两，以表达兄弟深情。由于囊中羞涩，他真不敢去为这个东，只好到街上买来一顶斗笠相送，希望这顶斗笠能为老战友一路遮风挡雨。可像是有先见之明，张辉耀在天不亮启程去走马上任的路上，正好把斗笠派上用场。

龙祥公社四面全是高山，顶平、中兴、青云、牛栏、望月五大山脉全向这里舒缓来朝。从顶平山和中兴山那边流过来的两条小河，在公社的场镇上交汇后，就蜿蜒向青云山外流去。曾有阴阳先生说这里是玉带横腰，五龙捧圣，风云聚合，祥瑞腾升。于是，这个十多平方公里的高山平坝，就有了一个吉祥的名字——龙祥坝。意为龙施吉祥，民生兴旺，人才辈出。

龙祥坝上的古老场镇有近千年历史，前辈说这里曾出过状元、将军、老爷、官员和富商，明末清初的时候开始兴场，逢三六九赶场的日子一直沿袭没变。这里常住居民三千多人，盐、铁、布的贸易十分繁荣，兴旺之气历久不衰，说是川鄂商贸往来重镇一点名不虚传。现在不仅是龙祥公社的所在地，也是龙祥区公所的驻设地。

上午十点多钟，张辉耀才来到龙祥坝。在快进镇上的回龙街口时，远远就看见浩浩荡荡的队伍敲锣打鼓，直从腾龙街潮涌过来。他以为是公社专门组织了仪式来欢迎他。

在快接近队伍时，那最前面高举的一幅崭新深红色布标，上面写着"热烈祝贺河南小麦卫星合作社亩产小麦 2105 斤"，显得特别醒目；紧跟过来的一幅天蓝色布标上，写着"热烈庆祝河南小麦卫星放上天"。但这幅布标上的字是用方块红纸写好对角别上去的，从这幅褪色的布标看，它已经是久经岁月的历练了，就像是风烛残年的老者，随时就可能灰飞烟灭。

张辉耀此时才明白，大家是在庆祝河南小麦卫星合作社卫星放上天的大喜讯。真是一个好开头，这比专门组织队伍来欢迎他更让人振奋。于是，他就在热血沸腾中跟进游行队伍，青筋直暴地跟着大家呼喊着那个时代非常动人且又十分时髦的口号：

"大跃进万岁！"

"人民公社万岁！"

"毛主席万岁！"

"大家一条心，勇放大卫星！"

……

在游行队伍经过的街道两边，一些不能参加游行的老人，不时就笑眯眯地从家门中探出头来，兴致上来也跟着呼喊两句口号，似乎都是发自内心的。只是一些不谙世事的小孩子，总被这个此伏彼起的欢呼和浪涛奔涌的阵势吓得脸青面黑，在哭过两声钻进爷爷奶奶的怀抱后，半口大气也不敢出来。

跟进游行队伍中的张辉耀身边，没见有人认识他。这些陌生人只是觉得这个人很奇怪，总把革命口号呼得比谁都卖力，声音比任何人都吼得大。当看到他土里土气的样子，转眼这些人就没去把他当回事，更没想到他就是新成立的龙祥公社的第一任党委书记，他们新来的带头人。

快到中午的时候，游行队伍才散离开去。张辉耀认为这里的人民群众思想觉悟高，"大跃进"精神空前高涨，做好工作的群众基础坚实，真的是占尽天时、地利、人和。

龙祥公社设在铁匠街进口处的天子庙。整幢建筑翘檐盘龙，雕梁画栋，古色古香，浓浓地凸显出厚重的历史文化气息来。

高大的朝南庙门门框用大青石做成。高约尺余、厚约四寸的汉白玉门槛，已被进进出出的步子踏磨得异常光滑，凭此就可以推测这座庙宇的古老和香火的旺盛。门槛内那两扇用生漆漆得黝黑庄重的大木门，在每天的开闭之间，不知向红尘信众指点过多少迷津。进门不几步就是一个大天井，走过天井上过六级台阶就是大殿。但大殿早没了供奉的名头，只是十二根合抱粗的殿柱，仍在向人们炫耀那顶天立地的雄姿。这座被解放过来的天子庙，正殿一直用作大会堂，很多宏大的声音和振奋人心的消息，就从这里发出过。

同时，那许多阶级苦在这里倾诉过，桩桩血泪仇也在这里讨报过。大会堂的东西两侧是厢房，左边安排的是干部宿舍，右边用作的是为人民服务的办公室。

张辉耀刚进公社大门，就同公社社长（原乡长）周成远碰个正着。笑逐颜开的周成远赶忙伸手过去紧握住张辉耀的手说："张书记，欢迎你来带领我们搞大跃进和放卫星。我一定在你领导下当好助手，干好人民公社，办好公共食堂，让共产主义首先跑步到我们公社来实现。"

听过周社长几句慷慨激昂的表态，张辉耀的精血鼓胀起来了。满腔豪气中，他坚信共产主义绝对能跑步到来。他伸出左手在周成远的肩上拍了两下说："在毛主席的英明指引下，我们一定要发扬大跃进精神，努力把人民公社和公共食堂干好，坚决把跑步到来的共产主义卫星放上天。"

周成远说："行！你就拿脉带领我们去大干一场吧！"

张辉耀说："你马上叫文书发通知，立即召开公社所属机关干部动员会，全面布置办公共食堂和'一平二调'的头等大事，先把这颗卫星放上天去再说。"

动员大会上，张辉耀对工作做出强硬要求：一是抽调社属各单位干部分片发动群众，力争七天之内把公共食堂办起来；二是做好"一平二调"的宣传工作，提高群众的思想觉悟；三是对抵触和不配合的坏分子要进行无情批斗，彻底扫除绊脚石，让三面红旗（总路线、大跃进、人民公社）高高飘扬。

干部动员大会结束的时候，已是下午六点多了。为大造革命声势，迅速展开工作，张辉耀和周成远两位新任领导亲自带领大家上街游行，大呼革命口号。在转了两个大圈后，游行队伍才散去，可是真还没发现有人对此说出半句怨言。

大办公共食堂的帷幕由此就拉开了。

激情点燃一把火

距龙祥公社二十公里的凤湾大队，公共食堂的烟火只用三天就点燃了起来。这点燃起第一把火的公共食堂，被公社命名为"兴旺公共食堂"，公社还在这里召开了放卫星的现场大会。

公共食堂开办之初，经来凤湾大队督战的张辉耀规划，决定把公共食堂办在大队中心四小队的钱开运家中，并要求当天发动群众，次日平调粮食物资，三天开伙做饭，跑步在这里实现按需分配吃饱饭的共产主义。

那个把名字取得富可敌国的钱开运，在接到大队书记吴应福把公共食堂办在他家的通知时，激动得差点流出泪来。他感到这是领导对他的无比信任，更何况还让他担任公共食堂的伙食团长。这无论如何都是"鸡子的脑壳——大小是个官（冠）"，也算实现了他贴到心想当革命干部的愿望。近年来，无论是搞什么运动，他态度比谁都积极，身子比谁都跳得高，暗地里有人说他是"满嘴的马克思主义，一肚子的苋儿肠"。特别是在批斗"地、富、反、坏、右"五类分子的时候，他是最能冲锋在前去出狠手的，所以没有人不惧怕他三分。就因为做事过头过火，所以没有哪家的女子愿意嫁给他，三十多岁还是光棍一条。要不是他母亲勤劳，就是住着解放时没收的一个小地主连五间穿斗绘花木排房（当地人都叫这房子为花屋），也是会穷得响叮当的。这下好了，平调的房子派上大用场，自己也有了好出息。嗯！二天要找个女人还不易如反掌吗？

时来运转的钱开运还是像过去村上开斗争会一样，只上到花屋后面的山上一喊，村里自然形成的规矩，像传接力棒，一会儿各家各户就能得到通知。

钱开运将双掌合成喇叭状，聚合起大气喊道："二狗子，传一下通知，叫每家每户都到花屋里开搞共产主义和办公共食堂的会。哪个不来就斗他狗日的。"

今天的通知传得特别快，因为要搞共产主义和办公共食堂，这在山里人听起来还是蛮新鲜的一个事。大家都放下活儿，三三两两从山前山后快步来到花屋门前的空坝子上。聚在这里的人越来越多，有站着的，也有蹲着的。人群中，有个叫幺表爸的老爷子裹上好长一袋兰花烟，在点燃吧嗒几口后，就将烟嘴在汗滋滋的腋窝下来回抽擦两下以示干净后，挨个接个递给大家抽。如有客气者，幺表爸总是笑眯眯地说："烟是和气草，吃哒又去找，来一口。我多的是。"接过烟杆抽上几口的人都说这烟味道不错，这是幺表爸非常喜欢收获的夸赞。

在幺表爸的身后方，有两个血气方刚的小伙子打过一阵嘴仗后，就摔起跤来比高低，逗得围观的人哈哈大笑起来。不远处的坝角边，有个小伙子和一位姑娘，可没心思去凑这个热闹，在相互含情的对望中，心有灵犀地频频传递着心中的情话。生活的和谐气息，全温馨地弥漫在这个坝子里。

"大家莫闹了。现在开会，请公社张书记讲毛主席指示搞共产主义和办公共食堂的事。"大队支部书记吴应福站在地坝坎上，粗声大气地打开嗓门说，"在讲之前，我们要先喊几个口号。"

他将右手举了起来，然后就振臂高呼：

"共产主义的公共食堂万岁！"

"大跃进三面红旗万岁！"

……

大家把手举起来时，满坝子像是长满了竹笋，零乱而又参差不齐；大家把手放了下去，黑压压的人头像丘陵，虽不相连，却拥成了一片。

等满坝子震耳欲聋的高呼停下来后，张辉耀就"嗯"过两声说："各位乡亲！我们开的这个会是按毛主席的指示，让大家跑步进入共产主义。当下第一个事情就是把公共食堂办起来，后天就起烟火。第二个事情就是把粮食全部交出来，房屋和其他财产只要需要，就得平调。时间从今天会后开始行动，明天下午结束。谁不交就是反革命，就对他进行专政。第三个事情就是后天公共食堂开伙，首先向全公社宣布凤湾大队进入了按需分配的共产主义。具体地说就是吃饭不要钱，不管大人娃儿，只要肚子装得下多少就吃多少饭。要让美帝国主义那些资本主义国家羡慕我们。我们要向他们宣告，我们能创造人间奇迹！"讲到这里，他就在情不自禁中，带领大家振臂高呼了好一阵子的口号。

大家听说吃饭能放开肚皮整，那真是喉咙里就伸出了爪子，清口水哗啦直流。说实在的，凤湾大队每家每户都比较困难，粮食每天都要搭上豆豉草叶子或苞谷芯子吃，并且还得控制饭量。如敞开肚皮整，天长日久过日子，那是有些日子没饭吃的。共产主义好哇！天天按需分配吃饱饭，这往后的日子真的是"哮喘咳嗽——没得谈（痰）"。于是，大家又把从内心深处发出来的口号，倾情地欢呼了一遍又一遍。

会一开完，大家就开始送交粮食和平调财产物资了。

都是羊子惹的祸

住在马鞍包上的刘于品却在这个时候冒出小农意识来。当他想到自己喂的一只羊子要交出去，心里别提有多不乐意。同时他又在想，现在每家每户自开烟火饭就不够吃，搞共产主义公共食堂就按需分配敞开肚皮整，这天上不掉地下不生，粮食从哪里来呢？除非从其他地方弄起来，那其他地方的粮食就有多余的吗？想到这里，他真还为今后的日子担心了起来。看来还得留一手，一是不把粮食全交出去；二是赶紧把羊子杀了让一家人先过一下共产主义生活。

杀掉的羊子虽然个头不大，但让一家人饱胀一顿还是绰绰有余。刘于品在估量好后，就打算去把近邻范方兴和范方碧喊过来。俗话说"隔壁邻里好，犹如捡个宝"，更何况大家都是同病相怜的穷人，肚子里是好长时间就不见个油星星，缺乏营养的身体真是连脚都提不起。现在去把他们请来打顿牙祭补补身体，好事做了一定会有好事在。于是在看到老婆把羊肉煮到锅里后，他就去喊范方兴和范方碧两兄弟来吃刚"病死"的羊子。饭桌上，两兄弟都为刘于品吃病死的羊子没忘记他们而非常感动，都夸刘于品够义气，讲感情，比亲兄弟还亲。今后如有什么用得着他们的，一定两肋插刀，在所不惜。被吹捧得十分高兴的刘于品认为这顿饭请得非常值。

打着饱嗝的牛皮吹到夜深才结束。回家的途中，范方兴对范方碧说："刘于品家的羊子咋个早不死迟不死，偏在搞共产主义公共食堂的时候死，莫不是他专门杀来吃的哟？"

范方碧说："不可能啰，若是专门杀的，他能喊我们来吃吗？"

范方兴说："他扯个谎不行吗？他不说是病死的还敢说是故意杀的吗？"

范方碧说："那我就不明白，他为什么要来喊我们吃羊肉呢？"

范方兴说："还不是为堵我们的嘴，怕我们发现他家的羊子不在后去告发他。"

范方碧说："如果真是说的这样，他就是在杀共产主义的羊子，这可是个不小的罪行。"

范方兴说："他杀共产主义的羊子吃还把我们拉下水，要是上面知道追究下来，我们还要搭火烧铺盖一齐跟到去倒霉。没想到贪一时的口食还惹上一个大祸。"

范方碧说："耶！看来他是安起心来害我们，狗日的歹毒用心差点就没让我们看出来。"

范方兴说："既然他不仁，我也就不义。老子明早晨就去告他个狗日的。"

刘于品的好心无意间就上演了一场"农夫和蛇"的故事。第二天上午，他在收藏好一箩筐包谷后，就背着余粮到花屋去交给公共食堂。在过秤时，一股羊臊味散发出来。钱开运当即就肯定张辉耀书记要吴应福书记抓刘于品反动典型不是空穴来风，这个反动典型一定得狠狠揪出来。于是他就问刘于品是在哪里吃的羊肉，刘于品说是他家羊子昨天病死了，晚上就把它煮了干了一顿。

钱开运对他的话当场就作了否决。因为早晨有人向公社张书记告发，说他家的羊子早不死，迟不死，偏偏在搞公共食堂的时候死，分明是不想平调出来才把羊子杀了。他的这个做法是在吃共产主义公共食堂的羊子，是在挖社会主义的墙脚。钱开运一掌把他掀到地上，要他老实交待吃共产主义羊子的罪行，不得狡辩。突变的风云，犹如五雷轰顶，直把刘于品吓得魂不附体地颤抖起来。没等钱开运向下追问，坚强不下去的他就和盘说出了杀吃羊子的事，并且还把藏匿粮食的罪行也都交待了出来。

这真是一个大案件，是典型的现行反革命行为。在证据确凿面前，就该得到吴应福授命的钱开运去搞批斗了。刘于品被拉进一间厢房关起后，钱开运就在附近叫来十几个群众开批斗会。钱开运在楼枕上搭上一条绳子，把刘于品五花大绑吊起来，这刑罚是在过去斗"五类分子"时使用过的"鸭儿浮水"。批斗中，钱开运心狠手辣地拿起竹竿就放手抽，刘于品先是咬紧牙关忍着，一阵子后就是一声声地惨叫，再接下来只剩有气无力的苦苦哀求。

"钱开运莫打了哇！我求求你呀！我愿跟你当牛做马，我知错了，我告饶……我告饶哇。"

这时，遍体鳞伤的刘于品已汗透全身，额头上的汗珠牵起线地直往下淌。参加斗争会的群众，有的就看不下去了，但谁也不敢吭气。当看到刘于品只有出气没有进气的时候，还是那个喜欢递兰花烟给别人抽的幺表爸站出来说话了："钱团长，我看刘于品斗得差不多了，如果还斗把他弄死了，我们都走不脱。现在放他回去把收在家里的粮食背过来，先把公共食堂办起来后再找他算账不迟。"

钱开运一把抓起刘于品的头发看了一下，觉得是有些不行了，于是才让幺表爸给他松绑放下来。

看到昏厥过去的刘于品，幺表爸忙跑去他家放信，要他的儿子刘素军快去把他爸爸背回去。

刘于品躺在地上，个多小时才苏醒过来。但已没了站起来的力气，他就在呻吟中爬到墙角靠在板壁上，两眼直盯着从门缝中漏出来的一丝光亮。过了一阵子，门外响起急促的脚步声。刘于品心头一紧，在颤抖中，恐惧地把身子缩作了一团。

门开了，看到进来的是大女儿刘素杰和二儿子刘素军，刘于品才伤心地嚎啕起来。刘素杰和刘素军冲过去把他的手握住，也跟着揪心地痛哭不止。

一阵子后，刘素杰轻轻抚摸着她爸爸的胸口说："爸爸，他们真是下得了手哇！把您整成这个样子。早晓得是这个下场，昨晚上就不该喊范方兴那两个没良心的东西呀！"

吓了一跳的刘于品赶忙提醒："快别这样说哇！要是外面有人听到，你也要挨批斗啊！"

刘素军对他姐姐说："这不是发怨气的地方，我们先把爸爸背回去再说。"

刘于品更急了，他摆着手说："钱开运他们没同意，如果说我是逃跑回去的，再抓回来这条命就没得了哇！"

话一说完，他就艰难地用手捂住胸口，大口大口地直吼粗气。这让人感到他此时心中的疼痛，远比皮外伤厉害千百倍。

刘素军抹下一把泪水后，没管三七二十一就把他爸爸背走了。

好景没有想的长

兴旺公共食堂刚办起来，张辉耀就在这里主持召开了现场会。经县上记者报道，这颗在全县率先放出的开办公共食堂跑步进入共产主义的大卫星，也就声名远扬了。为把迎来共产主义生活的喜悦心情表达出来，就是前面说过在花屋地坝开成立公共食堂动员会的那天，那个同一位姑娘含情相送的小伙子，也就是从这个花屋里赶出去的地主子弟陈尚国，因读过私学，大队让他编了一串顺口溜，像信天游似的到处宣传唱起来："办起伙食团（公共食堂），吃饭不要钱。一天三顿饱，日子像过年。共产主义跑步来，人民乐无边，直叫美帝国主义大汗颜……"大家真是过上了好日子，虽然没有肉吃，但这一点并不是显得那么的重要。

这个让人兴奋的好景并没延续多长，"共产主义食堂化，再大肚皮都不怕"的口号只喊个把月时间就哑口无言了。由于敞开肚皮整，集中在公共食堂的粮食哪能抵挡得住，转眼之间就见底了。打青的庄稼还不能收割，大队书记吴应福可紧张了起来。一天下午，他去公社找到社长周成远汇报情况，要求公社调拨吃共产主义公共食堂的粮食，把青黄不接的这点时间度过去，要是停伙揭不开锅，就会给已跑步到来的共产主义抹黑。

周成远告诉吴应福："全区各公社都出现了这个情况。陪区上陈书记到县上去要粮食的张书记刚才打来电话，说一颗粮食也没要到，县上要求我们自力更生想办法。"

吴应福跳起双脚说："这个自力更生的办法到哪里去想呢？就是天上的雨水也不是说下就下，更何况是粮食？"

含着土烟杆的周成远没有答腔，他把潮湿的火柴划了好几根都没划燃。等急了的吴应福赌气说："若搞不到粮食，我就去停下公共食堂。"

没抽上烟正有点不高兴的周成远一听这话，把半盒火柴一甩，就大怒起来狂喝："你狗日的吃了豹子胆啦，你有本事停了试试。你不想如何把样板树下去，还狗胆包天的与共产主义作对，你想当反革命吗？把你狗日的弄去劳改！"

听周社长这一呵斥，吴应福吓出满头大汗。他忙结结巴巴地对周成远检讨："对不起周社长，我说错了。我们大队的粮食真的快吃完了，下步您还是给我作个伟大的指示，我好回去执行。"

怒在当头的周成远指着吴应福的鼻子说："看在你是老书记的分上，今天就饶了你。如再有反动言行，一定严厉查办，让你下十八层地狱。"他在横着眼瞪了一下吴应福后又说，"你们大队不是出了私藏粮食的事情吗？可以断定还有坏分子没全把粮食交出来。你回去可以组织革命干将去搞一次翻箱倒柜，把那些坏分子藏着的粮食全搜出来。不搞公共食堂就有饭吃，怎么一搞公共食堂就没粮食了呢？这分明不是有问题吗？如这样还是找不到粮食，就实行革命专政，每天每人定量吃饭，把每家每户的锅灶收完，不准冒烟在家偷煮东西吃。"

吴应福还是大起胆子问："如果搜不到粮食定量吃饭，那按需分配的共产主义怎么搞呢？"

"是他们不交粮食破坏共产主义，就得向他们专政弄回来。"撂下这句话，长拉着脸的周成远扭头就向公社大门外走了出去。

吴应福像一只落汤鸡，在公社的天井里呆呆地站了好一阵。在一片空白的大脑有所反应后，才拖着灌了铅似的腿朝凤湾大队走回去。

侮辱哪敢去抵抗

翻箱倒柜的事吴应福没有去带头。在他看来，各家各户不可能再搜出粮食来。即使过去有人收存了一点，但在这个缺粮少吃的时候，也多半在家偷着吃光了。于是，他就叫大队主任樊生有和公共食堂伙食团长钱开运分头去按周社长要求，到家家户户去走一下过场，以便今后向上面好有一个交差的说法。在对全大队搜了个遍之后，硬是搜出来近千斤粮食。这个搜出来的结果，直叫出乎意料的吴应福哑口无言，他根本就不敢再去公社要粮食了。毫无疑问，缺粮的事与他工作马虎是有关系的，这弄不好就会惹火烧身，他还没糊涂到明哲保身的道理都不通晓。

在其中的一天搜查中，钱开运支开身边的干将，独自去向三小队花台上的一户人家。腿刚迈进门，他就大喝大叫："范永珍在屋里没得？你在家里藏了多少粮食？快交出来，要是搜出来就罪加一等。"

范永珍惊惊慌慌地从灶屋里跑过来，她把手向衣袖上揩了两下说："钱团长，家里的粮食全交公共食堂了。搞共产主义吃得饱饱的，我藏粮食不是找事做？"

由于做了心虚的事，范永珍在说话的时候，就不由自主地往楼上望了两眼。真是"此地无银三百两"，狡猾的钱开运一看就明白了三分。他径直爬上楼去，不一会就提了半口袋包谷面下来。他用手指着范永珍狠狠地说："你说没藏，这是啥子？这个现行反革命罪行，你说该怎么处理？"

事已至些，范永珍咚的一下就跪在钱开运面前声泪俱下说："我不该私藏粮食，是犯法了，请你行行好，看在我孤儿寡母的分上，不要把这个事说出去。要是我去劳改，没得人照顾的婆婆和娃儿，他们就只有死路一条哇！"

钱开运向外张望了一下问："不见人，他们到哪里去了？"

范永珍擦了一把眼泪回答说："娃儿昨天拉肚子，婆婆带他去公社卫生所捡药了。"

钱开运说："这个私藏粮食的罪说大就蛮大。如果要我帮你，不想去劳改，就看你的革命态度。"

范永珍像抓到了救命稻草，连连叩头说："我一定有好的革命态度，请钱团长宽大处理呀！"

看见范永珍可怜巴巴的样子，钱开运不仅没心生同情，反而还邪念膨胀。他淫笑着一把抱起范永珍就向里屋走。范永珍怎么都没想到他这个干部会这么做。出于难与外人道的羞辱和本能的保护，范永珍挣扎着说："钱团长，这个搞不得。你强奸我，我要去告你。"

钱开运猛地将范永珍摔在床上，然后双手叉在腰上说："你现在就去告，看老子怎么收拾你个反革命。刘于品遭了老子的批斗，现在还躺着起不来，你也想去搞一下鸭儿浮水吗？"

"你这样欺负我一个寡妇，你是要遭报应的呀！"

"放你妈的屁，谁欺负你了？你没得男人日，我帮忙来日，并且为你消灾，老子还吃亏和担风险不小哩。不是看在你孤儿寡母可怜的分上，请老子日我都不得日。"看见范永珍呆住没敢说话，极像一条饿狼的他，猛地就向她扑了上去……

临走时，他还对范永珍威胁说："二天我会经常来帮你没男人日的忙。你必须给老子端正态度，否则就去吊你的鸭儿浮水，还把你送去劳改。"

钱开运走出大门后，范永珍以为他会好心肠地留下那半袋包谷面。正在她提着半袋包谷面准备去藏起来的时候，完全没想到钱开运又折返了回来，在把她的奶子摸了一把后，硬是狠着心肠把那半袋包谷面背走了。望着滚出去的这个抽卵不认人的家伙，呆住的范永珍直把伤悲的泪水大滴滴地往下淌。

绝情的钱开运嘘着口哨下到一个叫岩洞湾的垭口处，他特地坐在一块石头上，狰狞地望着垭口上边那座还埋得不久的孤坟。那孤坟没有垒石头，仅是一个土堆，钱开运在心里冷笑道："饶娃子，你们一家人瞧不起老子，说我人品差，偏不把你姐姐嫁给我，让老子打了这么多年的光棍。今天老子这个人品差的人总把你女人日了，二天还要接到日，你知不知道出气消恨的感觉真是爽死人了哇！"

钱开运在站起身来的时候，就打开裤衩对着孤坟撒起尿来。他把筋疲力尽的阳具夹在中食指之间，不停地抖动示威说："你个狗日的饶娃子快点看呐，老子的这个鸡巴刚才日了你的女人。老子日得好安逸哟。"钱开运在一阵"哈哈哈"的狂笑中，才提起裤子背上袋子回花屋去了。

活着的人受活罪，死了的人还要遭羞辱，早知如此，你饶娃子为什么要走绝路呢？好死不如苟活哇！饶娃子啊！你真的活不下去了吗？也许是，要不然怎么会……

几年前，读过私塾的饶小勇（小名饶娃子）在龙祥小学当上了教师，第一个成了这山里头正儿八经吃国家口粮的人物，大家都对他羡慕不已。去年三月，教育战线贯彻全国宣传工作会提出的"百花齐放，百家争鸣"方针时，在"让大家敢讲意见，使人们敢于说话，敢于批评并形成环境和习惯"的号召下，心潮澎湃的饶小勇为了人民教育事业的欣欣向荣，真诚地提了很多受过表扬的意见，批评了一些说要勇于接受批评的干部。可是让他万万想不到的是，在他的话还没冷却的八月"反右"运动中，他过去提过的意见和开展的批评，全被上纲上线说成是对党和社会主义的恶毒攻击。这秋后的算账，第一批就把他打成了"右派"。还被区上当成典型押送到各乡去游街示众戴高帽，晚上还要勾九十度腰挨批斗，如有人稍不满意，就会狠狠给他一顿拳脚。他终于被折磨得不成人样了。

一天，在押送饶小勇去上平乡批斗的路上，凛冽的寒风吹得他瑟瑟发抖。脚上穿着的范永珍做的布鞋早已磨破，且后跟还脱了帮。哪怕走起路来一拖一拖的，他也舍不得把布鞋丢弃，因为这是他走在风霜雨雪路上的慰藉和支撑，甚至是心中的希望和温暖。要不是这希望和温暖，他恐怕早就坚持不下来了。现在脚上的这双鞋，把他坎坷的历程可以说是承载到了"精疲力尽"，自己坚强的血肉之躯似乎也顶扛到了极点。虽然爱给了他无穷的力量，但日夜不停地折磨，就是坨铁也该变形了。

区上抽来的两个押送饶小勇的专干见他走快不起来，就骂他成了右派反革命还装派头和臭斯文，磨磨蹭蹭做个大官样。饶小勇向他们解释，那可是秀才遇上兵，越解释押送他的专干越来气，他就更要承受难以忍受的折磨。他仰首望着阴霾笼罩的天空，在痛哭中大声地诉说："皇天后土哇！我饶小勇这辈子做错了啥子呢？你为什么要来这么折磨我哇？我的妈妈呀！早知道人间这么难活，你就不该把我带到这个世界上来呀！老祖宗啊！你们快告诉我这是人间还是地狱啊！……"

一路撕心裂肺的哭喊，让老天爷也动容起来，伤感的雪花徐徐悲落。只有那两个铁石心肠的专干还在骂骂咧咧，说他死不改悔，还在给社会主义抹黑说反动话。饶小勇再没有去理会这两个专干的谩骂和毒打，只顾揪心地大声哭喊着……

上完一段坡，再转过一道刀背梁，他们就来到还魂崖。饶小勇聚积起来一股力气，猛地挣脱前面那个专干手中牵住的绳头，扭身两步就冲到悬崖边。他转身哈哈大笑几声后，就对押送他的两个专干说："这人世间本来是美好的，正因为有了你们这些魔鬼，才把它变成地狱。我警告你们从此应改恶从善。否则，我会变成厉鬼来找你们。"正在这两个人慌神之际，他就高声吼起"严冬冷酷乱雪飞，风卷寒衣声正悲。来于人间为何事？纵身悬崖化尘归"的绝命诗来。诗一吼完，他就在痛哭中把捆绑的身子向后一仰，还魂崖上，一个"右派分子"的性命，就这样向人世间作了个最为揪心的了结。

高产卫星动心魄

从县上回到公社的张辉耀，与对座的周成远好一阵子没说话。粮食没弄到，全公社社员缺吃少喝过不上共产主义生活该怎么办呢？他不知道能否想出个什么办法来。前天大早，他就同区委书记陈德林去县上找到县长全明亮，把全区十万火急的缺粮境况作了报告，想请县上调拨粮食来帮一把，以不让跑步到来的共产主义停下脚步。话还没说完，全明亮就大发雷霆了："你们没看见全国的粮食产量在不断高产放卫星吗？报纸上说，'没有万斤的思想，就没有万斤的产量；没有万斤的指标，就没有万斤的措施。'现在缺粮吗？看来要从你们的思想和政治上去找原因。你们像小丑一样跳出来给共产主义抹黑，真该打你两个的右派反革命！"

听到这里，陈德林就吓得魂不附体了，他赶紧站起来低首躬身说："全县长莫生气，是我们犯了思想认识错误，我们接受批评，我们深刻检讨。我们这就回去遵照毛主席的指示，'鼓足干劲，力争上游，多、快、好、省地建设社会主义'，不仅不喊缺粮，也要大放粮食高产卫星。"

全县长这才怒容渐消，并接着告诫他俩说："你们这些干部就应该说这样的话，认真去做鼓足干劲和力争上游的事，决不落人之后。《人民日报》上才刊登无比鼓舞人心的《人有多大胆，地有多大产》的文章。为此，县上还要对低山区已收割了的粮食重新报产量，先弄个把卫星放出来。你们这些中高山，没成熟的庄稼也要把产量估报上来，也要预放卫星。明天夏书记从地区回来后，就召开区委书记会布置这项工作。大好形势是这么的喜人，希望你们认清形势，不要犯路线认识上的错误，更不准同'三面红旗'作对。"

陈德林和张辉耀惊弓之鸟似的窜出县委大院，在稀泥烂糊的街道上，只顾埋着头朝前走。只要街上有人吆喝，他俩就以为自己是时代的"过街老鼠"，惊吓得冷汗一把接一把地冒出来。

闷头走到十字街口，陈德林才开腔对张辉耀说："你回去紧急发动群众自力更生，别的地方就不差粮，我们却来丢这个脸，怎么对得起毛主席的号召呢？再说这个右派反革命帽子你我戴得起吗？"

老书记就是要比张辉耀这个二十多岁的毛头小伙子精明，要不是他这个从一场场风雨斗争历练中熬过来的人，在关键时刻站起来说出几句扭转乾坤的话，恐怕他们早就大祸临头了。这不是老陈书记看风使舵去故意迎合，而是关系到他俩生死存亡的大事啊！

张辉耀没有答话，他转身就去一个熟人的单位给公社拨了个电话，并把情况告诉了周成远。

现在虽然回到了公社，他怎么去做群众工作？怎么去搞自力更生？怎么去把共产主义的卫星不断放上天？粮食，毕竟是粮食，正如凤湾大队支部书记吴应福在找周成远时说的："就是天上的雨水也不是说下就下的呀！"

无奈的张辉耀决定，先让公社干部全下大队公共食堂去做调查，等陈书记开会回来后，再按会议精神对症下药。

在区委书记会上，县委夏书记用一个上午传达了上级的会议精神，他没写专门的报告文稿，只是随口而讲。他一会读几段报纸上的文章，一会又翻开笔记作指示。总起来讲就是要继续反右，批判"小脚女人走路"，要以粮为纲，大放粮食高产卫星。特别是讲到全国好些地方水稻高产，稻子沉甸甸的连人走在上面都承载得起，以及毛主席到河北某县考察看到粮食多得不得了，建议大家一天可吃五顿饭时，有的区委书记就激动得流出了眼泪。一个叫付小胜的年轻区委书记早就控制不住内心的激动，他"嗍"地站起身来，举起右手就大呼起"毛主席万岁"和"打倒小脚女人走路"

的口号来。夏书记忙停下讲话，趁势就和大家一道跟着呼口号。在这个插曲后，有的人头脑就疯狂发热了，革命精神也猛然振奋了，满眼看到的全是堆积如山的粮食，怎么吃都吃不完。

在下午的粮食产量申报过程中，低山有的区把水稻产量最高报到亩产1000斤，这当然就会得表扬；有的区水稻产量只实报200斤，这就会遭迎头痛批。在对第一轮产量申报总结后，搞笑的事情发生了。低山几个区的水稻产量像变魔术，一口一个产量，最后那个带头呼口号的区委书记付小胜，疯狂地一口就把亩产报到了15000斤。夺得的第一"标"，就成为全县放出的第一颗水稻产量大卫星，尽管比报纸上报道的郫县亩产83000斤的水稻产量相差甚远，但这已经是让人惊心动魄的高产量了。

低山几个区的粮食卫星放上天后，中高山区的粮食卫星又点火了。看到先前的架势，大家争先恐后地把估产在实际基础上翻了一番又一番。陈德林也不敢落后，有了昨天的挨批和今天的"鼓足干劲"，他还敢当后进吗？甚至中游也不敢居。他硬着头皮违心地把粮食产量卫星放上了天——玉米亩产报到4100斤；水稻亩产报到了8950斤。在得到县上领导的轮番表扬后，陈书记悬着的心才算安然放下来。

开完会回区上的那天下午，区上组织场镇居民和各单位干部近百人，举着"热烈庆祝我区玉米水稻卫星双上天"的横幅，在进场镇的路口敲锣打鼓迎接他们的陈书记。

刚开始看到这个场面，陈书记心里还七上八下的，认为是自己在吹牛拔高，犯了严重脱离实际和"左倾"思想的错误。然而，在一阵子鼓胀精血的欢呼后，他真的就相信自己放出的粮食高产卫星是绝对无疑的了。在那个岁月里，人们思想意识的转变，往往不受自己理智的控制，而是跟着外界的某种变幻随时做着疯狂的调整。

就这样，在龙祥区所辖十一个公社的一百多个大队，粮食高产卫星接连放出，真是争先恐后，百花竞放。随着高潮迭起，对公共食堂缺吃少喝的事不仅熟视无睹，而且再也没有人敢去提及。否则，就将大祸临头，不得善终。

物竞天择，适者生存。干部们对共产主义公共食堂及时采取果断措施，在控制每天发放粮食数量的前提下，全煮稀糊糊向社员定量分发，男整劳力两舀，女劳动力一舀半，老人孩子一舀。这稀糊糊清汤寡水，凤湾大队就有人编了个顺口溜："一吹一个泡，一喝一条槽，照得出影子看得到天，没到坡上肚子就咕咕叫；脚就拖不起，生产无力搞，共产主义只过几天就跑了。"当然第一个说这话的人是要倒大霉的。在全大队清查得乌天黑地的时候，一位姓向的大字不识的孤老挺身出来说是他编的，在一番死去活来的弄整后，趁看守他的人不备，就上吊自杀了。人一死，就无法去深究他有没有水平编得出这样的顺口溜，这件事就只得做个不了了之。

月光幽谧浓初吻

在这突如其来捏紧裤腰带的日子里，人们的劳动积极性陡然就降温了。"饿了体力虚，出工不出力；田头站一站，挨到太阳西"就成了那个时期集体劳动的真实写照。

放开肚皮整的共产主义生活没坚持多久，定量供应稀糊糊的日子也戛然而止，庄稼成熟的时节还没到来。可是在这个饿着肚皮的时候，还要打肿脸充胖子，不顾一切地去唱高调放卫星，这种虚报浮夸的疯狂做法，让多少人就想不明白。然而，更让人想不明白的是国家征购粮食全是按放出的卫星产量计征。从放的粮食卫星产量看，龙祥区就是一粒粮食不留，也交不起国家的征购。大跃进的卫星就是这么放的么？张辉耀开始有些茫然了。

历史的潮流滚滚向前，顺之者昌，逆之者亡。在那个时候，基层的任何人都是没有翻手为云、覆手为雨的本事的。要么顺应潮流生存下去，要么就被潮流卷进深渊万劫不复。不敢减弱万丈革命豪情的张辉耀明白，在这个节骨眼上，切不可在自己管辖的这块土地上率先整出"吃不了还要兜着走"的乱子来。于是，他决定乘党中央提出的"鼓足干劲，力争上游，多、快、好、省地建设社会主义"的东风，及时组织一支文艺宣传队到各大队去进行文艺巡演，用强大革命精神的力量去教育群众、引导群众、帮助群众，努力把这段困难的日子挺过去。

在宣传队员中，不仅有凤湾大队的陈尚国，而且也有那位曾向陈尚国眉目传情的姑娘文良英。经一位小学教师编排，由他俩主演的《夫妻齐夸大跃进》节目取得极大成功，受到各大队群众的好评。大家除夸他俩戏演得好外，还真的希望他俩成为夫妻。本来他们心中就已有灵犀，并且朝夕相处在一起，又同演那么一个富有粘合力的节目，就是不想擦出火花，也是会自然冒烟的。

在宣传队去到与凤湾大队接壤的石板大队巡演结束的那晚上，外出跑过一阵了的陈尚国和文良英都准备回家去看望父母及家人，同时也向他们荣耀地表达自己有出息，甚至更乐意听到他们的几句赞赏和恭维。

月亮还没圆满，一些不知名野物和夜鸟的怪叫，不停从茂密的森林里冒出来，直让人毛骨悚然。陈尚国对文良英说："良英，我送你回去吧！"

文良英爽朗地答应说："你不送我，让我一个人回去，要是在路上被野物吃了，看你跟哪个去演戏？"

听这么一说，陈尚国的心头美滋滋的。

山风是清凉的，此时轻拂过来，说不出是何等的温馨与惬意。茂密的森林罩着山道，像一条幽径直通向这两个年轻人心灵的深处。山沟里，潺潺的溪流在赞叹声中也对他们羡慕不已。月光从那些密密麻麻的树叶缝隙中漏下来，就像稀疏的花瓣撒在路上，芬芳着他俩热血涌动的心房。

一路上，起初都没说话，只是脚步越来越快。在一段上坡处，没忍住的陈尚国终于开口了，他心头怦怦直跳地对文良英说："良英，你走这么快，是不是想马上到家呢？"

"不想马上到家还做啥子呢？"

"今晚月亮怎个好，不慢慢看真是可惜哩！"

"要是夜深了，跳个老虎出来怎么办呢？"

"我会去打死它，然后把老虎皮送给你。"

"要真的是这样，我就去给你做个虎皮垫肩，让你肩挑背磨不破衣服和伤肩膀。"听到这里，陈尚国鼻子一酸就流出泪来，因为长这么大还是第一次听到女孩子对自己说这么巴心巴肠的话。见陈尚国没有答腔，文良英在转头间看见他在抹眼泪，于是就惊讶地停住脚步问："你怎么了？是不是眼里掉进了东西？"

黯然动容的陈尚国说："良英你真好！我一个地主子弟你还这样关心我，我……"

话还没说完，文良英就凑身过来牵起衣袖为陈尚国擦眼睛。她其实知道陈尚国的心情，在自己多次向陈尚国示爱时，陈尚国就在努力压制自己的情感，这是因为他心中所背的那个地主子弟的包袱。其实，背这个包袱一点没有必要，文良英喜欢的是他这个人，与地主身世完全无关。她管不了那么多的政治，只希望和他在一起营造大山里农家小院的快乐生活。

文良英的这一举动，直让陈尚国抽泣了起来。文良英说："男子汉还哭鼻子，没衣食（没志气）。"

陈尚国再也控制不住自己的情感了，他一把将文良英抱在怀里，口中不住地说："良英，我爱你！我喜欢你！"接着就把嘴巴向文良英的芳唇贴了上去。这不需要人教的浓烈初吻，紧紧地粘合了这两个人如胶似漆的纯洁爱情。他俩的心在狂跳，热血在翻涌，直想把对方放在自己的心尖上，融进到自己的身体里。看到这个场景，月亮翘起嘴角在欢笑，星星眨着眼睛在祝福。快到半夜的时候，陈尚国才牵着手把文良英送回家。在地坝坎边的又一次甜吻后，陈尚国才向自己的家走回去。

几声"汪汪"的狗叫，从一片黑压压竹林后的破旧农家传过来。陈尚国只说了声"吵啥子吵？"，那条大花狗就摇头摆尾地跑过来和他亲热个没停，在"哼哼"的欢叫中，像是祝福他在今夜收获了甜蜜的爱情。

钢铁大梦浇惊狂

继续在外巡演的陈尚国和文良英，看到遍地的庄稼一天天在成熟，他们只希望早点结束巡演，以便好回去收庄稼。青黄不接的日子终于快过去，所有的人都在心中暗暗地松了一口气。

"天是那块天，地是那片地，山是那座山，路是那条路。金色的秋天快成熟，革命口号庆欢呼，生活越来越富足……"在宣传演出之余，陈尚国就把自己编的顺口溜，运用山歌的调子开始传唱，有着浓厚政治色彩且又充满生活情趣的歌声，给这个清寂的大山深处增添出无限渴望丰收的气息。人们就在对这个丰收的盘算中，倾力地去铺展那个丰衣足食的梦境。

人世间，只有实现了的梦才是真实的，没有实现的梦终归还是梦。在这个丰收的欢笑快要发出的时候，史无前例的另一大梦就率先做了出来，人们的一切精力，全轰轰烈烈地集中到这项事业上去了。

天刚麻麻亮，周成远就把宣传队叫到公社的天井里，宣布从此时开始，宣传队的节目立马改换成宣传大办钢铁，为以钢为纲的钢铁元帅升帐和实现钢铁产量超英赶美而鼓劲加油。他把手向站在身边的严立生副书记指了一下，就向大家介绍宣传队现在由严书记任队长，要求大家在严书记的带领下，把宣传工作搞得热火朝天、轰轰烈烈。

真是好哇！宣传队像开了锅似的欢腾起来。借势周社长就启音，引领大家高唱起《社会主义好》的革命歌曲来。

在县上开三干会的张辉耀，抽空给周社长打来电话，通报了全民大办钢铁的会议精神，中央要求作为书记工程，必须在当年实现 1070 万吨的钢铁产量，力争三五年钢铁产量实现超英赶美的目标。张辉耀要宣传队迅速做好宣传准备，大造舆论声势。在得到这个消息和安排后，周社长热血沸腾，所以就情不自禁地在公社天井里领唱起斗志昂扬的革命"晨曲"来。

地处区公所所在地的龙祥公社，做啥事都被区上树为标兵和典型，这个大办钢铁的天下大事也不例外，必须得来玩这个"龙头"。在公社召开的大办钢铁动员会上，张辉耀就按周成远所说，决定把大办钢铁的厂子办在有丰富铁矿的关口和铜鼓两个大队，无铁矿的大队就全力以赴供给炼钢铁的燃料黑棒槌（把树木截成大约一公尺长的初料，再放进土窑中不烧过心，接着就闭窑冷却，两三天后开窑取出当作炼钢铁的焦炭。因焦炭像棒槌，故得此名）。

说关口和铜鼓两个大队有丰富铁矿，并没有专家论证和地矿队钻探确定，只因从古至今这两个地方的山头常浸锈水，于是就有人猜想有铁矿。在公社的大办钢铁动员会上，激情满怀的周成远对张辉耀说，他曾带队到这两个地方进行过"科学"考证，这两个地方储藏的铁矿石能办全国最大的钢铁厂，千秋万代都用不完。

可是，他放出的这颗铁矿石卫星在几十年后，才有钻探队得出结论：这里有低含量的铁矿石，总储量不足二十吨，不仅不具有开发价值，更没有千秋万代用不完那么激动人心。真正的科学给那个时代豪气冲天的蛮干家扇了一个响亮的耳光。当然，这可是后话。

周社长的这个考证传播开去，全公社的人民群众无不欢呼雀跃，今后要是办上大钢铁厂，那龙祥公社就繁荣昌盛和闻名天下了。这无疑是毛主席伟大指引的胜利。就这样，一场关于公共食堂断粮问题的焦虑，就被这场轰轰烈烈的伟大号召消解得一干二净。

大办钢铁在人们还没来得及喘气的时候就上马了。全公社无论男女劳动力，全抽调去大办钢铁，各家各户除了老人和孩子，就没有劳动力在家了。大集体的生产劳动，倏地就变成了一场轰轰烈烈大办钢铁的革命运动。

为了大鼓干劲和舍小家顾大家，公社把所有劳动力在各大队进行对调，并开展劳动竞赛。一时间，大办钢铁的场面可谓是气吞山河。不几天，关口和铜鼓两个"钢铁厂"在竞赛中，各建起上百座的土高炉。要不是场地有限，真要建上千座万座的来。

激情燃烧痛呻吟

为确保两个钢铁厂炼出好铁好钢的燃料供给，各大队抽调的人员都自行选点建起了上百座流水作业烧黑棒槌的窑子。几乎是在眨眼之间，龙祥公社几千座烟火通红的窑子，就构成了一道异常壮观的风景，燃烧起人们痴狂的激情。可是谁也没想到——激情在燃烧，森林在呻吟！

在这里，我们不得不提到一支"伟大"的队伍，他们就是公社树的标兵利斧——砍焦队（先叫砍伐队，因听起有些异样和跑题，故由公社改名为砍焦队）。这支砍焦队就是在大办民兵师中建起的凤湾大队民兵连。在民兵连长钱开运的军事化管理下，几十号民兵听从指挥，步调一致，地毯式地在向响水大队各个山头进军，真是一支攻必克、战必胜的常胜之师。

在打破一切坛坛罐罐全民大办钢铁的号召下，他这个刚上任的领导只想把这项工作做出了不起的成绩，以便有个光亮的前程迎过来。

一天中午，有位穿中山服的年轻人来到他带领民兵挥斧的山头，这年轻人自我介绍是县上的记者。钱开运就放下斧头同记者坐在一块石头上摆谈了起来。

"你们每人一天要砍多少根树呢？"记者问。

"十到五十根不等，主要还看树的过心（直径）有多大。你看前边这根两人合抱粗的松树，"他炫耀地对记者说，"一大砍上十根就算是麻利的了。要是地势不好，砍不到十根天就要黑下来。"

"那你们累不累呢？"

"累啥子累哟？大家革命干劲大得很，砍上劲了连饭都不想去耽搁时间吃。"他手舞足蹈地吧过几口叶子烟，在吐出臭气熏天的烟雾后，又把咳在地上的痰用脚板搓了几下。看到记者异样的表情，他忙把烟嘴用手掌抹了两下，就递过去请他抽。记者赶紧推说自己不抽烟。就是抽烟，看到连串恶心的举动，他愿去接过来么？除非是要和群众打成一片作秀的时候，过后都要躲在一个角落吐上好大一阵子。但是山里的群众是不会介意这个的，他们有这样的口头禅："一根烟杆千张嘴，抽过一圈除劳累。几股烟子冒上天，胜过菩萨胜过仙。"

就在记者推谢的瞬间，只听见哗哗啦啦的声音从天而降，再接下来就是"轰"的一声闷响，一根合抱粗的杉树就倒在了他俩的面前。被吓了一跳的记者稍作平静后才问："砍倒的这根树要多少年才长这么大呢？"

"起码要上百年，如要排辈分，它应该是爷字辈的了。"这时他脸上满荡起骄傲接着说，"不管它是哪个辈分的，今天倒在我们的斧头下，那是它们的造化，要不是的，为什么早不砍迟不砍呢？"

"这不是造化，可以称缘分，不管遇到谁去砍，这都是缘分。"记者解释说。

钱开运听记者这么解释，就答不上腔了，毕竟自己没文化，就是想弄两句有哲理的话，脑壳里都是挤不出来的。记者看到他的熊样，忙岔开话题问："你们砍的这些树怎么弄下山去呢？"

这个可是钱开运在行的话题。他把烟屁股在石头上磕出来后，就接上说："这么大片地砍树是有些讲究的。如要不窝工，必须先在山中间砍一条槽出来，行话叫滑料槽，再确定方向把树砍向两边倒。然后就把截出的黑棒槌初料顺滑料槽滚下去，运料的人就可以在山脚下把初料背去上窑了。"

"你真还是一个用心的土专家！得好好宣传一下。"

"这都是为了赶美超英想出来的妙法子。只要我们鼓足干劲，就不得比美帝国主义那些狗日的孬，啥子事都搞得出来。"

记者在心头暗暗说："遇事我们总能想出妙法子。若是打起世界大战，我们的人民群众说不准还会弄出核武器来。"他感受到了"人民群众是真正英雄"这一论断的无比正确性。

多好的人民群众啊！多有志气的中国人民啊！这位记者在无比感慨中，回去就写出了题目为《日有千人挥斧，夜有万窑通红》的新闻报道。报道中，记者把钱开运砍焦队的劳动热情以及他创新的砍焦方法选作了新闻眼，诗化的语言极富感染力。如在描述劳动热情时写道："他们雨天当晴天，黑夜当白天，晴天一天当两天，吃饭就怕误时间，只盼赶美超英目标早实现。"在叙述创新砍焦方法时写道："先开一条槽，树向两边倒。初料滚下山，上窑炼好焦。"

随着新闻报道的宣传鼓动，全县更加掀起大办钢铁的高潮。在斧头的挥舞下，大地像是遭遇了一场肉搏战，无数鲜活的生命便一排排地倒下了，葱绿的山山岭岭在揪心的伤痛中，猛地就消瘦了下来。这样的一副惨境，人们居然还把它欢欣地叫成"日新月异"。这个时候，大自然在人类面前显得是多么的脆弱无力啊！

绝命反击怒呐喊

夜以继日地高强度劳动，身体虚弱的人就吃不消了，有的甚至还积劳成疾。一天早上，砍焦队的刘田柳没按时到队，钱开运决定扣掉他的早饭。生病的刘田柳本来就弱不禁风了，更何况人是铁，饭是钢，哪怕这饭是定了量的一碗清汤糊糊，克扣一顿就会要他的命。

气喘吁吁的刘田柳没能控制住自己的情绪，只图一时痛快地把话抖了出来："我病了又不是装的，只是点名来迟了一点，你就狠心扣我一顿饭，这跟地主老财有啥子区别呢？"

这还了得，敢这么顶撞干部。钱开运的脸就气青了，他把刘田柳大骂一通还不解恨，又把他拉到地坝里去揍上一顿拳脚，同时准备在早饭后对他进行现场批斗，并罚他砍二十根树后才准吃饭。

在大家喝照得见人影的清汤糊糊时，刘田柳站在地坝中间大声地痛哭起来，他不住地诉说道："我长这么大，妈老子就没有扣我一顿饭！你这么对我，比万恶的地主狗腿子还歹毒！这日子如何过得下去哟！"

这家伙真是不想活了，敢出如此万恶之言。就在大家惊望他的时候，他冲进灶屋舀起一碗糊糊就向外面跑。看到刘田柳抢糊糊吃，钱开运忙叫上砍焦队的民兵打手范方兴和范方碧一块向他追过去。

还没跑过槽，糊糊就喝完了。刘田柳猛地转身过来，把手高高举起将土巴碗砸在地上。土巴碗刹时就粉身碎骨了。接着刘田柳又捡起石头，向追过来的钱开运三个人打过去，其中一坨石头正中钱开运的额头，血从他额头上流了下来。看到这个阵仗，范方兴和范方碧哪敢去近身？在双方对峙的时候，刘田柳又大骂起来："钱开运你个狗日的，你这样可恶，就不怕断子绝孙吗？你比蛇娃子还狠毒，大眼睛菩萨看到的，你一定要遭报应不得好死！"抹下两把泪水的他又接着骂，"老子一天饭都吃不饱，还干那么重的活，就是铁打的人也该软了。老子生不逢时，这个鸡巴日子不过了，老子去变鬼来挖你狗日的心，喝你狗日的血！"话一说完，他又捡起石块打过来，吓得钱开运三个人拔腿就跑。刘田柳在追打中不住高呼着口号："哪里有压迫，哪里就有反抗。打倒钱开运！打倒活不下去的狗鸡巴日子！……"

眼看追打不上的时候，刘田柳才转过身向山那边的远天走了过去。

这件事报告公社后，张辉耀决定戒严抓捕反革命刘田柳。在那个岁月，人民群众是非常痛恨这样的"反革命"的。只要他一出现，必成"过街老鼠"。更何况各关口都是民兵，刘田柳定插翅难飞。

两三天的时间过去了，生不见人，死不见尸，有的说他是跑到其他公社去了，有的说他是跳天坑了，有的说他是躲进大山里去了。就在人们众说纷纭和无计可施的时候，从上河大队来的一个烧黑棒槌的人，在早晨去刘田柳家附近的一个大沙坑挑闭窑水的时候，发现沙坑里浮起来一具尸体。经本村人辨认，这人不是别人，正是公社通缉的"反革命"分子刘田柳。

刘田柳死了，所有的岗哨也就随之撤除。在其他大队烧黑棒槌的刘田柳的妻子罗大梅和两个儿子想请假回去看最后一眼也没批准。在肃清"反革命"流毒中，还把这母子三人当成重点，连续批斗好几个晚上后，就打成坏分子，不准他们乱说乱动。

刘田柳的尸体停放在堂屋中间的一块门板上，八十多岁的老母一直抓着他的手痛哭不止："儿啊！千条路万条路你不该走这条路啊！这辈子我们再苦再难都过来了，现在又有什么活不下去的呢？你一走一了百了，我们活起的人就要跟到受牵连倒霉呀。儿啊！你好糊涂哦……"从上午到下午，从下午到晚上，老太太就这样哭哭停停，停停哭哭，一粒粮也没得吃，一滴水也没有进。在天要放亮的时候，万分悲痛的老太太眼睛一花，一头栽倒在地，再也没有爬起来。

一个家庭突然就没了两个人，这不能不说是一个天大的不幸。这个时候，尽管有些人怕沾手"反革命"惹火烧身，但还是有不计后果且敢于站出来料理后事的好心人。留在凤湾大队当公共食堂炊事员的那个幺表爸又出面了。他找来上河大队在这里烧黑棒槌的几个老实人，于太阳偏西的时候，就把用席子裹着的母子俩埋在了屋后头的山坡上。悲情的母子俩，从此就永不离开地守望在祖祖辈辈栖生传承下来的贫寒家园了。

骑虎难下成英雄

铜鼓和关口两个炼钢点上的土高炉已熊熊燃烧个多月了，烧成了灰的铁矿石半滴铁水水也没挤出来。这下可急坏了区上的领导，不得不紧急召开两级干部会，要求龙祥公社这个典型必须在七天之内炼出钢铁向县上送喜报。这七天被命名为"钢铁卫星周"，命令只许成功，不准失败。否则，公社书记、社长和大队干部全部撤职，并且要补课打成右派。

回到龙祥公社，各大队支部书记、主任及民兵连长全没散去，都站在公社会堂里等待张辉耀和周成远发话。他俩闷坐在一条板凳上，惊汗一把接一把地直往外淌。

山林大片大片地砍光烧完了，可铁星星就没见一颗，这一群土高炉恐怕今生今世是不会炼出这个宝贝来了。"这如何是好？如何是好哇？"张辉耀毫无意识地脱口发问。

这时没有人来答腔，会场里鸦雀无声。一阵了后，社长周成远猛地站起来对各大队干部骂道："你几爷子都哑巴了哇！平时都'鸡娃子伸懒腰——劲蹦蹦的'，这时为什么就做缩头乌龟了呢？打明说，老子们成了右派，你些牛日的也爬不上干坡！"

听这么一说，大半的大队干部就吓得发抖了。七天！七天能干出什么名堂呢？大家心里明白，这七天之内是受煎熬，七天之外就要受折磨啊！早知如此，当这个大队干部做什么呢？不仅没有待遇，而且反要担风险，真是想当官想疯了哇！这下好了，不是偷鸡蚀米这么简单，而是担惊受怕不得善终。

这时，从人群中走出来一个人，他哭兮兮地对望着他的周社长说："我不当大队干部了，我没有这个本事在七天弄出钢铁来。这个担子我真的是挑不起，你们另选高明吧！"

只听"啪"的一声，周社长一个耳光就扇在这个人的脸上，接着大怒道："若是打仗，临阵脱逃，该当枪毙，现在虽不是打仗，其困难不比打仗松活。你真敢在这个时候添乱子，先把你狗日的收拾了再说。"话一说完，就拳脚相加了过去。这个时候，高压政策直把人们压得喘不过气来，无不在心中憋着一把无名火，正好没个地方发。这下好了，有人敢来点这个导火绳，大家都把这火气借助拳脚全发泄在这个人的身上。这个人被打得在地上翻来滚去，一声比一声凄惨的嚎叫，猛地惊醒了呆若木鸡的张辉耀，他不知道为什么会出现这个场面。他在喝停住手后，就快步过去，怎么都没想到被打的人是青云大队带队去关口大队炼钢铁的支部书记赵有为。张辉耀欠起身去拉他的时候，赵有为一把抱住张辉耀的腿，在撕心裂肺的痛哭中说：

"张书记，这是为什么哇？这日子什么时候是个头啊？我求求你放过我吧！我真的不想当这个干部了哇！我当不起呀！放过我啊！求求你呀！"

张辉耀眼里也含满泪水，这是为同病相怜流出来的。但是，他这个时候是不能去当逃兵的，就是想逃也逃不掉。唉，与其坐以待毙，不如奋起一搏，那就做一个立竿见影的决定吧！他"噌"地一下站在板凳上，异常坚定地用手指着大家说："你们回去把每家每户的废钢旧铁全收起来，再回炉去炼，两三天就可出钢铁向县上送喜报。请大家齐心协力完成区上布置的这个光荣任务。我们不能成右派，我们决心成英雄！"话一说完，周社长就带头高呼起口号来：

"打倒右倾逃跑主义！"

"誓死完成光荣任务！"

……

在得到张书记死里逃生的指点后，大家像重获新生，口号一个比一个呼得卖力。

大队干部各就各位回到工作岗位，立马布置人手到各家各户去收废钢旧铁。为了快出战果向县上报喜，一个"收"字就变成了"搜"字，无论是好是坏；只要是钢铁就全部砸烂收缴。一天的时间，锅砸了，锁下了，农具毁了……那一幕简直叫人不堪回首。

搜铁刮命没商量

风急火燎回到凤湾大队的吴应福、樊生有及钱开运，没等屁股落座，就各分两个小队，自行组织人去"收"废钢旧铁了。在钱开运负责的一小队那个黄牛包上，有一户偏远农家。农家里那位七十多岁的老婆婆像平时一样，正坐在大门前的石头上向远山眺望。她的双眼已没了光泽，无情的时光刻刀早在她脸上镂刻下了沟壑纵横的沧桑，她的这个样子直叫人怜悯和心碎。这位老婆婆没有文化，也没得姓名，只是随夫家被人称作段氏。在上个月家里的儿孙被调去大办钢铁后，就只有老婆婆孤独地守候在这里。

孤独的她看见远处的山峦不几天就剃个光头，真不知道是发生了什么事。但老婆婆在心里感到，一定是与儿孙们被调出去做的事情有关。她常在茫然中自问："这些树砍到哪里去了呢？是去搞一个什么样的大事业了呢？"她还真有些"杞国无事忧天倾"的了。

这位老婆婆身体虽然不是很健朗，但还能自己料理自己。尽管子孙都不在家，甚至还缺粮少吃，但一个人常在门前淡然地望望天、看看山、观观云、吹吹风，也是她此时感到的人生惬意。是的，是人生惬意，可是这点惬意对她来说，也是菩萨不经意滴漏出来的。老婆婆得来的这丁点享受，不可能永远地延伸下去。在"菩萨"回神过来的时候，她倒霉的日子终于到来了。

"老太婆，我们是来收钢铁的，你家的锅盆锄头全要交出来，快去指一下。"

看到来势汹汹的钱开运一行四人，老婆婆吓了一跳，因为她不知道眼下的大政策，也不认识才担任民兵连长的钱开运，以为是棒老二（土匪）来抢她的东西，但她还是壮起胆子说："锅盆收去了怎么生活呢？锄头拿去了又咋个种地呢？"

钱开运反驳道："现在公共食堂搞得好好的，谁不叫你生活？锄头拿去炼出更多的钢铁来，做再多的锄头就行，还怕啥子？"

老婆婆吞咽下一口气后祈求说："我一个老太太走就走不动，公共食堂办得又远，你们就给我留口锅吧！"

"你说的比唱的好，要出钢铁送喜报，不收就不得行。"钱开运恶狠狠地说。

老婆婆没弄明白他说的话是什么意思，正在迟疑时，钱开运就带着民兵冲进屋去搜钢铁了。赶紧跟过去的老婆婆看到他们在翻箱倒柜，断定他们一定是棒老二。于是就双手作揖求着说："棒老二大哥！我屋里没得什么值钱的东西，你们就行行好，别抢我这个作孽的老太太！你们就把这个德积在你们的儿女身上吧！"

没想到这老太太竟这样侮辱自己的革命行动，钱开运怒骂道："放你妈的屁，谁是棒老二？谁抢你东西？你个老不死的再乱说就把你打成反革命，让你去坐牢！"

看到他们下的下锄头、撬的撬柜扣，老婆婆着急了。她跑过去阻止说："我没有金银财宝，这些东西又值不上几个钱，你们不能拿走，等我二天发财了再来抢也不迟啊！"

端着锈迹斑斑铁锅的钱开运一听这话，气不打一处来，举起铁锅猛地砸在地上，"嘭"的一声铁锅就碎成了几大块。

老婆婆看到这个穷凶极恶的举动，感到天就塌下来了。从古至今，她就没听说棒老二连锅也要抢，这不是在要人的命吗？既然不叫人活了，这条老命就跟他们拼了。老婆婆在怒骂中拿起吹火筒就向钱开运打过去。钱开运在身上挨上一筒后，顺手就捉住吹火筒猛地一扯，老婆婆承受不起这样的猛力，一个跟跄摔在地上，仅有的两颗牙齿也就摔了出来，血从嘴角牵起线地直往外流。老婆婆没管这些，她撑住腿站了好几下才站起来，毫无畏惧地咒骂："你这些遭天收五雷打的棒老二，对老太太也下得了手去抢，还可恶得连锅也不留一口，你们要断子绝孙遭报应的呀！"老婆婆抹了一把口中流出的鲜血，在向身上擦过后大呼："清光白天就有人来抢东西，这是个啥子世道哦？"

钱开运正要冲过去打这个老婆婆，一个民兵看不下去了，忙过来拉住钱开运说："钱连长，莫和不懂道理的老人见气，我们只管办正事不理她。"被拉住的钱开运还是腾出腿来，一脚就向老婆婆踢了过去，老婆婆又扑腾一下倒在地上。老婆婆已没了赶紧爬起来的力气，好一会才哼出两声来。

钱开运怒目圆瞪地说："你凶哈，为什么就要死了呢？不收拾你个老不死的就不知道锅儿是铁打的。"

在这个世界上，哪怕是风烛残年的老人，只要在断了生存希望的时候，他是不怕和你拼命的。缓过来一口气后，老婆婆又鼓起力气慢慢地站了起来。她擦去泪水，停住哭泣，大口大口的喘气中，眼里放射出无比仇恨的剑光，直刺向钱开运心黑歹毒的胸膛。就在钱开运感到不寒而栗的瞬间，老婆婆狠命地一头向他撞过去。看到老婆婆撞过来的身子，钱开运拔腿一闪，收不住脚的老婆婆一头就撞在木架子的脚方上，破出好大一道口子来。喷涌的鲜血像火焰，直燃烧着老婆婆满腔的仇恨和呐喊。

"该死的老东西！"钱开运狠狠踢过老婆婆一脚后，就带着民兵骂骂咧咧地把搜到的钢铁背走了。

十多天过去的时候，老婆婆的孙子段登华在把黑棒槌背送到关口炼钢厂后，就悄悄回家来看一趟。可他万万没想到，奶奶不知是什么时候死在了家里，尸体已高度腐烂。他不知道奶奶为何而死，反正人老了，一人在家无论怎么死都有可能。对于他奶奶的死，他一点都不敢声张，因为自己是偷着跑回来的，要是大队知道了，就会打成坏分子挨批斗。痛哭过一阵子的段登华从床上取来席子，包裹起他的奶奶就背到屋旁边的山坳里。他用木棍草草地刨了个坑，权且把奶奶作个安埋。在添上最后一捧土后，才转身去山田边扯来一抱枯黄的杂草放在坟头，权作祭奠之物痛表对奶奶的哀悼！

段登华再回去背黑棒槌时，没把奶奶去世的噩耗告诉父母和弟妹，因为怕他们听到这个噩耗擅自跑回去，弄不好就会惹出不幸的灾祸来。再一个想法就是要让奶奶在他们心中还活着，虽然不能做到永远，但多伸延一天一时也行。

图腾崇拜"牛脑壳"

"废钢旧铁"收来了，丢在炉子里炼了大半天就不见流出半点铁水水。有人说这是黑棒槌没干过心火力不旺的缘故。在关口炼钢点督战的周成远下令，把各家各户的楼枕、楼板、床柜以及棺材全收来赶火候。顷刻之间，家家户户如蝗虫过境，倏地就洗劫一空。果然不出所言，火候一赶钢铁就炼了出来。由于是不同质量的废钢旧铁混在一起熔炼的，加之没达到熔炼的温度，炼出来的钢铁却凝固成一团无用的黑疙瘩，就像是牛脑壳。大家在惊狂中，把它当图腾一样地来崇拜。

真是一个大喜事，这是毛主席伟大指引的胜利，这是大办钢铁人民的胜利。

清晨，太阳刚好出来，罩在大地上的密雾正漫然散开，此时向天上望去，能见度不是很高。太阳一点也不是红的，就像一块冰糍粑贴在天上。风已经很冷了，人流中，一件件破棉袄包裹着的那些汗臭熏天的人，在炫耀他们这点富有的同时，不时就把手伸进腋窝下的棉袄接袖卷边处抓出一两个虱子来，然后用手指甲一挤，就会发出"啪啪"的脆响来。一些穿着单薄衣服的人在瑟瑟发抖中，不会允许有那么多的虱子存活下来，他们只是在嫉妒中自言自语说："穷骚包个屁，有本事就不长虱子啥。还不是'两个指拇一背——二指二'，比老子好球不多少。"不知是哪家饿得要死不活的狗子，还在以欺软怕硬的口气对过往行人"汪汪"吼个不停。此时，在几槌擂鼓发出号令、咔咔跟着热闹起来后，狗的叫声就销声匿迹了。那从关口土高炉中诞生出来的牛脑壳，在大队人马前呼后拥中，昂起高傲的头颅就向龙祥区公所进发了。快到区公所的时候，由公社张书记和周社长带头，轮番大呼起冲天的革命口号。区公所陈书记带领区上领导，恭敬地把牛脑壳迎放在天井里为它专门准备的八仙桌子上。不知区上是在哪里弄来长串火炮，"噼噼啪啪"地把个热烈气氛烘托了好阵子。

区上的这个交接算不上什么热闹，在去县上报喜的时候，那才是个高潮。通向县委的大街上，百多斤重的牛脑壳由四个人用滑竿抬着，一条红布扭成的坨坨拴在上面，说是给牛脑壳戴的大红花，其实就跟鸡子头上的冠子差不多，但远没有鸡冠子那么美丽。可是，在敲锣打鼓和阵阵的鞭炮声中，人们像看稀奇似的拥挤在街道两旁。大家向那幅打出的鲜红标语一看，就会从"热烈庆祝龙祥区关口铁厂炼出优质高产钢铁"十几个大字中，知道是发生了什么大喜事。这个大喜事是有极强感染力的，人们都自豪地热血沸腾起来，随游行队伍欢呼的口号一浪高过一浪，几乎把整座县城都淹没了。

县委门前的大地坝上，夏书记带领十多位领导早就站成了一排，正红光满面地等待龙祥区来报喜。看到抬进来的牛脑壳，大家都兴奋地鼓起掌来。

把牛脑壳抬到县领导面前时，张辉耀和周成远就牵着大红喜报站在县领导的斜对面，区委陈书记近前去向县领导鞠过一躬后，就面对喜报高声朗读起来："伟大领袖毛主席教导我们说，世界上只要有了人，什么人间奇迹都可以创造出来。我们龙祥区能炼出优质高产钢铁，这是毛主席光辉照耀的结果，是大办钢铁伟大革命的胜利……"在热血沸腾地朗读完喜报后，牛脑壳和喜报就由县上领导郑重地接了过去。县委书记夏亦贤在即兴讲话中，夸赞这是龙祥区放出的钢铁卫星，号召全县人民向龙祥区学习致敬，要学习龙祥区不怕苦、不怕累、不怕难的革命加拼命精神。在他很有文采地引用了两句"为有牺牲多壮志，敢教日月换新天"的诗句后，这个县上有史以来最具有伟大意义的重大仪式才宣告结束。

仪式是结束了，但大办钢铁的高潮将更加疯狂地再向前推进。

心照不宣涌泪滴

区委陈书记回来后，赶紧就带领各公社书记、社长到关口炼铁点开现场会。在讲过一通大道理后，接下来就布置开下一步的工作，那就是要为龙祥区这块大办钢铁的先进招牌增光添彩，任何人都不准掉队抹黑，否则就"军法"从事。

这个时候，已达两百多口规模的土高炉炉火正旺。走在土高炉中间，火光像霞光一样灿烂，直叫人心潮澎湃。再向炉上的烟囱望去，滚滚涌出的浓烟，像汹涌的乌黑云团，在天空翻滚不息，极让人心生惊悸。这个反差极大的画面，或多或少地就让人感到有那么一点不协调、不对劲，但又总是说不出个名堂来。特别是背黑棒槌的运输大队，男女老少成百上千地在弯弯拐拐的山道上，从四面八方涌过来，就像天气变化时搬家的蚂蚁，其场景颇为不比寻常的壮观，比"肩挑背负和小车推送"的淮海战役一点不得逊色。

多好的人民群众啊！他们为了祖国强盛的伟大目标，一切行动听指挥，再苦再难都在坚持，能有一口气，就出百倍力，他们真的是这个地球上最伟大的龙的传人啊！其实，并不是草包的区委陈书记感受到了这一切，他眼里渐渐地就流出了泪水来。没读懂他心情的人看到陈书记这个感动的样子，便让炼出高产钢铁的压力，增重百倍十倍地压在了心口的气门上。这还有什么可说的呢？陈书记的眼泪告诉了他们，只能背水一战，不成功，便成仁！

其实陈书记这哪里是感动呢？怀揣愁绪的他一个人走到炼钢点东头那口炉子的外坎边，望着坎下流淌的小河沟，似乎清醒地认识到，这全民大办钢铁一定不会搞出什么名堂来，这次放上天的卫星给这块土地、人民以及自己带来的究竟是福还是祸，谁也不敢去下定论。他真不愿再想下去了。他只是看到小河里几条快活自在的小鱼在联想，自己要是像这些小鱼一样无忧无虑地畅游那该有多好哇！

一会儿，张辉耀轻轻地跟了过去。作为老部下，也是陈书记最信得过的人，他能洞悉陈书记此时的心情，只是在心照不宣中不必言明而已。陈书记看了一眼站在身边的张辉耀，没有对他说什么，只是举头望着对面山上尚未收获的包谷、红苕和洋芋在祈愿，这"大地粮仓"该不会让它们腐烂受损吧！

看到陈书记冻得有些发颤的时候，张辉耀才对他说："陈书记走吧。大家在等你宣布散会回去赶进度哩。"

"我还要在这里想一些事情。你去代我跟他们说，叫他们回去多动脑筋，快快干出成绩来。"

夜已经很深了。张辉耀陪着陈书记走在回区公所的山路上。他拿着火把不停地摇动，火把在"噗噗"的声响中，发出昏昏欲睡的弱光，勉强照着他俩前行的山路。其实这点弱光他俩觉得足够了，只要不摸黑摔跟头就行。走过关口大队地界，再爬上一个垭口，就到了龙祥公社所在地的下坝大队。在下坝大队一小队的一块平坝上，三百多口烧黑棒槌的焦窑亮透了半边天，与张辉耀拿在手中的火把形成了鲜明对比。虽然一路无话，但这时张辉耀还是带着焦虑的口气问："陈书记？这山林一天比一天在减少，翻过春节就会被砍光，到时没有树木烧黑棒槌，炼铁炉就要熄火。一旦出现这个情况，那该怎么办呢？"

这么一问，陈书记就打了个寒战。是啊！到时该怎么办呢？这个书记工程怎么向上面交得了差呢？但他转念又想，这个问题可能不是龙祥区才存在，其他区以及全国未必就不是如此。现在有向县上送牛脑壳喜报的这个老本吃，再大的压力还是能抵挡上一阵子的。其他区为赶上或超过自己，就得加把大劲，山林烧光的进度一定比这里还快。只要不去当这个"先进"冒险，到时再看情况怎么发展吧。为了进可攻，退可守，他决定留个心眼。自打从土改参加工作以来，他还没像现在这样思前想后过。过去只要坚定革命立场大胆往前走，就会享受到革命工作的快乐。可现在呢？自己的这种思想行为，其实跟反革命没什么两样。但不管怎样，趋利避害乃人之本能，不能明知山有虎还偏向虎山行！于是他显得胸有成竹地对张辉耀说："现在你回去安排一下，区所在地周围的山林不要急着砍；砍不砍，什么时候砍，由我说了算。"

张辉耀回答说："这事我已对来这里的砍焦队要求过，只是没向你汇报。要不然凭他们的革命干劲，区所在地周围的山林早就砍光了。"

陈书记夸赞说："你的这些小聪明就是我喜欢的地方，真为我分担了不少的忧愁。就凭这回牛脑壳……"说到这里，陈书记立马打住话头，他差点就说出了真相，这不是自己在给自己找尴尬吗？

由于大家心里明白是咋回事，就此都没再说话。在陈书记快进区公所大门时，他转过身对张辉耀叮嘱说："我最近眼睛皮跳得凶，不知是个啥兆头。你在下面要多长几双眼睛和耳朵，谨防生出什么乱子来。"

张辉耀在点头后，就心领神会地转身回公社了。

丰收梦醒生疼痛

已很疲惫的张辉耀没来得及洗漱，鞋一脱就合身倒在床上，鼾声像台风般地呼啸起来。天已是很亮了，他人没醒过来，灵魂却脱窍了出去。他腾身飞翔在天空之上，看见成熟的稻子给季节描绘出金黄的色彩，人们纷纷拿着镰刀，担着箩筐，抬着拌桶，迈向深情的大地，去收获丰衣足食的岁月。他又看见遍山的玉米满背着颗粒饱满的坨，就像成群结队的人们，正用背篓向家里背回沉甸甸的美梦。还有那洋芋和红苕裸露出来的硕圆，正倾情地述说着季节的丰稔与富足。就在张辉耀心头美滋滋的时候，突然就有人在外面"咚咚咚"地敲起门来。

张辉耀翻身起来，打开门一看，是大坪、新泉、白果三个大队的支部书记万方军、吴大毛和赵立福。他扯过来一条高板凳，让三位支部书记坐下后才问："你们这么早过来做啥子呢？"

三位支部书记你望望我，我望望你，都不愿开头说话。最后还是万方军心直口快，他看到若再互相推诿，那憋在心头的话就可能说不出来了。现在开头去说大不了挨顿批评了事，总不会立马要自己的命。于是，他就站起来低声说："张书记，我们田里的庄稼早就熟透了，再半点时间也耽搁不起呀！大毛他们大队的水稻全趴在了田里，现在去收可能还有二成的收成，若再过十天半月，那就全没收了。再如我和立福他们大队的包谷早也过了收割期，现在野猪、土猪和雀鸟的损害相当严重，红苕洋芋也有一大成烂在了地里。我们是急得没办法才来向你请示，可不可以抽一半炼钢铁的人回去收一下庄稼？要是开年的荒月公共食堂揭不开锅，饿着肚子大办钢铁就可能搞不下去呀！"

张辉耀望了他们一眼后，就静静地坐在一个破凳上思索着。本来他前几天去龙祥中学联系过，请学校的百多名学生去帮忙收割庄稼，可人是去了，那哪里成得了气候，挖的红苕洋芋只够学生自己吃，后来学生还是回去上学了。他也曾这么想，放一些劳动力回去收庄稼，但以钢为纲的大事谁敢去开玩笑？而且也没有人去开得起。那该怎么办呢？真是前面是岩后面是坎哪。他急得差点把尿都流在了裤裆里。

张辉耀从最初对大办钢铁的狂热，到后来充满疑惑与迷茫，再到现在彻底否定的这个过程感受到，这个大办钢铁是搞不出什么名堂来的，只要现在能轰轰烈烈地疯闹不停，放回一些人去收庄稼也没什么不妥，更何况民以食为天。这些日子以来，大办钢铁的群众每天的定量供应都保证不了，没什么吃已是不争的事实，但大家想到要赶英超美战胜帝国主义，都在咬紧牙关中挺着。目下有粮食不收，那缺吃少喝就有可能演变成一场危机。得不到人民群众理解的危机足可让人后怕得心惊肉跳。张辉耀本想斗胆去做这个决定，但这个决定的后果是极其严重的。谁不想趋利避害呢？他认为把决策的权力交给几位支部书记自己去弄方是上策，若一旦有事，也会有一个退让的余地，而且还可以去保护一下他们。他的这个"滑头"是被逼出来的。他望着几位支部书记说："大队的事该你们自己管，我一天事这么多，啥事都要我表态，把我分成几十个人都应付不过来。炼钢铁的大事不能有半点闪失，否则我是要拿你们当坏分子惩办的。至于其他的事，按照三面红旗的指引，在你们的职权范围内自己去拿主意，我不得越俎代庖。"

听懂了哑谜的万方军，会意地站起身来就叫起吴大毛和赵立福走了出去。闷头走了好一阵，吴大毛忍不住问万方军："今天张书记话还没说明白你咯老子就带我们走了，这收庄稼的事究竟怎么办呢？"

万方军带着怒气说："你两个狗日的都是缩头乌龟，一进张书记的门就哑巴了，不是老子大起胆子说这个事，你们能说吗？这时候还说张书记没说明白，其实他已经说得很明白了。真是你妈个蠢猪。"

吴大毛又问："他把啥子说明白了呢？我们回去还不是照样烧黑棒槌。"

万方军叹了口气说："傻儿不可教也。在这个以钢为纲的大好形势下，他敢放了钢不抓吗？我们回去在不影响炼钢铁的情况下，只能自己去安排把要做的事做了，张书记是不会说啥子的。"

赵立福嘟着嘴说："现在搞点工作真是累死人，这个从古到今不误农时的事也要去打哑谜干，真是太稀奇了。老子又不是神仙，谁知道他们领导心里想要我们干啥子。反正他没说明我就不得去干其他的事，把钢铁炼好就是在听毛主席的话。"

万方军说："那没有饭吃怎么办呢？"

赵立福气冲冲地说："是他们不安排人收庄稼，这怪得了我吗？到时候就让他们几爷子自己去收拾这个烂摊子。"

接下来一路无话。回到炼钢点上，万方军和吴大毛就悄悄安排了大部分人回去收庄稼，仅留下少量的人背送黑棒槌。在他俩看来，只要保证土高炉不熄火就没得事。人啊！有时真是个天不怕地不怕的动物，只要把自己一逼，就能逼出个伟大的行动来。

这就当时的情况来说，由于受诸多因素的限制，就像下棋，能看一两步棋的人并不是很多，人们的一切行动都是百分之百听从上面的指挥，并且是服从得没有一丝的怨言。

就在万方军和吴大毛两个大队的庄稼收割完毕的时候，不知是谁向县上告发了他俩擅自调动大办钢铁的劳动力去搞资本主义小集体利益的罪状，县上给区委陈书记来电话要求严厉查办，并上追领导责任。陈书记放下电话就大发雷霆了："这个狗日的张辉耀，老子眼睛皮跳就是怕出什么事，叫他对下面多长眼睛和耳朵，他硬是不给老子争气，总让老子的心舒坦不下来。马上通知区属单位，晚上开他狗日的批斗会。"

文书不敢怠慢，立即就通知照办。

三寸之舌施自救

自大放农业生产卫星和向县上率先送去炼出钢铁的喜报后，陈书记就成县上的红人了，许多人就在私下议论他有希望提个县委副书记或副县长什么的。陈书记已是五十出头的人了，知晓天命的他没想有个什么宏图大展。假如硬是要向他肩头搁上革命担子，他一定是高兴的，因为上进之心人皆有之。可是眼前出现的这个问题，不仅让他升官的言传灰飞烟灭，而且还会让他遭受牵连难得全身而退。因此，他把张辉耀恨得咬牙切齿，毅然决定在自己倒霉之前，先把这个守不住"街亭"的家伙"斩"了再说。

龙祥区公所会堂里的百十个座位坐满了区属各单位的干部职工，每个参会者的脸上都表现得非常严肃，并且没有哪个敢多出一口大气。主席台上，横放着两张条桌，条桌的后面，区上其他领导没去落座，他们全坐在台下最前排，望着怒气冲冲的陈书记主持批斗会。

吊在会场中间和主席台上的电灯，一会儿青春得明如白昼，一会儿又要死不活命悬一根红丝线。这个效果是街上那台老气横秋用作发电的柴油机不时"咳嗽"造成的。大家已经很习惯了，没有一个人去对它评头品足和说三道四。

被批斗的主角由区文书带上主席台，站在右前方指定的位置上。跟着区武装部长就提着一块用包装盒做成的牌子，没好气地挂在那位主角的颈项上。大家齐刷刷地看过去，只见牌子上写着"失职分子张辉耀"七个大字。

批斗会开始了，陈书记怒发冲冠地大喝："把张辉耀的头按下去勾九十度。"话一说完，武装部长就上前一把将张辉耀的头按了下去。陈书记接着又说："在全民大办钢铁的这个关键时刻，在他的管辖区内，居然出现了两个大队支部书记擅自调动劳动力回去收包谷和挖红薯、洋芋。说小点，这是在给全区人民脸上抹黑，在县上领导面前丢脸；说大点，是在同大办钢铁唱对台戏，挖大办钢铁的墙脚，我们一千个一万个不答应！今晚我们对张辉耀进行无情批斗，就是要杀一儆百，以儆效尤。现在就叫这个家伙坦白交待。"

会场里没有人带头呼喊什么"打倒"之类的口号，张辉耀见没动静，才极诚恳地交待："我们公社出的这个事责任全在我，我对不起领导和大家，我向领导和大家作深刻检讨。"他分别转身向陈书记和参会的干部鞠了一躬，然后勾卜九十度又说："万方军和吴人毛两个调劳动力回去收庄稼是事实。他们是在庄稼遭受野物严重破坏的情况下采取的行动。他们夜以继日地抢收，没耽搁运送炼钢铁的黑棒槌。"说到这里，他稍稍思索了一下，既然逼到了没有退路的地步，干脆就把事情全揽在自己身上，然后去讲道理为自己作申辩，或许情况会有某种转机。"炼钢铁是现在的头等大事，虽然一切事情都要为其让路，但现在庄稼不收，开年就会出现断粮的情况，到时候粮食没得吃，就会出现问题，让各位领导措手不及。靠县上调拨或别的地方支援是没多大可能的，自力更生才是我们最坚实的保障。自己的娃儿自己抱，这是县上明确表明了的态度。"

勾着腰吃力说完这段话，张辉耀的脸就涨得通红了，并且还连连咳嗽起来。他在抬起头换过两口气后，又勾下九十度说："这两个大队调动劳动力回去收粮食是我安排做的实验，其效果真的还不错。公社正准备将情况向区上报告，以便及时采用这个办法让其他地方把粮食抢收回来。这不光是为了明年不饿肚子，而是让陈书记领导放出的农业和钢铁两颗卫星永远闪光。其实，我们大家都明白，粮食是做好其他一切工作的根本保证！古话就说过，'兵马未动，粮草先行'，更何况民以食为天。我们这些饿过肚子的人，对这个事的重要性都是非常清楚的。我要交待的就是这些，现在衷心接受大家的批斗。"

张辉耀把话说完后，会场仍一派寂静，因为这些干部每天就定量吃着四两粮食，肚子常常饿得咕咕叫。现在有粮食不收，到时损失殆尽，那饿饭的日子真是没个尽头。懂得这个道理的干部们能那么缺德和无知地去对张辉耀进行批斗吗？那当然不得会。

台上的陈书记已收住怒容，他没说话，似乎在思索着什么。是的，他是在思索什么，本来对没人收粮的事已感到非常焦急的他，对张辉耀的这席话深有感触。在过去公共食堂断粮的时候，他同张辉耀到县上去要粮食发生的那一幕险情，至今想起还心有余悸，最后逼放出来的粮食高产卫星，在自己冷静下来后，真的还是捏出了一把冷汗。要不是全民大办钢铁转移了大家的注意力，那真是要捅出大娄子来的。现在地里的粮食不去收割，到时没粮食吃还敢到县上去要粮食吗？一旦出现饥荒，影响了大办钢铁，那破坏大办钢铁的罪名可不是闹着玩的，现在批斗张辉耀收粮食就会成为秋后算账的罪证。既然张辉耀说这是他搞的实验，顺水推舟向县上说明是经验，保不准又是放出的一颗抢收粮食的卫星哩！更何况话有千说，理有百端，为什么要把这事说成是个问题而让自己下不了台，又把张辉耀往火坑里推呢？这个有可能逢凶化吉的事就不能坐失良机。万一成不了经验，也切不可让它去成为问题，这对大家的好处是不言自明的。

会场里的人，有的一脸漠然缄口不语，也有的时不时在交头接耳说着些什么。一会儿后，陈书记见没人上台搞批斗，他就站起来说："张辉耀做的这个实验我们区上将立即向县上报告请示。民以食为天，粮食是保证大办钢铁的重要基础，看县上怎么答复再作下一步定论。不过对张辉耀没把实验情况向区上及时报告，要给予严重警告和批评，并且大家要引以为戒。现在散会。"

在那个岁月里，弄出这么一个打圆场的会，恐怕是九百六十万平方公里土地上绝无仅有的一回。这个会没有拳打脚踢的血腥，没有声泪俱下的控诉揭发，没有震耳欲聋的口号呼喊。

张辉耀啊！是你的三寸不烂之舌救了自己呀！不，还有明断事理的干部和群众。

打好圆场消灾祸

第二天早晨，陈书记就进城向夏书记汇报情况了。从高山到低山的一路上，过去展开的立体风光画图是何等的葱茏与旖旎，可是现在映入眼帘的全是光秃秃的山峦，怎么没多少时间变化就这么大呢？他不觉心头一惊，真是"曾日月之几何，而江山不可复识矣"！当又看到一片片水稻全软趴趴倒在田里，山坡上的包谷被野兽糟蹋得七零八落时，他眼里不由浸满泪花。他不知道他这个书记是怎么当的，也不知道他究竟要做些什么，并且是做对了些什么。他似乎觉得自己不仅有些神经兮兮，而且还是一个非常复杂的矛盾体，真是想不清楚当下所面对的这一切事情了。

他愣头愣脑地走进夏书记办公室。夏书记看到他到来，显得十分热情，因为他报喜送来的牛脑壳，在县上送到地区后，由地区作为成果展在进行大力宣传，长脸的夏书记能不对他热情吗？在招呼陈书记坐下后，他又递过来一支黄金叶牌子的香烟，炫耀说是地区乔书记奖给他的一包。

在陈书记点上烟后，夏书记就问："德林同志，今天进城来，是不是又有钢铁喜报送哇？"

陈书记说："喜报是有送的，不过还要过几天。今天我向你汇报的事若弄好了，那喜报不比上次送的孬。"接下来，他就把两个大队支部书记收粮的事作了汇报。在汇报时，他把收粮说成是抢收，方法是白天收粮食，晚上背送黑棒槌，一点没影响到炼钢铁的大事。这是他们创造的经验，请县上不要听信个别人的诬告，要把这个工作在全县推开。还说这是当务之急。要是不把大放卫星的高产粮食收回来，开年就会出现大饥荒。接下来，他又把今天一路上看到的情况作了汇报。夏书记听后就动情了。片刻之后，他才对陈书记说："你们区的这些情况很特殊。这个事我同意由你们区上自己去做决定，但要谨慎从事，不能再让人上告弄出麻烦来。"

陈书记非常激动地站起身来，紧紧握住夏书记的手，他没说出来一句话，只是在眼窝一热中转头就走了出去。

夏亦贤坐在办公桌旁的藤椅上。他在想：这全民大办钢铁为什么就不去抓粮食收割呢？为什么会出现顾此失彼的情况呢？他很想下令全县去抢收粮食，但现在是以钢为纲压倒一切，工、农、商、学、兵全体上阵大办钢铁，自己能去冒这个风险么？答案当然是不能的。那未必就看到粮食烂在地里？全县十多万双关注的眼睛在盯着自己，那种对粮食期盼的疼痛，该是多么地让人揪心啊！过去对下级反映的缺粮情况说过头话和办违心事，那是自己没办法的办法呀！因为自己不是土地，生长不出来一粒粮食，不得不一级压一级，让他们自己想办法。可现在是有粮食在地头，为什么不去收呢？无论如何都得想个法子让人民群众有饭吃，更何况前几个月已向上面报了粮食卫星产量，如不收回来那全是空谈，一旦出现揭不开锅的情况，那所有的问题都得自己扛，所有的罪责都得自己承担。

他用手轻轻拍打额头，在办公室焦虑地来回走动中，一下就想出了个办法来。就是由县上发简报，通报一下龙祥区的做法。这不仅能为陈德林和张辉耀他们消灾，也能潜移默化引导其他区跟着学。

在这一难题破解的高兴中，他又想出了简报题目：《铁水如涌泉，抢收促高产》。简报中这样写道："龙祥区人民群众充分发扬大跃进精神，在炼出钢铁如泉喷涌的时候，选择两个大队合理安排劳动力，夜以继日进行粮食抢收实验，为钢铁持续高产提供了强有力的粮食保障……"

各区社领导读到这个简报时，就像久旱逢甘霖，无不感到心潮澎湃。于是就自发掀起了一场抢收粮食的大跃进，并且抢收粮食和出高产钢铁的卫星喜报，一个接一个向县上送了进来。这可让夏书记和县上其他领导持续兴奋了好大一阵子。

在大办钢铁的冲锋时刻，这个抢收粮食的壮举，虽然得到人民群众欢欣鼓舞的拥护，但范围毕竟是在自己领导的这个县域内。夏书记通过暗地了解，其他一些县根本就没有收割庄稼的信息。本县的做法若上级知道能得到认可，那一定是个大树功德的事。若像龙祥公社有人告发的那样，是在挖大办钢铁的墙脚，这个罪名可不是闹着玩的。他更明白，好与坏的定性，有时就在领导的一念之间；天堂与地狱的差别，往往就是领导的一句评断。这不需要去怀疑，从这次抢收粮食的决断中，就在自己身上得到了印证。为了不节外生枝出现告状事件，宣传舆论必须占领高地，必须把人们的视线和喜悦转移开去，乐极生悲的后果他是不愿让其产生的。于是，他决定在元旦将到之际，号召全县掀起超额完成钢铁产量任务的高潮，在新年向毛主席献礼。同时要求各区利用板报、标语、口号大力进行宣传，各公社应立马组织宣传队，用表演文艺节目的方式在现场进行发动。各企事业单位要全力派出人手充实到炼钢铁的第一线，同吃同住同劳动，促进革命献礼早日成功。

在夏书记的号召下，全县上下都为这一献礼运动澎湃着。遭受浩劫的森林也就更加快速地化作焦窑中的火焰，奉献出它们深感莫名其妙的全部激情。

江天月色俊作证

对县委夏书记的这个号召，龙祥公社是不会作难的，因为公社的宣传队一直就在做这些工作。这下好了，有县上的要求，那宣传队还得干出些名堂来。张辉耀要求严立生把宣传队带到各大队进行《钢花的笑靥》专场文艺演出，同时还要他们负责全公社当道路上白石灰标语口号的拟写和人口集聚区板报的创办。当然，宣传队里有陈尚国和文良英这些骨干，那是不成问题的。就在宣传队鼓足干劲搞得轰轰烈烈的时候，区上就发来通知，要龙祥公社宣传队表演的《钢花的笑靥》节目去参加县上的汇演。由于主题鲜明，方向正确，加之表演又极富感染力，这个节目无可置疑地就荣获了优秀奖，陈尚国和文良英作为优秀演员，各自还获得一双解放鞋的奖品。对两个年轻人来说，这是一份至高无上的荣誉。他俩的心有如翻江倒海般地在奔涌。

县上汇演结束的那天临晚，两个年轻人相约去了长江边。清澈的江水像一块巨大的翡翠玻璃，把蓝天白云倒映其中，让水天一色的风光画图，直镶进他俩荡漾的心房。夕阳像个大大的红球，慢腾腾地向山冈靠去，蓝天于不经意间像姑娘害羞的脸蛋，便开始嫩红起来。这时，鸳鸯在水里调情嬉戏，江鸥也在江面成双成对地追逐。看到这幅充满浓情蜜意的图景，陈尚国捡起一个浑圆的卵石就向江中掷去，惊得两只鸳鸯"哧"的一翅就飞向江心。文良英说："它们两个在这里玩得好好的，你一坨石头就把它们打跑了，真是个厌台包。"

陈尚国嘿嘿地笑过两声说："我两个在这里玩，它们想来偷看，叫我有点不好意思，所以才把它们撵走！"

文良英说："你看它们成双成对的，就是在受到惊骇的时候，也不离不弃地一同飞向远处。你可得向它们多学着点哈！"

"这个还用说吗？那是必需的！"话一说完，陈尚国就伸手过去拉住文良英的手，两人就在无比的甜蜜中慢慢向碛坝上走了过去。

夜幕降下来了。他俩坐在江边的一片沙滩上，文良英依偎在陈尚国的臂弯里，浓浓的情感像江水一样在翻腾。陈尚国向四周望了一眼，在确定无人后，就转过文良英的头，把自己的憨嘴烈火般地向文良英渴望的芳唇贴了上去。在狂热的亲吻中，文良英发出了轻轻的呻吟声，接着就下意识地倒在沙滩上，任由陈尚国拥抱和抚摸。

她完全晕乎了，狂跳的心像要从胸口蹦出来。一片空白的大脑，是在下体奇异的痒痛中，才感觉到陈尚国已压在她的身上，并且已和她融为一体了。这是她有生以来感到的最特别而又最奇异的意境，像惊涛翻滚，似飘飘欲仙，甚至感到整个躯体都被陈尚国融化了，酥脆了。于是，她就在陈尚国翻江倒海的澎湃中，也拼命地向他汹涌着。在天上挤眉弄眼星星的见证下，这对恋人就放怀拉开了人生实质情感生活的帷幕。

东边山头的半弯月亮偷情似的悄悄爬了上来，虽然没有满月时那么倾情，但朦胧的光辉洒在江面随细波一闪一闪，还是能感受到现代著名作家郑振铎在散文《石湖》中形容的"……就像无数的鱼儿在一刹那间一齐翻来覆去"的妙景来。几只夜鸟"哇哇"荡叫了几声，并没有让这对恋人慌乱惊羞，反倒是在这江天月色的惬意中，相互搂着向城里走回去。

快进城门时，文良英抱住陈尚国的腰深情说："尚国，我们结婚吧！"

陈尚国摸了一下文良英的下巴说："我一直就在这么想，但现在我这么个条件，真怕你跟到我吃苦哇！"

文良英把脚在地上跳了两下说："你既然怕我跟你吃苦，为什么刚才还要那样呢？你不是在要我的命吗？你真坏！"话一说完，她就照准陈尚国的胸膛轻轻地打了几拳。

陈尚国把文良英搂在怀里深情说："好嘛！这次回去就向你爸爸妈妈提亲，明年秋收后就娶你过门。"

文良英犹豫了一下说："要是我怀孕了怎么办呢？"

陈尚国真还心焦了，他咬了一下牙巴说："那开年就结婚！"

感到非常幸福的文良英依偎在陈尚国的怀里，好一阵子才极不情愿地松开。在放开步子的时候，文良英再也不敢让陈尚国搂住自己了，要是被街上的人看见，那可是个了不得的新闻。于是，他们只好前后保持距离地相跟着。尽管隔有一定距离，但文良英感到非常安全，因为她顶天立地的男人就在她的后面充当保护神。

老泪恨别鸟惊心

就在第二天吃过早饭准备返回龙祥公社的时候，带队的严书记接到县委办公室通知，由陈尚国和文良英主演的《钢花的笑靥》节目，县上要组织到各区去巡演。得到这个消息，该节目的全体演员都乐开了花。对于很少有机会走出山里的这些演员来说，能到各区去走走，看看其他地方的山和水以及风土人情是个啥样子，大办钢铁是怎样的一个大场面，可真是非常新鲜和令人神往的。

去到每个区，他们的演出都非常成功，大队人马一路欢歌笑语，显得非常兴奋。然而，就在去仁和区演出的时候，陈尚国却陷入到沉思中。这沉思是昨天下午在分水区演出结束后，同寄宿农家的老大爷聊天引起的。

在天要麻眼的时候，成群的白鹭就在老大爷的房前屋后窜飞着。老大爷坐在门前，生怕有白鹭累到极限从空中掉下来。他自言自语地对那些白鹭说："你们的家上午就没得了，还是到别的地方去安身吧！你们陪了我一辈子，真是难为你们了。我这把老骨头也要回家了，我们做个永远的再见吧！"老大爷把手举起来不停地挥动，两行老泪牵起线直往下落。

看到老大爷这副样子，陈尚国感到有点意外。等老大爷平静下来的时候，他才小心地问："老爷子，您这样动情为什么呢？"

老大爷抬起鸡爪子似的手抹了一把泪眼，接着就旁若无人地只顾朗诵起"国破山河在，城春草木深。感时花溅泪，恨别鸟惊心"的诗句来。

陈尚国说："没看出来您还是个老先生，杜甫的《春望》都背得出来。"

陈尚国的话，着实把老大爷吓了一跳，没想到这个山里娃子肚子里还有点墨水，要是他抓个辫子说自己触景生情念反诗，把问题向上边一反映，那自己岂不要被打成反革命。于是他赶紧解释说："陈同志，我只是读杜甫的诗入了迷，没有其他的意思。请你海涵。"

陈尚国说："老爷子，我不是同志。"陈尚国说错话了，和人民群众不是同志是什么呢？是敌人吗？他也在慌神中赶忙纠正说，"我说错了，我是同志，只是不是脱产干部那样的同志。我是这次县上搞巡演从龙祥区抽来的农民群众。"

听这么一说，老大爷认为陈尚国是个涉世不深的老实人。在打消疑虑后，他就纳闷起来，一个山里娃子能听得懂杜甫的诗，那他多少还要算一个角色，于是决定摸摸他的底细。

"你读过书吗？"

"读过几天私学。"

"唐诗宋词都读过？"

"读过一些。"

"你读得出《蜀道难》吗？"

"能。"说完，陈尚国就背诵了起来。

老大爷似乎找到了知音，他在心里赞叹道："多好的娃子啊！将来一定会有出息。"他举目望过一队远飞的白鹭后又问，"你有这个文化底子，怎么没去当脱产的同志呢？"

陈尚国有些无奈地低头回答说："我是地主出身。"

老大爷便为他惋惜起来，这娃子要是贫下中农出身该多好哇！但反过来又想，若是贫下中农他会有文化？自己这个穷秀才就是以前靠家庭殷实才培养出来的。唉！虽然自己算个文化人，但现在可划了个富农成分。老大爷在心头狠狠地骂道："这狗日的成分，真是个害人精。"

是啊！老大爷就是这个"害人精"的受害者。刚解放时，他就参加了革命工作，还是从事的老本行，由私塾先生变成了人民教师，那是何等的光荣啊！可是就在他的成分被大家关注的时候，他就在以混进革命队伍为名的各种批斗中，承受着心灵和皮肉的痛苦，最后终于被革命队伍清除了出去。他的心里无不憋着一股子的牢骚和怨气。

随着岁月流逝，赋闲在家的他除吟诗作赋外，就是看这房前屋后的白鹭。就是在昨天，房屋四周成片的翠竹和参天的松柏还歇着数百只白鹭。这白鹭是从他祖辈落座在这里时开始栖息和繁衍下来的。自打他晓事以来，这白鹭就成了他的友好伙伴，并不时还让他生出超凡脱俗的雅气来。可是在今天上午，来了一帮大办钢铁的勇士，不到一袋烟的工夫，就把竹子和树木砍个精光。他对打破的"采菊东篱下，悠然见南山"的"隐士"生活并不是那么的在意，而是为毁掉的百年老林深深可惜！"十年树人，百年树木。"若再想看到房前屋后生长出一片茂林修竹，不知要多少年啊！到那时自己肯定是变成泥巴了。唉！不说这些，就单说这白鹭吧！早晨它们飞出去做它们自认为应该做的事，临晚归巢，家就成了这个样子，它们该向何处落脚呢？无家可归的白鹭啊！可是何等的悲惨啰！伤情至深的老大爷能不触景生情吟出诗句来？

整个下午，老大爷屁股就没离板凳在思考着什么，他不是哲人，但思考的问题一定会有哲人思考的那么深邃。所有的一切思考，他憋在心里真是快要爆炸了，现在遇见陈尚国，有一种遇上知音的感觉，他愿意和他毫无顾忌地去谈谈。

"陈同志，你把全县跑遍了，你对现在的世事有何看法？"

"我对这个还没得水平去做评论。大办钢铁战胜英美帝国主义还是蛮鼓舞人的。"

"理是这么个理。我想问一下，你们龙祥区放的两颗卫星在县上那么出名，那你们的粮食一定是多得吃不完？炼出的钢铁也一定是堆得像山一样啰？"

"粮食没见吃不完，现在我们还在定量；至于钢铁自向县上报喜后，就没再听说炼出好多来。"

"现在山也烧得快光了，你有什么想法呢？"

陈尚国脸一红，就自感羞惭地说："老爷子，您问的这些我真的没想过！"

"天下兴亡，匹夫有责。每个人都应该去想，我们这些农民也不能例外。"老大爷望了一眼蒙着的陈尚国又说，"我说的这个你不要认为我是多事，我只是凭心讲道理。你看一些宣传说有的地方水稻亩产十几万斤。十几万斤吓死人呐！就是铺在田里面就有好厚一层。还说人可以在稻穗上走路，有这个可能不？有的地方又说包谷亩产几万斤，真是见鬼了！除非包谷挨到种。可是没有一定的间距那将颗粒无收哇！还有钢铁每天炼出来多少斤？堆码在什么地方？有谁去称过？加之眼下该种麦子和洋芋的时候都无人搞，老话说'误了一季春，十年就绷不撑'，这些做法怎么得了哦！"

看见一只只向远方飞去的白鹭，打住话头的老大爷眼里再次漫出泪水。他缓缓地举起右手，满目萧然地向那最后飞走的一只白鹭作了永远的告别。

整个晚上，陈尚国就没把老爷子提出的这些问题想出个头绪来。第二天去仁和区的时候，要不是别人笑话他想心事，他还会在一团乱麻的沉思中寻找着一个什么答案。

此后每走一个地方，陈尚国就在认真观察和思索。当他的认识最终同老大爷产生共鸣的时候，他就去向严书记表达自己的见解。好心的严书记严厉批评他不要以为出来搞了几天宣传就不得了，就可以去对一些事物主观主义地发表言论，加之他的成分又不好，严书记要他把嘴闭紧，谨防祸从口出。

可有哀痛向谁悲

在县上的领导下，加之又有宣传队的宣传导向加油鼓劲，夏书记的平安打造目标实现了。在迎来1959年元旦曙光的时候，全县没有出现一起告状事件，并且从县委办公室加班加点收集的数据看，各区都按要求超额完成了钢铁产量任务。这一箭双雕真是向上级献上了一份厚礼。

其实，一直深入下面调研考察的夏书记心里深谙是怎么回事。好在无论报多大的产量，吹多大的牛皮，上面都没有人来过秤和核对，只要哄得领导高兴就行。真是时势造就了自己这个"英雄"啊！正在他心头有着深刻感触的时候，县长全明亮来到他面前请示，这个有可能放卫星的钢铁产量是否向地区上报？夏书记想都没想地说要及时上报，要第一个把数字呈现在上级领导的面前。这不是出风头冒皮皮，是为革命献厚礼。

就在昨天下午县上收报钢铁产量之前，龙祥区委陈书记就没有夏书记这么轻松。他召来各公社党委书记坐在会议室收集钢铁产量，从第一轮收的数字看，总计还不到两千斤。别说是超额，离县上的计划都还差万大万斤。这怎么办呢？有的公社党委书记就发瘪言了，说龙祥公社大放卫星送过喜报，并且有全国最大储量的铁矿，一定炼出了高产的钢铁不如实报告，以让这些炼不出钢铁的公社献丑遭殃，于是就强烈要求龙祥公社把隐瞒的产量报出来。这一军直把张辉耀将得哑口无言，自打向区县报喜后，就没炼出什么钢铁来，现在报的几百斤产量还是在送喜报后，继续收缴各家各户的锅碗瓢盆等"废旧"钢铁炼出的。他们说有大量的铁矿藏，可就是不争气炼不出铁水来。这个送喜报当先进真是搞得好哇！这不就惹火烧身了吗？

大家你一言我一语，就是不能从嘴里炼出钢铁来。就在陈书记快急疯了的时候，脸涨得通红的区委副书记、区长向秀木把桌子一拍就大喝："你们没看见陈书记在着急吗？'养兵千日，用兵一时'，炼你妈几个月的钢铁才搞这么点点，还好意思申报！如完不成任务，你几爷子都得完蛋，还不赶紧把隐瞒的产量报上来。这是县上要求向毛主席献礼，你们敢不忠于毛主席吗？"

在当时的那块天底下，只要把事情一提到政治的高度，一切都能水到渠成地 OK。

见大家没发言，向区长就指着张辉耀说："你们公社就只报几百斤？山就烧光了，炼出的钢铁没有几万斤也有几千斤。这些钢铁哪里去了？必须老实报出来，否则就定你的贪污，拿你开刀！"

听到这里，张辉耀把心一横，既然前进后退都是个遭，就是死也要死得壮烈。于是他赌气把嘴巴一张，十万斤钢铁瞬间就"炼"了出来。这一带头，其他公社敢不放出卫星？就像报纸上说的"人有多大胆，地有多大产"一样，五万斤、三万斤，不到一袋烟的工夫，书记们就从口中"炼"出了五十万斤的钢铁来。真是好家伙！这仍然让龙祥区在全县保持了第一的高产量。

就在县上准备向全县发元旦喜报的时候，地区的通知下来了，要求钢铁产量比去年有更大的跃进，其产量要在年初的基础上翻一番。当夏书记拿到这份通知时，一屁股就瘫坐在椅子上，脸青得像"牛头马面"，冷汗也开始渗了出来。这比上年翻一番的六百万斤钢铁产量在哪里去炼呢？先前的决策真是偷鸡不成倒蚀一把米呀！这莫不是上天对自己冲动的惩罚哟！无端耍小聪明遭报应，真是活该活该！他便把自己恨了个死去活来。

可是在片刻之后，他又镇定了下来。这是从昨天报纸上的一则揭发"右派"分子反对毛主席的口号中得到的启示——下级骗上级，一级骗一级，级级掺水，水到渠成；上级压下级，一级压一级，级级加码，马到成功。这真是没办法的办法，既然没有退路，那就"兵来将挡，水来土掩"地去面对吧。他决定再搞出些新花样，继续在地区保持大办钢铁的先进，不管有什么样的后果，总比坐以待毙强。

于是，由他亲自挂帅，任钢铁元帅升帐翻番指挥长，把高楼和梦溪两个钢铁产量较低区的劳动力全组织起来，开往龙祥区的龙祥公社，在关口和铜鼓两个有"丰富"铁矿资源的点上去大展宏图。一是把所有的劳动力编成三个团，即大炼钢铁的野战团、挑煤和背黑棒槌的运输团、挖煤和砍树的后勤保障团；二是扩建土高炉三百座、小钢炉一百座以保证生产规模；三是高喊革命口号。野战团的口号是"千座炉火，万吨钢铁"；运输团的口号是"万吨的钢铁，百万吨的煤，千万吨的炭（黑棒槌），炼出钢铁不断线"；后勤保障团的口号是"晚上出煤，白天出炭，白天晚上拼命干，炼出钢铁超英美，敢教日月换新天"。口号一个比一个喊得响，劲一个比一个提得大。

关口和铜鼓两个大队瞬间就铺开了新年的大会战。那野战团用三根木棒搭起的茅草棚子，一个挨着一个，一排接着一排。遍槽连岭的阵势，极像是屯兵的古战场，就只差号角连营和杀声震天。那运输团的队伍由过去只在龙祥公社的大队之间往来，便向区外延伸了出去。那成百上千的人流，男男女女，老老少少，有背背篓的，有挑箩筐的，极像是支援淮海战役的运输队伍。看到这个场面直让人热血沸腾。

在这个大踏步的"跃进"中，最苦最累的就要数挖煤和砍树的后勤保障团了。为什么这么说呢？那是因为野战团只要保证炉子不熄火就行，至于出不出钢铁，那可不是由他们去主宰的。而运输团只要把煤挑来保证小钢炉熊熊燃烧和把黑棒槌背来让土高炉浓烟翻滚，那就算大功告成。可是煤和黑棒槌就像是粮食，上千张"嘴"要夜以继日地"吃"，那是一刻也不能耽搁的。虽然劳累不比寻常，但鼓胀的革命干劲，还是让一些人在不遗余力地奉献革命热情。更何况还有对出工不出力的落后家伙悬有破坏大办钢铁罪名的"尚方宝剑"，那不去承受超强度的劳动是完全不可能的。

被编入后勤保障团一团的利斧砍焦队，在钱开运的带领下，更是拼着命把典型树得叮当作响。地区的报纸和县上的简报一篇接一篇地报道，他真是"观音菩萨流鼻血——正处红中"。得意洋洋的他更不把手下的队员当人使，在疯狂的高压政策下，大家真是敢怒而不敢言，悲剧也就一个挨一个地上演着。

一夜的寒风没刮下来飞雪，清晨也不像平时，一开亮口就晴大光光。东边的山头，太阳没受任何遮挡就爬了上来，虽然温度还没升高，但人们还是感到了阳光的温暖。打早的砍焦队员个个都提高了工效，比过去多砍了好几根树。在钱开运大起喉咙喊来大家集合的时候，看到人人兴高采烈，他问大家是什么事这么开心。大家说今天天气好，不知不觉都多砍了几根树，这就意味着完成今天的任务会放早活路，能多一刻时间去休息，那是大家每天都想得到的一点奢望。今天这奢望终可变成现实，大家能不高兴吗？听这么一说，钱开运就不高兴了。他说每天的任务只是基本数，超额完成任务是对革命应做的贡献。今天的天气好，每人要追加十根任务。

在大家张嘴惊诧之际，只见队员颜大柱"轰"的一头栽倒在地，随即就全身发抖，双目圆睁，口吐白沫。有人说是发羊角风，也有的说是虚脱。就在大家说去说来之时，颜大林泪流满面地蹲下身去用手卡住他哥哥颜大柱的人中，并不停地呼喊："哥哥你醒醒，你快醒醒啦！"

这时，一位懂点医术的大伯摸着他的胸口说："大柱是火气攻心，这口气提不上来就麻烦了。"

的确是火气攻心。本来这个早晨颜大柱就拼命了，只想在下午提前收工回去多睡会儿。可是这下完了，还要加砍十根树，这不是在要人的命吗？于是气不打一处来。他只觉两眼一黑，心跳加速，血往上涌，一下就栽了下去。正在大家无能为力期盼奇迹时，颜大柱转动了一下眼珠，就在他看见钱开运时，他没气力把手抬起来，只是慢慢伸出食指指向他，嘴角抽搐着像在说什么。

我们可以推测那可不是什么好话，一定是在痛骂。可就在大家静气凝神想听他说什么时，颜大柱的喉咙里突然就有一声像折断木棍的脆响发出来，那可是他人生的最后一口气掉下去了。就在颜大林悲痛哭喊的时候，钱开运不管三七二十一，当即就安排几个队员扯来一捆茅草，草草地就把颜大柱掩埋了。

待大家早饭后，钱开运站在街沿上对集合的队员讲："毛主席教导我们说，死人的事是经常发生的，有的重于泰山，有的轻于鸿毛。为人民利益而死，就比泰山还重。颜大柱是为人民炼钢铁死的，他比泰山还重。我们要向他学习。"

听了这几句有点人情味的话，大家的心里才稍微安然了一些。

可钱开运说这几句话的目的，是害怕大家产生抵触情绪，要是大家不听自己的招呼，自己的这个先进怎么能继续保持呢？若是一个人不听使唤，那完全可以去弄整他。要是大家都和自己作对，众怒难犯的道理他是知道的。这时说几句软人心的话，对大家有个交代，对自己也百利而无一害。在反复的革命历练中，他也学会做人的思想政治工作了。

在大家上工的时候，颜大林还跪在他哥哥的坟前哭诉。钱开运走过去对颜大林说："人死不能复生，别哭了，快去上工。今天给你减十根砍树任务。"

颜大林拿起他哥哥的斧头，跟着钱开运就上山了。他紧握哥哥的斧头，拼命地砍伐着一根又一根的参天大树。在太阳当顶的时候，没进一粒粮的颜大林腹内空空，但他没感到一点饥饿，他只是觉得非常劳累和疲惫。他静静地站在刚砍伐的树桩前，呆呆地望着手中他哥哥用过的斧头，两行热泪汇同汗水一起流淌下来。这时，在他身后的高坎上，一位队员喊道："下面有人没得？树要向下边倒，请注意让一下。"

大脑一片空白的颜大林哪里听得见，他还一动不动呆呆站在那里悲悼他的哥哥。

接着几声"砰砰"砍伐后，一根合抱粗的杉树"轰"地就倒了下来。颜大林哼都没哼一声，就被杉树压在了下面。他这片"大林"也就跟着永远倒下了。在太阳落山的时候，颜大柱的土坟边，又垒起了一个土堆，那是颜大林悲痛地永远守候在他哥哥的身旁了。

破解密码偷快活

万籁俱寂的时候，没圆的月亮出来了，那阴冷的微光没给人们带来诗意，反而让人感到格外的酷寒。山中突然发出来几声猫头鹰的吼叫，那声音就像啼哭的冤魂让人心颤。随着一翅飞开的叫声远去，这山中才又恢复应有的沉静。

可是，在关口炼钢铁的野战团并没有沉寂下来，火光和月光的交融中，这个夜晚格外地翻涌沸腾。值夜址的苟万勇像往天晚上一样，总是在半夜要偷着回茅草棚子去和老婆胡延秋"干上一仗"。每次进门时，他就在木棒上敲四下，里面抵门的木棍才取下来。四望一下无动静后，苟万勇才敢钻进茅草棚子在老婆的柔怀中汹涌畅快。一阵子完事后，才心满意足钻出茅草棚子回去添炭加火。在木棒上敲四下是他同老婆约定的暗号，两人就在心有灵犀中，偷偷往来了一两个月。

可是时间一长，他的这个秘密就有人破解了。分管他们的组长刘信毕有几次发现他悄悄开溜，正打算对他进行专政。但他好奇地想弄清苟万勇在做什么坏事，以便依理服人地去弄整他。当发现这个秘密时，刘信毕真是喜出望外，他在心头盘算，一定得找个时机去敲一下这茅草棚子上的木棒。

月亮出来的时候，柔媚的月光把刘信毕那个原始欲望的冲动鼓胀了起来。这个夜晚，无论是高雅的，还是粗鲁的，只要是人，就会产生出一些奇想来。他在给小钢炉上过一阵煤后，就转身对苟万勇说："你今晚在这几个炉子上负一下责，我要去找野战团长汇报增加人手的事。你可不得分心，不准走动，出了问题就拿你是问。"

苟万勇"哼"了一下就答应了。

从炼钢点上走出去，刘组长就鬼鬼祟祟窜向山坡上的那排排茅草棚子，每走几步他就要转身看有无人相跟过来。除了看炉子的人外，劳累了一天的人们早已进入梦乡，只有鬼才跟着他撵过来。他去到向往已久的那座茅门紧闭的棚子前，在向四处张望确认无异后，就举起手在木棒上敲了四下，随即就推开茅门钻了进去。他把准备好的身子，迅速向一个丰满的女人身上压上去，三下两下就决东海之堤了。他没完全扣好衣服，慌手忙脚冲出茅棚子，不声不响地就消失在茫茫的夜色中了。

上过几炉煤的苟万勇，在出过两身臭汗后，就坐在一块石头上吧嗒起叶子烟来。月光随炉火在他面前摇来晃去，不经意就壮起冲动的精血。作为几座小钢炉的临时负责人，他也像刘组长一样，吩咐一个娃子看好几座炉子，谎说自己要到前边几个小组去观察一下，看炼出钢铁没有。

兴致勃然的苟万勇来到自己的茅棚前，像以往那样在木棒上敲了四下。当他钻进去趴在老婆的肚皮上时，老婆却说："你精神还蛮好哈！先日一盘还没过到瘾哪？这时又回来补一盘，我可没有你这么好的闲心。"

"谁先回来日了？不要来跟老子开玩笑。"话一说完，他的屁股就簸得更欢了。

"你不要不承认。我才抵门不久，正在猜你是不是走到炉子上时，你又敲木棒了，还以为你是不上夜班了哩。"

"狗屁，老子是偷着回来日的，日完了还要回去上班。只有鬼来日了你的。"

"你说没日，那是哪个牛日的流那么多痫巴子在我下面湿滑滑的呢？"

苟万勇停住簸动的屁股说："是不是真的有人来日了哦？我真的先没回来。"

真是个傻婆娘，明明是有人冒名顶替，这让男人知道了还有好果子吃？何不吃个哑巴亏，顺水推舟说是开玩笑的就算了。可她偏认真了起来，还不依不饶地说："你格老子把我日了还不认账。老子光起身子衣服都没穿你又跑回来，你还想说我偷人不成。"

"真的刚才有人来日了？哪暗号呢？"

"你敲的四下是鬼弄的呀？你在下边流的痫巴子你自己去摸一下哈。"

听老婆这么一说，有如五雷轰顶的苟万勇就发疯似的吼叫起来："是哪个狗日的来日了老子的女人？老子要捅死他全家。"接着就是一串耳光，打得他老婆"哇哇哇"地直叫起来。

听到动静的人纷纷跑过来看究竟。不怕丢脸的苟万勇钻出茅棚子反复向大家说他女人被别人偷日了，还问大家看见是谁日的。

这有谁看见呢？都是月亮惹的祸，月亮知道是谁日的。

好一阵子苟万勇还在这里哭哭闹闹，直想把被别人日过的那块肉割下来似的。这时，走过来一人大喝："苟万勇，你不坚守岗位，敢跑回来日女人。若炉子熄火炼不出钢铁，上面晓得了一定得打你狗日的反革命。"

　　他举头一看是刘组长，顿时吓掉三魂七魄，一屁股就瘫坐在地坪上。

　　苟万勇的老婆胡延秋在茅草棚子里听刘组长这么一说，那真是个不得了的灾难。这不仅要挨批挨揍，而且还会让全家人背上污点跟着抬不起头来。自己虽然被别人日了一盘，这又没掉个差个什么的，有什么大不了呢？这时她才想起应该不去承认这个事。于是她还没来得及穿上衣服，只把破被子裹在身上就冲出去对苟万勇哭着说："刚才是跟你开玩笑的。除了你谁还看得起我呢？你还是赶快回去炼钢铁吧！要是弄出事来，我去依靠谁呢？"

　　苟万勇这才回过神，他猛地站起来就向小钢炉跑了过去。

　　第二天，苟万勇不坚守岗位而偷跑回去日女人的事情，还是被刘信毕报告了县上的督战领导。在把苟万勇捆上一绳子并饱揍一顿后，就押到梦溪区的跃进煤矿加入后勤保障团挖煤了。当然，他的女人还得留在关口炼钢点为野战团当炊事员。在她日思夜念苟万勇的时候，刘组长却另辟蹊径，在连吓带哄中又挺身而出去"安慰"她。不知不觉地，她的肚子也就大了起来。

　　一天大早，苟万勇的老婆请去跃进煤矿挑煤的表妹带去她怀孕的消息，好让苟万勇高兴一番。可是他只是对带信的表妹说了声"晓得"就钻进了矿洞。他在矿道上想，这肚子里怀的娃多半是那晚上别人种下的野种。为什么这么说呢？自己结婚五年多了，百回千回地日都没怀上，为什么出了那晚的事就怀上了呢？这个播种不留名的杂种！老子就是当孤老也不要野种。但他又有什么办法呢？他不可能伸手去把老婆肚子里那坨肉抓出来呀！他就在无可奈何中不停地悲叹起自己的苦命来。不知不觉地，他就绕过一块瓦斯警示牌，拖着炭拖"哐哐哐"地向深处走去。他头上用绳子扎住的油壶灯越来越暗，可他一点都没有感觉出来，他只觉得这日子过得异常艰辛，活路一天苦得连腰都伸不起，三餐稀糊糊直喝得人气弱力衰，甚至想鼓起劲回去亲热一下老婆的阳刚都没有。这且不说，更让人憋闷的是半句话不小心就要挨上一顿批斗和毒打，甚至还喊打成坏分子什么的。这哪里是人过的日子呢？正在他准备抬起手去擦眼泪的时候，一股烂鸡蛋臭气猛地向他袭来。当他明白是怎么回事欲转身时，只听见"轰"的一声，瓦斯爆炸了，变成火球的他应声倒了下去。救援的人把他用炭拖拖出来一看，就像是从炭窑中刚刚烧出来的黑棒槌。

苟万勇死了，当然没有追悼会，更不会放上几天等待亲人来看最后一眼。就在跃进煤矿后山坡上的几十座坟堆旁，又添垒上了人们对他的一分悲情。在后来的岁月里，不知他那被人日过的老婆以及那个"野种"是否来祭拜过他。如来过，无论如何会让人感到一丝欣慰；若没来过，那真是人间真情的大大悲凉。

空怀忧天惹灾祸

时间一晃，农历的二月就快结束了。跑遍全县旮旯角角的陈尚国巡回演出一结束，就同其他演职人员一起回到公社听从工作安排。公社张书记到县上去汇报工作了，在家的周社长接待了他们。周社长在对他们的工作给予几句肯定和表扬后，就叫他们回大队去参加大办钢铁。周社长清楚，宣传工作只是一个喉舌，在特定的环境中充分发挥作用后，现在就可以放一放了。因为在利用价值不大的时候还继续去唱那个老调子，是没有什么新意和费力不讨好的。眼下解散宣传队正是时候，如今后有什么新动向和新要求，再拉上队伍也不迟。就在周社长宣布散会的时候，陈尚国却主动要求向他说点什么。

去到周社长办公室，陈尚国打开在县城买来的一包香烟，抽出一支就给周社长递过去。周社长呵呵笑着说："陈尚国呀！这次出去长见识了，还知道买烟来慰劳我。"

陈尚国不好意思地说："是领导您栽培我才去参加宣传队。这次在外跑了几个月，好久不见面，抽支烟是应该的。"

周社长把烟点燃问："你有什么事要说？快讲出来！"

"周社长，我想跟你说这么个事。"陈尚国见周社长专注地盯着他，认为得到了周社长的重视，于是就更来兴致，忙说，"现在正是春耕春播的时候，到处就没看到人种田。若现在还不开种，没有收成，那往后的日子不就要更加缺粮吗？"

周社长享受地吐了两个烟圈儿，没忙到有要和他说话的举动。于是他只好继续往下说："最近我心里一直搁着个疙瘩，往天各个区都放过粮食高产卫星，但真到那些地方一看，硬是不见有充裕的粮食吃，那些粮食到哪里去了呢？另外就是炼钢铁，把山上的树烧光后，再拿什么去炼呢？更何况也没看到炼出放卫星说的那么多的钢铁来。"

陈尚国说的这些事，着实把周社长愣住了。这是当社长的他到现在都没去想过的。这时他可真的认真在想了。其他的且不说，就拿农业生产来讲，他这个老抓农业的领导是深知其重要性的。可是自大办钢铁以来，他就压根没想过这些事。年前的冬播时间过去了可以不提，但春播的时间已经到来，现在还不去提这个事，那该怎么办呢？从他的这些自问中，我们认为他还是一位称职的领导。可是他转念又想，这些事上面就没提出来，未必上面的人都是傻子？说的这些事若是上级领导没他想得周到，他为什么没去当上级领导呢？这个地主成分的陈尚国一定没安好心，他是在变着话题攻击毛主席的英明决定，并且还是安起套子拖自己下水，必须提高革命警惕。于是，他把巴掌猛地拍在桌子上说："你个现行反革命，一个狗地主，竟敢出此攻击三面红旗和大办钢铁的反革命言论，你想反动复辟吗？给我好好站着！"话一说完，周社长就走出去喊来两个人把陈尚国一绳子捆上，接着就推到公社设置的审讯室关押了起来。

上街买了点东西的文良英回公社去叫陈尚国的时候，差点把她吓晕了。她不知道陈尚国是为何事被关押了起来，慌慌张张地她跑去问周社长。得到的答复是陈尚国发表反革命言论，攻击三面红旗和大办钢铁，并且还没安好心想拉他下水。现在先把陈尚国关起来进行批斗，然后就送去判刑劳改。

文良英不敢再有什么纠缠，也不能有任何的情感表露，否则的话，那是会受牵连的。在高一脚低一脚走出公社大门后，文良英才让泪珠子滚落出来。她在心里埋怨道：你这个该死的尚国呀！你去找周社长说个狗屁呀！你又不是当官的，一个小老百姓，你去冲个啥壳子哦！这下好了，把你关起来才知道"锅儿是铁打的"呀！你这个冤家呀！近段时间悄悄跟我说的那些看法，我听着就在冒冷汗，我劝你不要想得太多，小老百姓安分守己就是了。现在运动又多，搞不好就得倒上大霉，不听人话的背时鬼呀！你硬是不见棺材不落泪哩！

一把鼻涕一把泪的文良英，在夜幕降临的时候才回到家中，她以为爸爸妈妈会像往常一样，总要在地坝里接住自己。然而，在她走进堂屋才想起爸爸妈妈被交叉出去炼钢铁了。她推开左边耳门一看，只有奶奶坐在火坑边，正用一根两尺长的吹火筒在吹火。没干的湿柴蔫兮兮地闪着火星，但烟雾却分外地浓烈，直熏得人喷嚏就要打出来。奶奶全身灰扑扑的，脸上的沟壑更深了，望人的眼神无精打采，好像对任何事情都失去了期盼，只是苟延残喘在这里等着了却余生。看到这副光景，文良英心中更增添出厚厚的伤痛。她在叫了声奶奶后，就冲过去抱住奶奶痛哭起来。"娃儿看到娘，无事就要哭一场。"面对老奶奶，面对浓浓的亲情，文良英直想把心中的酸楚全都倒出来。奶奶摸着她的头说："英女娃呀！你回来看奶奶了哇？我还正在想着你哩！大眼睛菩萨真长眼睛啦！"

一阵子后，文良英才收住哭泣。她为奶奶抹去两行无声的老泪后，才轻声说："奶奶，我给您买了双袜子，还有几颗水果糖。"话一说完，文良英就把袜子递给奶奶，接着又剥开一颗水果糖喂进奶奶的嘴里。

奶奶把糖抿了两下，接着就"哇"的一声哭了出来，在张开没牙嘴的时候，水果糖便滑落到地下。奶奶没有去捡，而是捉住文良英的手哭诉："英女娃呀！你给我买的袜子和糖让我的心里好烫乐啊！一把屎一把尿没让我白引你呀！在这么恼火的时候还没忘记奶奶，你的好孝心一定有好报哇！奶奶封赠你今后吃不完用不尽哈！"

文良英拍着奶奶的背说："奶奶莫哭了！等日子好了，我天天都给您买水果糖吃。"

奶奶没有收住哭泣，她在用衣袖擦过一双泪眼后说："这好是好哇！就怕我等不到那一天了哦！"

"您身体还这么健朗，一定等得到的！"

……

火坑里死气横秋的火星，并没给祖孙俩添加上多少的温暖。夜很深了，文良英一直呆呆地坐在火坑边，眼泪不住地往下淌。一夜没合眼的她，可没有想出个解救陈尚国的办法来。

徒生后悔来不及

被关押在审讯室的陈尚国没有搞懂，周社长的脸为什么就翻得这么快？自己说的这些如果不对，作为领导是可以批评教育的呀！怎么一巴掌就给自己扣这么重一顶帽子呢？这怎么去向良英作交代哟！本来是约定一起到她家去提亲的。这下可完了，措手不及的良英一定会把自己恨得死去活来。他似乎看见良英在哭泣中，把他臭骂几句就转身远离自己而去；他仿佛看见良英在远处望着自己，并在泪光中声嘶力竭地向他呼喊；他依稀感到良英把手伸了过来，准备拉着他一起回去提亲。他正想伸手过去，捆着的膀子哪里动弹得了。他就在两行热泪的滚落中暗自对良英说："良英啦！我对不起你！是我不谙世事惹出这个大祸来让你为我牵肠挂肚啊！我这一关进来，整个半死都不怕呀！怕就怕把自己弄去劳改就完了哇！一个地主子弟又成劳改犯，弄上几年出不来，自己哪敢去奢望你的爱情呢？天堂和地狱，全是自己这张该死的烂嘴张出来的呀！"要是能挣脱绳子，他一定得狠狠抽自己一顿耳光。

正想着这个伤心事时，进来两人拿出纸笔要陈尚国写坦白交待材料，捆着的身子这才松解出来。

这两人把他看住，半步也没离开。在酸麻的膀子活络些的时候，陈尚国才提笔把交待材料写出来：

我的交待

我叫陈尚国，男，二十五岁，地主成分，凤湾大队人。我所犯错误是向周社长发表了错误言论。由于我觉悟低，只看到眼下庄稼没耕种，而没看到大办钢铁战胜英美帝国主义的伟大胜利和农业生产放出高产卫星的巨大成绩，只凭自己的感觉下结论。我应当深刻检讨，我愿改过自新，与过去彻底决裂，重新做人走到革命阵营中来。请领导帮助我、教育我。

　　我虽然是一个地主子弟，但我没有去剥削劳动人民。解放以来，我一直在务农，同我父母一起接受人民群众的改造。我自认为我已经是一个真正的农民了。从现在起，我坚决听毛主席的话，听党的话，做一个不乱说乱动的农民。因为我是初次犯错误，请领导从宽处理，我将万分感谢！

交待人：陈尚国

　　他把交待材料交给了那两个人，心想这份诚恳的交待领导看后或许会原谅他。可是他真的是想错了，非但如此，这份交待材料还成了他发表反革命言论的有力证据。真是该他倒大霉了。

　　黑夜如同过去一样，总是在该来的时候就如约而来了，意在把平静与安宁送给天下所有辛劳的人们。可是在今晚，是这时的人们自己不愿宁静下来，一场残酷的批斗会就在公社的大礼堂召开。来参会的有公社各单位的干部职工，还有凤湾大队所有的农村干部。

　　主席台上，陈尚国早被五花大绑勾腰在上面。会议主持人周成远一上台就揭发陈尚国的反革命罪行，在大喊"打倒"和"肃清"什么一类的口号后，就进入到群众揭发的议程。公社的许多干部职工都看过陈尚国演的节目，没想到他是个现行反革命，真是知人知面不知心。尽管如此，但要去揭发点什么罪行，那真还是"处女打亲家，空口说白话"。于是便没有人像过去斗"五类分子"那样，争先恐后地去"倾诉阶级苦和牢记血泪仇"。

　　正在冷场的时候，一个人猛地跨上主席台。他先是一记耳光扇在陈尚国的脸上，接着又向他擂上了两拳。正在大家惊异之际，这个人就敞开喉咙揭发了："这个狗日的，老子一直看他不是个东西，倚到有点文化，一天酸溜溜的。前几年大队组织学习，我叫他读报纸，他鼻子就不哼一下，只有书记主任他们才喊得动。这不是狗眼看人低吗？我看他是想巴结领导，蒙蔽他们的眼睛，以便好找机会进行反革命复辟。这次警惕性高的周社长把他的狗尾巴捉住了，真是大快人心！"这个人在向地上吐出大口痰后，又用手捏住鼻子擤了一把浓鼻涕甩在地上。他一点没去管大家恶心的感受，只顾把手在衣服上擦了两下接着说："这个东西还编了一段顺口溜来戏耍我找不到婆娘，他分明是对我这个贫下中农住了他这个狗地主的房子不满。我一直就想对他进行革命专政。"他把脑壳挠了两下后，就朗诵起顺口溜来，"一只臭蛤蟆，想吃白天鹅。像个打杵子，总想捡粑活。妹没眼睛瞎，就是不嫁他。满肚子坏水，瘟神都害怕。"

顺口溜一念完，台下就哄堂大笑起来。他没去理会大家在笑什么，以为是在赞赏他说得好。他在踢过陈尚国两脚后，依然不解恨，又继续揭发说："陈尚国还是个埋得很深的反革命。去年搞公共食堂不久，就有人编了一个反对公共食堂的顺口溜，在后来调查的时候，有个向孤老主动站出来承认，由于没看紧，他就自杀死无对证了。向孤老大字都不识几个，他能编得出顺口溜吗？分明就是陈尚国编的，因为向孤老挨到他们家住，肯定是平时用小恩小惠收买了他才来顶罪的。"

这个口若悬河的揭发者，就是在不断的革命斗争中成长起来的凤湾大队民兵连长钱开运。经这一揭发，陈尚国就成了一些热血沸腾的先进分子大练拳脚的靶子，他终于被揍昏死过去。

昏死了好哇！要是永远不醒过来，一了百了也落得个解脱。要是能醒过来，也算获得了数个小时的免受折磨。

在第二天下午被县公安局的人带上车的时候，陈尚国睁开挨打后的熊猫眼，看见文良英跟在公安人员的后面，无声的泪水大注大注地直往下淌。在陈尚国被推上车的一瞬间，文良英终于控制不住情绪了，她猛地冲过去拉住陈尚国的手坚毅地说："尚国！你要好好地活着，好好地改造，我等你回来！你千万不要乱想胡来，不然我也是不得活起的！"

就在陈尚国叫声良英的时候，押解的公安一掌就把文良英推倒在地。

（2014年11月中国言实出版社出版，2014年《长篇小说选刊》秋季版转载）

长篇小说卷（一）

NO.5

蕙园的春天（节选）

■ 兰溪

作者简介

　　兰溪，本名黄桂华，女，山东人，毕业于东北财经大学，鲁迅文学院高级研修班学员，客座教授，当过电视台节目主持人。中国作家协会会员、中国报告文学学会会员、中国散文学会会员、中国诗歌学会会员，中国金融作家协会理事、大连作家协会理事、大连市甘井子区作家协会副主席。先后出版文集《回归伊甸园》《心灵的圣殿》《生命的芳香》《枫林叶雨》，长篇小说《蕙园的春天》以及经济著作多部。作品发表于《文艺报》《中国散文》《金融时报》《新民晚报》等报刊，获全国文学大赛一等奖、第三届冰心散文奖，有报告文学作品入选中国作家协会"2016 中国报告"专项工程。现供职于中国银行大连分行。

作品简介

这是一部描述二十世纪八十年代简约明亮的青春校园生活、纯洁美丽爱情的长篇小说。作者以细腻的笔触、生动的情节、富有生活气息的描写，讲述了二十世纪八十年代纯美的爱情故事，刻画了那一代年轻人，不为世俗所左右，执着追求真善美，坚守理想、爱情的美丽心灵；展现了一批风华正茂的大学生特有的风采，大学校园多姿多彩的唯美画卷，以及他们各自不同的坎坷命运。

第一章

一

八十年代初秋的一个下午，一列疾驰的火车正奔驰在辽南大地。

窗外是一片盛产水果的土地。硕果累累的苹果树、梨树，泛黄的庄稼一片片从车窗前掠过。

一个白衣黑裙的妙龄少女临窗而坐，凝望着窗外。她手中拿着一本书。她的名字叫蕙兰。

蕙第一次离开家乡到远方求学，心里装满了对未来的憧憬与对母亲的思念。

蕙看上去十七八岁。雪白的皮肤，嫩嫩的像个婴儿，白里透红，面如桃花。鹅蛋形脸，一抿嘴，嘴角向上翘着，显出一对深深的小酒窝。欧式的眼窝下是一双大眼睛，黑黑的眸子，炯炯有神，镶嵌在蓝蓝的眼底上，像一湖春水，含情脉脉。纤细的小手，捏着一方白手帕，手帕的一角耷拉到车窗前的茶几上，看得见上面绣着一束兰花，把蕙衬托得更加清纯、高雅，具有诱人的魅力。

蕙对面坐着一个英俊青年，时不时悄悄地望她。心中暗暗思忖：这女子超凡脱俗，看她那两道长长的眉毛，像画出来的，向上由粗变细。鼻子小巧。挺直的鼻梁下，是玫瑰色樱桃小嘴，唇线朱红，不用唇线笔，不涂口红。洁白的牙齿配上红红的朱唇，真是美丽动人。她清纯得一尘不染，从里到外都是透明的，从头到脚流淌着清新之气，如深谷幽兰，远离喧嚣与污染，静静地开放，散发着幽幽的芬芳，淡淡的馨香。再看她的身材，杨柳细腰，修长的双腿，颀长的双臂，一看就像一个芭蕾舞演员。

那青年心想：这分明是一个完美的仙女！天造的美女是如此可人，如此水灵，清水出芙蓉，天然去雕饰。再好的画师也画不出这天然的美丽，再高明的雕塑家也刻不出如此天作神韵。

蕙出众的清纯、优美的风韵，吸引了车厢内许多人的目光，更吸引了那青年的目光。他主动与她搭讪起来："请问你去哪里？如果我没猜错，你是一个大学生吧。"

蕙礼貌地回答："是的，我是去报到的新生。"

他问："哪所大学？"

蕙柔声地说："滨海市财经大学。"

他笑了说："真是太巧了，我就是那所大学的学生，比你高两届。"

他听着蕙那"大珠小珠落玉盘"的美妙声音，眼睛里浮动着柔情和爱慕。

说话间，蕙看了他一眼。只见他大约二十四五岁，留着时髦的分头。白脸黑发，浓眉大眼，方脸薄唇，清秀斯文，举止潇洒俊逸。生性敏感的她，和那青年目光相遇的一瞬间，有种触电的感觉。她不觉羞红了脸，低下头，嫣然一笑。

那青年说："你一定喜欢兰花。"

蕙眼睛一亮，点点头。

青年又说："我也喜欢兰花。我最喜欢明代陈汝言的咏兰诗：'兰生深山中，馥馥吐幽香。偶为世人赏，移之置高堂。'"

蕙接下句："雨露失天时，根株离本乡。何如在林壑，时至还自芳。"

那青年不仅心花怒放，暗想这女子真是不同凡响，不仅外表漂亮、秀美，而且兰心蕙质，知识面甚广。

大多想讨姑娘欢心的青年，总想在姑娘面前卖弄自己的才华，或者大献殷勤。那风度翩翩的青年，没有献殷勤，也不卖弄，像对知心朋友那样娓娓道来，用词谨慎。因为，他实在不敢小视眼前这个清纯美丽、秀外慧中的少女。

青年又颂道："兰之猗猗，扬扬其香。不采而佩，于兰何伤。"

蕙说："这是韩愈的《幽兰操》。"

蕙也不示弱，用清代刘灏的诗回应他："兰生幽谷无人识，客种东轩遗我香。知有清芬能解秽，更怜细叶巧凌霜。"

"真是个才女！"那青年情不自禁赞叹。

"谢谢！"

金声玉韵、兰心蕙质的姑娘，哪个青年能不爱呢？！

那青年越发佩服蕙的博闻强记，心中生出爱慕之情。

蕙扭头向窗外望去，一幕幕的景色，像电影一样，把她的思绪拉回到童年。

二

上个世纪六十年代初，在东北辽宁东部山区的小山城，一个普通的人家，诞生了一个白白净净、眉清目秀的女孩。这是夫妻俩的第二个女儿，兄妹排行老三。三个孩子中，这个女孩机灵、漂亮、聪慧，父母视为掌上明珠。

那几年，电影院正在上演《马兰花开》。里面的主人公是大兰、小兰，大兰好吃懒做，小兰聪明伶俐、心地善良，于是，母亲给她起的小名叫小兰。这就是蕙的小名。

蕙家住的小山城，两山夹一沟，有一个含金量很高的名字——"千金沟"。她是千金沟飞出的一只金凤凰。

从千金沟里，流出一条河，名曰"太子河"。关于太子河的由来，有一个悲壮的历史传说。太子河古称衍水、大梁河、梁水。燕太子丹逃亡于此，故名太子河。据说战国时期，"秦伐燕，燕王僖走保辽东"，秦兵围追甚迫，但由于燕太子丹对军队的指挥很有方法，秦国也受到极大的损失。于是秦国便想出一计。某次秦国间谍向燕王进谗言：杀掉太子丹，将人头献给秦王，秦国可以罢兵。燕王僖听信其言，派人追杀太子于衍水。秦国得知后大喜，于是派兵攻燕，燕遂亡。后人为纪念太子丹不畏强权、热爱国家的高尚品德，遂改衍水为太子河。

太子河全长四百六十四公里，两岸风光秀美，物产富饶，是中华文明的发祥地之一。她如同慈爱的母亲，以她甘美的乳汁，哺育着两岸的各族儿女，辽东人对母亲河更是无比崇敬和深情赞美。

百年前太子河水流充足，可以航运，水产鱼类都是古代皇家贡品。太子河流域的考古发现说明，太子河流域称得上是东北地区不可多得的古代文明发源地之一，世世代代滋养和哺育着辽东人民。

自古以来，太子河就以富庶美丽著称，曾吸引许多诗人墨客吟咏歌唱。明嘉靖进士，官至刑部尚书的王之诰诗曰：

> 代子津头泛野舫，澄波涽漾见晴光。
>
> 沙边浴鹭矜毛羽，天外冥鸿厌稻粱。
>
> 斥堠远传清塞铎，榷丁新架扑鱼梁。
>
> 相江两岸秋容胜，争得逃名隐钓乡。

明嘉靖监生韩承训作诗《太子环带》：

> 燕丹昔日避秦兵，衍水今传太子名。
>
> 渠水远从千涧出，头边近依一川平。
>
> 斯干自入维熊颂，如带应同白马盟。
>
> 向晚渡前争利涉，隔林烟雨棹歌行。

民国诗人张之汉在《初春河待渡》中写道：

> 一路新泥雪踏开，沙埂勒马暂徘徊。
>
> 冰消衍水河声起，云破辽天塔影来。
>
> 浩劫方殷沉陆患，横流难倚济川才。
>
> 回鞭喜见天心转，岸柳苏春绿孕胎。

七十年代，居民居住的普遍是小平房，楼房寥寥无几。蕙的家却住上了二层小红楼。小红楼坐落在山坡上，背依的小山叫草帽山。

蕙的童年、少年是在这里度过的。山水环绕，培养了她酷爱自然、钟情山水的灵性与品德。

蕙的父母生长在鲁南。五十年代，为了支援东北建设，来到了大雪飘飘的北国。父亲是一个勤劳善良的人。母亲美丽聪慧，积极上进，对她产生了深刻影响。虽然母亲没上过学，但天资聪颖，靠着"扫盲"，背着孩子，拿着书本识了一些字。"梁山伯与祝英台""牛郎与织女""王桂与李香香"，那一幕幕爱情悲剧，那些生动感人的故事，都是母亲绘声绘色讲给小兰听的。

"文革"后期，教科书、广播、报纸，不是革命样板戏，就是批判"封""资""修"的文章。而她知道人间还有那么多美丽、凄婉、动人的故事，都是得益于妈妈。蕙的母亲，不仅教她如何做人，而且教她各方面知识。她对文学、音乐、舞蹈的爱好，很大一方面是深受母亲的熏陶和影响，是母亲使她成为一个有思想、有理想、有追求，秀外慧中的女子。

蕙从小酷爱读书，十二三岁就开始读《红楼梦》。放假时，早晨起来第一件事就是读书。有一次，一边吃饭一边看《红楼梦》，看到黛玉葬花时，眼泪止不住流了下来，饭也吃不成了，惹得全家都笑她痴。妈妈怜爱地说：傻孩子，书上写的都是虚构的，你可别当真。

蕙的爱好也是高雅的：文学、音乐、书法、绘画、芭蕾。作文在班级、在全校都是名列前茅。初一时，在全市作文竞赛中，她的散文《十月礼赞》一举夺魁。妈妈参加颁奖大会，与蕙一起上台领奖，喜悦的心充满了自豪。

蕙是一个诗与画组合、文学与艺术熏陶出来的女孩。她的气质有种超凡脱俗的高雅与独特，在人群中格外悦人眼目，一举手一投足，一颦一笑，都充满了诗情画意。她的朋友说她走起路来轻盈洒脱，像一阵风飘过。

三

一声长笛，火车到站了，也把蕙从回忆中拉回来。

那青年帮蕙提着行李，两人并肩走出站台。一股淡淡的海腥味扑面而来，湿润的空气清新可人。

蕙对那青年说："谢谢你，帮我拿行李。"

"不客气。正好我也回学校，我们一起上车吧。"

说着，两人上了接站的校车。车载着新生和行李，向着学校方向驶去。

蕙好奇地望着车窗外。她天生对什么都感兴趣。突然，天边一条笔直的蓝色吸引了她的视线。虽然她从未见过大海，但她猜想，那条蓝色的缎带就是她向往已久的大海。

蕙惊喜地指着远处："那是大海吗？好蓝啊！""是的。"那青年回答说。"啊，大海！"她在心中呼唤着。平生第一次看见大海的她，像个孩子似的情不自禁喊出了声。她那双明亮、蓝蓝的眼睛，睁得圆圆的。

蕙小时候住的地方没有大海，她也从没去过海边。听看过大海的人讲，大海很美，很神秘，要比大江大河更博大，更有气势。从那时起，蕙对大海的向往和祈盼成为美好的梦想。

今天，蕙来到了海边，远远地望到了湛蓝色的海，比天空更蓝，悠远而无边际，心情豁然开朗，兴奋和激动洋溢在她的脸上，也传遍她全身的每根神经。

湿润的风夹着海的气息，轻柔地拂过蕙的面颊，一路的风尘与疲倦顿时荡然无存，只觉心旷神怡。海的清新与美丽，赋予了她无限的遐想和激情。

蕙的一个朋友曾说过，你气质独特，浪漫、飘逸，就应该是海边的人。如今，朋友的话应验了，梦想成真了。蕙真的成了海边的人，从里到外都更加清新了。她将在这里度过四年美妙的时光，人生的黄金时代。

半个多小时的行程，校车开到一个山坡上。到了，学校大门上"财经大学"几个大红字分外耀眼。

那青年又帮蕙找到报到处，办完手续，把她送到宿舍，把行李放好。此时，天已大黑。

青年说："你休息吧，我该回去了。"

"真的谢谢你帮我，你怎么称呼？"

青年说："哦，我叫傅新生。有空我再来看你。"

"嗯，好的。"

"请问你贵姓？"

"我叫王蕙兰，叫我蕙兰好了。"

"好的，以后有什么困难，你就来找我。"

蕙莞尔一笑，点点头。

傅新生说完，依依不舍地离去。

蕙望着傅新生高大的背影，心中生出一种莫名的情愫。

第二章

—

财经大学坐落在北方风景秀丽的滨海市的半岛南端，三面环海。校园不大，散落在山坡上，背依青山，面朝大海，是一个怡情养性、风光旖旎、气候宜人的好地方。因为那里的礁石是黑色的，黑石礁由此而得名。

住黑石礁的半山坡上，校园依山而建，与苹果园、奶牛场相邻。大海环抱着它，群山簇拥着它，有阳刚雄壮之美，也有寥廓之美。大海润泽万物，也滋润着这里的莘莘学子。

刚入校的蕙，高高地梳着两个羊角辫子，像个中学生似的，穿着四个兜的黄军装，那是当兵的哥哥从部队寄给她的。那时的学生们与当时的社会风气一样，心灵纯净，衣冠简朴，穿着上蓝的、黄的是主色调，烫发的几乎没有。

从他们这届开始，大多是高中应届毕业生。一九七七、一九七八、一九七九级学生，大多是从工厂、农村、机关考来的"老三届"，年龄偏大，有很多已结婚生子。与他们相比，蕙他们这届学生反差很大，一张张娃娃脸稚气未脱。再看大哥哥姐姐们，已是成熟的脸。"老三届"给他们这届学生送了个绰号："托儿所大班"。

吃饭实行定量制，每月30斤，发饭票。女生大多有结余。男生往往每到半个月就弹尽粮绝。有的女生就把剩余的饭票送给男生。伙食大多是粗粮，能吃上一顿包子，就如过年般高兴。蔬菜除了白菜、豆腐，很少有绿叶菜，单调得很。食堂没有凳子，全站着吃。但精神是丰富的，愉悦的，快乐得像小鸟一样。

中午排队抢包子，是最热闹的一幕。男女生前后接应，从前往后传，高高举过头顶。有时包子中的油流出来，说不上撒到谁的头上、衣服上，便引起一片惊叫声。

学校校园内有一座小山叫"二尖山"，因山顶上有两块突出尖顶的岩石而得名。与它相邻有一座大尖山。两座山肩并肩，就像两个哨兵，精神抖擞地守卫在海边。

"二尖山"名不见经传，其貌不扬，就像一个秃子，上面光光，周围头发茂盛。

报到的第二天，蕙她们宿舍的四个女孩，按捺不住青春的激情，一口气爬上了校园内的这座小山。

哇，太美了！蕙情不自禁张大了口。登高远望，心里豁然开朗。山下是湛蓝的大海，一望无际，尽收眼底。周围是逶迤的群山环绕。

这些从内地考来的大学生，从没看过大海，如今凤愿得以实现，憧憬装满胸怀，心中别提有多激动，多敞亮。站在山海之间、天地之间，蕙顿觉自己那么渺小。她伸开双臂，仰望蓝天，拥抱美丽的大自然。波澜壮阔的大海，雄伟的高山，宇宙万物的壮美，让她沉醉。

从此以后，山与海吸引着她的心。蕙每天早早起来，踏着晨露，兴致勃勃地一口气爬上去，走近山林，亲近大海。虽然累得气喘吁吁，满头大汗，也乐此不疲。

当晨雾宛如条条玉带环绕海边的山山岭岭时，当太阳从海平面喷薄而出时，她如同天使置身于天堂。她的心在山海之间轻歌曼舞，自由欢畅。她的心向着太阳微笑。早安，太阳！大海，你好！

山，给了她气势、坚定和力量；海，给了她豁达、宽广和豪迈。山与海、海与山、山与水的融合是如此妙不可言，和谐、神秘。她的心灵因山水而净化，境界因山水而提升，使她受用一生。

冬天来临，蕙的长发剪成五四青年头，黑黑亮亮。齐眉的刘海，把她那雪白的脸衬托得俏丽妩媚，像朵洁白的玉兰花。

周六没有课，蕙刚吃过早饭，与同学芳芳正在聊天。有人敲门。芳芳去开门，见一个英俊青年站在门外，正是傅新生。

芳芳问："你找谁？"

傅新生问："请问王蕙兰在吗？

"在！"芳芳回头看看蕙。蕙从椅子上站起，走到门边，看到是傅新生，白皙柔嫩的脸庞上，腾地泛起一片红云，眼光脉脉柔情。这正是少女初恋时娇媚动人的神态。芳芳会心地一笑。

傅新生看蕙没说话，有些窘迫，嗫嚅地说："哦，我是不是打扰你们了？"

蕙眼睛闪出喜悦的光彩，微微一笑："哦，没有，请进来吧。"

芳芳见此情景，机灵地说："正好有事，我先走了。"

只剩下两个人的房间，气氛一下子紧张起来，蕙的心怦怦直跳。

还是傅新生打破了宁静："刚入校的学生，没有积累，饭票大多不够用。我把结余的饭票拿给你。"说着，把一叠饭票递给她。

蕙推辞："不用，不够我花钱买。"

傅新生说："跟我客气什么，这是我应该做的。我比你大，我应该照顾你。"

有人关心，蕙心里暖暖的。

傅新生又把听课笔记、考试辅导书、考完的卷子送给她，"也许，能帮助你学习。"

蕙翻着卷子，上面的成绩几乎都是 90 分以上。傅新生不但爱好文学，而且其他功课也都是优秀，在年级中是佼佼者。蕙心中油然升起敬佩之意。

两人打开话匣子，海阔天空聊起来。从文学谈到历史，从理想谈到现实，滔滔不绝，有说不完的话。傅新生见解独到，论述精辟，口若悬河，才思敏捷，使蕙心中充满喜悦。

说着说着，傅新生那双炯炯有神的眼睛里，放出奇异的光彩，充满了柔情蜜意。两个人的目光传递着爱意。共同的爱好，相同的情趣，漂亮的外貌，把两颗心联在一起。爱情的羽翼，在两颗年轻的心中悄悄飞翔。

他们的宿舍虽然不在一栋楼里，但傅新生隔段时间就会来看望蕙，询问她有什么困难。

一天，他还特地为蕙买了一盆兰花，品名为小桃红。

"蕙兰，喜欢吗？"

"太喜欢了！兰花是我的最爱呢。"蕙金声玉韵，使他更加动心。

"这种兰花一年四季都会开花。她雅而不俗，就像你。"

"是吗？"蕙白皙的脸上布满了红晕，含情脉脉地望了他一眼。

蕙捧着兰花，像捧着一颗心，喜悦和幸福之感，充盈心间。

于是，爱唱歌的蕙爱上了赞美兰花的歌。每天为兰花浇水时，她都要歌唱兰花，仿佛唱给她心爱的人听。而且一首接一首：

说不尽轻盈，

小小白兰花。

说不尽温柔，

似水柳月下。

清风吹动小花瓣，

开得清雅似轻纱。

但愿今宵同结伴，

我把真爱献给他。

悠悠的芬芳，

幽幽的馨香，

沁入了我的心房，

引起我多少遐想，

伴着我进入甜蜜梦乡。

兰花寄托了蕙的情，附依着她的爱。

当月亮升起的时候，房间洒满了银色月光。她心爱的兰花开在月光下，像梦一样轻柔，像轻纱一样清雅，在清风吹动下静静地开放，送来阵阵的花香。

少女的心，装满了憧憬与爱，不免遐想翩翩。

她拿起笔，在日记中写道：

啊，兰花，兰花，你是多么令人神往。月色可人，兰香满室，国香伴我，幽梦小窗。悠悠的芬芳，幽幽的馨香，沁入了我的心房，引起我多少遐想，伴着我进入甜蜜梦乡……

有时，看书看累了，蕙便欣赏兰花，情不自禁想起一个英俊潇洒的男子，眼睛溢满柔情蜜意。

1954 年，傅新生出生在皖北一个偏僻的小山村。地少人多，生活非常困难。

父母都是老实巴交的农民。兄妹四人，再加上两位老人，八口之家，经常吃不饱。

虽然没有文化，但他的父母还算开明。农田活，父母全包了，让孩子们去上学。傅新生天资聪颖，在学校学习成绩总是名列前茅。他盼望着考上大学，从此远走高飞，离开贫困的乡村。

中学毕业后，正赶上"文化大革命"后期，高考还没有恢复。傅新生的大学梦破灭了，不得不回乡务农，"修理"地球。

傅新生刚过19岁，父母就张罗着找媒人提亲。提了几个，他都没看上。虽说，傅新生家境不富有，但小伙子仪表堂堂，人见人爱，提亲的还真不少。媒人又提了邻村的一个女子。姑娘名叫李桂枝，一米六五的个子，杨柳细腰。虽然不是国色天香，但也眉清目秀，比较顺眼。而且，家里条件好，只有兄妹两个，比较富有。

傅新生的父母听说女方家条件好，比较富裕，姑娘长得也不错，就一口答应了。

傅新生不想这么早就成家，他还憧憬着外面的世界。课本里描绘的外面的世界多姿多彩，他不甘心一辈子就在这个小山村窝着，祖祖辈辈都当农民。

于是，他告诉父母，不想结婚。

"什么？不想结婚？男大当婚，女大当嫁，你还想怎么着？"母亲急了。

"听媒人说了，那个姑娘家比较富裕，正好可以帮帮咱们家。你别不知好歹！"父亲也紧跟着说。

在父母的催逼下，傅新生悻悻地来到婚姻登记处。

一见姑娘面，傅新生就满心不高兴。哪里像说的那么好啊！

那个姑娘虽然皮肤还算白净，但有点驼背，有些呆板，不够机灵。

他扭头就走，没有登记。

回到家后，父母知道他没登记。母亲冲他喊道："你不与李桂枝登记，我就跳河。"

一听"跳河"，傅新生害怕了。毕竟是农村长大的孩子，没见过世面。母亲一吓唬，他真害怕了，不情愿地说："好吧，我登，我登。"

就这样，傅新生违心地与李桂枝登记了。

婚后，四年生了两个孩子。

后来，恢复高考制度了。农村比较闭塞，开始他还不知道。三年后，他终于得到考试消息，便用几个月的时间复习了功课。凭借过去学习好的老底，傅新生一举考上了滨海市财经大学。

一个农村孩子，来到浪漫的海滨城市，开始了全新的生活。校园里，穿着洋气、有文化有素养的女孩比比皆是。他也渐渐洋气起来。自尊心较强的他，不愿听到农村二字，所以他很少提到家乡的事，更是从不提妻儿之事。所有，没人知道他已成家。

几个月转眼过去。一天，傅新生在教室的走廊里送给蕙一封信，把信塞到她手里，便红着脸快步走开了。蕙捧着厚厚的信，感到那封信的分量沉甸甸的。这是她上大学一年多来收到的第一封情书。还没打开信，她的心就开始"怦怦"直跳，仿佛要提到嗓子眼了，脸滚烫滚烫的。

捧着信，蕙好像捧着一团火。少女的芳心燃起了一团火。白天不好意思打开，生怕别人看见。到了晚上，回到宿舍，把蚊帐轻轻放下，悄悄把信打开，读了起来。信中滚烫的诗句，滚烫的热情，把她的嗓子都烧哑了。娟秀的字迹，密密麻麻地写满了七页。

蕙兰：

你给我留下了不可磨灭的印象。我对你的感情无论到任何地方，任何时候，无论今后相距天涯海角，遇到任何艰难险阻，也不会改变。你的美好，就像瑰丽的明珠，镶嵌在我记忆的长廊上，永远闪耀着魅人的光彩。含苞待放的蓓蕾，要靠我们共同去浇开鲜艳的花朵。让我们共同努力，去迎接鲜花盛开的美好春天！但愿这封信能带去我海一样的深情……

蕙照照镜子，本就面如桃花的她，两个脸蛋红得像盛开的红牡丹，心中激起阵阵波澜。嗓子哑了，好几天说不出话来，心中却是甜蜜无比。那是情窦初开的她，第一次体验到什么叫激动，什么是震颤心灵的欢乐。

才貌双全的蕙，从里到外散发出诱人的芳香，使傅新生陷入情网，完全倾心于她。

二

春天来了。校园的五月是一年中最美的时候。姹紫嫣红，鸟语花香，小桥流水，美不胜收。

校园内有一座小花园。桃花娇艳欲滴，恣意盛放，争先恐后开放的花朵缀满了树枝。丁香花散发着阵阵淡淡的幽香。当青春与春天拥抱时，当爱情与春天相遇时，似火的芳心，散发着最迷人的芬芳。

陶醉在爱河中的蕙，每天去上课，都从小花园穿过。

每年春天花开花落，都未曾使她如此陶醉，欣喜若狂。那年的春天，因为有了爱，当她走过小花园，她的心为每一朵花而颤抖，心醉神迷，心旗飘荡。那是爱的气息将她包围，浸润了她的身心。

校园的夜晚，更是迷人。千种风情，万般诗意。

一天，傅新生约蕙去校园散步。

月亮像一条小船悄悄升上来，皎洁的月光照耀大地。操场上、树林里，人影在树影下婆娑。夜的微风夹着丁香花的芳香混合着清新的海风，从远处阵阵飘来，沁人心脾。不时传来优美的歌声，歌声中流露出天真、浪漫、快乐和幻想。

他们从操场又走到小桥上，不知从哪个角落里传来小提琴声，如泣如诉，动人心魄，吸引他们停下脚步，凝神静听：

> 我的歌声穿过黑夜
>
> 轻轻向你飘去。
>
> 一切都是这样寂静，
>
> 亲爱的，快来这里
>
> ……

"是舒伯特的《小夜曲》。"蕙轻声说。

"真好听！"傅新生附和着说。

琴声伴着海风、花香，在这温馨宁静的校园响起，浓浓的如诗般的气氛，使青春的心，憧憬的心，多么甜蜜、欢欣、感动，心醉神迷。

听着小提琴如泣如诉的旋律，嗅着丁香花的芳香，蕙的心中涌起一股激情。"你等我一会。"说着她就快步走到操场中间，随着小夜曲，在月光下，舞蹈起来。身段婀娜多姿，舞步洒脱优美。她跳的是芭蕾。

远处的傅新生看呆了，他被蕙美妙的舞姿吸引，目不转睛。

头上皎皎明月，眼前翩翩少女，耳畔袅袅音乐，他仿佛置身于仙境。他想：多么美妙的女子啊！仙女下凡一般！更增加了爱慕之情。

　　蕙跳累了，轻盈地奔向等她的傅新生。

　　"蕙兰，你跳得真是太美了！"

　　蕙甜甜地一笑。月光下，她就像一朵洁白的玉兰花。

　　蕙对芭蕾的喜爱由来已久。少年时代，看了两次《白毛女》后，她就能把喜儿的动作模仿得惟妙惟肖。没有经过专业训练，她完全是发自内心地喜欢芭蕾的优美舞姿、轻盈的脚尖韵律。

　　"你学过芭蕾？"傅新生问她。

　　"没有，我就是喜欢。中学时，有一年全市举办中学文艺汇演。我自编自演了《白毛女》片段'北风吹'，独舞。梳了一条长长的大辫子，一身大襟粉色衣服，一条黑色小围裙，很像喜儿。我在台上忘情地舞蹈，完全沉浸在芭蕾妙不可言的氛围中。在热烈的掌声中，我知道，演出获得了成功。上了大学，只要天气暖和，每当夜幕降临的时候，我就来到操场中间起舞，周围都是跑步散步的学生。在大自然的舞台上尽情舞蹈，借着清风、伴着明月。芭蕾轻盈的舞姿像剪影，像流淌的诗。从东到西，从北到南，无拘无束，自然奔放地圆我的芭蕾梦，给我心灵带来无比的轻松和莫大的享受，消除了一天学习的疲劳。"

　　"说得真好！"

　　傅新生与蕙默默地走着，心中甜蜜无比。偶尔，不经意间，两个人的胳膊轻轻碰了一下，心中是那么温馨甜蜜。月光下的蕙就像一束白玉兰，清香高雅，亭亭玉立。

　　傅新生与蕙不知不觉，又走进宿舍旁边的小树林。

　　蕙最喜欢宿舍旁边的小树林。这里留下了她无数的足迹。每天去上课，傍晚上完自习回宿舍，都要驻足流连一会，与树木亲近一会，呼吸一下树林散发的自然气息，心中才踏实、舒适。有时约上女友见面，也常到这里来倾心相谈。她们时而唱上几句歌，时而开怀大笑，时而倾诉内心的秘密。友谊的种子深深植根于心灵的土壤里。

　　每次走进小树林，蕙总是情不自禁唱起《林中小路》那首情意绵绵的歌：

> 林中的小路有多长
>
> 只有我们漫步度量……

月光如水，洒在树林小路上，情景交融，如诗如画。歌声笑声，在小树林里轻轻飘荡，给青春涂上了更加迷人的色彩，充满了浪漫的气息和青春的活力！

今天，与心上人走进小树林，蕙的心中又想起那首悠悠绵绵，情深意长的歌：

> 月儿好似一面明镜
>
> 映红了我们羞红的脸庞
>
> 在这样美好的夜晚里
>
> 你的心儿心儿可和我一样……

望着傅新生火辣辣深情的目光，蕙的心激动得快跳出来了。两双眼睛，默默相视，欲言又止。蕙的心儿醉了，醉了，月亮也悄悄躲了起来……

回到宿舍，蕙在日记中写道：

今天，与新生度过了一个难忘迷人的夜晚。小提琴，丁香花，泥土的芬芳，情投意合的朋友，热恋中的情侣，一园的幽香，一园的幽梦，构成了一首多么动人的诗、一幅多么美丽的画卷啊！大学生活就是一首歌、一幅画。我又跳了芭蕾。芭蕾是一首无字的歌，是一首清纯、流动的诗。它用足尖弹奏出轻盈、美妙的韵律；用舞蹈独特的形体语言，表现美的本质，表达生命的渴望。健康又美丽是女人的梦想，芭蕾是最好的圆梦方式……

三

到了大学二年级的蕙，受到海滨湿润气候的滋润，校园文化氛围的熏陶，出落得更加美丽，楚楚动人。短发长成长发，黑黑亮亮，瀑布般长长披在腰间，散发着淡淡的清香。一身蓝布对襟古典衣服，一条长长的雪白的真丝围巾，把她衬托得更加清新可人，像出水芙蓉，亭亭玉立。用同学的话说，她就是八十年代的林道静。

每周，学校电影院都要放映两三场电影，蕙是电影迷，几乎场场都看。《天云山传奇》《小花》《人生》《小街》《庐山恋》……一部部电影，精彩纷呈，每看一部，都是一种享受。

一次，刚洗过头，蕙披着长发去看电影。正看着，感觉头发被人揪了一下。她回过头，漆黑的电影院里看不清。

第二天，本班最小的男生向她吐了一下舌头，说："姐姐，你的头发太好了，又黑又亮散发清香，忍不住摸了一下。""哦。原来是你干的，我说不认识的人不敢呀！"

夏天的一个夜晚，傅新生约蕙去海边散步。

穿过小桥、树林，来到"二尖山"脚下。皎洁的月光照耀大地，漆黑的小路洒满了银辉。两颗年轻的心充满了喜悦和甜蜜，身体也变得轻飘飘的。

漫步在崎岖不平的山路上，不小心，蕙的脚踩到了石头子上，身子有些倾斜。傅新生赶紧伸手拉住她的胳膊。蕙的心一阵激动。虽然隔着衣服，但蕙能感受到他的柔情，他的蜜意，他的体贴，他的爱。

从山上一路下来，穿过黑石礁的公路，是一片高级别墅区，坐落在星海公园黑石礁海边。住在这里的都是军队首长。每栋别墅风格颜色迥异，红的、蓝的、绿的，在夕阳下闪着五彩斑斓的光。海风直入心脾，令人心旷神怡。茂密的法国梧桐树，将一条条小路遮蔽得静谧幽幽。这里没有来来往往的人群，宁静而安详。恋人们都愿来这里散步。

傅新生与蕙第二次约会，便来到这里散步。两人默默走着，感受着夜的温馨，爱的浪漫。虽然不言也不语，但两个人都能感受到内心的波澜与心跳。在这美好的夜晚里，语言显得多余。他们在用心倾听彼此的心灵语言，那是情的流淌，爱的交融，心心相印的默契，心灵共鸣的交响。

穿过别墅区就到了风景秀丽、远近闻名的滨海公园。

从后大门进入公园，一条路直通海边。道路两旁的柳树仿佛在谦恭地向他们行礼。柳树下的长椅上，几对恋人相依相偎。

傅新生与蕙径直走到了海边。柔柔的海风吹起她的长发。星星和月亮在海面上洒下银色的月光。

蕙轻声说："你看，多美呀！浮光跃金，静影沉璧。"

"是的，多么美好的夜晚啊！你又诗情画意了。"傅新生含情脉脉地望着蕙。

沿着海边铺满鹅卵石的小路，他们漫步着。爱唱的蕙哼起了八十年代的流行歌曲：月弯弯，正上弦，亲人送别金沙滩。月亮照着你，月亮照着我，知心的话儿说哟说不完……

蕙一边唱，一边"咯咯"地笑着。歌声笑声洒了一路，浪花为她伴奏。

傅新生说："蕙，你有时是快乐的天使，有时像幽静的兰花。有一首歌叫《小小白兰花》，你会唱吗？"

蕙说："我会唱！"说着就轻轻唱起来：

　　　　　小小白兰花

　　　　　开在月光下

　　　　　梦一样轻柔

　　　　　蜜一样甜哪……

蕙唱罢又兴致勃勃道："我喜欢唐代张九龄的《感遇》那首诗。'兰叶春葳蕤，桂华秋皎洁。欣欣此生意，自尔为佳节。'"

傅新生接下句："谁知林栖者，闻风坐相悦。草木有本心，何求美人折。"

蕙抬起秀美的黑黑的眼睛深情地望着傅新生。

傅新生心想，这真是一个才貌双全的不凡女子，便柔情地说："蕙，你真太美了，又是个才女！"

傅新生说着，从包里掏出一条雪白的真丝围巾，轻轻披在蕙的脖子上。洁白的围巾，把月光下的蕙衬托得更加楚楚动人，像一株白玉兰。

蕙低下头，拿起围巾欣赏，发现上面印有兰花图案。

她惊喜地抬起头，清澈明亮的眼睛深情地望着傅新生。

蕙似水的柔情，甜蜜的微笑，柔美的声音，把傅新生的心掳掠了，使他爱得不能自已。

蕙也被傅新生的多情、相知深深打动，如遇知音般欣喜。

四

周日不上课。傅新生约蕙登"二尖山"。他们爬到山顶，眺望一望无际的大海。蕙伸开双臂，大声喊着："大海呀，全是水。"

"哈哈哈——"傅新生被蕙感染，开怀地笑着。

然后，他们下到半山腰，在草地上席地而坐。当他们背靠背坐在一起时，两颗心贴得更近了。阳光透过树丛落下来，在"地毯"上跳跃着金光，就像天使撒下的碎金，金光闪闪。

他们又谈起马克思、歌德、勃朗宁夫妇等人的爱情诗。

傅新生望着蕙红扑扑的脸庞，激动地朗诵裴多菲的《你爱的是春天》：

> 你红红的脸，
>
> 是春天的玫瑰。
>
> 我疲倦的目光，
>
> 是秋天太阳的光辉……

蕙报之以甜甜的微笑。她一笑，现出两个深深的小酒窝。两人深情凝望，碰撞出火花。

蕙说，我也特别喜欢裴多菲的那首《我愿是激流》。傅新生用他那浑厚的男中音，深情地朗诵起裴多菲的诗：

> 我愿是激流
>
> 山里的小河
>
> 在崎岖的路上
>
> 岩石上经过
>
> 只要我的爱人是一条小鱼
>
> 在我的浪花中
>
> 快乐地游来游去。

蕙接道：

> 我愿意是荒林
>
> 在河流的两岸
>
> 对一阵阵的狂风
>
> 勇敢地作战
>
> 只要我的爱人
>
> 是一只小鸟

在我的稠密的树枝间

做巢、鸣叫。

傅新生接下段：

我愿意是废墟

在峻峭的山岩上

这寂静的毁灭并不使我懊丧……

"哇，你都会背呀！"蕙欣喜地说。

朗诵完了，傅新生拉过蕙的手，喃喃地说："蕙，我们爱好相同，情投意合，我不知敢不敢奢望，像现在这样，谈诗作画，永远做知己，今生今世永不分离？"说着，两眼放射出热情期待的光亮。

蕙不觉一阵喜悦涌上心头。新生说的，正是她想的。

于是，她说："这不是奢望，我要寻找的就是知己。"蕙白皙的脸上，立刻布满了红晕。她低下了头。

傅新生说："蕙，我真喜欢你，愿意永远和我在一起吗？"

蕙被傅新生的真情打动了，眼睛闪着晶莹的泪珠，郑重地点点头。

突然，傅新生两手把住蕙的肩头，一股难以遏制的激情涌上心头。蕙慢慢抬起头来，用一种从未有过的柔情凝望着他，两人紧紧拥抱在一起。两个年轻人，两颗被爱情的烈火猛烈燃烧的心，终于融会到一起。

山上，青青芳草迎风起舞。山下，盛开的野花绽放欢笑。野花与泥土的芳香，小鸟与蟋蟀的鸣叫，愈发显得幽静。他们沉浸在无边的惬意、幸福之中。

他们紧紧地拥抱，热烈亲吻，不知过了多久。直到不远处传来脚步声，他们才松开。

傅新生以他的翩翩风度、令人陶醉的情话爱语，终于征服了纯洁天真的蕙。而蕙这个重情重义、不轻易许诺的少女，一旦许诺了，她便终生不变。

炎炎的夏日来临，期末考试紧锣密鼓，教室里沉闷难耐。"二尖山"便成了蕙最好的去处。蕙约上好友芳芳与秋叶，在山坡上复习。茂密的树林，厚厚的草地，天然的地毯。复习累了，顺势躺下，无比惬意，仿佛儿时躺在母亲柔软温暖的怀抱里。

蕙望着天空，哼起歌儿："田野小河边，红莓花儿开，有一位少年，真使我心爱……"秋叶望着坠入情网的蕙兴奋的样子，提醒她说："蕙，你与他别太热了，冷静点。"

蕙莞尔一笑，算是回答。

第三章

一

到了大学的蕙如鱼得水，生命之花开出更加绚丽的花朵。她不仅功课学得好，而且博览群书，酷爱文学，文采飞扬。

二年级时，学校举行了一次全校规模的作文竞赛，参加的人不少。像高考那样封闭式考试，现场出题，闭卷答题，论文、散文两种题材。蕙想象力丰富，散文是强项，她选择了散文，写了一篇《芳草赞》，一举夺魁。不久，大红获奖名单贴在教学楼的墙上，同学们看到她，都投去敬佩的目光，夸她。

"蕙兰，你真有文采。"

"蕙兰，才女！"……

不久，学生会通知她去办公室领奖。

教学楼三楼。蕙敲门。

"请进！"

蕙推开门，一个戴着金丝边眼镜、黑乎乎、细高挑的男生招呼她。他是学生会学习部长，上海人，文质彬彬。

"祝贺你，王蕙兰！"

说着，拿出一摞书递给蕙。

"这是给你的奖励，10本书。"

"10本，好多啊，谢谢！"

蕙捧着书——最高奖赏，乐呵呵地回到教室。

"蕙，都什么书，让我们也瞧瞧。"

安静的教室顿时热闹起来。同学们呼啦围上来，翻看着书，分享她的喜悦。

进入大学的蕙，似乎踏上了铺满鲜花的小路，所有的鲜花都在对她微笑。好事接连不断。体操队的吴老师看好她修长的身材，俏丽的容颜，挑选她去体操队；校团委任命她为团委委员；经济学会吸纳她为首批会员……

那时的蕙，用同学的话讲：浑身充满了青春的鲜艳、青春的魅力、青春的火花、青春的才华，生活在充实而又快乐的世界里。

就是这样一个才貌双全、德才兼备、貌若天仙的女子，喜欢蕙的男生太多了，明着追求的，暗恋的，不知有多少。经常接到情书，让她目不暇接。然而，为了学习，为了她心中的白马王子，她都一一谢绝了。为此，伤了许多男同学的心。

酷爱读书的蕙，一心想把学习搞好。离开家乡时，父亲叮嘱她："好好学习，别谈恋爱。"她是个听话的好孩子，铭记父亲的话，把时间几乎都用到学习上了。在书的海洋里，拼命吸吮甘甜的乳汁。在图书馆，她阅读了大量古今中外名著，《简·爱》《复活》《悲惨世界》是她偏爱的书……

蕙的纯洁无瑕，与她的成长经历有关。她的父母是正直善良朴实的人。书与父母把她塑造得纯而又纯，没有被人间的世俗尘埃污染一点，清纯得像一张白纸。

因懂事早，聪明伶俐，像个小大人儿，刚上小学一年级，老师就安排她给学龄前儿童当小老师。结果被捣乱的小朋友气哭，跑回家去。

上"五七"小学时，正值"文革"后期，背诵毛主席的老三篇蔚然成风。老师让她带领学生朗诵《张思德》《纪念白求恩》《愚公移山》。每间教室里都传来朗朗的背诵声。

每到清明节，她都参加祭扫革命烈士纪念碑，缅怀革命先烈的活动，每次她都庄严宣誓：立志做无产阶级革命事业接班人，为共产主义而奋斗。

3月5日，是雷锋纪念日。学校每年组织学生举办各种纪念活动。有时参观雷锋纪念馆，有时去做好事。

受那个火红革命年代的熏陶，作为一班之长，蕙怀着"革命"热情，处处起模范带头作用。没有暖气的教室，到了冬天只能靠生炉子取暖。在家娇生惯养、细皮嫩肉的她，经常第一个来到教室，劈柴、生炉子。有时，手扎破了，眼睛让煤烟熏得直流泪。

蕙学习好，又是班干部，老师把最淘气、学习最差的男同学分给她当同桌。一天，这个同桌淘气，用粉笔在桌子中间画了一条线，只给她留了一小部分，不许她的胳膊越过"楚河汉界"。她哭笑不得。

放学后，全班分成若干个学习小组做作业。蕙主动给最笨最淘气的同学辅导讲解。小小的年龄，担负起一大堆重担。

小学三年级时，有一次班主任刘老师去市里开会，让同学们上自习。蕙主动担负起责任，组织大家自习，班级井然有序。放学后，老师还没回来，她把作业收齐，并写了张字条：

老师您放心吧，我组织同学们自习了，作业也完成了。

第二天，刘老师来上班，看到整齐的作业本和字条，高兴得合不拢嘴，对校长说："蕙兰真是个懂事的好孩子！"

同班有个叫李军的同学，先天性小儿麻痹，只能坐轮椅上学。蕙主动承担起接送他上学的重担。李军家住在山坡上。蕙一个弱小女子，自己走山路尚且不轻松，何况推一个比她重的男生。每次推着轮椅车，都累得满头大汗，上气不接下气。不管是风雨交加，还是酷暑严寒，一年四季从不间断。直到小学毕业，他们分别去了不同的中学。

蕙的真诚、无私、纯洁，赢得了全校师生及家长的高度赞扬，年年被评为"三好学生"，中学入团后，年年评为"优秀共青团员"。

蕙这个要强的女孩子，许多方面都是第一，第一批入少先队、红小兵、共青团，考试也总是名列前茅。高考前五次模拟考试中，她均是全市文科第一名。遗憾的是，高考时因审题不慎，看错了几道题，成绩不理想，去北京一流大学读书的愿望没能实现。即使这样，在她曾经就读的中学里，她也是唯一考上大学的学生。邻居们都引为自豪，夸她是山沟里飞出的金凤凰。

二

蕙所在的班级，大部分学生比较单纯，整天就知道闹啊、笑啊，几乎没有谈恋爱的。学校是坚决反对学生在校谈恋爱的。

系辅导员老师姓王，稍微有点结巴、驼背，但人比较厚道。在班级、系里会议上多次强调："上学期间，你们不、不许谈恋爱。"说完自己先笑了，一笑，便露出金牙。

中学时，有一次，放学回家的路上，蕙前面一对男女手拉手，后面的路人，用手指着他们的后背。这一幕给她留下深刻的印象：男女恋爱是不能公开拉手的，否则会被人耻笑。

因此，在大学，蕙与傅新生的恋情自然没有公开。许多学生谈恋爱是秘密进行的。

但是春心是关不住的，男女同学的相互吸引，就像蝴蝶生来爱鲜花一样，男同学的目光和心思自然在女孩子身上。许多男同学便悄悄瞄上了蕙，暗恋她。为了赢得她的芳心，本班的、外班的男生纷纷以各种名义找她，以各种方式表达自己的情感。有送书法作品的，有送篆刻作品的，有写诗的，有送书、送磁带的，各显其能。有一个男生叫王刚，因痴心过重，甚至失去理智。

一天，王刚喝了酒，借着酒劲，敲开蕙他们班的大门。在走廊的尽头，他对蕙兰说："蕙兰，昨晚，我梦见了母亲，她鼓励我向你表白。"

蕙低头不语。他看蕙没有反应，扑通一声，双腿跪下，吓得蕙扭头跑回教室。

从那天开始，胆小的蕙不敢去上课。过了几天，由同学陪着，才敢去上课。

大学的蕙，用同学的话说：清纯、美丽、脱俗。白里透红、鲜艳无比，明眸皓齿，就像出水的芙蓉，亭亭玉立、一尘不染，加上飞扬的文采，让那些情窦初开的师兄、师弟为之倾倒、动心。

一天，不知哪个同学在她的笔记本上留下这样两句诗："气质美如兰，才华馥比仙。"没有留名，是哪位同学写的？蕙心里纳闷，但她也不好意思去询问，就这样一直存留在心中，像个谜。

一天，一个比她高两届的老乡来班级找她。

"蕙，我班有个男生看上你了，他父亲是市政府××部长。"正统纯洁的蕙，一听就来气了，"义正词严"地说："大哥，请你转告他，不要拿老子的地位与我谈感情。"

"蕙，你也太正统了。"那大哥笑笑，离去。

同班有个男生叫马健，在蕙的前桌，来自大西北，有着西北人的豪爽，也有一股野性。他思维敏捷，有自己独到的思想与见解，但也比较偏激，有些观点常常出人意料。他经常回头与蕙交谈，眼镜后面一双大眼睛，大嘴、厚嘴唇，说起话来滔滔不绝。

"蕙兰，未来的马克思就是我！"

蕙心中暗暗发笑，他太自信了，未免太狂傲，说大话吧。

男生在女生面前显示才华也好，夸大其词也好，都是为了讨女生喜欢，树立自己的形象，这是他们的共性。蕙总是不以为然。她是秀外慧中的公主，内心自然也骄傲，一般男生她是看不上的。无论男生如何百般暗示，蕙佯装糊涂，何况傅新生已在她心中占据一席之地，是不会再装下别人的。专一的蕙，太重感情了。除非她不去爱，要爱就爱得火热，爱得彻底，全身心去爱。这样的人往往容易受伤害。只是出于面子，也为了遵守学校的规定，傅新生与蕙的关系还没公开，见面也不是很频繁。

马健喜欢蕙，爱她在心口难开。虽然他想尽各种办法想让她明白他的爱，给她写诗，送她信纸、书等，但蕙在给他的回赠诗中，总是带上友谊的字样，婉转地拒绝他。

一天课间，马健又回过头来，对蕙说着重复的话："蕙，你知道吗，我就是未来的马克思。"

蕙忍俊不禁，一笑了之。

临近中秋，一天，马健笑呵呵地邀请蕙：

"蕙兰，明天是中秋节，晚上我们一起去赏月吧。"

"去哪儿？"

"二尖山。"

"都有谁呀？"

"就我们俩。"

"就我们俩呀？那我不去。"蕙毫不犹豫回绝了他。马健暗暗生气，又不敢表现出来，只好悻悻地走开。

蕙的同班同学秋叶和芳芳是她的好友。因为她们都爱好文学，喜欢舞文弄墨，喜欢歌诗舞蹈。秋叶来自农村，性格倔强，像个假小子。因为长相平平，个子也不高，追她的男生很少。有时，她便主动发起进攻，结果大失所望。她受"文革"影响太大，说话一本正经，高谈阔论，好说教，同学们暗地里都叫她"马列主义老太太"。

芳芳来自大西北的城市，但家庭是普通人家，不漂亮，但非常朴实，长相属于春妮式，有些贤妻良母的气质。她的歌唱得好，在全校汇演时，一首《小海螺》，唱得甜美，赢得了一个美男子的青睐，与她谈起恋爱。那个男生比她小三岁，也不嫌她大。

他们恋爱时，一生气了，就找蕙帮助传递纸条。每次他们和好了，芳芳都像小鸟一样跑到蕙面前，感激地望着这个小红娘。

三

八十年代，人们的热情如火山一样爆发，尤其是汇聚在一起的年轻人，赶上思想解放浪潮，更加活跃、生机勃勃，如地下的岩浆奔涌。全社会的文学热度很高，伤痕文学受到大家普遍欢迎。《天云山传奇》《这是一片神奇的土地》《班主任》等等，酷爱文学的蕙兰，读起这些书如饥似渴。

大学的生活丰富多彩，尤其是文学活动很多，如文学大赛、书法展、绘画展，等等。只要你有才华，可尽情展示发挥。

一九七八级有一个班，自己办了一块"自留地"——板报，抒发各自的情怀。一个有才华的男生，经常投稿。他写了一篇杂文，是讽刺教学质量的。文章说："下课向一老师借一张照片，老师不知何意。他答：近患严重失眠症，只有在听您讲课时，才能睡着；为彻底根治此病，想借您照片悬于床头。"老师望着这个调皮的学生，气得哑口无言。

五四青年节，学生会举办了盛大的篝火晚会。

夜幕降临。露天体育场，学生们尽情唱，尽情舞。学生会主席刘东是个很有激情的人，他演讲时说了一句很经典的话——"我们的血总是热的"，在全校流传开来。

晚会结束，回到宿舍，余兴未消的蕙总结了两句话："美在翩翩起舞中，乐在集体的环抱中。"并把自己的感想写成一篇稿件，广播站播放后，在全校也流传开来。

七月盛夏，海滨市气候湿润，海风习习。气温通常不超过 30 摄氏度。

蕙大二。夏天，期末考试结束后，一九七七级学生毕业。

学校为他们举办了隆重的毕业典礼。

校团委书记高志强，找到时任校团委委员的蕙。小眼睛眯缝着笑着说："王蕙兰，交给你一个光荣的任务。"

"啥任务？书记。"

"代表全校在校生，为七七级毕业生致欢送词。"

"好的，高书记。"蕙很痛快地答应了。

从小学到大学，蕙一直是学生干部，上台发言，是常有的事，所以丝毫不打怵。

在学校大礼堂，欢送七七级毕业生典礼正在进行。校领导、七七届毕业生代表讲话后，蕙落落大方，微笑着，腰板笔直、脚步轻盈走上讲台，站在麦克风前，用清脆、响亮、柔美的声音说：

"尊敬的七七届大哥哥、大姐姐们……"刚开头，台下一片窃窃私语和笑声。他们感觉这个小师妹好可爱。

蕙停顿了一下，又用激昂的语调说下去：

首先，请接受母校在校全体同学们的衷心祝贺吧！祝贺你们以优异的成绩，圆满完成了大学四年的学习任务，在祖国最需要建设者的时候，担负起重任，奔赴各个岗位，充分发挥你们的聪明才智，大显身手。

虽然你们可敬可亲的身影即将在校园内消失，但是你们的一言一行，身先士卒，处处体现出八十年代先进青年的精神风貌，给我们留下难以忘怀的记忆。你们有理想、有追求，勤于思考，面对现实，勇于创新，发奋读书，分秒必争，表现了中华民族坚忍不拔的民族精神。你们求美的精神、渊博的学识、丰富的阅历、坚韧的毅力、朴实无华的风格，无不使弟弟妹妹们深深留恋和敬佩……

我们相信，你们用汗水浇灌的青春之树，一定能在校园内生根、开花、结果。在你们即将离开母校的日子里，祝福你们前程似锦，大有作为。海阔凭鱼跃，天高任鸟飞……

第四章

一

夏季的滨海市是著名的避暑胜地，凉爽宜人。家里不用空调，也能安然入睡。一个个海湾沙滩，可以尽情畅游，成为人们夏季旅游度假的好去处。

六月的一个星期天，傅新生提议与蕙一起去走滨海路。

"太好了！"蕙爽快地答应了。

酷爱自然的蕙，本来就喜欢散步，到海边漫步，有高山大海相伴，既锻炼了身体，享受了自然美景，又有心爱的人陪伴，两全其美，多么令人心旷神怡啊！她早就有这个打算了。傅新生一提议，正中她下怀。

那天，风和日丽，阳光灿烂。海格外蓝，把天空也映照得湛蓝无比。他们的心情像阳光一样明媚。一大早，他们就出发了，心中盛满了爱与甜蜜，脚步格外轻盈，心儿就像风一样自由舒畅。

滨海路是沿着海边修建的一条公路，依山而建，有的地方地势比较险峻。往往左边是山，右边就是悬崖峭壁，峭壁下就是大海。滨海路是滨海市的一条靓丽的风景线，无论是当地人还是外地人，都要来这里一游，或步行，或开车，欣赏沿途风光。

滨海路有 12 个主要景点。每当春暖花开的季节，驱车行驶在这条公路上，一边是长满针阔叶混交林和盛开着火红杜鹃的山麓，一边是烟波浩渺的大海和千姿百态的礁石岛屿，沿途美不胜收。山因海而刚俊，海因山而温柔。山海礁岛，相映生辉，形成了独特的海滨景色。它像是一条飘逸的玉带，12 个景点就像是镶嵌在玉带上的 12 颗珍珠。

为了避开汽车尾气，傅新生与蕙选择了山上的羊肠小道。他们在曲曲折折、高低不平的小路上、树林里穿梭，虽然路不好走，有些累人，但可与花草树木邂逅，呼吸自然的凉爽与芬芳，心与自然更加贴近，更加融合，居高山之巅，观辽阔大海，其乐无穷矣。

他们兴奋地走着，不知什么是疲倦。翻过了一山又一山，越过了一岗又一岗。不知不觉两个小时过去了，他们不觉得累。热恋中的人，好像有使不完的劲儿。当爱情与青春握手、与自然融合时，便会散发出最迷人的魅力。

当他们站在高山之巅，眺望大海时，兴奋舒朗的心情难以言表。一望无际的大海顿时开阔了心胸，清新的空气浸润心扉，把五脏六腑都洗涤了一番。蕙的心，快乐得像小鸟一样，在自然的怀抱中展翅飞翔。她情不自禁地唱了起来：

> 我愿是只小燕，
>
> 天天飞在你的身边，
>
> 带着我心中的爱，
>
> 向你述说万语千言……

傅新生望着小鸟一样的蕙，兴奋得两眼放光。

"你唱得真好听。你能永远像小燕子一样飞在我身边吗？"

蕙会心地一笑，算是回答。

那时的蕙天真烂漫，无忧无虑，有多少憧憬、多少纯真、多少欢乐啊！

二

走累了，他们便在山坡上席地而坐。

遥望蔚蓝的大海，记忆像长了翅膀，掠过蕙的脑海，她情不自禁想起如烟的往事，兴奋地与傅新生聊起来……

"小时候，正值'文革'后期，那时流行的只有革命样板戏和革命歌曲。因为我喜欢唱歌，到谁家，谁家都让我唱，所以得了不少毛主席像章，至今妈妈还保存着呢。"

"是吗。"傅新生深情地望了一眼蕙。

蕙天生一副好嗓子，一个好身段，加上母亲的遗传，从小就能歌善舞，小学到大学一直是文艺队的骨干。

"《红灯记》中小铁梅、李奶奶，《沙家浜》中阿庆嫂的段子我都唱过。芭蕾舞剧《白毛女》中喜儿、《红色娘子军》中吴琼花的舞段我跳过，因此得了'小铁梅''喜儿'的绰号。在文艺队时，民族舞，如西藏舞、新疆舞、朝鲜舞，也都跳过。"

　　"你真行！"傅新生夸着她。

　　"上小学时，我身兼双职，既当班长，又当文娱委员。每天上课前，班主任高老师都让我起头，全班同学一起合唱。唱完一首，老师总是露出欣喜的笑容，高兴地说：再唱一首吧。"

　　"我们得到老师的夸奖，唱得更起劲了。一个个摇头晃脑，扯开嗓子，引吭高歌。那样子一定好可爱。我们的老师常常陶醉在学生们的歌声中而露出晶莹的泪花。她一定因孩子们的歌声而想起自己的童年、少年以及失去的青春，怀念起遥远的过去……"

　　"那时，我们经常到附近的山上学农。春天播种，夏天除草，秋天收割。傍晚收工时，排着长队，踏着夕阳，扛着镰刀，边走边唱：

　　　　　　我是公社小社员

　　　　　　手拿小镰刀

　　　　　　身背小竹篮

　　　　　　放学以后去劳动

　　　　　　割草积肥拾麦穗

　　　　　　越干越喜欢……"

　　说着说着，蕙就轻声唱起来。儿时的歌，记忆深刻。

　　"那蜿蜒的山路，玫瑰色的夕阳，劳动的愉快，歌声的悠扬，在我幼小心田里，留下深刻的印记、美好的回忆——如诗如画、无忧无虑的童年！"

　　"我们那时的童年真是快活。"傅新生附和着说。

　　蕙越说越起劲，话匣子像闸门一样打开，一泻千里。

　　"新生，你还记得中学生活吗？那时我们班与班之间、学校与学校之间，每次开会都自发地热烈地展开拉歌赛。'六年一班来一个！''七年一班来一个！好不好、妙不妙，再来一个要不要？'……那时，我常常是担任指挥。歌声此起彼伏，一浪盖过一浪，汇成歌声的海洋。那场面、那气势，真让人跃跃欲试，按捺不住心中的激情。"

"哦，你还是个小指挥家呀，真是多才多艺！"傅新生热情洋溢地说。

"中学时代，我们学校的文艺队尤为活跃，经常到工厂、农村演出，慰问工人阶级。在文艺队，我还担任过队长呢。指挥、独唱、独舞样样都尝试过。"

"你是个多面手啊！"听了蕙的介绍，傅新生更加爱慕她。心想，一个才貌双全的女子，真是不可多得。

"别打岔呀。"蕙，正在兴头上，回忆如潮……

初一时，有一次全校开大会，学校党委书记竟然让担任校团委委员的蕙主持会议。她梳着两条大辫子，亭亭玉立、落落大方，声音洪亮、有条不紊，像个大人似的，成功主持了大会，得到校领导和老师的交口称赞。

初中二年级时，空政歌舞团来招人，校领导推荐她去考试。她与母亲商量。母亲把学习、考大学看得比什么都重要，劝她："只要有机会，还是考大学。"她是个听话的好孩子，虽然她酷爱艺术，但还是忍痛割爱放弃了。

果然，一年后，高考制度恢复了。蕙不得不佩服母亲的远见，又投入到紧张的学习中。初升高，她一举考上了全市最好的省重点高中。不久，文理科分班，考上理科甲班的她，又毅然决然地选了文科。那时对文科班颇有偏见，人们认为学习不好才去文科班。

的确，文科班的很多学生理科成绩很差。而蕙不同，她文、理科成绩均衡，文科突出，理科成绩也在优良之列，只是出于对文科的喜好，才选择了文科。

一次，学校举办体操比赛，排顺序时，竟然把文科班忘记了。班主任朱老师是抗美援朝时的老战士，性情耿直，脾气也大。她找到负责比赛的老师，理直气壮地大声质问：

"我们文科班怎么了，矮人一等吗？"吓得那个老师忙不迭地赔不是："对不起，对不起，马上安排。"……

"蕙，想什么呢？"

傅新生看蕙痴痴地望着大海，问。

傅新生一句话，把她从回忆中唤回。

"哦，想起了往事。"

"休息好了？我们走吧。"

"好的，走吧。"

两人说着站起来，开始往前走。

三

傅新生与蕙沿着海边的山坡，不知疲倦地快乐行走。从山上往下望，一个个环形海湾里，雪白的浪花拍打着金黄色的沙滩。岩石下，可清晰看到几个年轻人在那里弹琴。大海、蓝天、沙滩、浪花、吉他，还有蓝蓝大海上飘荡的点点白帆。"多么美丽迷人的画卷啊！"蕙情不自禁地指着前方海湾说。

"是的，太美了！"傅新生附和着说。

这一幕像电影画面，印在蕙脑海中，清晰而难忘。

蕙的心陶醉了，因为兴奋与喜悦，也因为运动，她的脸红扑扑的，像盛开的桃花。新生望着蕙惊呆了，被她的美震慑了。蕙从头到脚散发的清新与芬芳，把一个热恋中的男子彻底征服了。

到了山山岛宾馆，本来出入是要证件的，然而当他们大摇大摆从大门走进去时，竟然无人拦阻，好像他们是住在这里的贵宾。上帝也格外偏爱这对热恋中的年轻人，嫉妒这对金童玉女。

用了四个多小时，他们几乎走完了滨海路全程。爱的足迹印在每一条小路上。浪花为他们欢歌起舞，树木也拍掌助兴，见证了这对恋人漫步滨海路的幸福时光。因为有了爱，滨海路成为最美丽最难忘的一段爱情旅程。路有多长，情有多深。

四

距离中秋节还有十几天，傅新生就约蕙去海边赏月。蕙爽快地答应了。因平时忙于学业，她经常回避傅新生的约会。爱心似火的傅新生，却巴不得天天与蕙厮守在一起。

傅新生天天盼着中秋节早一天到来，度日如年般。梦想着月光如水的夜晚，与心上人相依相偎，漫步在月光下、大海边，该是多么惬意啊！

终于盼来了中秋节。夜幕降临了，傅新生提前半个小时就到了约会地点，"二尖山"脚下，望着校园的方向。半个小时过去了，还不见蕙的身影。傅新生开始着急起来，一个劲地看表。夜幕降临了，蕙怎么还不来呢？又过了十分钟，有三个人向着他的方向走来，一男两女。那个苗条的身影一看就是蕙。另外两个是谁呢？蕙怎么还带着两个同学来约会？傅新生心里纳闷起来。

"新生，让你久等了，我们来晚了。"蕙微笑着说。

"我来介绍一下，这位是杨哥，这位是芳芳。我们一起去赏月好吗？"

"哦……好吧。"傅新生满心不高兴，又不好表现出来。

他们四人向海边走去。傅新生与蕙走在前面。蕙轻声说："杨哥叫杨毅，比我高一届，外贸系的，是个孤儿，又没有女友，人老实厚道。为了帮助我提高英语听力和口语水平，他把磁带送给我，使我很快找到了学英语的窍门。我觉得他一个人挺可怜的。芳芳是我同宿舍的好友，你见过。今天就约了他们一起来赏月，你不介意吧？"

"不介意，谁让我爱屋及乌呢。"傅新生虽然心里不大高兴，但嘴上还是说得动听。

这是心里话。谁让他喜欢蕙，爱得心切呢。

来海边赏月的人比平时多了许多。仨一群俩一伙，或散步，或坐在沙滩上、礁石上赏月。

月亮像一个仙女，款款地从山的后背露出芳容，将山峦远远抛在后面。

中秋的月亮又圆又大，晚风柔柔，轻抚面颊。杨柳依依，情侣相偎。柔美的月光温馨着每一个地方，映照在水中，平静的海面一片银光，像碎银跳跃在海面上。万物都在月光下朦朦胧胧，情景交融，使人心荡神驰。

在这美好的夜晚里，爱情与友情相伴，蕙的目光如湖水般清澈，笑靥如桃花盛开。他们沿着岸边漫步，借着如水的月光，心更加贴近，情更加深切，爱愈加缠绵。

百灵鸟一样的蕙，又唱起印尼民歌：

> 皎洁的月亮高挂天空，
>
> 把大地照耀得明亮，
>
> 四处一片银光，
>
> 使我多么幻想……

芳芳也加入了合唱：

> 我纵情歌唱，
>
> 歌唱心中的爱情……

唱累了，走累了，他们找块礁石坐下。蕙从包中拿出月饼和葡萄。他们一边吃月饼，一边赏月。

蕙想起古诗，轻轻念道：

> 海上生明月，天涯共此时。

傅新生也诗兴大发道：

> 春江潮水连海平，
>
> 海上明月共潮生。
>
> 滟滟随波千万里，
>
> 何处春江无月明。

受他们二位感染，杨哥也感叹道：明月几时有，把酒问青天……

最后两句他们异口同声道：但愿人长久，千里共婵娟。

说完，几个人不约而同地笑起来。

忽然，从不远处传来玉笛声声，笛声悠扬、缠绵，仿佛要把人带上月宫，在万里长空，与嫦娥一起舒展广袖。月光、大海、笛声，伴着哗哗的潮水声，仿佛天堂般，令人陶醉。蕙的心被幸福感充盈了，仿佛潮水在月光下涌起。

晚上十点多，他们才回到学校。

五

蕙他们班级漂亮女生多，是全校出了名的，"校花"就有好几个，得到很多男生的青睐。经常有外班男生来敲门，找某某女生，男同学自然不高兴。近水楼台不能先得月，不管男生如何表现、献殷勤，可是女生没有一个跟本班男生谈恋爱的。

背地里，女生们常常议论，说句良心话，男生没少为女生出力。一到搬家、放假回家，扛行李、搬箱子的重活，都是咱班男生承担。可是一谈感情，女生都不接受。有几个女生与外班男生谈起恋爱。

有一次，一个男生对蕙诉苦："我们为你们付出多少啊，你们女生就不能可怜可怜我们男生吗？"

蕙哭笑不得，反问他："怜悯是爱情吗？"

对方哑然了。

大学校园后面是奶牛场、苹果园，一派田园风光。

晚饭后，蕙常常约上要好的朋友，去那边散步。

漫步在田埂上，吸吮着泥土的芬芳，沐浴在玫瑰色的夕阳里，听着老牛"哞哞"的歌唱。有时，她们会唱起许多优美的歌曲，那歌声便在晚风中轻轻飞扬。有时遇到一对对俊男靓女，年轻人的心相互吸引，莫名的美感与心灵满足使情窦初开的学子心中泛起阵阵涟漪。这就是青春的特质，一个眼神、一个微笑，都会使年轻的心绚丽无比。

学生会的一个男生叫陈军，比蕙高一届。一天，在散步中遇到蕙，他们便一起散步。陈军是典型的布尔什维克，一说话就是"革命"字眼，还常引用伟人的话。

他们边走边聊。蕙兴致勃勃地说："在大自然中散步真好，使人的心灵得到抚慰、净化与启迪。"

"是的，马克思说：……"

蕙扑哧笑出声来。

他们谈论着马克思、燕妮；赞美着简爱、郝斯嘉；朗诵着雪莱、普希金的诗歌……思绪像长了翅膀，在理想与梦幻中飞翔。

边走，蕙轻声唱起《踏着夕阳归去》。玫瑰色的夕阳染红了天边、大地，也染红了他们青春的脸庞。

> 远远地见你在夕阳那端
> 打着一朵细花洋伞

晚风将你的长发飘散

半掩去羞红的脸庞

来吧，让我们携手共行

追逐夕阳的步履

走在林间的小径，撩过清清小溪

那儿有一座小小蜗居

等待着我们踏着夕阳归去

走累了，天也黑了，他们回到校园。

蕙直奔图书馆，看书、查资料。她喜欢那里的寂静。那天，她把散步的体会，写在日记中。她几乎每天都要写日记，这个习惯已经坚持了十几年。

蕙因为爱看海，晚饭后，也常常与要好的同学到海边漫步。

一天，十几个同学在海滨公园海边相遇，便结伴而行。那天，乌云密布，起风浪了，潮水奔腾。她们便朗诵起高尔基的《海燕》：

在苍茫的大海上，

风席卷着乌云，

在乌云和大海之间，

海燕像闪电一样，

高傲地飞翔……

朗诵后，在礁石旁，男女生合影。那天，蕙围着长条白围巾，一身蓝布衣服，马尾辫子，灿烂地笑着，清纯与美丽定格在黄金时代。海滨公园留下了她多少足迹，数也数不清。

第五章

一

这天是周六。蕙大早起来，就见窗外下着小雨。雨丝不紧不慢地从天上往地下扯，就像蕙的心事一样，扯不断，理还乱。她来滨海市上大学三年了，而她的白马王子马上就要毕业分配了。昨天她和傅新生约好，今天去秀月岛海边走走。可天公不作美，下起雨来。计划没有变化快，可能去不成了。

寝室里住四个女生。对面上铺的芳芳，热恋中，昨天半夜才回来，这一刻还在蒙头大睡。蕙洗漱了，接了一杯自来水来到窗前。她要给她那盆心爱的兰花浇水。她想了想，又把水泼掉，把杯子伸出窗外接了雨水浇花。一边浇花一边在心里唱起《兰花草》：

　　　　我从山中来，带来兰花草。

　　　　种在小园中，希望花开早……

她为花浇了水，却望着花儿发怔，心里想着傅新生。平时她最喜欢唱的就是《兰花草》，经常挂在嘴边，今天唱起这首歌，心中涌起淡淡的惆怅，因为离别就在眼前。

自从她的白马王子俘虏了她的心，心里一刻也放不下傅新生。尤其是眼看就要毕业分配，他们就要天各一方，分别在即，心中愁肠百转，个中的滋味只有自己知道。

蕙放下杯子，穿上雨鞋，拿上雨伞。她打算去食堂吃饭，在食堂，也许能见到傅新生。

蕙买了两块发糕，一杯豆浆，拿到餐厅墙角的末位坐下。一边吃一边环顾，就是不见傅新生的身影。

傅新生同室的周大伟走过来，说："蕙，你瞅啥呢？傅新生出去了。"他们的恋情，在大三时，才公开。

蕙一边收拾餐盘，一边说："他去哪了？"

周大伟说："你是他的女朋友，都不知道他去哪，我哪能知道。"

蕙瞅着外面的雨帘发呆，吃进嘴里的发糕也不知道是啥滋味。心里一个劲地嘀咕，这下雨天气，傅新生大早出去，究竟去干啥？

原来，傅新生去邮局了。

傅新生遇到了闹心事，一宿没睡安稳。他昨天下午从学校图书馆回来，路过收发室，看看有没有他的信。可巧，就有他一封。而且这封信，是他最怕见到的信。这封信，是他的妻子李桂枝从老家公社邮电所寄来的。

傅新生报考大学的时候，在报名表上是填了未婚的，因为那时上大学的大多是未婚的，若是让人知道他娶了农村媳妇，面子上多过不去呀。虚荣心战胜了诚实。他是个农村青年，希望将来毕业，能到大城市发展，寻找更广阔的发展空间。他在大学里入了党，担任了系学生会的宣传委员。

他深知隐瞒婚姻状况，是对组织的欺骗，一旦败露，要承担什么后果。傅新生千方百计地不让事情败露。他几乎每天都要往收发室跑一趟，取回系里的报刊信函，主要是看看有没有自己的信件。他成了系里的义务收发员了。四年来，李桂枝的每一封来信，都在第一时间落到他手里，从无差错。他总是在没人的地方看完妻子的信，随即销毁，不露声色，不留痕迹，不留后患。

李桂枝是个只有小学文化的农村妇女。她的信上，除了絮叨庄稼咋样啦，女儿小月咋啦，家前屋后猪鸡鹅鸭狗啦，从来就没有一点温馨的话语。李桂枝不谙风情，土得掉渣。傅新生拿李桂枝与蕙比，就好比癞蛤蟆比天鹅。在傅新生眼里，蕙如天上一颗星，落在地上还亮晶晶。李桂枝就是一块土坷垃，掉在地上就找不着了。

李桂枝在信上说，女儿小月肩膀上长了一个疖子，又红又肿。公社卫生院的医生看了，说不准，让她们到大医院看看，她要带小月来滨海市，去大医院把疖子拿掉。还说，小月六岁了，很快上学，带她来大城市溜达溜达，长长见识。这女人还在末尾写了"我想你"三个歪歪斜斜的大字。这是李桂枝四年来，头一回写的夫妻话，让傅新生胆颤心惊。

傅新生头两年的寒暑假都回去。自从迷恋上蕙，第三年的暑假就没有回家。放假了，他不回家，去哪里了？李桂枝心中纳闷起来，女人天生敏感。"我想你"三个字，是李桂枝的心声。傅新生一边点火烧信纸，一边心里忐忑不安。

原来，傅新生以与同学去旅游为名，留在了学校，与蕙一起读书，写诗，去海边散步。他越来越离不开蕙了。

傅新生害怕李桂枝来。他想，千万不能让她来。她一来，他就成了陈世美，他和蕙的恋爱就要烟消云散。说不准，他还要受到校方的处分。学校正在毕业分配，他是党员，又是学生会干部，分到北京是十拿九稳的。一旦愿望实现，就成为北京人了。到那时，他回趟老家，和李桂枝悄无声息地办了离婚，回头再跟蕙结婚。这是他蓄谋已久的愿望。李桂枝只要一到滨海，他这个愿望，就会像泡沫一样破灭。

傅新生爱蕙是真心的。他认为，他和李桂枝是夫妻关系，夫妻关系是需求关系。他认为，需求关系不是爱情。他有时也觉得自己是有妇之夫，跟蕙恋爱是欺骗她，是不道德的。但他太喜欢蕙了。他从第一眼见到蕙，就被她的清纯的容貌和不凡的气质折服了。其后，蕙的才华和温柔细腻的情感，又深深地吸引了他。他的心就像长了线，不由自主地被她牵引了。傅新生爱蕙是真心的。然而他们除了牵手，从无越雷池一步，他也只能望穿秋水，望梅止渴。

眼下面临毕业分配，傅新生和蕙也面临着悲欢离合。在这个节骨眼上，李桂枝带着女儿要来，这不是肚脐眼贴膏药，没病找病吗？无论如何，也不能让李桂枝娘儿俩来。他一夜没睡，天一亮就给李桂枝写了一封信。信上说，"学校正搞毕业分配，我正在外地毕业实习。你娘儿俩来了，也见不到我。小月不算啥大毛病，在哪个医院都能做手术。你们现在千万不要来。"

傅新生把信寄了，还是放心不下。他担心，信走得慢，李桂枝还没等接到信，就动身来学校了。为了保险，又给李桂枝发了一份电报。电文只有五个字："不要来，等信。"

傅新生从邮局出来，才松了一口气。

这时，雨停了，太阳从云中露出笑脸。傅新生在街边小吃摊上吃罢早饭，回到学校门前。他老远就见蕙一身白色运动服，背个红色旅行包。

蕙娇柔地说："你去哪了？不见人影，我都望眼欲穿了！"

傅新生赔笑说："对不起，我有事出去了。"

蕙说："天晴了，咱俩的计划，还实行不？"

傅新生打发了李桂枝，心情轻松了，说："实行，实行！咱俩这就去。"

二

傅新生和蕙来到秀月岛。先乘小巴，又倒客轮，到岛上已近中午。

小岛四面环海，风光旖旎。蕙被海岛的自然风景所陶醉，乐不思归。

傅新生却是忧心忡忡。他在来秀月岛的路上，突然想到李桂枝娘儿俩有可能正在来滨海的路上。他想，李桂枝是个一根筋的女人，很有可能说来就来。如果她今天来校，明天全校都知道他老家不但有个农村老婆，还有孩子。他不但要受到学校的处分，还要被退回老家农村，蕙也会自然而然地离他而去。他越想越害怕，心情抑郁起来。

蕙是傅新生爱恋的女人。他是不情愿让自己心爱的女人像彩云一样地从身边飘走的。他想了一整天，决心今天就和蕙把生米做成熟饭。蕙是把贞操看得异常珍贵的，傅新生深信，只要他突破蕙最后的防线，她就会不顾一切地跟他结婚。即使和他分手，有此一夜之欢，他两年的爱恋也不算白费。即使他回到老家做一个农民，也无怨无悔。因为，他曾得到过一个美若天仙的女人。

傅新生主意既定，便陪蕙在秀月岛上尽情徜徉。任由蕙忘情地玩耍，尽量拖延下山的时间。蕙从山崖上采了一捧野花，不小心扭伤了脚。

傅新生面上大惊，心里大喜。他磨磨蹭蹭，搀扶蕙走下海岛，已经是日落西山，暮色苍茫了。两人来到山下，开往城里的最后一班轮船，已经开走了。傅新生窃喜，暗叫："天助我也。"

蕙忧愁地问："新生，没船了。咋办？"

傅新生说："还能咋办？住下呗。"

"住哪里？"

傅新生诙谐地说："住在哪里，都是住在夜里。"

蕙笑了，说："这话有诗意。可是，这是农村，没有旅店。"

傅新生扶了蕙，说："走！咱找家干净的农户，给他点钱，借住一宿。"

两人在山下找到一户人家。户主是个妇女，带个女孩，男人不在家。屋里还算干净。双方说好了，给十五元钱，管一顿晚饭，住一宿。

吃罢晚饭。女房东对蕙说："小妹，你跟咱娘儿俩睡。"

傅新生不高兴，吊下脸问："那，我睡哪？"

女房东说："你睡西边那屋。"

傅新生涎皮厚脸地说："我俩是小夫妻。你咋把我们拆开哩！"

女房东说："咱这里的风俗。外来人留宿，是不能同床的。"

傅新生无可奈何，问："我俩说说话，行吗？"

女人说：“说说话可以，但不许你俩在一屋睡。”

傅新生连扶带搀地把蕙拉进了西屋。

屋的一边靠墙是一盘土炕，一壁堆放了粮食农具，墙角放了一只木桶。屋里弥散着泥土气味。

傅新生和蕙并肩坐在炕沿上，稍事休息。

傅新生温柔地用手搂住蕙，问：“蕙，马上就要毕业分配了。咱校的同学，没有朋友的，在抓紧谈恋爱。有朋友的，都把关系定了下来。咱俩恋爱两年了，也该落到实处了吧。你有啥打算？”

听了傅新生的表白，蕙心里高兴。这正是她要提出的问题。现在，这个问题由傅新生口中说出，她自然欢喜。

蕙微微一笑，却迟疑地说：“你问我？我正要问你哩。你说，你有啥打算？”

傅新生说：“我听说，学校有可能把我分配到北京工作。我是说，你要是没有意见，咱俩结婚吧。咱俩结了婚，你也能到北京了。”

蕙听了满心欢喜，朝傅新生灿然一笑，说：“我妈最大的心愿，就是希望我能早点有个归宿。”

蕙内心充满了甜情蜜意。

傅新生见火候已到，把蕙拥到怀里。

傅新生一边轻轻地抚摸她的脸，一边疯狂地吻她。那种热烈似火的狂热，带着离别的伤感，蕙不知不觉流下泪来。

傅新生信誓旦旦地说：“蕙，我天天热烈地爱你，此情不减，爱你爱到老。”

蕙问道：“你爱我到老？等我又老又丑时，你还爱我？”

傅新生说：“你在我心里，永远不老。”

蕙动情了，面色潮红，颤声说：“等我们老了，咱回老家吧。在山下小溪边建个庄园。”

“你喜欢兰花。我在园里种兰花，我要种好多好多的兰花。”傅新生说。

“那，咱们的庄园，就叫兰园。咋样？”蕙想象力丰富，脱口而出。

“太好了！就叫兰园。”傅新生拍手叫绝。

蕙柔声地说："那多美呀！"她抬起头，望着窗外，眼睛充满了欣喜与憧憬。她简直陶醉了，幸福满溢。

傅新生一看，火候到了。望着蕙脖子下露出的皮肤柔嫩似雪，更加按捺不住，一边吻她，一边用颤抖的手解开蕙的衣服扣子，身体向前倾斜、倾斜……

"啊！"蕙突然一声惊叫。

傅新生吓了一跳，问："怎么啦？"

蕙指着墙壁上的一只壁虎，说："大虫子！太吓人了。"

女房东在门外问："小妹，有啥事吗？"

"你家墙上有四脚虫，我怕。"

女房东说："你来这屋吧。"

蕙一边整理有些凌乱的长发，一边说："来啦，来啦！"

蕙冲傅新生莞尔一笑，然后走出门去。

蕙跟房东娘儿俩同床而眠。傅新生独居一屋。这一宿，两人都没有睡实沉。

第二天天方亮，傅新生和蕙洗漱了，出门离去。

他们乘船，又换了汽车。到了终点，在汽车站下车。路边有个银匠坐在马扎上，拿小锤在小铁砧上打戒指。几个妇女拿着五分钱硬币，一旁候着，说是五三年的五分钱硬币含银，打戒指铮亮。

蕙很惊奇。傅新生说："我兜里一把硬币哩。我看看。"

傅新生正巧找着一枚五三年的五分硬币，说："师傅，咱也打一个。手工钱，咋算的？"

匠人说："錾字收钱。錾一字两字的，一块钱。錾四字的，每字五毛。"

蕙问："都錾些啥字呀？"

匠人说："有錾'一生平安'的，有錾'吉祥如意'的，也有单錾一个'爱'字的。你想要啥字，我给你錾啥字。"

蕙想了想说："给我錾'幽兰'吧！"

匠人说："幽字不好錾，能换个字吗？"

蕙又想了想说："那就錾'兰园'吧！"

匠人把硬币加热，捻成扁条，在模具里轧成戒指的毛坯，又锉磨、抛光，在面上凿上"兰园"二字。

傅新生付了匠人手工钱，道谢离去。

傅新生在街边立住，把戒指替蕙戴上，说："蕙，等我上班后，就给你买只真金的。"

"我不稀罕真金。我只要你真心。"

傅新生拍着胸脯说："我的心，苍天可鉴。我对你的爱，忠贞不渝。我立誓，爱你爱到底，今生今世不分离！"

两人相拥而行，到了校门口，才分开走。

蕙这两天玩得很开心。最令她开心的是，傅新生向她求了婚，并且立誓一生一世爱她。她是笑着跳着回到女生宿舍楼的。

芳芳见蕙哼唱着进门，在上铺探头叫道："蕙兰，你咋才回来！你是不是跟傅新生在一起的？"

蕙惊诧，说："是啊。我们去海岛了。我跟他，啥事没有。"

芳芳说："你是啥事没有。傅新生有事了。他妻子带个六岁的孩子，昨天找到学校来啦！"

蕙面色煞白："啊？不，不可能吧！他没有结婚，哪来的老婆孩子？你弄错了吧？他不会骗我。"

芳芳说："他不骗你？他骗了他的老婆！那女人最近两年明显感到丈夫对她的冷淡，她怕丈夫分到大城市工作，把她甩掉了，突然来到学校，闹得满城风雨。傅新生伪造履历，对组织隐瞒婚姻关系。听说校党委有可能要处分他，取消分配他到北京的计划，要把他的档案关系和人退回农村老家。"

蕙闻言如遭雷击，站在那里，呆若木鸡。一会，眼泪哗哗地流了下来。

真是一场梦，一场噩梦！满怀憧憬与梦幻的蕙，原以为是一个蓝色的梦，色彩斑斓的梦，哪里想到是一个黑色的梦。过去的幸福与甘甜，令人神往的美与爱，原来是这样一场令人恐怖的噩梦！如同惊雷把她的心都击碎了，把她的梦惊醒了，醒来，心境凄绝，悲怆，灵魂也在战栗。

芳芳从铺上下地，说："蕙，你这才知道被傅新生骗了。我们平时没少提醒你，让你别太认真，别太热了，你就是不相信。尽情地哭吧！"

芳芳说完走了。蕙哭了一阵，不哭了。她怪自己受了傅新生的蒙蔽，浪费了纯洁的情感。

蕙这个纯洁天真善良的女孩子，对爱情忠贞专一，越爱得笃诚，这次爱情欺骗给予她的打击就愈发沉重、残酷。她透明的心上留下永远抹不平的创伤，仿佛春天一个绚丽的梦，醒后了无影踪。

蕙头疼欲裂，想出去吹吹风。她昏昏沉沉地走出校园。沿途同学们在她背后指指戳戳，窃窃私语。她心知肚明，人们在议论她，一个清纯少女却跟一个有妇之夫谈恋爱。蕙是哑巴吃黄连，有苦难言，又伤心又委屈。

绝望、痛苦的她，向着海边跌跌撞撞走去……

她想让清凉的海风吹去她的烦恼忧愁，让一切都随风飘散。

三

痛苦的蕙跑到了黑石礁。这里不是海滨浴场，来的人不多。她呆呆地坐在一块礁石上，一坐就是几个小时，从下午一直坐到太阳落山。傍晚的海边已是阵阵凉意袭来。

海水开始涨潮，哗哗的潮声不断，她全然没有听到。一浪一浪的潮水向岸上涌来，把她周围的礁石都淹没了，她才如梦初醒，站起身来，赶紧往岸上跑。可是海水已齐腰深，跑是跑不动了，走起来都很艰难。不会游泳的她吓得大喊救命。环顾四周，却不见人影。胆子本来就小的她，越来越害怕，心都要提到嗓子眼了。

海水涨潮的速度是非常快的，一会水就没到她的胸口了。天哪！该怎么办哪？因为涨潮，离岸边越来越远了，她被海水包围了。她几乎要哭了，于是，大声喊着："救命啊！救命啊！"

泡在冰冷的海水里，孤独无助之感包围着她，使她越来越恐惧，几乎支撑不住了。这时，不知从哪里来了一位青年，脱下外衣，跳下水中，向她游来，不一会就游到她身边，把她连拖带拽带到岸上。

两人浑身都湿透了，衣服裤子往下滴着水。

"大哥，谢谢你的救命之恩。"

蕙感动得一个劲地鞠躬。

"你没事吧？"那男子温和地问蕙。

蕙说："多亏了您，没大问题。"

蕙边说边抬起头来，只见那男子魁梧的身材，高高的个子，有一米八多，浓黑的眉毛下，一双炯炯有神的大眼睛，挺直的鼻梁。

"大哥，你衣服都湿了，真对不起。"

那男子说："没关系，你住哪里？我送你回去。"

"不用了，我就在附近的大学，不麻烦您了。"

"我把你送到大路上吧。"

那男子说着陪着蕙走出海边，到了大路上才道："好，我还有事，先走了，天快黑了，你早点回校。"

那男子刚要转身离去，蕙说："大哥留步。"

蕙摸摸身上，没有带钱，也没背包。情急之下，取下手上的戒指递给男子说："谢谢你的救命之恩。"

说完，她头也不回，向学校方向跑去。

男子手里拿着戒指，还没反应过来，站在那里愣了一会，刚想追上去，蕙已跑到马路对面。

"唉，唉，小姑娘。"那男子喊了两声，蕙也没回头。他只好目送她远去。

四

傅新生把妻子打发走后，又来宿舍找蕙。恰巧宿舍就她一个人。

蕙打开门，见是他，顺手把门关上。傅新生劲儿大，又推开门走进去。蕙看都不看他一眼，木然凝视窗外。

傅新生"扑通"跪在她的脚下，带着哭声央求道："蕙，我是真心爱你的。我回去就和她离婚。你能再给我一次机会吗？"

"我与你再没什么好说的了。你毁了我的爱，毁了我的一生！我的心已经破碎了，你难道还要毁了那个女人的一生吗？"蕙的眼泪又流了下来。

善良的蕙，当自己的心在流血的时候，还在为他人着想。

傅新生也哭了，为他将要失去蕙，也为她的善良而感动。

"蕙、蕙，难道你就这么绝情？我是真心爱你的呀！"

蕙没理他。

傅新生望着这个天生丽质的少女，想起过去似水的柔情，一种强烈的冲动占据了他的心，他不顾一切地把蕙抱住，疯狂地在她脸上亲吻。

蕙的心被哀伤、悲苦所笼罩，神情木然、茫然、凄然。

傅新生放开蕙，又跪倒在地。他一边哭一边说："我将用我整个身心，整个灵魂来爱你，请你再给我一次机会。"

说着，掏出一本诗集，递给蕙："这是我两年来写给你的诗，汇成了集子。"

蕙接过诗集，瞬间，又扔到地上。

这本诗集，是傅新生热恋时写给蕙的爱情诗，一首首，饱含着他对她的炽热情怀，情意绵绵，爱意无限。

傅新生想用这本诗集，唤起她对过去的怀念之情。

果然，善良而又敏感的蕙心动了。这是记录他们爱情历程的诗集，里面留下多少挚爱与柔情啊！

蕙又流下泪来，那双黑艳艳、美丽的眼睛，那张秀美娇柔的面庞，流淌着晶莹的泪珠。

一瞬间，蕙的心，产生了一种怜悯之情、恋旧之感。她拾起诗集。

察言观色的傅新生，一下从她的眼神中感觉到了。他想抓住这最后的机会，仿佛深陷水中的人要极力抓住救命的稻草。他伸开双臂想再次拥抱蕙。可是，蕙随即把怜悯之情收了回去，拿起那本诗集，撕起来。

傅新生绝望地走出房间。

第六章

—

情感受伤的蕙，天天坐在图书馆发呆。

想想刚入大学的时候，她是何等天真欢愉，对未来充满希望。而如今，少女的风韵情怀，已被惆怅、烦闷、哀怨所代替。泉水一样清澈的心境，对未来美好的憧憬都被击得粉碎。

时光飞逝，落叶萧萧、雪花飘飘。转眼大半年过去了。

在伤心忧郁中，毕业的脚步一天天临近，她心乱如麻，心急如焚，不知自己能分到哪里。纯洁的她，没给系领导送礼，她不谙世故，厌恶世俗的一套。何况在那个纯真年代，人与人的关系比较纯洁、简单。

蕙也不想回家乡。虽然她的家乡在城市，她很爱家乡的人，但家乡是重工业城市，严重的污染，让她望而生畏，一想就打怵。在海边学习生活了四年的她，肺腑仿佛被清洗了一遍，再回到那个被污染的城市，对于爱清洁的她，实在难以接受。

转眼就要分离，蕙的同学们愈加珍惜眼前的宝贵时光。

那一年的元旦晚会，同学们使出浑身的解数，预备节目。教室里布置得五彩缤纷。往年都没有贴对联，现在要离开母校了，心中难舍难分、感慨万千，大家争先恐后开动脑筋出对联。蕙出对联最快，并得到了大家的一致认可。于是，对联贴出去了。

看今朝聚海滨朝夕相处四年同窗
待明日别天涯单枪匹马志在四方

横批是：指点江山。

晚会开始了。大家一边喝酒，一边聊天。文体委员带头跳起 16 步舞曲。

几个同学手拉手，欢快地跳起来。前后左右，跳整齐了，很好看。跳了一阵，蕙提议："我们一起跳水兵舞吧。"

刚开始只有几个人响应。跳过水兵舞，又跳俄罗斯乡间舞蹈。动人的音乐唤起了大家沉睡的热情，同学们一个接一个上场了。大家不分男女，手拉手，围成一个大圈，跳起了欢乐的舞蹈。就连最不好动、木讷的同学，也按捺不住内心的激动，加入了翩翩起舞的行列。跳舞的队伍越来越庞大。教室里跳不开了，就跑到走廊里边唱边跳。那情那景真让人热血沸腾。

集体舞跳过，又扭起了大秧歌："二月里来好春光，家家户户种田忙……猪啊、羊啊送到哪里去……"唱到此时，男同学不是在唱，而是在喊在叫。

声音之大，惊动了楼上楼下外系的同学，引来了众多的围观者，整个走廊变成了欢乐的海洋。

跳累了，大家回到教室。一想到离别在即，愁绪悄悄爬上心头，教室里弥漫着淡淡的忧愁。小舟弹起那首如泣如诉如怨如慕的《送别》，随着优美的琴声，大家唱起那首幽怨的歌：

> 长亭外，古道边，
>
> 芳草碧连天……
>
> 一壶浊酒尽余欢，
>
> 今宵别梦寒……

唱着唱着，大家不约而同举起酒杯，男同学一饮而尽，女同学泪光点点。

来自世界屋脊青藏高原的马健，举起酒杯向蕙敬酒时，这个堂堂的西北汉子，竟然痛哭流涕，泪湿手帕。他爱上了班上一个女同学，却被拒绝，向蕙边哭边倾诉，滚滚热泪伴着充满忧伤情调的歌声。

那天晚上，大家都不愿回宿舍睡觉，喝酒、交谈，通宵达旦。最后，蕙唱起《友谊地久天长》，大家不约而同唱起来：

> 怎能忘记旧日朋友　心中能不怀想
>
> 旧日朋友岂能相忘　友谊地久天长
>
> 我们也曾终日逍遥　荡桨在微波上
>
> 但如今，却劳燕分飞
>
> 远隔大海重洋
>
> 友谊万岁　朋友　友谊万岁
>
> 举杯痛饮　同声歌唱，友谊地久天长

转眼，天气一天天热起来。

六月八日那天，蕙到蓉姐宿舍看望蓉姐。蓉姐比她高三届，正在读研究生，是那个孤儿杨毅的女朋友。他们正在热恋。蓉姐心地善良，为人真诚、朴实无华，她和蕙成了好朋友。

到了蓉姐宿舍，蕙刚坐下不一会，杨毅与一个男子走进来。那人看上去二十六七岁，一米八左右的高个子，穿了一件四个兜、洗得有些发白的黄色军上衣，五官平平，小眼睛、平鼻子，穿了一双黑布鞋。蕙低头时，看到他的一只鞋尖竟然开了大口子，像张嘴的鱼儿。

蕙那天穿了一件橘红色紧身美人衫，外罩一套米白色西装，长长的黑发梳理得光光的，在后脑勺挽了一个发髻，酷似宋庆龄那种发型。她雪白的皮肤，亭亭玉立的身材，宛如出水的芙蓉，娇艳靓丽，让人赏心悦目。

蕙礼貌地微笑着打了招呼。

当时二人说了什么，蕙后来全然记不得了。那是一次短暂的邂逅，不一会，那人就告辞了。杨毅对蕙说，那人叫王大江，在报业工作，今天是过来玩的，她也没往心里去。

这个普普通通的青年，无论如何也不能让蕙产生爱慕之情。他既没有翩翩的风度，也没有潇洒的仪表，内涵才华有多少，她也不想了解。初恋的失败，心灵的创伤，足够她痛苦一生的了。她主意已定，不再相信任何人。少女的初恋，人生第一次的热恋，常常会影响一个人的一生。

过了几天，蕙收到一封信，封底是某某报社。

信是这样写的：

王蕙兰：

六月八日相识，心中一直不能平静。毋庸讳言，我所见到的一切，与我夙日的幻想奇迹般地吻合了，而且更具体、更全面。因此，几天来，此事一直在我心中翻腾。我相信，美好的愿望，纯真的追求，能激发出一个人全部的热情和潜能，使崇高的事业得以实现。

毕业分配在即，这沉重的压力，要比以往我们经历的一切艰难的总和，还要大得多。稚嫩的肩膀往往被压垮，从此一蹶不振，稍有懈怠，便能酿出千古遗恨。若有可能，我愿尽微薄之力帮助你。

短短的几天，我经历了人生许多第一次，已深深刻在脑际，并时刻敲击着我的心……

蕙读着信，感到这个男子与众不同，充满自信，比他的年龄成熟多了。

大江出生在一个普通的农民家庭。祖辈都是农民，到了他们这代，父母搬到了县城居住。

他的父亲曾经在镇上一个小单位工作，一场大火，脸被烧伤，虽然保住了性命，却留下了疤痕。在工作中受伤，按理应享受工伤待遇，但却没有得以兑现。这件事，在大江的心中留下阴影，形成了他疾恶如仇、愤世嫉俗的性格。

他的母亲是一个普通的家庭妇女，生养了五个儿女。一家七口人，仅靠父亲一个人的微薄收入维持生活。家境的贫寒塑造了他自强不息、自立独立的性格；父亲的遭遇，又使他拥有了叛逆精神不向命运低头，不随遇而安，只要认准的事，就一往无前，在所不辞。

高中毕业后，他以优异的成绩，考取了吉林大学历史系考古专业。他是家中兄妹中，唯一上大学的，个子也是最高的。似乎几个子女的聪慧与体魄，都集中到他一个人身上了。虽然，他学的是考古专业，但他兴趣广泛，博览群书，加上天资聪颖，博闻强记，成为一个知识面广、文笔流畅的才子。

说来也巧，毕业分配时，他竟然分到蕙兰家的那座城市。但父母希望他回家乡，他便改派回到滨海市滨海报社，成为一名记者。他的表哥，是家乡的副县长，让他回家乡发展，给他安排了好位置，为将来的提拔铺好了路。倔强的大江，没有听从表哥的意见，他不愿顺服命运的安排，他要走自己的路，不靠别人，要靠自己的努力，打拼出一个新天地。

这是后来蕙和他见面时，他讲的。从每天大江寄给蕙的信中，蕙也看出了他执着追求理想的精神与劲头。他在一封信中，曾附了自己创作的散文诗《小溪，一首奋进的歌》：

自己的路偏要自己去寻找，自己的生活偏要自己去创造……

出于对对方真诚帮助之感谢，蕙礼貌地给大江回了信，并表达了自己不向命运低头的心。大江紧接着又来了信：

我真没想到，在你温柔善良的性格中，还有如此坚强执拗的品质，这在女孩当中是很罕见的。清水出芙蓉，天然去雕饰。感觉告诉我，我要寻找等待的就是你。如果说，之前由于你贤良、温柔、待人周到而博得我深深的好感，那么现在我是由衷赞叹了！与其顺顺当当在生命的航程上滑翔，不如多点曲折来充实和丰富我们的人生。鲁迅说得好："不流产、不生育，而等待一个英伟的宁馨儿，固然可喜，但终究什么也没有。"多日来，我心中便有一股汹涌飞溅的激流，一刻不停地冲击我的心胸，产生着一股强劲而神奇的力量，一定要助你成功！古人云：心乎爱矣，遐不谓矣；中心藏之，何日忘之。深固难徙，更壹志兮的橘树，令我由衷敬佩，也是我心性之写照。余心之所善兮，虽九死而犹未悔……

这是一个充满激情与内在力量的男子。看了信，虽然蕙有些激动，但情感方面她仍然无动于衷。

二

毕业离校时间到了。同学们即将劳燕分飞，有的可能远隔大海重洋。蕙是最后一个离开学校的，重情重义的她，为每一个同学送行。

码头。她为马健送行时，马健把一盆文竹送给她，并握住她的手，眼泪哗哗地流了下来："姐，我对不起你。"他们前后座，有时，他因一点小事就发脾气，蕙从不与他计较。今天，分别的时候，他深感内疚了。

"你说哪去了？我们永远是好同学。"蕙安慰他。在分离的时刻，充盈他们心中的只有恋恋不舍和离别的愁绪。同窗四载，朝夕相处，今天却要各奔东西，怎能不使人忘掉以前所有的不快呢？

火车站。蕙把芳芳一直送到车上，她与芳芳抱头痛哭。看到两个女生哭成了泪人，那些有泪不轻弹的男生也哭了，整个站台笼罩在一片离别愁绪氛围中……

列车载着友情、载着离愁徐徐开动了。蕙的心中又响起那首悠悠扬扬的《送别》：

长亭外，古道边，

芳草碧连天……

问君此去几时来，

来时莫徘徊……

按理，蕙应该分配到北京的。她德智体全面发展，毕业论文优秀，是他们那个年级唯一获得优秀的女生。听班主任老师说：财政部人事司来选人时，选中了蕙，但她家乡教育局专门派人把她要了回去。那时候计划分配，哪来哪去。蕙无可奈何。

临走的前一天，蕙又登上了校园内的那座"二尖山"。不少校友在上面，大家都和她一样恋恋不舍。山上一块光光的岩石上，不知是哪位校友题的诗，吸引了大家的围观：

四载风烟过，

而今各西东。

但愿捷足者，

事事永先登。

这首诗，蕙看了一遍就记住了，多少年后还记得。

离校前，蕙与秋叶来到教学楼，与小桥、小树林、小花园依依惜别，淡淡愁绪涌上心头。别了，母校，四年来给我多少心灵的启迪，留下多少难以忘怀的记忆。坐在小石凳上，蕙惆怅、伤感。这些地方留下她多少爱、多少情，多少欢乐、多少歌声啊！如今一切都烟消云散，只留下一场空。

秋叶看出了蕙的忧愁，心疼地劝道："蕙，别太伤感了，人生哪有不散的宴席？上帝还会给你预备更好的人来爱你。"

蕙凄然一笑。

不久，七月来临。蕙毕业离校，回到家乡。

三

蕙本以为，天各一方的大江与她，会因遥远的地理距离而成为过眼烟云，何况他们只见过一面。然而出乎她预料的是，大江不但没有因路途的遥远而中断对她的痴情，反而愈发强烈，几乎是一天一封信。

失恋、分配的不如意，让郁郁寡欢的蕙，心情糟糕透了，整天萎靡不振，躺在床上。虽然有家人的关心温暖，但她仍然闷闷不乐。

中秋节那天，蕙更加惆怅，想起大学，想起海边赏月的情景，伤感袭上心头。

第二天，她收到大江的信。

大江在信中说：

今天是中秋。夜阑人静，皓月当空。与几位朋友闲聊，感受良多。他们听了都笑了，说我太浪漫，太天真，有的干脆说我太痴。我的心被猛然戳了一下，望着皎洁的月亮不时被乌云吞没，一种从未有的伤感袭上心头。真是"人到愁来无处会，不关情处总伤心"。然而"月缺花残莫怅然，花须终发月终圆。不吾知其亦已兮，苟余情其信芳；起舞弄清影，何似在人间。但愿人长久，千里共婵娟"。

虽有许多难言之情在心中翻腾，蛮横撞击着娇弱的心扉，我却要紧紧遏止。很痛苦，但我并不懊悔。我希望在我人生的旅途上，有一些风风雨雨、坎坎坷坷，它会更加磨砺我的意志，增添我奋斗的勇气，体验生活的快乐。你也不要再忧伤，尽快振作起来，拥抱新的生活！将普希金的诗寄予你：

假如生活欺骗了你，

不要悲伤，不要心急！

忧郁的日子需要镇静，

相信吧，快乐的日子将会来临。

心永远憧憬着未来；

现在却常是忧郁。

一切都是瞬息，

一切都会过去；

而那过去了的，

将会变成亲切的怀恋。

尽管大江信中所言与她的精神世界是那样相像，蕙的回信却是理智又冰冷："过去的并没有成为我亲切的怀恋，反而增添了我无尽的忧伤，命运为何对我如此不公？生活为何要欺骗我？感谢你的安慰，谢谢你真诚火热的心。你强而不平衡，你的心好像倾斜了……"

大江在回信中苦口婆心安慰她：

当我们不能左右自己时，常常感到命运的存在。我是在认识你以后才强烈感受到的。因我无法保持心灵的平衡，情感的浪潮奔涌而出，每次理智的思考，不但不能减弱这奔腾不息的激流，反而更加强烈。因此我相信爱神阿弗洛狄忒在向我招手。

你知道我盼你的心情，也知道我苦望中梦的泪、泪的梦，你成了我通心的药剂。我甚至为能有这般经历而自豪，因为我没有平庸地等待世俗的淡泊生活，你能理解我，使我感到一切的一切都是值得的。人生得一知己足矣！我相信命运赋予我的力量，使我能够战胜一切。我这不是自负，也不会自卑。生活在于创作，幸福在于创造。创造是一种最大的快乐和安慰。而对于真正的创业者来说，有多少苦痛就有多少欢乐，因为他的快乐是从苦痛中获得的。

你有思想，有追求，温柔而不失刚强，文静而不失热情，活泼而不失庄重，热烈而不轻浮，好思而不多疑，周密而不懦弱，倔强而不愚钝，素雅却绝不逊于娇艳……这一切的一切，第一眼短暂的相见，我就感觉到了。你的身上具有一种不同于一般女孩的独特气质，产生了一股不可抗拒的吸引力。这一切的一切，掀起了我从未有过的执着、热烈的感情巨澜，恰如灼热的岩浆，喷涌而出。虽然我有苦闷惆怅，可当我看到爱的翅膀，托着美丽的梦飞入现实，梦中的泪珠蕴孕了蔷薇色的梦之花，我真是欣喜若狂。

我不要什么山盟海誓，做出惊天动地的许诺，我只说一句：我爱你！就像磐石扎根在我心里。即使有人毁了我身躯，击碎了我的心，它的每一块也都是真诚，是爱，是坚贞、纯洁的爱！

我不想向你许诺什么，不愿在这神圣的爱情里掺杂哪怕是一丝庸俗，把理应做出的牺牲与奋斗，当成爱情的砝码，讨价还价，如此我将无地自容，这将是对伟大爱情不可饶恕的玷污。

我对你的感情是一时冲动吗？绝对不是。是感情引导着理智，理智驾驭着感情，就像两个轰然作响的巨轮，义无反顾地疾驶。你是一个圣洁的精灵，闯进了我的心中，轻松踏倒了我男性尊严的大堤，带走了我活泼泼的心，我苦盼着爱神快些向我招手，把我带到美丽的塞浦路斯岛。

当我写信时，仿佛在我面前幻化出你的影子。有人说：人痴念到一定程度，便会幻化出一种映像，我多想这是真的呀。所以我要不停地写，畅快地写，使这一切永远、永远！

蕙读着一封封激情四溢的来信，她的心被深深感动了。充满激情、热烈的话语，震撼了她敏感而多情、冰冷而又忧伤的心灵。然而，初恋失败的打击，使蕙心门紧闭，不再接受任何异性的感情。

才貌双全的蕙，从里到外散发出独特的气质与芳香，大江终于遇到了自己理想的爱人，从此陷入情网，一发而不可收，如熊熊烈火般燃烧起来，并蕴含了一种莫名的、无穷的力量。

虽然大江向蕙发起猛烈进攻，她能感受到他的情真意切，他绝非世俗之人，但她的心仍紧闭着，没有接受。大江没有放弃，求爱的情书，依然每天一封地寄给蕙。他充满自信，相信总有一天，他炽热的情火，终能融化蕙已冰冷的心。

第七章　情思绵绵　无尽爱恋

一

八月初，回到家乡的蕙，去人事局报到。幸运的是，她被分配到市政府财政局工作。

……

二

北方的冬天，格外寒冷。元旦前，正赶上三九天，大雪有几尺厚。

大江写信告诉蕙，要来看她，几月几日几点到火车站。没有商量的口气，只是通知她一声。

大江乘了一夜的火车，中间又转了一次车，来到千里之遥的山城。

大雪覆盖了山城，世界洁白一片。

蕙穿了一件咖啡色立领、掐腰呢子大衣，与电影《上海滩》中的冯程程穿的大衣颇像。脖子上围了一条白色厚厚的长围巾，一顶手工编织的蓝色小帽，把她的小脑袋捂得严严实实，娃娃般白净的脸，白里透红，像一朵梅花开在风雪中。

火车站。蕙在熙熙攘攘的人流中寻找大江。只见一个高大的身影在人群中鹤立鸡群。他面朝火车站，蕙看到的是他的背影。他穿着黑色呢子大衣，蓬松浓密的头发带点波浪，匀称的身材，宽宽的肩膀，显得器宇轩昂。

那不是大江吗？比第一次见到的他英俊一些了，头发也烫过或吹过。蕙悄悄站到他的身后，刚想喊他的名字，大江正好转过身来，目光还在寻找。

因为寒冷，怕冷的蕙一下子变得矮小了，一米六七的个子像缩了几公分。大江在寻找印象中那个娉娉婷婷的苗条女孩。

蕙拿下捂住嘴的厚厚白围巾，大江才认出她来。

"呀，你怎么变得这么小了？是不是天冷把你冻的？"

大江细长的眼睛放出欣喜的光，笑着说。

大江一句话就道出了真谛。这是他们分别后第一次见面，也是他们相识后第二次见面。第一次见面时，是在六月的夏季。蕙给大江的印象像一株白玉兰亭亭玉立，身材修长。今日相见，蕙穿着平底鞋，一下子矮了一截，加上戴着小蓝帽子和围巾，只露出两只眼睛，变得像个小孩子。

他们来到蕙的临时宿舍，就在火车站附近。宿舍是办公室改的，没有厨房，只有电炉子。

蕙歉意地说："我这里简陋，做饭也不方便，给你简单做点面条吧。"边说，边做锅、填水、插上电源。

"我来帮你。"

坐了一夜火车的大江，脱下大衣，就开始做饭，他要亲手煮面条，给蕙以温暖。从未做过饭的大江，笨手笨脚只会煮面条，加点酱油、豆油就是他们的饭菜了。尽管如此，大江的心是甜甜的，只要与蕙在一起，吃什么都高兴。对于恋人来说，草屋也是天堂。

吃过饭，他们相视而坐。蕙端庄、矜持，像公主一样，有一种神圣不可侵犯的威仪。大江说："蕙，与你在一起，我有种灵魂净化的感觉，什么杂念都没有了。"

"是吗？"蕙微微一笑，露出一对小酒窝。

是的，蕙天真、浪漫、诗情画意。她的人就像她的名字一样，如空谷幽兰，清新、高雅、纯洁、美丽；又像一条欢快、清澈、柔韧、执着的小溪，从里到外都是透明的。和她在一起，男士们会感到灵魂的升华，杂念荡然无存，剩下的只有一颗爱心，一颗心疼她怜爱她的心。

"蕙，你像小说中的人物。"大江慢条斯理地说着，声音柔和、纤细，带点女人腔。着急的时候，有一点点结巴，鼻子还一起一伏的。本来就小而无光的眼睛，加上熬夜，更加浑浊，眉毛也比较淡。

追求完美的蕙，望着大江，无法爱慕起来。

看到蕙沉默的样子，大江望着窗外飘飞的雪花，对蕙说："蕙，我们出去散散步吧。"

"刚下火车，你一定有些疲惫，还是休息一会吧。"出于礼貌，蕙体贴地说。

"和你在一起，我就不累了，走吧。"大江执着地要出去。另外，他感觉在蕙的房间休息，也不太方便。

这也正是蕙欣喜的事。她喜欢雪，喜欢童话的世界。

"我们去斯大林广场吧。那里有苏联红军雕像，还有鸽子。"

"好的。"

天气很冷，广场上人很少。市政府对面的广场上，苏联红军高大的塑像，在风雪中巍然屹立。这座雕像是为纪念抗日战争时期，苏联红军出兵东北，解放大连而建。成群的鸽子，或在地上觅食，或围绕红军雕像盘旋、歌唱、嬉戏、落脚。

大江与蕙也像鸽子那样，围绕红军雕像散步、踏雪，时而仰望高大的雕像。

一边散步，大江一边为蕙拍照。雪中的蕙，露出甜美的微笑，像一株白玉兰，更加冰清玉洁。只有回归大自然，她的心才会得到一些安慰。

下午回到宿舍，蕙的心中又泛起淡淡的忧伤，大江心疼又恳切地问她："蕙，什么时候你能忘记过去，不再忧伤，和我在一起呢？"说完，长长叹了一口气。蕙低下头，沉默不语。她不想接受大江的感情，又不想伤害他。她的心仍被痛苦煎熬着。

"你怎么想的？为何不说话？"

"我不想结婚，不能接受你的爱。"

"蕙，过去属于死神，未来属于自己。你为什么总是陷在过去的泥潭里不能自拔呢？以色列的国王所罗门有句名言：喜乐的心乃是良药，忧伤的灵使骨髓干涸。蕙，忧郁会使人心碎的啊！"

蕙又叹口气，自言自语道：

"江山易改，本性难移。我的心已经破碎，很难复原。"

"蕙，你不能因为一次的失恋，就从此一蹶不振，不相信任何男人了，好男人还是有的。"

"我不再轻易相信任何人了。"蕙的心执拗着。

"蕙，你……"大江不知该说什么好，无语了。

晚上，大江就在附近的市政府招待所住下，离蕙的宿舍只有几十米。

第二天上午，蕙单位有事，便让好友马大姐陪他。马大姐是蕙的学生，比她大十几岁。

蕙刚毕业，就被邀请到自修大学、电视大学、职工大学讲课。学生大多是工作在岗考来的，有的企业厂长已经50多岁。马大姐与蕙"一见钟情"。这位大姐一米七三的大个子，圆脸，穿戴漂亮，热情、真诚，她们彼此欣赏，成为好友。

大江推心置腹地向马大姐倾诉苦衷。大姐非常理解他，安慰他……

第二天晚上，大江要返回单位上班，心中却是依依不舍。

冬天夜长昼短，五点多，夜幕就降临了。

火车站相送。大江没有得到蕙明确的答复，心中郁郁寡欢，来时那种兴高采烈的劲头大减。

善良的蕙看大江不高兴，不忍心让他带着伤感离去。为了安慰他，就跟在他身后，低着头，怯怯地、像开玩笑似的说："和你好，真的。"一句话把大江逗笑了。

望着眼前这个天真纯洁又透着淡淡忧伤，善良、倔强的小姑娘，大江哭笑不得。放在手里怕掉了，含在嘴里怕化了。你伤感痛苦，她给你安慰；你热烈似火，她冷若冰霜；你退避三舍，她不会穷追不舍。她心中火热又理智，多愁善感又坚强，是一个难以攻破的堡垒。

送走大江后，第二天，马大姐来单位找蕙，苦口婆心劝她："蕙兰，大江是个值得托付的男子，真心爱你，你可要珍惜啊！"

"可是，我怎么就爱不起来他呢？再说，我已经对爱情不抱有什么希望了。"

"你呀，你呀……"马大姐不知如何劝她了。

大江回到滨海市。

随之信件也跟着来到，称呼改成了"我心中的小溪"。

我心中的小溪：

虽然我回到了滨海，但心却丢在你那里。眼前总是幻出我们在一起的景象，甚至你的浅颦轻笑，也都清晰存于我的脑海，刀刻斧凿般坚固……

这两天让我的蕙心里酸酸的，怕真要犯了天罪，天地显灵，使我发烧头痛。所以我不住地忏悔呀、祈祷啊，让我的蕙像小溪一样快快欢笑起来，永远清冽甘甜。

这次回家，妈妈还问我你怎么没来，我说："那里下了一场大雪，把所有的路都封了，她人小，钻不过来哪。"我妈还真有点信了。后来看我笑了，把我数叨了一通。我对妈妈说：会有的，一切都会有的。

我已经不孤单了，因为，你说跟我好！心里有一条清亮亮的小溪。我们的小溪长大了，"要与相识的灵魂结盟"。我查了一下水族家谱，想起一首淡漠许久的儿歌："山泉、山泉你要流到哪里去？我要流到小溪里；小溪、小溪你要流到哪里去？我要流到大江里；大江、大江你要流到哪里去？我要流到大海里。"蕙，朗朗乾坤，昭昭日月，我可不敢有一点编造。

短短两天的相聚，却是我心中的永恒，并使我永远充满力量。一年多所经历的酸甜苦辣，都显得那么微不足道，生活真是不辜负人的。

和你在一起，我真真觉得自己长大了。看你还那么天真烂漫，心中总是涌起一股强烈的责任感，神圣的使命和义务。看你孩子气地对我说"和你好，真的"，那么纯稚，那么天真，真可爱！躺在火车上，我还久久回味这美妙的一瞬。要是生活永远这样，该有多好，我相信会这样的。我走后，对你非常牵挂，真担心你又哭鼻子。这次都怪我，以后可别再哭了，好吗？泪珠挂在你脸上，可不如微笑挂在脸上好看呢。同时，也为你担心，因为你时常流露出淡淡的忧伤。你别再想那么多。你的心是那么纯洁，太善良，太天真；想的多，忧虑就重，烦恼就越多。再见面时，我要看到你这条小溪流得更欢畅，更愉快。冬天来了，春天还会远吗？

我要在十五的月亮里看到你甜甜的微笑哩。

大江

读着信，蕙心里甜蜜、温暖、激动。少女的心翻起阵阵波澜。她忍不住把正在做饭的妈妈，从厨房拉到自己的小房间，按在椅子上。"妈妈，你听，我给你读一段，写得多好啊！"边说边读起来。妈妈闭上眼睛听着，脸上露出不易察觉的笑意："像唱歌似的。"……

春节，大江邀请蕙去他家过年，她回绝了。

大江在信中几乎是恳求："你来吧，你若不来，我年都过不好。无论是过去、现在还是将来，走入我生活的只能是你，心中印刻着你，再也没有任何人、任何事能破坏我心中的安谧和恬静。这是何等的幸福啊！南飞的大雁快快启程吧……"

蕙没有去，只是写信给大江，向他报平安，并祝福他。

过了节，大江从家里回来后，回到单位第一眼看到的就是蕙的信，备感欣慰，他在回信中写道：

蕙兰：

看着你的信，好像你就在我身边娓娓述说着。一条清冽的小溪，轻曼而欢快地向我飘来，浸入我的周身，涌入我血脉，溅起片片红浪。我无法想象，要是没有小溪，大江将会怎样？正因为有了小溪，大江才会奔腾，永不干涸。我要和小溪一起奔流，融入大海，在大海胸间，倾诉深沉执着的情感，在汹涌澎湃的浪花中，追求生活的真谛！

我的思念一天强似一天，时间的流水没有抹平美好的回忆，岁月的风刀雪剑反而把它雕刻得更深。甚至一些细微的小事，都会触动我敏感的神经，使我很快想到你，而这一切时时激发我、催促我，让我想到我还担负着一项重大的使命。

我极力压抑着思念，谁知越压越强烈。出差在北京的十几天，每天都在想你，我越发地感到，我的生活不能没有你。

我的空间有多宏阔，我的爱就有多么博大；我们的距离有多远，我的绵绵思念就有多长。古往今来，谁曾拥有如此磅礴、如此绵长的情爱？这辽阔的蓝天白云间，织满了情爱，那是用不尽的血脉和挚爱的诚心编织的。

这一切都因为有了你，上帝也宠爱你，将如此大、如此厚重的恩惠赐予你。丘比特的金剑射中了你，想想这一切多么让人感奋，小溪应该欢笑才是。

什么时候能认识一个人？就是在风口浪尖上，一个人的力量、价值就是在搏击中才能体现出来，轰轰烈烈地来，壮壮观观地去。

而今小溪来到这个世界已经22年了。22，一个美妙的数字，有多少诗意，多少遐想，多少欢歌啊！要好好珍惜它，每天留下一个甜美的回忆，别再忧伤了，过去的就让它过去吧，重要的是现在和将来。

小溪，你就欢快地流来吧，上帝保佑你！

我心中的思念深深的！

爱你的大江

尽管大江迟迟得不到蕙的回答，有时甚至是冰冷的语气，但他还是几乎每天一封信。一封封信，像雪片一样飞到蕙身边。

他在又一封信中写道：

最近我到了东部的一个小山村，远离都市的喧嚣，投入自然的怀抱，我的身心得到极大的松弛。我非常愿到村口的小溪流经的地方，依着老柳树，看着嫩芽的柳枝，轻吻着跳起跳落的水花，聆听小溪浅吟低唱，全身心便会浸入这诗情画意，给我无限遐想的情景中。这时，就想着你。你如一朵白云，悠然地飘逸、曼舞。我便莫名其妙地以为，你就在我身边，像个小姑娘似的，一会沉入安静的遐想中，一会又雀跃欢畅，一幅多甜美、多怡人的画面啊！这就是所谓的"移情说"吧。我爱小溪，一见到小溪就想到了你……

今日的滨城细雨霏霏，万物滋润，令人神清气爽。晚上外出归来，清风扬起窗纱，潜入车内，抚摸脸颊，真是千般惬意，万般沉醉。弥漫的灯光里，雨雾时淡时浓，景物时隐时现，朦胧中时而笑语欢歌，真有说不尽的诗情画意，恍若瑶池飘落，人间仙境也……

三

　　写信太慢，大江便开始打长途电话。虽然需要通过总机转接，他也不嫌麻烦。

　　蕙住在办公室旁边的宿舍，每天晚上电话铃都清脆地响起。她本来不想接，但，电话不停地响，心软又敏感的蕙，只好接听。大江娓娓道来，话语充满柔情与哲理，久而久之，蕙感觉听大江倾诉，也不失为一种享受。习惯成自然。如果哪一天没有电话，反倒觉得缺少点什么。

　　电话倾诉衷肠，成了他们生活中必不可少的精神会餐。大江在电话中，用深沉的语调，动情的内容，娓娓地讲述着精彩的故事。蕙听得津津有味，以为是别人的故事。不一会，才恍然大悟，原来大江说的是他们自己的爱情故事。蕙只是默默地听着、应着。甜美的声音，娇声玉语，字字珠玑。大江那边高兴地说："真是大珠小珠落玉盘啊！"

　　有一次，办公室上了锁，电话铃声执着地响着。蕙没有钥匙，因不是她的部门。她同宿舍的晓楠，心地善良，听到电话不断响起，用钳子把门上的玻璃撬了下来，把门打开。

　　"蕙兰，快接电话吧。"

　　盛情难却，蕙只好接电话。

　　放下电话，大江兴奋得无法入睡，又拿起笔给蕙写信：

　　心爱的小精灵：

　　一夜欢语，满腹情丝，心有千结，独钟一人。度漫漫之长夜，存悠悠之爱念，虽无长聚之尽欢，却享心恋之陶陶，一曲鹊桥仙。

　　千载事，盼兰归，亘古旷世，天阔地荒；无兰之时，日月无光。

　　集万世之奇观，汇百代之佳酿，兰不予我，奇观黯然，佳酿不甘。

　　心为情煎，度日如年，幽兰倩影，无影无踪；望重山层层，唤香兰声声，江河为之咽，苍天飘雪泪。人间真情，何处再觅？

　　我兰我心，我生我命，情也深深，爱也深深。此心此志，天地可鉴。

　　蕙，我终生的爱！

　　不知秋风高起云追月，碧波飘落水逐舟。

五月时，我曾说，"有了春天，就可以做秋天的梦"。如今，清爽的秋风已吹落了树叶，而一切都还似乎停留在昨天，那颗迷惘的心不知是否还在迟疑？让往昔写满今天的日历，今天的意义何在？

我总相信生活的一切在于创造，否则生活就会停止、窒息。创造是摆脱困境，开拓幸福之泉，唤起澎湃激情的唯一之伟力。

知你心还在渴望，常常使我欣慰，那说明还是不肯、不甘、不愿接受命运的安排，恰如烈焰中一次次腾起不屈的凤凰。

当温馨的欢笑驱散一切寂寞和孤独，我知道那是有一个遥远的等待；当一切失落重新拾起时，那是因为心中还痴存着真诚。

虽是一闪即逝的星辰，却把欢笑和追求留给了我。你潺潺而去的溪流，却把记忆和思念留给了我。这一份割舍不断的眷恋，随着漫漫岁月的流逝而固执地伸展。时愈久，情愈浓；日愈久，思愈深。

转眼又是十月将至，愿你别再有"秋雨秋风愁煞人"之叹，别再有那么多无奈。西班牙谚语：你若有能力，你若想成功，就不该再等待……

不久，大江出差去了海南，回来后，马上寄信给蕙。

读着一封封饱含深情的信件，蕙感动得热泪盈眶。然而，执拗、心灰意冷的她，始终在回信中，理智而礼貌，很少有柔情似水的话语。

每次翻开蕙的回信，大江都在字里行间，寻找他想听到的话，哪怕只一句话，一个字，对他来说，无疑是久旱逢甘霖。有时，他甚至幻想，那字也许藏在信中的一个角落里。方寸之地，他寻遍每一个细小的缝隙，终是一无所得。那时，他的心情好沉重、好难受，仿佛一座巨大的山岩在无情地向下压，于是发出痛苦的呻吟和哭泣。那是一种压抑在内心深处的哭诉，被冷落后的凄凉哀伤。

善良的蕙，心想，爱情不在友情在，作为朋友，安慰他几句，也无可厚非，人之常情。于是，为了安慰大江那颗痛苦的心，有一次破例写了几句关心和体贴的话语。大江看了后，激动得心久久颤抖，流下泪来。在回信中写道：

蕙：

你绝对想象不到，我看了你信后狂喜而晕眩的心情。多日来，每一个字都敲击着我的心。那是小鸟啄破希望的苞芽，而灿然怒放的心花。你的每一个字都啄在我的心上，轻轻的又是深深的，长久而甜美。当我从深深的沉醉中醒来时，竟然不相信你这吝啬的小家伙，怎么一下子慷慨起来，使我无法承受这样的情感，我情愿永远沉醉在这样的梦境里酣睡一辈子。

你再来时，我不会轻易放你走，让你一个人承受漫漫长夜和寂寞，不让你成为一只小孤雁，独自承受风风雨雨。我要你生活在我的爱里，欢悦在我的歌里，陶醉在我的诗里，我们一同去登山览胜，遨游四方，把我们的爱印在山的胸膛，海的心房！

我的小太阳，你快来照亮我的生活吧。我这一生只能爱你，你是我心中最美的小天使，你的歌声比百灵鸟还清脆，比银铃还甜美，你的笑声更让我心醉。你是上帝苦心万载才创造出的一个，以前没有，以后也没有。

蕙看了信，一次次被感动得流泪。她在心中默默地想：如果我的初恋认识的不是傅新生，而是大江该多好，我的心就不会受到如此的伤害。然而我的心已经死了，不再接受任何人的爱。大江啊，你不要再痴情了，你陷得越深，我越痛苦，不能接受你的爱，不是苦了你吗？

50岁那年，思乡心切，落叶归根，大江卖掉别墅与餐馆，回国。

大江没有回到滨海市，而是回到父母的老家，也是蕙的故乡，鲁南郊外一个山清水秀的小镇——百合镇，在那里，买了一块地，盖了一栋别墅，起名"兰园山庄"。

"兰园山庄"是一栋三层小别墅，红砖绿瓦，建在半山坡上。所有的房间墙壁上，挂满了蕙年轻时清纯美丽的照片。那是他为蕙拍的，用心血、用爱留下的最美的倩影。那是蕙的花季，娇艳之花，绽放最美的容颜。照片中的蕙笑得甘甜魅人，谁见到这样的微笑，都会为之心醉神迷……

山庄前有一片园子。大江种上一些葡萄树、柿子树，还有各种蔬菜：辣椒、黄瓜、茄子、西红柿等。院子四周种上了各种花花草草，简直就成了一个百草园。尤其是兰花，他知道，蕙偏爱兰花。他栽种各种兰花与兰草，还有十几株白玉兰树。一到春天，一树春华，满园芬芳。别墅周围还种上了枫树，每到秋天，火红一片。

如今大江要兑现他的诺言，实现蕙的美梦。于是他把在国外赚的钱拿回国，看了许多地方，最后在这里，在这个文化底蕴丰厚、山清水秀的地方，建了这栋别墅。

这个山庄是为蕙而建的，因为以前他们一同游冰峪沟时，蕙曾经渴望有一栋别墅。大江答应过她这一切都会有的。他曾在心中暗暗发誓，一定让蕙的愿望实现。蕙的喜爱就是他的最爱。蕙喜欢别墅，希望拥有一个百草园、一个枫树园，大江牢记在心，他要实现她的美梦。如今，不管她的境遇如何，他要兑现自己的诺言，爱一个人就要用行动来体现，只说不做那不是空中楼阁吗？！

大江还清晰记得蕙写给他的那封信，她说父母一生最大的愿望是回故乡，也许，蕙已经回到故乡，或者因为工作调转难，还在原单位。不管怎么说，我回故乡，建栋房子，即使她还在原单位工作，等她退休了，我们就在故乡团圆，蕙一定会高兴的。

他这样说了，也这样做了。不到一年，一栋三层小楼耸立在依山傍水的山坡上，与红叶谷遥遥相望。每到秋天，满山红叶，让人心醉。门前一条小溪，清澈见底。一到春天，冰雪融化，小溪便唱起欢乐的歌，一路上溅起雪白的浪花。

大江常常来到溪畔，望着溪水发呆。因为他一看到小溪，既高兴，又忧伤，就更加想念蕙。蕙寄托了他无尽的思念，寄托了他的情、他的爱，他的美梦、他的理想。

多少个日日夜夜，夜深人静的时候，他一个人悄悄流泪，想念蕙的心在痛苦中煎熬。蕙，你听到了吗？蕙，我爱你！你永远在我心中，无法忘怀，我把全部的爱给了你，无法再接受任何人的爱。

也有一些女子喜欢他，但是他都婉言谢绝了，蕙在他心中就是圣女、公主、天使在人间，是完美的化身、纯洁的化身，别人无法替代。

她现在怎么样？幸福吗？他思念他，又不敢去看她，既怕惊动她宁静的生活，又怕二十多年的岁月在她脸上留下沧桑，破坏原本在他心中美好的形象。还是让那个纯纯美美的蕙成为永恒的经典，定格在他的心中，留在美好的记忆中吧。可是，他太想蕙了，真想见她一面。就这样在矛盾中他煎熬着。

按照蕙单位原来地址，大江写好信，寄去。几个月过去，石沉大海。电话也打不通了。二十多年过去了，电话早就变了。

每当夕阳西下，他倚在山庄的大门上，深情地望着远方，梦想着，他的心上人踏着夕阳归来，投入他的怀抱。

终于，他还是下定决心，去一趟滨海市，见见日思夜想的蕙。

飞机带着他激动不已的心飞向大海边。

坐在飞机上，他百感交集，就像大海的波涛汹涌澎湃。

他坐的位子正好是挨着机窗。透过小小的玻璃窗，看到的是辽阔的大海，一片蔚蓝映入他的眼帘。大海平静如镜，浩瀚飘渺，使他忧伤的心顿时得到慰藉。大海就是这般神奇，使人心胸辽阔，进入安宁。

望着大海，他思绪万千。

二十多年了，她怎么样了？老了吗？遇到像我这样爱她的人了吗？还是一个人郁郁寡欢？如果她结婚了，孩子也该上高中了，她的孩子也一定像她那样聪慧、漂亮。唉，如果我娶了她，我们的孩子该是多么优秀啊！如果她还没结婚，我一定要娶她，她不答应，我就不离不弃，永远不离开她，不会再像年轻时那样一走了之……

也许蕙还没有结婚，她不会随便嫁人的，她感情丰富、才华横溢，读懂她的人不多，她看上的人也不多。她的心门已经紧闭了，抱定了独身主义。但愿岁月的流逝、上帝慈爱的手能带走她的痛苦，抚平她的忧伤。一想到这，他心中又升腾起一线希望。他抱着幻想，他是个好幻想的人，什么事情都愿往好处想。他称自己是纯君子，他认为那是当之无愧的。

他这样想着，不到一个小时的飞机，转眼就到了，他的心又激动起来，喘着粗气。他是个性情中人，好激动。他说过，他是靠激情而活的人。敏感的、多愁善感的蕙和他一样。他们惺惺相惜，彼此理解；他们博览群书，爱好广泛；他们文笔优美，激情澎湃。他们的共同点太多了。如果不是蕙初恋受挫，心门紧闭，他们会琴瑟和谐，创造人间最美的爱情佳话。月有阴晴圆缺，人有悲欢离合。人生总有缺憾，空留遗憾。

他来到蕙的单位，通过人力资源部查找。

感谢上帝，蕙这么多年还在原单位工作。多亏蕙没有转单位，否则，他上哪里去找她呢？

他终于找到了日思夜想的蕙。

在一楼沙发上，他焦急地等待着蕙的到来，百感交集，心中像倒了五味瓶，酸甜苦辣是一齐涌上心头。几次眼泪涌上来，又憋了回去。

一个熟悉的身影向他款款走来，只见她亭亭玉立，身材依然窈窕，白皙的皮肤透着光泽，一头秀发仍然披在腰间。正是夏季，她身着一袭连衣裙，蓝底白花，古朴中透出典雅，文静中显出高贵。她看上去只有35岁左右，腰板直直的，走起路来悄悄的，仿佛有舞蹈的韵律。

这是蕙吗？她还这么年轻？根本看不出是五十左右的人了。

大江站起来，迎上前去，叫了一声"蕙兰"，就哽咽住了。

蕙仔细打量着来人。只见他两鬓已经斑白，高高的个子有些驼背，脸上写满了沧桑。眼前的男子，似曾相识。蕙在记忆中搜寻着。

"你是——大江？"

"是的。"

"是你，真是你吗？"蕙激动得不知如何是好。她顿感全身血液都停止了循环，一只无形的巨掌紧紧抓住她的心，使她颤栗、窒息、昏眩……

"蕙，你怎么了？"大江急切地问。

蕙深呼了一口气，定定神，才缓过来。

一楼大堂人来人往，不便说话，他们来到附近的上岛咖啡。先要了两杯咖啡，大江深情地望着蕙，眼睛又红了。

"蕙，你还那么年轻，我真为你高兴。你还一个人吗？"

"不，不是的，我，我成家了。"蕙轻声嗫嚅道。她生怕声音大了，伤了大江。她已经伤害他无数次了。

"啊？你成家了？"大江显出惊愕。

蕙点点头，又低下了头。

"好，成家好！好！你幸福吗？"

"他对我很好，爱医治了我心灵的伤痛。你，你还没有成家？"

"我也成家了，后来又离婚了。一直到现在，也没有找，我还在等你啊！"

"等我？！那当年，你为何不辞而别呀？"

"你始终不答应，我实在太痛苦了，情急之下，就想一走了之。那时年轻，容易冲动，喜欢意气用事。"

蕙的眼泪流了下来。

看到蕙哭了，大江心疼地递过餐巾纸，并劝道："蕙，你别难过，我挺好的，真的。"他越劝，蕙哭得越厉害，眼泪哗哗地流，几乎哭出声来。

大江又点了咖啡。蕙一句话也没有，只是哭个不停，抽泣不断。渴了，就喝咖啡，她连续喝了很多杯。

人江娓娓讲述这么多年他对蕙的思念，回国后为她所律造的山庄，描述山庄的一切。蕙越听越难过，泪流成河……

大江带着深深的遗憾，与蕙挥泪告别，回到"兰园山庄"。

回到家中，蕙彻夜未眠。是咖啡的作用，更是大江的出现，打破了她平静的生活，她的心翻江倒海，思绪万千。

那一夜，她辗转反侧，夜不能寐。实在睡不着，她就起来在客厅里散步。望着窗台上的兰花，宁静安详，她的心却无法平静；油画中的红叶、小溪，总是跳出大江的面孔。另一面墙上的书法作品为她所钟爱：

> 千岩万壑不辞劳，
>
> 远看方知出处高。
>
> 溪涧岂能留得住，
>
> 终归大海作波涛。

平日，睡不着的时候，只要看到这些艺术品，蕙的心就趋于平静。可是，今天，它们再优雅，也无法给她安慰。

内疚占据了她的心，她越想越觉得对不起大江。她万万没想到，大江如此痴情，世界上真有这样痴情的人！以前她听过，金岳霖因酷爱林徽因，一生未娶的故事，催人泪下。深爱林徽因的金岳霖常常在半夜哭泣。林徽因的追悼会上，金岳霖送的挽联是：一身诗意千寻瀑，万古人间四月天。那天，他的眼泪没有停过……

如今，她也遇到了大江这样痴情的男子，她的心都要碎了。

该如何安慰大江，弥补大江对她的付出与爱呢？于是蕙经常打电话给大江，劝他找个伴儿。大江却不想与自己不喜欢的人结婚，他的心门也像当年的蕙那样，从此关闭了。

回到山庄的大江，提醒自己，忘掉蕙，她已经结婚，不要再想她。

可是，抽刀断水水更流。他对蕙的思念，没有因为蕙结婚而停止。人可以左右自己的行动，却不能左右自己的思想。每到夕阳西下，他站在山庄门口，眺望红叶谷，蕙的倩影就会从红叶谷里款款出现，犹如彩虹挂在天边。思念又飞向大海边，飞到蕙身旁。

情到深处人孤独。下雪的日子，伤感中，他想起那首缠绵悱恻的歌：

> 雪花飘，飘去了多少心愿，
>
> 雪花飞，飞去了多少思念。
>
> 梅花开在雪中间，
>
> 一样的真情，一样的怀念。
>
> 总也相隔那么远，
>
> 真情永驻在心间，
>
> 雪花翩翩飞满天……

夜幕降临的时候，他经常读《中外爱情诗选》《马克思与燕妮》《勃朗宁夫人十四行爱情诗选》，寄托他对蕙的思念之情。这些书是他们年轻时的最爱，也是蕙喜欢的。他尤其喜欢英国诗人叶芝的诗，这首诗能充分表达他对蕙矢志不渝的爱情：

> 当你老了，头发白了，睡意昏沉，
>
> 炉火旁打盹，请记下诗一首，
>
> 慢慢读，回想你过去眼神的柔和，
>
> 回想它们过去的浓重的阴影。
>
> 多少人爱你年轻欢畅的时辰，
>
> 爱慕你的美丽、假意或真心，
>
> 只有一个人爱你那朝圣者的灵魂，
>
> 爱你衰老了的脸上的痛苦的皱纹。
>
> 垂下头来，在红光闪耀的炉子旁，
>
> 凄然地轻轻诉说那爱情的消逝，

在头顶的山上它缓缓踱着步子，

在一群星星中间隐藏着脸庞。

为了从痛苦中解脱，或者，减轻一点痛苦，大江疯狂地投入旅游中。从南到北，从东到西。有名山大川，也有人迹罕至之处。只有在回归自然中，在自然怀抱中，他的心才能归于宁静，痛苦也减轻一些。他常常一个人躺在河边，听河水哗哗流淌的声音；或躺卧在青草地上，仰望蓝天白云，嗅闻花草泥土的芳香，心中感到一些安慰。

一次，大江自驾去南方郊游。长途开车，本来就容易疲倦。那天，他还没休息好，穿过隧道，前方停了一辆车，他没看到，竟然直接撞到上面。多亏车速不快，经医院抢救，脱离了危险。虽然保住了生命，但椎骨受伤，只能瘫痪在床，生活不能自理。虽有保姆刘妈的照顾，但严酷的现实、对过去恋情的伤感，让他情绪日渐低落，甚至对生活绝望。他知道蕙工作很忙，不想让她为此牵挂，影响工作。好几次，蕙打电话过来，他犹豫再三都没有接。

一旁的刘妈再也看不下去了，着急地说："王先生，你不能再瞒着蕙兰了，我知道你爱她，你房间里的照片，我都看了。如果蕙兰来看你，你的精神与身体都会好起来的。"

一天，蕙又打来电话，聪明的蕙在刘妈支支吾吾的话语中，已经预感到大江发生了什么意外了。于是，刘妈将事实告诉了蕙。

听到真相的蕙，惊呆了。

"啊！是真的吗？"

"真的。"

详细问了病情后，蕙陷入深思：大江为了我远走他乡，如今十几年未娶，在他最需要照顾的时候，我不能袖手旁观。"大江，你要坚强、挺住。"她在心中默默祈祷。

因牵挂大江，蕙心事重重。每天下班回家，忧心忡忡的神态，李想看出来了。他体贴地问：

"蕙，你怎么了？为什么不开心？"

"李想，大江出事了。"

"啊！出什么事了？"李想张大了嘴巴。

"他，他出车祸了。"

"有没有生命危险？"

"已经脱离危险，但，好像瘫痪了。"蕙叹气说。

"哎呀，那怎么办？他一个人怎么生活？"

"我，我，可不可以去照顾他一段时间？"蕙试探着说。

"你去照顾他？又不是夫妻，那不太方便吧。"

"可是，李想，为了我，他付出太多，我欠他的太多了。在他遇到患难的时候，我不能袖手旁观啊！"

"道理是这样，但是，我不同意。"李想执拗地说。

"李想，你忘了爱人如己了吗？"蕙拉着李想的胳膊，靠近他身旁，抬头望着他，娇憨地说。

"可以雇保姆照顾他呀？"

"保姆只能给他生活上的照顾，不能给他心灵的安慰。借此机会，我去帮助他，不仅给他心灵安慰，也会带去精神的指引，找到人生的终极关怀，使一个人的灵魂苏醒得救，这不是很重要吗？"蕙苦口婆心地开导丈夫。

夜幕降临。吃过饭，两个人一起到附近的星光广场散步。伴着音乐的高低节奏，喷泉变幻出各种颜色及图形。

广场上人声鼎沸，广场舞队，不同着装、不同舞蹈、不同音乐，把广场几乎占满了。围绕广场外圈，他们走了近一个小时。回到家中，蕙累了，先睡了。

李想躺下后，翻来覆去睡不着。蕙的话，在他心中泛起阵阵波澜。

蕙想去照顾大江，这是李想没有想到的。而且，蕙是个有主意、执着之人，她决定的事，会坚持到底的。不让她去，她肯定不高兴，让她去，自己心里又不舒服。怎么办呢？思前想后，想不出什么好主意。

李想几次翻身的声音，使蕙从梦中醒来。

"亲爱的，你怎么还没睡呀？"

"睡不着啊。"

"是因为我要去陪大江的原因吧。"

"嗯！"

"你看你，我还没去，你就睡不着了，我真去了，你还夜夜失眠不成？"蕙一边用手搂住他的腰，一边温柔地说。

"蕙，你真温柔。我怎么能舍得让你到一个男子身边呢？万一你的心被他吸引过去呢，我很担心啊！"

"你想哪去了？我与你在上帝面前是有盟约的。我与大江只是朋友，过去的已经过去了，不可能了。我向上帝发誓，对你忠贞专一。"

"好，好，我相信你。"

"那你同意了？"

"我再考虑考虑。睡吧，已经后半夜了。"

"好的。"

一个秋高气爽的星期天，"兰园山庄"的小院前，一个亭亭玉立的女子站在门前，久久凝望眼前的一切。她，身材修长，皮肤白皙；身穿黑白相间的毛料裙装，外罩一件红色风衣。洁白的丝巾一前一后，围在雪白的脖子上；乌黑有光泽的长发，披在腰间。

她轻轻地敲了几下门。一个五十多岁的妇女，围着枣红色围裙，走来开门。

"你是刘妈吧？"蕙兰问道。

"您是？"

"我是蕙兰。"

"哦——快请进！"

"大江，你看谁来看你了？"刘妈的话语中流露出欣喜。

蕙兰走到大江床边，微笑着呼唤着："大江，是我。"

"蕙，你真的来了？"

见到突然出现在眼前的蕙，大江黯然的神情被激活了，眼里放出奇异光彩。

"是的，我来了。"蕙一边说，一边擦眼泪。

"蕙，你来了，来看看我就走？"

"不，我来陪你，照顾你。"

"蕙，你开什么玩笑啊？"

"不，我不是开玩笑。我留下。"

"你留下，李想怎么办？"

"我会常回去看望他的。"

"他，他能理解吗？"大江不解地问。

"会的，他会理解的。因为他心中有爱。"

"你的工作怎么办？"

"我提前办理了内退。"

"啊，那你的收入损失大了？"

"没关系的，钱，够花就行了。"

"那也不行啊，蕙，你回去吧。"

"不要再劝我了。走，我陪你出去晒晒太阳。"

蕙用手推车推着大江，来到院子里散步。一边走，一边说："大江，我给你唱赞美诗好吗？"

"好啊！"

于是，蕙轻轻哼唱起来，从《这条路上我们一起走》开始，接着《恩典之路》《脚步》《将我的爱情给你》……

"真好听！"大江的小眼睛露出喜悦的神情。

"是的，赞美诗大多是宁静安详的，悠悠扬扬的，舒舒缓缓的。它是从天庭滴下的甘露，凉爽而芬芳，沁人心脾，滋润烦躁不安的灵魂，让心灵由喧嚣、紧张变得宁静、安详。"

"真美，太好听了！"大江的心情逐渐好了起来。原本忧郁的小眼睛放出亮光，脸上也由黄变得红润起来。

"那你每天都唱给我听吧。"

"好啊！只要你喜欢听。"

从那以后，蕙每天与大江一起晒太阳，观日出日落，听小溪潺潺，精心照顾他。每天给他读赞美诗，为他祈祷。

一个礼拜天，蕙高兴地说："大江，我带你去教堂好吗？"

"去教堂，好啊！我在国外也去过。美国的教堂很多，尤其是乡村，教堂遍布各个地方。"

蕙推着大江的轮椅，来到附近的教堂。在教堂，大江感受到从未有过的平安与喜乐，及兄弟姐妹的爱，仿佛回到家中般温暖。

在爱的关怀中，奇迹发生了。大江渐渐恢复了体力，奇迹般站了起来。从此他每个星期到教堂，风雨无阻。他不再孤单，不再忧伤满怀。

蕙与大江道别。大江依依不舍。"蕙，多亏了你无微不至地照顾我，我才好起来，并神奇地站起来。我如何感谢你啊？"

"不用客气，过去你那么爱我，我却一再回绝，对你的伤害太多太多，这次来照顾你，是上天给我的机会，感谢上帝吧！"

"感谢上帝！"大江紧跟着说。

"以后我们就是兄妹了，你就叫我妹妹吧。"

"好的，蕙妹。我又多了个妹妹。"大江高兴地说。

"我也多了个哥哥。"

从那以后，大江与蕙以兄妹相称，在爱里成为一家人，填补了他们之间的遗憾。

下了飞机，李想开车来接蕙兰。

回家的路上，他们从教堂经过。在灿烂的朝霞中，教堂的钟声悠悠响起，响彻滨海市上空。成群的鸽子伴着钟声，在教堂上空飞起、盘旋，飞向远方……

（2017 年中国书籍出版社出版）

长篇小说卷（一）

NO.6

情商（节选）

■吉君臣

▌ 作者简介

吉君臣，海南东方市人。当过兵，打过仗。1988 年转业分配到农业银行五指山支行工作。历任支行副行长、党委副书记等职。中国作家协会会员，海南省作家协会理事。20 世纪 80 年代开始文学创作，著有长篇小说《丽人出城》《情商》《活路》；中短篇小说集《道在天涯》《断桥》；散文随笔集《天池情韵》；地方文化专著《村话人人文风情录》（合著）等。编著《村话民歌精选集》，主编东方文学系列丛书《东方情结·小说卷》《东方·知青岁月》等。作品散见于《当代作家》《北京文学》《天涯》《四川文学》《羊城晚报》《阅读与写作》等多家报刊。策划拍摄电视专题片《走进村话民歌》，获海南电视台 2011 年度专题片一等奖。长篇小说《情商》获 2010—2011 海南文学双年奖，并被加拿大列治文公共图书馆评为最受欢迎华人小说。小小说《狗男狗女》获 2017 金十月读者最喜爱的文学作品奖。

作品简介

　　这是一部写房地产与金融的长篇小说。海南建省办经济特区之初，曾经出现了轰动全国的人才热和房地产开发热。陈洁诚军官出身，他也被这股热流吸引到了海南。他开发建设中的海景城别墅区，将是海口乃至海南最优美、最具特色，融娱乐、休闲、度假和高端人群商住于一体的别墅区。但是遇上了亚洲金融危机，国家对经济实行宏观调控，银根紧缩，他投入巨资兴建的海景城别墅区项目被迫停工。他的前妻罗雨虹与情人王荣草深知海景城别墅区项目潜在的巨大商业利益，狼狈为奸，通过金钱与性贿赂等手段，收买海南银丰商业银行行长赵国文、资产经营部经理，以及海南昌盛会计师事务所所长、高级资产评估师郭中利等人，通过低价拍卖贷款抵押物，抢夺了海景城别墅区项目。前妻的妹妹罗雨晴是一个和陈洁诚一样正直、正义和诚信的商人，她无法容忍姐姐罗雨虹和王荣草的所作所为，加上她深深地爱着陈洁诚，在陈洁诚人生最黑暗的时期，她和陈洁诚的战友吴成龙出手相助。陈洁诚在王荣草的海南万业股份公司发行内部股时，暗度陈仓，重新夺回了海景城别墅区项目的开发、建设和经营权。

一

陈洁诚和罗雨虹到底还是离婚了。

从海南中级人民法院出来后，陈洁诚反而没有了往日的痛苦和无奈。他的那张瘦削文静透着刚毅的脸上，缓慢地漂移着多时未见的轻松和坦然。

罗雨虹紧随陈洁诚之后走出海南中级人民法院。罗雨虹好像没有了往日的自信和洒脱。她的那张白皙的鹅蛋脸上，快速地漂移着茫然和愧疚。

陈洁诚和罗雨虹几乎同时走到了停车场。

陈洁诚的广州本田雅阁轿车和罗雨虹的奔驰轿车泊在相邻的停车位上。

陈洁诚走到自己的轿车前，好像在这之前未曾发生过什么事情似的，语气冷热有度地对罗雨虹说："今晚我买单，一起吃餐饭怎么样？"

罗雨虹犹豫了一下。她好像拿不准陈洁诚葫芦里卖的什么药。不过她心里想，陈洁诚走到这一步，自己有罪过。陈洁诚既然能够放下仇恨，请她吃饭，如果不去，那自己岂不是……想着这些，她说："好嘛。要带上阿洁，她已经判给你了。我是她的母亲，我这个母亲很不尽责，但是我是她的母亲是改变不了的事实……"

陈洁诚没有等罗雨虹说完便打断她的话说："其实你不用说我也会带上阿洁的。别的话你就没有必要再说了，因为该说的话刚才在法庭上都已经说了。现在我想知道的是你想上哪家酒家吃饭。"

罗雨虹想了想说："阿洁比较喜欢吃日本料理。龙昆路南大桥下的雪月花日本料理餐馆比较安静。"她问陈洁诚："去那里怎么样？"

陈洁诚有点不相信自己的耳朵。他未曾见过罗雨虹用询问的口气和自己说过话。他心里在说，看起来离婚是一件好事情，闹不好因为离婚罗雨虹真的能变好了呢。不过他马上就否定了自己的想法。他问自己，狗能改变得了吃屎吗？

"那就去吃日本料理。"陈洁诚淡淡地说。

罗雨虹问："几点钟？"

陈洁诚说："六点钟你能否来得及？"

罗雨虹说："就定六点。"

陈洁诚坐进了自己的广州本田雅阁轿车。他发动车后，把车窗降下来，很客气地对罗雨虹说："晚上见。"

罗雨虹很被动地说："晚上见。"

陈洁诚把车窗升上来，踩下油门离开了法院。

陈洁诚走后，罗雨虹一个人站在停车场上。她环视四周，发现人们的目光很正常，根本没有人用异样的眼神看她。实际上她并不在乎这些。但是连她自己也觉得奇怪，今天到底怎么了？今天为什么老是在意别人的目光？陈洁诚反而显得不在乎且洒脱。

罗雨虹站了几分钟之后，坐进了自己的奔驰轿车。这是她刚换的新款奔驰轿车：银灰色，有天窗，车内装饰豪华，音响设备很好。她原本并不想换轿车。她先前开的那辆皇冠3.0轿车，虽然已经开了六年，但是车况还很好，跑起来的感觉也很好。那辆黑色皇冠3.0轿车，是她和陈洁诚结婚时，陈洁诚的战友吴成龙送的。陈洁诚为人低调，他不认为开好车身价就能上来，即便要去接待很重要的客人，他也不会开罗雨虹的轿车，他一直开他的广州本田雅阁。王荣草就不同。王荣草开的是原装进口凯迪拉克。他对罗雨虹说，你得换车了，你是"雨虹保健院"的老总，开皇冠3.0身价怎么能上来？王荣草许诺，只要罗雨虹换奔驰轿车，他就给她60万元。罗雨虹考虑了几天，结论是：王荣草的钱不要白不要。其实她和王荣草的关系开始时很简单，王荣草要她的美貌，满足他的性欲和战胜陈洁诚的虚荣心。她要王荣草的钱。但是这么些年下来，原本简单的关系增加了很多内容。王荣草把她当成一张好牌，在关键时刻，王荣草会把她这张牌打出去，搞定对手。王荣草每一次打她这张牌时，价钱都要说好，事成之后就要兑现。这次更换奔驰轿车，王荣草许诺的60万元是白给的。她想来还很合算，所以就换车了。现在她开惯了奔驰轿车，叫她再去开别的品牌轿车，她已经有点不习惯了。

二

　　已经是七点多钟了，王荣草才打电话给罗雨虹，他叫罗雨虹马上赶到龙泉人酒家苏州包厢。王荣草说，他要请一个很重要的客人吃饭，需要罗雨虹陪同。实际上罗雨虹已经猜想到，王荣草请的客人是海南银丰商业银行资产经营部经理吴天军。王荣草只要说他请的是很重要的客人，一定是吴天军就坐在他的旁边。她把王荣草读得很透彻。王荣草真的要请很重要的客人吃饭，比如副省长以上的官员，他会安排在寰岛泰得大酒店，要不就是文华大酒店，而且罗雨虹不只陪吃，还要陪玩。银行的行长，还有个别握有实权的厅长，比照副省长待遇。王荣草说过，对他来说，银行的行长比副省长重要。理由是，你想要赚更多的钱，就得设法得到银行的支持。王荣草的这个理念，比起陈洁诚来就进步多了。陈洁诚也知道要做大做强企业，得依靠银行。但是他总是一本正经，请银行行长吃饭，有时就在路边摊。陈洁诚总想走一条在他看来是正规的道路，但是这个社会，有所谓的正规道路吗？即便有，能走得通吗？罗雨虹认为，陈洁诚走到今天这一步，就是坏在他的性格和所谓的理念上，他还没有读懂社会，什么诚信是企业之本啦，什么为人要正直啦，什么宁可人负我不要我负人啦……这是幼稚。王荣草就不同。王荣草脑子里就只有一个想法：赚钱，赚钱，再赚钱。王荣草从来不问什么手段，只要能赚钱就好。为了赚钱，王荣草不管大官小官，有奶就是娘。可不是吗，前些天才搞定赵国文，今天又要搞定吴天军。按照王荣草的说法，就是要各个击破。罗雨虹想，这或许就是王荣草比陈洁诚成功的主要原因了吧。在这个很现实的社会中，谁成功了，谁就是英雄。说白了，谁赚钱多，谁就是英雄。

　　罗雨虹简单补了一下妆，就开车来到了龙泉人酒家。

　　果然不出罗雨虹之所料，所谓很重要的客人，就是海南银丰商业银行资产经营部经理吴天军。

罗雨虹和吴天军一起喝过酒，吴天军也常去雨虹保健院消费，因此罗雨虹和吴天军也算是熟人了。

王荣草说："都不用介绍了，都是朋友了。"

罗雨虹和吴天军握手过后，坐到吴天军旁边的沙发上。

王荣草说："我今天特别带来六瓶典藏一百二十六年，产自法国罗讷河谷博卡斯特堡酒庄歌海娜红葡萄酒，这是前些天才进口的，口感特别好，今天第一次上酒桌。吴经理你看点些什么下酒菜，咱铁哥们一起喝个痛快。"

王荣草和吴天军还不是私交，但是为了拉近他和吴天军的距离，他硬把吴天军说成是铁哥们。

吴天军没有王荣草想象的那样高兴。

老实说，像吴天军这样角色的人，你别看他只是一个处级干部，他什么好酒没有喝过？在他看来，典藏一百二十六年的歌海娜红葡萄酒，能有多珍贵啊？

罗雨虹很认真地观察着吴天军的表情，她已经猜到吴天军心里想的是什么了。

罗雨虹说："典藏一百二十六年的歌海娜红葡萄酒其实挺一般的，吴经理想喝白酒吧？倒不如我们喝贵州茅台酒非卖品，那样才叫痛快。"

吴天军听罗雨虹这么一说，好像高兴了一点儿。

吴天军说："还是喝王总好不容易才搞到的典藏一百二十六年的歌海娜葡萄酒吧。"吴天军的话显然带有刺。

王荣草表情有一点尴尬。但是王荣草装作什么都没有感觉到似的只管笑。

罗雨虹说："我车上还有几瓶贵州茅台酒非卖品，是王总一个多月前放上去的，我这就下去拿。"罗雨虹说着就站起身来。

吴天军口气很坚决地说："罗总请坐下。"

罗雨虹见吴天军的口气很坚决，只能坐了下来。

吴天军说："其实歌海娜葡萄酒，它和慕合怀特、古诺日、蜜思卡丹、瓦卡黑斯、神索、西拉等葡萄酒都出自同一个酒庄，即博卡斯特堡酒庄。这几个品种有红果、皮革、松露和麝香的香气，歌海娜葡萄酒是麝香的香气，我还比较喜欢，我们就喝歌海娜葡萄酒吧。"

王荣草怎么也没有想到，吴天军对产自法国罗讷河谷博卡斯特堡酒庄的葡萄酒如此熟悉。不过王荣草是一个脑筋转弯很快的人，他马上说："吴经理知识好渊博，我深感敬佩……"

不等王荣草往下说，吴天军就打断王荣草的话说："王总可谦虚了，在海南商界，还有谁不知道王总的能耐？"

王荣草听出来吴天军的话里还有话，但是他还是装作什么都听不出来似的笑着说："吴经理过奖了。"

王荣草说话时，特意看了一眼罗雨虹。他很希望罗雨虹把话题接过去。

罗雨虹心领神会，她马上接过话题："王总的能耐还不是吴经理教导的，难道王总的能耐是从天上掉下来的呀。"

罗雨虹接过话题后，气氛马上就活跃起来。

罗雨虹对火候掌握得很好，她见吴天军心情不错，便说："吴经理肯定是个美食家。吴经理点菜吧。"

吴天军笑哈哈地说："罗总真的过奖了，我对菜谱可是一窍不通哟。"

吴天军说归说，他一点不客气地拿起菜谱就点菜：三只和乐蟹，一斤鲍鱼，一盘鲨虫，一小例鲜鱼肚，三份木瓜炖鱼翅。很简单，但很精致。

吃饭的时候，罗雨虹在王荣草不注意的时候，两次给吴天军送了秋波，这使吴天军的酒量大增。在吴天军酒喝得差不多时，王荣草叫服务员出去，并把包厢的门关上，然后对吴天军说："吴经理，我们都是铁哥们了。我想，海景城别墅区项目拍卖一事，一是要靠你帮忙；二是我想用重金买你的智力。"

吴天军明白王荣草话中之意。他笑着说："王总客气了。我既然愿意出来和你喝酒，就说明我已经愿意在这件事情上帮你的忙了。"吴天军把脸转向罗雨虹，"你把罗总也叫来，罗总在场，你也能跟我谈这件事，说明你们不忌讳，这很好。我想，大家都不忌讳了，事情就好办了。"

罗雨虹说："忌讳什么呢？吴经理还记得吗，那天王总带你来雨虹保健院按摩，为你们服务的小姐是我亲自挑选的。你说我们还忌讳什么呢？"

吴天军哈哈笑了起来。他认为这是罗雨虹给他的多重暗示，其中包括了她给他机会。如果有机会和罗雨虹这样的美女上床，有几个男人愿意放弃？

"我知道王总很想从我这里知道标的。"他故意不懂似的问："王总是第一次走这条道的吗？"

王荣草说："是第一次。但是我懂得游戏规则。"

吴天军问："老大那边都理顺了吗？"吴天军说的老大，是指他的顶头上司赵国文行长。

"那当然。我想整个项目操作下来后，拿出 2500 万元来走游戏规则。我的原则是，大家好才是真的好。"

看来吴天军很满意王荣草的回答。他想了想，举起杯，说："门前清。"

王荣草和罗雨虹都举起了酒杯，附和说，门前清。

三个人几乎同时把自己的杯中酒一饮而尽。

吴天军说："我亲自起草的拍卖方案，陈洁诚贷款二笔，计 2 亿元，利息 3600 万元，加起来是 23600 万元。海景城别墅区这样的地段，按照目前市场价可以拍卖到 2.5 亿元，上下浮动至多 6%，也就是说，海景城别墅区项目拍卖后，至少也有 2.35 万元，差不多够偿还银行贷款本息。如果向上浮动，可以拍卖到 2.65 万元。要是拍卖到 2.65 万元，陈洁诚偿还银行贷款本息之后，至少还可以拿到 3000 多万元……"

不等吴天军说完，王荣草就急着打断他的话说："不能让陈洁诚拿到一分钱。决不能。"

吴天军说："那就只能把标的降低。但是到时候要有评估师愿意背书。如果那样的话，对陈洁诚来说，那就太残忍了。"

王荣草说："我有办法找到评估师背书，这一点请吴经理放心。"他看了看罗雨虹，接着说："我能理解吴经理的心情。但是商场如战场，要是陈洁诚不破产，我们怎么能发财？陈洁诚是军人出身，他知道战场与商场具有相同的性质。因此吴经理你就大胆'杀'，不要有怜悯之心，赚钱才是硬道理。"

吴天军也看了看罗雨虹，罗雨虹微笑地看着他，那双丹凤眼再一次向他暗送秋波。吴天军心里想，这明摆着告诉他，机会是有的，只要把事情做好就行。

吴天军说："那就把标的定在 1.8 亿元。这样的话，陈洁诚就一无所有了。"

王荣草笑着说："那就对了。"他给罗雨虹使了个眼神后说："我们一起发财。"

罗雨虹说："是的，大家一起发财。"

吴天军笑笑，但是他不想再多说话。

罗雨虹说："如果没有别的话要说了，就去雨虹保健院洗桑拿，然后按摩，再然后……"

王荣草接过罗雨虹的话说："再然后罗总陪吴经理多聊聊天。"

罗雨虹笑着说："好啊，洗桑拿后我陪吴经理聊天。"

吴天军心中大喜，说："好吧，现在就去雨虹保健院。"

三

罗雨晴到底还是没能说服陈洁诚。

陈洁诚坚持认为，他贷了银行的款，到期后不能如期偿还，这已经是违反了诚信，而且银行也已经给他办理了一次展期，因此就没有理由再去找赵国文行长谈撤诉或者贷款展期的事。他还坚持认为，既然已经违反了诚信，那么就没有权力阻止或者参与银行拍卖抵押物。但是罗雨晴认为，问题不在于拍不拍卖贷款抵押物，而在于抵押物已经被利益相关者当成一块唐僧肉来宰割。她不忍看陈洁诚就这样被王荣草一伙人宰割。因此在她说服不了陈洁诚以后，她决定亲自去找赵国文。她要找赵国文谈两个观点：一是现在拍卖陈洁诚的海景城别墅区项目，绝对不是最好的选择。要是再给陈洁诚一次机会，给陈洁诚的贷款期限再展期一年，等国家宏观经济基本面好转后，银根就会放松，陈洁诚的表现一定非常好。二是与其说重新和一个还不十分清楚底牌的王荣草合作，倒不如说继续和已经非常熟悉了的陈洁诚合作，后者的"安全边际"要比前者大得多。当然，她也知道自己的斤两，以她的分量，并不一定能说服赵国文。因此她准备了第二个方案：如果赵国文不接受她的观点，她就邀请赵国文出国旅游。赵国文很喜欢旅游，而且比较好色，泰国的色情业是最开放的。她想，亲自陪同赵国文到那里走一趟，如果能够把他搞定，那肯定是一桩很划得来的买卖。不过她告诉自己，现在无论做什么，都不能让陈洁诚知道。如果陈洁诚知道了，计划就算是失败了。

上午九点刚过，罗雨晴就来到了海南银丰商业银行。

罗雨晴把车开到办公大楼的后院泊好，然后坐电梯直接上了六楼。

赵国文行长的办公室在六楼的中间位置。

罗雨晴轻轻敲了三下门，从办公室里传出来赵国文的声音："请进。"

罗雨晴走进了赵国文的办公室。

赵国文没有抬起头来，他低头看着摊开在办公桌上的报表。

罗雨晴笑着说："哟，赵行长的办公室今天好清静啊。"

赵国文这才抬起头来，他看见是罗雨晴，马上就站了起来，说："嘿，是罗总，请坐。"

赵国文起身和罗雨晴握手后，一起走到办公室会客厅的沙发上坐下。

罗雨晴说："又有一个多月没有见到赵行长了。赵行长有什么秘方呀，怎么越活越年轻了？"

赵国文见罗雨晴说他年轻，心里很高兴，说："还是罗总会保养，什么时候都是十八岁姑娘。"

罗雨晴笑说："赵行长别逗了，我苦等了老半天，都还没有男生看上，但是已经像是个妇女婆了，还说我是十八岁姑娘，你别把我逗乐得等一会连饭钱都给省下来了。"

赵国文笑哈哈地说："我说的可是大实话。罗总的老妈就是能，把这么漂亮的俩姐妹贡献给了人类，贡献给了海南。真的很伟大呀！我看我们中国应该设立一个奖项，就叫生产美女奖，对那些生产一个或者一个以上美女的妈妈给予奖励。这对改良国人的形貌具有非常好的促进作用。"

罗雨晴笑了，她笑得很开心，说："要是有这个奖项的话，第一个上台领奖的一定是赵行长的妈妈，因为她为人类贡献了一个大帅哥。"

赵国文笑得很爽朗，他说："我说的这个奖项是生产美女奖，即便我真的是帅哥，我老妈也无缘此奖呀。"

罗雨晴和赵国文就这样，你一句我一句地说着笑话。他们每一次在一起，要谈正事之前都是从说笑话开始切入的。

事实上，罗雨晴对自己的外貌心中还是很有数的。她不如姐姐罗雨虹长得漂亮。姐姐罗雨虹真的是很漂亮，是如花似玉那种。而她充其量也就是在漂亮前面加上"比较"二字就算是不亏待的了。但是有一点她还比较自信，她的身材和姐姐的身材一样，都是遗传了妈妈的基因：高挑、细腰、丰乳、肥臀。当然了，因为她读的书比姐姐的多，而且德行修养比姐姐的好，所以气质自然比姐姐好。

罗雨晴继续说笑话："那就应该相应设一个生产帅哥奖，好让赵行长的妈妈有机会上台领奖，否则就很不公平了。"

赵国文很开心地笑着。他的眼睛本来就很小，笑起来就只剩下一条缝了。实际上赵国文长得还是很帅气的。他的个头要是再高一点，头发要是再多长几根，身材要是能够瘦去一点，才四十五岁，且事业有成，应该说还是能够吸引漂亮女人的目光的。但是他偏偏都不足那么一点儿，所以要玩漂亮的女人，如果不付出代价还是存在困难的。

赵国文笑着说："看起来这种不公平将永远存在下去了。现在的问题是，当我们面对不公平时，我们却别无选择。"

罗雨晴知道赵国文把话转到了正题。她心里在问，难道赵国文已经知道她此行的目的了？不太可能吧，她是罗雨虹的妹妹，又是海南银丰商业银行电脑与电脑耗材的供货商，赵国文是诸葛亮吗？他怎么知道她是为了陈洁诚的事而来的呢？她决定先摸清楚赵国文说的别无选择指的是什么，然后再向赵国文阐述陈洁诚的贷款的观点。

罗雨晴说："如果赵行长都别无选择了，那么问题就已经到了不可挽回的地步了。不过我是不相信赵行长会别无选择。"

赵国文的脸面依然挂着微笑，但已经没有先前的灿烂。

他说："不能这么说。我在行长这个位置上，别无选择那是常有的事。"

"比如说？"罗雨晴问。

赵国文没有了笑脸。他想了想，说："比如拍卖你原姐夫陈洁诚海景城别墅区这件事，我就是别无选择。"

罗雨晴很佩服赵国文，他真的知道她此行是为了陈洁诚而来的。他说他别无选择，这不是摆明了他拒绝罗雨晴的说情吗？但是罗雨晴既然有备而来，她还是要向赵国文阐明她的观点。

罗雨晴说："现在拍卖陈洁诚的海景城别墅区项目，绝对不是最好的选择。"赵国文说："罗总说的很对，我也是这么想的。"

罗雨晴说："如果赵行长也是这么想的，那就好了，那就再给陈洁诚一次机会，给陈洁诚的贷款期限展期一年。如果没有判断错的话，明年的这个时候，国家宏观经济基本面就会好转，银根就会放松，陈洁诚的表现一定非常好。"

赵国文不说话了。他死盯着罗雨晴，心想，看起来罗雨虹是有预见的。罗雨晴为什么不站在姐姐罗雨虹这一边，却来为陈洁诚说情？难道……罗雨晴也未免太单纯了，怎么能把我说的话当真？这是场面上的话嘛。他对罗雨晴说："我是这么想的，但我不一定就能这么做。我不是说了，有时候我也是别无选择的吗？"

很显然，赵国文想把球踢掉。

罗雨晴是个商人，她怎么会单纯呢？她知道赵国文讲的是场面上的话，她也知道拍卖陈洁诚的海景城别墅区项目是一笔大买卖，王荣草已经把买卖双方的利益相关者捆绑在了一起，并且形成了一个堡垒。她现在要攻克这个堡垒，首先要找到突破口。赵国文就是突破口。她要把这个突破口打掉，这个堡垒才能毁掉。要打掉这个突破口，靠的是智慧。胡雪岩说过一句很有智慧的话：把明白摆在暗处，把糊涂放在明处。她现在需要的就是胡雪岩这样的智慧。

罗雨晴叹气说："是啊，其实每一个人都会遇到别无选择的时候。"稍停一会儿后，她开玩笑说："麻衣相书上说，脱顶的男人最有智慧，脱顶就是聪明透顶，赵行长这么年轻就脱顶了，那就是聪明透顶了。聪明透顶的人怎么会别无选择呢？"

赵国文哈哈大笑起来。那笑声很爽朗，且有几分真切。但是爽朗和真切的笑声中，却包含了很多内容。这使罗雨晴一下子拿不准再往下说什么好。她想把话题交给赵国文，但是赵国文只笑不说。很长时间后，罗雨晴按原计划阐述她的第二个观点。

罗雨晴说："赵行长和陈洁诚已经合作多年，我认为你们相互都很了解，这就是财富。与其说寻找一个新的合作伙伴，倒不如继续和原来的合作伙伴合作来得安全。这年头安全边际非常重要。我们的合作就是最好的例证。我很希望赵行长和陈洁诚继续合作。陈洁诚这个人很讲诚信，人是正统了一点，但是赵行长难道不认为这才是最理想的合作伙伴吗？"

赵国文的表情严肃起来。他看了看罗雨晴，想说什么，嘴唇轻微动了动，但什么都没有说。

罗雨晴也不想再说什么了。她认为，她刚才说的话已经很到位，再说就显多余了。但是她不想就此走人。她把赵国文刚才说过的话过滤了一遍，她的结论是：赵国文部分接受了她的观点，就看陈洁诚这边有什么"动作"了。陈洁诚现在两手空空，他还能有什么"动作"？况且陈洁诚的理念……如此看来，最后的结果可能是，赵国文为了自身的利益，选择和王荣草合作。

罗雨晴决定走第二方案。很显然，她并不抱太大希望。但是她认为，只要游戏还没有结束，就得玩下去。胜负乃兵家常事，关键是要坚持把游戏玩完，败也要败得明白。

罗雨晴说："赵行长有空到国外去走一趟吗？我们合作几年了，我想请赵行长一起出去走一趟，据说东南亚很值得一游。"

赵国文听说要到国外去旅游，眼睛马上就亮了起来。心想，有机会和罗雨晴这样的美女出国旅游，那一定非常快乐，说不定还有机会……

赵国文笑着说："我有空。我也正想出去走一趟呢。"

罗雨晴问："什么时候有空？"

赵国文说："这一阵子都有空。"他问罗雨晴："就我们两个人吗？"

罗雨晴说："那赵行长还想多少人呢？"

赵国文马上说："那好、那好、那好，就我们两个人，两个人出游最方便。"

罗雨晴说："赵行长就定一个时间，我想快一点好。"

罗雨晴之所以想快一点出去，是因为她知道郭中利这几天就会拿出海景城别墅区项目的评估报告。如果赵国文不在，没有签名，就不能在报纸上刊登拍卖公告，她就有时间找办法。

赵国文说："我把工作安排一下，再告诉你。"

罗雨晴说："那就这么定了。等一会有空一起吃饭吗？"

赵国文说："中午有应酬，今天就免了。"

罗雨晴听赵国文说有应酬，她原本还要和赵国文商谈电脑与电脑耗材的采购事宜，也只好取消了。临走时，她告诉赵国文，她不想陈洁诚知道她来找过他。赵国文说，他不会告诉任何人，包括她的姐姐罗雨虹。

也不知道是咋的，罗雨晴从赵国文的办公室出来后，心情不是很好。她有一种预感，陈洁诚这次一定败得很惨。

四

王荣草来到海南银丰商业银行的办公大楼前。他没有下车。他原本想上楼去找办公室主任符东平，从侧面了解赵国文行长的去向。但是他突然改变了想法。他和符东平的交往不是很深，如果直接找符东平打听赵国文行长的去向，可能过于唐突。他决定先打电话给吴天军，看吴天军知不知道赵国文行长到底去哪里了。他认为，如果吴天军知道赵国文行长的去向，应该会告诉他的，因为他和吴天军的利益毕竟捆绑在了一起。

王荣草坐在车内给吴天军打电话。

吴天军说："赵行长的去向，只有办公室主任符东平才知道。但是符东平这个办公室主任很合格，他的嘴巴很紧，他不大可能告诉别人赵行长的去向，除了开会之外。"

王荣草说："那就请符东平主任出来一起吃中午饭。吴经理你可否给牵个线？我早就想认识符东平主任了。"

吴天军问："你急着找赵行长有事么？是不是海景城别墅区项目拍卖的事呀？郭中利写好资产评估报告了吗？"

王荣草说："正是这件事。"他没有把他急着想知道赵国文行长的去向的真正原因告诉吴天军。

吴天军口气变了，他说："你急什么嘛，快慢不就相差十来天嘛。你这样显得很没有自信嘛。"

王荣草忙说："不是我没有自信，我是怕夜长梦多。"

吴天军用教训的口吻说："要有一点耐性嘛，事情总还是要做得圆满一点才好嘛，冒失了就要出事嘛，这是大家都不想看到的嘛。"

王荣草心里很不服气，但是面对吴天军，他显得毫无办法。吴天军对他说话，从来都是这个口吻：冷漠、生硬、带刺，又有几分直率。但是吴天军的这种性格，正好抑制他的张扬，给他的圆滑放入了沙子，迫使他即便是伪装，也要对吴天军表现出尊重的样子来。当然了，在私底下，他总是抱怨吴天军身份定位错乱。在他看来，吴天军应该撒一泡尿在地上照一照自己，看自己到底有多少斤两。但是对于吴天军的话，他还是伪装得很顺从。可不是吗，他原本想坦率地告诉吴天军，他想了解赵国文行长的去向，是因为他怀疑赵国文行长和罗雨晴一起出国旅游去了。如果真的是那样的话，海景城别墅区项目的拍卖可能会变得很复杂。但是领教了吴天军的教训后，他不想说了。

王荣草很无奈地说："吴经理说的很对，我们就耐心等待赵行长回海南了再说。"

吴天军说："不等待你还能怎么着？"

王荣草很顺从的样子，说："是，我们只好等待了。"

吴天军没有好气地问："郭中利什么时候把海景城别墅区项目的资产评估报告写好了？怎么不送一份来给我？"

王荣草说："我也是昨天晚上才看到的。"

吴天军很不客气地说："你又看不懂，你看到了有什么用？"

王荣草说："是。对此类业务我一窍不通。我只想看那几个数据，看郭中利是不是按照我们的需要写了。"

吴天军口气生硬地说："你叫郭中利赶快把他写好的海景城别墅区项目的资产评估报告送一份给我。这个资产评估报告我得亲自把关。"他稍微换了一下气，接着说："我说的赶快，最好是今天。我们要赶在赵行长回海南之前，把这个资产评估报告做得很严谨，要看不出什么漏洞。赵行长回海南后，银行这边就要上会。你知道吗？银行这边要有三分之二以上的贷款审查委员会的委员同意，才能……"

王荣草没等吴天军把话说完，就急忙打断说："知道了。我马上就打电话给郭中利所长，叫他送一份去给你。"

可以肯定地说，王荣草打断吴天军的话是无意的。但是吴天军很不高兴，他当即挂断了电话。王荣草先是一愣，原以为是手机没有了电，当他反应过来时，两眼看着手中的手机，摇了摇头，表情显得很无奈。

实际上，王荣草所关心的，并不是吴天军所说的。他现在急着想知道的，是罗雨晴是不是插手了海景城别墅区项目拍卖这件事。

因为没能了解到赵国文行长的去向，王荣草的心情有一点着急。他从海南银丰商业银行的办公大楼前开车出来时，在拐弯处与一辆海航客车相撞。好在车速都不是很快，他的奔驰轿车损坏不是很严重，海航客车也只陷下去一大块，车上的旅客都安然无恙。从交通行驶规则上说，王荣草负有两个责任，一是拐弯时不打转向指示灯；二是开车占道。如果报警，这起交通事故显然是由王荣草来负主要责任。但是王荣草看准海航客车急着要把旅客送往机场，因此就摆出了一副要报警的架势。他站在海航客车的车头前，把嗓门放大与司机争吵，他甚至把全部责任都推到了海航客车司机身上。那司机人高马大，褐色的脸面气愤成一个大烧盘，他的拳头紧握着，两只小眼睛死盯着王荣草。围观的人都相信，只要王荣草的态度再强硬一点儿，拳头就会落在他的身上。王荣草好像也相信这一点。但是王荣草心里明白，时间对他有利。果然如他所判断，车上的旅客开始吵闹起来，他们生怕误机。司机没有办法，只好同意与王荣草私了。海航客车司机要王荣草赔偿 3000 元，王荣草倒要海航客车司机赔偿他 6000 元。吵来吵去，最后还是海航客车司机赔偿王荣草 3000 元，事情才算了结。

海航客车开走后，王荣草忽然想到，赵国文行长要是和罗雨晴出国旅游了，去机场查一下出境记录不就知道了吗？他很高兴，马上打电话给他在美兰机场工作的朋友苏以怀。不到十分钟，苏以怀就来了电话。苏以怀说，赵国文和罗雨晴都已经去了泰国，两个人的签证还有新加坡和马来西亚的行程。

王荣草知道赵国文的去向后，心里很着急，接下来是气恼。他马上打电话告诉罗雨虹。

罗雨虹在电话里就骂起了妹妹罗雨晴："鬼丫头，回来了看我是怎么收拾她的。"

王荣草说："现在骂是没有用的。现在关键是必须找到应对的办法。要争取主动。"

罗雨虹还在骂："鬼丫头，连手机都关了，否则……"

王荣草打断罗雨虹的话说："其实也没有什么大不了的，无非增加一些成本罢了。"他停了一下，接着说，"为什么说关键是要找到应对的办法呢？我的考虑是，罗雨晴和赵国文出国旅游这件事是不是陈洁诚在背后操作的？如果是，那么陈洁诚已经觉醒。如果那样的话，说明陈洁诚并不承认失败。只要陈洁诚不承认失败，那么他有一天就会站起来，这是我和你都不愿意看到的。"

罗雨虹说："我相信不会是陈洁诚在背后操作。我打电话去妹妹雨晴的公司问过她的办公室主任张长虎了。张长虎说，陈洁诚也在找妹妹雨晴，而且还叫他一旦有了雨晴的消息，就打电话告诉他。"

王荣草沉默了一会儿后说："是不是陈洁诚怕你来找罗雨晴而耍的手腕？"

罗雨虹说："这肯定不会。我们和陈洁诚打交道又不是一两天了。"

王荣草说："我也是这么想的。"

罗雨虹说："陈洁诚是正人君子。他的失败其中的一个原因就是他不像你那样会从别人的身后开枪。"

王荣草笑哈哈地说："商场如战场嘛。要是都像陈洁诚那样，商场就不是战场了。"

罗雨虹问："妹妹雨晴回来后，你打算怎么应对？"

王荣草说："我和你的妹妹罗雨晴没有正儿八经打过交道，她回来后到底怎么应对，依我看，不要管你妹妹，还是由你出面，要加大筹码，用性爱和金钱两颗炸弹把赵国文行长搞定。"

罗雨虹说："看起来只能这样了，因为妹妹雨晴不是很听我的话。她对陈洁诚一直感恩不尽呢。"

王荣草说："没有什么大不了的，我说过，无非增大一些成本罢了。

我们就不要为这事伤神了。我想，我们好几天没有在一起了，晚上我们……"

没有等王荣草说完，罗雨虹便问："哪家宾馆？"

王荣草说："还是寰岛泰得大酒店，我们的故事多半都发生在那里。"

罗雨虹甜甜地笑着，她不想再说话了。

表面上看，王荣草很轻松。实际上他打从知道了罗雨晴和赵国文出国旅游的那一刻起，心情就变得很浮躁，而且有一种很不踏实的感觉。但是在罗雨虹面前，他不想流露出这种情绪。

五

陈洁诚接了罗雨晴要来家里的电话后，心情有一点激动。他问自己，罗雨晴不是来过无数次了吗？这一次和以前的无数次难道有什么不同吗？那为什么心跳如此快速？他走进卫生间，给自己的脸面泼了一把冷水，几分钟后，他的心跳回复了正常。他看了看挂在墙壁上的石英钟，指针指向八点十三分，他估计罗雨晴快要到了。他到厨房把电磁炉搬到客厅，烧了一壶开水，把上个月吴成龙去杭州旅游买回来送给他的龙井茶拿了出来，沏好，然后坐在沙发上等罗雨晴。陈洁诚自己也觉得有一点奇怪，也不知道是咋的，这些天，他总是想见到罗雨晴。他想和罗雨晴坐下来聊一聊，聊一聊这些日子他的很多想法，他想把他的这些想法告诉罗雨晴。比如说，他已经做好了从零开始，不，应该是从负数开始的准备。他想很明确地告诉罗雨晴，他不想依附别人的力量，他要依靠自己从跌倒了的地方爬起来，假若不能爬起来，说明自己是一个蠢材，既然是蠢材，还有必要死皮赖脸……陈洁诚正想着，门打开了。

罗雨晴有家里的钥匙，她自己开门走了进来。

罗雨晴进屋后，看见茶几上已经沏好了茶，就笑着说："哎哟，老陈今天亲自沏茶呀，阳台上的铁树今夜非开出花来不可。"

陈洁诚笑了笑说："我又不是第一次沏茶。除了你，你姐姐沏茶给我喝过吗？"

罗雨晴笑着说："批评我姐姐了？我可不能原谅你哟。"

陈洁诚笑着说："我那是批评吗？我这是实话实说，你可以去告状呀。"

陈洁诚说罢，和罗雨晴都会意地笑了起来。

罗雨晴大声说："阿洁呢？怎么小姨来了都不出来呀？"

陈洁诚小声说："阿洁不在家。"

罗雨晴问："阿洁去哪里啦？你把阿洁送去给老师辅导作业啦？"

陈洁诚沉默了一会儿后说："我把阿洁送回河南长葛老家读书去了。"

罗雨晴不说话，她的脸面有几朵白灰色的云朵在漂移。是呀，她能说什么呢？陈雨洁是陈洁诚和姐姐罗雨虹的女儿，他们离婚了，陈雨洁判给了陈洁诚抚养。她这次陪赵国文出了一趟国，做了那么多工作，如果赵国文不买账，一定要拍卖陈洁诚的海景城别墅区项目，那么陈洁诚的未来到底有多么艰难，这是不言而喻的。如果陈洁诚把女儿陈雨洁留在身边，看见他潦倒的模样，那只能给她幼小的心灵带来创伤。从这个角度上考虑，与其说把她留在海南，不如说把她送回老家。这样，陈雨洁就看不到陈洁诚将来潦倒的状况，这对她的成长肯定有益处。

罗雨晴自言自语说："这样也好，等你的处境好转以后再把她接过来，那样的话，你的形象在她的心目中就始终是高大的。"

陈洁诚有一点意料之外。他心想，罗雨晴真的好厉害，她好像是他肚子里的蛔虫，他心里想什么，她都揣摩透彻了。

陈洁诚说："这件事我决定得比较突然，本应该事先告诉你的，但你不在，我就先把她送回老家了再找机会告诉你。"

罗雨晴说："你的决定是正确的。现在这个状况也只能这样。"

陈洁诚看着罗雨晴，他感谢罗雨晴如此理解自己。心想，罗雨晴和姐姐罗雨虹有多么大的区别啊！

陈洁诚说："谢谢你的理解。"

罗雨晴说："事到如今，你别无选择。就算你同意阿洁暂时由我来照管，她还是能够看见你的状况。"

陈洁诚说："是这样。"

陈洁诚和罗雨晴都沉默了，他们各自想着心事。

也不知道过了多久，罗雨晴问："你就心甘情愿让海南银丰商业银行拍卖你的海景城别墅区项目？"

陈洁诚说："不然还能怎么样？"他停了停，接着小声说，"欠债还钱，那是天经地义的事。我是想，现在的问题是，为了保住海景城别墅区项目，我借的210多万元高利贷和拖欠的360多万元工程款，如果债权人知道我要破产了，都找上门来，说真的，我到现在还找不到向这些债权人……"

罗雨晴打断陈洁诚的话说："现在还是先争取赵国文行长撤诉，停止拍卖海景城别墅区项目，其他的我认为车到山前必有路。"

陈洁诚说："那是不可能的。"

罗雨晴说："很多不可能的事情后来都成为可能。我认为，在法院刊登拍卖公告之前，甚至刊登公告之后，只要那把拍卖的锤子还没有落下来，都是有可能的。"

陈洁诚说："已经在法院调解过了，海南银丰商业银行这次很坚决。"

罗雨晴说："其实你一开始就没有单独找过赵国文行长。你是知道他的为人的。我想，我们做事业，有的时候真的不能清高。清高了，你就没有饭吃。"

陈洁诚低下了头。

罗雨晴的话点中了他的"穴位"。他知道，自己的失败一多半源自于性格，但是因为理念，他一直坚持着原则，而且他好像还要坚持下去。

陈洁诚说："我也知道那样，但是有很多事情我办不到。"

罗雨晴说："实际上你横竖就不想去办，因为你认为诚信和品德至高无上。"

陈洁诚不说话。

罗雨晴看了看陈洁诚。陈洁诚那张瘦削透着几分刚毅的脸面，好像没有了先前的自信。但是很快地，罗雨晴就从陈洁诚的脸面上读到了坚定。

罗雨晴给陈洁诚的茶杯续了茶，然后说："好啦，就说点别的吧。"她情绪积极地问，"这十来天你都在干些什么呀？整天都闷在家里是吗？"

陈洁诚说，这些日子他都在家，主要是看罗雨晴推荐给他的几本书，他说，这些书对他启发很大。陈洁诚还告诉罗雨晴，这些日子，他一边看书，一边很认真地总结了自己失败的原因，他想等海景城别墅区项目拍卖之后，他就从头起步，他要依靠自己的力量重新站立起来。

罗雨晴听了陈洁诚说的话后，心情好像更加沉重了。她心里在问，难道陈洁诚真的一点都意识不到在拍卖海景城别墅区项目的背后博弈有多么激烈吗？抑或他根本就……

陈洁诚说："时候不早了，你该回去休息了。"

罗雨晴这才抬起头看墙壁上的石英钟，已经快到零点了，她说："我就睡姐姐的房间吧，我一个人住昌茂花园也怪寂寞的，现在阿洁回老家去了，你一个人住这里也很寂寞。"

陈洁诚原本不同意，他觉得有一点不怎么恰当。但是他又想，罗雨晴之前不是也经常睡在这里的吗？今天晚了，让她睡下来有什么不对呢？因此也就同意了。

罗雨晴自然高兴。她知道，陈洁诚是一个非常认真的人，在没有其他人在的情况下，他能同意她留下来，那是很不容易的事。

不过这一夜，陈洁诚和罗雨晴都没有睡好。

六

王荣草打电话给罗雨虹，叫罗雨虹单独约请赵国文吃饭，并且再陪赵国文过夜。王荣草说，这些天赵国文的态度很反复，因此，不管付出多大代价，也要搞定赵国文。王荣草还说，只要海景城别墅区项目还没有过户到他的名下，就会存在变数，尤其是罗雨晴插手了海景城别墅区项目的拍卖之后，这种变数就存在了。他现在尤其担心陈洁诚的铁哥们吴成龙插手。如果吴成龙插手了，那么这种变数的概率就大了。但是他从来不对罗雨虹说他担心吴成龙。

罗雨虹下午四点多钟就给赵国文打电话。

罗雨虹很甜蜜地对赵国文说："阿虹妹可想死赵行长了，怎么出去这么多天才回来呀，赵行长是不是把阿虹妹妹给忘记了呢？"

赵国文笑哈哈地说："是罗总呀，赵哥怎么能忘记阿虹妹妹呢，就算把全世界的人都给忘记了，也不会忘记阿虹妹妹呀。"

罗雨虹说："那怎么这么久了电话都不打一个呀？"

赵国文说："有事了，应邀出了一趟国。"赵国文不想说他和罗雨晴一起出国了，因为他知道，罗雨虹和罗雨晴两姐妹关系不是很好，而且在拍卖陈洁诚的海景城别墅区项目这件事上，罗雨虹为王荣草的利益所用，而罗雨晴却直接出面为陈洁诚博弈。

"哎呀呀，好快活哟，干吗不把阿虹妹带上呀？"罗雨虹装作不知道赵国文是和妹妹罗雨晴去了泰国，假装问："都去了哪些国家呀，是不是把哪家的靓妞带出去了呀？"

赵国文笑哈哈地说："赵哥出游哪能不带妞。不过得提醒一下，不能再往下问了哟。"

罗雨虹笑着说："阿虹妹明白。不过阿虹妹就是知道了，那也没有什么呀，这是男人的本性呀。"

赵国文不想再多说这个话题，他说："哦，言归正传了，给我打电话有事吗？"

罗雨虹装作不高兴的样子，说："有事才能给赵行长打电话吗？"她停了停，想看赵国文对她这句话是什么反应，但是赵国文好像不想说什么，她便说，"我是想看赵行长有没有空，我们今晚……"

没等罗雨虹说完，赵国文就打断她的话说："今晚我有一个应酬，对不起了。"

罗雨虹的脸面一下子就拉了下来，好在赵国文看不见。她努力保持着原来的情绪，笑着说："那就改天了。赵行长可得经常想到阿虹妹妹哟。"

赵国文笑哈哈地说："那当然。我什么时候都会想着阿虹妹妹的。"

挂了电话后，罗雨虹心想，赵国文明摆着是委婉谢绝了约请，这在以前是未曾有过的。她在心里开始骂起了妹妹罗雨晴：鬼丫头，想坏我的好事，看到时候我是怎么收拾你的。她又开始骂起了陈洁诚：这个没有用的东西，看你在海南还能混多久？我就不信你陈洁诚还能站得起来！

罗雨虹给王荣草打电话，她把她约请赵国文，但是被赵国文谢绝的事告诉了王荣草。

王荣草说："没有什么大不了的。这样吧，你现在就开车来寰岛泰得大酒店，我已经约了蓝风炎副省长的秘书崔智华来这里喝咖啡，他几分钟后就到。今晚可能还要和蓝风炎副省长一起吃饭，你来陪同。你得做好思想准备，如果蓝副省长需要的话，你还得陪他过夜。我相信，你这样的身材、这样的长相，蓝风炎副省长见到了，多半是会喜欢的。你请放心，只要你能让蓝风炎副省长玩得开心，我会给你大价钱的。不过你要记住，你没有任务对蓝风炎副省长说拍卖海景城别墅区项目这件事，你的任务很单纯，就是让蓝风炎副省长玩得开心。你明白了吗？"

罗雨虹说："知道的。你是想通过蓝风炎副省长给赵国文打电话，给赵国文施加压力是吗？"

王荣草说："是这样。我要让你的妹妹罗雨晴赔了夫人又折兵。"

罗雨虹不说话，其实她不知道说什么好。

罗雨虹来到寰岛泰得大酒店时，王荣草正和一个长相斯文，约莫三十六七岁的高个子男人坐在包厢里喝咖啡。

高个子男人见罗雨虹进来后，站了起来，他与罗雨虹握手后笑着说："很高兴认识罗总。早就听王总说过了，今天才看见，真是名不虚传，一句话，很漂亮。"

罗雨虹甜甜地笑着，但她不知道说什么好。

王荣草没有站起来，他见罗雨虹只笑不说，知道她还不认识崔智华，便说："都坐下来再说吧。"

罗雨虹和崔智华都坐下来以后，王荣草对罗雨虹说："这是蓝风炎副省长的秘书崔智华，是有名的才子，你以后就叫他崔秘书好了。"

罗雨虹笑着对崔智华说："崔秘书好。"

崔智华说："早就听说你的雨虹保健院很热闹，而且有几个豪华间，但就是没有机会去享受一次。今天见了罗总，看来得找个时间去一趟了，否则就不是王总的哥们儿了。"

崔智华的这番话，既说给罗雨虹听，也说给王荣草听。罗雨虹听了，感觉崔智华和王荣草的关系不一般，要是去了她的保健院，是看在王荣草的面子上，也是他对才认识的罗雨虹的一种认可。而王荣草听了，感觉自然更好，因为崔智华在别人面前说他们是哥们儿还是第一次。

罗雨虹笑着说："很欢迎崔秘书来雨虹保健院，如果崔秘书来了，那是俺雨虹保健院的光荣。"她看了看王荣草，接着说，"如果崔秘书来了雨虹保健院，阿虹一定亲自接待。"

王荣草说："如果崔秘书去了你的雨虹保健院，那当然是雨虹保健院的光荣。如果是那样的话，你还能不亲自出面接待？"

王荣草的这句话，显然是一语双关。罗雨虹和崔智华都明白其中之意。

罗雨虹说："那当然啦，如果崔秘书不嫌阿虹丑，阿虹一定亲自出面接待的啦。"

崔智华笑着说："如果有人说罗总丑，那这个世界就没有漂亮的女人了。"

王荣草说："那是。我看崔秘书就定一个时间，去一趟雨虹保健院，感受一下罗总的服务。我敢保证，那绝对是一流的。"

王荣草说罢，三个人都会意地笑了。

五点钟整，崔智华给蓝风炎副省长打电话。

崔智华小声说："蓝省长，我是小崔。"

蓝风炎说："知道，有事吗？"

崔智华说："今晚政府这边没有别的安排。王荣草很想陪您吃一餐饭，不知您是否方便？"

蓝风炎说："今天的省长办公会议开了一整天，有一点累，想在家安静，你就谢他了。"

崔智华说："是。"

但是他正要挂电话时，蓝风炎问："小王这边有事吗？"

崔智华马上说："有事。"

蓝风炎问："什么事？"

崔智华说："王总想托您给海南银丰商业银行的赵国文行长打个招呼，近期海南银丰商业银行要拍卖一个抵押物，是海南诚信实房地产开发总公司的海景城别墅区项目，王总想参与竞拍。"

蓝风炎"嗯"了一声，大约两分钟后，问："海南银丰商业银行非要拍卖海景城别墅区项目不可吗？"

崔智华说："海南诚信实房地产开发总公司几年以前向海南银丰商业银行贷款2亿元，已经逾期，进入不良。银丰商行这边已经向法院诉讼，法院也已经受理并进行了调解。但是诚信实房地产开发总公司已经无力偿还银行贷款本息，现在唯一的，只有拍卖海景城别墅区项目以偿还银行贷款了。"

蓝风炎问："真的再没有别的办法了？"

崔智华说："据说这可能是唯一的办法了。"

蓝风炎"嗯"了一声，大约三分钟后，说："你进一步把问题搞清楚，在合法的前提下，你给赵国文行长打个招呼，这个事就这么办了。"

挂了电话后，崔智华对王荣草和罗雨虹说："蓝副省长想安静，今晚就不和我们一起吃饭了。蓝副省长叫我给赵国文行长打招呼，王总你放心，这件事我来办。"

王荣草说："那就好，这件事就拜托崔秘书了。"

崔智华这才想起什么，他说："我说王总，你老爸是副市长，干吗不叫他出面呢？"

王荣草不想说他老爸不会出面为他办事，因此说："海南银丰商业银行是股份制银行，而且是经营货币的特殊企业，很多事情政府干预不了。我判断，我老爸出面，赵国文不一定给他面子，所以就动用到你。"

崔智华说："那倒是。在海口，稍微大一点的企业，多半在省里都有'后台'，所以他们就不一定去拜海口市的官爷。"

王荣草说："是这样。"他打了一个手势说，"好了，时候不早了，我们先吃饭，然后去雨虹保健院'享乐'。崔秘书你说呢？"

崔智华笑着说："一切听从王总的安排。"

罗雨虹原本以为今晚有机会和蓝风炎副省长吃饭，这在她看来是一次极好的机会，但是蓝风炎副省长不来。她多少有一点扫兴。不过她还是强迫自己高兴起来。她说："那就走，先找地方把肚子填饱了再说。"

王荣草问崔智华："吃什么好呢？"

崔智华问："不再叫其他人了吗？"

王荣草说："开玩笑，请崔秘书吃饭怎么还叫别人？"

崔智华心里很是高兴，说："那好，今天就不喝酒了，我们吃精致一点，就去燕泰大酒店吃椰子炖燕窝和鱼翅冬粉，不知道罗总喜不喜欢？"

罗雨虹说："我也是这么想的。就去吃椰子炖燕窝和鱼翅冬粉吧。"

王荣草说："那就走。"

他们各自开着自己的轿车，只十多分钟车程，就来到了燕泰大酒店。

王荣草一进酒店门口，就对餐厅主管说："要一个大包厢，上三份椰子炖燕窝，三份鱼翅冬粉，别的再说。你得给我上快一点，我可是老顾客了，别让我们等得太久。"

餐厅主管长得很秀气，她甜甜地笑着说："王总你放心，我叫厨师马上就做，很快就上。"

王荣草真的很有面子，一般三个人吃饭，只能安排小包厢，但是餐厅主管还是给他安排了大包厢，而且才半个多小时，他点的椰子炖燕窝和鱼翅冬粉就上来了。

三个人一边吃一边聊。吃完椰子炖燕窝和鱼翅冬粉后，就直接去了雨虹保健院豪华间。

王荣草趁崔智华去方便之机，对罗雨虹说："今晚一定要让崔秘书高兴，明天我才给你开支票。看来搞定赵国文行长就靠崔秘书了。"

罗雨虹伸出五个指头，说："明天的支票不能少于这个数。"

王荣草说："可以的。但你要记住我说过的话哟。"

罗雨虹撒娇地说："我哪一次让你失望过了？"

说完，两个人都会意地笑了。

七

陈洁诚坐在沙发上，显得有气无力。他手中拿着当天的《海南日报》直发愣。

海南银丰商业银行已经在《海南日报》刊登拍卖他的海景城别墅区项目的公告，这本来是在他的预料之中，但是拍卖的标的让他大跌眼镜。海景城别墅区项目拍卖参考价1.8亿元，这个参考价也就是日后的起拍价，这让他怎么也接受不了。他心里在问，海南昌盛会计师事务所是依据什么定出这个评估价格的？海南银丰商业银行为什么能够接受这个评估价格？接受这个评估价格意味着拍卖海景城别墅区后，贷款还不能如数收回，这中间是不是有猫腻呢？他想去找海南昌盛会计师事务所所长郭中利和海南银丰商业银行行长赵国文问个究竟，但是当他从沙发上站起来时，忽然发现自己底气不足。欠债还钱，这是天经地义的事。道理其实很简单，你欠了别人的钱，你还不了，债主来搬你的物品，把你的物品搬出去拍卖，把拍卖所得，用来抵偿你的欠款，这有什么不对？现在问题的关键在于，债主把你的物品搬出去拍卖时，并不是按照市场价拍卖，而是与买家勾结，贱卖了你的物品。你很不服气。你要去找债主，说，这样不行，你的物品这样的价格不能卖，因为你的物品不止是这个价。这个时候债主反问你，那你说多少钱才能卖呢？你能说应该是多少钱才能卖吗？债主进一步对你说，如果你认为你的物品卖便宜了，那可以啊，你现在就把钱还来，你的物品还是你的。这个时候你能说什么呢？想着这些，陈洁诚坐回沙发上。他对自己说，海南银丰商业银行已经刊登了拍卖公告，即便去找了赵国文和郭中利，到时候还是要按照公告的参考价进行拍卖，至于能否竞拍出更高的价钱，那是另外一码事。

陈洁诚问自己，这是不是不能兑现承诺、失去诚信所必须付出的代价呢？不知是咋的，他这么一问，先前的愤懑没有了。但是他的心情还是很不好，而且心里头很烦乱。更可怕的是，他好像一下子没有了方向，对自己好像没有了信心。他好像觉得，未来将是越走越黑暗。

罗雨晴坐在办公室里的沙发上，她手里拿着当天的《海南日报》，眼睛直冒火。她心里在骂，赵国文你有种，为了利益，你什么都可以放弃，你看着，总有一天你会遭到报应的。她又骂起了王荣草，王荣草你是个混蛋，别以为你有背景，别看你暂时得势，总有一天你会死得很难看。对于姐姐罗雨虹，她连骂都懒得骂，她心里在问，我怎么会有这样一个姐姐呢？她自己丢人现眼不说，连祖宗八代的脸都给她丢光了……罗雨晴越想越上火，她把手中的报纸扔到地上，站了起来，在办公室走了几个来回后，又坐回到沙发上。她想给陈洁诚打电话，安慰他一下。但又想，陈洁诚这样的人还是让他苦恼，甚至是痛苦一阵子，对他有好处。他太不懂社会，他总是用一种善良的目光去看待社会，看待每一个人。人家就要从他的背后撞死他了，但是他连躲闪的意愿都没有。俗话说，害人之心不可有，防人之心不可无。陈洁诚呢？不要说他害人，什么叫防人都不知道，在他的字典里横竖就没有这两个字。如此他怎么能站立起来呢？怎么能战胜王荣草呢？

罗雨晴想给吴成龙打电话，看吴成龙有什么招数，尤其眼下陈洁诚即将面临的逼债，应如何应对。但是她想，这是很大的一件事情，应该约请吴成龙出来坐下来喝茶，然后慢慢商量才行。看起来这件事迫在眉睫。如果吴成龙能参加竞拍陈洁诚的海景城别墅区项目，那是上策。但是依吴成龙的个性，没有十拿九稳的事情，他是绝对不去做的。换一句话说，吴成龙最多只能借钱给陈洁诚还债，不大可能参加竞拍陈洁诚的海景城别墅区项目。如此想来，她就不急于给吴成龙打电话。她打算晚上约请吴成龙出来喝茶，看怎么帮助陈洁诚。

王荣草坐在他的奔驰轿车里，手里拿着当天的《海南日报》，可谓笑容满面。他心里在说，罗雨晴你也想跟我斗，太自不量力了。我王荣草这回让你赔了夫人又折兵，这种感觉一定不是滋味吧。他心里在骂，陈洁诚你是个大傻瓜，你以为你讲信义了会有人同情你、可怜你吗？没有那回事。物竞天择，适者生存。这是人类的生存法则，陈洁诚你懂吗？

然而他犯愁了，他手上的资金实力其实不是很雄厚，他接下来需要的资金量是非常大的，这需要设法得到银行的支持。还有，《海南日报》刊登了海景城别墅区项目拍卖公告后，这样好的地段、好的项目，参加竞拍的房地产商一定不少，因此还得设法摸清楚报名参加竞拍者的名单，然后一一劝退。对于那些执意要参加拍卖的房地产商，还得用钱把他们打发走。总而言之，接下来的事情是非常之多。他忽然想，罗雨虹真是天使，既是他的情人，又是他的花瓶，还是他的助手，更是他的工具。他认为，他应该感谢上苍，因为上苍给他发派了这样一位天使，既能满足他性的欲望，又能为他创造财富，还能帮他打击对手，更能让他找到自信……想着这些，他马上给罗雨虹打电话。

罗雨虹才起床，见是王荣草打来的电话，问："王总又有任务？"

王荣草说："大好事，今天的《海南日报》已经刊登拍卖陈洁诚的海景城别墅区项目的公告了，这一回合，我们算是赢了。"

罗雨虹在电话里大声骂起了妹妹罗雨晴："鬼丫头，她以为她是谁？这回让她……"

"让她赔了夫人又折兵。"王荣草接了罗雨虹的话说。

两个人都得意地笑了起来。

吴天军手里拿着当天的《海南日报》，走进赵国文的办公室。

赵国文抬头见是吴天军，问："有事吗？"

吴天军把报纸递给赵国文后，说："拍卖海景城别墅区项目的公告已经刊登出来了。"

赵国文"嗯"了一声，但没说什么。

其实他的心情是复杂的。他心里在想，与王荣草合作肯定有利可图，但是正如罗雨晴所说，安全边际是个未知数。更让他感到苦恼的是，对于罗雨晴，他没有找到一个更好的解释。坦白说，在拍卖陈洁诚的海景城别墅区项目这件事情上，打从他和罗雨晴出国回来后，他是比较犹豫的。他回想起他和陈洁诚多年来的合作与交往，虽然说没有图到更大的利益，但是陈洁诚的为人，尤其是他对事业的执着和对朋友的忠诚，他非常钦佩。如果不是蓝风炎副省长的秘书崔智华出面找他，他会考虑撤诉，但是事件的发展，后来并不是他所能把握。由此他对王荣草多了几分疑虑：为什么要搬出省长呢？这不是以势压人又是什么呢？如果那样的话，日后不就让他牵着鼻子走了吗？如此自己还是一个商业银行的行长吗？他越想越不对劲。他想给罗雨晴打电话，聊一聊他的真情实感，但是罗雨晴还愿意接他的电话吗？他有了一点后悔，早知道这样，一开始就不应该采纳吴天军的意见，继续和陈洁诚合作，给陈洁诚的贷款展期，等宏观经济形势好转后，像陈洁诚这样有能力、有社会公信力的人，肯定又是一条好汉，到时候他一定能够偿还贷款的。如果是那样，就不至于像现在这样，连自己都给丢失了。

吴天军见赵国文不说话，说："从今天刊登公告起，十五天后，海景城别墅区项目就可实行拍卖了，赵行长看还有什么要交办的吗？"

赵国文好像很懒得说话，他低着头看放在办公桌上的资产负债表，没有要说话的意思。

吴天军说："王总说，不知道晚上赵行长有没有空，他想一起吃一餐饭。"

赵国文没有抬起头来，大约一分钟后，他小声说："时候还早，等会儿有空了再说。"

吴天军不知道发生了什么事，又不好多问，就说："那好，我就这样回王总的话，就说时候还早，等有空了再说是吗？"

赵国文"嗯"了一声，其实他拿不准到底要不要和王荣草一起吃饭。

八

下午四点多钟，王荣草打电话给吴天军。

王荣草问吴天军："赵行长有空和我们一起吃饭吗？"

吴天军说："赵行长说时候还早，因此还没有明确下来。"

王荣草认为，应该不是时候还早，而是赵国文拿不准要不要和他一起吃饭。赵国文和罗雨晴从泰国旅游回来后，他叫罗雨虹约请过他几次，但是赵国文都委婉谢绝了。依他的判断，赵国文所说的时候还早，只是一种借口。

王荣草问："可能是什么原因呢？"

吴天军生硬地反问："我是赵行长肚子里的蛔虫？"

王荣草赶忙说："哦，我是不该这么问的。"

挂了电话，王荣草心里很不舒服。他嘀咕道，吴天军也真是的，为了各自的利益，大家混在一起这么长时间了，怎么老还是这个态度？如此这般，海景城别墅区项目过户到我王荣草的名下后，我还有必要看你的脸色吗？

其实，王荣草是可以直接约请赵国文吃饭的，但是他对当下官员的心态比较了解。他们与商人之间，不管关系有多么密切，表面上都要刻意保持一点距离，他们认为这样"安全"。所以王荣草每一次约请赵国文吃饭，都要拐一个弯，要么叫吴天军，要么叫罗雨虹，这主要是看需要。他今天叫吴天军约请赵国文，不是为了海景城别墅区项目拍卖的事。拍卖海景城别墅区项目已经在《海南日报》上公告，接下来就是如何确保顺利竞拍到手的事了。他今天主要是想解决眼下资金缺口的问题。他已经细算过了，如果他能够顺利买下海景城别墅区项目，单就购买与续建项目这两笔资金，至少要投入5亿元资金。他手头的资金，满打满算也就五六千万元，缺口还很大，这就要靠银行的支持。海南银丰商业银行是股份制银行，相对于其他国有商业银行来说，贷款条件较为宽松，而且贷款手续较为简便。如果赵国文能帮忙，那问题就好办了。不过他不想现在就和赵国文提出贷款要求，这样会引起赵国文对他实力的怀疑。他想和赵国文谈的是，在他竞拍下海景城别墅区项目之后，海南银丰商业银行同意他把陈洁诚的贷款承接下来，当然，他所承接的贷款，只是海景城别墅区项目所拍卖的金额，而并非是陈洁诚原来拖欠的全部贷款。债务人自然就由陈洁诚变更为王荣草。如果赵国文同意这样操作，他的资金缺口就解决一半了。这样，他也就不用为了筹集购买海景城别墅区项目的资金犯愁了。但是现在的问题是，赵国文不愿意出来和他一起吃饭。他也就没有办法把他的想法对赵国文说。这件事拖不得，因此他决定还是叫罗雨虹再出面。他马上给罗雨虹打电话。

王荣草说："晚上请赵国文行长吃饭的事，我想还是你来约请。我已经让吴天军帮约请了，但是赵行长说时候还早，没有明确说要不要和我们一起吃饭。依我看，赵行长是在犹豫中，这个时候你出面，可能他就会出来。"

罗雨虹说："不一定啊，前些天我不是请过他了吗？但是他婉言谢绝了。"

王荣草说："那时候他刚从泰国回来，你妹妹罗雨晴做了那么多工作，他不想出来是可以理解的。但是现在情况有了很大的进展，他不是已经同意刊登拍卖海景城别墅区项目的公告了吗？所以你这次请他吃饭，他多半会给面子的。"

罗雨虹好像在犹豫。

王荣草说："你就再厚一次脸皮吧，如果赵国文行长不给你面子，那我们再想别的办法。"

罗雨虹说："那我就试一试了。"

王荣草说："好的，过后我不会少你一块钱的。"

罗雨虹在电话里甜甜地笑了。

男人的身上都有太多的缺点，但是有一个缺点好像是共有的，那就是经不起美女的诱惑。赵国文更是这样。罗雨虹打电话给他，约他一起吃饭时，开始他很想谢绝，但是当听罗雨虹说，今晚她很想和他一起温存一次时，他马上就答应了。

罗雨虹说："今晚喜欢吃什么呢？好些时候不在一起吃饭了，赵行长想去哪家酒家呀？该找一个好一点的宾馆吃好一点的啊。"

赵国文笑着说："今晚我只想吃你。"

罗雨虹甜甜地笑着说："我真的很想让你把我吃掉，那样就不用老想入非非了。"

赵国文大笑，说："看起来今晚不把罗总吃掉是不行的了。"

罗雨虹说："等你啊。"

赵国文说："非要和王荣草一起吃饭了再温存吗？我，我都等不及了呢！"

罗雨虹笑着说："看起来本小姐还真有几分魅力哟，赵行长都等不及了呢。"

赵国文说："罗总可是真正的大美女，何止是有魅力？"

罗雨虹咯咯地笑了起来。她心里在说，这个赵国文，真是个色鬼，怪不得才四十岁出头就秃顶了。据说秃顶的男人性欲强烈。她很想对赵国文说，你才和我妹妹罗雨晴一起去国外泡了那么多天，怎么就迫不及待要泡姐姐了呢？你是不是想再一次比较一下我们姐妹俩有什么不一样吗？但是她说不出来。她心里想，两姐妹都被这个才四十出头就秃顶了的色鬼泡了，其实不是什么光荣的事，干吗还要说这些呢？

不见罗雨虹说话，赵国文说："罗总准备把赵大哥带到哪里吃饭呀？"

罗雨虹说："到哪里吃饭可不是我的事，王总说去哪里，我们就去哪里。我关心的是今夜赵行长如何把本小姐吃掉。"

赵国文哈哈大笑起来，说："我们不是已经有过经验了吗？如何吃你，你难道还不知道吗？"

罗雨虹说："但是总希望赵行长又有新的招数。"

赵国文说："那就一起创造新的招数。"

赵国文说罢，两个人都开心地笑了。

王荣草在华侨宾馆要了一个豪华包厢，才坐下，罗雨虹就到了，接着赵国文和吴天军也到了。

赵国义一进门，就笑眯眯地对罗雨虹说："哎哟，罗总今天怎么这么漂亮，是吃羊胎素了吧？皮肤又光滑又白嫩，海南的阳光也真是的，怎么就长了眼睛，光晒我们这些……"

罗雨虹笑着打断赵国文的话说："赵行长好像才见罗小姐似的。"她故作谦虚地说，"可别把罗小姐吹飘起来哟。"

赵国文说："这可不是吹的啊。我敢打赌，要是罗总参加选美比赛，如果拿不到冠军，那选美俱乐部非被观众踢炸不可。"

王荣草和吴天军也附和着赵国文逗乐罗雨虹。这使得气氛非常活跃，而且非常轻松。

坐下来吃饭以后，赵国文好像没有别的话题说了似的，一股脑儿说了几个黄色段子。让罗雨虹、王荣草和吴天军笑到肚子痛。这个时代的官爷儿真能说，春节晚会让他们上台，赵本山就不一定总拿到小品一等奖了。

赵国文说："怎么都是我一个人说呢？该轮到罗总说几个段子了，王总和吴经理的意见呢？"

吴天军马上附和说："好，该罗总说了。"

王荣草笑着说："是的，该轮到罗总说了。"

罗雨虹肚子里的黄段子可不少，而且她说起黄段子来可不像别的女人那样有什么害羞感，为什么王荣草请人吃饭总要把她带上，原因恐怕就在于此了。

罗雨虹说："赵行长让我说，我哪能不说，不过我说的不好笑也要笑哟，可千万别伤了美女的自尊哟。"

吴天军说："罗总说的肯定很好笑，就说吧，我们都猴急了呢。"

罗雨虹看着眼前的三个男人，他们都睡过自己，可是除了王荣草之外，赵国文和吴天军都相互隐瞒着。罗雨虹心里在说，男人呐，真的好虚伪，权、色、利，一个都不放弃，但是玩了别人，却还装得若无其事。不过话又说回来，她也是为了钱才和他们上床的，只要有钱，何必去想那些呢？

罗雨虹说："我是河南人，先讲一个河南方言的笑话。"

赵国文说："好的，赶紧说，我们猴急了。"

罗雨虹说："有一个穷书生，他发奋读书。为了自励，他在自己的房门前写下一副对联。上联是'睡草屋闭户演字'，下联是'卧脚榻弄笛声腾'，横批'甘从天命'。有一天，一个河南僧人路过此地，看见这副对联就心生好奇，大声念了起来：'谁操我屁股眼子'，'我叫他弄得生疼'。横批他给念反了：'明天重干'。"

罗雨虹说完，三个男人一起哄笑了起来。

等三个男人笑完之后，罗雨虹接着说第二个黄段子："'三八'妇女节，主管妇女工作的副县长要到某乡镇去给妇女们发表讲演，秘书不在，他就叫老黄给他写讲稿。老黄这个人官运不济，干了大半辈子连一个副科长都当不上，自觉倒霉，心中好不窝火，认定他的倒霉一半是副县长造成的，因此就故意糊弄了一篇讲稿。副县长是个大老粗，他看都不看，就拿到妇女会上，一字不差地念了老黄给他写的稿子：'……我是专搞妇女的，很有经验。最近，我到你们下面摸了一下，摸到了第一手资料。我是大老粗，到底有多粗，你们妇女主任最清楚。昨天晚上，我跟她扯了一宿。开始她不知我的长短，我也不知她的深浅，躲躲闪闪就是搞不到一块。经过多次交锋，将心比心，终于摆开了。伪装既然剥去，下面就好搞了。我只要抓住两点，她只要摆正姿势，从下面干起，一鼓作气，深入浅出，坚持不懈，直到积压已久的问题得到彻底解决。真是一泄如注，痛快淋漓啊。最后她高兴，我满意，这有多好……妇女们都站起来……'在场的女同志因惧怕副县长的淫威，都站了起来，等待副县长的指示。副县长舔了一下指头翻了一页，接着念：'了。'"

罗雨虹一边说，三个男人一边笑，赵国文甚至站了起来笑。

等都笑过后，罗雨虹说，该轮到吴经理说了。

吴天军看了看赵国文，说："今天的笑话就说到这里吧，我们得留一点以后再说。"

王荣草说："笑话就说到这里，我们干杯。"

赵国文好像想到他还要和罗雨虹温存的事，便说："好，我们干杯。把一些笑留给下次。"

四只酒杯碰到一起，发出一声很刺耳的响声。

从华侨宾馆出来后，王荣草心里头有一种说不出的滋味。他明显意识到，实际上赵国文是通过说黄色段子来拒绝他谈论别的话题。如果是这样的话，那么他下一步的棋子走起来就比较艰难了，关键是眼下的资金缺口。看起来得赶紧找别的银行支持了。但是眼下亚洲金融危机，国家对经济实行宏观控制，各大国有商业银行的资金头寸都很紧，没有好的抵押物，哪家银行愿意给他发放这么大一笔贷款呢？他对自己说，再怎么艰难，也要争取赵国文的支持。他想还是要打罗雨虹这张牌。他对站在他身旁的吴天军说："吴经理，我们接下来一起去雨虹保健院放松一下如何？"

吴天军说："我还有一些事要办，今天就不去了。"

实际上吴天军见赵国文在场，他不好意思一起去。赵国文和他毕竟是上下级的关系，无论混得怎么熟，他还是不敢过于放肆。其实，王荣草算是读透了吴天军，他对有求于他的人很横，但是对于自己的上司，倒是毕恭毕敬。王荣草最想要的，就是吴天军赶快走开，好让罗雨虹把赵国文带去温存。他已经打电话到寰岛泰得大酒店定了一个豪华间，他现在只能把希望寄托在罗雨虹身上了。

赵国文和罗雨虹各自开着自己的轿车，去了寰岛泰得大酒店。

王荣草坐在他的奔驰轿车里，把车发动起来，把座椅放低，躺了下来。他想用一点时间来想一想如何解决眼下资金缺口的问题。海景城别墅区项目很快就要拍卖，他必须在短时间内筹集到至少2亿元，才能把项目买下来，至于续建项目的资金，那是下一步的事了。就这段时间来看，赵国文对他的态度明显有了变化，他甚至感觉到赵国文在刻意疏远他。他想，如果不能尽快抓牢赵国文，并取得赵国文的信任，和以前一样把利益捆绑在一起，他原想抓住亚洲金融危机之机，在海南乃至全国商界"冒出头"来的梦想，至少要推迟好几年才能实现。想着这些，他感到很不对劲。他看了看表，估计罗雨虹还到不了寰岛泰得大酒店，马上给罗雨虹打电话。

罗雨虹说："我在开车，要长话短说。"

王荣草说："我知道。"

罗雨虹说："是不是又想出什么鬼点子来了？"

王荣草说："一定要帮我抓牢赵国文。"

罗雨虹说："不是一直都在做这件事吗？"

王荣草说："是啊。你不觉得吗？吃饭的时候，赵国文是用说黄色段子的办法来拒绝我谈正题啊，因此我想今晚你得帮我搞定那件事情。"

罗雨虹说："贷款的事吗？"

王荣草说："你先不要说贷款的事。因为如果先说贷款的事，就会引起赵国文对我的实力产生怀疑。"

罗雨虹问："那是什么事情？"

王荣草说："我想，在我竞拍下海景城别墅区项目以后，海南银丰商业银行不要急于叫我支付购买款，同意由我把陈洁诚的贷款承接下来，当然只是海景城别墅区项目拍卖的成交额，并非是陈洁诚原来所拖欠的全部贷款。我承接陈洁诚的贷款，并更换债务人之后，海南银丰商业银行即给我办理贷新还旧，或者还旧贷新的相关手续。你不懂这些啊，我得给你说一说，否则你等一会不知道怎么对赵国文说。所谓贷新还旧，就是在我把陈洁诚的贷款承接下来以后，海南银丰商业银行即等额给我发放一笔新的贷款，用于偿还旧的贷款。而还旧贷新，即是我先偿还从陈洁诚承接下来的贷款，然后海南银丰商业银行等额把这笔款项贷回给我。不管是贷新还旧，还是还旧贷新，其实我都不用拿出一分钱，就买下了海景城别墅区项目。这样，我也就不用为了筹集这笔购买款而犯愁了。如果赵国文不同意这样操作，你再提贷款的问题。"

罗雨虹说："你这个家伙真的比陈洁诚会钻营。"

王荣草笑着说："那当然。不懂钻营还算是商人吗？现在不兴叫商人，叫企业家。陈洁诚的失败，就是不懂得钻营。"

罗雨虹说："好啦，我马上就到寰岛泰得大酒店了。你说啊，我帮你搞定这件事，我得多少呢？"

王荣草说："搞定了，我明天给你开50万元支票。"

罗雨虹说："这么重要的一件事，得加10万元，要调动积极性嘛。"

王荣草说："就这么定吧，你无论如何得给我搞定赵国文。"

罗雨虹说："到寰岛啦，不说啦。"

挂了电话，王荣草心里好像踏实了一点儿。不过要是赵国文同意还旧贷新，谁又能暂时借给他这笔钱呢？他的脑子里开始想这件事。

九

寰岛泰得大酒店的豪华间里的灯光，显得有些柔弱，床头上方的两只壁灯，躲藏在灯罩里，很不情愿地散发着暗黄的光芒。罗雨虹躺在赵国文的怀里，她的右手抚摸着赵国文的胸脯，说："同意王荣草把陈洁诚的贷款承接下来，那样大家都有好处的。"

赵国文说："如果这样操作，那就等于海南银丰商业银行白忙乎了一场。海商行的存量资产没有变化，只变更了债务人。这样的话，我这个行长可就当到头了。"

罗雨虹说："那就同意王总承接陈洁诚的贷款以后，办理贷新还旧，或者还旧贷新，这样操作虽然海南银丰商业银行的存量资产不变，但是不良资产却下降了。"

赵国文用一种陌生的眼光看着罗雨虹，心想，罗雨虹怎么懂这些？是不是……

罗雨虹推了推赵国文，说："你就同意王总把陈洁诚的贷款承接下来嘛，至于办理贷新还旧，还是还旧贷新，那就看赵行长的需要了。"

赵国文说："我看都不行。"

罗雨虹有一点唐突地问："为什么？"

赵国文反问："你说呢？"

赵国文这样一问，倒把罗雨虹问住了。罗雨虹第一次看见赵国文对她的态度如此生硬。她想，这可能是因为自己的问话过于唐突。她马上改变方法。她把脸贴到赵国文的胸脯上，把手移到赵国文的下面……赵国文开始慢慢地被一种柔情所融化，并且进入一个如梦的世界里……

在一阵春情激荡之后，罗雨虹说："帮一把王总嘛，王总这个人还是很讲游戏规则的，只要把事情办了，大家都会是很高兴的。"

罗雨虹所说的，赵国文可谓心领神会。但是他不说话。他背靠在床头上，点燃了一支大中华香烟，一边吸，一边想着什么。

很久以后，罗雨虹推了推赵国文，说："还旧贷新这个方案应该说是很不错的。只是王总一下子筹集这么多钱还掉旧的贷款，在这么短的时间内可能是有困难的。"

赵国文说："要是我同意这样操作王总还有困难，那他为什么运作这笔买卖？难道开始就指望我给他发放贷款的吗？作为一个企业老总，难道一点金融形势都不懂的吗？"

罗雨虹差一点给赵国文问蒙了。然而当她回过神来时，她心里非常高兴，因为赵国文实际上已经松口了。

罗雨虹故意骂了王荣草说："王总也真是的，实力不到却敢操作这样大的项目，如果赵行长不帮忙，那他岂不……"

赵国文打断罗雨虹的话说："不说这些了，如果王总能顺利拍卖到海景城别墅区项目，你就叫他准备一笔资金，海南银丰商业银行还是先收回这笔贷款，然后再把这笔资金贷回给他。这就是你所说的还旧贷新。这样操作正如你所说，我们的资产总量不变，但是贷款形态却变化了，债务人也变更了。我同意这样操作，当然都是看在你罗总的面子上。我是这样想，以后王总最好少来找我，有什么事你出面就行了。"

罗雨虹听赵国文这样说，心里自然高兴。她把身子往上挪了一下，把嘴送到赵国文的嘴边，两个人又一次堕入如梦如幻的境地里……

✚

陈洁诚和罗雨晴来到温泉宾馆时，吴成龙还比他们先来一步。吴成龙要了一个包厢，并把甘之然也叫了过来。

甘之然个头很大，大概有一米八的样子，脸面红润，眼睛很大，鼻梁很高，胡子很多，其外表给人一种非常能干的感觉。

吴成龙把陈洁诚和罗雨晴介绍给甘之然后，说："今天的日子不错，"他笑着对陈洁诚说，"老陈你的命运就掌握在甘总手中了。"

陈洁诚笑着说："看甘总的面相与我很合，我想应该是有好结果的。"

甘之然说话的节奏很慢，他也笑着说："吴董事长都设计好了，按照吴董事长的方案走，就不会有什么问题的。"

罗雨晴说："甘总可能还不了解王荣草这个人，他很滑头，一不小心，他就会看穿你的底牌。如果他看到了底牌，那问题就大了。"

甘之然说："罗总说的对，我不是很了解王荣草。从昨天到今天早上，他起码给我打了上百个电话，好在吴董事长让我把手机设置成会议模式，否则非被他烦死不可。"

吴成龙说："没有必要把王荣草当成一回事，如果他在我们的底线停止举牌，那再好不过了。想一想啊，像海景城别墅区这样的项目，要是3亿元，甚至是4亿元拿下来，王荣草就吃大亏了。他前期的投入，我想不会少于5000万元。问题不在于他白亏了5000万元，而在于日后再也没有人信任他。起码赵国文一定不把他再当一回事，郭中利也一样，还有罗雨虹……他一定对他们信誓旦旦，否则没有人会白白为他做事。他的父亲王仲雷的权力，对这些人都构不成威胁。这不是说王仲雷能力不到，而在于海口是省会，在这里，关系非常复杂，你根本搞不清楚谁是谁的保护伞，谁是谁的钱袋子，谁是谁的弟兄，所以像王仲雷这样的官位，他是十分谨慎的。对于没有把握的事情，他绝对不会为儿子的事出手。我这样说的意思是，甘总你等一会到了拍卖场，千万不要被王荣草，或者拍卖师的气势给压倒。你就按照我设计的方案走，我也去拍卖场……"

没有等吴成龙说完，罗雨晴好像有一点激动，问："吴董事长也去拍卖场？"

陈洁诚的眼睛也睁大看着吴成龙，他好像不相信自己的耳朵，问："老吴你真的要去拍卖场？你不是说你在背后就行了吗？"

吴成龙说："我要去拍卖场。我考虑了一夜，我想我今天就要向王荣草表明一个态度，我要支持我的战友。实际上，王荣草迟早也会知道我是后台老板的。至于日后他真的要和我玩，那就只好随他的便了。"

　　陈洁诚很感动。罗雨晴很激动。

　　甘之然说："吴董事长也去拍卖场这就好，这样我的心里就更加踏实了。"

　　吴成龙对甘之然说："吃早餐后，你回总公司开88188那辆奔驰轿车，你把你的办公室主任王胜同带上。到了拍卖场后，你和你的办公室主任王胜同坐在一起，我和老陈，还有罗总坐在后排。我们的任务就是看你和王荣草叫价。到了2.8亿元以后，任何价位你都可以停止举牌。如果王荣草的情绪还很高，那么你可以把成交价拉抬到3亿元或以上才停止举牌。要是能把成交价拉到3亿或以上，老陈就轻松多了。"说到这里，他打住，看了看陈洁诚，笑了笑说："如果真能那样，说不定哪一天老陈杀一个回马枪，再把海景城别墅区……"

　　陈洁诚打断吴成龙的话，说："这怎么可能？"其实，他很想有这样一个机会的。

　　吴成龙笑着说："就不说这些了，还是言归正传。罗总你开你的轿车，老陈还是坐你的轿车，你的姐姐罗雨虹知道你为了老陈的事业，已经到了不计得失的地步。那不管她，谁有谁的生活方式，谁有谁的道德标准，只要你认为你这样做已经对得起良心了，那么你就照你的方向走下去。你没有错。我认为你的眼力不错，老陈是一个很优秀的男人，支持他，我们一起支持他，经历了磨砺之后，他再出发，步子将会更加稳当……"

　　罗雨晴说："我很相信陈总，所以……"

　　"所以为了他，你就不顾安全，单枪匹马把赵国文请到国外旅游去了？"吴成龙揭穿了罗雨晴的秘密。

　　罗雨晴的脸红成了一个大烧盘，说："我那是瞎碰，不像你，一出手就能解决大问题。"

　　陈洁诚问："老吴你说什么？雨晴为了我和赵国文到国外去旅游？"

　　吴成龙说："是这样。不过罗总是一个有底线的人，是一个有原则的人，这一点你绝对放心。好了，这件事等把今天的事情做好以后再叫罗总和你详细说吧。"

　　陈洁诚深情地看着罗雨晴，他不知道说什么是好。是啊，为了他，她一个姑娘家，什么得失都不计较。他突然发现，坐在他身旁的罗雨晴，是一座山，他这一辈子怎么补偿得了呢？

　　罗雨晴对陈洁诚说："过了今天，我再和你细说。"

　　甘之然明白了，吴成龙为什么明知道这是一笔大买卖，却把它送给陈洁诚，这在生意场上是很少有的案例。由此他认定，吴成龙这个人是可以合作的，而且只要真诚地与他合作，结果肯定是光明的。

　　吴成龙不再说话。他心里想，商场就是这样，很残忍，你没有本事，你就得离开这个战场。你要想在这个战场上生存下去，你就得学会和别人斗智斗勇。他希望陈洁诚和他走完这一回合之后，真的成长起来。他相信，陈洁诚一定能够站立起来，而且还会快速地往前跑。

　　吃完早餐，陈洁诚坐罗雨晴的轿车走在前面，吴成龙和甘之然紧随其后来到了海南中级人民法院。

　　罗雨晴的车才停下来，罗雨虹就走了过来。

　　罗雨晴对陈洁诚说："老陈，你先下车，我看她要和我说什么。"

　　陈洁诚说："不要吵架。这是大众场合。"

　　罗雨晴说："我知道，你先进去找地方坐下，吴成龙很快就到。"

　　陈洁诚下车后，原想大大方方和罗雨虹打一声招呼，但罗雨虹好像没有和他打招呼的意思，因此就径直向法院门口走去。但是他才走几步，吴成龙的奔驰轿车就到了。吴成龙看见罗雨虹站在罗雨晴的车窗前，特意摇下车窗叫住陈洁诚："老陈呐，我来看热闹啊，你等一等我啊。"

　　罗雨虹看见吴成龙在叫陈洁诚，她先狠狠盯了一眼罗雨晴，然后转身走到吴成龙的车前，笑着说："哎哟，吴董事长怎么也来了，看起来海景城别墅区这个半拉子工程还很有人气呢。"

　　吴成龙笑着说："罗总你也来啊，我这眼睛呀，很不老实，专找靓妞看的，知道罗总来了，就闹着非让我来，说，不看罗总，让我长在你的脸上干什么？"

　　罗雨虹笑说："怪了，我的眼睛和你的眼睛也一样，说，我好久没有看见吴董事长了，你得带我去找一找啦，只要能看见他一眼，那就算有福了。

因此我就来了。"

在吴成龙和姐姐罗雨虹说笑话时，罗雨晴下了车，她快步跟上陈洁诚。这时王荣草从法院门口往外走。陈洁诚看见了王荣草，他特意把头抬高，旁若无人地和罗雨晴有说有笑，即便他的脸上还有血痕，但是他不在乎。他认为头是他的，他应该把它抬起来。这时，甘之然开着奔驰轿车来到了停车场。才下车，吴成龙就故意大声叫道："甘总啊，你也来看热闹啊？"

甘之然说："吴董事长好呀，你怎么也来了？"

吴成龙知道王荣草已经走了过来，便说："我很关心今天的拍卖，这是我的战友八年的心血呐。"

甘之然故意大声说："陈洁诚是你的战友？看起来你不够朋友，怎么不早一点出手帮忙呢？落到今天这一步，嗨，不够朋友。"

王荣草已经走到甘之然跟前，说："甘总好，早闻大名，原来甘总和吴董事长认识呀。"

甘之然说："我一来海南，就听说有一个叫吴成龙的大亨，为了不给自己设置障碍，专门拜访了吴董事长。哦，这位是……"甘之然早已猜想到站在跟前的就是王荣草，但是他故意装作不知道地问吴成龙。

吴成龙说："这是大名鼎鼎的王总，王荣草先生。"

甘之然故意责怪说："吴董事长啊，你咋不早说，好让我早一点去拜访王总啊，真是失礼了。"

王荣草说："甘总，还有几分钟，我们能聊一聊吗？"

甘之然说："王总是不是也参加竞拍？"

王荣草见吴成龙站在旁边，不好意思说。这时吴成龙装得很知趣地说："你们聊，我先进场了。"说完走开了。站在一旁的罗雨虹见吴成龙走开，马上跟了上去，想和吴成龙说什么，但是吴成龙没有和她说话的意思，她只好又折回王荣草和甘之然那里。

甘之然说："王总啊，我都来到了拍卖场，我不想聊什么了啊。"

王荣草说："我想和你做一笔交易，只要你退出，我马上就给你一笔补偿。"

甘之然说："我很看好海景城别墅区这个项目。"

王荣草说："那是肯定的，否则你报名参加竞买干啥？"

甘之然说："既然你都已经知道，何必还要找我说什么。你认为还有必要说什么吗？"

王荣草见甘之然的口气有一点生硬，觉得不太可能劝他退出，就来一点威胁，他说："海南这边的情况很复杂，即便你拍下来了，你认为你就能够顺利建起来吗？"

甘之然说："我既然敢来海南发展，那么我就不怕我的事业不顺利。"

王荣草感觉到再说什么也没有太大作用了，就甩下一句："那就等一会儿见了。"说罢，就走进了法院经济审判庭。

拍卖师华建勇说话的速度很快，他右手拿着锤子，左手快速地变换着手势，在王荣草和甘之然的牌子间来回比示。从 1.8 亿元起拍，一次举牌 50 万元，每一个价位叫三次，如果反应不快，锤子落下就算成交。

吴成龙、陈洁诚和罗雨晴并排坐在后排的凳子上，才几个回合下来，他们就发现拍卖师华建勇有明显的倾向性。陈洁诚心里很急，他想站起来抗议，但是被吴成龙拉住了。

甘之然也看出来了。但是他很老练，沉着应战。

吴成龙小声说："不要担心，甘总很沉着。"

罗雨晴小声骂道："什么拍卖师呀，太明显了。"

吴成龙说："这是战场。战略的部分看起来我们完成得很好，现在就看战术了。我认为战术也一样成功。你们看，甘总很沉稳，现在价格已经拉到 2.9 亿元了……"

拍卖师华建勇看着王荣草举的牌子，快速地说："2 亿 9300 万一次，2 亿 9300 万二次，2 亿 9500 万……"

这时甘之然举起了牌，华建勇只好继续往下叫价。

拍卖价已经拉到了 3 亿 2300 万元，这个价位是王荣草举的牌，坐在前排座位上的罗雨虹脸色铁青，坐在右排座位上的赵国文和吴天军，看不清他们的表情，但是可以看见两个人不时交头接耳。

吴成龙小声对陈洁诚说："这个价位大大超出了预期，甘之然真的很老练，很能干，很能随机应变，你这些年的辛苦费算是收回来了。"

罗雨晴脸面红红的，她抑制不住内心的激动，眼眶里溢满泪水，说："太好了，好人一定有好报。"

陈洁诚非常高兴，他把手伸给吴成龙，吴成龙紧紧握住他的手。他俩都记起二十年前的那场战争，当吴成龙被陈洁诚救了以后，吴成龙把手伸给陈洁诚，不过那时他俩握手之后，紧紧地拥抱在一起，四只眼睛深情地对视着。而现在，他俩只能握手，却不能拥抱，这恐怕就是看得见的战场和看不见的战场的区别了吧。罗雨晴看见陈洁诚和吴成龙的手紧紧握在一起，她也把手伸了过来，紧紧地和他们握在一起，所有的话语，都汇集在了手上……

"3亿2300万第一次，3亿2300万第二次，3亿2300万第三次，"华建勇右手的锤子落了下来，"3亿2300万元成交。"

然而，王荣草举着的牌子，却没有马上落下。他的脸面看不到一点高兴的表情，眼神凝重。这能怪谁呢？他只能打掉了门牙往肚子里吞了。

十一

王荣草和罗雨虹十一点二十分来到燕泰宾馆。他们原想提前十分钟到达，不要让赵国文来了等他们，不料，赵国文还比他们早到一步。

赵国文不但把吴天军带来一起吃饭，连信贷部经理尚九融他也带来了。

赵国文反客为主。

王荣草和罗雨虹才坐下，他就说："我们比二位早到，我已经点菜了，中午不喝酒，每人一份1280元的木瓜炖燕窝，一碗蟹肉，一碗鲍鱼粥，就这么多，少一点，精一点。如果王总和罗总还要加什么菜，那就再点。"

王荣草笑着说："我是够了。看赵行长和两位经理还想吃什么就点。忘了，还有罗总。大伙不要怕把我吃穷了啊。"

王荣草这样说话，显得很随便，气氛自然就轻松。

罗雨虹开玩笑说："我是大饭桶，可是赵行长这么一定调，我哪还敢多吃多点？"

罗雨虹的话效果很好，她马上就把气氛调动起来了。接下来赵国文开始拿罗雨虹来开涮，逗乐大家，就连性格苛刻、不苟言笑的吴天军也笑得很开怀。

王荣草很需要这样的气氛。他心里想，赵国文的态度和以往有很大的不同。首先是他反客为主，提早到预约地点，并亲自点菜，显示了他的随便。其次是他连信贷部经理尚九融都带来了，这说明他已经进入状态，开始着手为他办理承接陈洁诚的贷款，以及还旧贷新的相关事项。另一方面，赵国文上午也去了拍卖场，他虽然提早离场了，但是他肯定已经知道最后的成交价是3.23亿元。赵国文知道了成交价，他把信贷部经理尚九融带来一起吃饭，这说明什么？要是没有判断错的话，应该除了办理2亿多元贷款本息的还旧贷新之外，还有新增贷款的问题。赵国文很明白，成交价超过贷款本息的8700万元，这是陈洁诚的，他王荣草一下子是拿不出这么多钱的。如果不给他发放新的贷款，如果他拿不出8700万元，这个拍卖案就不能成立。如果拍卖案不成立，他的保证金当然要被罚扣，而对海南银丰商业银行来说，贷款形态还是没有改变。由此他想，这回他的命运真的和海南银丰商业银行捆绑在一起了。

王荣草乘兴说："看起来海景城别墅区这个项目还是很值钱的，一竞拍，价格就上去了。"王荣草这样说的目的很清楚，那就是为了再贷款。

赵国文从兴奋中回到了平静，他说："是的，现在看来这的确是一个好的项目。"

听赵国文这样一说，王荣草心中大喜。他原以为要说服赵国文再给他发放新的贷款，还要有一个艰难的过程，不料赵国文的态度反而积极了。这其中的关键点是，成交价高和低，对海南银丰商业银行来说，其实并不影响其根本利益。因为只要这个项目确定是一个好的项目，又落实了债务人，抵押物不变，而且抵押物明摆着还会升值，那么办理了还旧贷新以后，银行的贷款由不良调整为正常，贷款的形态发生了好的变化，赵国文的业绩见到了，如此这般，赵国文的态度怎么能不积极？况且在这个过程中，他还得到了利益。

王荣草说："这肯定是一个非常好的项目。只要赵行长支持，我在三年之内就一定能够偿还银行的全部贷款。"

赵国文说："从今天竞争的气氛我是看到了。"

王荣草说："按规定，成交以后，15 天之内就要办理好过户手续。我必须先把陈洁诚的贷款承接下来，接着办理还旧贷新手续，这一块我希望赵行长这两天内就给我办了。另一块是超出原贷款本息的 8700 万元，我现在资金周转还是有一点紧，因此想向赵行长提出贷款申请，希望赵行长给予支持。"

赵国文把头转向吴天军，说："王总承接陈洁诚贷款本息后办理还旧贷新这件事，吴经理你马上就给王总办理。记住了，抵押物不可以变更。"

吴天军对王荣草说："王总你下午就来我的办公室，最好叫你的财务部经理一起来，有很多业务上的事情要用到她。"

王荣草说："我下午一上班就带财务部经理一起到吴经理的办公室。"

赵国文说："申请新的贷款，你就找尚九融经理。"

王荣草转头向尚九融说："希望尚经理能给予支持。"

尚九融说："不瞒你说，我们一直非常看好海景城别墅区项目。但是遇上国家对经济实行宏观调控，银根紧缩，我们的资金头寸很紧，不能继续支持这个项目，所以这个项目就成为半拉子工程。今天王总已经把海景城别墅区项目拍下来了，运气真的很好，前天央行下发了一个关于调整信贷规模的指导性文件，基本精神是，我国经济已经有所好转，银行的信贷规模可以适度放宽。昨天下午，赵行长就信贷工作召开了全行中层以上领导干部会议，要求我们信贷部门要抢占先机，选择好项目。按照赵行长的讲话精神，我想，海景城别墅区项目应该是属于我行优先支持的项目。"说到这里，尚九融停了下来，他看了看赵国文，见赵国文笑脸很好，就问王荣草："王总是不是想在办理 2.36 亿元还旧贷新的基础上，再增加新的贷款？"

王荣草说："我是想在承接陈洁诚的贷款本息 2.36 亿元的基础上，再申请 1 个亿到 2 个亿的贷款，当然如果能给我贷到 3 亿那就更好。这样，我的资金就比较宽松，海景城别墅区项目至多在下个月就可以开工续建了。"

尚九融看着赵国文，因为赵国文是行长，他在场，尚九融就不会有什么态度。

罗雨虹含情脉脉地看着赵国文，她想给赵国文一点暗示。但是赵国文的眼睛却盯着墙壁上的一幅漫画：一只米老鼠从洞穴里爬出来，肚子很饿，饿到眼睛差一点就睁不开了。不过因为是本能，它强把眼睛睁开，东张西望找吃的。它很幸运，在它的正前方有一小堆谷物，它马上就跑了过去，三下五除二就把那些谷物全都给吃了。虽然没能吃饱，但比起从洞穴里爬出来时好多了。因为有了精神，它开始寻找更多的食物。这只米老鼠的运气可不坏，正好遇上收割季节，它很快就在田地里找到很多谷物，它赶紧把肚子填饱。它把肚子填饱之后，开始有了盘算，它要把谷物储存起来，使日后再也不用为吃的事情担忧。它把它居住的洞穴扩大，然后把很多的谷物搬进洞里。但是它太贪婪，它搬的太多，谷物堆成了山。这只米老鼠根本就没有考虑到自己就这么一个小肚子，那么多谷物起码够它吃上几辈子。因此问题很快就出来了：因为它搬的太多，这年的雨季，雨水很多，有一天深夜，突然暴雨如注，雨水从洞口流入洞内，冲塌了谷物，可爱的米老鼠被自己搬进来的谷物给埋藏了……赵国文看着墙上的漫画，脸上不由得露出一丝微笑。

罗雨虹看见赵国文脸上有笑意，便笑着说："赵行长是不是没有听见王总的话呀？怎么不见表态？"

赵国文这才回过神来。他问："王总说什么了？"

王荣草马上说："听尚经理说，银根已经开始放松。我是想，我还是很有运气的，因为才买下海景城别墅区项目，就遇上好机会。因此我的想法是，在还旧贷新的2.36亿元的基础上，再给我发放新的贷款3亿元，这样，我至多在下个月就可以开工续建海景城别墅区，明后年的这个时候，我就开始售房了。只要开始售房，有了收益，我一定先偿还银行贷款。"

赵国文不想马上就答应王荣草。他对尚九融说："昌盛会计师事务所对海景城别墅区项目的评估价是1.8亿，尚经理你说这怎么办呢？"

王荣草抢在尚九融的前头说："这个赵行长是知道的，当时是为了压低起拍价。"

赵国文当然知道，他是故意抬高门坎，要不然以后王荣草就会说，海南银丰商业银行不也是在做生意吗？不也要寻找好的项目投放贷款吗？现在银根宽松了，你们是股份制商业银行，你们的资金投放不出去，你们吃西北风吗？但是尚九融话说得太直，王荣草已经大概知道了当前经济的走势，当然也大概知道了金融的形势。如果把话说死了，反而把自己给捆死了。

赵国文说："王总你可要知道，给你承接过来的贷款办理了还旧贷新，我们银行这边的增量虽然没有变化，但实际上与发放一笔新的款是一样的。这一块的本息加在一起大概2.36亿元。我想，考虑到海景城别墅区项目拍卖的成交价是3.23亿元，减去贷款本息，还有8700万元，这是陈洁诚的。为了尽快过户到你的名下，我们在2.36亿的基础上，再给你发放1个亿，表面上我们收回了2.36亿，实际上我们是发放了3.36亿，这笔账王总应该是会算的。"

王荣草连连说："这个我知道，我知道。"他看了看赵国文，又看了看罗雨虹，说："如果这样的话，实际上我可用的资金只有1300万元，说实在话，要把海景城别墅区项目建起来，至少还得投入3个亿。我实话告诉你们，我已经着手成立一家股份公司，我会通过入股的形式来筹集资金，将来还会让这家公司上市。当然，这个全过程需要时间，因此我希望赵行长能帮我一把，等我运作正常之后，公司上市了，只要你需要，我就会提前偿还你们的贷款。"

赵国文听王荣草说要成立股份公司，还要让这家公司上市，眼睛一下子就亮了。他心里想，要是王荣草的公司能上市，从王荣草那里拿到原始股票，那就真的发大财了。吴天军和尚九融的眼睛也亮了，他们也都在盘算着真的有一天王荣草的公司上市了，能从王荣草那里拿到原始股票，那财运就真的到了。罗雨虹对股票的概念还不是很了解，不过她也听说过关于买股票赚大钱的神话故事。

罗雨虹笑着对赵国文说："赵行长就再给王总多贷一点儿啦，这样就免得王总为了钱的事再去跑别的银行啦。"

赵国文看着罗雨虹，神秘地笑笑，他肯定不会很快亮了底牌。他说："罗总为王总求情了。"把头转向尚九融和吴天军，说，"你们二位经理有什么想法？"

尚九融说："海景城别墅区是一个很好的项目，不过要再增加贷款3个亿，抵押物就不够了。"

吴天军比较狡猾，有行长在场，他不大会有什么态度。实际上他虽然是资产经营部经理，但是他也是行里的贷款审批委员会委员，要发放一笔贷款，他不但有发言权，而且还有表决权。

王荣草说："抵押物的问题，我想只要你们同意再给我增加贷款，海景城别墅区项目过户到我的名下之后，我再做一次评估。说实在话，像海景城别墅区这样的项目，评估个五六个亿是没有问题的。"

赵国文大笑起来。他说："王总你真的能干，才把海景城别墅区买下来就增值了几个亿。"

王荣草得意地笑着说："商场就是这样的了。"

罗雨虹的脸面浮过一朵浅灰色的云，但很快就消失了。这在以前，未曾有过。

赵国文说："啊，我们只顾说话，肚子都饿了，先把肚子填饱了再说吧。"

王荣草感觉到赵国文的态度其实很积极，只是作为行长，该摆的架子他还是要摆一摆，中国的官爷们都是一样，即便是企业里的官爷们也不例外。从赵国文的态度上判断，王荣草其实已经心中有数，赵国文会同意再给他发放新的贷款。如果有了新的贷款，那么他接下来的事业，将进入一个飞跃阶段。

十二

王荣草从海南银丰商业银行出来后，心情特别好。他打电话给罗雨虹，说，他很想做爱。罗雨虹问，为什么？现在可是白天呢。王荣草说，白天好，白天可以让我把你看得更清楚一些。罗雨虹说，是不是把贷款搞定了，心情好了，想和阿虹一起疯狂了呢？王荣草哈哈大笑，说，罗总就是厉害，嗨，我现在就来雨虹保健院，你可不要出去哟。罗雨虹说，你说要做爱，我哪一次拒绝了？王荣草又哈哈大笑起来。其实他想试探一下罗雨虹，因为现在陈洁诚又有钱了，他多少还是有一点担心，他担心罗雨虹又想回到陈洁诚那里。

半个小时后，王荣草来到雨虹保健院。

王荣草把车停放在雨虹保健院的后院。

雨虹保健院的后院有一个小门，直通二楼罗雨虹的卧室。白天从这个小门直上二楼罗雨虹的卧室，前台的员工不会看见。当然，罗雨虹不是怕员工议论了才这样，她是靠美色吃饭的人，她还怕什么？只是她是老总，有一句话说，给人家知道，不给人家看到。她就是这个心态。

罗雨虹穿一件透明睡衣，乳白色，没有戴胸罩，两个乳峰高高耸立，好像恨不得一下子就要把王荣草顶到床上去似的。粉红色内裤只有巴掌大，仅能盖住阴部，那内裤是网状的，那饱满的阴部可以一览无余。王荣草看着这道风景，他无法克制冲动，一把就将罗雨虹拥抱在怀里，疯狂地亲吻着罗雨虹的每一个部位。也不知是咋的，罗雨虹想到了陈洁诚。陈洁诚和王荣草的做爱方式不同。陈洁诚不像王荣草那样疯狂，陈洁诚喜欢柔情似水。他和她做爱时，会把明亮的灯光关掉，打开绿色壁灯，先和她聊天，把她拥抱在怀里，轻柔地抚摸，接着为她按摩，使她进入状况……而王荣草呢？他很疯狂，他像一条疯狂的狗把她蹂躏之后，便躺到一边，喘他的粗气去了。

……

罗雨虹说："赵国文贷款给你了？"

王荣草说："手续都已经办好，钱都已经到账。"

罗雨虹说："为你高兴。嗬，减去还旧贷新和陈洁诚的以后，还有多少个亿？"

王荣草说："最后赵国文同意给我贷款 5 个亿，减去 3.23 亿元后，我可用资金 1.77 亿元。"

罗雨虹说："哇，没想到这么顺利。"

王荣草说："其实宏观调控已经基本结束，央行已经放宽贷款规模，海南银丰商业银行是股份制银行，他们也急着找好的项目投放贷款，像海景城别墅区这样好的项目，赵国文清楚得很。还有一点，我正在着手成立股份制公司，我要把海景城别墅区作为主营业务操作上市。一旦我的公司上市了，难道他们不怕失去我这个客户？"

罗雨虹问："听说股票很赚钱是吗？"

王荣草说："那当然。如果我的公司上市了，到时候我给你一点原始股，那你就是很有钱了。"

罗雨虹说："怪不得，那天请赵国文吃饭时，听见你说你要让你的公司上市，他们几个人的眼睛一下子就亮了。"

王荣草说："是的，我都看在眼里。不过我的股票真的能上市了，原始股肯定要给一点他们的。如果不给一点他们，那以后就没有人和我合作了。"

罗雨虹说："我先不管那些，海景城别墅区项目你都买下来了，钱也贷到了，你可要把我该得的转给我了。"

王荣草说："下午。下午我就叫财务主管去银行开几个银行卡，把许诺过的，全都划到银行卡上，我再把银行卡交给你们。"

罗雨虹说："我的还是 500 万？"

王荣草低头吻了一下罗雨虹的嘴唇，说："奖励你 50 万元，那天中午的饭局你调动了气氛。赵国文的情绪一直都很积极。"

罗雨虹两眼含情脉脉地看着王荣草，王荣草再一次把罗雨虹揽在怀里，两个人又重新进入如梦的境地中……

她本想问陈洁诚搬到哪里去了，但是话到了嘴边，她就打住了。她心里想，陈洁诚搬到哪里了，他怎么可能告诉这些人呢？

罗雨虹从南宝路出来后，一下子不知道往哪边走。她的脑海里有一种空洞洞的感觉。奇怪的是，她忽然问自己，金钱是万能的吗？但是她马上就骂自己，你是一个大笨猪，如果金钱不是万能的，还有那么多人为了钱，连家庭、荣誉、地位，甚至是命都不要吗？

十三

谁都搞不清楚王荣草找了何方神圣，他的"海南万业股份公司"才成立几个月，就获准定向发行8亿内部股。王荣草又请郭中利对海景城别墅区进行了二次评估，评估价4.8亿元，比起第一次评估价多了3亿元。王荣草还有一块资产，就是他的建材商行，评估价2000万元，两块资产合计5亿元。他把这5亿元的资产转换成股份，定向发行8亿内部股后，实际总股本是13亿，他占的股份38%。虽然没有达到绝对控股权，但是他绝对是第一大股东。他定向发行的8亿内部股，公告后五天时间，就认购一空。这大大出乎他的预料。说实在话，他当时非常担心没有企业和个人前来认购，这主要是他的公众形象并不是很好。特别在商界和朋友圈中，知道他占有了陈洁诚的妻子罗雨虹，并且把罗雨虹当作工具加以利用，然后用计"抢走"陈洁诚的海景城别墅区后，很多人都远离了他。他原以为他发行的内部股会有困难，但是现在他的疑虑是多余的。上午上班后，他叫财务部经理林淑惠把认购股票的企业和个人的名单拿来给他看，有的企业和自然人股东他认识，有的他不认识。尤其是当他看到与他竞争海景城别墅区项目的甘之然的公司竟然也认购了2亿股时，他有几分困惑。但是后来他有一点沾沾自喜。打从他知道甘之然这个人的名字至今，他头一次有了一种赢了的感觉。再往下看，他看见了吴成龙下属公司海南龙达药业谷总公司认购了1亿股，万成宽的公司认购了3000万股，胡晓荷和彭学儒的公司各认购了2500万股。自然人中，他认识的有罗雨虹、罗雨晴、赵国文、吴天军和尚九融。罗雨虹认购1000万股，罗雨晴和赵国文各认购300万股，吴天军和尚九融各认购200万股。他不认识的自然人中，认购最多的是阮小烨和姜秋月，他们分别认购了2500万股和1000万股。王荣草打算召开一次股东大会，选举产生董事长和董事。他是最大股东，顺理成章是董事长。但是按照股份制公司法，即便是一种形式，也还是要过会。对他来说，召开股东大会不是主要的，重要的是认识那些他还不认识的股东。他不想日后股东们联合起来干预他的决策。

十四

陈洁诚和吴成龙聊的是资本市场及其运作的问题。

吴成龙说："我最近抽空读了几本经济学方面的书，你的观点应该说还是对的。根据现在和未来中国经济发展的趋势，一个拥有二十多亿资产的企业，要想成为国内外知名企业，如果不让它成为上市公司，显然是非常困难的。"

陈洁诚说："认识已经到位了。"

吴成龙说："王荣草走在了我们的前面。他利用了中国资本市场还处于未成熟期，定向发行了8亿内部股。正如你所说，他空手套了白狼。"

陈洁诚说："资本市场及其运作这一块，我研究得比较早，但是我没有王荣草这样的资源。当然，更主要的还是我不想钻营。"

吴成龙说："所以你失去了海景城别墅区。"

陈洁诚说："是这样。不过我认为，现阶段中国资本市场还不成熟，再过几年，这个市场成熟了，王荣草就套不住白狼了。我相信，几年之后，只有那些有盈利能力的企业才能上市。王荣草之流早晚会被市场淘汰的。"

吴成龙说："所以你就极力主张我买了王荣草的内部股。你说就算是做一个长线投资，你的意思是……"

陈洁诚说："我的判断是，走完这步棋，我们一定是赢家。"

吴成龙说："但是认购王荣草内部股的前提是海南万业股份公司将来能上市。如果万业不能上市呢，那我们实际上是为王荣草的钻营买单。"

陈洁诚说："海南万业股份公司上市也好，不上市也罢，按照我的策划，将来你就是海南万业的最大股东。也就是说，将来的某一天，你将控股海南万业。"

吴成龙对资本市场虽然还没有研究透彻，但是像他这样精明的商场高手，不会不知道陈洁诚力劝他认购王荣草内部股的目的是什么。他之所以按照陈洁诚的主张，分成明和暗两块资金，认购王荣草的内部股3.25亿股，主要是他看见陈洁诚已经恢复了元气，并且已经从人生的低谷中走了出来。他高兴，他想再帮陈洁诚一把，让他走得更快更远。

吴成龙笑着说："这回轮到你暗算王荣草了？"

陈洁诚说："我知道你是特意放手让我来当一次操盘手的，但是海景城别墅区确实是一个很好的项目，我不想让王荣草给糟蹋了。"

吴成龙说："你对海景城别墅区情有独钟，这我非常理解。"

陈洁诚说："我主张你认购王荣草的内部股时，我就已经说了，这肯定是一个长线投资项目，不过我保证你的资金不会亏损。"

吴成龙说："你对海南万业股份公司发行的内部股的情况都掌握了吗？"

陈洁诚说："我已经算过了，王荣草定向发行8亿内部股，加上他的发起人股5亿股，一共13亿股。他占比38%。你下属的两个子公司认购了3亿股，你用你的财务经理阮小烨的名字认购了2500万股，我用我的财务经理姜秋月的名字认购了1000万股，雨晴认购了300万股，加起来有3.38亿股，占比26%。应该不少了。如果王荣草的海南万业股份公司能够上市，我们肯定会经历一次资产大扩张。如果不能上市，万成宽等几大股东一定抛售手中的股票，那时我已经有了一定的实力，你或者我，就把他们的内部股买过来，我们俩加在一起，占比就会超过王荣草，成为控股股东。我们好好经营海景城别墅区，产生效益后，再让其上市。如果那样的话，这个民营企业走向全国，走向世界，应该是必然的。"

吴成龙说："海南万业股份公司要是能上市，万成宽等几个老总的股票就会在二级市场套现，那么你的计划就很难实现了。因为上市了，从二级市场买进股票的成本就非常大。"

陈洁诚说："不要紧的。我们手中已经持有股份26%，再从二级市场上买入20%就控股了。"

吴成龙不说话，他在思考着陈洁诚的方案的可行性。他对每一个计划从来都不想当然，如果不是十拿九稳，他就另找办法。即便他已经决定放手给陈洁诚了，但是他毕竟投入了3个多亿，关键的时候，还得给陈洁诚建议。

陈洁诚说："一个非常明白的事实是，现在的股票市场，尤其是二级市场非常低迷。在这个时候王荣草还获准定向发行内部股，可想而知，一旦经济好转，二级市场走好，海南万业股份公司的股票上市的可能性是很大的。当然，不确定性也很大，比如王荣草的后台一夜之间相继倒下？不过说真的，我们的优势就是我们对王荣草很了解，还遇到一个好的机会就是海南的经济正处于低谷。王荣草在这个时候定向发行内部股，很多企业都知道这是一次好机会，但是很少企业能有钱认购他的内部股。我动员万成宽、胡晓荷和彭学儒认购王荣草的内部股时，他们都很犹豫。好在我的信誉还好，他们知道我这个人不会骗人，所以都认购了。"

吴成龙说："诚信是你的无形资产。"

陈洁诚说："说实在话，万成宽等几位老总都同意我的主张后，我才发现我还有一定号召力。"

吴成龙笑而不语。

陈洁诚说："王荣草获准定向发行8亿股后，别看他到处吹牛，信心满满，其实他很担心发售不完，因此不管是企业，还是自然人，只要认购他的股票，他就高兴。他哪里想得了那么多。他做梦也想不到你和我都买了他的股票。"

吴成龙说："就按照你的策划去做。我想，现在已经走出这一步了，我们已经别无选择，只能玩大的了。说实在话，我国的资本市场是一个新兴市场，虚拟经济还不能真实反映实体经济。因此我们在走进这个领域之前，除了要做好功课以外，还要有一批金融专家当谋士才行。"

陈洁诚说："这是肯定的。"

吴成龙说："你拿出1000万元认购了王荣草的内部股，如果海景城二区的建设遇到资金问题，那……"

陈洁诚笑着打断吴成龙的话说："这回我不再去找银行，而是找你了。"

吴成龙大笑起来，说："你这个家伙，真的是彻底改变了。喂，你可千万不要把我当成取款机了啊！"

陈洁诚笑着说："取了就存进去，这并没有什么呀，钱本来就是要流动的呀。"

陈洁诚说完，和吴成龙都开怀大笑起来。

十五

王荣草没有睡好。他的眼睛布满了血丝。平时梳理得油光的头发，好像忘了梳理，显得有点零乱。秘书施晓娜马上就发现了问题，她笑着说："王董事长不是说要去银行吗？头发有一点乱哟。"

王荣草这才想起，他今天没有梳头。他强装笑脸说："喔，都给忘记了。"说着就走进卫生间。他在头发上喷上一点发胶，用梳子梳了头，然后走了出来，笑着问施晓娜："好了吗？"

施晓娜说："这才是王董事长的形象。刚才我可吃了一惊，如像刚才那样，还没走进银行行长办公室，就给赶出来了。"

王荣草说："不会的。现在的行长都很有教养，不像以前。况且海南万业股份公司的名气还算大。"

施晓娜说："上午先去农业银行。我已经和农业银行的办公室主任丁知清联系好了，他说可以安排你和莫大力行长见面。"

王荣草说："你告诉筹资部经理符咏元了吗？"

施晓娜说："通知了，他已经在楼下等了。"

王荣草说："那我们走。"

施晓娜提起王荣草的公文包，走在王荣草的身后，坐电梯下了办公楼。

农业银行行长莫大力的个头不是很高，看上去有几分文气。他说话细语轻声，有时用手势强调他话语中重点的部分。

王荣草说："……莫行长是知道的，海南万业股份公司是一家在海南还能叫得响的企业，我们现在暂时遇到了困难，只是暂时，我们的海景城别墅区一区很快就竣工。只要海景城别墅区一区竣工并开盘了，我们的资金就不会是问题了。"

莫大力说："我们一直关注海南万业股份公司，应该说还算了解。这是因为我们和你一样，也是企业，只是我们的企业很特殊，经营的是货币。既然是企业，追求利润最大化就是它的原则。我这样讲的意思王董事长应该知道了，我们不会拒绝任何能够给我们带来利润增长点的企业贷款。你刚才说了，你那里储备了两块土地。不过我很想知道你们定向发行了8亿内部股，这钱怎么用得这么快？我还专门开会交代我们的客户部上门动员你把钱存到农业银行来呢。"

王荣草说："我们是定向发行了8个亿的股份，共筹款8亿元。因为之前海景城别墅区项目的老总陈洁诚向海南银丰商业银行贷款 2 亿元，已经展期两次，我们承接下来的贷款不能再展期，前不久我们把这笔贷款给还了，本息加起来 2.5 个亿。我们储备了两块土地，办完手续加起来差不多 3 个亿，这样下来 5 个多亿就去掉了。"说到这里，他停了下来。他想观察一下莫大力的表情，看莫大力的反应。但是莫大力只认真地听他说话，好像没有要说话的意思，因此他加重语气强调说，"还有一大块资金是用在理顺关系上去了。"

王荣草原以为这样说，就等于暗示莫大力，只要给他贷款，同样也会得到好处。但不料，莫大力对他所说的话好像没有什么反应。因为莫大力没有反应，王荣草接着说："现在海南万业遇到了很大的困难，很希望能得到莫行长的支持。"

莫大力说话了。

莫大力说："看起来与我们掌握的情况完全吻合。海南万业股份公司定向发行了 8 亿股份，筹集到的 8 亿元已经用完了，而且还有负债。我大概算了一下，当然你还有很多支出没有说出来，比如税款，比如员工工资，比如……我不想说太多比如了，实际上你投入项目的资金非常有限。实际上我最关心的，是你到底有多少钱投到项目上去了。你找我贷款，用途是建设海景城别墅区。要是海景城别墅区建设不起来，你用什么来还银行的贷款？我老实告诉王董事长，我关心的是还款来源。尽管你用储备的土地和项目作抵押，但是你在海南银丰商业银行那里还有 2 亿多元的贷款。你从陈洁诚那里承接下来 2 亿元贷款，加上利息共计 2.5 亿元，为了海景城别墅区项目早日建成，海南银丰商业银行实际给你贷款 5 亿元，你现在只还了还旧贷新的那一笔贷款，还有一笔贷款还未到期。我坦白说，农业银行暂时不想介入。"说到这里，莫大力站起来把手伸给王荣草，握了握说，"对不起了，王董事长。"

王荣草没有料到莫大力对他的财务状况如此了解，他已经无话可说。他很尴尬地对莫大力说了一声谢谢后，便带着他的秘书施晓娜和筹资部经理离开了莫大力的办公室。

十六

海景城别墅区停工的事，在海南房地产界一下子就传开了，而王荣草计划通过王子斌举借高利贷的事，也很快传开了。万成宽、胡晓荷和彭学儒都分别给陈洁诚打了电话。陈洁诚和吴成龙商定，决定请三位老总一起吃饭，一起商量他们手中持有海南万业股份公司内部股的受让事宜。

陈洁诚对吴成龙说："王荣草好像已经无路可走了。"

吴成龙说："那就按计划行动好了。"

陈洁诚说："海南万业股份公司还没有进入上市程序。"

吴成龙说："先把控股权拿回来了再说。这么好的房地产项目，一定会有机构找上门来谈上市的事。"

陈洁诚说："那好，我们和万成宽他们吃饭时再聊。"

下午五点四十分，陈洁诚和吴成龙提前来到了五洲大酒店。

吴成龙说："怎么不见小罗？"

陈洁诚说："我没有打算叫她来。"

吴成龙说："你这就错了。小罗从头到尾都参与了你的计划，这次你却不叫她来，这会让她有想法的。"

陈洁诚想了想说："依我的判断她应该没有事的。我之所以不叫她来，主要是考虑到她和胡总他们并不太熟。"

吴成龙说："这个你就错了。你应该把小罗看成是高参，而不是合伙人。"

陈洁诚说："我本来就是这么看待雨晴的呀。"

吴成龙说："那你就赶紧把她叫来。"

陈洁诚认为吴成龙的话是对的，因此当即就给罗雨晴打电话。

罗雨晴说："怎么现在才给我电话？我都把饭摆到桌子上了。"

陈洁诚说："赶紧过来，老吴叫你赶紧过来。"

罗雨晴说："那好，我马上就过来。"

挂了电话后，陈洁诚对吴成龙说："雨晴马上就来。你说现在就实施计划会不会早了一点？"

吴成龙说："不早了。现在先把股份收到手上。王荣草不是通过王子斌借高利贷吗？就借给他高利贷好了。"

陈洁诚说："民间借贷是违法的，我们不能帮王荣草犯法。"

吴成龙说："这也是。不过王荣草手上的股票占到38%，我们加起来现在才26%，要达到绝对控股还得设法收购24%以上，你的计划有漏洞吗？也就是说我们有把握吗？"

陈洁诚说："我对海南万业股份公司股票的分布情况了解得一清二楚。"

吴成龙说："这就好。"

陈洁诚说："必事成。"

吴成龙笑了笑说："王荣草这几年算是当差。"

吴成龙说完，和陈洁诚会意地笑了起来。

陈洁诚忽然想起在信阳陆军学院读书时的一段往事：有一天，上战术课，教员在讲解遭遇战、迂回战和伏击战时，陈洁诚和吴成龙在底下开小差。两个人聊得很开心，不时发出咯咯的笑声。教员很不高兴，两眼直视着陈洁诚和吴成龙。此时全班同学的目光也都集中到了吴成龙和陈洁诚身上。但是陈洁诚和吴成龙聊得很投入。大约两分钟后，吴成龙抬起了头，他发现气氛不对，就用肘部碰了碰陈洁诚。陈洁诚抬起头，看见教员和同学的目光都投向他和吴成龙。他心里想，这回糟糕了，这回一定挨训了。然而教员并没有训他们。教员语调缓慢地说：陈洁诚同学，你现在是一营营长，一营受命务必于拂晓之前占领周家山一线，并在我炮火准备之后，迅速夺取周家山。现在的问题是，一营在向周家山行进时，在302号高地山谷处遭遇伏击。你是营长，你如何下达第一道命令？陈洁诚因为没听课，但又不能说不知道，便说，我应立即命令各级指挥员迅速判明敌情，发起反击，打开突破口……没有等陈洁诚说完，全班同学就哄堂大笑起来。教员没有笑。他对吴成龙说，吴成龙同学，刚才我给陈洁诚同学说的情况你听清楚了吗？吴成龙小声说，听清楚了。教员说，那好，现在你是一营营长，团长给你的命令是，周家山守敌构筑了坚固的防御工事，一营的任务是，迂回敌后，切断敌人退路，协助主力部队从正面全歼周家山守敌。在接到团长的命令后，你做的第一件事是什么？吴成龙说，我应立即给各连下达战斗任务……吴成龙的话才出口，全班同学又哄堂大笑起来。教员依然没有笑。他说，陈洁诚同学怎么能迅速判明敌情呢？你都没有占领有利地形，保存自己，怎么判明敌情了呢？吴成龙同学都还没有判明敌情，怎么能给各连下达战斗任务呢？……接近二十年过去了，但是陈洁诚每每想起这段往事，就脸红。打那以后，他和吴成龙学习非常认真，后来他们都成为尖子生。但是陈洁诚了解自己，打迂回战还可以，打遭遇战却不行。不是吗？当遭遇金融危机袭来时，他的应变能力就很差，尤其遭遇王荣草的伏击时，他根本上没有采取任何对策。吴成龙却相反，他马上就为陈洁诚找到了突破口，组织反击。陈洁诚认为自己打迂回战还算可以，现在虽然还没有结果，但是趋势基本上沿着他构想的方向走……

吴成龙见陈洁诚不说话，问："你在想什么？"

陈洁诚说："我在想我们在军校读书时的那件往事。"

吴成龙笑了，他说："那件事还是挺有意思的。"

陈洁诚说："如果没有那件事的刺激，我们不一定成为尖子生。"

吴成龙若有所思地说："那是。关键的意义还不止于此。我觉得，经过那件事之后，我们学到了更多的知识，这对我们走向社会很有帮助。"

陈洁诚说："那是。直到今天，我的遭遇战还是没有打好。我遭遇王荣草的那一仗，如果没有你出手解围，一定输得很惨，可以肯定地说，不会有今天。"

吴成龙说："接下来的这一仗是你布的局，你把伏击战和迂回战结合起来打，我认为很好，我想应该会是成功的。"

陈洁诚说："这一仗是我布的局，但你是参谋总长和后勤部长，没有你，其实这一仗是打不赢的，而且我也不会想到要和王荣草打这一仗。"

吴成龙说："好了，几位老总很快就到了。就按照计划走吧。"

吴成龙话音刚落，万成宽就到了。

万成宽走进包厢，看见吴成龙和陈洁诚，赶紧上前和他们握手，说："幸会幸会，两位海南商界巨头。"

吴成龙笑着说："听说万总现在过得不错，高兴高兴。"

万成宽夸张地笑着说："托吴董事长和陈总的福，过得还算马马虎虎。"

陈洁诚笑说："万总都说过得马马虎虎，那海南商界就没有几个过得好了。"

万成宽正想说什么，胡晓荷和彭学儒也来了。罗雨晴跟随其后也来了。

胡晓荷笑哈哈说："今天吴董事长出面和我们晚辈吃饭，晚辈怎么敢当？"

彭学儒也附和说："是啊，能和吴董事长一起吃饭，那是我们晚辈的荣幸。"

吴成龙笑着说："一样啊，我们都是生意人，生意人坐在一起不说别的，就只说钱。"

吴成龙说完，大家都笑了。看起来大家对吴成龙说的话都比较认同。要是有异议，可能就是陈洁诚一个人了，但是在这样的场合，他绝对不会表达不同意见。陈洁诚从来都是这样，只要有其他人在场，他就不会对吴成龙的观点多说什么。罗雨晴对吴成龙的说法可能有所保留，但是她知道自己的斤两，因此她肯定不会多说一句话。

吴成龙说："就吃饭吧，一边说，一边聊。"

陈洁诚说："老总们都喝什么酒呢？"

万成宽说："吴董事长说喝什么酒就喝什么酒。"他把头转向胡晓荷和彭学儒说，"二位老总说呢？"

彭学儒说："就由吴董事长定好了，难得有机会和吴董事长在一起喝酒，我重度脂肪肝，但今天就不管了。"

吴成龙说："我认为还是看罗总喜欢喝什么酒，女士优先嘛。"他不像以前叫罗雨晴小罗，在这种场合，虽然罗雨晴的实力不能和这些老总在一个平台上，但是她大小也是一个老总，不能让万成宽他们低看了她。

罗雨晴说："我随便。反正今天有机会和这么多大老总一起喝酒，我就豁出去了。"

胡晓荷笑说："那好啊，今天就豁出去了。吴董事长就决定喝什么酒吧。"

吴成龙说："看起来非由我定不可了。那就喝五粮液，要爱国啊。重要是便宜，不至于把陈总给喝穷了。"

吴成龙的话音才落，大伙都开心地笑了起来。

陈洁诚笑着说："如果能把陈总给喝穷了那就牛了，可惜啊，陈总现在屁股底下的金山正愁着什么时候才能喝光呢。"

陈洁诚的话又引来了笑声。

罗雨晴笑得最为开心，她和这么多老总一起吃饭还是第一次。她心里想，这帮人在生意场上不会多亏给你一分钱，但是场面上都很能"混"。

笑完之后，陈洁诚对服务小姐说："把你们张经理叫过来。"

服务小姐出去不到一分钟，一个长得很甜的小姐就走了进来，她姓张，是餐厅部经理。在座的老总都认识她，这当然包括罗雨晴。

她甜甜地笑着说："各位大老总好。"然后就走到陈洁诚身后，笑着说，"陈总好，您要点菜了吗？"

陈洁诚说："是。"

张经理说："老总们的口福真好，四点多钟的时候，一个农民偷偷送来一只百年山龟，不大，有十斤多重，陈总您看……"

没有等张经理说完，陈洁诚就打断她的话说："那是国家一级保护动物，在座的老总都是环保主义者，就没有这个口福了。"

张经理反应特别快，她马上说："我们总裁也是环保主义者，我刚才只是说笑来着。那各位老总都想吃些什么呢？"

陈洁诚比较了解老总们的口味，他对张经理说："今天主要吃海鲜，生吃龙虾、雪白鱼翅、蚝油鲍鱼、糖醋瓦块鱼、酱炒带子、红烧海参、三味炭烤生蚝、炭烤开边虾，鸭血粉丝汤，主食是我老家长葛的灵宝羊老汤烩面，酒就喝五粮液非卖品。清楚了吗？"

张经理笑道："不好意思，灵宝羊没有运到，改成海南东山羊烩面怎么样？"

陈洁诚说："是做灵宝羊烩面的厨师吗？"

张经理说："是。"

陈洁诚说："那可以。"

张经理说："不好意思，还有，五粮液非卖品已经不是大前天您来时的价格了。从昨天起，每瓶一万三千元，每瓶涨价一千元。"

罗雨晴说："这怎么回事？"

几位老总的目光一下子都投向了罗雨晴。

张经理笑着说："进货价贵了。"

陈洁诚生怕罗雨晴再说什么，他马上说："不多说误时间了，就这样定吧。"

张经理笑着点了点头，然后出去了。

陈洁诚对站在包厢内的服务员说："我们自己续茶，菜好了你敲门，你可以出去了。"

服务员笑着说："那各位老总请慢慢聊。"

服务员出去以后，陈洁诚看了一眼吴成龙。吴成龙点了点头，示意按既定计划走。

陈洁诚笑着说："现在还没有开始喝酒，我想就几位老总持有王荣草的内部股的事和大伙商量一下，免得等会儿都喝醉酒了才说那就存在问题了。"

万成宽、胡晓荷和彭学儒相互对视了一下，他们知道陈洁诚要说的是什么，因为他们都给陈洁诚打过电话。

陈洁诚接着说："我很感谢三位老总多年来对我的信任，尤其王荣草发行内部股时，三位老总都给我打电话了解情况，我说王荣草的内部股可以认购，你们就都认购了，而且都几千万。我原以为王荣草有背景，更重要的是我很看好海景城别墅区这个项目，认定王荣草的海南万业股份公司将来一定能上市。不料情况发展成这个样子。这些天三位老总都很担心，担心资金的损失。我真的很对不起大伙。"

万成宽说："不能全怪陈总，因为你的出发点是好的，都是为了我们好。加上当时手上的资金闲在那里，又不敢投向别的项目，也听人家说，原始股是最赚钱的，因此就……"他很后悔，后面的话他没有说出来。

胡晓荷说："我的情况和万总的差不多。生意人嘛，逐利是天性，想想手中有那么多闲钱找不到项目投资，这可是一件很着急的事。所以就……"胡晓荷没有隐瞒他的后悔，脸面露出难色。

彭学儒好像不想多说什么，因为该说的，他在电话里都已经说了。他认为，任何投资都是有风险的。他骂自己太贪心，一下就买了王荣草这么多的内部股，直到如今，能怪谁呢？陈洁诚都是为了自己好呀，况且海南商界巨头吴成龙一下子就买了3亿多股，在当时，谁还怀疑呢？

陈洁诚见彭学儒没有说话的意思，就说："我再一次说对不起大伙了。"

说完这句话，他停了下来，看了看三位老总的反应。他们的脸面都挂着无奈，他就接着说："我现在是这样想的，因为我这几年专做半拉子楼盘，大伙都知道我赚了不少，而三位老总因为资金'死'在王荣草的手上，基本上做不成大项目，损失不小。因此我想，三位老总手上的内部股，我现在1：1.1买下来，不知道三位老总有什么想法？"

万成宽很高兴，当然还有感激，他说："那太谢谢了。可是这样陈总的损失就大了。"

陈洁诚说："我当初说的话，一定要算数。现在海南的经济已经热起来了，总不能让你们看着别人赚钱干着急啊。"

胡晓荷和彭学儒不说话。陈洁诚知道他们在想什么。

陈洁诚说："我之所以定为1：1.1，我已经算过了，如果你们没有买王荣草的内部股，把这些钱存在银行，按照三年期的利息计算，我给的这个数，比银行的利息略高一些。"

气氛没有了先前那样轻松。

沉默了一会儿，彭学儒说："但是如果没买王荣草的内部股，这两年我们赚的肯定不是这个数呀。"

胡晓荷看了看万成宽，好像希望万成宽能说点什么。但是万成宽好像不好意思说什么。道理很简单，是他们向陈洁诚了解情况，说得准确一点是征求意见，陈洁诚出于好心，当时主张他们认购，并且说，到时候要是亏本了，就把股票卖给他。但是所有的投资都是风险自担。现在王荣草走到了只有借高利贷才能解决困境这一步，这不能怪陈洁诚，更不能由陈洁诚来为自己承担风险。就这一点而言，万成宽比起胡晓荷和彭学儒来要通达得多。

吴成龙说："其实我投资3个多亿，也是老陈极力主张之下认购的。但是谁能料到王荣草会这样无能。像海景城别墅区这样好的项目，怎么会弄成新的半拉子工程呢？我认为不能怪老陈，他当时也是为我们好，想在王荣草的公司上市后，弟兄们都能赚到一大把，哪能料到会是这样。因此我想，这几年老陈在半拉子楼盘这一块赚得不少，他能把弟兄们手中的内部股买过来，而且还给弟兄们比银行利息略高一点的回报，已经很不错的了。这在海南商界，我看要找到像老陈这样的老总还是比较难的，至少我不会这样干。因此我说，已经不错的了，弟兄们就合作愉快吧。"

罗雨晴似乎嫌贵了一点。她好像想说什么，但又觉得不合适，就什么也不说。

万成宽、胡晓荷和彭学儒听吴成龙这么一说，觉得很在理，因此就答应按 1 ：1.1 把王荣草的内部股卖给陈洁诚。

陈洁诚说："如果没有意见了，我已经准备了一份受让合同，都看一看。要是没有异议了，就把合同签了。我明天就把钱打到你们的账户上。你们也得同时把你们持有的王荣草的内部股转移到我的名下。"

陈洁诚从他的真皮手提袋里取出几份合同，分别交给万成宽、胡晓荷和彭学儒。三位老总都很认真地看着陈洁诚的受让合同，都没有异议，当场就签了字。

吴成龙笑着说："弟兄们明天起又有钱筹划新的项目了，祝弟兄们抓住海南这一波经济建设大行情，大赚一把，把王荣草造成的损失赶快补回来。"

彭学儒突然问："吴董事长不把你的股票卖给陈总吗？还有罗总，听说你也持有王荣草的股票啊。"

吴成龙说："我手中的股票也会转让给老陈的，不过老陈的资金实力还不够买我的股票吧。"

陈洁诚开玩笑说："给欠债了就买。"

吴成龙笑着说："可以欠债的，罗总啊，老陈欠债了你还……"

罗雨晴脸面有一点红，她打断吴成龙的话说："这和我什么关系？"

万成宽开玩笑道："我见证，有关系……"他本想把他在三亚海湾看见陈洁诚和罗雨晴的事告诉给大家，但是马上打住了。

陈洁诚说："没有关系啊，要是……"

胡晓荷说："要是的话……我们准备喝酒。"

胡晓荷这话一语双关，不过大家都明白他指的是什么，因此都笑了。

这时，包厢的门开了，张经理走了进来，甜笑着说："菜都做好了，可以上菜了吗？"

吴成龙说："上菜啊，弟兄们的肚子都饿了呢。"

其实，这一坨人肚子里油水多得很，说饿了，那只是顺口话。

酒喝得很快乐，气氛特别好，几乎每一个人都喝醉了。原本喝酒之后还要去跳舞，但是吴成龙说，要是去跳舞，那就出洋相了，都是老总级，要是在公众场合出了洋相，日后的形象可就受损了。大家附和，因此就取消了。

十七

陈洁诚决定今天就宣布接管海南万业股份公司。

陈洁诚提前十多分钟上班。八点钟刚过，他就带领办公室主任蔡元忠、财务部经理姜秋月，还有公司里的部分中层管理骨干，一起去海南万业股份公司。

陈洁诚潜伏海南万业股份公司时，保密工作做得很好，除了财务部经理姜秋月之外，其他员工都不知道这件事。因此在去海南万业股份公司的路上，当他把这件事告诉大家时，所有人都感到很突然。

陈洁诚说："不要感到突然。我想，今后大家的担子更重了。我还是以前说过的话，我不会亏待大家，我一定要让每一个跟随我干的人都有奔头，我不希望再出现张金尚。当然，真的再有一个张金尚，也没有什么大不了的，海南诚信实房地产公司肯定能生存下去并发展壮大。"说到这里，他停了下来，看了看大家，坐在后排的李枫伦脸面通红。

陈洁诚开玩笑说："李监理的脸面不要红啊，那件事都已经过去那么久了，你的脸面怎么还这么红呀？"

陈洁诚说完，车上的所有人都笑了。李枫伦也笑了。

李枫伦知道，陈洁诚这是在逗他。

陈洁诚带领他的中层管理骨干走进王荣草的办公室时，王荣草正无精打采躺在沙发上抽古巴雪茄香烟。他看见陈洁诚他们进来时，有一点吃惊。不过他还是坐了起来。

王荣草冷冷说："你来我这里干什么？发财了，要来找我要回老婆是吗？可惜了，她是公共汽车，我很久不坐了。"

陈洁诚很气愤，不过要他再为那个女人气愤已经不可能了。他说："你坐和不坐与我都没有关系。不过你要记住，头班车可不是你坐的。"

王荣草说："可悲了，自己的老婆都管不了，看来这辈子有遗憾哟。"

陈洁诚说："应该说是幸运，因为属于自己的永远都跑不了，不属于自己的留下来其实就是垃圾。这是鄙人的基本认识。难道你不认为把垃圾留下来总有一天会臭气熏天吗？哟，给忘记了，这世界就是有人专门收垃圾的。不可想象，如果没有人收垃圾的话，环保问题那就是非常大的问题了。"

王荣草气得脸面通红。这是他把罗雨虹从陈洁诚身边抢走以后，他们头一次交锋。这是台面上的交锋。台下的较量，实际上已经很多年了，看起来应该公布结果了。

陈洁诚说："今天我和我的中层管理骨干来这里，是想告诉你，我已经控股海南万业股份公司。我持有海南万业股份公司的股权已经达到53.07%。"

陈洁诚叫财务部经理姜秋月把他收购海南万业股份公司内部股的受让协议书交给王荣草。王荣草看后一脸的惊愕，脸色由红变白，眼睛呆滞地看着陈洁诚。

陈洁诚说："我马上召开海南万业股份公司全体员工大会。从今天起，不，从此时起，海南万业股份公司的财务支出全部冻结。"

王荣草低下头来，他再看了一遍陈洁诚收购海南万业股份公司内部股的受让协议书。他的手在发抖。这太突然了。问题是，连尹小静的股票都给陈洁诚收购了。他突然吼叫起来："陈洁诚，你这个王八蛋！我打死你！"说着就疯了似的冲向陈洁诚。陈洁诚当兵出身，一闪身，要不是蔡元忠手快把王荣草拉住，他已经撞到墙上去了。

因为王荣草的吼叫，海南万业股份公司的员工一下子都围了过来。

陈洁诚看见张金尚，还有王荣草的办公室主任符家成。

陈洁诚对符家成说："我已经控股海南万业股份公司，你想继续干吗？要是想继续干，你现在就通知全体员工到会议室开会。"

符家成和围上来的员工都感到很突然。但是王荣草的财务部经理林淑惠一下子就明白了。王荣草和尹小静离婚时，她就劝说过王荣草，叫他无论如何也要把尹小静分割的那一半股票买下来，否则后患无穷。但是王荣草借不到钱。另一方面，她是海南万业股份公司的财务主管，她非常清楚海南万业的财务状况。她能够预料到，只要王荣草借不到钱，破产是早晚的事。所以今天的结果，在她看来也是必然的。她小声对陈洁诚说："员工基本上都在这里了。"

陈洁诚大声说："既然员工基本上都在这里了，我想也就不要到会议室去了。我想对全体员工说，我陈洁诚持有海南万业股份公司的股份已达53.07%，已经绝对控股。现在我想说两点：一是海南万业股份公司的财务开支从此时起冻结。二是我将续聘所有员工，当然想即刻走人也可以，工资就算到今天为止。现在大家可以回去上班了。"

陈洁诚说完，围在王荣草办公室的员工都走了。

陈洁诚对姜秋月说："你去叫财务部经理林淑惠通知全体股东务必于上午十点准时到会议室开会。记住了，不要再通知已经把股票受让给我的股东了。"

姜秋月出去以后，陈洁诚对办公室主任蔡元忠说："你去办公室找符家成，对他说，所有的车辆从现在起停止使用，谁违规谁负责。"

蔡元忠出去以后，陈洁诚对狼狈不堪的王荣草说："你持有2.5亿股份，是第二大股东，现在你有两个选择：一是你继续持有股份，你有表决权，你肯定能当董事……"

还没有等陈洁诚说完，王荣草就吼起来："我有表决权有屁用？"

陈洁诚冷笑说："还有第二个呢。"

王荣草一脸怒气，说："第二是什么？"

陈洁诚说："把你的股票卖给我。"

王荣草说："我不卖给你。你能怎么着？"

陈洁诚又冷笑说："你想卖给谁就卖给谁，这是你的自由，我正想找一个有资金实力的合伙人呢。"

陈洁诚这么一说，他一下子醒悟过来，他真后悔了。他当时为什么不去找一个有实力的合伙人呢？如果那样的话，怎么会有今天？

王荣草说："卖给你，你给我多少钱一股？"

陈洁诚把价格压低，他说："5毛钱一股，多了你卖给别人。"

王荣草骂道："陈洁诚你混蛋，海南万业股份公司的总资产有多少？我的股票每股才5毛钱？你做梦去吧。"

陈洁诚说："那你以为还能值3块吗？你都不想一想，13亿元资产，把你持有的部分的水分挤掉，还有你的吃喝玩乐，还有你拖欠的工程款，还有贷款……你以为我陈洁诚算不出来？当然了，我还要请审计局的人来清账，不合规的，该由你偿付的，就得由你来偿付。如果你没有钱，想赖账，那好，就得从你……"

这时，姜秋月走了进来，说："陈总，十点钟到了，股东们都来了。"

陈洁诚说："好，我就来。"

陈洁诚不想再和王荣草多说什么，因为他知道，王荣草只有一个选择，就是把股票卖给他。王荣草怎么还会持有海南万业股份公司的股票呢？如果那样，他就不是王荣草了。

陈洁诚走进会议室时，所有股东都感到莫名其妙，特别是罗雨虹。罗雨虹还看见了妹妹罗雨晴，她跟随陈洁诚之后，难道他们来参加会议？难道他们也持有海南万业股份公司的股份？那么海南万业股份公司成立时，他们为什么不来参加会议？她心里在问，这到底是怎么回事？

陈洁诚径直走到董事长的位子上坐下。他稍等了一会儿，他想看王荣草来不来参加会议。因为王荣草是那种面对利益决不放弃的人，他估计王荣草应该会来参加会议。

果然不出所料，王荣草一脸怒气走进了会议室。

陈洁诚等他找位子坐好后，不要主持人，直接就说话："我坐在这个位子上，在座的股东们肯定感到很突然，甚至是莫名其妙。但是不要紧，我能理解。"他从公文包里取出几份股权受让协议书，举在手里，接着说，"我要向在座的股东宣布，我已经控股海南万业股份公司，我持有的海南万业股份已经达到53.07%。我紧急召开会议，主要是想立即选举产生新的一届董事长和董事，要做到无缝衔接，不能出现真空期……"股东们交头接耳，从表情上看，股东们好像都很高兴。他们早就对王荣草失去信心，尤其对王荣草乱花钱这一点，早就议论纷纷。但是王荣草是最大股东，是董事长，加上王荣草一直说他已经着手操作海南万业股份公司上市，因此就忍耐着。但是王荣草通过王子斌借高利贷的事，让股东们很不安，他们非常担心海景城别墅区成为新的半拉子工程。现在陈洁诚控股了，陈洁诚的信誉在海南房地产界是公认的，他们有理由不高兴吗？因此陈洁诚还没有说完话，会场就热闹起来。有的股东开始炮轰王荣草，说王荣草没有用好股东的钱，都几年了，海景城别墅区还没有建成。有的股东要求陈洁诚聘请审计局有关人员对海南万业股份公司的资金使用情况进行审计。有的股东当面就讨伐王荣草不负责任，花股东的钱不心疼……王荣草坐不住了，他站起来，大声说："我不参加会议了，我永远都不要参加这样的会议了。"说完就愤怒地离开了会场。

王荣草言下之意是他将退出海南万业股份公司。其实，这是陈洁诚意料之中的。

罗雨虹一直低着头，她的表情非常复杂。但是她放心多了，因为她的钱不会打水漂了。

罗雨晴一直抬着头，脸面写着兴奋。她虽然是最小的股东，但是她为陈洁诚的成功而兴奋。

陈洁诚说："股东们说的，也是我想的。我想我们现在先选举产生董事长和董事……"

有一个股东说："这还用选举吗？你都已经控股了，就算大家不同意，你也照样当董事长。"

陈洁诚笑了笑说："是的，但还得走程序。"

表决结果，除王荣草 2.5 亿股未表决，赵国文、吴天军和尚九融三个人因受贿罪，分别被判处十三年、九年和六年徒刑，他们持有的股票共计 700 万股已经被法院冻结不能表决，其余的，包括罗雨虹在内的股东都投了赞成票。

陈洁诚说："从今天开始，我就是海南万业股份公司的董事长了，我要告诉大家的是，我不是王荣草，我会把股东的利益放在第一位，我很自信地对全体股东说，海南万业股份公司有救了！"

股东们报以热烈的掌声。

陈洁诚接着说："我的近期目标是：用一年左右的时间，把海景城别墅区建设成为海口，乃至海南最优美，最有特色，融娱乐、休闲、度假和高端人群商住于一体的海景城别墅区。我的中期目标是：经过两到三年的打拼，海南万业股份公司成为一家优秀的上市公司。我的远期目标是：五年之后，海南万业股份公司将成为一个以房地产为主营业务，旅游、药业和热带农产品产供销一体化的国际知名企业……"

陈洁诚讲完话，股东们再一次报以热烈的掌声。

罗雨虹也鼓掌了，但是她心里五味杂陈。

罗雨晴很用力地鼓掌，她的脸面红润，眼睛散发着幸福的光芒。

（2011 年文化艺术出版社出版）